Randy Singer · Der Imam

Randy Singer

DER IMAM

Thriller

SCM Hänssler

SCM

Stiftung Christliche Medien

MIX
Papier aus verantwortungsvollen Quellen
FSC
www.fsc.org
FSC® C006701

SCM Hänssler im SCM-Verlag GmbH & Co. KG · 71088 Holzgerlingen
Internet: www.scm-haenssler.de; E-Mail: info@scm-haenssler.de

Übersetzung: Karen Gerwig
Umschlaggestaltung: OHA Werbeagentur GmbH, Grabs, Schweiz;
www.oha-werbeagentur.ch
Titelbild: istockphoto.com
Satz: Satz & Medien Wieser, Stolberg
Druck und Bindung: CPI – Ebner & Spiegel, Ulm
Gedruckt in Deutschland
ISBN 978-3-7751-5325-6
Bestell-Nr. 395.325

Lob für Romane von Randy Singer

»Ein Buch, das den Leser unterhält und nachdenklich macht – was will man mehr?«

Publishers Weekly über *Das Spiel*

»Singer hat einen raffinierten Roman geschaffen, eine perfekte Mischung aus Glaube und Spannung … [Das Spiel] ist temporeich bis zum überraschenden Schluss.«

Romantic Times

»Im Zentrum der Handlung, bei der einem das Herz bis zum Hals schlägt, stehen die moralischen Dilemmata, die zu Singers Handwerkszeug geworden sind … ein spannender Thriller.«

Booklist über *Die Vision*

»Die Leser werden es vor Spannung kaum aushalten bei der Lektüre von Singers neuestem, hochspannendem Thriller.«

Christian Retailing über *Die Vision*

»Autoren von Gerichtsdramen und Thrillern können Nicht-Juristen oft täuschen, Anwälte aber selten. Randy hat ein genaues Bild davon gezeichnet, woraus ein Plädoyer auf Unzurechnungsfähigkeit besteht.«

Don Gutteridge, Anwalt, über *Die Vision*

»In diesem packenden Justizthriller, den man einfach nicht aus der Hand legen kann, erweist sich Singer als der christliche John Grisham …«

Publishers Weekly über *Der Jurist*

»Der Jurist ist ein lesenswerter und herausfordernder Roman … Teils Detektivgeschichte, teils Justizthriller – ich konnte ihn nicht aus der Hand legen!«

Shaunti Feldhahn, Bestsellerautorin, Rednerin und amerikaweit veröffentlichende Kolumnistin

»[Singer] liefert einen neuen Zugang zum Justizthriller, mit scharfsinnigen Charakterstudien und differenzierten Darstellungen ethischer Fragen.«

Booklist über *Dying Declaration**

»Singer liefert Handlungsabläufe nach Grisham-Art, gestützt von einer Weltsicht, die die Zwangslagen veranschaulicht, die täglich über uns hereinbrechen. Dieses Buch müssen Sie lesen!«

Hugh Hewitt, Autor, Kolumnist und Radiomoderator der in Amerika landesweit ausgestrahlten *Hugh Hewitt Show* über *Dying Declaration**

»Ein Justizthriller, der es mühelos mit Grishams besten Werken aufnehmen kann.«

Christian Fiction Review über *Irreparable Harm**

»Realistisch und fesselnd – Die Witwe ist eine packende Geschichte über die verfolgte Kirche und diejenigen, die für weltweite Religionsfreiheit kämpfen.«

Jay Sekulow, leitender Anwalt des *American Center for Law and Justice*

»Randy Singers Roman über internationale Machenschaften, ein Gerichtsdrama von fesselnder Spannung, fordert die Leser heraus, Glaubens- und Ethikfragen zu revidieren. Die Witwe ist die passende Geschichte für Zeiten wie diese.«

Jerry W. Kilgore, Generalbundesanwalt von Virginia

---

* Diese Titel sind noch nicht auf Deutsch erschienen.

»Wenn du zum Anwalt berufen bist,
lass dich nicht dazu herab, König zu sein.«
JOHN PATRICK MADISON

1

Alex Madison parkte seinen schwarzen Ford F-150 Pickup auf dem für den Pfarrer ausgewiesenen Parkplatz, lockerte die Krawatte, krempelte die Ärmel hoch und ging flott auf die Tür der Notaufnahme zu. In der rechten Hand hielt er fest eine Bibel, mit der linken überprüfte er seine Hemdtasche nach seinem Stift und den Visitenkarten. Die Visitenkarten waren doppelseitig bedruckt. Auf einer Seite stand *Alexander Madison, Pastor South Norfolk Community Church*; auf der anderen *Alexander Madison, Rechtsanwalt.*

Alex' Großmutter hatte vier Stunden zuvor angerufen, um ihm zu sagen, dass Evangeline Buford mit einem Darmverschluss im Krankenhaus lag. Die Ärzte hatten sie stabilisiert und versuchten jetzt, sie ohne Operation zu behandeln, behielten sie aber unter strenger Beobachtung. Sie lag auf der Intensivstation – ein Ort, den Alex selbst im Schlaf fand.

Als die automatischen Schiebetüren aufglitten, grüßte Alex den spindeldürren Herrn hinter dem Aufnahmetresen. Auf seinem Namensschild stand ›Foster‹, doch Alex hatte noch nie gehört, dass ihn jemand so nannte. »Alles klar, Bones?«

»Seine Exzellenz Alexander Madison«, antwortete Bones und blickte von seiner Zeitschrift auf. »Sie sind spät dran heute Abend. Der Krankenwagen ist vor einer Viertelstunde hereingekommen.«

»Das liegt daran, dass Sie nicht angerufen haben«, gab Alex zurück. Er schlug die Bibel auf, entnahm ihr ein Mitteilungsblatt der Kirche und warf es vor Bones hin. »Fünf Mäuse Ermäßigung bei Shoney's«, sagte er.

»Ihre Großzügigkeit kennt keine Grenzen.«

»Haben Sie was gegen Shoney's?« Alex zog zwei Karten für ein Spiel der Norfolk Tides aus der hinteren Hosentasche.

»Jetzt kommen wir ins Geschäft«, sagte Bones und beäugte die Tickets. Der Mann konnte über jeden Spitzenspieler, der auf dem Weg in die oberen Ligen eine Zeit lang in Norfolk gespielt hatte, stundenlang Geschichten erzählen – oder besser: hatte früher stundenlang Geschichten darüber erzählt.

»Haben Sie nächsten Freitagabend etwas vor?«, fragte Alex.

»Krankfeiern. Die Orioles haben zwei Spieler aus der Major League in der Reha.«

Alex reichte Bones die Tickets. »Haben Sie die Zimmernummer von Evangeline Buford?«

Der Informationsschalter lag in einem anderen Teil des Krankenhauses, und Alex wusste, dass wenn irgendein anderer gefragt hätte, ihm Bones genau das gesagt hätte. Doch für Alex tippte er auf ein paar Tasten. »Vier-drei-eins-zwei.«

»Danke.« Alex blieb noch einen Augenblick stehen und trat von einem Bein aufs andere. Eine Mutter, die einen Säugling auf dem Arm trug und ein Kleinkind hinter sich herzog, kam durch die Tür und stellte sich hinter Alex an.

Aus irgendeinem Grund ließ Bones ihn immer extra fragen. Alex senkte die Stimme: »Irgendetwas Ernstes heute Abend?«

Bones lächelte – das breite Grinsen eines Mannes, der etwas hatte, was sein Kumpel wollte. »Heute Abend nichts. Aber in der 4103 liegt ein stumpfes Schädeltrauma, das gestern Nacht vom Chesapeake General überwiesen worden ist. Sie liegt noch auf der Intensivstation. Leider könnte es sein, dass sie sich wieder ganz erholt.«

»Wessen Schuld?«

»Weiß nicht. Auf jeden Fall ein Autounfall.«

Tides-Tickets waren ein geringes Entgelt für diese Art von Information. »Ich schulde Ihnen was«, sagte Alex.

»Beten Sie einfach am Sonntag für mich mit.«

Alex verließ die Notaufnahme und suchte sich seinen Weg durch das Krankenhaus, atmete den sterilen Geruch von Antiseptika, gemischt mit Resten von Hackbraten aus der nahe gelegenen Cafeteria. Er sprach ein kurzes Gebet für Bones und dankte auch gleich für die neue Mandantin, die er hoffentlich an Land ziehen würde. Seine Kanzlei konnte ein Schädeltrauma gut gebrauchen.

Mit etwas Glück hatte sie ein Lastwagenfahrer erwischt, der eine rote Ampel überfahren hatte – ein paar unabhängige Zeugen wären nett –, und die Spedition hatte eine gute Versicherung. Der Pastor in ihm hoffte, dass es der Frau gut ging. Doch der Fatalist in ihm wusste, genau wie der Anwalt, dass Unfälle eben passierten. Und wenn Unfälle also schon vorkamen, konnten sie genauso gut hier in Hampton Roads passieren. Die Leute wurden dann ins Norfolk General gebracht, und sie konnten genauso gut eine lange und teure Genesungsphase brauchen, bevor sie wieder entlassen wurden.

Alex kam ungefähr gleichzeitig mit zwei älteren Frauen an den Aufzügen an. Als der Aufzug kam, trat Alex mit geschäftsmännischer Höflichkeit beiseite, dann folgte er ihnen hinein. Er lächelte, und sie versuchten, die Geste zu erwidern, doch ihre Augen verrieten eine unerschütterliche Traurigkeit. Sie dankten ihm, drückten auf einen Knopf und fuhren schweigend hinauf.

Die Frauen stiegen im dritten Stock aus: auf der Krebsstation, Alex kannte sie nur zu gut. Zwei Jahre zuvor hatte er hier praktisch gewohnt und zugesehen, wie sein Großvater dahinsiechte. Auch jetzt noch überkam ihn jedes Mal Traurigkeit, wenn er im dritten Stock ausstieg, um ältere Mitglieder seiner kleinen Gemeinde zu besuchen.

Der Tod seines Großvaters hatte Alex aus einer ganzen Reihe von Gründen erschüttert. Es war hart, einen Mann, der einst so dynamisch und lebenssprühend gewesen war - ein Anwalt für Zivilrecht, der Alex alles beigebracht hatte, was er über die Juristerei wusste -, so zu sehen: als einen abgemagerten Schatten seiner selbst. Geistlich gesehen hatte Alex niemals intensiver gebetet - und sich nie betrogener gefühlt, als seine Gebete nicht erhört worden waren. Und emotional hatte Alex den Mann verloren, der ihn mit aufgezogen hatte, nachdem seine Eltern bei einem Autounfall umgekommen waren, als er erst zwölf gewesen war.

Für Alex war die Krebsstation zwar nicht direkt die Hölle, aber man konnte sie von hier aus riechen. Er war dankbar, dass Evangeline im vierten Stock lag - ein Stockwerk über dem Geruch von Dantes Inferno.

Als Alex das Zimmer betrat, erhellte sich Evangelines Gesicht bei seinem Anblick. Er sagte ihr, wie gut sie aussehe, was selbst für Alex eine recht freie Interpretation der Wahrheit war.

Mehrere Maschinen waren an ihren Körper angeschlossen, und sie sah aus wie eingeschweißt. Sie trug nichts von dem Make-up, das sie normalerweise schichtenweise auftrug, wenn sie zur Kirche kam. Ihr graues Haar klebte am Kissen, und an den sichtbaren Teilen ihrer Arme und um den Hals hing die Haut schlaff herab. An der Stelle, wo die

Krankenschwester die Infusionsnadel gesetzt hatte, war ihr rechter Arm blau, was bei Alex leichte Übelkeit auslöste. Er hätte einen furchtbaren Arzt abgegeben.

Evangeline gab Alex einen detaillierten Überblick über ihren Zustand, inklusive dem genauen Zeitpunkt und Ort ihrer letzten Darmbewegung, und hielt nur ab und zu inne, um Luft zu holen. Alex plauderte ein paar Minuten, merkte aber deutlich, dass die Aufregung ihren Tribut von seinem Gemeindemitglied forderte. Er hielt ihre Hände und betete kurz mit ihr.

»Sie werden wieder ganz gesund«, sagte er Evangeline. Sie lächelte tapfer. »Die ganze Gemeinde betet für Sie«, fügte er rasch hinzu. Er wollte nicht, dass Evangeline dachte, ihre Heilung hinge allein an seinen Gebeten.

»Sie sind der beste Pastor, den wir je hatten«, sagte Evangeline heiser. »Pastor Bob kam zwei Tage nicht ins Krankenhaus, als ich meine Nierensteine hatte. Bis dahin hatte ich sie schon ausgeschieden. Sie haben mich ja praktisch hierher verfolgt.«

»Ich klebe den Krankenwagen förmlich an der Stoßstange«, scherzte Alex, doch Evangeline lächelte nicht. Er drückte ihre Hände. »Wir bringen Sie da schon durch.«

2

Ein paar Minuten, nachdem er Evangelines Zimmer verlassen hatte, stand Alex zögernd im Flur vor Zimmer 4 103 und rang mit seinem Gewissen. Die Frau in dem Zimmer brauchte wahrscheinlich juristische Vertretung. Die konnte sie entweder von irgendeinem Winkeladvokaten bekommen, der Fernsehwerbung machte, oder sie konnte sie von Madison & Associates bekommen, einer Firma, die sie mit ein bisschen Respekt behandeln würde. Sie würden hart an ihrem Fall arbeiten und die Versicherungsgesellschaft kurz vor den Prozess bringen, bevor sie Kasse machten. Noch wichtiger: Für Alex und seine Partnerin, Shannon Reese, wäre sie mehr als eine Akte. Alex würde sich geistlich um sie kümmern.

Shannon würde sich mit ihr anfreunden. Sie würde den Rest ihres Lebens Weihnachtskarten von der Kanzlei bekommen.

Auf dem Namensschild an der Tür stand *Ghaniyah Mobassar.* Alex beschloss, sie Ma'am zu nennen.

Er trat ein und ließ ein freundliches Lächeln aufblitzen – nichts Übertriebenes; die professionelle Art von Lächeln, die man zum Beispiel von seinem Arzt bekam.

Ghaniyah war in einem schlimmen Zustand. Ihr rechtes Auge war schwarz und blau und sie hatte eine ziemliche Beule an der Stirn. Maschinen standen überall um das Kopfende ihres Bettes herum, summten, piepsten und pumpten lebensnotwendige Flüssigkeiten in ihren Körper.

Sie hatte die Augen geschlossen, was ein Problem darstellte. *Die Familienmitglieder müssen im Wartezimmer sein.* Alex zog einen Stuhl neben ihr Bett, setzte sich und begann zu beten. Er betete leise, gerade laut genug, um von der Tür aus gehört zu werden, falls jemand hereinkam, aber nicht so laut, dass er klang wie ein Geisteskranker. Ein paar Mal blinzelte er. Ghaniyah hielt die Augen geschlossen. Sie atmete, hatte sich aber nicht bewegt.

Nach ein paar Minuten gingen Alex die Gebetsthemen aus. Er nahm eine Visitenkarte heraus und beschloss, mit der Pastorenseite nach oben eine Nachricht zu hinterlassen, in der stand, er sei dagewesen und sie solle anrufen, wenn sie etwas brauche. Als er meinte, Schritte vor der Tür zu hören, neigte er eilig wieder den Kopf und murmelte noch ein, zwei rasche Sätze.

»Was tun Sie hier?«, fragte eine tiefe Stimme.

Alex drehte sich um und schaute zur Tür, von wo ein älterer Herr ihn böse ansah. Er war ungefähr so groß wie Alex – ungefähr einsfünfundachtzig – mit den langen Gliedmaßen und den eckigen Schultern einer Vogelscheuche. Er hatte dunkle Haare, einen langen, schwarzen Bart und braune Augen, in denen eine Mischung aus Traurigkeit und Überraschung stand.

»Ich bin Pastor«, erklärte Alex rasch. Er stand auf und machte mit ausgestreckter Hand ein paar Schritte auf den Mann zu. »Ich habe gehört, Ihre Frau hatte einen schlimmen Autounfall, und ich bin hergekommen, um für sie zu beten.«

Der Mann schüttelte Alex' Hand – mit festem Griff –, entspannte sich aber nicht. Alex umklammerte mit der Linken seine Bibel.

»Gehören Sie zum Krankenhaus?«, fragte der Mann.

»Nein, Sir. Ich bin nur ein Pastor aus der Gegend.«

»Wir sind Muslime.« Der Tonfall des Mannes war sachlich, nicht scharf. »Ich bin der Imam des islamischen Lernzentrums von Norfolk. Ich weiß es zu schätzen, dass Sie vorbeigekommen sind, aber von unseren Leuten beten schon viele.«

»Es tut mir leid«, sagte Alex und ohrfeigte sich in Gedanken selbst, weil er bei dem Namen nicht geschaltet hatte. Er war berauscht gewesen von dem Gedanken an einen profitablen Fall, und sein Gehirn hatte in den Leerlauf geschaltet. Schnell schaltete er zurück in den Anwaltsmodus. »Macht es Ihnen etwas aus, wenn ich frage, was passiert ist?«

Der Mann schaute an Alex vorbei auf seine Frau. Er senkte die Stimme, vielleicht wollte er sie nicht mit Erinnerungen an den Vorfall beunruhigen. »Ghaniyah ist von der Straße abgekommen und gegen einen Baum geprallt. Wir wissen nicht genau, wie es passiert ist.«

Alex widerstand dem Impuls, den Mann mit Fragen zu löchern. Gab es Bremsspuren? Zeugen? Könnte sie von einem anderen Fahrer von der Straße gedrängt worden sein, der sich nicht einmal die Mühe gemacht hatte, anzuhalten? Wie viel deckt Ihre Haftpflichtversicherung ab? Verstehen Sie, wie eine Kfz-Versicherung gegen Schäden durch nicht versicherte Fahrer funktioniert?

»Die Ärzte sagen, sie hat Schädelhirntraumata erlitten«, fuhr der Imam fort. »Wenn Sie mich jetzt bitte entschuldigen wollen ...« Er ging um Alex herum und trat neben das Bett.

Weniger gute Anwälte hätten jetzt aufgegeben.

Doch nicht Alex. Er trat wieder ans Bett und legte taktvoll eine Visitenkarte auf den Nachttisch neben den Herrn. »Ich bin außerdem auch Anwalt«, gab er zu. Der Mann warf ihm einen Blick zu, als habe er die Worte nicht registriert. Dann richtete er wieder einen besorgten Blick auf seine Frau und nahm ihre Hand, während er auf die Anzeigen der Maschinen blickte.

»Ich bin nicht wie die meisten Anwälte, die auf Personenschäden spezialisiert sind, nur aufs Geld fixiert«, sprach Alex rasch weiter, als könne sich jeden Augenblick eine Falltür unter ihm öffnen. »Die geistliche Gesundheit meiner Mandanten ist mir genauso ein Anliegen wie ihre körperliche. Ich übernehme Fälle auf Erfolgshonorarbasis und stelle normalerweise zehn Prozent weniger in Rechnung als die meisten anderen Anwälte, damit meine Mandanten dieses Geld ihrer Kirchengemeinde oder Moschee oder wie auch immer geben können.«

Der Mann wandte sich Alex zu, Verachtung lag in seinem Blick. »Dies ist weder der richtige Augenblick noch der richtige Ort«, sagte er schlicht. »Ich mache mir keine Sorgen um amerikanische Anwälte oder amerikanische Prozesse oder, wie Sie sagen, ein günstiges Geschäft über ein Erfolgshonorar. Ich bete, dass Allah Ghaniyah wieder ganz gesund macht.« Er schwieg und durchbohrte Alex mit Blicken. »Und jetzt, wenn es Ihnen nichts ausmacht, wüsste ich etwas Privatsphäre zu schätzen. Sicherlich gibt es in diesem Krankenhaus andere, die Ihre Gebete benötigen.«

»Sie haben recht«, antwortete Alex. »Jetzt ist nicht die Zeit, sich um einen Anwalt zu sorgen.« Er nickte und machte sich wieder auf den Weg zur Tür. »Aber wenn es ihr besser geht, rufen Sie mich an, falls sie reden will.«

Der Mann drehte sich wieder zu seiner Frau um und setzte sich.

Ich werde sie nie wiedersehen, dachte Alex. *Warum also nicht alles auf eine Karte setzen?*

»Ich mag Ihnen vielleicht ein bisschen übertrieben vorkommen«, gab er zu, »aber glauben Sie mir, wenn Sie jemanden brauchen, der es mit den Versicherungsgesellschaften aufnimmt, werden Sie jemanden haben wollen, der frech und lästig ist.«

Der Mann rührte sich nicht.

»Genau genommen bearbeite ich gerade noch einen anderen Fall für eine muslimische Mandantin«, fügte Alex hinzu, auch wenn er sich plötzlich ein bisschen dumm vorkam, weil er es ansprach. »Ein Geschäft versucht, sie zu zwingen, ihr Kopftuch wegzuschmeißen.«

Der Imam sah nicht beeindruckt aus. Oder auch nur im Entferntesten interessiert.

»Gott segne Sie«, sagte Alex leise, inzwischen im Türrahmen. »Ich habe schon vorher Fälle mit Schädelhirntraumata behandelt. Ich weiß, dass die ersten Tage kritisch sind. Möge Gott Ihrer Frau gnädig sein.«

Der Mann drehte sich um und sah Alex an, der Blick traurig und bedrückt. »Danke. Und jetzt, wenn es Ihnen nichts ausmacht …« Er wandte seine Aufmerksamkeit wieder Ghaniyah zu, und Alex verstand den Hinweis endlich.

Auf dem Weg nach draußen ging Alex immer durch die Notaufnahme. Vielleicht war in den letzten paar Minuten jemand aufgenommen worden.

»Wie ist es gelaufen?«, fragte Bones.

»War kein großer Erfolg«, gab Alex zu. »Aber immerhin hat ihr Mann mich nicht verprügelt.«

»Das ist doch schon mal ein Fortschritt«, sagte Bones.

3

Inzwischen kannten die Krankenschwestern die Prozedur. Ghaniyah war seit fast vierundzwanzig Stunden in dem Einzelzimmer der Intensivstation, und Khalid hatte das rituelle Gebet, das *Salat,* viermal absolviert. Dies würde sein fünftes werden.

Er warf einen Blick auf die Monitore, küsste Ghaniyah auf die Stirn und schloss die Tür zu ihrem Zimmer. Es kam ihm immer noch seltsam vor, das *Salat* ohne sie zu verrichten. Auch wenn das Paar seine Differenzen hatte, hatte Khalid die Treue seiner Frau zu Allah nie in Frage gestellt.

Bei jedem *Salat* legte sie ihre Gebetsmatte hinter Khalid und wiederholte die Gebete mit ihm zusammen. Ihre Stimme war leidenschaftlich und unerschütterlich. Sie schien nie die Fragen und Zweifel zu hegen, die ab und zu den Glauben ihres Ehemannes trübten. Doch gestern und heute war Ghaniyah still geblieben während der Gebetszeiten, der Blick leer, die Lippen bewegungslos. Khalid hatte versucht, den Glauben für zwei aufzubringen.

Reinheit war der halbe Glaube, eine Auffassung, die Khalid seit der Kindheit eingepaukt worden war. Er benutzte das Waschbecken im Bad für sein Reinigungsritual, zog das Hemd aus und wusch sich die Hände und Unterarme bis zu den Ellbogen hinauf. Er wusch sich Mund und

Nase und schnäuzte das Wasser zurück ins Waschbecken. Dann wusch er sich das Gesicht von der Stirn zum Kinn und von Ohr zu Ohr, auch den ganzen Bart. Er benetzte die rechte Hand und fuhr sich damit übers dichte, schwarze Haar. Dann wusch er sich die Füße bis zu den Knöcheln hinauf. Er zog saubere Kleider an, ein locker sitzendes schwarzes Hemd und eine saubere Hose. Er wusch sich noch einmal die Hände, verließ das Badezimmer und rollte seine Bodenmatte am Fuß von Ghaniyahs Bett aus.

Er sagte ihr, dass er sich bereit mache, seine Gebete zu sprechen.

Sie starrte ins Nichts und reagierte nicht.

»Willst du dich mir anschließen?«

Sie nickte. Aber er konnte an ihrem abwesenden Blick erkennen, dass er das Ritual allein absolvieren würde. Die Ärzte sagten, er müsse Geduld haben. Ihr Zeit geben. Sie würde sich jeden Tag ein bisschen mehr erinnern; ihre Persönlichkeit würde nach und nach wiederkehren.

»Wird sie wieder ganz gesund?«, hatte er gefragt.

»Ich wünschte, ich könnte Ihnen eine endgültigere Antwort geben, Mr Mobassar. Aber ehrlich gesagt … man kann das unmöglich sagen.«

Khalid stand jetzt am Rand seines Gebetsteppichs, die Hände aneinander, mit der Brust Richtung Mekka. Lautlos sagte er seine Absicht zu beten auf und konzentrierte seine Gedanken auf Allah.

Er holte tief Luft und begann mit seinem Gesang: *»Allahu akbar«*, sagte er und legte die hohlen Hände hinter die Ohren. Allah ist der Größte. Rhythmisch bewegte er die Hände an seiner Seite. *»Subhana rabbiy al-a'la …«* Khalids Worte waren laut und zuversichtlich. Er widerstand dem Drang, seine Gebete leiser zu sprechen, damit er andere in den Nebenzimmern nicht störte. Allah belohnte diejenigen nicht, die sich schämten.

Er führte treu jede *Raka'a* aus, die Gebete zu Allah und die Rezitationen aus dem Koran, manche stehend, andere sitzend oder niedergeworfen, sodass Stirn und beide Handflächen die Gebetsmatte berührten. Es fühlte sich einsam an ohne die starke Stimme von Ghaniyah hinter ihm.

Er befand sich gerade in gebeugter Haltung, sein erstes *Sudschud*, als er meinte, zu hören, wie sie die Worte wiederholte, die er eben gesprochen hatte: *»Subhana rabbiy al-a'la«* – Ehre sei Gott. Er fürchtete, es könnte eine psychosomatische Reaktion seinerseits sein, wie Opfer auch nach einer Amputation noch von Schmerzen in ihren Händen berichteten. Sie war so lange da gewesen, hatte seine Gebete bestätigt und wiederholt, dass sein Verstand ihm Streiche spielte.

Er richtete sich auf und kniete nun, die Hände auf den Schenkeln. »*Allahu akbar.*« Diesmal hörte er es deutlicher - eine heisere Stimme vom Bett. Er widerstand dem starken Drang, zu ihr zu gehen, und begann stattdessen mit dem zweiten *Sudschud.* »*Subhana rabbiy al-a'la*«, intonierte er. Seine Frau hatte definitiv wieder eingestimmt, mit schwacher, aber entschlossener Stimme.

Khalid versuchte, seine Gebete ohne Eile zu beenden, bewusst auf einen gnädigen Gott konzentriert. Er sagte das letzte *Allahu akbar* mit einer Inbrunst, die ihm früher am Tag gefehlt hatte. Heute Abend war Allah ein Wundertäter.

Er stand auf und trat neben das Bett seiner Frau. Er nahm ihre Hand, und sie drückte seine, als wüsste sie, dass gerade etwas Bedeutendes geschehen war. Er beugte sich nieder und küsste sie auf die Stirn.

»*Allahu akbar*«, sagte sie.

Khalid stand da und blickte auf seine Frau hinab, mit der er seit zweiunddreißig Jahren verheiratet war. Auch wenn sie Schläuche in der Nase hatte und ihr Gesicht geschwollen und violett war, zeigten ihre Augen Zeichen von Leben und Wiedererkennen.

»Willkommen zurück«, sagte Khalid, auch wenn Ghaniyah nicht antwortete. »Gelobt sei Allah.«

4

In der folgenden Woche ging Alex Madison mit der abgenutzten Lederaktentasche seines Großvaters ins Bezirksgericht von Virginia Beach. Zum ersten Mal seit Monaten hatte er das Gefühl, John Patrick Madison könnte tatsächlich auf ihn herablächeln. Sein Großvater war ein mürrischer alter Bürgerrechtsanwalt gewesen, ein Veteran der Kämpfe um die Aufhebung der Rassentrennung an Schulen in Virginia und eine Legende vor Gericht. Nach seinem Tod hatte das Telefon bei Madison & Associates quasi aufgehört zu klingeln. Um wieder seinen Lebensunterhalt bestreiten zu können, hatte Alex die Kanzlei in ein Körperverletzungsgeschäft verwandelt. An guten Tagen sah das Wartezimmer der Kanzlei aus wie ein Krankenhausflur.

Und sein Großvater drehte sich vermutlich im Grabe herum.

Doch heute ging Alex ein wenig aufrechter. Er setzte sich neben die sechzehnjährige Aischa Hajjar an den Anwaltstisch. Seine Mandantin, eine Teenagerin mit starken Überzeugungen, glaubte, es sei ihre Pflicht, ihren Kopf mit einem *Hidschab* oder Kopftuch bedeckt zu halten. Diese Überzeugung gefiel den Besitzern des Atlantic Surf Shop in Virginia Beach gar nicht, einem Konkurrenten von Alex' Lieblings-Surfgeschäft. Als Aischa sich für einen Ferienjob bewarb, sagten sie ihr, sie passe nicht zur ›Stilpolitik‹ des Ladens.

Vierundzwanzig Stunden nach dem Anruf hatte Alex eine Klage wegen Diskriminierung eingereicht.

Sie befanden sich heute vor Gericht aufgrund eines in Virginia gültigen Gesetzes, das ein verkürztes Schwurgerichtsverfahren erlaubte. Jede Seite hatte bereits eidliche Erklärungen abgenommen und hatte jetzt eine Stunde, um ihren Fall einer siebenköpfigen Jury darzulegen. Alex hatte eingewilligt, sich bindend an das Ergebnis zu halten, weil er eine schnelle Lösung wollte, bevor die Ferienjobsaison endete, und auf einen normalen Geschworenenprozess hätte er Monate warten müssen. Außerdem setzte er damit auf seine Stärken.

Alex war, seiner eigenen bescheidenen Meinung nach, ein begabter Sprecher. Es war die Kleinarbeit, die ihn immer wieder aus dem Konzept brachte.

Er wusste nicht genau, wer der Anwalt der Gegenseite war: Ein junger Harvardabsolvent namens Kendall Spears hatte den Fall übernommen.

Nachdem Richter Thomas, ein Freund von Alex' Großvater, das Vorgehen erklärt hatte, forderte er Alex auf, seinen Fall darzulegen. Alex stand auf und wandte sich mit einem einzelnen Blatt Papier in der Hand der Jury zu. »Ich hoffe, von Ihnen bewirbt sich niemand für einen Job im Atlantic Surf Shop«, sagte er, »denn einige von Ihnen entsprechen nicht ganz ›dem Stil‹.«

»Einspruch!«, sagte Kendall Spears, der aufgestanden war, an den Richter gewandt. »Er fordert die Geschworenen auf, sich in die Lage der Klägerin zu versetzen. Das darf er nicht.«

Genau genommen hatte Kendall recht. Anwälte durften nicht mit der goldenen Regel argumentieren. Doch Kendalls Einspruch veranschaulichte den Unterschied zwischen seiner Harvard-Erziehung und Alex' Lehre bei seinem Großvater. Dass er Einspruch erhob, spielte Alex nur in die Hände, indem es sein Argument noch unterstrich.

»Ich denke, er hat recht«, sagte Richter Thomas. »Meiden Sie doch bitte diese Argumentation.«

Alex zuckte die Achseln. »Tut mir leid, Euer Ehren.« Er wandte sich wieder den Geschworenen zu und nahm den jungen Mann in der zweiten Reihe ins Visier. Er trug einen Ohrring, und seine Arme waren mit Tätowierungen überzogen. Zumindest seine Aufmerksamkeit hatte Alex sicherlich.

Alex hielt das Blatt Papier in seiner rechten Hand hoch. »Die Stilpolitik von Atlantic Surf besagt, dass der Laden ein typisch amerikanisches Image vermitteln will, mit Kleidung und Körperpflege, die widerspiegelt, was die Leute von der Marke erwarten. Okay. Daran gibt es nichts auszusetzen. Aber das ist nur der erste Satz. Der Rest dieser Seite diktiert in allen Aspekten, wie man auszusehen hat. Der erste Satz: ›Von den Angestellten wird ein natürlicher und klassischer Haarschnitt erwartet, der die natürlichen Gesichtszüge unterstreicht und ein frisches, natürliches Erscheinungsbild erzeugt.‹«

Ein paar Tage zuvor war Alex zum Friseur gegangen und hatte sich die Haare auf drei Millimeter Länge kürzen lassen. Er fuhr sich mit der Hand über den Kopf. »Das ist auf jeden Fall natürlich und frisch«, sagte er, »aber ist es ›klassisch‹? Und das ist das Problem: Wer definiert diese Dinge? Sollte man wegen eines schlechten Haarschnitts einen guten Job nicht bekommen?«

Er kehrte wieder zu dem Dokument zurück. »Farbiger Nagellack ist verboten, und lackierte Zehennägel müssen in angemessenen Farben getragen werden, festzulegen durch die Geschäftsleitung.

Keine Gesichtsbehaarung natürlich. Augenbrauenstift, Eyeliner, Lippenstift und Lidschatten sind nur in natürlichen Farbtönen erlaubt.«

Wieder ließ Alex den Blick über die Geschworenen schweifen. Ein paar der Frauen trugen dunklen Lidschatten; eine von ihnen sah ihn mit hochgezogener Augenbraue an.

»Und hier kommt mein Favorit.« Alex deutete auf die vierte Regel auf der Seite. »Unauffällige Tätowierungen sind zulässig, aber nur, wenn sie den Stil des Atlantic Surf Shop widerspiegeln.«

Er lächelte. »Ich bin mir nicht sicher, wer diese unauffälligen Tätowierungen kontrolliert, aber ich wette, der Job macht Spaß.«

»Einspruch!«

»Stattgegeben.«

»Wissen Sie, was hier drin fehlt?«, fragte Alex, unbeeindruckt von dem Einspruch. »Ein Body-Mass-Index. Die Auflage, dass Sie jeden Tag ins Fitnessstudio gehen und einen Sixpack haben. Aber es sollte drinstehen.«

Mit einer Fernbedienung schaltete Alex eine PowerPoint-Präsentation ein. »Das sind Fotos von mir mit allen Angestellten, die an dem Tag gearbeitet haben, als ich den Laden besucht habe.«

Kendall erhob sich, um Einspruch zu erheben, überlegte es sich aber offenbar wieder anders. Dies war schließlich ein verkürztes Verfahren. Die Anwälte waren aufgefordert, die Beweise vorzulegen, die sie im Prozess verwenden würden.

»Beachten Sie, dass sie alle aussehen wie direkt aus dem Katalog von Abercrombie & Fitch gestiegen«, sagte Alex. »Ein ›typisch amerikanisches Image‹ ist anscheinend ein Synonym für *muskulös*.«

Alex sah seine zusammengewürfelte Gruppe von Geschworenen an. Keiner konnte diesen Leuten vorwerfen, auch nur annähernd in Form zu sein, ganz zu schweigen von *muskulös*. »Atlantic Surf bezahlt fast das Doppelte wie andere Einzelhandelsgeschäfte«, fuhr Alex fort. »Meinen Sie, sie zahlen vielleicht eine Prämie für gutes Aussehen?«

»Einspruch! Das ist hier nicht das Thema«, sagte Kendall.

Richter Thomas verzog unentschlossen einen Mundwinkel. »Ich lasse es zu«, sagte er.

»Oh … eines habe ich noch vergessen zu erwähnen«, sprach Alex weiter. »Keine Kopfbedeckungen. Und hier hat meine Mandantin, einer der wenigen Menschen, die wahrscheinlich in jedem anderen Aspekt diese drakonischen Grundsätze erfüllen könnten, den Anforderungen nicht genügt. Sie gehört dem islamischen Glauben an. Und sie glaubt, dass Frauen um des Anstands willen ihre Köpfe mit einem Tuch bedecken sollten, wie sie es heute trägt.«

In den folgenden Minuten hielt Alex einen Vortrag über den Abschnitt VII des *Civil Rights Act* von 1964, dem Gesetz über die Reform der Bürgerrechte. Danach haben Arbeitgeber die Pflicht, aufrichtigen Glaubensvorstellungen ihrer Angestellten in vernünftigem Maße Rechnung zu tragen, es sei denn, es stellte eine unzumutbare Härte für die Firma dar. Aischas Kopftuch, argumentierte Alex, stelle sicherlich keine unzumutbare Härte dar.

»Atlantic Surf sagt, der Sinn und Zweck ihrer Stilvorgaben sei, die Marke aufzuwerten, indem sie das Aussehen ihrer Kunden widerspiegelt. Aber ich kann Ihnen sagen, dass die Kunden ganz und gar nicht aussehen wie die Angestellten des Geschäfts. Hier habe ich Fotos der ersten zwanzig Kunden, die an dem Tag, als ich dort war, in den Laden kamen.«

Es war ein typischer Ausschnitt des Strandlebens – Tätowierte, Übergewichtige, gefärbte Haare, knappe Badebekleidung … und eine Menge lackierte Fingernägel.

»Und jetzt zum Vergleich noch einmal die Angestellten.« Alex kehrte zu seinen Bildern der Atlantic-Surf-Mitarbeiter zurück – schön und durchtrainiert, alle in engen T-Shirts, die muskulöse Körper betonten.

»Gibt es in diesem Meer von oberflächlicher Schönheit keinen Platz für einen einzelnen Teenager, der daran glaubt, Gott mit schlichter Kleidung und bedeckten Haaren zu ehren? Auch wenn ich nicht mit der Forderung des Geschäftes einverstanden bin, dass man gut aussehen muss, um dort zu arbeiten, erfüllt Aischa diese Kriterien. Wo sie nicht besteht, ist in ihrem Wunsch, das nicht offen zur Schau zu stellen.

Wir leben hier nicht in den *Aryan Nations**«, fuhr Alex fort. »Wir leben in Amerika. Wir erlauben den Leuten, sie selbst zu sein. Vielfalt ist eine

---

* Deutsch: Arische Nationen; eine in den USA beheimatete Organisation, die rassistische, antisemitische und herrenrassische Meinungen und Ziele vertritt und deren Ziel ein Staat ist, in dem die sogenannte weiße Rasse führend sein soll.

Lebensform. Religiös. Politisch. Und ja, selbst was unseren Kleidungsstil angeht.

In Amerika sollte man nicht gezwungen werden, sich in ein Sexobjekt zu verwandeln, nur um Surfbretter verkaufen zu dürfen.«

5

Kendall Spears hätte ohne Probleme einen Job im Atlantic Surf Shop bekommen. Er war groß, hatte dichtes, schwarzes Haar, tief liegende Augen und ein kantiges Kinn. Er trug einen Anzug von Brooks Brothers. Er war ein aufgehender Stern einer großen Kanzlei in Norfolk. Er sprach mit einer sonoren Bassstimme.

Wenn Kendall Spears etwas war, dann glatt.

»Piloten tragen Uniformen. Genauso wie Turner, Basketballspieler, olympische Schwimmer und Richter am Obersten Gerichtshof.

Jedes Krankenhaus und Schnellrestaurant in Amerika hat Hygienestandards oder sollte sie zumindest haben. Und wer will nach New York in die Radio City Music Hall, um dort Rockettes-Tänzerinnen zu sehen, die neunzig Kilo wiegen? In diesem Fall geht es nicht darum, ob Firmen Dresscodes oder Gewichtsvorschriften oder sonstige Grundsätze haben, wie ihre Angestellten sich selbst darstellen. In diesem Fall *sollte* es darum gehen, ob der Atlantic Surf Shop Ms Hajjars aufrichtigen Glaubensvorstellungen ohne unzumutbare Härte für die Firma Rechnung tragen kann.«

Kendall machte einen Schritt zur Seite und startete seine eigene PowerPoint-Präsentation. »Um diese Frage zu beantworten, müssen wir die aufrichtigen Glaubensvorstellungen der Klägerin verstehen. Deshalb habe ich ihr in ihrer eidlichen Aussage ein paar Fragen über diesen Glauben gestellt.«

In den folgenden Minuten sahen die Geschworenen ein Video von Aischas Aussage, in der sie die Gründe erklärte, warum sie einen *Hidschab* trug. Sie sprach von Bescheidenheit und dem Ehren ihrer Eltern und ihrer religiösen Traditionen. Sie sprach davon, nicht die falsche Art von Männern anziehen zu wollen. Sie sprach davon, bereit zu sein, für ihren Glauben einzustehen, selbst wenn andere sie dafür verhöhnten.

Es war, fand Alex, eine sehr fesselnde Aussage. Er war stolz gewesen auf Aischa, als er ihre Aussage vor drei Wochen verteidigt hatte. Doch als er sie sich jetzt ansah, regte sich ein ungutes Gefühl in seinem Magen. Anwälte zeigten nicht die besten Antworten der Mandanten der Gegenseite, wenn sie nicht noch ein Ass im Ärmel hatten.

Alex rutschte auf seinem Sitz nach vorn, bereit, Einspruch zu erheben.

»Offen gestanden klang das alles sehr plausibel«, sagte Kendall, »bis ich auf ihr Facebook-Profil gegangen bin.«

Alex spürte, wie sein Herz einen Schlag aussetzte. Ihr Facebook-Profil! Warum hatte er das nicht überprüft?

»Das hier ist ein Foto, das eine ihrer High-School-Freundinnen getagged hat«, erklärte Kendall. Es zeigte Aischa und zwei ihrer Freundinnen in Bikinis am Strand. Aischas war orange und knapp geschnitten und sah aus, als wäre er vielleicht auch noch eine Größe zu klein. Ein kleines Tattoo lugte an ihrer linken Hüfte hervor. Das nächste Bild war eine Nahaufnahme ihres Kopfes. »Sie werden bemerken, dass sie kein Kopftuch trägt«, sagte Kendall und unterdrückte ein Grinsen. »Und auch sonst nicht viel, wenn wir schon dabei sind.«

Ein paar der Geschworenen kicherten, und Alex wusste, er war erledigt. Er hatte ein paar Minuten, um zu versuchen, den Fall während des Gegenbeweises zu retten. Aber im Moment fiel ihm rein gar nichts ein, was er hätte sagen können.

»Ich frage Sie«, fuhr Kendall fort, während die Kamera wieder aus dem Bild herauszoomte, »sieht das aus wie jemand, der die aufrichtige Glaubensvorstellung hat, von Kopf bis Fuß verhüllt sein zu müssen? Oder sieht das aus wie jemand, der den aufrichtigen Glauben besitzt, über die Stilpolitik des Atlantic Surf Shops Kasse machen zu können?«

6

Bevor Alex aufstand, beugte sich Aischa vor und flüsterte ihm ins Ohr. »Das war in den Frühlingsferien mit meinen Freundinnen«, sagte sie mit unsicherer, wackliger Stimme. »Ich habe mir einen ihrer Bikinis geliehen. Das Tattoo ist nicht einmal echt.«

Alex sah, wie seiner Mandantin Tränen in die Augen stiegen. Sie war auf jeden Fall beschämt, wenn nicht gar gedemütigt. »Schon in Ordnung«, sagte er.

Er legte ihr eine Hand auf die Schulter und stand auf, um sich an die Geschworenen zu wenden.

Er ging ohne Notizen zur Geschworenenbank hinüber. Dort blieb er einen Moment stehen, ohne ein Wort zu sagen. Jetzt hatte er definitiv ihre Aufmerksamkeit.

»Haben Sie je etwas getan, das Sie später bereut haben?«, fragte er. »Selbst etwas gegen Ihre religiösen Überzeugungen?«

Er blickte zu Boden und überlegte sich Beispiele. »Vielleicht sind Sie mit den Jungs ausgegangen und haben sich besoffen. Oder Sie haben geflucht und den Namen des Herrn missbraucht. Oder – im schlimmsten Fall – Sie hatten eine Affäre. Bedeutet das, dass man Sie zwingen sollte, zu trinken oder zu fluchen oder Sex mit jemandem zu haben, nur um einen Job zu bekommen?«

Die Frage machte sie zumindest nachdenklich – er konnte es in ihren Blicken erkennen. »Etwas gegen Ihre Überzeugungen zu tun, führt nicht dazu, dass diese Überzeugungen verschwinden. Es macht Sie nicht zum Heiden; es heißt nur, dass Sie menschlich sind. In meiner religiösen Tradition sagte der Apostel Paulus, dass er den Wunsch habe, zu tun, was gut sei, dass er es aber nicht schaffte. Stattdessen tat er immer wieder das, was er nicht sollte. Machte ihn das zu einem Atheisten? Nein, es machte ihn normal. Ein Gläubiger, der von seiner eigenen menschlichen Natur heimgesucht wurde.

Kommt schon, Leute. Das waren drei Mädchen im Urlaub. Aischa hat dieses Foto nicht auf ihr Facebook-Profil gestellt; das war eine ihrer Freundinnen. Ein sechzehnjähriges Mädchen lieh sich einen Bikini, weil sie eine Woche lang wie ihre Freundinnen sein und nicht auffallen wollte. Sie klebt sich eine falsche Tätowierung auf. Und jetzt will Mr Spears Sie glauben machen, dass dieser ganze Prozess nur eine Masche ist.«

Alex schüttelte den Kopf, als könne er nicht fassen, wie sein Gegner so tief sinken konnte. »Unter der Woche bin ich Anwalt. Aber sonntags diene ich als Pastor der South Norfolk Community Church. Und ich werde Ihnen mal etwas sagen – wenn Fotos von meinen Urlauben in den Frühlingsferien der Lackmustest wären, würde ich nicht mehr sehr lange predigen.

Wir stolpern alle ab und zu. Deshalb brauchen wir alle ein bisschen Gnade. Falls Sie je Gnade erfahren haben, können Sie vielleicht selbst auch ein wenig davon walten lassen. Ich weiß, dass Aischa das wirklich zu schätzen wüsste.«

Alex dankte ihnen und kehrte zu seinem Platz zurück.

»Mein Dad wird mich umbringen«, flüsterte Aischa.

7

Während die Geschworenen berieten, versuchte Alex zu tun, was er am besten konnte – einen Deal aushandeln. Er schlug Kendall Spears vor, dass der Atlantic Surf Shop Aischa in Teilzeit einstellte. »Sie ist sogar bereit, die meiste Zeit im Lager zu verbringen«, bot Alex an.

Doch Kuhhandel für Anfänger war in Harvard anscheinend nicht mehr im Kursangebot. »Ich lasse es darauf ankommen und warte auf die Jury«, sagte Kendall offen arrogant. »Ob gewonnen oder verloren: Wir haben auf jeden Fall gut Werbung für uns gemacht.«

Da ging Alex ein Licht auf. Auf der Treppe des Gerichtsgebäudes warteten vier Kamerateams. Richter Thomas hatte eine Kamera für alle Sender zusammen im Gerichtssaal zugelassen, und die Zeitung hatte ebenfalls einen Reporter geschickt. Alex hatte der Verteidigung direkt in die Hände gespielt. Atlantic Surf war es egal, ob der politisch korrekten Masse ihre Politik gefiel oder nicht. Sie verkauften Zubehör an Surfer. Und Alex' kleine Diashow hatte die Angestellten als Muskelprotzparade gezeigt und damit kostenlose Werbung auf allen lokalen Fernsehsendern gemacht.

»Gutes Argument«, gab Alex zu. »Wenn euch die Gerechtigkeit egal ist, könnte das eine Win-Win-Situation für euch Typen sein.«

Er verließ den Gerichtssaal und zog sein Handy heraus. Den Spieß konnte er auch umdrehen.

* * *

Eine Stunde später waren die Geschworenen zu einer Entscheidung gekommen. Richter Thomas schaute auf das Papier mit dem Urteil und runzelte die Stirn. »Das ist Ihr Urteil?«, fragte er die Sprecherin.

»Ja, Euer Ehren.«

»Dieser Meinung sind Sie alle?«

Die Geschworenen nickten.

Thomas studierte das Blatt noch einen Augenblick und sah dann Alex und Aischa an. Auch wenn es im Fall *Hajjar gegen Atlantic Surf Shop, Inc.* nicht gerade um die hohen Einsätze eines Mordprozesses ging, schlug Alex doch das Herz bis zum Hals. *Es ist ein Ferienjob,* ermahnte er sich. Doch er wusste, es bedeutete viel mehr.

»Wir, die Geschworenen im Fall *Hajjar gegen Atlantic Surf Shop, Inc.*, entscheiden zugunsten des Beklagten«, las Richter Thomas vor.

Alex spürte den Schlag in die Magengrube und hörte Aischa neben sich ausatmen. »Schon gut«, flüsterte er. »Du hast das Richtige getan, indem du dagegen geklagt hast.«

Es war schwer, die Geschworenen nicht verächtlich anzustarren, während Richter Thomas ihnen für ihren Dienst dankte. Alex ertappte sich dabei, wie er hoffte, sie würden selbst eines Tages Opfer von Diskriminierung werden. Nachdem die Geschworenen gegangen waren, war es noch schwerer, Kendall Spears die Hand zu schütteln und ihm zu gratulieren.

Der Schlag wurde etwas abgemildert, als Richter Thomas Alex bat, zur Richterbank zu kommen, bevor er den Gerichtssaal verließ. »Sie haben Ihre Sache ganz hervorragend gemacht«, sagte der Richter leise. »Sie haben den Stil Ihres Großvaters.«

Nur dass mein Großvater gewonnen hätte, dachte Alex. Doch er war als Anwalt gut genug, um dieses Gefühl für sich zu behalten.

»Danke, Euer Ehren.«

8

Anders als die meisten Anwälte hatte Alex kein Universitätsdiplom an der Wand seines Büros hängen. Virginia war einer der wenigen Staaten, wo ein Anwalt noch ohne Universitätsstudium ›das Gesetz lesen‹, die Anwaltsprüfung machen und als Anwalt zugelassen werden konnte. Es gab hier ein Programm namens *law reader program,* mit dem jeder Anwaltsaspirant unter einem zugelassenen Anwalt studieren und sich fürs Examen qualifizieren konnte, sobald er ein paar vorgeschriebene Kurse absolviert hatte. Thomas Jefferson war zum Beispiel auf diese Art Anwalt geworden. Mehrere Generationen später war Alex' Großvater in seine Fußstapfen getreten.

Alex hatte mehr aus Frust an diesem Programm teilgenommen denn aus Tradition. Er hatte ein Jahr an der juristischen Fakultät von Richmond studiert, aber er hasste die endlosen Debatten über esoterische juristische Theorien und das Wort ›Syntaxanalyse‹, das seinen Stundenplan zu dominieren schien.

Alex wollte ein Prozessanwalt sein, schnell reagierend wie sein Großvater. Doch in seinen Kursen schien man mehr Wert auf intellektuelle Psychospiele zu legen. Manche seiner Professoren hatte man noch nie in einem Gerichtssaal gesehen.

Nachdem er in den Sommersemesterferien nach seinem ersten Jahr in der Kanzlei seines Großvaters gearbeitet hatte, hatte Alex das Gefühl, in drei Monaten mehr über die praktische anwaltliche Arbeit gelernt zu haben als in einem ganzen Jahr während seiner Universitätsausbildung. Sein Großvater, selbst kein Fan der juristischen Fakultäten, war davon nicht überrascht gewesen. Er hatte vorgeschlagen, dass Alex darüber nachdachte, die Gesetze zu studieren, während er in der Kanzlei ein bisschen Geld verdiente.

Zwei Jahre später wurde Alex einer der Handvoll Anwälte in Virginia, die ohne einen Universitätsabschluss die Anwaltsprüfung ablegten und ihre Zulassung bekamen. Er rahmte seine Zulassung mit keinem geringen Maß an Stolz ein, auch wenn der Begriff ›*law reader*‹ mit ein bisschen Gepäck und riesigen Komplexen daherkam. Wie sein Großvater würde Alex sein ganzes Berufsleben lang beweisen müssen, dass er dazugehörte.

Statt eines Universitätsdiploms hing nun an Alex' Wand der Eitelkeiten ein gerahmtes Blatt Papier mit der nachlässigen Handschrift seines Großvaters darauf. Die Seite war überschrieben mit:

Madison & Associates – Wettbewerbsvorteile

Sein Großvater hatte die Liste an dem Tag geschrieben, als er Alex sagte, dass er an Krebs sterben würde. »Ich schätze, du wirst die Kanzlei ein bisschen früher übernehmen, als wir geplant hatten«, hatte John Patrick Madison gesagt. »Hier sind ein paar Dinge, die du im Hinterkopf behalten solltest.«

Er schrieb zehn Punkte nieder, sprach eine halbe Stunde mit Alex darüber, dann sagte er ihm, er müsse zurück an die Arbeit. Nicht eine Träne wurde vergossen. Es war wie jede andere Unterrichtseinheit, die Alex je mit seinem Großvater gehabt hatte. Sachlich. Bleib dir treu. Keine Dramen. Sein Großvater hatte dem Tod mit genauso viel Furcht ins Gesicht gesehen, wie er sie vor einem großen Fall zeigte. Mit anderen Worten … vollkommen ohne.

Alex behielt die Liste und hatte sie rahmen lassen, nachdem sein Großvater gestorben war.

Der erste Satz war typisch ungeschminkt:

Gute Anwälte machen keine Werbung.

Alex dachte über diesen Rat nach, als er stehen blieb, um mit den Nachrichtenteams vor dem Gerichtsgebäude von Virginia Beach zu plaudern. Sein Großvater hatte nie für Werbung bezahlt, aber er hatte auch nie ein kostenloses Interview abgelehnt. Er hatte Alex erklärt, dass nur juristische Dinosaurier die Nase über die Medien rümpften. »Ich bin der Fürsprecher meiner Mandanten«, hatte er gesagt. »Und manchmal will ich den Geschworenen eine Botschaft schicken, *bevor* wir den Gerichtssaal betreten.«

Alex beantwortete ein paar Fragen, während Aischa neben ihm stand. Er wartete, bis jemand fragte, ob sie in Berufung gehen würde, bevor er seine Ankündigung machte.

»Wir haben beschlossen, nicht in Berufung zu gehen«, sagte er, »denn wenn wir gewinnen würden, würde Aischa am Ende im Atlantic Surf Shop arbeiten, und es ist ziemlich offensichtlich, dass sie sie dort nicht wollen. Zu ihrem Glück haben aber nicht alle Surfgeschäfte eine Stilpolitik, die einen zwingt, an der Tür seine religiösen Überzeugungen zu überdenken. Tatsächlich glauben die Besitzer von Burke's Surf auf der Laskin Road fest daran, dass die Surfkultur die Menschen genau so nimmt, wie sie sind. Deshalb haben sie Aischa einen Ferienjob für den Sommer angeboten, mit *Hidschab* und allem.«

Ein paar Reporter gratulierten Aischa, und sie schenkte ihnen ein hübsches Lächeln. Sie sagte ihnen, wie sehr sie sich darauf freue, bei Burke's anzufangen. Alex fügte sogar noch hinzu, dass die meisten Bewohner der Gegend Burke's dem Atlantic Surf Shop sowieso vorzogen. Als das Interview endete, war es schwer zu sagen, wer die Schlacht vor Gericht ein paar Minuten zuvor gewonnen und wer verloren hatte.

Alex lächelte ebenfalls in die Kameras, würde sich auf dem Rückweg ins Büro aber pausenlos in den Hintern treten. Er hätte Aischas Facebook-Profil überprüfen sollen. Er war selbstgefällig gewesen. Sein Großvater hätte dieses wichtige Detail niemals übersehen.

Alex hatte gerade nicht nur den Fall verloren. Er hatte gegen Regel Nummer fünf auf der Liste seines Großvaters verstoßen, einen Satz, den er auswendig kannte, genau wie jeden anderen Satz auf diesem gelben Blatt Papier:

Lass dich nie von einem Elite-Uni-Anwalt ausstechen.

9

Für Khalid Mobassar war Schlaf zu einem Luxus geworden. Er verbrachte jede Nacht in dem Kippstuhl neben Ghaniyahs Bett, wachte auf, wenn sie sich bewegte, sah immer wieder nach ihr, während sie schlief, und frohlockte über jeden kleinen Schritt auf dem Weg der Besserung. Als Ghaniyah von der Intensivstation ins Hirntrauma-Rehazentrum verlegt wurde, folgte Khalid ihr, schleppte seine kleine Reisetasche mit Kleidern und Toilettenartikeln, seine Aktentasche voller Bücher und Papiere, seinen Computer, seinen Gebetsteppich und seinen Koran mit. Er ließ sie nur ein paar Stunden pro Tag allein, um nach Hause zu gehen, zu duschen und in der Moschee vorbeizuschauen.

Die medizinische Seite war bestenfalls verwirrend. Khalid machte sich mit dem Behandlungsvokabular bei Schädel-Hirn-Traumata vertraut, sowohl indem er den Ärzten zuhörte als auch durch seine Recherchen im Internet. Ghaniyah war mit einer 12 auf der Glasgow-Koma-Skala ins Krankenhaus eingeliefert worden, was auf eine mittelschwere Gehirnschädigung hindeutete.

Sie hatte kurz das Bewusstsein verloren, bevor die Notärzte am Unfallort eingetroffen waren. Glücklicherweise zeigten ein CT und das MRT keine Schwellung des Gehirns oder eine Blutung, die einen operativen Eingriff erfordert hätten.

Doch laut den Ärzten entstanden durch Schädel-Hirn-Traumata oft mikroskopische Veränderungen, die bei radiologischen Tests nicht so einfach zu erkennen waren. Ghaniyahs offizielle Diagnose war ein mittleres Schädeltrauma mit diffuser axonaler Schädigung und Mangeldurchblutung. Ihre Prognose für eine vollständige Genesung war ›zurückhaltend‹.

Fünf Tage nach dem Unfall hatte ein Neuropsychologe eine grundlegende neurologische Untersuchung vorgenommen, um das Ausmaß der Schädigung zu beurteilen. Umfangreiche neuropsychologische Tests würden später kommen, doch die vorläufigen Ergebnisse waren ernüchternd.

Auch wenn sie nicht mehr im Koma lag, hatte Ghaniyah einen Gedächtnisverlust erlitten, eine Persönlichkeitsveränderung und eine mäßige Beeinträchtigung ihrer kognitiven Steuerungsfähigkeit. Sie hatte Probleme, sich zu konzentrieren, und konnte nicht mehr als eine Aufgabe gleichzeitig erledigen. Sie litt an Stimmungsschwankungen und Depressionen. Das alles waren Symptome einer frontoparietalen Verletzung des rechten Hirnlappens, erklärte der Neuropsychologe. Für Khalid fühlte es sich an, als habe ihm jemand die Frau gestohlen, die er geheiratet hatte, und eine andere Person in ihren Körper gesteckt, eine Schwerfälligere mit unberechenbaren Emotionen.

Doch Khalid war entschlossen, sie mit seiner Liebe bis zur vollständigen Genesung zu begleiten. Was hätte er auch sonst tun können?

Er las ihr jeden Tag stundenlang aus dem Koran vor; das beruhigte sie und milderte ihre Stimmungsschwankungen. Sie schloss sich ihm auch bei den *Salats* an – in den ersten Tagen von ihrem Krankenhausbett aus, aber danach auf ihrer Gebetsmatte. Dennoch schien ihr die religiöse Inbrunst der Frau zu fehlen, mit der Khalid seit zweiunddreißig Jahren verheiratet war. Dieser Aspekt ihrer Persönlichkeitsveränderung schmerzte ihn am meisten.

Die Ärzte sagten, er werde Ghaniyah in ein paar Tagen mit nach Hause nehmen können, eine Aussicht, die Khalid Angst einjagte. Seine Frau war noch nicht so weit, um allein gelassen zu werden – das konnte man sehen, wenn man in ihre leeren Augen schaute. Doch die Versicherungsgesellschaft bestand darauf, dass sie sich genauso gut mit ambulanter Behandlung zu Hause erholen konnte wie im Krankenhaus. Für Khalid fühlte sich das an wie ›aus den Augen, aus dem Sinn‹, als würden die Neuropsychologen und Hirnverletzungsspezialisten einfach zum nächsten Patienten übergehen.

Diese Gedanken beschäftigten ihn, als er am Donnerstagabend die Nachrichten schaute und währenddessen ein paar Papiere hin- und herschob. Ghaniyah lag auf dem Bett und döste immer wieder ein.

Das Thema einer Lokalnachrichtensendung erregte seine Aufmerksamkeit – eine muslimische Teenagerin, die diskriminiert wurde, weil sie ihren *Hidschab* bei der Arbeit tragen wollte. Die junge Dame war kein Mitglied von Khalids Moschee, aber er bewunderte ihre Unerschrockenheit. Es kam ihm ein bisschen merkwürdig vor, dass sie unbedingt in einem Surfgeschäft arbeiten wollte, aber wer verstand andererseits schon, was im Kopf eines Mädchens im Teenageralter vorging? Zumindest hatte sie den Mut, für ihre Überzeugungen einzustehen, auch wenn sie sich dadurch wie eine Ausgestoßene fühlte.

Als die Geschichte zur Treppe vor dem Gerichtsgebäude überging, ließ Khalid fast seine Papiere auf den Boden fallen.

»Er?«, sagte er laut, als Alex' Gesicht zum ersten Mal auf dem Bildschirm erschien. Er griff nach der Fernbedienung und schaltete den Ton lauter.

Derselbe Anwalt, den er in der Woche zuvor in Ghaniyahs Krankenzimmer angetroffen hatte, erklärte jetzt, dass er seiner Mandantin einen Job in einem anderen Surfgeschäft verschafft habe. Er sprach von der Bedeutung einer pluralistischen Gesellschaft und gegenseitiger religiöser Toleranz. Er sprach davon, Menschen so anzunehmen, wie sie waren, statt sie alle zu Madison-Avenue-Klonen zu machen. Seine Mandantin stand neben ihm und strahlte bei der Aussicht, in Burke's Surf Shop arbeiten zu dürfen.

Als die Nachrichten zur nächsten Story übergingen, drehte Khalid den Ton leiser und dachte darüber nach, was er eben gesehen hatte. Vielleicht hatte er Reverend Alexander Madison falsch eingeschätzt. Der Mann war ihm vorgekommen wie ein Kreuzfahrer, als er in Ghaniyahs Krankenzimmer gekommen war; er hatte gewirkt wie ein schäbiger, opportunistischer Anwalt. Vielleicht war er das auch. Doch eines musste Khalid dem Mann lassen – Mr Madison war erfinderisch. Und so einen Anwalt brauchten sie sicherlich für Ghaniyahs Fall … falls sie überhaupt einen rechtlichen Anspruch geltend machen konnte.

Ghaniyah konnte sich nicht an den Aufprall oder die Ereignisse direkt danach erinnern, aber sie wusste noch, was zu dem Unfall geführt hatte. Ein Sattelschlepper war ausgeschert, um sie auf der North Landing Road zu überholen – einer schmalen, zweispurigen Straße, die sich durch den südlichen Teil von Virginia Beach wand. Als ein entgegenkommendes Fahrzeug um die Ecke kam, war der Fahrer des Sattelschleppers plötzlich wieder auf Ghaniyahs Spur eingeschert, obwohl sein Anhänger noch nicht ganz an ihr vorbei war. Das Letzte, woran sie sich erinnerte, war, wie ihre Reifen sich vom Asphalt lösten, als sie auf eine Pinie zuschlingerte.

Jetzt hatte es Khalid stapelweise mit Arztrechnungen und vielleicht mit Langzeitpflege für Ghaniyah zu tun. Falls der Fahrer des Sattelschleppers den Unfall verursacht hatte, warum sollte er dann nicht für die Folgen bezahlen?

Sie mussten ihn nur vorher ausfindig machen. Der Fahrer hatte nicht angehalten, und die Polizei hatte keine Spur. Aber einer der Männer in Khalids Moschee hatte als Versicherungssachverständiger gearbeitet. Er erklärte Khalid, dass solche Fälle eventuell von seiner Kfz-Versicherung gegen Schäden durch nicht versicherte Fahrer übernommen wurden.

Khalid suchte Ghaniyahs Zimmer leise nach Mr Madisons Visitenkarte ab. Als er sie nicht finden konnte, suchte er die Website der Kanzlei und schrieb sich die Büronummer auf.

Er würde Mr Madison anrufen, sobald Ghaniyah aus dem Krankenhaus entlassen war und sich die Situation ein bisschen eingespielt hatte. Was konnte es schaden?

Ein muslimischer Imam und ein christlicher Pastor. Das konnte eine interessante Dynamik entwickeln.

10

Fünfundzwanzig Jahre zuvor
Beirut, Libanon

Hassan Ibn Talib war, wie alle Mörder, einmal Kind gewesen.

Im Alter von fünf Jahren hatten sich er und seine Geschwister jeden Abend zum Islamunterricht ihrer Mutter auf dem Teppichboden im Wohnzimmer versammelt. Sie begann, indem sie mit großer Ehrfurcht den Koran auf den Couchtisch legte. Das Buch war zerlesen, die Seiten gelb und abgenutzt. Wenn seine Mutter es öffnete, lag ein muffiger Geruch in der Luft, der die Kinder an Zeit und Ort der großen Schlachten zwischen muslimischen Kriegern und jüdischen Ungläubigen versetzte. Zwar gab es seitenweise lange und verwirrende Lehren und Sprüche, die ein kleiner Junge nicht verstehen konnte. Aber es gab auch eine Menge

Action, und niemand konnte die alten Geschichten besser zum Leben erwecken als Hassans Mutter.

Sie war normalerweise eine ruhige Frau, streng mit ihren Kindern, in der Öffentlichkeit respektvoll ihrem Mann gegenüber. Doch wenn es Zeit für den Unterricht war, änderte sich ihr Verhalten, und in den Mandelaugen glühte das Feuer einer wahren Gläubigen. Hassan hatte auf die harte Tour gelernt, dass Unfug, flüstern und seine Geschwister stupsen ihm die Rute einbrachten.

An manchen Abenden, wie heute, las seine Mutter ein paar Verse aus dem Koran und setzte dann zu einer Geschichte an, die Hassan nie zuvor gehört hatte. Wie in allen guten Geschichten ging es auch in dieser um einen wahren Helden.

»Unser dritter Imam, Imam Hussein, war ein Mann von Glauben und Tatkraft. Er verehrte Allah und trug in der Nacht Säcke voller Essen zu den Häusern der Armen, um sie aufzumuntern. Er sagte seinen Nachfolgern immer: ›Bleibt in Kontakt mit den Bedürftigen, denn Allah liebt die Arroganten nicht.‹«

Hassan verstand das Wort *arrogant* nicht, aber er mochte Imam Hussein jetzt schon. Hassans einfache Weltsicht, genährt durch die Geschichten seiner Mutter, war schwarz und weiß. Die Guten und die Bösen. Muslime und Juden. Imam Hussein musste einer von den Guten sein. Stark im Kampf. Ein Judentöter.

»Doch während der Zeit von Imam Hussein kam ein böser Herrscher namens Yazid Ibn Muawiya an die Macht und zwang alle, seine Führung anzuerkennen. Das heißt, alle bis auf Imam Hussein und ein paar tapfere Anhänger. Imam Hussein war der wahre Nachfolger des Heiligen Propheten Mohammed, und er würde sich nicht der Herrschaft von jemandem beugen, der so böse war wie Yazid.«

Hassans kleine Hand schoss in die Luft. Sein Bruder warf ihm einen verächtlichen Blick zu.

»Ja, mein Sohn?«

»Was bedeutet ›Nachfolger‹?«

Ihre Mutter lächelte. »Imam Hussein war der Enkel des Propheten Mohammed und dazu ausersehen, die islamische *Umma,* die Gemeinschaft, zu führen.«

»Oh.«

»Das ist eine dumme Frage«, flüsterte Hassans Bruder und zog damit einen bösen Blick von ihrer Mutter auf sich.

»Also luden die Einwohner von Kufa, die Anhänger des Imams Hussein waren, ihn ein, in ihre Stadt zu kommen und ihren Aufstand gegen Yazid und seine Armee anzuführen. Doch auf dem Weg nach Kufa stießen Imam Hussein und seine Familie auf eine große Armee Männer. Die Männer umstellten das Lager von Imam Hussein und wollten seinen Leuten nicht erlauben, Essen oder Trinkwasser zu besorgen. Tagelang durften Imam Hussein, seine Familie und Anhänger ihren Lagerplatz nicht verlassen, während die Armee Verstärkung bekam und wuchs. Am Ende waren es *30 000* Krieger.« Hassans Mutter betonte die Zahl und machte dann als gekonnte Geschichtenerzählerin, die sie war, eine effektvolle Pause.

»Wie viele hatte Imam Hussein?«, fragte Hassan. Diesmal vergaß er, die Hand zu heben.

»Zweiundsiebzig.«

Häh? Selbst für einen kleinen Jungen war diese Ungleichheit überwältigend.

»Acht Tage lang sengte die glühend heiße Sonne auf den Wüstensand nieder, während Imam Hussein darauf wartete, dass die Menschen aus Karbala, einer nahe gelegenen Stadt, zu seiner Unterstützung kamen.«

Hassans Mutter senkte die Stimme. »Zu ihrer großen Schande kamen die Menschen aus Karbala nicht. Und so, nach mehr als einer Woche ohne Essen und Wasser, waren viele von Imam Husseins Anhängern so ausgetrocknet, dass sie nicht mehr schlucken konnten und ihnen die Zungen am Gaumen klebten. Da nahm der Imam seinen sechs Monate alten Sohn auf die Arme, ging zu Yazids Armee hinüber und hielt das Baby hoch, damit die Anführer sehen konnten, dass der Junge im Sterben lag. Er bat sie, das Baby zu nehmen und dem Kind Wasser zu geben, auch wenn sie vorhatten, Hussein zu töten.«

Hassans Mutter streckte die Arme mit dem imaginären Baby auf den Händen aus. Hassan rutschte weiter vor, mit angehaltenem Atem und aufgerissenen Augen.

»Einer von Yazids Männern schoss dem Baby einen vergifteten Pfeil durch den Hals, was das Baby umbrachte und seinen Hals an den Arm seines Vaters heftete.«

Hassan schnappte nach Luft. Ein getötetes Baby! Und nicht durch Juden oder Ungläubige! Durch andere muslimische Krieger!

»Sie verlangten, dass Imam Hussein sich ergab, doch das tat er nicht. ›Der Tod ist besser als die Schande, und ich bin bereit, für die Verteidigung des Islams und der Muslime zu sterben‹, sagte er. Und dann begann die Schlacht.«

Hassan hörte atemlos zu, als seine Mutter den Kampf beschrieb – wie der Imam auf sein schwarzes Ross stieg und ein Schwert schwang und damit Dutzende von Yazids Soldaten fällte. Doch am Ende wurde der tapfere Mann von seinen Feinden überwältigt.

»Die Bösewichte schlugen ihm den Kopf ab und ließen seinen Leichnam drei Tage ohne Begräbnis verrotten«, berichtete Hassans Mutter mit großer Traurigkeit.

Hassan war niedergeschlagen. Die Guten verloren selten in den Geschichten seiner Mutter. Und wenn, dann war es niemals *so*. Umgebracht. Verrotten gelassen. Sein Baby tot in seinen Armen.

Hassan sah seinen älteren Bruder an und suchte nach einer Reaktion. Wie immer war die Miene seines Bruders wie versteinert. Genau wie an dem Tag, als Hassans Mutter ihnen Sure 99 beigebracht hatte, wo es um das Erdbeben und den Tag des Jüngsten Gerichts ging. Hassan hatte vor Angst gezittert, als sie die quälenden Flammen der Hölle beschrieb. »Wenn eure schlechten Taten eure guten Taten überwiegen, kommt ihr in die Hölle«, hatte Hassans Mutter erklärt. Und Hassan hatte sofort gewusst, dass die Hölle sein Schicksal war. Sein Gewissen hatte ihn tagelang gequält, und Albträume hatten seinen Schlaf heimgesucht.

Doch sein Bruder hatte unbeeindruckt gewirkt. Was wusste er, das Hassan nicht wusste?

Die Stimme seiner Mutter holte ihn in die Geschichte zurück. »Aber es war nicht wichtig, was Yazids Männer Imam Husseins Leichnam antaten, denn er war nicht mehr da«, erklärte Hassans Mutter, und in ihrem Tonfall lag die Begeisterung eines großen Geheimnisses, das sie ihnen jetzt erzählen würde. »Er saß am Ufer eines klaren Flusses, umgeben von vielen Frauen, die ihn fütterten und für ihn sorgten.«

Hassan erkannte die Beschreibung sofort. Das war *Dschanna*! Das Paradies!

Seine Mutter klappte den Koran zu und schaute feierlich von Hassan zu seinem Bruder. »Wir nennen Imam Hussein ›Sayyid al-Shuhada‹ – den Herrn der Märtyrer. Wer als Märtyrer stirbt – als *Schahid* –, spürt den Tod nicht. Es ist eher wie der unbedeutende Schmerz eines Mückenstichs. Er wacht im *Dschanna* auf, und Allah lächelt ihn an und setzt ihm die Krone der Tugendhaftigkeit auf.«

Hassans Mutter hielt jetzt zwei Finger und den Daumen zusammen und öffnete sie ein kleines bisschen, als ließe sie ein winziges, wertvolles Ding los. »Egal, was er in diesem Leben falsch gemacht hat, wird ihm mit dem ersten Tropfen Blut vergeben, das er vergießt. Mit dem zweiten Tropfen kann er siebzig Familienmitglieder freikaufen, die sonst in die Hölle gekommen wären.

Als Märtyrer zu sterben, bedeutet, niemals zu sterben.«

* * *

Gegenwart
Washington, D. C.

Hassan erhielt die Kurznachricht am Mittwochabend. Die junge Frau eines bedeutenden Leiters einer Moschee in Norfolk war vom Glauben abgefallen. Sie war in Begleitung eines verheirateten amerikanischen Mannes gesehen worden, eines gläubigen Christen. Sie machte nicht nur ihre Ehe zum Gespött, sondern, was noch wichtiger war: Allah.

Die Moschee in Norfolk, der sie angehörte, war ursprünglich als Teil der Strategischen Stadtinitiative der Islamischen Bruderschaft gegründet worden, dem Vorhaben, berühmte Moscheen in allen wichtigen Städten Amerikas zu errichten. Norfolk stand wegen seiner strategischen Militärstützpunkte sowie seiner Nähe zu Washington, D. C., auf der Liste. Die Moschee war eine der wenigen islamischen Erfolgsgeschichten im Süden der USA und übertraf alle Wachstumsprognosen. Ihr Imam, Khalid Mobassar, war ein sehr angesehener charismatischer Leiter, auch wenn er reformistische Ideen forcierte, die dem Glauben manchmal abträglich waren. Andere in der Moschee, offene Verfechter des orthodoxen Glaubens, dienten als Gegengewicht. Fatih Mahdi war solch ein Mann.

Doch jetzt war Mahdis junge Ehefrau untreu geworden.

Die erste Kurznachricht, die Hassan erhielt, war knapp und unmissverständlich:

Ja'dah Fatima, Frau von Fatih Mahdi, ist zum christlichen Glauben konvertiert. Sie hat sich selbst befleckt, indem sie Umgang mit einem amerikanischen Mann hatte. Sie hat Schande über ihre Familie gebracht und Allah entehrt. Sie darf nur eine Gelegenheit bekommen, Buße zu tun und zum Glauben zurückzukehren. Wenn sie sich weigert, muss die Ehre ihrer Familie wiederhergestellt werden.

An die zweite Kurznachricht war ein Bild angehängt – ein Foto einer jungen libanesischen Frau und eines amerikanischen Mannes mittleren Alters. Die zweite Nachricht war kürzer als die erste:

Wenn du am Samstagabend in die Beach Bible Church gehst, findest du sie dort. Möge Allah dich leiten.

11

Nach Hassans Ansicht verkörperte die Beach Bible Church alles, was am amerikanischen Christentum nicht stimmte. Sie kam ihm vor wie eine gottlose Mischung aus Vergnügungspark, Verein und Rockkonzert. Der Parkplatz war riesig, das ›Allerheiligste‹ hätte die meisten Konzerthallen in den Schatten gestellt, und die Musik war so laut, dass Hassan Kopfschmerzen hatte, bevor das dritte Lied zu Ende war. Die Frauen kleideten sich provokativ, während die Männer vorgaben, es nicht zu bemerken. Es gab kein Gemeinschaftsgebet, kein ehrfürchtiges Schweigen, keine würdevolle Lesung aus einem heiligen Buch. Es war alles protzig, schillernd und laut.

Ein Gottesdienst, dachte Hassan, *ohne Gottesdienst.*

Er saß auf einem der gepolsterten Klappstühle in der drittletzten Reihe und versuchte, unauffällig zu bleiben in einer Kirche, die überraschend voll war für einen Samstagabendgottesdienst. Die Leute waren freundlich, wenn er sich auch alle Mühe gab, sie zu ignorieren.

Es gab keine Kameras in der Kirche. Keinen Sicherheitsdienst. Es schien niemanden zu geben, der die Menge überblickte und nach verdächtigen Ausländern mit nahöstlicher Gesichtsfarbe und stechendem Blick Ausschau hielt. Dies hier war Amerika, nicht Beirut. Die Mitglieder der Beach Bible Church waren völlig ahnungslos.

Der Pastor sprach von Opfern, davon, täglich ein Kreuz zu nehmen und Christus zu folgen. Aber die Beispiele, die er benutzte, waren trivial. Was, wenn jemand dich beleidigt? Was, wenn du deinen Job verlierst? Was, wenn deine Klassenkameraden Gerüchte über dich in die Welt setzen, weil du zu radikal in deinem Glauben bist?

Was wussten Amerikaner schon von Opfern?

Was, wenn Allah dich auffordert, dein Leben hinzugeben?, wollte Hassan fragen. *Was, wenn er dich auffordert, dir eine Bombe um den Körper zu binden und so viele Ungläubige und Juden wie möglich in die Luft zu jagen?* Für die amerikanischen Christen war Opfer ein theoretischer Begriff. Für Hassan war es ein Lebensstil.

Ja'dah Fatima Mahdi war tatsächlich im Gottesdienst. Hassan war ihr von zu Hause in der Innenstadt Norfolks aus zu dieser Kirche in der Gegend von Kempsville gefolgt. Sie hatte unterwegs einmal auf einem verlassenen Parkplatz angehalten, wo sie mehrere Minuten mit laufendem Motor im Auto gesessen hatte. Hassan hatte zu weit weg geparkt, um sehen zu können, was sie tat. Doch als sie wieder vom Parkplatz fuhr, fuhr er dicht genug auf, um besser sehen zu können, und erkannte, dass Ja'dah Mahdi sich umgezogen hatte.

Als Ja'dah ihr Zuhause verlassen hatte, war sie konservativ gekleidet gewesen, mit Kopftuch, wenn auch ohne Gesichtsschleier. Als sie in der Kirche ankam, trug sie zu enge Jeans und eine weiße Bluse, die viel weiter ausgeschnitten war, als es in jeder Moschee erlaubt gewesen wäre, und ihr Haar war zu einem strengen Zopf geflochten. Sie war eine schöne Frau, vielleicht fünfzehn Jahre jünger als ihr Ehemann, aber sie war nicht mehr sittsam. Hassan glaubte, dass Schönheit wie ein Juwel sei - wenn etwas wertvoll war, versteckte man es, bis der Schatz enthüllt werden sollte. Nur westliche Frauen gingen mit ihren Waren hausieren, sodass die ganze Welt sie sehen konnte und wenig der Fantasie überlassen blieb. Hassan fand, dass ein Ort der Anbetung - selbst gottloser Anbetung wie diese hier - kein Ort war, an dem Lust gefördert werden sollte.

Während des Gottesdienstes setzte er sich von Ja'dah aus gesehen ans andere Ende des Raumes. Gelegentlich warf er ihr einen verstohlenen Blick zu. Während gesungen wurde, bemerkte er, dass Ja'dah manchmal die Augen schloss und die Hände hob. Einmal meinte er, einen Anflug von Tränen in ihren Augen zu sehen.

Nach dem Gottesdienst ging Ja'dah mit einer Gruppe von Gemeindemitgliedern in ein abgelegenes Restaurant. Sie waren alle entspannt und lächelten. Hassan erkannte einen von ihnen als den Mann aus der Kurznachricht. Anderthalb Stunden später kam Ja'dah mit dem Mann in mittleren Jahren aus dem Restaurant. Der Mann setzte sich auf den Beifahrersitz von Ja'dahs Auto, und die beiden unterhielten sich noch einmal eine halbe Stunde. Der Mann hatte seine Bibel aufgeschlagen, und bevor er ging, neigten sie die Köpfe und beteten.

Als der Mann über den Parkplatz ging, startete Hassan sein Auto und fuhr an der Reihe von geparkten Autos entlang, die sie getrennt hatte. Als der Mann aufblickte, fuhr Hassan langsamer und erlaubte ihm, direkt vor sein Auto zu treten. Er war Mitte vierzig und wurde schon etwas weich um die Körpermitte. Blonde Haare, sanfte, blaue Augen, plumpe Nase und glatte Haut. Der Mann dankte Hassan mit einem kurzen Winken, dass er ihn vorbeigelassen hatte.

Vorher, als die Gruppe beim Essen gesessen hatte, hatte Hassan den Namen des Mannes im Gemeindeverzeichnis gefunden, das er sich früher am Abend geschnappt hatte. Martin Burns. Mit ihm auf dem Foto waren zwei ältere Kinder - eine Tochter, die im Highschool-Alter zu sein schien, und ein Sohn, der aussah, als wäre er in der Mittelstufe. Es gab keine Mutter auf dem Bild. Wahrscheinlich lebte Burns von ihr getrennt. Und jetzt versuchte er es bei der Frau eines anderen. Männer wie Martin Burns verdienten es nicht, noch einen Tag länger zu leben. Hassan würde allen einen Gefallen tun.

Opfer. Martin Burns hatte zweifellos genickt, als der Prediger ihm sagte, dass sie alle bereit sein müssten, sich für Christi Sache zu opfern.

Hassan würde ihm helfen zu verstehen, was Opfer wirklich bedeutete.

12

»C. S. Lewis zufolge ist es gefährlich zu glauben, dass ›alles gut wird‹, wenn in Wirklichkeit gar nichts gut ist.« Als Alex am Sonntagmorgen zu Beginn seiner Predigt in die Gesichter seiner Gemeinde schaute, war klar, dass die Worte auf taube Ohren stoßen würden. Im Wortsinn ebenso wie im übertragenen Sinn.

Der Altersdurchschnitt der South Norfolk Community Church lag irgendwo jenseits der Zwangspensionierung. Die Besucherzahl lag an den meisten Sonntagen bei ungefähr siebzig, und es waren ungefähr doppelt so viele Frauen wie Männer. Pastoren sollten keine Lieblinge haben, doch Alex mochte eine Gruppe von sechs oder sieben silberhaarigen Witwen besonders gern, die zu seiner Rechten im vorderen Bereich saßen, sich fest in die malvenfarbig gepolsterten Kirchenbänke kuschelten und sich selbst während seiner schwächsten Predigten ein oder zwei *Amen* nicht verkneifen konnten. Als während des Gottesdienstes der Zeitpunkt kam, sich gegenseitig zu begrüßen, ging Alex direkt zu der kleinen Gruppe von Seniorinnen, umarmte jede von ihnen und roch, als er wieder ging, stark nach altem Parfüm.

»Wir haben eine erstaunliche Fähigkeit, uns selbst zu belügen«, sagte Alex. »Christus wusste das. Er sagte seinen Jüngern, dass viele glauben würden, dass sie in den Himmel kommen und sagen: ›Herr, Herr, haben wir nicht in deinem Namen viele Wunder getan?‹ Aber er werde ihnen sagen, dass er sie eigentlich nie gekannt habe.«

Diakon Harry Dent unterdrückte ein Gähnen. Jemandes Handy klingelte. Eine alleinerziehende Mutter, die zu Besuch war und auf der linken Seite im hinteren Drittel saß, wurde rot, als alle sich umdrehten.

Alex ließ sich davon nicht beirren, sondern predigte weiter, als stünde er vor einem Stadion voller andächtiger Zuhörer. Vor dem Abschlussgebet kam er hinter dem Rednerpult hervor und ging die Treppe des Podiums hinab in den Mittelgang. Wie in den meisten Kirchen gab es ein ungeschriebenes Gesetz, dass niemand in den ersten zwei Bänken sitzen durfte, also stellte sich Alex an den Rand von Reihe drei und vergewisserte sich, dass er ihre Aufmerksamkeit hatte.

Er sah sich um, und ihm wurde bewusst, dass ihm diese Leute wirklich am Herzen lagen. Arbeiterklasse. Alte Schule. Salz der Erde.

»Wir kommen alle in unserer besten Garderobe zur Kirche«, sagte Alex, auch wenn er wusste, dass das so nicht ganz stimmte. Ein paar der jüngeren Gemeindemitglieder schlossen sich der sonntäglichen bequemen Kleiderordnung an und trugen Poloshirts, kurze Hosen oder sogar Jeans. Alex ließ seine eigenen Surfshorts, Flip-Flops und T-Shirts in Virginia Beach. An den Sonntagvormittagen legte er ein weißes Hemd mit Manschettenknöpfen an, eine gewagt bedruckte Krawatte, einen frisch gebügelten Anzug und – vor seinem neuen Bürstenschnitt – einen Extraklecks Haargel. Die Frauen im Seniorenclub sagten ihm immer, wie gut er aussähe.

Alex strich sich über die Ärmel seines Anzugs. »Hübscher Anzug, was, Fred?«

Freds Kopf schnellte vom Bekanntmachungsblatt hoch. »Hm. Nicht schlecht für einen Anwalt.«

Vereinzelt wurde geschmunzelt. Alex lächelte mit. »Nach außen sehen wir aus, als würden wir die Kurve kriegen. ›Wie geht es dir?‹ – ›Super, danke.‹ Aber innerlich sterben wir.«

Während er sprach, zog Alex sein Jackett aus und rief dadurch ein paar Japser in der Gemeinde hervor. Ein paar der jüngeren Familien kicherten.

Er hatte sein weißes Hemd verstümmelt – es zerrissen, rote Farbe darauf gespritzt, damit es aussah wie Blut, es im Schmutz gerieben. Die einzigen Stellen, die nicht furchtbar aussahen, waren die Teile, die alle sehen konnten, wenn er sein Jackett anhatte – die Manschetten, die Knopfleiste und der Kragen.

Er warf das Jackett auf eine Kirchenbank. »Gott will, dass wir ehrlich mit ihm sind«, sagte Alex. »Er weiß, was unter diesem aufgetakelten Äußeren steckt. Die einzige Art, es richtig zu machen, ist zuzugeben, dass wir unter diesem hübschen neuen Anzug leiden. Unser Versagen, unsere Ängste und Abhängigkeiten zuzugeben.«

Und unsere Unzulänglichkeiten, hätte er gern hinzugefügt. Aber das ließ er aus. Das war zu persönlich. Wer war er, dass er diesen guten Leuten Predigten hielt?

»Die größte Gefahr ist der Glaube, dass alles gut ist, wenn vielleicht nicht alles gut ist.«

Alex unterbrach sich und schaute von einem Gemeindemitglied zum nächsten. Vielleicht war er nicht die Art geistlicher Riese, die Pastoren eigentlich sein sollten, doch er hatte eine Begabung für öffentliches Reden, die Leute zu motivieren, indem er ihre Herzen ansprach. Deshalb hatte er schon immer Anwalt werden wollen, auch wenn er fand, dass die Praxis eher aus mühsamer Büroarbeit bestand denn aus dem Umwerben von Geschworenen.

Aber heute nickten sogar ein paar der Diakone langsam mit den Köpfen. Diese Botschaft, dachte Alex, würde zumindest nicht so leicht zu vergessen sein.

»Lasst uns beten.«

13

Am Montagmorgen auf dem Weg zur Arbeit hallten Alex' eigene Worte pausenlos in seinem Kopf wider. *Die größte Gefahr ist der Glaube, dass alles gut ist, wenn vielleicht nicht alles gut ist.* Dieses Prinzip konnte er im Moment auf so viele Gebiete seines Lebens anwenden. Sein unbekümmertes und entspanntes Äußeres verbarg tiefe Risse, die kurz vor der Aufdeckung standen. Einer dieser Risse war seine Kirchengemeinde und die Tatsache, dass es langsam mit ihr bergab ging. Er schrieb dieses Unbehagen einer sturen Weigerung zu, sich mit der Gesellschaft um sie herum zu verändern, doch er wusste, dass einige, unter anderem auch ein paar Diakone, glaubten, es habe mehr mit Alex' Unzulänglichkeiten als Teilzeitpastor zu tun.

Ein weiterer Riss hatte mit Alex' eigenem Gefühl zu tun, dass er nicht wirklich in die Rolle des Pastors passte. Er hatte diese Position zwei Jahre zuvor als Übergangslösung angetreten, als die Gemeinde ohne Pastor war. Er hatte nie vorgehabt, so lange zu bleiben, und konnte sich des Gefühls nicht erwehren, die guten Leute der South Norfolk Community Church verdienten mehr, als er zu bieten hatte. Vielleicht sollte er zurücktreten. Doch konnte er die Gemeinde so schnell wieder ohne Pastor zurücklassen?

Dann war da noch seine Kanzlei. Finanziell hatte die Firma ein Leck. In den meisten Monaten hatten sie einen negativen Kassenstand und strapazierten ihren Kreditrahmen immer weiter. Sie brauchten einen großen Körperverletzungsfall, um das wieder hinzubekommen. Alex hatte alle Ausgaben, die nicht Personalkosten waren, schon gekürzt, soweit es ging.

Madison & Associates lag nur anderthalb Kilometer von Alex' Eigentumswohnung entfernt und drei vom Strand. Die Kanzlei nahm die Hälfte eines kunststoffverkleideten Gebäudes in einem kleinen Büropark auf der Laskin Road ein.

Das Gebäude hatte den Stil der siebziger Jahre, genau wie die Büromöbel. Die Aussicht aus Alex' Büro, das früher sein Großvater benutzt hatte, ging auf den Parkplatz hinaus. John Patrick Madison war kein großer Fan von teuren Büroflächen in schicken Stadtvierteln gewesen. Daraus folgend konnte er günstigere Stundensätze anbieten als die meisten seiner Zeitgenossen.

Er hängte diese Stundensätze für alle sichtbar im Wartebereich der Kanzlei aus. In den sieben Jahren, die Alex bei ihm gearbeitet hatte, konnte er sich nicht erinnern, dass sich der Satz je geändert hätte. Und Alex hatte zwei Jahre nach dem Tod seines Großvaters immer noch dasselbe Schild hängen.

Wir berechnen 200 $ pro Stunde.
250 $, wenn Sie öfter als einmal die Woche anrufen.
300 $, wenn Sie uns vorschreiben wollen,
wie wir unseren Job zu machen haben.

Als Alex am Montagmorgen auf den kleinen Büroparkplatz fuhr, standen die Autos der beiden Angestellten schon da. Drinnen saß Sylvia Brunswick, die Empfangsdame/Kanzleiassistentin/Büromutter über ihren Computer gebeugt und machte sich nicht die Mühe, aufzublicken. Sie war erst ungefähr fünfundvierzig, aber ihr Rückgrat war bereits dauerhaft gekrümmt, und sie hatte wiederkehrend Anfälle verschiedener Krankheiten, die sie regelmäßig aus dem Büro fernhielten, hauptsächlich freitags und montags. Sie war spindeldürr, mit einer grellen Stimme, die Alex an die von Popeyes Freundin Olive erinnerte.

Alex' Großvater hatte Sylvia ungefähr fünf Jahre vor seinem Tod eingestellt und hatte es nie übers Herz gebracht, sie zu feuern. Bisher hatte Alex auch nicht den Mut aufgebracht, es zu tun, auch wenn er sich mehr als einmal geschworen hatte, sie würde es nicht bis zum Wochenende schaffen. An jedem Zahltag schluckte Alex hart, wenn er Sylvias Scheck unterschrieb und an ihre Krankenversicherung dachte, die Lohnsteuer und das Krankengeld.

»Alles klar?«, fragte Alex, als er rasch an Sylvia vorbeiging und den Flur entlang auf sein Büro zusteuerte. Sylvia begann auf der Stelle, eine Liste von Dingen herunterzubeten, die Alex erledigen musste. Wie Fingernägel auf einer Schiefertafel, aber er schaffte es, es auszublenden.

Im Gegensatz zu Sylvia, die eher eine Last als eine Hilfe war, war Alex' Partnerin wie eine kleine Dampflok. Es überraschte ihn nicht, dass sie schon in ihrem Büro war und telefonierte. Sie hatte wahrscheinlich schon mindestens zwei volle Stunden in Rechnung zu stellen.

Alex hatte den juristischen Dynamo Shannon Reese vor fast vier Jahren kennengelernt, während ihres ersten Semesters an der juristischen Fakultät, als sie in derselben Arbeitsgruppe für Deliktrecht gelandet waren. Die Gruppe war eine schwer in den Griff zu bekommende Verbindung von vorbildlichen und strebsamen Erstsemestern gewesen, die alle klüger als die anderen sein wollten, sich aber gleichzeitig mit heimlichen Versagensängsten plagten.

Die selbst ernannten Anführer der Gruppe nahmen Alex nicht ernst, weil er sich wie ein Surfer kleidete und seine Entwürfe nicht rechtzeitig fertigbekam. Shannon kam nie zu Wort, weil sie noch weniger wie eine Anwältin aussah als Alex. Sie war klein, athletisch und auf niedliche Art hübsch, eine ehemalige Turnerin, die ihre Haare zu einem strengen Pferdeschwanz band, mit einer Stimme sprach, die in der Pubertät steckengeblieben zu sein schien, und einen Enthusiasmus für Jura an den Tag legte, der ganz entschieden uncool war. Sie hatte dieses frische Turnerinnen-Aussehen – inklusive einem lebhaften und unschuldigen Gesicht –, das einen eisernen Willen und einen ultra-wettbewerbsorientierten Tatendrang verbarg. Ihr Erfolg als Turnerin hatte auf Athletik und Power beruht, nicht auf anmutiger Eleganz, und mit derselben Intensität ging sie ihr Jurastudium an.

Drei Wochen vor den Abschlussprüfungen spalteten sich Alex und Shannon ab und bildeten ihre eigene Zwei-Mann-Arbeitsgruppe. Shannon erhielt am Ende den Buchpreis für die beste Note in Deliktrecht und mehr als nur ein paar Noten mit einer Eins vor dem Komma. Alex war vollkommen zufrieden mit seinen Zweiern. Im folgenden Semester schlug das Paar eine ganze Reihe von Einladungen, sich anderen Gruppen anzuschließen, aus.

Auch nachdem Alex das College nach dem Sommer verlassen hatte, blieben Shannon und er in Kontakt. Alex bat seinen Großvater, Shannon für den Sommer nach ihrem zweiten Studienjahr als Aushilfe einzustellen, und nach ihrem Abschluss unterschrieb sie schließlich einen Vollzeit-Arbeitsvertrag. Alex und Shannon lernten gemeinsam für die Anwaltsprüfung, und als die Ergebnisse veröffentlicht wurden, verdreifachte sich die Zahl der zugelassenen Anwälte bei Madison & Associates.

Alex' Großvater fand Shannons Arbeitsmoral großartig, und Alex' Großmutter war wenig subtil in ihren Versuchen, die beiden jungen Anwälte miteinander zu verkuppeln. Doch Shannon hatte andere Pläne. Sie sprang von einem Freund zum nächsten, bevor sie bei einem Turntrainer an der University of Georgia landete, der gefühlstief, besitzergreifend und ein Kontrollfreak war. Nach drei Jahren Beziehung, als sie bereits verlobt waren, erwischte ihn Shannon, wie er mit einer Studentin herummachte.

Alex war für sie da, bis es ihr besser ging. Doch gerade, als er so weit war, sie zu bitten, mit ihm auszugehen, schwor Shannon den Beziehungen ab und sagte, sie wolle sich auf ihre juristische Karriere konzentrieren. Nachdem der Druck fehlte, war ihre Freundschaft in den vergangenen zwei Jahren so erblüht, dass Alex sich nicht mehr vorstellen konnte, ohne sie zu arbeiten.

Er goss sich einen Kaffee ein und hörte seinen Anrufbeantworter ab. Als er die Stimme von Khalid Mobassar hörte, der wegen seiner Frau anrief, hob sich seine Stimmung. Er rief den Imam zurück und machte ein Treffen aus. Dann reckte er triumphierend die Faust und spazierte ins Büro seiner Partnerin, wo er sich auf einen von Shannons Besucherstühlen fallen ließ. In der rechten Hand hatte er zwei gelbe Klebezettel, auf die er Notizen zu seinem neuen wertvollen Fall gemacht hatte.

Von seinem Stuhl aus sah er zu, wie Shannon ein Dokument an ihrem Computer bearbeitete und dabei konzentriert das Gesicht verzog, während sie sich weigerte, seine Anwesenheit zu bemerken.

»Hast du mal eine Minute?«, fragte er.

»Eigentlich nicht, Alex. Ich muss diesen Schriftsatz fertig machen.«

»Na gut.« Alex zuckte die Achseln und machte keine Anstalten, sich zu erheben. »Dann interessiert dich wahrscheinlich nicht, dass ich gerade einen riesigen neuen Personenschadensfall an Land gezogen habe.«

Shannon hielt inne und blickte auf, im Gesicht eine Mischung aus Verärgerung und Neugier. Das kannte sie alles schon von ihm. »Das ist richtig«, sagte sie. »Dein riesiger, nicht zu verlierender Jahrhundertfall, der alle unsere Rechnungen begleichen wird, wird einfach warten müssen, bis ich diesen Schriftsatz für meinen Feld-Wald-und-Wiesen-Antrag auf zwangsbewehrte Anordnung fertig habe, für den uns der Mandant echtes Geld zahlt.«

Mit dieser Verkündigung wandte sich Shannon wieder ihrem Bildschirm zu und begann zu tippen.

»Hirnverletzung«, sagte Alex.

Shannon sah in eine Akte neben ihrem Computer und blätterte eine Seite um.

»Eindeutige Haftung.«

Sie tippte noch ein paar Sätze.

»Versicherungsdeckung von 100 000 Dollar. Es sei denn, wir finden den Lastwagen, der den Unfall verursacht hat; dann vielleicht eine halbe Million.«

Als selbst das Shannon nicht bremste, streckte Alex die Hand nach dem Taschenrechner auf ihrem Schreibtisch aus. »Sagen wir einfach, die Geschworenen drehen völlig durch und geben uns zwei Millionen ... geteilt durch drei ... Oh, nicht gut. 666 666 Dollar. Hm. Zu viele Sechser.«

Auch wenn Alex nicht abergläubisch war, hatte es keinen Sinn, mit der Zahl des Tieres herumzuspielen. Er tippte noch ein paar Zahlen ein. »Das ist besser. Wenn wir 35 Prozent machen, können wir 700 000 in Rechnung stellen. Und Sieben ist die heilige Zahl.«

Shannon seufzte laut und theatralisch, dann hörte sie auf zu tippen und sah Alex an. Sie war süß, wenn sie versuchte, sich über eine Störung verärgert zu geben. »Drei Minuten«, sagte sie.

Alex brauchte zehn, um ihr von dem Fall zu erzählen. Er gab wieder, wie Ghaniyah Mobassar nichtsahnend mit dem Auto unterwegs gewesen war, als ein Sattelschlepper sie mehr oder weniger von der North Landing Road gegen einen Baum gedrängt hatte.

»Wir können gegen unbekannt klagen und wahrscheinlich hunderttausend herausholen«, sagte Alex. »Damit lägen wir bei 33 000. Aber wenn wir den Lastwagenfahrer finden, ist er wahrscheinlich für ein paar Millionen versichert.«

»Hast du einen Unfallbericht?«, fragte Shannon.

»Noch nicht. Den bekomme ich heute Nachmittag.«

»Ist die Schädigung des Gehirns auf dem MRT oder CT zu sehen?«

Wie schaffte es Shannon nur immer wieder, direkt den schwachen Punkt zu treffen? »Nein. Aber es besteht kein Zweifel, dass sie einen Verlust des Kurzzeitgedächtnisses erlitten hat. Die Beifahrerseite des Autos ist ziemlich zerstört. Sie hat den Baum beinahe frontal getroffen.«

Shannon blieb sichtlich skeptisch, doch sie schielte inzwischen nicht mehr zwischendurch auf ihren Schriftsatz. »Wie kommt es, dass wir den Anruf bekommen haben?«

»Anscheinend hat Mr Mobassar meine Pressekonferenz nach Aischa Hajjars Fall gesehen«, antwortete Alex.

Shannons Gesichtsausdruck ging von Skepsis zu milder Überraschung über. »Das ist cool«, sagte sie. Und dann, nur um sicherzugehen, dass Alex sich nicht zu viel darauf einbildete, fügte sie hinzu: »Und es ist ihm egal, dass sein zukünftiger neuer Anwalt diesen Fall verloren hat?«

Alex streckte die Hand aus und klebte ihr die Zettel auf den Schreibtisch. »Nicht, wenn er das wahre Genie hinter der ganzen Sache kennenlernt. Kannst du dich um drei mit uns treffen?«

»Heute?«

»Es könnte ein Superfall werden«, sagte Alex, jetzt in verändertem Ton. Er würde auch betteln, wenn es sein musste. Vielleicht ein bisschen quengeln, wenn es nötig war. Alex war gut darin, die Arbeit an Land zu ziehen, doch Shannon war diejenige, die wusste, wie sie erledigt wurde.

Sie seufzte und schaute stirnrunzelnd in Outlook. Alex hatte den Verdacht, sie versuchte nur, ihn ein wenig zu foltern.

»Vielleicht schaffe ich es noch, es einzuschieben. Wann sind wir wieder hier?«

»Spätestens um fünf«, versprach Alex. »Es klingt ziemlich unkompliziert.«

»Ja, klar.«

14

Alex wurde bei einem Nachmittagstermin aufgehalten und rief Shannon an, um ihr zu sagen, dass er sich verspäten würde. Sie war natürlich schon dort. »Kein Problem«, sagte sie mit fröhlicher Stimme. Doch Alex und Shannon arbeiteten lange genug zusammen, dass er einen Hauch Eis in ihrer Stimme heraushören konnte.

Er fuhr eine Viertelstunde zu spät in die Auffahrt, parkte ein paar andere Autos zu und schnappte sich sein Jackett vom Beifahrersitz. Die Mobassars wohnten in einem bescheidenen Doppelhaus ein paar Häuserblocks vom Shore Drive entfernt, einem von mehreren identisch aussehenden Doppelhäusern, die in Reih und Glied zusammengequetscht wie Soldaten die Straßen säumten. Autos drängten sich auf jedem freien Quadratzentimeter Bordstein und Auffahrt. Die Häuser sahen aus, als wären sie in den Achtzigern gebaut worden, mit Ziegelfassaden, wild wuchernden Büschen und ein paar kleinen schattenspendenden Bäumen in den Vorgärten.

Offen gesagt hatte Alex beim Imam einer Moschee, deren Bau dreizehn Millionen gekostet hatte, ein kunstvolleres Haus erwartet.

Shannon kam mit Khalid an die Tür, und Ghaniyah stand direkt hinter ihnen. Alex schüttelte seinen neuen Mandanten die Hand und spürte, wie Shannon ihm diskret auf die Zehen stieg.

Mit einem Blick nach unten bemerkte er ihre nackten Füße und die Schuhständer neben der Tür. Nach der Vorstellung streifte er seine Slipper ab und stellte sie auf einen der Ständer. *Vielleicht hätte ich mir Socken anziehen sollen.*

»Khalid war gerade dabei, mir sein Arbeitszimmer zu zeigen«, sagte Shannon. »Ghaniyah macht uns eine Kleinigkeit zu essen.«

Obwohl er nicht der Typ für Small Talk war, folgte Alex Khalid und Shannon pflichtbewusst zurück in Khalids Büro. Es überraschte ihn ein bisschen, dass Khalid sich in Shannons Nähe wohlzufühlen schien, angesichts dessen, was Alex über die Art zu wissen meinte, wie Muslime Frauen behandelten.

Das Arbeitszimmer war an einer Wand mit Eichenholz vertäfelt; raumhohe Bücherregale bedeckten die anderen Wände. Der Raum war überfüllt, aber die Bücherregale waren sorgfältig geordnet. Arabische Kunstgegenstände standen zwischen den gebundenen Büchern. Auf dem obersten Regal stand ein einsames Buch.

»Der Koran«, sagte Shannon, die Alex' Blick gefolgt war. »Sie bewahren ihn als Zeichen des Respekts dort oben auf.«

Alex dachte an die verschiedenen Orte, wo er normalerweise seine Bibel in der Wohnung herumliegen ließ. Im Moment lag sie vermutlich auf dem Boden neben seinem Bett.

»Ich hatte Mr Mobassar gerade nach diesem Regal gefragt«, sagte Shannon und deutete auf ein Fach in Augenhöhe, das neben anderen Büchern eine englische Ausgabe des Korans enthielt. Alle Bücher in dem Regal sahen alt aus, besaßen weiche Ledereinbände und goldene Stickereien auf den Buchrücken.

»Das sind alles Versionen des Korans«, erklärte Khalid. »Aber sie sind nicht auf Arabisch; deshalb werden sie lediglich als Kommentare des Textes betrachtet und nicht als der heilige Text selbst.« Er sah von Alex zu Shannon und glitt kurz in den Dozentenmodus hinüber. »Wir glauben, dass der Koran dem Propheten Mohammed, Friede sei mit ihm, direkt auf Arabisch vom Engel Gabriel diktiert wurde. Aus diesem Grund glauben Muslime, dass die Sprache des Himmels Arabisch ist und unser heiliger Text nur in dieser Sprache gelesen werden sollte.«

Alex nickte.

»Was sind die anderen Sprachen?«, fragte Shannon.

Khalid ging zu dem Regal und legte den Finger nacheinander an die einzelnen Buchrücken. »Französisch. Englisch. Türkisch. Deutsch. Spanisch. Mandarin. Russisch.«

»Und Sie sprechen all diese Sprachen?«, fragte Shannon.

Khalid wurde ein bisschen rot. »Ja, aber das ist nicht so beeindruckend. Die meisten Libanesen wachsen mit Arabisch, Französisch und Englisch auf. Viele europäische Sprachen haben denselben Ursprung.« Er unterbrach sich kurz. »Mandarin war schwer. Aber nicht so schwer wie unsere Muttersprache. Manche sagen, Arabisch sei die Sprache des Himmels, weil es eine Ewigkeit dauert, sie zu lernen.«

»Ihr Englisch ist hervorragend«, sagte Shannon.

»Wie ich schon sagte, ich spreche Englisch schon seit meiner Jugend.«

Alex wusste, was Shannon da tat, und er studierte die Regale noch etwas eingehender. Die Einschätzung der Mandanten war der Schlüssel zur Entscheidung, ob man einen Fall übernahm oder nicht. Man konnte viel über eine Person lernen, wenn man etwas Zeit mit ihren Lieblingsbüchern verbrachte.

Und Alex erschien Khalids Auswahl an Büchern überraschend für einen muslimischen Geistlichen.

»Sie scheinen ein Fan von Thomas Jefferson und Martin Luther zu sein«, sagte er.

»In gewisser Weise bin ich ein Jünger von beiden«, antwortete Khalid. »Sie glaubten an den einfachen Menschen. Sie waren Reformer, genau wie ich. Jeffersons Gedanken über Gleichheit und die Tugend des einfachen Mannes würden ihn in meinem Volk populär machen. Aber Luther … eher weniger.«

»Warum das?«, fragte Shannon.

»Mein Heimatland war immer das größte Labor der Welt für Demokratie«, begann Khalid, dann unterbrach er sich. »Sind Sie sicher, dass Sie das alles hören wollen? Manche Leute langweilen meine Vorträge über Staatsbürgerkunde.«

»Absolut«, antwortete Shannon mit ihrem Turnerinnen-Enthusiasmus.

»Natürlich«, sagte Alex, auch wenn er sich langsam Sorgen machte, ob sie Ghaniyah gegenüber unhöflich waren.

»Die meisten Amerikaner wären überrascht, wenn sie erführen, dass die Mehrheit der Muslime – inklusive denen im Nahen Osten – glauben, dass die beste Regierungsform für ihr Land die Demokratie ist, und nicht die Theokratie«, sagte Khalid. »Eine Studie des *Pew-Global-Attitudes*-Projekts stellte das in muslimischen Ländern wie Pakistan, Kuwait, Indonesien und natürlich im Libanon fest. In meinem Land gibt es viele verschiedene religiöse Sekten und Nationalitäten. Wir sind der Schmelztiegel des Nahen Ostens. Doch die große Teilung besteht zwischen Christen und Muslimen. Per Gesetz besteht unser Parlament zu je fünfzig Prozent aus Christen und Muslimen. Unser Präsident muss maronitischer Christ sein, der Premierminister ein sunnitischer Muslim und der Sprecher des Parlaments ein schiitischer Muslim. Das klingt in der Theorie zwar nett, aber es wird der wachsenden Zahl der Schiiten nicht gerecht. Ich sähe gern mehr von der ›Ein-Mensch-eine-Stimme‹-Demokratie, für die sich Thomas Jefferson in diesem Land engagiert hat.«

Alex dachte einen Augenblick darüber nach. »Aber würde das nicht ein zerbrechliches politisches Bündnis zerstören?«

»Das ist natürlich das Argument. Aber jedes Land mit ethnischen oder religiösen Minderheiten hat mit eben diesem Problem zu kämpfen. Die Stärksten lösen es, indem sie Minderheiten durch ein Rechtssystem schützen, nicht durch eine Quotenregelung in der Volksvertretung.«

»Ergibt Sinn«, sagte Shannon, auch wenn sich Alex da nicht so sicher war. Die Libanesen hatten die hässliche Angewohnheit, sich für politische Vorteile gegenseitig umzubringen. Manche Länder waren nicht bereit für eine Repräsentativdemokratie.

»Wie passt Martin Luther hier herein?«, fragte Alex.

Khalids Tonfall wurde ehrfürchtig. »Ich identifiziere mich mit Luther mehr als mit jeder anderen Person der Geschichte. Reformer leben unruhig. Sie werden von denen, die sie lieben, ausgegrenzt. Ihre Ideen erschrecken die Machthaber.«

Je mehr sich Khalid für das Thema erwärmte, desto mehr gestikulierte er mit den Händen. »Vor Luther wurde die christliche Messe auf Latein gehalten, das Heilige Buch war unzugänglich für den Durchschnittsmenschen. Der christliche Glaube war das, was Papst und Priester wollten, denn nur sie verstanden die Schrift und Zeremonien, und sie sagten den Leuten, was sie glauben sollten.

Luther und die Reformer änderten das, sowohl im Inneren als auch außerhalb der katholischen Kirche. Die Bibel wurde in die Sprache des einfachen Volkes übersetzt. Das ermöglichte es dem christlichen Gott, mit jedem Gläubigen direkt zu kommunizieren. Bald begannen die Christen zu glauben, dass sie direkt mit Gott sprechen konnten, ohne die Priester als Vermittler. Das ist eine sehr vereinfachte Darstellung, ich weiß. Aber die Sache ist die: Die breite Masse bekam die Vollmacht, und der Würgegriff der religiösen Führer war gebrochen.«

Khalid senkte die Stimme, als sei er noch nicht ganz bereit, der ganzen Welt zu verkünden, wohin ihn seine Gedanken führten. »Der islamische Glaube sehnt sich nach Reformen in Religion und Gesellschaft. In den fundamentaleren islamischen Ländern kontrollieren die Mullahs und Imame *alles*. Das Gesetz der Scharia wird interpretiert, wie es den Geistlichen gefällt.

Ich arbeite gerade an einem eigenen bescheidenen Vorschlag, dieses Denken in Frage zu stellen. Ich bin sicherlich kein Martin Luther. Aber dennoch kann sein Leben eine Inspiration sein.«

Khalid blickte an Alex' Schulter vorbei zur Tür. »Entschuldigen Sie«, bat er. »Sie haben meine Schwächen entdeckt – Politik und Religion.« Er senkte die Stimme. »Ghaniyah fällt es im Moment schwer, Aufgaben der Reihe nach zu erledigen. Wenn Sie vielleicht ins Wohnzimmer gehen könnten, könnte ich ihr in der Küche helfen und wäre sofort wieder bei Ihnen. Dann können wir besprechen, was Sie wirklich herführt.«

Als Khalid an ihm vorbeiging, fing Alex Shannons Blick auf. Ihr leichtes Nicken bestätigte, was Alex dachte.

Die Geschworenen werden diesen Kerl mögen.

15

Das Wohnzimmer war ordentlich und schlicht, ohne Bilder oder Schmuckgegenstände. Eine tiefe Decke, gedämpftes Licht und schmale Fenster ließen es etwas beengend wirken. Alex und Shannon besprachen leise den Fall, während sie darauf warteten, dass ihre Gastgeber sich zu ihnen gesellten.

Als Khalid erschien, stellte er ein Tablett mit einer kupfernen Kaffeekanne und Mokkatässchen auf den kleinen Tisch. Ghaniyah stellte ein zweites Tablett daneben, mit Gebäck, das mit Sirup und Nüssen überzogen war, außerdem Brot und Olivenöl, Teller und Gabeln.

»Wie mögen Sie Ihren Kaffee?«, fragte Khalid. Shannon, die normalerweise nicht mehr als eine Tasse am Tag trank, überraschte Alex, indem sie sagte, sie hätte gerne viel Sahne. *Sie muss diesen Fall wirklich dringend haben wollen*. Alex bat ebenfalls um extra Sahne, vor allem, nachdem er gesehen hatte, wie dickflüssig der pechschwarze Sirup war, den Khalid in die winzigen Tassen goss.

»Das ist *Baklava*«, sagte Khalid und deutete auf das Gebäck. »Es ist ein bisschen reichhaltig, aber niemand macht bessere *Baklava* als Ghaniyah. Wir haben auch *Hummus*, wenn Sie das lieber mögen.«

Aus Höflichkeit nahmen Alex und Shannon jeder ein Stück *Baklava* zu ihrem Kaffee. Sie setzten sich auf die zwei Stühle im Raum, und die Mobassars setzten sich zusammen auf die Couch.

Nach ein paar Minuten Small Talk und Knabbern an ihrem Essen stellte Shannon ihren Teller auf den Boden, holte einen gelben Block heraus und übernahm elegant die Gesprächsleitung. Sie bat Khalid, eine Kopie seiner Kfz-Versicherung zu holen, und erklärte den Mobassars, dass die Deckung ihrer Versicherung gegen Schäden durch nicht versicherte Fahrer auf 100 000 Dollar beschränkt sei, es sei denn, sie fanden den Fahrer des Lastwagens, der den Unfall verursacht hatte. Dann begann sie, Ghaniyah höflich Fragen zu stellen, was passiert war.

Alex beobachtete den leeren Blick in Ghaniyahs Augen, während ihr Ehemann bei der Hälfte der Fragen einsprang. Die Frau des Imams trug ein traditionelles muslimisches Gewand und einen bunten Schal, aber keine Kopfbedeckung. Sie benutzte kein Make-up, und ihr schmales Gesicht sah hager und extrem blass aus. Ihr hervorstechendstes Merkmal war eine lange, schlanke Nase, die am Ende leicht gebogen war. Khalid, der neben ihr saß, ließ nichts mehr von der Unnachgiebigkeit erkennen, an die sich Alex aus dem Krankenhaus erinnerte.

Während Shannon behutsam nach Details fragte, tat Ghaniyah ihr Bestes, ihr Antworten zu liefern. Sie war in Chesapeake auf der North Landing Road nach Süden gefahren und hatte sich mit ein paar Frauen treffen wollen, die die Moschee besuchten. Sie traf sich fast jeden Donnerstag mit ihnen.

Alex tat, als nippte er an seinem Kaffee, und rutschte etwas auf seinem Sitz nach vorn.

»Ich erinnere mich, dass ein großer Lastwagen hinter mir fuhr«, sagte Ghaniyah. Sie sprach monoton, als brächte sie kaum genug Energie auf, um zu reden. »Ich sah den Kühlergrill im Rückspiegel, und ich wusste, er würde überholen. Als er anfing, um mich herumzufahren, sah ich ein anderes Auto entgegenkommen.«

Ghaniyah zuckte die Achseln und schaute an Shannon vorbei, als versuchte sie, den Unfall noch einmal vor ihrem inneren Auge ablaufen zu lassen. »Ich habe versucht zu bremsen, aber der Laster kam nicht schnell genug an mir vorbei und kam zurück auf meine Spur, also bin ich nach rechts ausgewichen ...«

Ihre Stimme verebbte, und Khalid berührte sie sanft an der Schulter. »Sie weiß noch, wie sie auf einen Baum zufuhr, und das ist im Grunde das Letzte, woran sie sich erinnert«, erklärte er. Er sprach, als sei Ghaniyah nicht im Raum. »Die Ärzte sagen, sie hat Glück, dass die Verletzungen nicht schlimmer sind. Eigentlich hat sie Glück, dass sie noch lebt.«

In den nächsten Minuten überschüttete Shannon beide Mobassars mit noch mehr Fragen. Hatte das Auto einen Totalschaden? Erinnerte sich Ghaniyah an irgendetwas auf dem Nummernschild des Lastwagens? Die Farbe? Irgendeine Aufschrift auf der Seite?

Ghaniyah sagte, es tue ihr leid, aber sie könne sich kaum an Einzelheiten erinnern. Das Führerhaus war rot, das wusste sie noch. Und der Auflieger war weiß. Er war auf der Seite beschriftet gewesen, doch sie konnte sich nicht mehr erinnern, was dort stand. Alles war so schnell passiert. Und es war auch ein Bild auf der Seite gewesen – Obst, vielleicht

Gemüse. Es war vielleicht irgendeine Art von landwirtschaftlichen Waren gewesen. Ghaniyah hatte keine Ahnung vom Nummernschild. Sie war sich nicht einmal sicher, ob sie überhaupt die Rückseite des Lasters gesehen hatte.

Ihr melancholisches Verhalten und der gequälte Ausdruck waren ein starker Kontrast zu Shannons überschäumender Begeisterung. »Es ist schon in Ordnung«, erklärte ihr Shannon. »Sie machen das großartig, dass Sie sich an so viel erinnern. Ihre Hauptaufgabe ist, wieder ganz gesund zu werden.«

Als Shannon mit ihren Fragen fertig war, zog Alex den Vertrag aus seinem Ordner. Alex und Shannon hatten im Vorfeld beschlossen, dass er derjenige sein sollte, der ihn vorlegte, angesichts der Neigung zu männlicher Autorität in der muslimischen Welt.

Wie üblich hatte er zwei Verträge mitgebracht - er würde erst den einen vorlegen, in der die Kanzlei ein Drittel bekam, wenn es einen Vergleich gab, und 40 Prozent, wenn sie prozessieren mussten. Falls die Mobassars davor zurückscheuten, würde Alex einen zweiten Vertrag mit identischen Klauseln zücken, nur dass die Prozentsätze niedriger lagen - 25 Prozent bei einer Einigung und ein Drittel, wenn sie klagten.

Doch als er Ghaniyahs teilnahmslose Haltung und das zärtliche Verhalten ihres Mannes beobachtete, fühlte sich Alex plötzlich ein bisschen schuldig, weil er ausgeheckt hatte, seinen Mandanten so viel Geld abzunehmen. Wenn sie den Lastwagenfahrer nicht fanden, würden die Mobassars höchstens 67 000 Dollar nach Abzug der Anwaltskosten bekommen, eine Summe, die wahrscheinlich nicht einmal die Arztrechnungen abdeckte. Und es sah aus, als könnte Ghaniyah Langzeitpflege benötigen, falls es ihr nicht besser ging.

Alex zog den Vertrag mit den niedrigeren Prozentsätzen nach vorn. »Ich glaube, wir haben genug Informationen, um weiterzumachen«, sagte er. »Wir müssen Mrs Mobassar ein bisschen Ruhe gönnen.«

»Danke«, sagte sie.

Er nickte und lächelte ihr zu.

Er erklärte, wie Erfolgshonorarverträge funktionierten - »Wir werden nur bezahlt, wenn wir gewinnen« - und sagte Khalid, es sei wichtig, dass die Kanzlei sofort mit der Untersuchung begann. »Sie können sich den

Vertrag durchlesen, wenn Sie wollen …« – Alex zuckte die Achseln und beäugte den zweiseitigen Vertrag, als handle es sich um eine Ausgabe von *Krieg und Frieden* –, »aber die meisten unterschreiben einfach.«

»Es tut mir leid«, sagte Khalid, als Alex ihm den Vertrag reichte. »Aber ich habe gelernt, mir alles durchzulesen. Ist das in Ordnung?«

»Natürlich.«

»Möchten Sie noch ein Stück *Baklava*?«, fragte Ghaniyah.

»Nein, danke. Aber sie war toll.«

Alex und Shannon warteten in unbehaglichem Schweigen, während Khalid jede Klausel des Vertrags las. Um es noch schlimmer zu machen, klingelte Khalids Handy; er ging ran, bat Alex und Shannon, ihn einen Augenblick zu entschuldigen, und nahm das Telefon in ein anderes Zimmer mit. Sie konnten ihn schnell auf Arabisch sprechen hören.

Nachdem Khalid weg war, starrte Ghaniyah nur vor sich hin, und Alex begann, mit Shannon über den Fall zu sprechen, nur um die unbehagliche Situation zu entspannen. Alex dachte daran, wie selbstverständlich es war, zu reden, als wäre die Person mit dem Hirnschaden überhaupt nicht im Zimmer.

Als Khalid zurückkam, entschuldigte er sich und schien abgelenkt. »Wo müssen wir unterschreiben?«, fragte er, ohne noch ein Wort zu lesen.

Alex zeigte es ihm und hatte bald die Unterschriften sowohl von Khalid als auch von Ghaniyah. »Ist ihre Unterschrift in diesem Zustand gültig?«, fragte Khalid.

»Ich weiß es nicht genau«, gab Alex zu. »Aber deshalb haben wir auch Sie mit unterschreiben lassen.«

Khalid schien so weit zu sein, das Treffen zu beenden. Er dankte Alex und Shannon, sagte Ghaniyah, er werde die Gäste zur Tür bringen, und ging mit den beiden Anwälten nach draußen.

»Sie sagt, es geht ihr gut«, erklärte Khalid. »Und ich glaube, dass es eine Gnade Allahs in alledem ist, dass sie nicht weiß, wie schwer sie verletzt ist.« Khalid zögerte und schien zu überlegen, wie viel von seinem Privatleben er enthüllen sollte. »Manchmal, wenn sie sich anzieht, zieht sie ihre Bluse falsch herum an.« Er senkte den Blick, als schämte er sich ein wenig, hinter ihrem Rücken über seine Frau zu sprechen. »Sie kann sich morgens nicht an die einfachen Dinge erinnern. An eines kann sie denken, aber nicht an zwei nacheinander. Ich muss es ihr sagen - putz dir die Zähne ... kämm dir die Haare ... geh duschen.

Ihre Persönlichkeit ... sie war früher so ...« Er rang um das richtige Wort. »So kraftvoll ... auf eine gute Art. Eigensinnig. Aufgeschlossen. Es ist, als hätte jemand diese Frau weggenommen und durch jemanden ersetzt, den ich nicht kenne.«

Khalid sah von Alex zu Shannon und wieder zurück zu Alex. »Ich weiß, Sie können das alles nicht wieder in Ordnung bringen ... aber ich will nur, dass Sie verstehen, dass ... na ja, ich weiß nicht, was ich tun soll.«

»Wir verstehen«, sagte Shannon. »Und ich kann Ihnen versprechen, dass wir alles in unserer Macht Stehende tun werden, um ihr so viel Hilfe wie möglich aus diesem Fall herauszuholen.«

»Danke«, sagte Khalid.

Alex kam in den Sinn, dass der Mann in der Lage sein mochte, eine Vielzahl von Sprachen zu sprechen und mit dem politischen Chaos eines Landes wie dem Libanon zurechtzukommen. Aber wenn es darum ging, mit einer Ehefrau zu leben, die eine Gehirnverletzung hatte, befand sich Khalid auf unbekanntem Terrain.

»Und, Mr Madison«, sagte Khalid zu Alex und schaute seinem neuen Anwalt direkt in die Augen, »vielleicht könnte ich doch noch ein paar von Ihren Gebeten gebrauchen.«

16

Alex machte sich nach seinem Treffen mit den Mobassars direkt auf den Weg nach Hause und fühlte sich deswegen nicht im Geringsten schuldig. Shannon fuhr zweifellos ins Büro zurück, aber Alex hatte es schon lange aufgegeben, zu versuchen, mit ihr mitzuhalten. Er wollte noch ein oder zwei Stunden surfen gehen, bevor es zu spät wurde.

Sein Gewissen beruhigte er, indem er sich sagte, dass er heute einen dicken neuen Fall an Land gezogen hatte und später immer noch ein paar Stunden an seinem Computer zu Hause etwas arbeiten konnte, falls ihm danach war.

Sofort nachdem er sich eine Surfhose und ein schäbiges T-Shirt angezogen hatte, begann sein BlackBerry zu vibrieren. Er war drauf und dran, auf ›ignorieren‹ zu drücken, sah aber zuerst nach, wer es war. *Shannon.*

»Bitte sag mir, dass du nicht wieder im Büro bist«, sagte Alex.

»Ich mag diesen Kerl«, antwortete Shannon und ignorierte Alex' Einleitung komplett. Das hatte sie perfektioniert. »Hast du Khalid gegoogelt?«

Das hatte er natürlich nicht. Aber warum sollte er auch, wenn er eine zwanghafte Kanzleipartnerin wie Shannon Reese hatte? »Was hast du gefunden?«, fragte er.

»Interessante Sachen. Er hat einen Sohn verloren, der in einem Flüchtlingslager arbeitete, als die Israelis den Libanon 1996 als Teil der Operation ›Früchte des Zorns‹ bombardierten. Eine Weile war er ein offener Unterstützer der Hisbollah. Aber achtzehn Monate später verlor er seinen zweiten Sohn bei einem Selbstmordanschlag in Südisrael.

Und jetzt kommt das wirklich Faszinierende: Statt Khalids Hass gegen die Israelis zu befeuern, hat ihn das irgendwie milder gemacht. Er wurde zu einem der Stimmführer für Reformen und ein entschiedener Gegner derer, die Gewalt und Dschihad predigen. Er kam vor ungefähr fünf Jahren mit einem Lehrvisum nach Amerika und gründete die Moschee in Norfolk.«

Alex war hocherfreut, Shannons wachsende Begeisterung für den Fall zu sehen. Doch die meisten dieser Informationen erschienen ihm irrelevant. »Und das hilft uns wie?«, fragte er, während er in seine Sandalen schlüpfte.

»Glaubwürdigkeit. Ich meine, der einzige Beweis, den wir haben, dass es ein unbekanntes Fahrzeug gibt, ist die Aussage von Ghaniyah Mobassar. Die Verteidigung wird es niemals so deutlich aussprechen, aber sie werden die Islam-Karte ausspielen und die Mobassars als Radikale darstellen, denen man nicht trauen kann. Ich meine ja nur – sie sind nicht so.«

»Gut«, sagte Alex. »Ich bin froh, dass du diese Leute magst. Und jetzt geh nach Hause und besorg dir ein Leben.«

»Das hier *ist* mein Leben. Manche müssen für ihren Lebensunterhalt arbeiten.«

* * *

Vierhundert Kilometer weiter nördlich, in den Außenbezirken von Washington, D. C., dachte Hassan Ibn Talib ebenfalls über Khalid Mobassar nach. Es war jetzt fast eine Woche her, seit Hassan die Kurznachricht von Mobassars Telefon bekommen hatte. Kommendes Wochenende würde er den Auftrag ausführen und als Antwort eine Ein-Wort-Nachricht schicken: *Erledigt*.

Danach würde er sein Handy in den Fluss werfen, sich ein neues besorgen und auf weitere Instruktionen warten. Diese Ehrenmorde, das wusste er, waren erst der Anfang.

17

Einundzwanzig Jahre zuvor
Beirut, Libanon

Hassan war in der vierten Klasse, als er den Traum zum ersten Mal hatte. Er kam in der Nacht, nachdem er seinen besten Freund Mukhtar verraten hatte.

Die zwei mageren muslimischen Jungen waren zusammen von der Schule nach Hause gegangen und hatten versucht, so zu tun, als wären sie nicht nervös, als sie durch das Viertel gingen, in dem eine Bande von sunnitischen Muslimen herumhing. Hassan war mit den Geschichten über den libanesischen Bürgerkrieg zwischen Christen und Muslimen aufgewachsen, aber für einen Neunjährigen waren diese Konflikte antike Geschichte.

Im echten Leben hatte Hassan weniger Angst vor den Christen als vor den sunnitischen Muslimen, vor allem vor der Bande von älteren Jungen, die Hassan manchmal auf dem Heimweg von der Schule umzingelten,

Geld von ihm verlangten und sein Leben bedrohten, wenn er es je seinen Eltern erzählte.

Einmal hatten sie Hassan aufgehalten, als er kein Geld gehabt hatte. Sie ließen ihn seine Taschen umdrehen und schubsten ihn zwischen sich hin und her, während sie ihn lauthals beschimpften. Sie wedelten mit einem Messer vor seinem Gesicht herum. »Komm nie wieder mit leeren Händen hierher, Rotznase!« Ein Kind trat vor und trat Hassan zwischen die Beine; es war der schlimmste Schmerz, den Hassan je erlebt hatte. Er schrie auf und krümmte sich auf dem Gehweg zusammen.

Die Jungs lachten. »Vielleicht redet er jetzt wie ein Mädchen«, spottete einer von ihnen. Als sie fortgingen, spuckte ein anderer auf ihn.

Seit damals hatte Hassan gelernt, einen Teil seines Geldes fürs Mittagessen zu sparen, selbst wenn es bedeutete, ein paar Tage die Woche zu hungern. Es war der Preis des Friedens auf den Straßen von Beirut.

An diesem Tag fühlte er sich in einem weißen Hemd und seiner aufgetragenen schwarzen Hose relativ sicher. Er ging mit Mukhtar, und er hatte ein paar libanesische Lira in der Tasche, genug, um sich die Schläger vom Leib zu halten.

Hassan hasste sich selbst, wenn er sie bezahlte, und er träumte auf dem restlichen Heimweg immer, dass er ihnen eines Tages Paroli bieten und kämpfen würde. Doch er wusste, wenn er sie das nächste Mal traf, würde er sie wieder bezahlen.

Als Mukhtar die sunnitischen Jungen an einer Straßenecke in mehreren Häuserblocks Entfernung herumlungern sah, versetzte er Hassan einen leichten Stoß mit dem Ellbogen, und sie wechselten rasch die Straßenseite. Sie verfielen beide in Schweigen und gingen ein bisschen schneller, den Blick auf den Gehweg vor sich gerichtet.

Einer der Schläger rief etwas zu ihnen herüber, doch Hassan und Mukhtar weigerten sich, ihn zu bemerken. Sie gingen schneller, und Hassan beobachtete die Jungen aus dem Augenwinkel. Sie begannen, auf ihn und Mukhtar zuzuschlendern, eine Meute von vier oder fünf von ihnen. Es waren keine Erwachsenen in der Nähe – keine Hilfe in Sicht.

Als die Sunniten Hassan und Mukhtar erneut zuriefen, sie sollten anhalten, rannte Hassan los. Er war schnell für einen Viertklässler, und mit ein paar Schritten hatte er Mukhtar hinter sich gelassen. Adrenalin trieb seinen Körper an, sein Herz pumpte wild, seine Schuhe berührten den Asphalt kaum, als er um sein Leben rannte. Apartments und Geschäfte flogen an ihm vorbei, und Hassan warf einen Blick über die Schulter. Die Jungen holten auf!

Er überquerte eine Seitenstraße, wich Autos aus und zwang einen Taxifahrer, auf die Bremse zu steigen. Hupen plärrten. Die älteren Jungen gewannen an Boden. Hassan bog scharf links ab, doch einer der Jungen hatte das vorhergesehen und schnitt ihm den Weg ab.

Hassan stoppte und rannte wieder nach rechts. Er sah einen kleinen Gemischtwarenladen ein paar Häuser weiter – nahe genug, dass er es schaffen konnte, als Erster dort zu sein. Er sprintete auf den Laden zu und sprang die Treppe hinauf, gerade als der schnellste der Sunniten bei ihm war.

Hassan platzte in den Laden, keuchend, einen der Jungen direkt hinter sich. Bevor Hassan etwas sagen konnte, bellte der Ladenbesitzer sie beide an: »Bleibt draußen mit euren Raufereien!« Der Mann war korpulent, mit kleinen, dunklen Augen, lockigen Haaren und einem Zweitagebart. »Wenn ihr etwas umwerft, bezahlt ihr es!«

»Wir wollten nur etwas zu trinken«, sagte der sunnitische Junge schwer atmend. Er schlang Hassan den Arm um die Schultern, und Hassan spürte die scharfe Spitze eines Messers in den Rippen. Einen Augenblick lang lähmte ihn die Angst, und der ältere Junge drängte ihn in eine Ecke weiter hinten im Laden.

»Wie viel hast du?«, flüsterte er. Er hatte kalte Augen und dunkle, krause Haare. Er trug eine Zahnspange, und das Metall schimmerte, als er lächelte.

Es jagte Hassan einen Schauer über den Rücken.

Hassan griff in die Tasche und holte die Lira heraus. Sein Angreifer sah sie an und runzelte die Stirn. Ein weiterer Sunnit kam in den Laden.

Der Junge mit der Zahnspange riss Hassan das Geld aus der Hand, das Messer drückte immer noch gegen seine Rippen. Der Junge stopfte das Geld in seine Tasche, legte den Arm um Hassan und zog ihn eng an sich. »Wir gehen jetzt«, murmelte er. »Wenn du Ärger machst, fange ich an, dir Körperteile abzuschneiden.«

Starr vor Angst verließ Hassan das Geschäft im Gleichschritt mit seinem Geiselnehmer. Der andere Junge gesellte sich draußen zu ihnen. Einen Block weiter sah Hassan andere Sunniten Mukhtar in eine Seitenstraße schubsen.

Als der Junge mit der Zahnspange Hassan einen halben Block vom Eingang des Ladens weggezogen hatte, wedelte er mit dem Messer vor seinem Gesicht und fragte: »Hast du mal gesehen, wie ein Hund kastriert wird?«

Hassan schüttelte hastig den Kopf.

»Wenn du noch einmal vor mir wegrennst oder irgendwem von heute erzählst, wirst du es nicht sehen müssen, weil ich dir dann vorführe, wie es sich *anfühlt.*«

Hassan nickte, die Augen schreckgeweitet. Er hörte, wie Mukhtar in der Seitenstraße um Gnade flehte. Dann hörte er das Geräusch einer Faust auf Knochen und Mukhtar, wie er sie anflehte, aufzuhören.

»Geh mir aus den Augen, schiitischer Hund«, zischte der ältere Junge Hassan an. Er schubste ihn rückwärts, und Hassan fiel hin. Beide Jungen traten ihn und bellten wie Hunde, während er sich aufrappelte.

Hassan drehte sich um und stolperte von seinen Angreifern fort. Er warf einen Blick über die Schulter zurück, als er schmerzerfülltes Wimmern aus der Seitenstraße hörte. Er hielt an – hin- und hergerissen zwischen Angst und seiner Loyalität zu Mukhtar.

»Verschwinde von hier!«, schrie der Junge mit der Zahnspange. Er machte einen Schritt auf Hassan zu, der rückwärts stolperte, sich umdrehte und anfing zu rennen. Die Tränen brannten ihm in den Augen und kullerten über seine Wangen, als er fortrannte, zu verängstigt, um anzuhalten, zu eingeschüchtert, um zu versuchen, Hilfe für Mukhtar zu holen. Die Schreie seines Freundes verklangen in der Ferne, als Hassan auf die Sicherheit der schiitischen Viertel zulief.

Mukhtar kam zwei Tage nicht zur Schule. Er erzählte seinen Eltern, er sei von zwei erwachsenen Männern ausgeraubt worden. Als Mukhtar dann zurückkam, fingen er und Hassan an, den langen Weg nach Hause zu nehmen, und mieden das Sunnitenviertel ganz. Auch wenn Mukhtar sagte, er mache Hassan keinen Vorwurf, weil er weggelaufen sei, war ihre Freundschaft nie mehr wie vorher.

Ob Mukhtar ihm einen Vorwurf machte oder nicht – Hassan tat es selbst. In der Nacht nach dem Angriff lag er wach in seinem Bett und dachte an die Beschreibung seiner Mutter der Hölle zurück. Ihr Gesichtsausdruck war ernst und düster gewesen, ihr Blick so eindringlich, dass Hassan den Blick abwenden musste. »In der Hölle sind die Flammen so heiß, dass euch die Haut von den Knochen schmelzen wird. Ihr werdet heulen und mit den Zähnen klappern, aber es wird kein Entkommen vor dem Feuer und der unstillbaren Pein geben. Wenn eure Haut erst von eurem Körper weggebrannt ist, wird eine neue Schicht erscheinen, und das Ganze geht von vorne los.« Seine Mutter hielt inne und sah aus, als sei sie den Tränen nahe. Hassan wollte sie in den Arm nehmen, ihr sagen, dass alles gut würde. »Ich will nicht, dass einer von euch je an so einem schrecklichen Ort sein muss«, sagte sie.

Die ganze Zeit hatte sich Hassan gewünscht, er könne seiner Mutter versichern, dass er so leben würde, dass die Hölle niemals eine Option sein werde. Doch jetzt, nachdem er Mukhtar den Rücken gekehrt hatte, war Hassan sich sicher, dass er schon die ganze Zeit für die Hölle bestimmt gewesen war.

Seine Werke würden ihn niemals retten; das wusste er. Sein einziger Hoffnungsschimmer kam von einer anderen Lektion – der Geschichte von Imam Hussein und denen, die als *Schahids* in seine Fußstapfen traten – Märtyrer für den Glauben. »Was auch immer du in diesem Leben falsch gemacht hast, wird dir mit dem ersten Tropfen Blut vergeben, das du vergießt. Als Märtyrer zu sterben, bedeutet, niemals zu sterben.«

Und *Schahids*, das wusste Hassan, wurden nicht nur vor dem großen Grauen des Jüngsten Gerichts gerettet; sie bekamen auch die Krone der Tugend und einen Platz im *Dschanna*, zusammen mit zweiundsiebzig schwarzäugigen Frauen.

Das war eine ziemlich beeindruckende Liste von Begünstigungen, hatte Hassan gedacht, als er das erste Mal davon gehört hatte, auch wenn er nicht verstanden hatte, warum sich ein *Schahid* mit zweiundsiebzig Frauen herumärgern sollte. Doch in der vierten Klasse hatte sich Hassans Einstellung zu den zweiundsiebzig Frauen ebenfalls geändert.

In der Nacht nach dem Überfall warf er sich im Bett herum, als briete er schon jetzt in den Flammen der Hölle. Er hätte seinen Eltern gerne erzählt, was passiert war, doch er wusste, sie würden die anderen Jungen und ihre Familien damit konfrontieren. Die Sunniten würden den rechten Augenblick abwarten und sich früher oder später dafür rächen. Visionen des Messers blitzten in Hassans Kopf auf.

Im Haus war es schon seit Stunden still, bevor Hassan endlich einschlief.

* * *

Hassan saß auf einem mächtigen schwarzen Pferd, die Zelte seiner Familie und Freunde standen um ihn herum in der Gluthitze der Wüste verstreut. Er hielt ein *Saif* – ein schweres, zweischneidiges muslimisches Schwert – in der rechten Hand. Auf seiner muskulösen Brust glänzte der Schweiß. Die Hitze flimmerte über den Sanddünen und hüllte die Armeen ein, die das Lager in einem Dunst umstellt hatten, der dem Verstand Streiche spielte. Es waren Tausende von ihnen – Juden, Amerikaner, Ungläubige aller Nationalitäten. Doch hauptsächlich waren es sunnitische Muslime, Horden von ihnen zu Fuß, manche mit Messern und Speeren, andere mit Pfeilen und Bogen, alle mit blutunterlaufenen Augen. Eine Handvoll anderer Krieger kam aus ihren Zelten, bestieg Pferde und schloss sich Hassan an, als die gegnerischen Armeen näherrückten.

Hassan sah nach links und rechts, nickte, dann brachte er sein Pferd dazu, sich aufzubäumen, und führte den Angriff an. Die Augen seiner Feinde wurden groß vor Furcht, einige warfen ihre Waffen weg und flohen.

Hassan ritt durch sie alle hindurch, schwang sein *Saif* nach links und rechts, jeder tödliche Hieb schlug einem anderen ungläubigen Soldaten den Kopf ab. Die Krieger, die ihm folgten, begannen zu skandieren: »*Allahu akbar! Allahu akbar!*«

Das Schlachtfeld wurde chaotisch. Schwerter, Speere und Pfeile flogen um Hassan herum, als seine schiitischen Brüder von ihren Pferden fielen und den Boden mit ihrem Blut tränkten. Er spürte einen schmerzhaften Stich, als ein Pfeil seine eigene Brust durchbohrte, ihn vom Pferd warf und er hinabblickte und sein eigenes Blut fließen sah. Die Horden umzingelten ihn, hoben ihre Speere, um ihm den Rest zu geben, die

Blicke dämonisch und siegessicher. Und dann ... ein blendendes Licht, bevor alles still wurde. Er schaute nach vorn und sah den goldenen Teppich und den prächtigen Thron Allahs.

Das Paradies!

Himmlische Macht floss durch seine Adern, heilte alle Wunden, und sein Herz schlug vor Freude. Er hatte es geschafft! Ein Märtyrer! Er war ein *Schahid* geworden!

Jetzt stand er da, während Allah die Waage hielt und Hassans schlechte Taten die linke Seite hinabzogen und sein Herz schwer wurde. Doch dann streckte Allah die rechte Hand über die andere Seite der Waage und öffnete sanft die Finger, aus denen ein Tropfen heiliges Blut tropfte, und er lächelte breit. Er setzte die Waage ab, und als Hassan vor dem Thron kniete, setzte er ihm die Krone der Tugend auf den Kopf.

Von allen Seiten ertönte Gesang, zuerst als leises Grollen, dann als dröhnendes Echo, das das ganze Paradies erfüllte: »*Allahu akbar!*«

Das Crescendo endete erst, als Allah eine Hand hob. »*Schahid*!«, brüllte er, und seine Stimme erfüllte die Luft wie Donner. »Hier ist deine Belohnung!«

18

Gegenwart
Washington, D. C.

Hassan erwachte mit einem Ruck und war halb aus dem Bett, bevor er seine Gedanken sammeln konnte. Mit den Füßen auf dem Boden schaute er auf die Uhr: halb vier Uhr nachts. Er fühlte, wie sein Herz raste, die Bilder waren immer noch lebendig in seinem Kopf. Sein Kindheitstraum war zurückgekehrt, wie er es oft tat in der Nacht vor einem grausamen Auftrag. Doch in dieser Nacht war er anders gewesen, verzerrt durch das, was vor ihm lag.

Er war wieder durch die Heere der Ungläubigen geritten, hatte sein *Saif* geschwungen und Köpfe abgeschlagen. Doch diesmal war er mitten im Kampf von Frauen und Kindern, sogar Säuglingen umgeben gewesen. Dessen ungeachtet kämpfte er weiter, bis er spürte, wie die Pfeile seinen Körper durchbohrten.

Als er vor Allahs Thron erschien, gab es keine Gesänge. Hassan neigte den Kopf und dachte an die Frauen und Kinder, die er getötet hatte.

Wieder einmal hatte Allah Hassans Blut auf die Waage tropfen lassen und ihm die Krone der Tugend aufgesetzt. Doch statt donnernd seine Zustimmung zu geben, war Allahs Stimme tröstend, und seine traurigen Augen drückten seine Zustimmung aus. »Nur mein treuer Hassan würde so eine schwierige Aufgabe zu Ende bringen«, sagte er sanft. »Hier ist deine Belohnung.«

Hassan schüttelte die Bilder ab und schaltete das Licht an. Er zog sich Shorts an und ging hinaus auf den Balkon im ersten Stock. Der Parkplatz war still um diese Uhrzeit, die Nachtluft schwül. Er holte tief Luft und schaute hinauf in den Himmel, bat Allah um Mut und Einsicht.

Die Aufgabe, die vor ihm lag, war schwieriger, als gegen bewaffnete Gegner zu kämpfen. Wenn der Feind die Gestalt einer flehenden Frau annahm oder wenn der Kollateralschaden auch kleine Kinder einschloss, gelangten Hassans Nervenstärke und Hingabe an ihre Grenzen. Er zwang sich, an der Unschuld in ihren Augen vorbei in die Dunkelheit ihrer Seelen zu blicken. Allah machte keine Fehler. Manchen war es bestimmt zu sterben.

Er ging hinein und holte einen Schleifstein und sein langes, zweischneidiges Schwert heraus. Er zog das Schwert aus seiner braunen Lederscheide. Die Klinge schimmerte, als sie das Licht der Deckenlampe widerspiegelte. Er begann, die Schneide mit dem Schleifstein zu bearbeiten, erst eine Seite, dann die andere. Das Schwert war schon rasiermesserscharf, doch die Beschäftigung beruhigte seine Nerven und stärkte seine Entschlossenheit.

Vielleicht würde Ja'dah Fatima Mahdi Buße tun und sich von ihrem christlichen Glauben lossagen. Vielleicht würde Hassan ihr Leben verschonen und sich nur mit Martin Burns beschäftigen, dem Ungläubigen, der sie vom Weg abgebracht hatte. Doch wenn nicht, konnte er zumindest ihre Exekution so schmerzlos und schnell wie möglich machen.

Er strich noch ein paar Mal mit dem Stein über die Klinge.

Der Schwertgriff bestand aus Stahl, umwickelt mit abgewetztem Leder. Die Parierstange war aus poliertem Messing, in dem Hassan sein Gesicht wie in einem Spiegel sehen konnte. Hassans Name und ein Vers aus dem Koran waren in das obere Ende der Klinge eingraviert.

Sei standhaft! Gottes Versprechen ist wahr. Die keine Gewissheit hegen, sollen dich doch nicht verwirren.

Der Koran, Sure 30,60

19

Alex quälte sich am Samstagmorgen aus dem Bett und schaffte es nicht vor Viertel nach acht in den Belvedere Coffee Shop, eine Viertelstunde zu spät für sein wöchentliches Frühstück. Er kettete seinen *Beach Cruiser* an einen Fahrradständer auf dem Parkplatz und quetschte sich an der Schlange von Touristen vorbei, die sich bis vor die Tür wand.

Drinnen war es voll und eng. An einer Wand reihten sich Sitzecken aneinander, und ungefähr zehn Barhocker standen vor einem resopalbeschichteten Tresen auf der gegenüberliegenden Seite. Was ihn mit dem Laden versöhnte, war die Fensterwand hinter den Sitzecken, die dafür sorgte, dass man von fast allen Plätzen einen Blick auf den Strand hatte.

Alex hatte versucht, seine Großmutter zu anderen Restaurants zu überreden, aber sie war ein Gewohnheitstier – fettige Eier, starker Kaffee, ein großes Glas Orangensaft und ein Drei-Kilometer-Spaziergang auf der Strandpromenade. Ob Regen oder Sonnenschein: Wenn Alex nicht verreist war, traf er sich samstagmorgens mit Ramona hier.

Seine Großmutter beschlagnahmte normalerweise eine Sitzecke, doch heute saß sie am Tresen. Ihre Handtasche belegte den Barhocker neben ihr. Sie hatte knielange Shorts an, ein T-Shirt und weiße Turnschuhe. Ihre Sonnenbrille hing an einem himmelblauen Band um ihren Hals.

»Tut mir leid, ich bin zu spät«, sagte Alex und gab seiner Großmutter einen raschen Kuss auf die Wange.

Sie sagte ihm, das sei nicht schlimm, dann erklärte sie dem Koch, sie seien bereit fürs Frühstück. Alex bestellte fast immer French Toast, und seine Großmutter hatte die Bestellung schon aufgegeben. Es roch nach Fett, und Alex versuchte, nicht hinzusehen, wie die Köche den Grill vor ihm bedienten.

»Du siehst müde aus«, sagte Ramona.

»Mir geht es gut.«

»Wie viel Schlaf bekommst du?«

Alex goss Sahne in seinen Kaffee und nahm einen großen Schluck. Er log seine Großmutter nicht gerne an, also beschloss er, die Frage zu umgehen. »Ich brauche nicht viel.«

Seine Großmutter schüttelte den Kopf. »Zu wenig Schlaf macht reizbar, geistig träge und übergewichtig.«

»Übergewichtig?«, fragte Alex, die Stimme immer noch belegt. Er hatte in seinem ganzen Leben noch keine Gewichtsprobleme gehabt, und er schlief nachts normalerweise nur ungefähr fünf Stunden. Nach einem guten Tag auf dem Surfbrett konnte man seine Rippen zählen.

»Das sagt man.« Ramona versäumte es zu erwähnen, wer ›man‹ war. »Natürlich setzt bei dir der Stoffwechsel die normalen Gesetze der Natur außer Kraft.«

Ramona zog eine Kopie einer Seite der *Tidewater Times* aus ihrer Handtasche und legte sie vor Alex auf den Tresen. »Ich weiß, du bekommst die Zeitung nicht, deshalb habe ich dir das hier mitgebracht.«

Alex warf einen Blick auf die Story über Aischas Fall in der Lokalzeitung. Er hatte sie schon online gelesen, aber er dankte seiner Großmutter trotzdem. Sie sprachen ein paar Minuten über den Fall, und dann brachte ihn Ramona über verschiedene Gemeindemitglieder auf den neusten Stand – wer was für eine Operation brauchte, finanzielle Probleme bei anderen, Komplimente, die sie über Alex' Predigten gehört hatte.

Doch diese Komplimente aus zweiter Hand brachten auch das Murren in Erinnerung, von dem Alex wusste, dass es ebenfalls existierte. In den Monaten nach Alex' unerwarteter Berufung zum Dienst war die Gemeinde mit einigermaßen schwindelerregender Geschwindigkeit von sechzig auf fast neunzig Mitglieder gewachsen. Doch in letzter Zeit hatte es sich erst eingependelt, dann waren die Zahlen langsam wieder zurückgegangen, und die Gemeindemitglieder hatten begonnen, Partei zu ergreifen. Die älteren Frauen liebten Alex alle, genau wie die Handvoll Teenager. Doch ein paar der Diakone machten das Fehlen eines Vollzeitpastors für die gesunkene Besucherzahl verantwortlich. Alex wollte die Meinung seiner Großmutter zur Lage hören, beschloss aber, besser zu warten, bis sie draußen waren, wo sie reden konnten, ohne Ellbogen an Ellbogen mit vollkommen Fremden zu sitzen.

Als sie mit dem Essen fertig waren und Ramona die Rechnung gezahlt hatte, verließen sie das Restaurant für ihren sonntäglichen Powerwalk. Sie spazierten die Strandpromenade entlang zum südlichen Ende von Virginia Beach.

Auf dem Radweg waren Radfahrer und Skater unterwegs, Läufer verausgabten sich auf dem Gehweg, und eine Menge Touristen säumten die Terrassen der Hotels und Restaurants. Die Hitze war erdrückend, doch es wehte eine leichte Brise vom Meer her. Trotz der Umstände schummelte seine Großmutter bei diesen Spaziergängen nie und hielt ein Tempo aufrecht, das manche vielleicht schon als langsameren Dauerlauf bezeichnet hätten. Sie pumpte mit den Armen, damit der ganze Körper trainiert wurde.

Ein paar Minuten lang setzten sie ihren Weg schweigend fort, und Alex dachte darüber nach, ob er seine Sorgen über die Gemeinde überhaupt ansprechen sollte. Er beunruhigte seine Großmutter nur sehr ungern, und er wusste, seine Predigten machten sie sehr stolz. Aber er fragte sich auch, ob es nicht Zeit für die South Norfolk Community Church war, jemanden anzustellen, der wirklich wusste, was er tat.

Auch wenn der Dienst bei ihm in der Familie lag, wäre Alex der Erste gewesen, der zugab, dass er mehr zufällig als durch Berufung Pastor der Gemeinde geworden war.

Sein Vater war Pastor gewesen, ein Gemeindegründer, der zwei oder drei Jahre damit verbrachte, eine Gemeinde in Gang zu bringen, um die Zügel dann einem weniger unruhigen Mann zu übergeben. Seine letzte Gemeinde hatte in einem Vorort von Las Vegas gelegen, und sein Dienst dort hatte vorzeitig geendet, als ein betrunkener Fahrer Alex' Eltern an einem regnerischen Freitagabend getötet hatte. Alex, ein Einzelkind, war damals in der sechsten Klasse gewesen.

Nach der Beerdigung war Alex zu seinen Großeltern nach Virginia Beach gezogen, wo sein Freigeist seinen Meister in der strikten Disziplin von Ramona Madison fand. Alex' Großvater hatte inmitten seiner ausgelasteten Kanzlei wenig Zeit für die Kirche gehabt, doch Ramona war jeden Sonntag dort gewesen, mit Alex im Schlepptau, auch während seiner rebellischen Teenagerjahre. Sobald der Gottesdienst zu Ende war, hatte Alex sich sein Surfbrett geschnappt und sich auf den Weg zum Strand gemacht.

Er hatte nicht einmal im Traum daran gedacht, Pastor zu werden.

Doch vor zwei Jahren, bei der Beerdigung seines Großvaters, war Alex die Stufen der Empore hinaufgestiegen, hatte sich hinter die Kanzel gestellt und ruhig eine Rede auf einen der elektrisierendsten Männer gehalten, die je die Schwelle der Kirche überschritten hatten. Er benutzte die Bibel seines Großvaters, vor allem die Randnotizen, die dieser geschrieben hatte, als roten Faden des Lebens seines Großvaters. Später sagte Ramona ihm, dass einige der Gemeindemitglieder nicht einmal gewusst hatten, dass sein Großvater eine Bibel besessen hatte.

Alex erzählte dem gebannten Publikum von einem Gespräch, das er mit seinem Großvater in der Nacht vor dessen Tod gehabt hatte. Obwohl Alex ihn nicht verlieren wollte, war John Patrick Madison bereit gewesen zu gehen. Ohne Reue. »Die Glaubensprüfung ist nicht nur, ob dir dein Glaube hilft, gut zu leben«, sagte Alex am Ende seiner Ansprache. »Die wahre Glaubensprüfung ist, ob er dir hilft, gut zu sterben.«

Damals war die South Norfolk Community ohne Pastor gewesen, und Alex' ergreifender Ansprache folgte eine mittelmäßige Predigt eines Pastors im Ruhestand, der jetzt außerhalb der Stadt lebte. Nicht einer im Raum fand, dass seine Predigt besser gewesen war als die von Alex.

In der Woche darauf sagte ein Aushilfsprediger in letzter Minute ab. Einer der Diakone fragte Ramona, ob Alex nur in dieser Woche für ihn einspringen könne. Eine Woche führte zu zweien und die zu einem Monat.

Sechs Monate später, nachdem drei Kandidaten der Gemeinde abgesagt hatten, löste sich das Komitee für die Pastorensuche auf. Der Rat der Diakone bestimmte Alex zum neuen Pastor.

Ein Nebenjob, für den ihm das Abschlusszeugnis fehlte.

»Darf ich dir eine Frage stellen?«, fragte Alex, während er im Gleichschritt mit seiner Großmutter Schritt hielt.

»Natürlich.«

»Glaubst du, es könnte Zeit sein, dass ich in der Gemeinde zurücktrete?«

Alex hatte halb erwartet, dass die Frage irgendeine dramatische Reaktion hervorrufen würde. Dass seine Großmutter vielleicht stehen bleiben und ihn ansehen würde, als habe er den Verstand verloren. Oder dass sie ihm eine große Rede zum Thema ›Denk an die verlorenen Seelen‹ halten würde. Vielleicht würde sie philosophisch werden und von Gottes Willen und dem Bau von Christi Gemeinde sprechen.

Sie tat nichts dergleichen. Sie ging locker mit der Frage um, als hätte Alex sie lediglich nach ihrem Lieblingsrestaurant gefragt. »Warum fragst du?«

»Ich weiß nicht. Es kommt mir einfach so vor, als träten wir als Gemeinde auf der Stelle. Ich weiß, dass ein paar Leute lieber einen Vollzeitpastor hätten. Vielleicht brauchen wir jemanden mit ein bisschen mehr Erfahrung, und ich sollte mich an die Juristerei halten.«

»Willst du das?«

Alex schaute seine Großmutter an und runzelte die Stirn. »Was wird das, eine Therapiestunde? Du beantwortest jede Frage mit einer Gegenfrage.«

»Wirklich?«

Alex kicherte. »Ernsthaft, Grandma. Was meinst du dazu?«

Sie kamen jetzt an einer Stelle hinter dem Hilton Hotel an, direkt unter dem Schatten einer riesigen Neptunstatue, die sich über der Strandpromenade erhob. Die Touristen drängten sich hier eng, und die beiden mussten immer wieder ausweichen.

»Zunächst einmal haben sich die Leute, die sich jetzt beschweren, schon immer beschwert. Sie haben sich beschwert, als wir die Farbe der Kirchenbänke geändert haben. Sie haben sich über jeden Vollzeitpastor beschwert, den wir je hatten. Auf sie darfst du nicht hören, Alex. Du hast eine Gabe. Dein Vater hatte sie auch. Du bist genauso ein guter Prediger, wie er es je war. Du inspirierst die Menschen, bringst sie zum Nachdenken …«

Sie unterbrach sich, und Alex wusste, da war noch mehr. Sie hatten so viel Zeit miteinander verbracht – er hatte das Gefühl, als könne er ihre Gedanken lesen.

»Aber …?«, soufflierte er.

»Wie kommst du darauf, dass es ein Aber gibt?«

»Ich bin ein Madison, Grandma. Ich habe ein dickes Fell. Erzähl mir den Rest.«

Sie warf ihm einen Blick zu, dann schaute sie wieder geradeaus. »Na gut.« Sie zögerte einen Moment, sammelte ihre Gedanken. »Du bist jung, Alex. Und manchmal haben Leute das Gefühl, dass du dir vielleicht noch nicht ganz sicher bist. Die Leute wollen jemandem mit Überzeugungen folgen, nicht mit Fragen. Eloquenz ersetzt niemals unerschütterlichen Glauben.«

Sie gingen ein paar Minuten schweigend weiter, während Alex diese Einschätzung verdaute. Wenn jemand anderes so etwas gesagt hätte, wäre Alex in die Defensive gegangen. Doch seine Großmutter war immer so ermutigend. Sie hatte immer sein Bestes auf dem Herzen. Es gab irgendwo einen Bibelvers, in dem stand, dass die Verletzungen durch einen Freund besser seien als die Küsse eines Feindes.

Sie hatte recht. Alex wusste nur nicht, was er damit anfangen sollte.

»Es ist eine Frage der Berufung«, sagte seine Großmutter, als hätte sie seine Gedanken gelesen. »Du weißt doch, die Liste, die dein Großvater aufgestellt hat – die mit den Dingen, die man in der Kanzlei beachten soll.«

»Natürlich.«

»Was ist der letzte Punkt auf der Liste?«

Alex zögerte nicht; er sah die Liste jeden Tag. »›Wenn du zum Anwalt berufen bist, lass dich nicht dazu herab, König zu sein.‹«

»Dasselbe gilt für Pastoren, weißt du?«, sagte Ramona. Sie war jetzt langsam etwas außer Atem. Sie redeten normalerweise nicht viel, wenn sie walkten. »Du musst nur herausfinden, wozu du berufen bist.«

Die Art, wie sie das sagte, signalisierte ihm, dass das Gespräch vorüber war. Sie nahm wieder ihr Tempo auf und pumpte ein bisschen schneller mit den Armen. Alex hoffte, die Touristen waren wendig genug, Ramona Madison aus dem Weg zu gehen.

20

Im Vergleich mit der Komplexität von Hassans Missionen im Nahen Osten, war Ja'dah Fatima Mahdi zu entführen fast schon zu einfach. Am Samstagabend folgte er ihr von ihrem Haus zu dem abgelegenen Parkplatz eines verlassenen Baumarktes. Ja'dah fuhr zum hinteren Ende des Parkplatzes, weit weg von allen anderen Autos, und blieb dort mit laufendem Motor stehen. Nachdem er dies in der Woche zuvor schon beobachtet hatte, wusste Hassan, dass sie sich dort wahrscheinlich umzog.

Er blieb ungefähr zwei Minuten in einer Seitenstraße außerhalb ihres Blickfeldes, gerade lange genug, dass sie wahrscheinlich mitten im Kleiderwechsel war, dann überquerte er den Parkplatz und fuhr direkt auf sie zu. Als er näher kam, sah er, wie sie hektisch eine Bluse anzog und ein paar Knöpfe schloss. Er parkte neben ihr, andersherum als sie.

Hassan lächelte und kurbelte das Fenster herunter. »Können Sie mir sagen, wie ich zum Marriott Hotel am Strand komme?«, fragte er mit starkem libanesischem Akzent. Er hob die Hände, um seine Verwirrung anzuzeigen, mit verunsichertem Gesichtsausdruck. Das war der riskante Teil. Wenn sie jetzt wegfuhr, würde Hassan sie gehen lassen und auf Plan B zurückgreifen - sie auf dem Heimweg von der Kirche entführen. Doch er zählte auf ihr Bedürfnis, nett zu verirrten Fremden zu sein.

Zunächst schien sie überrascht und ein bisschen verwirrt von der Frage. Hassan fragte noch einmal, diesmal etwas lauter. Er schaltete den Motor ab.

Ja'dahs Fenster war halb heruntergekurbelt, sie lächelte höflich. In ihren Augen stand Besorgnis, aber sie floh nicht. »Es tut mir leid«, sagte sie. »Ich kenne mich in dieser Gegend überhaupt nicht aus. Aber wenn Sie auf die *Interstate* zurückfahren ...« Sie deutete hinter sich.

»Wie komme ich da hin?«, fragte Hassan. Er sah in die Rückspiegel, nur um sicherzugehen. Es war niemand in der Nähe, keiner beobachtete sie.

»Fahren Sie zurück auf die Straße und biegen Sie links ...«

Bevor sie ihren Satz beenden konnte, riss Hassan seine Tür auf, sprang hinaus und hielt eine Pistole durch Ja'dahs Fenster. »Keine Bewegung!«

Es kam so plötzlich, die Waffe war so unerwartet da, dass Ja'dah eine Sekunde erstarrte, was Hassan genügte, um in ihre Tür zu greifen und sie zu öffnen. Mit dem Fuß schlug er seine eigene Autotür zu. »Sag kein Wort!«, knurrte er.

Sie starrte ihn mit aufgerissenen Augen an, schüttelte den Kopf und begann zu weinen.

»Rutsch rüber!«, befahl er, während er sich schon auf den Fahrersitz drängte.

Unbeholfen kletterte Ja'dah über die Mittelkonsole auf den Beifahrersitz, auf die zusammengefalteten muslimischen Kleider, die sie dort hingelegt hatte. Hassan packte sie am linken Oberarm und richtete die Waffe auf ihren Hinterkopf. »Beug dich vornüber«, sagte er.

»Tun Sie mir nicht weh«, flehte sie.

»Tu, was ich dir sage.«

Er drückte ihren Kopf nach unten, und sie wimmerte vor Schmerz. Er legte die Pistole auf die Konsole und riss ihr die Arme auf den Rücken, wo er ihr die Handgelenke mit einem dicken Plastikband fesselte, das er fest anzog. Sie zuckte zusammen, als das Plastik in ihre Haut einschnitt. Er drückte sie auf dem Sitz nach hinten und schnallte sie an. Dann holte er eine Sonnenbrille aus der Tasche und setzte sie ihr auf.

»Nimm die nicht ab«, sagte er. Er zog eine Baseballkappe aus seinem Hosenbund und setzte sie ihr auf, den Schirm tief ins Gesicht gezogen. »Die auch nicht.«

Dann nahm er die Pistole und drückte den Lauf wieder in Ja'dahs Rippen, während er vom Parkplatz über Seitenstraßen nach Sandbridge fuhr, eine kleine Ortschaft am Strand, ungefähr fünfzehn Kilometer südlich vom Hauptstrand von Virginia Beach. Er fuhr schweigend und ignorierte Ja'dahs bange Fragen, wohin sie fuhren und warum er das tat.

Auf halbem Weg nach Sandbridge begann Ja'dah zu schluchzen, dann versuchte sie, die Tränen zurückzuhalten. Für Hassan klang es, als betete sie flüsternd – ob zu Jesus oder Allah, wusste er nicht.

Wenn sie erst in Sandbridge waren, würde er es herausfinden.

21

Es dämmerte, als Hassan an dem Strandhaus in Sandbridge ankam. Die Sonne malte Pastellfarben in die kleine Bucht, die einen gut drei Kilometer langen Landstreifen mit Ferienhäusern säumte. Er parkte auf dem Stellplatz, sah sich in alle Richtungen um und verschloss Ja'dahs Mund mit Klebeband, bevor er sie ins Erdgeschoss des Hauses führte. Er zerrte sie in eine Ecke des Wohnzimmers und drückte sie auf den Boden, dann zog er noch einen Kabelbinder heraus und schnallte ihn um ihre Knöchel. Er ließ das Klebeband für den Moment auf ihrem Mund und vermied es, ihr in die Augen zu sehen.

Hassan hatte schon die ganzen Möbel zur Seite gerückt, die Barhocker neben den Billardtisch und die Korbmöbel gestapelt und den Boden und die untere Hälfte der Wand mit dicker Plastikplane verkleidet. Er hatte die Fensterläden geschlossen und die Deckenlampe eingeschaltet. Im Zimmer war es jetzt still bis auf Ja'dahs unregelmäßigen Atem.

Er kauerte sich vor sie hin. »Ich werde das Abendgebet sprechen«, sagte er leise. »Wirst du dich mir anschließen?«

Ja'dahs Augen füllten sich mit Tränen und wurden weit vor Angst. Sie schüttelte rasch den Kopf. Entschieden.

Hassan erhob sich ohne ein Wort und ging zur Küchenzeile am anderen Ende des Raumes. Er wusch sich eilig. Zuerst die Hände - rechts, dann links. Dann dreimal das Gesicht. Den Mund. Die Nase. Einen Spritzer Wasser für Haare und Bart. Als Nächstes die Arme, von den Handgelenken bis zu den Ellbogen. Als Letztes wusch er sich die Füße.

Er zog einen Gebetsteppich aus dem Schlafzimmer nebenan und rollte ihn auf dem Plastik mitten auf dem Boden aus, in Richtung Osten, zum Meer hin.

Seine melodischen Gesänge hallten von den Wänden wider, und bald verlor er sich in der rhythmischen Anbetung Allahs. Die Gebete beruhigten seine Nerven. Stärkten seine Entschlossenheit. Vertieften seine Überzeugungen. Am Anfang war er sich bewusst, dass Ja'dah jede seiner Bewegungen beobachtete und vor Angst zitterte. Doch schnell vergaß er ihre Anwesenheit und verlor sich in der Andacht.

Er beendete seine Gebete, vor Allah niedergeworfen, und stand dann auf. Ohne ein Wort brachte er den Gebetsteppich in das Schlafzimmer zurück und kniete sich wieder vor Ja'dah hin. Sie hatte aufgehört zu schluchzen und zu zittern. Sie beobachtete ihn mit einer Mischung aus Neugier und Entsetzen und sah ihm fest in die Augen.

»Du hast Allah entehrt«, sagte er mit leiser, aber fester Stimme. »Du hast deine Familie entehrt.«

Sie schüttelte wieder den Kopf, und Wut wallte in ihm auf. Er schnappte ihr Kinn und drückte zu, hielt ihren Kopf still. Sie riss in einer neuen Welle des Schreckens die Augen auf.

»Du bist zur Prostituierten geworden«, höhnte er. »Eine Hure des Westens.«

Sie rührte sich nicht, vor Angst erstarrt.

Er ließ ihr Kinn los, holte Luft und entspannte sich. »Du musst dem christlichen Glauben abschwören und zu deiner Familie zurückkehren.« Seine Stimme war wieder sanft, ein Appell an die Vernunft. »Vielleicht hat Allah dann Erbarmen mit deiner Seele.« Langsam streckte er die Hand aus und löste das Klebeband von Ja'dahs Mund.

Er musste ihr zugestehen, dass sie nicht versuchte, zu schreien oder zu fluchen oder sich sonst irgendwie zu wehren. Ihre Lippen zitterten, und als sie sprach, war ihre Stimme kaum zu hören. »Ich kann nicht«, stammelte sie. »Ich bin keine Muslimin mehr.«

Während sie diese Worte sagte, schaute Ja'dah an Hassan vorbei, doch dann brachte sie die Kraft auf, ihm wieder in die Augen zu schauen. »Genauso wenig wie du. Der Heilige Koran lehrt Hingabe, nicht das Schwert.«

Wütend schlug Hassan zu. »›Ich werde ins Herz derer, die ungläubig sind, Schrecken werfen‹«, sagte er abgehackt. »›So schlagt ihnen auf den Nacken und jeden Finger!‹« Er zitierte Sure 8,12, die Worte des Propheten.

»Das ist nicht das, was die Sure meint«, gab Ja'dah zurück – leise, aber bestimmt. »Ich kann Suren über Gnade und Vergebung zitieren. Der Islam ist die Hingabe an Allah. Ich habe mich dem Gott hingegeben, den ich höre.«

Hassan reagierte nicht emotional auf diese Blasphemie. Er würde den Namen Allahs nicht in einem Wutanfall rächen. Seine Überzeugungen gründeten sich auf die Gewissheit der Worte des Propheten und die Treue eines Kriegerherzens. Er war ein Werkzeug Allahs, nichts weiter.

»Sage dich los«, verlangte er einfach.

»Ich kann nicht.«

Er schüttelte mitleidig den Kopf. Sie war eine schöne Frau, voller Mut und Überzeugung. Er konnte verstehen, warum Fatih Mahdi sie ausgewählt hatte. Er musste sein eigenes Herz selbst jetzt davor schützen, sie zu begehren.

»Dann musst du bezahlen.«

Ja'dah Fatima Mahdi antwortete nicht.

Hassan stand auf und ging ins Schlafzimmer nebenan, um sein Schwert zu holen. Als er zurückkam und Ja'dah ihn gut sehen konnte, zog er die Waffe aus der Scheide und legte sie auf den Boden. Das Licht reflektierte auf dem polierten Metall. Hassan musterte seine Gefangene. Sie starrte auf das Schwert, und in ihren Augen glänzten Tränen.

Er zerrte sie in die Mitte des Raumes und zog sie auf die Knie. Dann nahm er das Schwert.

Er hatte erwartet, dass sie vor Angst zusammenbrechen würde. Sie hatte beinahe unkontrolliert gezittert, als er sie in die Zimmermitte gezogen hatte. Doch jetzt schien sie eine neue Entschlossenheit gefunden zu haben. Sie hatte den Blick geradeaus gerichtet und schloss die Augen. Das Zittern hörte auf. Sie hielt den Kopf hoch erhoben, die Hände immer noch hinter dem Rücken gefesselt, ihr Hals ein leichtes Ziel.

Irgendwie hatte sie in diesen letzten Augenblicken den Mut gefunden, ihr Schicksal mit Würde anzunehmen. Sie hatte immer noch unrecht. Sie war immer noch eine Ungläubige. Sie war immer noch für Allahs Zorn bestimmt. Doch in diesem Moment musste Hassan sie einfach bewundern.

Er holte Luft, flüsterte ein rasches Gebet, dann schwang er das Schwert in einem riesigen Bogen, sein Zischen erfüllte den Raum, als es die Luft zerschnitt. Ja'dah hielt die Augen geschlossen, den Kopf erhoben und stieß einen gedämpften Schreckenslaut aus.

Er stoppte das Schwert – nur Zentimeter von ihrem Hals entfernt.

Sie erstarrte eine Sekunde lang in einem Schockzustand, dann fiel sie zu Boden. Sie krümmte sich und zog die Knie an die Brust.

Hassan kniete sich neben sie.

»Sage dich los«, flüsterte er ihr ins Ohr.

Ja'dah lag einen Augenblick zitternd am Boden, als erlitte sie einen Anfall, den seine Worte nicht durchdringen konnten. Nach ein paar Sekunden lag sie still.

»Sage dich los!«, beharrte er.

Sie öffnete die Augen und drehte den Kopf ein wenig zu ihm herum. Ihr Blick wurde hart, und sie schüttelte leicht den Kopf.

Hassan schüttelte ebenfalls traurig den Kopf und verschwand noch einmal im Nebenzimmer. Diesmal kam er mit einer schwarzen Haube zurück, die er Ja'dah über den Kopf zog. Er zog sie wieder auf die Knie, hielt sie dort mit einer Hand fest und sprach ein letztes Gebet. *War das wirklich Allahs Wille?*

Als er nichts hörte, trat er zurück, um das Schwert noch einmal zu schwingen. Genau wie in seinen Träumen würde er es diesmal mit aller Macht schwingen. Es konnte keine Gnade geben. Das Schwert würde seinen tödlichen Bogen vollenden, und Mahdis Ehre war wiederhergestellt.

»*Allahu akbar*«, sagte er, als das Schwert durch die Luft sauste.

22

Nach der Exekution erlaubte sich Hassan nicht den Luxus von Gefühlen. Es gab nichts zu feiern, nichts zu betrauern. Er befolgte nur Allahs Willen. Es war immer noch viel zu tun.

Die Ehe zwischen Ja'dah und Fatih Mahdi konnte jetzt annulliert werden. Es würde sein, als habe sie nie existiert. Die grausige Art ihres Todes würde Furcht in den Herzen anderer muslimischer Frauen säen, die daran dachten, ihre Familien zu entehren.

Gleichzeitig würde es die Amerikaner abstoßen und einschüchtern und sie daran erinnern, dass es Dschihadisten unter ihnen gab – hier auf amerikanischem Boden.

Enthauptungen hatten eine lange Tradition in fundamentalistischen Kreisen. Doch in Amerika wurden sie als groteskes Novum betrachtet, über das die Medien monatelang schnattern würden. Muslimische Gelehrte und gemäßigte Imame würden die Brutalität verurteilen und behaupten, der Islam sei eine Religion des Friedens.

Doch Radikale wie Hassan würden Energie daraus ziehen. Ein persönlicher Angriff tief im Herzen des feindlichen Territoriums. Ein eiskalter Schlag. Einer, der Millionen frustrieren würde, denn die Vertreter des Großen Satans würden den Schuldigen niemals finden. Andererseits würde Hassan dafür sorgen, dass die Leichen gefunden wurden, auch wenn sie nie mit ihm in Verbindung gebracht werden konnten.

Obwohl Ja'dahs Tod abstoßend auf Amerikaner wirkte, hatte sie in Wahrheit nicht gelitten. Hassan hatte das nicht gewollt. Sie war mutig gewesen, wenn auch fehlgeleitet. Er verstand ihre Entschlossenheit und Hingabe, sie spiegelten seine eigenen wider.

Sie war in vielerlei Hinsicht ein Opfer. Derjenige, der den größeren Teil der Schuld trug, war dieser Mann namens Martin Burns, ein Ungläubiger, der nach einer muslimischen Frau gegiert und sie vom Weg abgebracht hatte.

Zu ihm würde der Tod nicht so leicht kommen. Ja'dahs Enthauptung würde andere muslimische Frauen abschrecken, doch Hassan brauchte etwas genauso Starkes, um amerikanische Männer abzuschrecken. Martin Burns musste leiden. Er musste auf eine Art sterben, die mit den Ängsten der Amerikaner spielte, etwas, das selbst die Aufmerksamkeit derer erlangen würde, die sich an Horrorfilmen überfraßen. Außerdem wollte Hassan noch ein bisschen religiöse Symbolik schaffen. Es war eine Schande, dass die Ironie daran den meisten entgehen würde.

Von Ja'dahs Handy aus schickte Hassan um ungefähr halb neun Uhr abends eine SMS, damit es mit dem Ende des Gottesdienstes in der Beach Bible Church zusammenfiel. Ja'dah hatte Martin Burns' Handynummer nicht gespeichert, doch Hassan hatte seine Hausaufgaben gemacht. Burns war Immobilienmakler, und Hassan hatte im Lauf der Woche seinen Firmensitz angerufen und vorgegeben, ein Kunde zu sein, der unbedingt reden wollte. Es war nicht schwer gewesen, Burns' Handynummer zu bekommen. Habgier war ein nützliches Werkzeug im Umgang mit Amerikanern.

Die Kurznachricht war schlicht.

Wir müssen vertraulich reden. Es ist wichtig. Können wir uns treffen?

Er unterschrieb nicht mit Ja'dahs Namen. Die Anrufliste auf ihrem Handy zeigte mehrere Anrufe bei Burns' Nummer. Burns würde den Absender erkennen.

Ein paar Sekunden später klingelte Ja'dahs Telefon. Hassan ließ den Anruf von Burns an die Mailbox weiterleiten. Er wartete ein paar Sekunden, dann schickte er noch eine Nachricht.

Kann nicht am Handy reden. Kannst du dich mit mir treffen? Bitte?

Diesmal schickte Burns sofort eine Antwort.

Klar. Wo bist du?

Hassan antwortete.

Ich muss weg. Sehr verwirrt. Kannst du auf dem Parkplatz am hinteren Ende von Sandbridge auf mich warten – beim Pavillon?

Hassan nahm an, das werde Burns vielleicht ein bisschen aus der Ruhe bringen. Er war bereit, den Mann an jedem abgeschiedenen Ort zu treffen, doch Sandbridge würde alles etwas einfacher machen. Hassan wusste außerdem, dass jedes Wort dieser Kurznachrichten irgendwann von den Behörden entdeckt werden würde und ihnen wiederum dabei helfen, ihre Suche nach den Leichen einzugrenzen. Es war besser, wenn sie die Leichen fanden, bevor sie sehr verwest waren.

Sandbridge?

Lange Geschichte. Erzähle ich dir, wenn du da bist.

Hassan wartete. Das Telefon vibrierte.

Bin unterwegs.

Hassan lächelte. Noch eine Nachricht. Das war die wichtigste von allen.

Sag es keinem ok? Es muss unter uns beiden bleiben.

Die Antwort war genau, was Hassan erwartet hatte.

Natürlich.

23

Nachdem er das Wochenende damit verbracht hatte, eine Predigt vorzubereiten und zu halten, fiel es Alex an den Montagen immer schwer, aus dem Bett zu kommen. Diese Woche hatte er zusätzlich auch noch einen Berg von Papierkram zu lesen, Schriftsätze zu entwerfen und Anrufe zu erwidern. Er kam um halb zehn im Büro an, nur um festzustellen, dass die Türen noch verschlossen waren. Das konnte nur bedeuten, dass Sylvia Brunswick sich krankgemeldet hatte.

Wieder einmal.

Alex schloss das Büro auf, schaltete die Lichter an und ließ eine Kanne Kaffee durchlaufen. Wie erwartet hatte Sylvia eine Nachricht auf seinen Anrufbeantworter gesprochen und etwas von einer unglaublich schmerzhaften Migräne gestöhnt. Sie versprach, sie werde versuchen, morgen zu kommen, heute sei aber nichts zu machen.

Sie hätte sich keinen schlimmeren Tag aussuchen können, um zu Hause zu bleiben. Alex musste Schriftsätze einreichen, unter anderem ein paar Reaktionen auf Aufforderungen der Gegenseite, die er auf jeden Fall an diesem Tag noch abliefern musste.

Normalerweise diktierte er die Antworten, und Sylvia kümmerte sich um die Details: Sie war zuständig fürs Abtippen und die persönliche Zustellung der Schriftsätze an die Gegenseite. Doch diese Arbeitsverteilung war heute keine Option.

In den folgenden anderthalb Stunden ignorierte Alex seine Anrufe, widerstand dem Drang, in seine E-Mails zu sehen, und tippte nur auf seinem Computer. Als er fertig war und versuchte, den Schriftsatz auszudrucken, entdeckte er, dass die Druckerpatrone fast leer war. Das sah Sylvia ähnlich, die Patrone nicht zu wechseln, bevor sie am Freitag ging.

Alex legte eine neue Patrone ein, druckte das Dokument aus, machte ein paar Korrekturen, druckte es noch einmal und versuchte, Kopien davon zu machen. Der Kopierer produzierte einen Papierstau, und Alex verbrachte zehn Minuten damit, ihn wieder zum Laufen zu bringen. Schließlich gab er sich geschlagen und kopierte jede Seite einzeln auf einem kleinen Kopierer ohne automatischen Einzug. Ein fünfseitiger Schriftsatz. Vier Kopien. Zwölf Minuten.

Er rief Shannon auf dem Handy an, während er eine Kopie nach der anderen machte und die einzelnen Seiten mit dem Text nach unten auf die Glasscheibe legte.

»Sylvia hat sich krankgemeldet«, berichtete er ihr.

»Ich weiß. Migräne.«

»Wo bist du?«

»In unserer Filiale.«

»Was bedeutet …?«

»Im Auto auf der North Landing Road, in der Nähe der Unfallstelle. Ich komme diese Woche jeden Morgen her, wenn ich kann, vielleicht sehe ich einen Laster, auf den Ghaniyahs Beschreibung passt, der hier regelmäßig Lieferungen macht.«

Alex stapelte Dokumente und heftete sie zusammen. Eine Observierung klang für ihn etwas weit hergeholt, eine Nadel im Heuhaufen. Selbst für Shannon, die über jedem Detail ihrer Fälle schwitzte, war das ein wenig zwanghaft.

»Damit ich das nicht falsch verstehe«, fragte er deshalb. »Du sitzt da draußen an der North Landing Road und wartest, dass ein weißer Gemüselaster mit roter Zugmaschine vorbeikommt, damit du ihm wohin auch immer folgen und den Fahrer zu einer Fahrerflucht befragen kannst?«

»Ich werde nicht direkt jemanden befragen«, sagte Shannon, ohne im Geringsten defensiv zu klingen. »Ich mache nur ein paar Fotos und schreibe mir das Kennzeichen auf.«

Alex' BlackBerry vibrierte; ein zweiter Anruf kam herein. Er erkannte die Nummer nicht und ignorierte ihn.

»Die Bilder zeige ich dann Ghaniyah«, fuhr Shannon fort. »Wenn das nichts auslöst, fordere ich die Ladungsverzeichnisse der Firma an, nachdem wir unsere Klage gegen unbekannt eingereicht haben. Vielleicht haben wir Glück und finden ein paar Lieferungen, die beweisen, dass der Laster zum Zeitpunkt von Ghaniyahs Unfall in der North Landing Road war.«

»Um ehrlich zu sein, hört sich das für mich nach Zeitverschwendung an«, sagte Alex, auch wenn er im Grunde hoffte, sie werde ihm das Gegenteil beweisen. »Können wir dafür nicht jemanden einstellen?«

»Erstens haben wir nicht das nötige Geld dafür. Und zweitens arbeite ich an anderen Fällen und erledige Telefonate, während ich hier draußen sitze. Ich werde heute wahrscheinlich mehr als du in Rechnung stellen können.«

Das konnte Alex nicht bestreiten. Er redete noch ein paar Minuten mit Shannon, während er die Kopien der Schriftsätze zusammenstellte. Nach dem Telefonat suchte er nach Etiketten für die Briefumschläge. Er suchte in seinen Schreibtischschubladen, dann in denen von Sylvia. Es gab Etiketten für Aktenordner, aber keine für große Umschläge. Er hatte gute Lust, etwas zu zerschlagen. Er arbeitete nun schon fast zwei Stunden an einer einfachen Aufgabe, die nicht länger als eine halbe Stunde hätte dauern dürfen. Sylvias Migräne verbreitete sich.

Alex' BlackBerry vibrierte wieder – dieselbe unbekannte Nummer wie vorher. Es musste wohl etwas Dringendes sein. Widerstrebend hob er ab.

»Alex Madison.«

»Mr Madison, hier ist Khalid Mobassar. Danke, dass Sie drangehen.«

»Kein Problem«, sagte Alex, der immer noch nach den Etiketten suchte. Der Imam klang ein bisschen angespannt. Vielleicht war etwas mit Ghaniyah.

»Vor meiner Tür stehen zwei *Detectives* vom *Virginia Beach Police Department*«, sagte Khalid, die Stimme kaum mehr als ein Flüstern. »Sie wollen mich wegen einer Frau aus unserer Moschee befragen, die am Wochenende verschwunden ist. Ich habe ihnen gesagt, ich müsse zuerst meinen Anwalt anrufen.«

Alex hörte auf zu suchen und konzentrierte sich auf das Telefongespräch. Es machte ihn immer nervös, wenn die Polizei einen seiner Mandanten befragen wollte. »Was wissen Sie über diese Frau?«

»Ihr Name ist Ja'dah Fatima Mahdi. Sie ist die Frau eines unserer Leiter im Islamischen Lernzentrum. Sie wird seit Samstagabend vermisst.«

»Sind Sie ein Verdächtiger?«

»Ich weiß es nicht.«

Alex schaute auf seine Umschläge und ärgerte sich, ans Telefon gegangen zu sein. Es wäre wahrscheinlich in Ordnung gewesen, wenn Khalid mit den *Detectives* sprach. Sie wollten wahrscheinlich nur Informationen über die Familie des Opfers. Aber was, wenn mehr dahintersteckte? Was, wenn Khalid tatsächlich verdächtigt wurde?

»Wissen Sie irgendetwas darüber, warum sie vermisst wird?«, fragte Alex.

Khalid zögerte einen Augenblick. »Eigentlich nicht.« Seine Stimme wurde leiser. »Nur das, was ich im Vertrauen von Ja'dah und ihrem Ehemann gehört habe.«

»Und das wäre?«

»Sollte ich das als ihr geistlicher Beistand nicht vertraulich behandeln?«

Jetzt wurde es kompliziert. »Vielleicht«, antwortete Alex. »Würde es dabei helfen, die Frau zu finden?«

Khalid zögerte wieder. »Ich glaube nicht. Aber ich weiß es nicht genau.«

Alex seufzte ins Telefon. Das konnte er nun wirklich nicht gebrauchen. Khalid hatte vielleicht Informationen, die der Polizei helfen könnten. Doch es ging um Themen, die unter das Beichtgeheimnis fielen, oder wie man das nannte, wenn es um einen muslimischen Imam ging. Und diese Themen waren tendenziell unschön. »Sagen Sie ihnen, Sie können nicht ohne die Anwesenheit Ihres Anwalts mit ihnen sprechen. Bitten Sie sie, draußen zu warten, bis ich da bin.«

Der nächste Anruf, der weniger als drei Minuten später kam, war nicht von Khalid, sondern von einem Mann, der sich als *Detective* Sanderson vorstellte. »Ist dort Mr Madison?«

»Ja.«

»Vertreten Sie Mr Mobassar?«

Eigentlich nicht, dachte Alex. Doch dies war nicht der richtige Zeitpunkt für Spitzfindigkeiten. »Ja.«

»Gut«, sagte Sanderson, als löse das alle Schwierigkeiten auf. »Wir befinden uns in den entscheidenden achtundvierzig Stunden eines Vermisstenfalles. Wir haben Gründe, anzunehmen, dass das potenzielle Opfer gegen seinen Willen entführt wurde. Und wir glauben, Ihr Mandant könnte wertvolle Hinweise geben, die uns helfen könnten, den Entführer zu fassen, aber er sagt, er kann nicht mit uns …«

»Ist er ein Verdächtiger?«, unterbrach ihn Alex.

»In diesem Stadium, Mr Madison, ist fast jeder, der das Opfer kennt, ein möglicher Verdächtiger. Aber wir würden Ihren Mandanten gern von der Liste streichen, wenn wir können. Und was noch wichtiger ist: Wir glauben, er kann uns helfen, sie zu finden, bevor es zu spät ist.«

Alex dachte einen Moment darüber nach. Den Satz über das Streichen von der Liste sagten Cops jedes Mal … kurz, bevor sie ein Geständnis erschwindelten und die Handschellen zuschnappen ließen. Aber der Teil über die Hilfe beim Finden der Frau konnte echt sein.

Konnte er wirklich danebensitzen und seinem Mandanten raten, Informationen zurückzuhalten, die der Polizei helfen konnten, eine entführte Frau zu finden?

»Ich bin in einer halben Stunde da«, sagte Alex. »Ich würde dann gerne zuerst mit meinem Mandanten sprechen. Und ich unterbreche das Verhör, wenn ich das Gefühl habe, Sie wollen ihm etwas anhängen.«

»Die Zeit drängt, Mr Madison. Wir müssen wirklich sofort mit ihm sprechen.«

»Was wollen Sie ihn fragen?«

»Das möchte ich lieber nicht am Telefon sagen.«

»Dann in einer halben Stunde«, sagte Alex. »Mehr kann ich nicht tun. Und warten Sie draußen. Ich will nicht, dass Sie mit ihm reden, bis ich da bin.«

»Wir warten im Streifenwagen.«

Alex zog einen Stift aus seiner Schreibtischschublade und adressierte die Umschläge von Hand. Er würde die Dokumente auf Sylvias Schreibtisch lassen und auf dem Weg zu Khalids Haus einen Kurierdienst anrufen. Er hatte ein schlechtes Gefühl, was Khalids ›Befragung‹ anging. Bei einer Entführung befragten die Cops normalerweise nicht den geistlichen Beistand der Familie. Sie hatten etwas. Und es gab nur einen Weg, herauszufinden, was es war.

24

Alex setzte sich neben seinen Mandanten auf eine weiche Ledercouch mit alten Polstern, die unter seinem Gewicht zusammensackten. Alex hatte das Gefühl, als säße er auf dem Boden, die Knie in der Luft. Anders als die *Detectives* hatte Alex aus Respekt die Schuhe ausgezogen. Die Polizisten nahmen die beiden Stühle, dieselben, auf denen Alex und Shannon in der Woche zuvor gesessen hatten.

Die Sitzordnung war für Alex und Khalid eindeutig ein psychologischer Nachteil. Die Polizisten saßen aufrecht auf ihren Stühlen und blickten auf Alex und Khalid herab, die krumm auf der Couch lümmelten wie zwei Schuljungen im Büro des Rektors.

Die Frau saß Khalid gegenüber und beugte sich vor, eine eindeutig aggressive Haltung. Sie war dünn und stark, Mitte vierzig, mit blonden Locken, kleinen blauen Augen, die irgendwie zu eng beieinander zu liegen schienen, und einem schmalen Gesicht, das aussah, als habe jemand eine Schraubzwinge angesetzt und zugezogen. Sie hatte Falten um die Augenwinkel und den Mund, und ihr linkes Auge war blutunterlaufen. Als Alex ihr draußen die Hand geschüttelt hatte, hatte sie sich als *Detective* Brown vorgestellt.

»Ich bin Alex.« Er ließ ein entwaffnendes Lächeln aufblitzen. »Haben Sie einen Vornamen?«

»Ja.«

Alex wartete. … »O-kay … na dann«, sagte er. *Da habe ich wohl herausgefunden, wer von den beiden der böse Cop ist.*

Detective Sanderson saß direkt gegenüber von Alex. Er war ein sympathischer Kerl mit kurzgeschnittenen braunen Haaren und der Statur eines Verteidigers einer Footballmannschaft. Er hatte eine platte Nase, die in Alex die Vorstellung weckte, er könnte in seinen jüngeren Jahren Boxer gewesen sein. Er legte ein Aufnahmegerät auf den Tisch. »Macht es Ihnen was aus, wenn ich das aufnehme?«

Alex stellte seinen eigenen Digitalrekorder daneben und schaltete ihn an. »Das wollte ich auch gerade fragen.«

Sanderson warf seiner Partnerin einen Blick zu, der nicht schwer zu lesen war - *der Typ ist ein Trottel* -, und zuckte die Achseln. »Ganz wie Sie wollen.«

Detective Sanderson nannte die Namen aller Anwesenden und Zeit und Ort der Befragung, dann versicherte er Khalid, dass er das Gespräch beenden könne, wann immer er wolle.

»Ist mein Mandant ein Verdächtiger?«, fragte Alex. Es war dieselbe Frage, die er am Telefon gestellt hatte, doch er wollte eine Antwort fürs Protokoll.

Brown warf ihm einen scharfen Blick zu, doch Sanderson antwortete in ruhigem Ton. »Im Moment ist es immer noch ein Vermisstenfall. Aber wenn wir tatsächlich zu dem Schluss kommen müssen, dass hier ein Verbrechen verübt wurde, ist natürlich jeder, der Ja'dah Fatima Mahdi kennt, ein möglicher Verdächtiger. Also: Ja, das würde Ihren Mandanten mit einschließen.«

»Verständlich«, sagte Alex.

Die Fragen begannen unschuldig, hauptsächlich Hintergrundfragen über Khalids Beziehung zu Ja'dah und Fatih Mahdi. Die beiden Familien hatten zur selben Moschee in Beirut gehört und hatten sich im Abstand von einem halben Jahr in den Vereinigten Staaten angesiedelt. Der Mann der vermissten Frau war ein Freund von Khalid und ein geachtetes Leitungsmitglied des Islamischen Lernzentrums. Ja'dah, seine zweite Frau, war fünfzehn Jahre jünger als ihr Mann.

»Wann haben Sie zum letzten Mal mit Fatih oder Ja'dah gesprochen?«

»Ich habe gestern mit Fatih gesprochen.«

»Hat er erwähnt, dass seine Frau vermisst wird?«

»Natürlich. Er war vollkommen aufgelöst. Er zeigt nicht so leicht Gefühle, aber er war ...«, Khalid suchte nach dem richtigen Wort, »... fast nicht zu beruhigen. Untröstlich. Er machte sich Sorgen, dass Ja'dah etwas zugestoßen sein könnte. Dass sie vielleicht entführt wurde. Dass sie vielleicht mit einem anderen davongelaufen ist und niemals wiederkommt.«

»Haben Sie eine Ahnung, wo Ja'dah hingegangen sein könnte, wenn sie versuchte, von ihrem Ehemann wegzukommen? Hat sie Freunde oder Familie in anderen Teilen der Vereinigten Staaten?«

Khalid dachte einen Moment nach, die Art von Zögern, die Alex seinen Zeugen abzutrainieren versuchte. »Ich weiß nicht«, sagte er. »Und ehrlich gesagt kann ich mir nicht vorstellen, dass sie Fatih verlassen hat. Nicht auf eigene Faust.«

»Wirklich?«, fragte Brown sarkastisch. »Sie könnten sich keinen Grund vorstellen, aus dem sie ihn verlassen wollen könnte?«

Khalid sah verwirrt aus und schüttelte den Kopf.

»Was ist mit Fatihs erster Frau passiert?«

Khalid zögerte wieder, und Alex machte sich im Geiste eine Notiz; daran würden sie arbeiten müssen. »Sie war Fatih untreu. Er hat sie entlassen.«

»Was soll das heißen?«, fragte Brown. »›Sie entlassen‹?« Sie betonte es, als hätte Khalid davon gesprochen, ein Tier einzuschläfern.

Khalid blieb freundlich, obwohl Alex sehen konnte, wie sich seine Halsmuskeln spannten. »Er erwirkte nach libanesischem Gesetz die Scheidung«, sagte Khalid ungerührt.

»Und Sie sagen, der Grund für dieses ... *Entlassen* ... war Untreue?«, fragte Brown.

»Ja, ich glaube schon.«

Brown kontrollierte ein paar Notizen und sah Khalid mit kaltem Blick an. »Und ist es nicht richtig, dass nach der Scharia eine Frau hingerichtet wird, wenn sie vergewaltigt wird und ihre Unschuld nicht beweisen kann?«

Khalid grübelte darüber nach, als sei es eine Fangfrage. Alex war froh, dass das Gespräch nicht auf Video aufgenommen wurde.

»Zuerst einmal sollte ich darauf hinweisen, dass der Libanon nicht nach dem Gesetz der Scharia arbeitet«, erklärte Khalid. »Im Libanon ist die Scharia eher ein Moralkodex, dem einige Muslime folgen. Also wäre das, was Sie sagen, im Libanon nicht zutreffend. In manchen Ländern, wie zum Beispiel Pakistan, könnte das gut der Fall sein.« Khalid zögerte;

er wirkte unsicher, wie viel genau er sagen sollte. »In dem Fall, von dem wir hier sprechen, gibt es allerdings wenig Zweifel, dass Fatihs Frau untreu war.«

Diese Antwort löste eine ganze Reihe von Folgefragen bei Brown aus, die darauf anspielten, dass Fatih etwas mit Ja'dahs Verschwinden zu tun haben könnte. Khalid verteidigte seinen Freund standhaft. Nein, Fatih sei nicht für Jähzorn bekannt. Ja, Fatih liebte seine Frau wirklich. Fatih sei ein Mann der Wahrheit, sagte Khalid. Man könne seinen Worten Glauben schenken.

»Ist Fatih Mahdi verdächtig?«, fragte Alex. Es war eine naheliegende Frage, aber er suchte nach einer Möglichkeit, sich wieder ins Gespräch einzuschalten.

»Sollte er das sein?« Brown sah Khalid an.

»Nein«, beharrte Khalid. Er setzte sich aufrechter hin und beugte sich vor, dann hielt er inne, als habe er sich wieder gefangen. »Fatih könnte unmöglich etwas tun, was ihr schaden könnte.« Er sah zuerst *Detective* Brown an, dann Sanderson; anscheinend suchte er jemanden, der ihm glaubte.

»Ist Ja'dah Mahdi Ihres Wissens nach eine treue Anhängerin Mohammeds?«, fragte Brown.

Die Frage schien Khalid aus dem Konzept zu bringen. Der Imam sah Alex an. »Diese Frage kann ich nicht beantworten, ohne meine Gespräche mit Ja'dah und Fatih offenzulegen«, sagte er vorsichtig.

Obwohl Khalids Bemerkung an Alex gerichtet gewesen war, war es Sanderson, der darauf einging. »Das schien Ihnen vorhin keine Sorgen zu bereiten, als Sie uns erzählten, wie aufgelöst Fatih war, als Sie mit ihm gesprochen haben.«

Khalids Augen wurden groß, ein Reh im Scheinwerferlicht.

»Das ist etwas anderes«, sagte Alex. »Das war keine Beratungssituation. Die anderen Gespräche offenbar aber schon.«

»Machen Sie Witze?«, fragte Brown scharf. »Das war keine Beratung? Fatih Mahdi kommt zu dem Imam hier und sagt, meine Frau wird vermisst, und ich weiß nicht, was ich tun soll, und das ist keine Beratung?«

Alex versuchte, ein bisschen nach vorn zu rücken, um sich Browns aggressiver Haltung anzupassen, doch die durchhängende Couch machte es ihm schwer. »Ungeachtet dessen«, sagte er, »weise ich meinen Mandanten an, keine vertraulichen Gespräche zwischen ihm und entweder Ja'dah Mahdi oder Fatih Mahdi preiszugeben.«

»Lassen Sie mich das klar sagen«, gab Brown zurück. »Wir versuchen, eine Frau zu finden, die in großer Gefahr sein könnte, und die nächsten vierundzwanzig Stunden sind entscheidend. Wir glauben, Ihr Mandant besitzt Informationen, die uns helfen könnten. Und jetzt sagen Sie, dass die Gespräche Ihres Mandanten mit genau dieser vermissten Frau irgendwie vertraulich seien? Glauben Sie nicht, dass sie vielleicht bereit wäre, Sie von dieser Schweigepflicht zu entbinden, wenn es uns hilft, sie zu finden?«

»Wir wissen es nicht«, sagte Alex. »Und Seelsorger können die Schweigepflicht nicht aufgrund von Annahmen ignorieren.«

Brown schüttelte den Kopf und grunzte missbilligend. Khalid, der die Auseinandersetzung verfolgt hatte wie ein Tennismatch, sah jetzt Alex an.

»Wir berufen uns auf diese Schweigepflicht«, sagte Alex und starrte die Polizisten unverwandt an. »Stellen Sie Ihre nächsten Fragen.«

Diesmal wählte *Detective* Brown ihre Worte sorgfältig. »Wissen Sie, ob Ja'dah Mahdi vom Islam zum Christentum konvertiert ist?«

Khalid sah Alex an und wartete auf dessen Erlaubnis.

»Ich frage nicht, was jemand ihm gesagt hat«, soufflierte Brown. »Ich frage nur, was er weiß.«

Netter Versuch. »Könnten Sie das abgesehen von Ihren Gesprächen mit Ja'dah oder Fatih Mahdi wissen?«, fragte Alex.

Khalid schüttelte den Kopf.

»Dann antwortet er darauf nicht.«

»Hatten Sie ein Gespräch mit Fatih Mahdi darüber, dass seine Frau zum Christentum konvertiert ist?«, fragte Brown.

»Darauf antwortet er nicht.«

»Haben Sie mit Ja'dah Mahdi über ihre Konvertierung gesprochen?«

»Nächste Frage.«

»Haben Sie je von der Beach Bible Church gehört?«

Daraufhin wurde Khalid rot. Wieder wandte er sich Alex zu.

»Wenn Sie außerhalb Ihrer Gespräche mit Ja'dah oder Fatih von der Kirche gehört haben, können Sie es ihnen sagen«, sagte Alex.

»Nein, das habe ich nicht.«

»Sind Sie sicher?« Wie Alex schien Brown zu vermuten, dass mehr hinter dieser Antwort steckte.

»Ich bin sicher.«

»Kennen Sie einen Mann namens Martin Burns?«

Bevor Alex Khalid auffordern konnte, seine Antwort auf nicht vertrauliche Informationen zu beschränken, antwortete der Imam: »Nein.«

»Sicher?«

»Ja.«

»Wissen Sie, was ein Ehrenmord ist, Mr Mobassar?«

Er wurde blass. »Ja, natürlich.«

»Befürwortet der Koran Ehrenmorde?«

In diesem Moment kam Ghaniyah Mobassar mit einem Tablett um die Ecke, das beladen war mit Kaffee, Tassen, Tellern, Besteck und *Baklava*. Sie stand im Türrahmen und sah sich mit leerem Blick im Raum um; in ihrem Gesicht waren immer noch ein paar Blutergüsse zu sehen.

Khalid stand auf und ging zu ihr. »Das ist meine Frau Ghaniyah.« Er deutete auf die Polizisten. »Die *Detectives* Brown und Sanderson haben ein paar Fragen über Ja'dah Mahdi.«

»Ich verstehe«, sagte Ghaniyah leise. »Ich wollte fragen, ob ich jemandem etwas zu essen oder zu trinken anbieten kann.«

»Nein, danke«, sagte Sanderson schnell. »Aber wenn es Ihnen nichts ausmacht, würden wir Ihnen gern ein paar Fragen stellen, wenn wir mit unserem Gespräch mit Ihrem Mann fertig sind.«

Ghaniyah sah verwirrt drein.

»Das wird nicht möglich sein«, sagte Alex.

»Vertreten Sie sie auch?«, fragte Brown. »Ist das nicht irgendwie ein Interessenskonflikt?«

»Ich glaube, wir haben alles, was wir brauchen«; sagte Khalid sanft zu seiner Frau, dann wandte er sich wieder an die *Detectives*. »Ich bin gleich zurück.«

Ghaniyah murmelte ein »Nett, Sie kennenzulernen« und ging mit Khalid.

Alex erzählte rasch von dem Autounfall und den bleibenden Problemen, die Ghaniyah noch hatte.

»Das tut mir leid zu hören«, brachte Sanderson sein Mitgefühl zum Ausdruck. Als Khalid wiederkam, sagte ihm Sanderson, er hoffe, Ghaniyah werde sich wieder ganz erholen.

»Danke«, sagte Khalid.

»Ich glaube, ich hatte gerade nach dem Koran gefragt«, erinnerte ihn Brown, »und ob er Ehrenmorde befürwortet.«

Khalid sammelte seine Gedanken. »Mörder und Terroristen benutzen den Koran, um alle möglichen Verhaltensweisen zu rechtfertigen, aber Ehrenmorde werden im Koran oder einer der Hadithen nicht gebilligt. Der Prophet Mohammed, Friede sei mit ihm, sagte, wir sollen unsere Frauen mit Respekt und Freundlichkeit behandeln.«

Brown sah in ihren Notizen nach. »Sagte der Prophet Mohammed in den Hadithen nicht zu Frauen: ›Ich habe niemanden gesehen, dem es mehr an Intelligenz und Glauben mangelt als euch‹?* Und sagte er nicht, die Mehrheit in der Hölle seien Frauen?«

Khalid rückte ein klein wenig auf der Couch nach vorn. Die Fragen wühlten ihn sichtlich auf. »Diese Zitate sind aus dem Kontext gerissen. Vor dem Islam hatten arabische Frauen kein Recht auf Eigentum, Bildung, Scheidung oder auch nur Schutz vor der Brutalität ihrer Ehemänner. Der Islam änderte all das. Mohammed selbst bekräftigte, dass Männer und Frauen gleichberechtigte Pflichten und Verantwortung im Dienst Allahs haben. ›Ich lasse keine Tat verloren gehen, die jemand unter euch getan hat – Mann oder Frau, ihr gehört zueinander.‹ Das sind die Worte Mohammeds in Sure 3 des Korans.«

Detective Brown schwieg kurz, bevor sie fortfuhr: »Haben Sie je mit Fatih über den Begriff des Ehrenmordes gesprochen?«

»Niemals«, sagte Khalid, bevor Alex ihn anweisen konnte, nicht zu antworten.

»Glauben Sie, Fatih ist zu so etwas fähig?«

»Nein. Auf keinen Fall.«

---

* Dieses Zitat entstammt der Hadithe Sahih Bukhari. Dazu gibt es jedoch keine anerkannte deutsche Übersetzung, daher wurde der Text direkt übersetzt. (Anm. des Lektorats)

Brown warf ihm einen skeptischen Blick zu und wechselte das Thema. »Waren Sie je in Sandbridge?«

»Nein«, sagte Khalid mit zögernder Stimme.

»Haben Sie je ein Haus in Sandbridge gemietet oder darüber nachgedacht, ein Haus in Sandbridge zu mieten?«

»Nein.«

»Haben Sie irgendetwas mit dem Verschwinden von Ja'dah Mahdi zu tun?«

»Nein. Natürlich nicht.«

»Haben Sie eine Ahnung, wo sie sein könnte?«

Auf diese Frage hin bemerkte Alex ein winziges Zögern. »Nein.«

»Sind Sie bereit, einen Lügendetektortest zu machen, falls wir glauben, es könnte hilfreich sein?«

Alex ließ seinem Mandanten keine Chance, darauf zu antworten. »Nein, ist er nicht.«

25

Die Medien bekamen schnell Wind von der Story, und Alex verfolgte die Entwicklungen auf den lokalen Nachrichtensendern. Um vier sah er den Polizeichef von Virginia Beach, Moses Stargell, vor einer Reihe von Mikrofonen zu einer hastig einberufenen Pressekonferenz erscheinen. Der *Chief* war ein Bär von einem Mann, allgemein bewundert für seine schnelle Auffassungsgabe und Gerissenheit. Heute sah er uncharakteristisch bedrückt aus.

Der *Chief* meldete folgende Fakten: Man hatte nicht mehr von Ja'dah Mahdi gehört, seit sie am Samstag um ungefähr sieben Uhr abends das Haus verlassen hatte. Aufgrund von Anruflisten und Daten von Mobilfunkmasten hatte die Polizei ermittelt, dass Ja'dah spät am Samstagabend eine Kurznachricht aus der Region Sandbridge verschickt hatte. Ja'dah hatte keine bekannten Verbindungen zu Sandbridge - keine Freunde oder Bekannten, die dort lebten.

Die Polizei durchkämmte die Gegend nach Spuren von Mrs Mahdi.

Der *Chief* beschrieb ihr Auto, nannte ihr Kennzeichen und ließ ein aktuelles Foto von ihr einblenden, zusammen mit Informationen, wem mögliche Spuren zu melden waren.

Die Reporter begannen, Fragen abzufeuern, doch der *Chief* übertönte sie. Ein männlicher Weißer namens Martin Burns wurde ebenfalls vermisst. Sein Fehlen war bemerkt worden, als er am Montagmorgen nicht zur Arbeit erschien. Der *Chief* zeigte sein Foto ebenfalls und sagte, es gäbe keine Informationen über seinen letzten Aufenthaltsort.

Bis zum frühen Abend hatten die Lokalsender begonnen, die Puzzleteile zusammenzusetzen. Ungenannte Mitglieder der Virginia Beach Church sagten, dass Ja'dah Mahdi und Martin Burns Teil einer Gruppe von Freunden seien, die an den Samstagabenden gemeinsam an den Gottesdiensten teilnahm. Es gab Gerüchte, dass Ja'dah zum Christentum konvertiert war. Channel 13 zeigte ein Interview mit ihrem Mann, Fatih Mahdi, der Ja'dah anflehte, nach Hause zu kommen, wenn sie das hörte. Verschiedene Berichte deuteten an, dass Ja'dah durchgebrannt sei, vielleicht, weil sie Repressalien der muslimischen Gemeinschaft fürchtete. Einige spekulierten über die Art einer möglichen Beziehung zwischen Ja'dah Mahdi und Martin Burns, doch ihre Freunde aus der Kirche wiesen solche Behauptungen zurück und sagten, die beiden seien lediglich Freunde gewesen, Teil eines größeren Kreises, der sich nach den Gottesdiensten traf.

Um elf nahm die Story auf den landesweit ausgestrahlten Kabelsendern Fahrt auf. Es gab Videoaufnahmen von Ermittlungsteams in Sandbridge und Ausschnitte eines Interviews mit Fathi Mahdi, dessen Lippen in dem kantigen Gesicht zitterten, als er in die Kamera blickte und Ja'dah bat, zumindest anzurufen, damit er wusste, dass es ihr gut ging.

Alex schaltete von einem Sender zum nächsten, bis eine Nachrichtensendung ihn fast vom Stuhl warf. Der Moderator von CNN kündigte einen Beitrag an, der nach der Pause gesendet werden sollte, und versprach Exklusivinterviews mit den beiden Männern, die im Zentrum des Sturms standen – der junge Pastor der Gemeinde, die Martin Burns besuchte, und »ein prominenter Imam, der die Moschee in Norfolk leitet, die Ja'dah Mahdi besuchte«. Der Moderator machte eine effektvolle Pause. »Ich denke, Sie werden ihre Sichtweisen sehr interessant finden.«

Alex konnte nicht fassen, was er da eben gesehen hatte. Khalid würde doch nicht mit der Presse sprechen, ohne Alex anzurufen. Oder doch?

Das Interview mit dem Pastor brachte nichts Neues. Das mit Khalid dagegen schon. Es sah aus, als hätten sie einen Hintergrund in Khalids Wohnzimmer aufgebaut und ihn dort gefilmt. Der- oder diejenige hinter der Kamera hatte einen wenig schmeichelhaften Winkel gewählt, der irgendwie die Unebenheit von Khalids Haut betonte, seinen schwarzen Bart und die dunklen Ringe unter seinen Augen.

Der Reporter begann mit ein paar Fragen über Ja'dahs angebliche Konvertierung zum Christentum. Hatte Khalid davon gehört? Konnte er es bestätigen oder verneinen?

Khalid sah steif und nervös aus. »Ja'dah war treu in der Moschee und eine gute Muslimin«, sagte er.

»Hat sie je Zweifel am islamischen Glauben geäußert?«

Khalid schüttelte den Kopf. »Es ist mir nicht gestattet, über seelsorgerliche Gespräche mit einem Mitglied meiner Moschee zu sprechen.«

»Es gibt Spekulationen, dass Mrs Mahdi vielleicht zum Christentum konvertiert sein könnte und glaubte, in Gefahr zu sein. Könnten Sie das bitte kommentieren?«

»In unserer Moschee hätte sie nichts zu befürchten«, sagte Khalid. »Für welchen Glauben sie sich auch entschieden hätte, sie wäre immer mit Freundlichkeit und Respekt behandelt worden.«

Der Reporter sah nicht überzeugt aus. »Es gibt Stimmen, die sagen, das Islamische Lernzentrum habe Verbindungen zur Hisbollah. Ich glaube, es ist nur fair, Ihnen die Möglichkeit zu geben, zu diesen Vorwürfen Stellung zu nehmen.«

Fair?, hätte Alex am liebsten geschrien. *Den Imam live auf Sendung mit so einer Frage zu überfallen, ist fair?*

Khalid wurde zornig bei dieser Frage. »Wir haben keine Verbindung zur Hisbollah«, beharrte er. »Wir sind nur Menschen des Glaubens, die versuchen, in diesem Land mit allen anderen zusammenzuleben.«

»Khalid Mobassar«, sagte der Reporter, »führender Imam im Islamischen Lernzentrum in Norfolk, Virginia. Danke, dass Sie bei uns waren.«

»Gerne«, antwortete Khalid, immer noch mit Anspannung im Gesicht.

Als die Sendung zurück ins Studio schaltete, rief Alex seinen Mandanten an.

Es würde keine weiteren Interviews geben.

26

Wenn Alex geglaubt hatte, die allgemeine Aufregung würde sich am Dienstag legen, hatte er sich schwer getäuscht. Kommentatoren spekulierten endlos über Ehrenmorde und darüber, ob Frauen, die sich vom Islam abwandten, in Gefahr waren. Diese Frage konzentrierte die Aufmerksamkeit auf Ja'dahs Ehemann – Fatih Mahdi – und die Moschee, in die er ging.

Bis zum frühen Nachmittag berichteten Kabelsender von Verbindungen des Islamischen Lernzentrums zur Hisbollah. Ungenannte Quellen bestätigten, dass die Moschee, deren Bau geschätzte 13 Millionen Dollar gekostet hatte, direkt mit Hisbollah-Geld finanziert worden sei.

In einer Sendung wurde eine alte Aufnahme von Khalid Mobassar von 2006 gezeigt, aufgenommen während des Libanonkriegs zwischen der Hisbollah und Israel, in der er argumentierte, dass Israel überreagiert habe. Er beklagte die Zerstörung Beiruts und den Verlust unschuldiger Leben und stellte dann eine Reihe von rhetorischen Fragen. »Wo werden die Libanesen medizinische Hilfe bekommen? Wer hilft ihnen beim Wiederaufbau? Wer versorgt die obdachlosen Flüchtlinge mit Lebensmitteln? Die Hisbollah. Die Libanesen werden in Krankenhäuser der Hisbollah gehen. Von der Hisbollah Nahrungsmittel bekommen. Den Wiederaufbau mit Hisbollah-Geldern finanzieren. Die israelischen Bomben haben die Libanesen in die Arme der Hisbollah getrieben.«

Der Ausschnitt verbreitete sich wie ein Buschfeuer von einer Sendung zur nächsten. Um drei Uhr nachmittags hatte Alex den verzweifelten Khalid am Telefon. »Sie reißen es aus dem Kontext«, sagte er. »Ich habe die Tatsache beklagt, dass dieser Konflikt nur die Hisbollah stärken würde. Lassen Sie mich mit ihnen reden. Es kann schließlich nicht noch schlimmer werden, oder?«

Doch Alex blieb standhaft. Wenn Khalid wollte, dass Alex sein Anwalt war, dann musste er seinen Rat beherzigen. Keine Interviews. Punkt.

»Wir werden wie eine Terrorzelle dargestellt«, protestierte Khalid. »Ich kann die Sache richtigstellen.«

»Können sie irgendwelche Hisbollah-Gelder zu der Moschee verfolgen?«, fragte Alex.

Ein Augenblick des Zögerns sagte Alex alles, was er wissen musste. »Das kann man unmöglich sagen«, erklärte Khalid. »Die Hisbollah ist wie die Lianen in einem Urwald. Sie ist eine politische Partei. Sie finanziert wohltätige Einrichtungen. Sie rekrutiert Soldaten und schult Ärzte. Die Hisbollah ist Ihr Nachbar. Die meisten schiitischen Moscheen in Beirut nehmen zwei getrennte Kollekten ein. Eine für die Moschee, eine für die Hisbollah. Wer kann sagen, ob nichts von dem Geld, das uns beim Bau geholfen hat, in Verbindung zur Hisbollah steht?«

»Keine Interviews«, sagte Alex. Er hatte genug gehört, um seinem Mandanten ein Redeverbot zu erteilen, bis dieser ganze Sturm vorüber war. »Sie können nur verlieren – so oder so.«

»Deshalb glauben die Amerikaner, alle Muslime seien Terroristen«, gab Khalid zurück. »Weil die Medien es nicht anders wollen.«

»Zugegeben. Also lassen Sie uns die Bestie nicht auch noch füttern.«

»Leider wurde die Bestie schon gefüttert.«

* * *

Am Spätnachmittag hatte Alex aufgehört, Fernsehen zu schauen, und versuchte, ein bisschen Arbeit wegzuschaffen. Bisher war sein Name aus der Berichterstattung herausgehalten worden. Khalid Mobassar war kein Verdächtiger, also sagte sich Alex, dass es keinen Grund gab, sich in die Geschichte einzuschalten und es aussehen zu lassen, als hätte sich Khalid ›einen Anwalt genommen‹. Stattdessen hoffte Alex, sich ein paar Tage bedeckt halten zu können, bis die Geschichte von selbst im Sande verlief. Hoffentlich tauchten Ja'dah Mahdi und Martin Burns in irgendeiner Ecke des Landes auf und gaben eine Runde Interviews darüber, wie unsicher sich Ja'dah fühlte, nachdem sie zum Christentum konvertiert war, und die ganze Geschichte würde sich bald in Wohlgefallen auflösen.

Dann konnten Alex und Shannon die Mobassars in dem Fall vertreten, der wirklich zählte – Ghaniyahs Schädel-Hirntrauma. Falls – und es war ein großes *Falls* – Shannon die Lastwagenfirma fand, die das Ganze ins Rollen gebracht hatte, konnte die Kanzlei sich auf einen dicken Zahltag freuen.

Der Gedanke brachte Alex dazu, seine Partnerin anzurufen. »Siehst du was?«, fragte er, als sie abhob.

»Nein … na ja, vielleicht.« Shannon klang ziemlich entnervt. »Ich weiß nicht, Alex. Das Ganze ist wahrscheinlich dumm. Hier kommen Lastwagen mit roten Führerkabinen und weißen Anhängern vorbei, aber nichts, das Bilder von Obst oder Gemüse auf der Seite hätte. Andererseits klang Ghaniyah nicht einmal besonders sicher, was dieses Gemüse anging.«

»Wie lange hast du noch vor, da draußen zu bleiben?«

»Jeden Tag außer Freitag. Da habe ich Anhörungen.«

Alex wusste, was er daraufhin sagen sollte. Sie erwartete, dass er von sich aus anbot, für sie einzuspringen. Er schaute in seinen Kalender. Freitag war noch frei. Er begann, einen Termin einzutippen.

»Kannst du Freitag für mich übernehmen?«, fragte Shannon.

Alex beendete seinen Eintrag. »Ich bin den ganzen Tag ausgebucht«, sagte er.

»Womit?«

Er hätte es wissen sollen, dass sie nicht so leicht aufgab. »Predigtvorbereitung.«

»Gut«, sagte Shannon. »Das kannst du auch hier draußen machen.«

* * *

Chief Stargell setzte die Pressekonferenz für fünf Uhr nachmittags an, damit die lokalen Nachrichtensender sie live übertragen konnten. Alex und Sylvia schauten im kleinen Konferenzraum der Kanzlei zu.

Eine Frau am Moderatorenpult sagte, sie würden nach Sandbridge zur Pressekonferenz schalten, und Alex spürte, wie ihm das Herz in die Hose rutschte. Eine Meldung der Ermittlungsbehörden konnte nur eines bedeuten – sie hatten eine Leiche gefunden.

Stargell trat vor die Mikrofone; die stellvertretende Staatsanwältin von Virginia, Taj Deegan, war hinter seiner linken Schulter zu sehen. Ms Deegan blickte genauso düster wie Stargell. »Ich werde einen kurzen Statusbericht über einige neue Entwicklungen im Fall Ja'dah Mahdi und Martin Burns abgeben«, sagte der *Chief.* »Ich werde *keine* Fragen beantworten.«

Er holte tief Luft und wandte sich an die Reporter. Keine Notizen. Matter Blick.

»Vor ungefähr anderthalb Stunden, um 15.35 Uhr, konnten wir mithilfe der Hundestaffel der State Police die Leichen von Ja'dah Mahdi und Martin Burns ausfindig machen. Die Leichen waren an einem Sandstrand auf Bundesgebiet knapp zwei Kilometer südlich von Sandbridge vergraben. Die Stelle war nur mit dem Boot erreichbar.«

Der *Chief* hielt inne, um sein Publikum anzusehen, anscheinend fürchtete er den Feuersturm, den sein nächster Satz entfesseln würde. Er biss die Zähne zusammen und fuhr fort.

»Der Kopf von Mrs Mahdi wurde wie bei einer Hinrichtung vom Rumpf getrennt …« Alex hörte das kollektive Luftschnappen aller Anwesenden. »Mr Burns war neben ihr begraben. Wir konnten die offizielle Todesursache bei Mr Burns noch nicht feststellen, aber es gibt Anzeichen, dass Mr Burns möglicherweise lebendig neben der kopflosen Leiche von Mrs Mahdi begraben wurde. Wir haben eine beschleunigte Autopsie angeordnet und werden Sie informieren, sobald wir die endgültigen Ergebnisse haben.«

Kameras klickten und Stargell blieb stoisch. Er informierte sie, dass es keine Spuren zu einem Verdächtigen gäbe. Er gab eine Telefonnummer an, unter der Hinweise abgegeben werden konnten. Dann dankte er den Reportern und ging; ihre gerufenen Fragen folgten ihm aus dem Bild.

Die Berichterstattung schaltete zurück in die Studios, wo die Nachrichtensprecher sich abmühten, die Entwicklungen ins rechte Licht zu rücken.

Alex hörte nicht mehr zu.

Eine Enthauptung. Ein Lebendbegräbnis.

Er wählte Khalids Handynummer. Alex hatte keinen langfristigen Plan für seinen Mandanten, aber auf kurze Sicht war der Plan klar.

»Schließen Sie die Türen ab«, sagte Alex, »und gehen Sie nicht an die Tür, wenn es klingelt. Schließen Sie die Fensterläden. Gehen Sie unter keinen Umständen nach draußen.«

Alex rieb sich die Schläfe, die Kopfschmerzen breiteten sich wie ein Buschfeuer hinter seinen Augen aus. *Doppelmord. Ein Ehrenmord.*

Und alle Wege führten zur Moschee seines Mandanten.

27

Am dritten Tag von Shannons Observierung landete sie einen Treffer. Es war am späten Mittwochnachmittag, als der Lastwagen vorbeikam – ein rotes Führerhaus, weißer Aufleger und eine bunte Mischung von Obst und Gemüse auf der rechten Seite, genau wie Ghaniyah sich erinnert hatte. Shannon brauchte einen Augenblick, bis sie reagierte, als wäre eine Figur aus einem Traum unerwartet vor ihr erschienen. Doch sie riss sich aus ihrer Erstarrung, wendete eilig und nahm die Verfolgung auf.

Innerhalb von ein paar Minuten hatte sie den schwerfälligen Laster eingeholt und zog ihr Handy heraus. Während sie fuhr – um genau zu sein, während sie dicht auffuhr –, stellte sie das Gerät auf den Kameramodus und machte ein paar Aufnahmen vom Nummernschild. Die Bilder überflog sie ebenfalls während der Fahrt. Ein bisschen verschwommen und eine Spiegelung der Frontscheibe. Sie konnte das Nummernschild auf den Fotos auf keinen Fall lesen. Dafür hatte sie auch eine Lösung, wählte ihre eigene Nummer und diktierte die Zahlen auf ihren Anrufbeantworter.

Dann rief sie Alex an, hatte wiederum seinen Anrufbeantworter dran und erinnerte sich, dass er etwas von einer Anhörung vor Gericht in einem anderen Fall gesagt hatte. Ihr Adrenalinspiegel stieg – *Das konnte etwas Großes werden!* –, aber gleichzeitig fühlte sie sich ein bisschen albern. *Was mache ich jetzt, ihn am Kragen packen und auf die nächste Polizeiwache zerren?*

Sie blieb dem Laster gut sechs Kilometer auf den Fersen, von der North Landing auf die Centerville Turnpike und schließlich auf die Kempsville Road. Als der Laster über eine gelbe Ampel fuhr, folgte ihm Shannon bei Rot. Sie sah in den Rückspiegel.

Keine Cops.

Irgendwann fuhr der Laster über den Parkplatz eines Farmfresh-Supermarktes in eine Seitengasse und verschwand irgendwo dahinter. Shannon nahm an, der Fahrer machte eine Lieferung. Und sie schätzte, es könnte ein bisschen verdächtig aussehen, wenn sie ihm folgte.

Also parkte sie vor dem Laden, schnappte sich ihr Handy und eilte die Gasse entlang, in der der Laster verschwunden war. Sie kam um die Ecke und sah, dass der Fahrer den Laster rückwärts an eine Laderampe gefahren hatte und dabei war, die Türen zu öffnen.

Shannon pfiff. »Dooley! Komm her, Junge!« Sie sah sich um und versuchte, ein bisschen hektisch, aber nicht zu verzweifelt auszusehen.

»Haben Sie einen gelben Labrador gesehen?«, fragte sie den Lastwagenfahrer.

»Nein, aber ich bin auch gerade erst gekommen.«

Der Typ war jung, vielleicht Mitte dreißig. Er hatte blonde Locken, eine ordentliche Wampe und einen Dreitagebart im runden Gesicht. Er trug eine braune Uniform.

»Immer muss er mir abhauen«, sagte Shannon. »Wir wohnen direkt da drüben.« Sie deutete zu einem Wohngebiet hinüber, das hinter dem Supermarkt lag.

»Wie ich schon sagte, ich bin eben erst hergefahren.« Der Typ machte sich wieder an die Arbeit, öffnete die Türen und holte eine Sackkarre heraus. »Wenn Sie mir Ihren Namen und Ihre Nummer geben, rufe ich Sie an, falls ich ihn sehe.«

Shannon klopfte ihre Taschen ab. »Äh, ich habe keinen Stift.« Der Fahrer zog einen aus der Tasche, aber Shannon hatte eine andere Idee. »Wissen Sie was? Geben Sie mir doch einfach Ihre Handynummer. Ich rufe Sie an, dann haben Sie meine Nummer.«

Der Typ zögerte eine Sekunde und sah aus, als werde er ablehnen. Doch Shannon schenkte ihm ihr süßestes und unschuldigstes Lächeln und schaute auf seine Hände, um sich zu vergewissern, dass er keinen Ehering trug. »Ich meine, wenn Sie meine Nummer nicht in Ihrem Telefon haben wollen, ist das okay.«

»Nein, nein«, sagte der Fahrer rasch. »Das ist eine sehr gute Idee.«

Er diktierte Shannon seine Nummer, und sie rief sofort sein Handy an. Sie trat neben den Laster und streckte die Hand aus. »Mein Name ist Shannon.«

»Jim«, sagte der Fahrer. Shannons Anruf wurde auf die Mailbox weitergeleitet, und sie legte auf.

Jetzt wurde die Situation ein bisschen unangenehm. »Tja, dann suche ich mal besser weiter«, sagte Shannon.

»Ja. War nett, Sie kennenzulernen.«

»Danke fürs Augenoffenhalten, Jim. Vielleicht laufen wir uns ja mal wieder über den Weg.«

Nur zur Sicherheit tat Shannon so, als klingle ihr Telefon und hielt es ans Ohr. »Hier ist Shannon«, sagte sie und wandte sich seitlich von Jim ab. Sie machte ein paar Fotos, sprach dabei in ihr Telefon und winkte, während sie wegging.

»Bleib mal kurz dran«, sagte sie ins Telefon. »Danke noch mal«, rief sie Jim über die Schulter zu. Er lächelte und winkte.

Kein Wunder, dass die Leute Anwälte hassen, dachte sie.

* * *

Zwanzig Minuten später, gerade bevor Shannon auf den Parkplatz vor dem Büro fuhr, kam ein Anruf von der Nummer der Mobassars.

»Ich habe bei Mr Madison eine Nachricht hinterlassen«, sagte Ghaniyah Mobassar. Shannon erkannte den Akzent, aber heute lag mehr Gefühl in ihrer Stimme. »Aber er hat nicht zurückgerufen. Es tut mir leid, wenn ich Sie störe, aber ich weiß nicht, was ich tun soll.«

»Kein Problem«, sagte Shannon. »Ich wollte Sie sowieso gerade anrufen.«

»Sie haben Khalid verhaftet«, sprudelte es aus Ghaniyah heraus. »Und die Polizei durchsucht mein Haus und nimmt alles auseinander!« Ihre Stimme zitterte. »Ich wusste nicht, was ich tun sollte.«

28

Shannon musste einen Häuserblock von der Doppelhaushälfte der Mobassars entfernt parken und sich wortreich durch die Polizeiabsperrung kämpfen. Wahrscheinlich hatte jemand den Medien einen Tipp gegeben, dass Khalid verhaftet wurde. Alle lokalen Übertragungswagen waren da und hatten zweifellos das Ereignis aufgezeichnet. Die Fernsehcrews waren jetzt mit den obligatorischen Nachbarschaftsinterviews beschäftigt.

Shannon entdeckte Khalid auf dem Rücksitz eines Streifenwagens und näherte sich dem uniformierten *Officer,* der zuständig zu sein schien - einem großen Mann Mitte vierzig mit grauen Haaren und einem dünnen grauen Oberlippenbart. Sein Namensschild wies ihn als *Lieutenant* Shaw aus. Shannon stellte sich vor, und Shaw bat um ihren Ausweis. Er studierte ihre Zulassung lange und gründlich.

»Sie sind seine Anwältin?«, fragte er dann.

»Ist das ein Problem?«

Shaw musterte sie, vermutlich überlegte er, ob er einen Streit anfangen sollte. Shannon kannte das schon. Wenn sie mit Alex vor Gericht auftauchte, gingen die meisten Leute davon aus, sie sei seine Assistentin. Wenn sie einem neuen Bekannten sagte, sie sei Anwältin, bestand die häufigste Erwiderung aus einem Wort: »Wirklich?« Aber jedes Mal, wenn sie jemand wegen ihrer Größe oder ihrer zierlichen Gestalt unterschätzte, machte sie das nur noch entschlossener.

»Kein Problem«, murrte Shaw.

»Gut.« Shannon deutete auf das Auto. »Ich würde jetzt gerne mit meinem Mandanten sprechen.

»Erst wenn wir mit ihm fertig sind. Sobald wir mit der Hausdurchsuchung durch sind, nehmen wir ihn mit in die Dienststelle und behandeln ihn erkennungsdienstlich.«

»Zeigen Sie mir Ihren Durchsuchungsbefehl«, verlangte Shannon.

Shaw runzelte die Stirn und holte das Papier hervor. Shannon prüfte es, gab es ihm zurück und dankte ihm. Sie drehte sich um und ging auf den Streifenwagen zu.

»Was haben Sie vor?«, fragte Shaw, der ihr folgte.

Sie ignorierte ihn.

»Was haben Sie vor?«

Shannon blieb direkt vor der getönten Scheibe des Rücksitzfensters des Streifenwagens stehen. Khalid saß allein darin, in Handschellen, und sah mit ängstlichem Blick zu ihr auf. Ein zweiter Polizist kam herüber, stellte sich neben Shannon und legte eine Hand an die Tür, als könnte Shannon versuchen, sie zu öffnen und ihren Mandanten mit Gewalt herauszuholen.

Shannon ignorierte den Polizisten und konzentrierte sich auf Khalid. »Reden Sie nicht mit den Cops«, sagte sie laut. »Wenn sie Ihnen eine Frage stellen, verlangen Sie Ihren Anwalt. Reden Sie im Gefängnis mit niemandem – vor allem nicht mit Ihrem Zellengenossen ...«

»Ms Reese, Sie können später in der Stadt mit ihm reden«, sagte *Lieutenant* Shaw scharf und schob sich zwischen sie und den Streifenwagen.

Shannon schaute an Shaw vorbei und sah Khalid eindringlich an. »Verstanden?«, fragte sie laut. Als er nickte, wandte sie sich wieder an Shaw.

»Versuchen Sie, das Waterboarding auf ein Minimum zu beschränken«, sagte sie.

* * *

Das Innere des Doppelhauses war ein einziges Chaos. Shannon beschwerte sich laut bei den *Detectives* Sanderson und Brown, während sie ihnen von Zimmer zu Zimmer folgte und sarkastische Kommentare über die Behandlung des Eigentums der Mobassars abgab. Die Polizisten ignorierten sie, während sie methodisch alle Kommodenschubladen leerten, die Kleider aus den Regalfächern zogen, jedes Buch in der Bibliothek offen schüttelten und Unterlagen, Taschenkalender, Kreditkartenauszüge und Khalids Computer konfiszierten.

Als sie weg waren, fand Shannon Ghaniyah mitten in dem Durcheinander, das einmal ihr Schlafzimmer gewesen war, auf dem Bett sitzend vor. Sie starrte in das Chaos, vollkommen fassungslos darüber, was sich gerade ereignet hatte.

Shannon wusste, sie konnte Ghaniyah nicht allein lassen. Die arme Frau, die immer noch versuchte, sich von ihrer Hirnverletzung zu erholen, war überfordert mit den einfachsten Aufgaben. *Das* hier würde sie nie bewältigen.

»Wie wäre es, wenn Sie ein paar Sachen zusammenpacken und die Nacht bei mir zu Hause verbringen würden?«, bot Shannon an. »Dann können wir morgen früh gleich anfangen, hier aufzuräumen.«

Ghaniyah sah Shannon an, als bemerke sie erst jetzt, dass sie den Raum betreten hatte. »Was hat er getan?«, fragte Ghaniyah. »Wann lassen sie ihn wieder gehen?«

»Ich weiß nicht«, gab Shannon zu. Ihr Blick fiel auf ein Häufchen von Ghaniyahs BHs und Slips. Shannon dachte daran, wie erniedrigend es für diese konservative muslimische Frau sein musste, dass ein Mann ihre Sachen betatschte.

Dann traf Shannon eine weitere Einsicht: Ghaniyah würde der Gedanke, dass Shannon helfen könnte, Khalids Kleider aufzuräumen, genauso beunruhigen.

»Wie wäre es, wenn Sie das Schlafzimmer übernehmen und ich fange unten im Arbeitszimmer an?«, schlug sie vor. »Wenn wir ein bisschen Ordnung geschaffen haben, können wir reden.«

»Okay«, murmelte Ghaniyah.

Shannon warf einen Blick über die Schulter, als sie den Raum verließ. Ghaniyah hatte sich keinen Zentimeter von ihrem Platz auf dem Bett wegbewegt.

29

Alex beendete seine Anhörung im Bezirksgericht von Virginia Beach, packte seine Aktentasche und steuerte auf den Ausgang zu. Zu seiner Überraschung wartete Taj Deegan in der hintersten Reihe. Angesichts all der Ereignisse um die Ehrenmorde bereitete der Anblick der stellvertretenden Staatsanwältin ihm Bauchschmerzen.

Sie stand auf. »Haben Sie mal eine Minute?«

Alex sah auf die Uhr, als warte der Präsident höchstpersönlich im Flur. »Viel Zeit habe ich nicht«, erklärte er.

Die beiden fanden einen leeren Konferenzraum neben dem Gerichtssaal. Keiner der Anwälte sprach, als sie sich setzten. Alex bemerkte, dass Taj keine Aktentasche und noch nicht einmal einen Notizblock bei sich hatte.

Taj sah aus wie jemand, dem man vertrauen konnte. Sie kleidete sich nicht auffällig - schwarzer Hosenanzug, weiße Bluse, schwarze, flache Schuhe - und sie besaß ein rasches Lächeln, bei dem sich perfekte weiße Zähne zeigten. Sie war leicht übergewichtig mit einem runden Kinn, eindringlichen Mandelaugen und einer kleinen schwarzen Lesebrille, die mehr wie ein Requisit wirkte. Sie sah aus wie Ende dreißig, und Alex wusste, dass sie alleinerziehende Mutter eines Sohnes und einer Tochter war, die beide in die Grundschule gingen.

Außerdem wusste er, dass um Taj ständig für dieses oder jenes Richteramt geworben wurde. Politiker waren fasziniert von der Geschichte einer jungen afroamerikanischen Frau, die ihren Schulabschluss in der Abendschule gemacht hatte, sich im College durchgebissen hatte, während ihre Mutter ihr mit den Kindern half, und die abends an Jurakursen teilnahm, während sie gleichzeitig für eine private Sicherheitsfirma arbeitete.

»Alex, Sie sollten wissen, dass wir gerade Khalid Mobassar verhaftet haben«, sagte sie und beobachtete seine Reaktion.

Alex nahm die Nachricht stoisch hin, während sich in seinem Kopf die Fragen überschlugen.

»Als Mobassars Anwalt werden Sie sowieso früher oder später informiert. Aber ich dachte, wenn ich Ihnen jetzt schon die Beweise nenne, hilft Ihnen das vielleicht, zu entscheiden, ob Sie an dem Fall dranbleiben wollen oder nicht.«

Alex ahnte Böses. Deegan spielte fair, doch sie war bekannt für ihre rücksichtslose Herangehensweise an Fälle, die im Fokus der Öffentlichkeit standen. Soweit Alex wusste, hatte sie nie einen Mordfall verloren.

»Ich habe Sie überprüft«, fuhr Deegan fort, »und ich kannte Ihren Großvater ziemlich gut. Ich will nicht zusehen, wie Sie in einen Fall wie diesen hineingezogen werden, ohne zu wissen, in was Sie da hineingeraten. Es gibt eine Menge andere Anwälte da draußen, die diesen Kerl vertreten können.«

Sie schien es ernst zu meinen, doch Alex antwortete nicht sofort. Die Möglichkeit, dass das irgendein Trick war, schoss ihm durch den Kopf, doch er verwarf sie; er war nicht gerade als der Top-Strafverteidiger in der Gegend bekannt. Wenn das ein taktischer Schachzug war, war es kein besonders schlauer.

Deegan rutschte auf ihrem Sitz herum und beugte sich vor. »Was ich Ihnen jetzt sagen werde, ist inoffiziell. Dieses Gespräch hat nie stattgefunden. Wenn Sie den Fall behalten, werden Sie diese Informationen alle über die offiziellen Kanäle bekommen. Bis dahin sind sie voll und ganz vertraulich.«

»Okay.«

»Zunächst einmal steht Ihr Mann im Justizministerium auf der Liste ausländischer Staatsangehöriger mit terroristischen Kontakten. Aufgrund dessen werden gemäß des *Patriot Act* seine Telefongespräche und Kurznachrichten angezapft und seine E-Mails abgefangen, seit er ins Land gekommen ist. Wir haben achtundvierzig Stunden gebraucht, um uns durch die Bürokratie des FBI zu wühlen, aber am Ende haben wir doch die Nachrichten vom angeblich verschwundenen Handy Ihres Mandanten bekommen.«

Khalids Handy ist verschwunden? Alex schluckte hart, doch er unterbrach den Augenkontakt mit der Staatsanwältin nicht.

»Am 2. Juni hat Ihr Mandant zwei Kurznachrichten an ein Handy geschickt, das eine Woche zuvor im Norden Virginias unter falschem Namen von einem Mann gekauft wurde. Wir haben die GPS-Ortungssignale benutzt und zurückverfolgt, wo sich dieses anonyme Handy in der Nacht der Morde befand. Es ist das Handy des Mörders, Alex. Wir haben den Weg des Mannes, der es benutzt, von Petersburg bis Virginia Beach und dann nach Sandbridge verfolgt. Später in dieser Nacht war das Handy in der Nähe der Stelle, wo die Leichen vergraben waren.«

Alex spürte, wie sein Mund trocken wurde. Er mochte Khalid und fand es schwer vorstellbar, dass sein Mandant an diesen grässlichen Morden beteiligt war. »Was stand in den Kurznachrichten?«

»Die erste erklärte, dass Ja'dah Fatima Mahdi zum Christentum konvertiert sei und mit einem Mann, den Khalid nicht identifizierte, an christlichen Gottesdiensten teilnahm; dass Ja'dah sich mit diesem Mann selbst beschmutzt, Schande über ihre Familie gebracht und Allah entehrt hat. Dem Mörder wurde gesagt, wenn Ja'dah nicht bereit sei, Buße zu tun und zum muslimischen Glauben zurückzukehren, müsse die Ehre ihrer Familie wiederhergestellt werden. Das ist ziemlich wörtlich zitiert, Alex – dass die Ehre ihrer Familie wiederhergestellt werden müsse.«

Taj sah Alex an, und er wusste, sie versuchte, seine Reaktion einzuschätzen. »In der zweiten Nachricht stand, dass der Mörder sie am Samstagabend in der Beach Bible Church finden werde. Sie enthielt außerdem ein Foto von Ja'dah und von Martin Burns.«

Die Information betäubte Alex. Es klang wie ein wasserdichter Fall. »Sie haben also zwei SMS vom Handy meines Mandanten an ein Handy, dessen Besitzer unbekannt ist.« Er versuchte, unbeeindruckt zu klingen. »Und darauf gründet sich Ihr Fall?«

»Es gibt noch mehr«, sagte Taj sachlich.

Alex hörte mit den Täuschungsmanövern auf. »Ich höre.«

»Fatih Mahdi, Ja'dah Mahdis Ehemann, wird aussagen, dass die *einzige* Person, der er von der Konvertierung seiner Frau zum Christentum erzählt habe, Ihr Mandant sei. Nachdem Fatih von den SMS erfahren hatte, sagte er, er sei bereit, auf das Beichtgeheimnis zu verzichten und auszusagen, was in seinem Gespräch mit Ihrem Mandanten gesagt wurde.«

Alex fühlte sich langsam wie ein Boxer, der vornübergebeugt in einer Ecke stand und einen Körpertreffer nach dem anderen einstecken musste. Ihm fiel kein einziger Gegenschlag ein.

Und Deegan war immer noch nicht fertig. »Mit einem Durchsuchungsbefehl hatten wir Zugang zu den privaten Bankkonten Ihres Mandanten und denen der Moschee und haben die Kontoauszüge aus dem Zeitraum zwischen den Kurznachrichten, in denen die Morde angeordnet wurden, und dem Datum der Morde. Während dieser Zeit gingen die wöchentlichen Einzahlungen der Moschee um ungefähr fünfzig Prozent zurück.

Ungefähr 20 000 Dollar wurden vom Betriebskonto der Moschee in den Baufonds umgeleitet, und ein paar Tage vor den Morden gab es eine Überweisung von 20 000 Dollar von diesem Fonds an ein Bankkonto im Libanon. Die Überweisung wurde online von Mr Mobassar mit seinem Passwort ausgeführt.«

Das hasste Alex am Strafrecht - der Grund, warum er dieses Gebiet so gut wie aufgegeben hatte. Die Staatsanwaltschaft hielt immer alle Karten in der Hand. Die Besten, wie Taj Deegan, reichten keine Klagen ein, solange sie nicht sicher waren, dass der Fall eine todsicher Sache war. Vom ersten Tag an kämpfte man in einem aussichtslosen Kampf, suchte nach Schlupflöchern und versuchte, eine lebenslange Haftstrafe von seinem Mandanten abzuwenden.

Was auch in einem normalen Fall schlimm genug gewesen wäre. Doch in diesem Fall war schon allein die schlechte Publicity eine Bedrohung für die paar Personenschadensfälle, die er noch hatte.

»Warum erzählen Sie mir das jetzt?«, fragte Alex.

Taj beugte sich vor, ihr eindringlicher Blick transportierte die moralische Souveränität eines Menschen, der an seine Position glaubte - *wirklich* glaubte. Eine Kreuzfahrerin. »Dieser Kerl ist ein Tier«, sagte Taj. »Er hat eine unschuldige Frau *enthaupten* lassen, Alex. Und er hat Martin Burns lebendig begraben lassen.« Sie verengte die Augen. »Lebendig begraben. Gefesselt und mit seiner enthaupteten Freundin in ein Grab geworfen, wo er Schaufel um Schaufel begraben wurde.«

Alex hatte keine Erwiderung darauf. Die Tatsachen waren unbestreitbar grauenhaft.

»Das wird hässlich, Alex, und die Presse wird sich darauf stürzen. Unsere schlimmsten Ängste über fundamentalistische Muslime werden von Mr Mobassar verkörpert. Für einen skrupellosen Strafverteidiger wäre so eine Zeit- und Geldverschwendung auf Staatskosten ein Weg, seinen Namen ins Scheinwerferlicht zu rücken, damit andere Gangster ihn anheuern. Aber Sie kommen mir eigentlich nicht wie diese Sorte Anwalt vor.«

Taj holte Luft und schien sich etwas zu entspannen. »Ich versuche nicht, Ihnen zu sagen, was Sie tun sollen - und irgendwer muss diesen Kerl verteidigen. Aber aus Respekt vor Ihrem Großvater dachte ich, ich sollte Sie wissen lassen, womit Sie es zu tun haben, bevor Sie zu tief drinstecken.«

Alex dankte Taj ehrlich und sagte, er werde darüber nachdenken. Sie schüttelten sich die Hände, und er beschloss, zumindest einen kleinen Hieb anzubringen, bevor er ging. »Heißt das, Sie werden mir keine Einigung anbieten?«

Taj Deegan lächelte nicht. »Ob Sie den Fall behalten oder nicht: Ich werde Mobassar mit allem verfolgen, was ich habe«, versprach sie.

»Ich mache nur Spaß«, sagte Alex. »Ich weiß die Vorwarnung wirklich zu schätzen.«

30

Alex hatte fast ein Dutzend Anrufe verpasst, während er seinen BlackBerry im Gerichtssaal lautlos gestellt hatte: zwei von Khalids Festnetznummer, drei von Shannon, einen von seinem Büro. Ein paar Nummern aus der Gegend, die er nicht kannte - wahrscheinlich die Presse.

Er ignorierte sie alle, während er in der sengenden Hitze zu seinem Auto ging. Er setzte die Sonnenbrille auf und zog sein Jackett aus, konzentriert auf das, was Taj Deegan ihm eben erzählt hatte.

Auf dem Weg ins Büro spielte er verschiedene Szenarien durch. Als Anwalt war er darauf trainiert, sich mit einem Urteil zurückzuhalten, bis er beide Seiten gehört hatte. Doch als menschliches Wesen musste er zugeben, dass das Beweismaterial gegen seinen Mandanten ziemlich erdrückend aussah.

Alex überdachte seine Interaktionen mit Khalid in den letzten Tagen und betrachtete sie im Licht dessen, was er eben erfahren hatte. Khalid hatte verdächtig gewirkt, als es darum ging, ob die Gelder für seine Moschee mit der Hisbollah zu tun haben könnten. Khalid hatte sich geweigert, selbst seinem eigenen Anwalt den Inhalt seiner Gespräche mit Fatih Mahdi preiszugeben. Khalid hatte zwei Söhne im Kampf gegen Israel verloren. Er hatte Israels aggressive Reaktion auf die Provokation der Hisbollah im Jahr 2006 verurteilt.

Vielleicht *war* Khalid Teil der islamischen Strategie des trojanischen Pferdes. Vielleicht hatte er sich selbst als Stimme der Vernunft unter die muslimischen Geistlichen gemischt, damit er ein Visum für Amerika bekam und aus den Eingeweiden der amerikanischen Bestie heraus kämpfen konnte.

Was wusste Alex schon über Khalid Mobassar? Und war es überhaupt wichtig? Was auch immer die wahren Tatsachen waren - Khalid würde bald das Symbol der Unterdrückung von Frauen im Namen Allahs sein. Khalids Fall würde das Thema Ehrenmorde ins Bewusstsein des ganzen Landes einbrennen, wie Bernie Madoff Investmentgier verkörperte oder Charles Manson Sektenmorde.

Im Leben eines Prozessanwalts gab es gewisse Fälle, die bestimmend für die Berufslaufbahn waren. Johnnie Cochran war O. J. Simpsons Anwalt. Ken Starr machte Bill Clinton das Leben schwer. David Boies war Al Gores Sprachrohr im Rechtsstreit um Stimmauszählungen.

Khalid Mobassars Fall war auch so ein Fall. Wenn Alex sich jetzt nicht zurückzog, würde er auf ewig als der Typ gelten, der Ehrenmorde verteidigte. Auch falls, Gott bewahre, er gewann und Khalid wirklich schuldig war, würde Alex symbolisieren, was die Amerikaner an Anwälten am meisten hassten. Anwälte finden Schlupflöcher, um Kriminelle herauszuboxen. Sie trampeln auf den Rechten unschuldiger Opfer herum.

Und in diesem Fall auf denen unschuldiger *christlicher* Opfer.

Alex wollte sich nicht in diese Riege einreihen. Er nahm den Hörer auf, um Shannon anzurufen. Die Kanzlei sollte nicht einmal bei der Kautionsanhörung in Erscheinung treten. Taj Deegan hatte recht. Es gab eine Menge Anwälte, die es kaum erwarten konnten, selbst die verachtenswertesten Angeklagten zu verteidigen, wenn der Preis stimmte.

Alexander Madison war keiner von ihnen.

* * *

In den fünf Jahren, in denen sie zusammen arbeiteten, konnte sich Alex nicht an das letzte Mal erinnern, als er so enttäuscht von Shannon gewesen war. Sie kritisierten sich ständig gegenseitig und machten sich das

Leben schwer, aber sie stritten nicht ernsthaft. Zumindest nicht bis heute.

Er hatte fast eine halbe Stunde mit ihr telefoniert. Sie sprach mit gedämpfter Stimme in einem der Zimmer von Ghaniyahs Haus. Mehrere Damen aus der Moschee waren gekommen, um Ghaniyah beim Saubermachen zu helfen, und Shannon tat ihre Schuldigkeit.

Alex hatte ihr schon die gegen Khalid gesammelten Beweise aufgezählt, doch seine Partnerin hörte ihm nicht zu.

»Seit wann stellen wir unsere Mandanten vor Gericht, bevor wir überhaupt ihre Fälle übernehmen?«, fragte Shannon. »Ich kann mir nicht vorstellen, dass Khalid so etwas befohlen haben könnte.«

»Und ich kann nicht glauben, dass wir überhaupt darüber reden«, sagte Alex. »Ich musste dich anfangs fast mit Gewalt dazu zwingen, die Mobassars zu vertreten. Du wolltest nicht einmal Ghaniyahs Fall übernehmen, und jetzt willst du ihren Ehemann mit einem Ehrenmord verteidigen?«

»Ich bin niemand, der die Flinte ins Korn wirft, nur weil die stellvertretende Staatsanwältin versucht, ein bisschen Feuer zu legen.« Shannons Stimme war eindringlich, auch wenn sie leise sprach.

»Hier geht es nicht darum, die Flinte ins Korn zu werfen.« Alex spürte, wie sein Blutdruck stieg. »Wir können nicht unsere ganze Kanzlei für einen Mandanten riskieren!«

»Genau darum sollte es in unserer Kanzlei gehen«, erwiderte Shannon. »Das ist Nummer neun auf der Liste.«

Sie sprach von der Liste seines Großvaters. Die Punkte, die Madison & Associates einzigartig machten. Der neunte Punkt war: *Die höchste Pflicht eines Anwalts ist es, einen unschuldigen Mandanten zu verteidigen.*

»Genau das meine ich doch«, sagte Alex. »Er ist nicht unschuldig, Shannon. Wie kann er unschuldig sein?«

»Du kennst ihn nicht einmal, Alex. Ich habe diesen Kerl überprüft. Habe den Nachmittag mit seiner Frau in seinem Haus verbracht.« Shannon sprach jetzt schneller, immer noch flüsternd. Alex kannte diesen Tonfall und wusste, sie würde ihre Meinung nicht ändern.

»Ich werde morgen zur Anklageverlesung direkt neben Mr Mobassar stehen«, fuhr Shannon fort. »Und ich hätte dich dort wirklich gern dabei. Aber ob du auftauchst oder nicht – irgendwer wird die Kaution für diesen Mann aushandeln müssen.« Sie ließ die Worte einen Moment in der Luft hängen, bevor sie das Messer ansetzte. »Einige von uns glauben immer noch an die Unschuldsvermutung.«

»Du bist also die große Kreuzfahrerin«, sagte Alex sarkastisch. »Wenn es nicht so traurig wäre, hätte ich vielleicht wirklich Sinn für diese Ironie.«

Shannon seufzte und beschloss offenbar, dass sie Besseres zu tun hatte, als den ganzen Nachmittag so weiterzumachen. »Im Moment ist die große Kreuzfahrerin nur eine Frau, die einer anderen Frau hilft, ihr Haus aufzuräumen. Wenn du ein bisschen Zeit übrig hast – wir könnten deine Hilfe gebrauchen.«

Alex atmete tief und hörbar aus und versuchte, genauso gelassen zu werden wie sie. »Also gut. Bleib während der Kautionsanhörung bei ihm, und dann kann er sich einen neuen Anwalt suchen.«

»Du hörst mir nicht zu«, beharrte Shannon. Alex hatte sie noch nie so rechthaberisch erlebt. »Ghaniyah braucht unsere Hilfe. Und ich für meinen Teil glaube an ihren Ehemann. Außerdem könnte ihr Zivilprozess eine Million Dollar oder mehr wert sein, wenn sie den Lastwagenfahrer erkennt, den ich vorhin fotografiert habe. Ich habe jedenfalls vor, bei Khalids Anklageverlesung morgen früh dabei zu sein. Du kannst tun, was du willst.«

Er hasste es, wenn seine Partnerin so unvernünftig war. Aber es nützte nichts, jetzt weiter zu diskutieren. »Leider habe ich keine Zeit«, sagte Alex. »Irgendwer muss im Büro bleiben und die anderen Mandanten überreden, nicht zu gehen.«

31

Khalid Mobassars Anklageverlesung war für neun Uhr morgens im Bezirksgericht von Virginia Beach angesetzt. Trotz seines Versprechens, fernzubleiben, fuhr Alex um 8.45 Uhr auf den Parkplatz und musste noch fast einen Kilometer in schwüler Hitze bei Nieselregen zu Fuß zum Gericht gehen. Bis er sich durch die Metalldetektoren geschlängelt und mit dem Aufzug zum Gerichtssaal 3 gefahren war, war es 8.59 Uhr.

Der Gerichtsdiener wies Leute an der Tür ab, doch er ließ Alex durch, weil er zu Khalids Verteidigerteam gehörte. Anwälte, Zuschauer und Reporter füllten die Bänke und standen an den Wänden entlang. Alex drängte sich nach vorn durch und fand einen freien Platz an einer Seitenwand.

Shannon saß in der zweiten Reihe, wartete, bis sie dran war, und studierte ein paar Akten. Alex schaffte es, die Aufmerksamkeit des älteren Herrn zu wecken, der neben ihr saß. Als Shannon Alex sah, leuchtete ihr Gesicht auf, und sie schlüpfte an den anderen in der Reihe vorbei, um mit ihm zu reden.

»Danke fürs Kommen«, sagte sie.

»Wie geht's Ghaniyah?«

»Das Ganze hat ihr einen echten Rückschlag versetzt. Sie hat sich in ihr Schneckenhaus zurückgezogen. Mehrere Frauen aus der Moschee sind zu ihr nach Hause gekommen und haben beim Aufräumen geholfen. Ihre Tochter zu Hause im Libanon versucht, ein Visum zu bekommen, aber das kann dauern.«

Shannon trat etwas näher an Alex heran und senkte die Stimme. »Khalid ist mutlos und krank vor Sorge um Ghaniyah. Falls der Richter die Kaution verweigert oder zu hoch ansetzt, mache ich mir Sorgen, dass unser Mandant etwas Drastisches tun könnte.«

Unser Mandant. Es war Alex nicht entgangen, aber jetzt war nicht der richtige Zeitpunkt für einen Streit. »Was zum Beispiel?«

»Ich weiß nicht. Ich sage nur, dass wir diese Anhörung gewinnen müssen.«

Alex musste Shannon nicht an das Offensichtliche erinnern – falls sie auf einen milden Richter gehofft hatten, waren sie im falschen Gerichtssaal. Richter Henry McElroy würde die Anklageverlesung und die Kautionsanhörung rein willkürlich behandeln. Als ehemaliger Staatsanwalt war McElroy zwar nicht unbedingt einer der Richter, die dafür bekannt waren, zum Tod mit dem Strick zu verurteilen, aber er war nicht weit davon entfernt. Im Gerichtssaal 3 wurde viel Gerede um die Unschuldsvermutung gemacht. Aber in der Praxis wurde davon ausgegangen, dass Staatsanwaltschaft und Polizei richtig lagen, bis die Strafverteidiger sie zweifelsfrei widerlegten.

»Wie viel Kaution könnte Khalid überhaupt hinterlegen?«, fragte Alex.

Shannon bedeutete ihm, leiser zu reden. »Er sagt, es gibt ein paar in der Moschee, die helfen könnten.«

Alex runzelte die Stirn bei dem Gedanken. »Wenn er das tut, wird jeder davon ausgehen, dass es Hisbollah-Geld ist.«

»Ich weiß«, flüsterte Shannon. »Das habe ich ihm auch gesagt.«

Ein paar Minuten später kündigte der Gerichtsdiener das Erscheinen Richter McElroys an, und der gesamte Gerichtssaal stand auf.

»Setzen Sie sich«, psalmodierte der Richter. McElroy war ein großer Mann mit einem runden Gesicht, hängenden Schultern, schütter werdendem Haar und einer Lesebrille, die zwei Größen zu klein aussah. Er schien heute aufrechter als sonst zu sitzen, zweifellos war ihm bewusst, dass die Kameras liefen. Alex kam in den Sinn, dass das McElroys große Chance war, zu zeigen, was er von Verbrechern hielt.

Er nahm sich ein paar Minuten Zeit, um die Prozedur zu erklären, und sprach dabei langsamer und artikulierter als normalerweise. Um ungefähr Viertel nach neun begann die beschämende Parade der Angeklagten, die in Handschellen und Fußfesseln hereingeführt wurden, sich neben ihre Anwälte setzten, über die Anklagen gegen sie informiert und gefragt wurden, wie sie plädierten. Am Tag ihres Prozesses hatten die Angeklagten das Recht, gut angezogen zu erscheinen, damit ihre orangefarbenen Gefängnisoveralls vor der Jury nicht »Schuldig!« schrien. Bei einer Anklageverlesung oder Kautionsanhörung gab es so ein Recht nicht.

Es überraschte niemanden, dass McElroy absichtlich Khalids Fall bis zum Schluss aufgehoben hatte. »Angeklagter 10-3417, Khalid Mobassar, Anklageverlesung und Kautionsanhörung«, verkündete der Gerichtsdiener. Es entstand allgemeines Geraschel im Gerichtssaal, als aller Augen sich auf die Seitentür richteten.

»Lassen Sie uns zehn Minuten Pause machen«, sagte Richter McElroy.

Während der Unterbrechung setzten sich Alex und Shannon an den Tisch der Verteidigung. Taj Deegan kam in einem grauen Anzug zu ihnen herüber und schüttelte ihnen die Hände. Sie lächelte und sah vollkommen entspannt aus. »Gibt es etwas Besonderes zum nächsten Angeklagten?«, fragte sie.

»Sie meinen, außer der Tatsache, dass er unschuldig ist?«, fragte Alex.

»Sie sind alle unschuldig«, gab Taj zurück. »Es war vermutlich Notwehr.«

Shannon ignorierte das Geplänkel und blätterte ein paar Dokumente durch. Taj verstand den Wink, wünschte Alex Glück und kehrte an ihren Tisch zurück.

32

Nach einer angemessenen Zeit, damit die gespannte Erwartung ins Fieberhafte steigen konnte, berief Richter McElroy die Versammlung wieder ein und bat die Gerichtsdiener, den Angeklagten hereinzubringen. Alex bemerkte, dass Shannon ihre schwitzigen Handflächen an ihrem Rock abwischte.

Khalid kam durch die Seitentür und sah aus, als sei er gerade in einem Taliban-Trainingscamp verhaftet worden. Seine Haare waren ungekämmt, der Bart ungepflegt. Er hatte dunkle Ringe unter den Augen und hielt den Kopf gesenkt, als er mit rasselnden Fußfesseln auf den Tisch der Verteidigung zuschlurfte. Der orangefarbene Overall hing um seinen dürren Körper herum, die Hose war ihm halb die Schienbeine hinaufgerutscht und entblößte ein Stück nacktes Bein zwischen dem Hosensaum und seinen Badesandalen. Shannon und Alex schüttelten ihm die Hand und ließen ihn zwischen sich Platz nehmen.

In kurzer Zeit würde er der Verabredung zum Mord angeklagt werden. Wenn er verurteilt wurde, stand ihm ein Leben im Gefängnis bevor. In vielen anderen Staaten wäre es noch schlimmer gewesen. Virginia hielt immer noch an der ›Todesschützen-Regelung‹ fest, die besagte, dass die einzige Person, die für einen Mord zum Tode verurteilt werden konnte, der Mörder selbst war, nicht der Komplize und auch nicht der Auftraggeber. Der Gesetzgeber des Staates hatte zweimal Gesetzesvorlagen eingereicht, um diese Regelung zu ändern, doch ein demokratischer Gouverneur hatte gegen beide sein Veto eingelegt. Alex hatte den Verdacht, dass der neue republikanische Gouverneur nach Khalids Prozess, so schnell er konnte, solch ein Gesetz unterzeichnen werde.

Die Anklageverlesung selbst war zum Glück kurz. Richter McElroy ließ Khalid aufstehen und informierte ihn, dass ihm Verabredung zum Mord vorgeworfen werde. Er nahm zur Kenntnis, dass Khalid sich einen Anwalt genommen hatte, und fragte, ob Khalid die Vorwürfe gegen ihn verstehe.

Khalid hielt sich aufrecht, als habe er einen Stock verschluckt, das Kinn vorgereckt. »Ja, Sir.«

»Worauf plädiert der Angeklagte?« Diese Frage war an Shannon und Alex gerichtet, die neben ihrem Mandanten standen.

»Nicht schuldig«, sagte Shannon. Auch wenn sie versuchte, autoritär zu klingen, war ihre Stimme mehr ein Piepsen als ein Kampfschrei.

»Ich werde mir jetzt die Argumente für einen Kautionsantrag anhören«, sagte McElroy.

Taj Deegan begann, und die Verteidiger setzten sich. »Dieser Mann steht als möglicher Terrorist auf der Liste des Justizministeriums, seit er ins Land eingereist ist. Aus diesem Grund liegen uns die Kurznachrichten vor, in denen die Morde an Ja'dah Fatima Mahdi und Martin Burns angeordnet wurden.«

Daraufhin erhob sich aufgeregtes Gemurmel im Gerichtssaal und das Klappern von Computertastaturen. Das waren neue Details, wie Alex wusste. Es war Futter für die Nachrichtensendungen an diesem Abend.

»Wir untersuchen außerdem, ob die Moschee, die Mr Mobassar führt, teilweise von Organisationen finanziert wird, die Verbindungen zur Hisbollah unterhalten«, fuhr Taj fort. »Falls die Hisbollah beteiligt ist, wird Mr Mobassar innerhalb von wenigen Stunden aus dem Gefängnis heraus sein, egal, wie hoch das Gericht die Kaution festsetzt.«

Die Gerüchte von Verbindungen zur Hisbollah kursierten schon seit mehreren Tagen in den Medien, doch die terroristische Vereinigung in einem Gerichtssaal zu erwähnen, hatte einen ernüchternden Effekt. Alex konnte es in McElroys Gesicht ablesen. Wie konnte ein Richter daran denken, einen Mann freizulassen, dem Ehrenmorde vorgeworfen wurden, wenn er Verbindungen zu einer terroristischen Gruppierung wie der Hisbollah hatte?

»Mr Mobassar ist ein ausländischer Staatsbürger. Das Risiko einer Flucht in ein Land, mit dem kein Auslieferungsabkommen besteht, ist groß. Wenn es je einen Fall gab, in dem *jegliche* Kaution unangemessen war, dann ist das dieser hier.«

Als Taj sich setzte, stellte sich Shannon rasch in die Lücke zwischen den beiden Anwaltstischen, wo ihre Gegnerin eben noch gestanden hatte. Richter McElroy notierte sich etwas und Shannon stand ohne Notizen stramm und wartete, bis er fertig war. Sie sah aus wie eine Turnerin, die auf das Zeichen wartete, mit ihrer Kür beginnen zu dürfen.

McElroy hob den Blick. »Sie können anfangen.«

»Bei einer Kautionsanhörung ist es die Aufgabe des *Staates*, zu beweisen, dass die Freilassung eines Angeklagten eine Gefahr für die Gemeinschaft darstellt *und* dass ein Fluchtrisiko besteht. Mit Schlagworten um sich zu werfen und Panikmache stellen keinen solchen Beweis dar.«

Alex kannte seine Partnerin gut genug, um die Anspannung in ihrem Gesicht und an den Nackenmuskeln erkennen zu können. Das war kein Theater; Shannon glaubte jedes Wort, das sie sagte.

»Khalid Mobassar ist auf Einladung einer renommierten Universität in dieses Land gekommen, weil er ein islamischer *Reformer* ist«, fuhr sie fort. »Er hat beide Söhne in dem endlosen Strom der Gewalt im Nahen Osten verloren. Er weiß besser als alle anderen, dass die Gewalt ein Ende haben muss. Für ihn ist das nicht nur intellektuelle Theorie. Er wurde Opfer derselben dschihadistischen Denkart, die er jetzt mit jeder Faser seines Körpers bekämpft. Lassen Sie nicht zu, dass er auch noch Opfer *amerikanischer* Vorurteile und Feindbilder wird.«

Shannon hielt inne. Alex spürte zusätzliche Spannung in der Luft, die ihre Heftigkeit ausgelöst hatte. Sogar ihre trotzige Körperhaltung mit dem vorgeschobenen Kinn sandte ein unmissverständliches Signal, dass sie bereit war, es mit der ganzen Welt aufzunehmen.

»Wir Amerikaner wundern uns immer, warum moderate muslimische Geistliche sich nicht stärker gegen den Terrorismus aussprechen. Nun«, sagte Shannon, »hier ist jemand, der es getan hat – und schauen Sie sich an, wie er behandelt wird. Die Staatsanwältin spricht von ›mutmaßlichen‹

Verbindungen zu terroristischen Organisationen. Aber wo ist der Beweis? Wo sind die Gelder, die von Hisbollah-Konten zum Islamischen Lernzentrum in Norfolk zurückverfolgt wurden? Wo sind die E-Mails oder Anrufe oder Nachrichten von Hisbollah-Anführern?« Shannon feuerte einen Blick auf Taj Deegan ab, als erwarte sie tatsächlich eine Antwort. Taj starrte zurück.

»Wenn die Regierung Verbindungen zu einer terroristischen Organisation vermutete, warum hat sie Khalid dann überhaupt ins Land gelassen? Wir wissen alle, dass die Regierungsaktivitäten unter dem *Patriot Act* in alle Richtungen gehen – bisweilen auf unbegründeten Verdacht hin. Mr Mobassar steht offensichtlich auf der Liste der Regierung, weil er Libanese und ein geistlicher Führer des Islam ist. Wie kann man das nicht als Fahndung nach rassischen oder religiösen Kriterien bezeichnen?«

Die Frage entlockte Richter McElroy ein missbilligendes Stirnrunzeln. Die Rassenkarte. Alex hatte gehofft, seine Partnerin werde sie nicht ganz so früh ausspielen.

Shannon holte Luft, ihr Ton wurde sanfter, und sie sprach über die vorbildlichen Dinge, die das Islamische Lernzentrum für die Gemeinschaft tat. Sie endete mit der Bemerkung, dass Ghaniyah Mobassar einen schweren Autounfall gehabt habe und ihren Mann zu Hause brauchte. Er würde das Land niemals verlassen, solange ihn seine Frau so dringend brauchte. Khalid sei sogar bereit, seinen Pass abzugeben, bis der Prozess vorüber sei, falls die Staatsanwaltschaft sich ernsthafte Sorgen über eine mögliche Flucht in den Libanon mache.

Shannon setzte sich, und Alex beugte sich an Khalid vorbei, um seiner Partnerin zu sagen, sie habe sich fabelhaft geschlagen. McElroy gab Taj Deegan die Möglichkeit zu einem Gegenbeweis, doch Deegan lehnte ab. »Wir glauben, die Beweise sprechen für sich selbst«, sagte sie.

Daraufhin kündigte der Richter eine weitere Pause an, damit er sein Urteil vorbereiten konnte.

* * *

Als die Verhandlung weiterging, ließ ein ernst dreinblickender McElroy die *Deputies* Khalid zurück in den Gerichtssaal bringen. McElroy klappte ein paar Seiten auf seinem Block um und begann, sein Urteil zu verlesen, ohne in die Kameras zu blicken. »Obwohl Ms Reese ihre Aufgabe hervorragend erfüllt hat, für die Freilassung des Angeklagten zu einer geringen Kaution zu plädieren, ist das Gericht dennoch überzeugt, dass Mr Mobassar ein Risiko für die Frauen in der muslimischen Gemeinschaft darstellt, die dazu neigen könnten, zu einer anderen Religion zu wechseln. Das Gericht glaubt außerdem, dass bei Mr Mobassar angesichts seiner Verbindung zu Ländern, in denen eine Entsprechung eines Auslieferungsantrags seitens der Vereinigten Staaten nicht gesichert ist, ein erhebliches Fluchtrisiko besteht.«

McElroy blickte von seinen Notizen auf und konzentrierte sich auf Taj Deegan. »Das Gericht stimmt Ms Reese zu, dass die Staatsanwaltschaft keine konkreten Beweise für Mr Mobassars angebliche Verbindungen mit terroristischen Organisationen wie der Hisbollah vorgelegt hat. Daher kann und wird dieses Gericht diese Art von Spekulationen nicht in seinem Urteil berücksichtigen.«

Zum ersten Mal sah Alex einen kleinen Hoffnungsschimmer. Würde McElroy Khalid nach all dieser aufrührerischen Rhetorik tatsächlich Kaution gewähren? Er musste nicht lange auf eine Antwort warten.

»Ich gewähre dem Angeklagten daher eine Kaution von 1,5 Millionen Dollar. Es gelten folgende Kautionsauflagen: Erstens wird Mr Mobassar seinen Reisepass abgeben und den Staat Virginia nicht verlassen. Zweitens wird Mr Mobassar eine elektronische Fußfessel tragen, damit seine Bewegungen jederzeit nachvollzogen werden können. Drittens wird Mr Mobassar seine Pflichten als Imam im Islamischen Lernzentrum wahrnehmen und sich um seine Frau kümmern können. Als Teil dieser Pflichten darf er Einkäufe und notwendige Botengänge erledigen, doch abgesehen davon ist er auf sein Haus und Veranstaltungen im Islamischen Lernzentrum beschränkt.«

Shannon war aufgesprungen. »Dürfte er auch das Büro seines Anwaltes aufsuchen, um bei der Vorbereitung auf seinen Prozess behilflich zu sein?«

»Natürlich«, antwortete Richter McElroy. Er sah Taj Deegan und Shannon Reese ein letztes Mal an. »Sonst noch etwas?«

Deegan schüttelte den Kopf, und Shannon schenkte dem Richter ein enthusiastisches »Nein, Sir«.

»Dann ist die Sitzung geschlossen.« McElroy benutzte seinen Hammer und verließ die Richterbank. Er hatte heute wahrscheinlich mehr als nur ein paar Konservative verärgert, doch Alex hegte neu entdeckten Respekt für den Mann.

Es erforderte Mut, die öffentliche Meinung zu ignorieren und zu tun, was man für richtig hielt.

33

Auf der Rückfahrt ins Büro dachte Alex über mögliche Gegenreaktionen der Kautionsanhörung nach. Sein konspirativer Verstand dachte sogar über die Möglichkeit nach, dass Richter McElroy genau aus diesen Gründen zugunsten Khalids entschieden haben könnte. Indem er Khalid auf Kaution freiließ, erzeugte er starke Reaktionen gegen die muslimische Gemeinschaft. Besonders die Konservativen würden zornig sein. Wie konnte ein Richter jemanden mit terroristischen Verbindungen freilassen?

Und indem er die Kaution so hoch angesetzt hatte, würde es unvermeidlich Fragen geben, woher das Geld kam. Doch er und Shannon mussten dieses Spiel nicht mitspielen. Er nahm den Hörer ab und rief seine Partnerin an, während der Gedanke noch frisch war.

Er wurde auf die Mailbox umgeleitet, und ihm fiel wieder ein, dass sie vorhatte, Khalid im Gefängnis zu besuchen. Er beschloss, eine Nachricht zu hinterlassen.

»Wir müssen Khalid sagen, dass er *keine* Kaution hinterlegen soll. Wenn er es tut, könnte das so einen öffentlichen Aufschrei geben, dass er *nie* einen fairen Prozess bekommt. Es würde alle möglichen Fragen geben, woher er das Geld hat. Ruf mich an, wenn du kannst.«

Als Alex an seinem Büro ankam, war er überrascht, dass ein paar Reporter vor dem Gebäude ihre Zelte aufgeschlagen hatten. Die Aufmerksamkeit, die dieser Fall hervorrief, wuchs von Minute zu Minute. Er hoffte, seine Kanzlei konnte sich noch aus Khalids Fall zurückziehen, bevor sein Name für immer für die Vertretung von mutmaßlichen Terroristen stand.

Alex holte tief Luft und ging an ihnen vorbei, ihre Fragen ignorierend. »Bestreitet Ihr Mandant, Kurznachrichten von seinem Handy verschickt zu haben, in denen er die Morde befahl?« – »Bekommt das Islamische Lernzentrum Gelder von der Hisbollah?«

Unbeirrt folgten ihm ein paar von ihnen ins Gebäude. Als er die Rezeption der Kanzlei erreichte, waren ihm die Reporter immer noch auf den Fersen. Sylvia Brunswick sah schlechter aus, als Alex sie je gesehen hatte.

»Migräne?«

Sie nickte. Alex konnte den unsichtbaren Presslufthammer fast sehen, der in ihren Schläfen hämmerte. Sie reichte ihm ein paar Telefonnotizen und ignorierte das klingelnde Telefon, während sie sich mit der Linken die Augenbrauen rieb. »Das sind die Nachrichten, die ich aufgenommen habe, bevor es richtig schlimm wurde.«

Alex drehte sich zu den Reportern um. Es waren ein Fernsehteam, ein Fotograf und ein oder zwei andere. Alex hatte nur drei Sitzplätze in seinem Wartebereich.

»Fühlen Sie sich wie zu Hause«, sagte er. »Aber bitte versuchen Sie, nicht so laut zu sein. Meine Assistentin hat Migräne.«

»Werden Sie Fragen beantworten?«

»... Erklärungen abgeben?«

»Lassen Sie uns zumindest ein Foto von Ihnen hinter Ihrem Schreibtisch machen.« Der Mann, der das sagte, hatte Fotos geschossen, seit Alex vor dem Gebäude angekommen war.

»Anders als viele andere Anwälte reden wir hauptsächlich im Gerichtssaal«, sagte Alex. »Mr Mobassar ist nicht schuldig, und wir freuen uns darauf, ihn in einem Gerichtssaal verteidigen zu können. Ich wünsche Ihnen einen schönen Tag.«

Alex drehte sich um, steuerte auf sein Büro zu und ließ Sylvia und die Reporter einander Gesellschaft leisten.

Als er im Büro ankam, leitete er seine Anrufe auf Sylvia um und begann, seine Nachrichten durchzusehen. Seine E-Mail-Adresse stand auf der Homepage der Kanzlei, deshalb war sein Posteingang voller hasserfüllter Kommentare über die Kautionsanhörung.

Er löschte sie und begann, im Internet nach Nachrichtenberichten zu fahnden. Er wusste, er hatte richtig Ärger, als er feststellte, dass die Kautionsanhörung sowohl bei CNN als auch bei FOX News die Titelstory war. Bisher war der Name der Kanzlei in der Aufregung über die Einzelheiten der Geschichte untergegangen, doch er wusste, so würde es nicht lange bleiben.

Viele Strafsachen wurden, wie Alex wusste, durch einen Antrag auf Ausschluss eines Beweises gewonnen oder verloren. Die Klage der Staatsanwaltschaft gegen Khalid hing von einer SMS ab, die auf Grundlage des *Patriot Act* gespeichert worden war. Falls Alex und Shannon den Fall nicht abgaben, würden sie den *Patriot Act* anfechten müssen und vor allem die Frage aufwerfen, ob Khalids angebliche Verbindungen zur Hisbollah ein ausreichender Grund dafür waren, seine Kurznachrichten anzuzapfen. Sie würden verlieren, wenn der Richter der Meinung war, das Justizministerium habe ausreichend Grund zu glauben, Khalid stelle eine terroristische Bedrohung dar. Würden sie nicht verlieren, würde die Öffentlichkeit sagen, dass Alex und Shannon ihren Mandanten wegen eines Formfehlers herausgeboxt hatten.

Je länger Alex den Fall analysierte, desto klarer wurde ihm, dass die Kanzlei da raus musste.

* * *

Bevor Shannon es am Nachmittag in die Kanzlei schaffte, streckte Sylvia ihren Kopf in Alex' Büro, verzog schmerzlich das Gesicht, damit er bloß nicht vergaß, wie furchtbar sie litt, und kündigte an, dass zwei Mitglieder von Alex' Kirche hier seien, um ihn zu sprechen.

»Von meiner *Kirche*?«

Sylvia schaute prüfend auf ihre Notiz. »Sie sagten, ihre Namen seien Bill Fitzsimmons und Harry Dent.«

Fitzsimmons und Dent waren im übertragenen Sinn der gute und der böse Bulle unter den Diakonen. Fitzsimmons war groß und schlaksig, mit einer langen Hakennase und schwarzer Bifokalbrille. Dent war ein kleiner, kahler Mann mit einem Hitlerbärtchen und riesigen Komplexen. Alex hatte es schon vor langer Zeit aufgegeben, Dents Zuneigung gewinnen zu wollen.

»Schicken Sie sie rein«, seufzte er. Er zögerte, seine Assistentin auch noch dafür zu belohnen, dass sie das Gesicht verzog, um noch einmal ihre Schmerzen zu unterstreichen, beschloss aber, dass sie ihm so auch keine große Hilfe war. »Und wie wäre es, wenn Sie sich den restlichen Tag freinehmen würden?«

»Danke«, sagte Sylvia, als frage sie sich, warum Alex so lange gebraucht hatte, bis er merkte, dass sie einen Anspruch darauf hatte, nach Hause zu gehen.

Alex verbrachte die nächsten fünfundzwanzig Minuten damit, sich Harry Dents Besorgnis über Alex' Verwicklung in den Fall Khalid Mobassar anzuhören, während Bill Fitzsimmons zustimmend nickte. Harry verstand, dass Alex Anwalt war und manchmal Fälle übernehmen musste, die ihm nicht gefielen. Doch gab es nicht auch andere Anwälte, die diesen speziellen Fall übernehmen konnten? Konnte Alex nicht dem Richter sagen, er müsse diesen Fall aus Gewissensgründen ablehnen? Ihre kleine Gemeinde habe schon genug Probleme. Sie konnten sich diese Art von Öffentlichkeit nicht leisten. Harry warf sogar den Namen Jeremiah Wright ein, was Alex äußerst ungerecht fand.

Alex dachte daran, auf stur zu schalten und den Fall zu behalten, nur um Harry Dent zu ärgern. Einige von Harrys Sorgen waren berechtigt, doch er hatte eine unnachahmliche Art, in Alex das Bedürfnis zu wecken, über jeden Punkt mit ihm zu streiten. Doch Alex bewahrte Haltung und drückte Harry und Bill seinen Dank aus, dass sie vorbeigekommen waren. »Ich werde darüber nachdenken«, versprach er.

»Wirst du bis Sonntag schon etwas wissen?«, fragte Harry Dent.

»So einfach ist das nicht«, antwortete Alex. Vielleicht musste er Harry daran erinnern, dass er einmal dessen Neffen geholfen hatte, als der mit

Alkohol am Steuer erwischt worden war. Hatte Bill vergessen, wie Alex ihm und seiner Frau durch ihre Eheprobleme geholfen hatte? Doch Alex beschloss, nichts dergleichen auf den Tisch zu bringen. Warum politische Trümpfe ausspielen, wenn er sowieso vorhatte, sich von dem Fall zurückzuziehen?

»Ich muss mit meiner Partnerin sprechen. Aber ich verspreche euch eines: Wenn wir eine Entscheidung treffen, werdet ihr die Ersten sein, die es erfahren.«

Alex konnte erkennen, dass Harry Dent nicht zufrieden mit dieser Antwort war, aber es gab nicht mehr viel zu bereden. »Also gut, du kennst unsere Bedenken ja jetzt«, sagte Harry. Der Mann musste einfach immer das letzte Wort haben.

»Wir werden für dich beten«, fügte Bill hinzu.

34

Shannon und Alex verabredeten sich am Donnerstagabend in einem Restaurant, um die Reporter zu meiden, die vor ihrem Büro lauerten. Sie wählten ein Lokal namens Chick's, ein Fischrestaurant mit Bar im nördlichen Teil von Virginia Beach am Lynnhaven River. Es war eine Stammkneipe der Anwohner. Viele kamen mit dem Boot, das sie stundenlang hinter dem Restaurant vertäuten, während sie in der Bar herumhingen.

Der Abend war heiß und schwül, also baten Alex und Shannon um einen Tisch im überdachten und klimatisierten Bereich. Sie warteten ungefähr fünfzehn Minuten, bis ein Campingtisch frei wurde. Selbst mit Klimaanlage mussten es mindestens achtunddreißig Grad sein, und Alex klebte vor Schweiß.

Sobald sie saßen und etwas Kaltes zu trinken bestellt hatten, fing Shannon an, ihm die neuesten Entwicklungen zu erzählen. Das Haus der Mobassars war wieder beinahe im Normalzustand, dank der Hilfe einiger von Ghaniyahs Freundinnen. Nara Mobassar, Khalids dreißigjährige Tochter, hatte ein Visum bekommen und würde ab Samstag in der Stadt sein. Und obwohl Shannon Khalid Alex' Sorge wegen der großen

Kaution weitergegeben hatte, wollte der Imam unbedingt das Gefängnis verlassen. Shannon schätzte, seine Kaution werde am Freitag oder spätestens Samstag hinterlegt werden.

Im Gegensatz zu Shannons eher fröhlichem Bericht sah Alex schwarz. Er erzählte Shannon von Bill Fitzsimmons und Harry Dents Besuch. Außerdem hatte er mehrere E-Mails von nervösen Mandanten mit Körperverletzungsfällen beantwortet. »Sie glauben, die Geschworenen könnten es an ihnen auslassen, wenn wir ihre Anwälte sind«, erklärte Alex.

»Ich kann nicht fassen, dass die ganze Welt Khalid Mobassar schon verurteilt hat, bevor überhaupt der erste Zeuge befragt wurde«, sagte Shannon. »Wo sollen wir jetzt noch eine unvoreingenommene Jury hernehmen?«

Wir?, dachte Alex. Er hatte vorgehabt zu warten, bis sie ihr Essen bestellt hatten, doch das konnte er nicht unkommentiert lassen. »Hör mal, Shannon, ich weiß, du magst diese Familie, aber ich glaube, wir sollten uns von dem Fall zurückziehen.« Er zögerte, während sie seine Aussage verarbeitete. »Ich meine, wir sollten Ghaniyahs Fall behalten und ihr helfen. Aber dieser Strafrechtssache sind wir nicht gewachsen.«

Nach einem unbehaglichen Schweigen war Shannons Stimme ruhig und bedächtig. »Ich mag diesen Kerl, Alex. Ich kann mir nicht vorstellen, mich aus dem Staub zu machen und ihn stehen zu lassen. Du weißt genauso gut wie ich, dass sie dann bei irgendeinem Strafverteidiger landen, dem es nur um die Publicity geht. Abgesehen davon glaube ich wirklich, dass er unschuldig ist.«

Alex starrte Shannon ungläubig an. Auf dem Lynnhaven brausten Rennboote an ihnen vorbei, junge Singles auf der Jagd säumten die Bar, der Sportkanal plärrte aus dem Fernseher – doch Alex ignorierte das alles. »Sie haben mehrere SMS von seinem Handy, Shannon! Irgendwer in der Moschee hat die Kollekte abgezweigt und 20 000 Dollar an ein libanesisches Bankkonto überwiesen und dabei Khalids Passwort benutzt! Das Handy, an das die SMS verschickt wurden, war auf dem Parkplatz, wo Ja'dah Mahdi entführt wurde, und wurde dann in dieser Nacht bis Sandbridge verfolgt! Wie erklärst du dir das alles?«

»Vielleicht wurde Khalids Handy gestohlen«, konterte Shannon. »Vielleicht versucht ihn jemand hereinzulegen.«

»Und du glaubst, auf die Idee ist Taj Deegan noch nicht gekommen? Glaubst du nicht, sie haben Fotos von Khalid mit seinem Handy an den Tagen nach den SMS? Glaubst du nicht, sie können die Bewegungen seines Handys nicht per GPS-Koordinaten nachvollziehen und zeigen, dass sein Handy zufällig an genau denselben Orten war wie Khalid, nachdem er die SMS verschickt hat? Deegan ist keine Amateurin. Sie reicht keine Klagen ein, wenn sie nicht jeden Aspekt ausgeleuchtet hat.«

»Du könntest recht haben. Aber ich sage nur, dass es jetzt noch zu früh ist, um das sagen zu können. Und es ist nicht dein Job, über Szenarien zu mutmaßen, die unseren Mandanten überführen würden.«

Als die Kellnerin kam, um ihre Bestellung aufzunehmen, fragte Alex, ob sie ihnen noch ein paar Minuten Zeit geben könne.

Er beugte sich vor und senkte die Stimme. »Shannon, du hast heute Morgen einen unglaublich guten Job gemacht. Ich will genau wie du an Khalids Unschuld glauben. Aber letzten Endes haben wir die Verantwortung für unsere Kanzlei, und ich habe eine Verantwortung gegenüber den Leuten in meiner Gemeinde.«

Alex beschloss, den Gedanken nicht zu beenden. Er konnte an Shannons Gesichtsausdruck erkennen, dass sie wusste, sein Standpunkt war nicht verhandelbar. Doch was ihm Sorgen machte, war dieses Funkeln in ihren Augen - ein Blick, der ihm sagte, dass sie genauso wenig weichen würde.

»Ich weiß, wir wünschten beide, dein Großvater wäre jetzt hier, um uns hier durchzuhelfen«, sagte Shannon sanft. »Aber das ist er nicht. Und ich weiß, dass du, so sehr ich ihn geliebt und bewundert habe, ihm näher warst als ich. Also werde ich nicht hier herumsitzen und dir erzählen, dass er diesen Fall übernommen hätte.« Sie unterbrach sich und nahm einen Schluck Eistee, doch Alex wusste, sie war noch nicht fertig. »Aber ich kann dir sagen, was mir richtig erscheint. Und ich kann diesen Mann nicht im Stich lassen, Alex.«

Alex begann zu antworten, doch Shannon legte ihm eine Hand auf den Unterarm. »Bitte lass mich ausreden.«

Alex nickte. Er hasste es, wenn er so mit Shannon uneins war.

»Ich habe viel darüber nachgedacht«, fuhr sie fort. »Auf dem Weg hierher habe ich beschlossen, dass es die beste Lösung wäre, wenn ich die

Kanzlei verlasse und Khalid mitnehme. Du kannst weiterhin Ghaniyah und die anderen Mandanten vertreten, die nervös werden. Deine Diakone werden dich in Ruhe lassen, und wir lassen Khalid nicht im Stich. Und ich schlage das nicht aus Frust oder Enttäuschung vor oder weil ich wütend bin oder so. Wir beide haben nur verschiedene Vorstellungen davon, was es bedeutet, Anwalt zu sein. Wir bleiben trotzdem Freunde«, versprach sie. »Aber vielleicht ist es am besten, wenn ich aussteige und anfange, Strafrechtsfälle zu behandeln, und du kannst dich auf die Mandanten mit Personenschadensfällen konzentrieren.«

Das Ganze traf Alex so unvorbereitet, dass er nicht wusste, was er antworten sollte. Er runzelte die Stirn und verzog finster das Gesicht bei diesem Gedanken. »Ich ... Ich weiß nicht ... Shannon, ich will auf keinen Fall, dass dieser Fall unsere Kanzlei spaltet.«

»Es ist zu spät, Alex. Das hat er schon.«

35

Hassan Ibn Talib sah die Nachrichten über Khalid Mobassars Kautionsanhörung mit mehr als flüchtiger Neugier. Er beobachtete, wie verhärmt der Imam aussah, als er in den hellen Sonnenschein hinaustrat, nachdem er am Freitagmorgen 1,5 Millionen Dollar Kaution hinterlegt hatte. Reporter schrien Fragen, doch Khalid ignorierte sie alle, während er auf den Rücksitz eines wartenden Lincoln stieg. Nachdem das Fahrzeug losgefahren war, sprach ein Reporter über die Frage, die allen im Kopf herumging. Wo hatte ein Mann wie Khalid eine Kaution von 1,5 Millionen Dollar her?

Hassan lächelte über die Dummheit der amerikanischen Presse. Jetzt, wo Khalid aus dem Gefängnis heraus war, wusste Hassan, dass der nächste Auftrag nicht lange auf sich warten lassen würde.

* * *

Es war, dachte Khalid Mobassar, *Allahs Wille, dass ich rechtzeitig zum Freitagsgebet freigelassen wurde.*

Das Gebet war eine der Hauptsäulen des Islam, die wichtigste Pflicht nach der *Schahada.* Wie alle frommen Muslime betete Khalid öffentlich fünf Mal am Tag, die *Salats* gaben den Rhythmus seines Lebens vor. Der Mensch existierte, um Allah anzubeten – *»Ich habe die Dschinn und die Menschen nur dazu erschaffen, dass sie mir dienen«.* Die *Salats* waren ein äußerer Ausdruck der Anbetung, eine geistliche Rettungsleine, mit der sich die Gläubigen dem Willen Allahs unterwarfen.

Khalid hatte natürlich während seiner Zeit im Gefängnis treu jedes *Salat* durchgeführt. Für einen frommen Muslim wird die ganze Welt zur Moschee, wenn es Zeit ist, zu beten.

Am Freitag kam Khalid rechtzeitig in der Moschee an, um den *Adhan* über die Lautsprecher zu hören: *»Allah ist groß. Ich bezeuge, dass es keine Gottheit gibt außer Allah. Ich bezeuge, dass Mohammed Allahs Gesandter ist. Eilt zum Gebet! Eilt zur Seligkeit! Allah ist groß! Es gibt keine Gottheit außer Allah.«*

Auf den Gebetsruf hin strömten die Gläubigen ins Islamische Lernzentrum und machten sich an ihre Reinigungsrituale. Alle Gottesdienstbesucher, ob Mann oder Frau, zogen sich vor der rituellen Waschung die Schuhe aus. Der Teppich, von so vielen nassen Füßen zertreten, roch muffig – der Gestank der Sünde, die abgewaschen wurde.

Khalid erfreute sich an dem Anblick und den Gerüchen. Die Moschee war nie so voll gewesen!

Er führte das Gebet an, wie immer, während die Gläubigen sich hinter ihm in geraden Reihen aufstellten, Schulter an Schulter, alle mit Blick in die vorgeschriebene Gebetsrichtung, die *Qibla.* Während die Gemeinde die einzelnen Teile des Rituals absolvierte, wurde Khalid von der Majestät und Größe Allahs überwältigt. Er erkannte Allahs Zeitplan in seiner Entlassung, sein Wirken in allen Einzelheiten seines bescheidenen Lebens.

Allah ist groß.

Er fiel vor Allah auf die Knie und dachte an die Gelegenheit, die er in ein paar Augenblicken haben würde, nicht nur zu seiner Moschee zu sprechen, sondern zu einem weltweiten Publikum. Khalids Stimme der

Reformen, vor nur einem Monat noch so unterdrückt und unbedeutend, würde jetzt auf der ganzen Erde übertragen werden.

Khalid bat Allah um Gnade und beendete das *Salat* mit dem Friedensruf, genannt *Salam*. Khalids Anleitung folgend, drehten sich die Gläubigen zuerst nach rechts, dann nach links und sprachen den Gruß: »Und auf euch sei Frieden und Gottes Erbarmen und sein Segen.«

Als sie geendet hatten und sich setzten, wandte sich Khalid den Gottesdienstbesuchern zu. Als Nächstes kam die *Khutba*, eine zehnminütige Predigt von feierlicher Bedeutung. Khalid legte die linke Hand vorn an seine rechte Hüfte und die dominante rechte Hand auf die Linke, als er begann.

»Als der große Prophet Mohammed, Friede sei mit ihm, aus der Schlacht zurückkehrte, sagte er: ›Wir sind fertig mit dem niederen Dschihad; jetzt beginnen wir den höheren Dschihad.‹ Zu viele Jahre lang kämpfen nun schon zu viele Muslime diesen niederen Dschihad und ignorieren den höheren Dschihad, den inneren Kampf um Reinheit, einen Kampf mit unserem eigenen schlechten Wesen.« Khalids Stimme hallte mit Autorität in der Stille der Moschee wider. Die Gläubigen waren heute ungewöhnlich still und feierlich, gespannt, ein Wort von einem zu hören, der für Allah gelitten hatte, ein Prophet in ihrer eigenen Mitte, den sie zu lange für selbstverständlich gehalten hatten.

»Dieser höhere Dschihad wird nicht durch Ehrenmorde oder Selbstmordattentäter gewonnen. Er wird nur gewonnen, wenn wir uns friedlich Allahs Willen unterwerfen. Es ist Zeit, die Schwerter des niederen Dschihad niederzulegen und die Pflugscharen des höheren Dschihad aufzunehmen.«

Khalid hielt inne und suchte die Augen der Gläubigen ab. In einigen sah er Abwehr. Sie wollten einen Anführer voller Drohungen und Draufgängertum. Doch in anderen sah er Hoffnung. Ihm wurde bewusst, dass seine Worte an diesem Tag mächtige Kräfte für und gegen ihn freisetzen würden. Er hatte die großen Reformatoren studiert, und das war ihr Schicksal. Gewalt. Leidenschaft. Hass. Bewunderung. Liebe.

Aber letztendlich – vielleicht in seinem Fall – würde es noch ein anderes Nebenprodukt geben: die Rettung der größten Religion der Welt.

36

Wie Millionen anderer muslimischer Amerikaner schaute sich Hassan Khalid Mobassars *Khutba* im Kabelfernsehen an. Danach sezierten die Nachrichtensprecher jedes Wort und debattierten Mobassars Schuld oder Unschuld. Die meisten waren zynisch und postulierten, er habe die landesweite Aufmerksamkeit genutzt, um zukünftige Geschworene zu beeinflussen. Sie wiesen darauf hin, dass er wahrscheinlich nicht zu seiner eigenen Verteidigung in den Zeugenstand treten werde und dass ihm die Medienberichterstattung der heutigen Ereignisse die Chance verschaffte, ›auszusagen‹, ohne ins Kreuzverhör zu müssen.

Repräsentanten verschiedener muslimischer Gruppierungen ergriffen die Gegenpartei und schalten die Medien für ihre Vorverurteilungen. Das sei ein klassischer Fall von rassischen und religiösen Vorurteilen, sagten sie.

Für Hassan waren *alles* leere Worte. Amerikaner glaubten ans Reden, als wäre es eine Art kollektive Volkstherapie. Das war eine der Schwächen des Großen Satans, und Hassan schaltete den Fernseher aus, bevor *er* in seine hirnlose Abhängigkeit hineingezogen wurde. Sie wollten reden? Er würde ihnen etwas geben, worüber sie reden konnten.

Sein Befehl kam, wie er es erwartet hatte, fast vier Stunden später. Diesmal kam er per E-Mail von einer vorübergehenden Adresse, die man niemals würde zurückverfolgen können. Es gab eine junge Frau in Kalifornien, die Tochter eines führenden Geistlichen einer Moschee in Los Angeles, die vom Glauben abgekommen war. Sie hatte die Dreistigkeit besessen, sich öffentlich vor einer großen Gemeinde in einer christlichen Kirche in einem Vorort taufen zu lassen.

Hassan wurde angewiesen, keine Gnade walten zu lassen. Es würde für diese Frau keine Möglichkeit geben, ihrem neu gewonnenen Glauben abzuschwören. Sie musste auf eine Art sterben, die Schrecken in den Herzen der feigen amerikanischen Öffentlichkeit säen würde.

Hassan sollte außerdem mit der Überwachung von Taj Deegan beginnen, der alleinerziehenden Mutter, die das Team der Staatsanwaltschaft anführte, das gegen Khalid Mobassar ermittelte, und den Geschworenenauswahlprozess in Virginia Beach überwachen. Er sollte sich darauf vorbereiten, zu handeln, sobald die Geschworenen für Khalids Prozess ausgewählt waren. Die Amerikaner feierten die Transparenz und Offenheit ihres Rechtssystems. Was sie als große Stärke ansahen, würde Hassan Ibn Talib als große Schwäche ausnutzen.

* * *

Es war lange her, seit Alex zum letzten Mal an einem Freitagabend zu Hause geblieben war. Doch genau das tat er an diesem Abend. Er schaltete von einem Fernsehsender zum nächsten und sah sich die Endlosschleife darüber an, was die Medien ›die Ehrenmorde von Sandbridge‹ nannten. Er hatte die Füße vor sich auf einen Hocker gelegt und seinen Laptop im Schoß. Wider besseres Wissen scrollte er durch die Kommentare zu der Story über Khalid in der *Tidewater Times*. Es waren erdrückend negative und zum größten Teil emotionale Schimpftiraden von anonymen Schreibern. »*Muslime mögen Enthauptungen. Wenn er verurteilt ist, sollte man diesen Mann auf der Strandpromenade von Virginia Beach enthaupten.*« In anderen Kommentaren wurden bestimmte Buchstaben durch Symbole ersetzt, damit die unflätige Ausdrucksweise nicht vom automatischen Filter erkannt wurde. Ein paar schossen gegen Alex und Shannon. »*Typische Anwalts-Drecksäcke. Die würden alles sagen, was dieser Typ von ihnen verlangt, damit sie mit dem Autounfall seiner Frau Geld machen können.*«

Einer der Kommentare war gezielt gegen Alex' Kirche gerichtet: »*Und dieser Kerl nennt sich Pastor?*« Im selben Kommentar waren die Telefonnummer der Gemeinde und eine Liste der Diakone angegeben, damit die Leute anrufen und die Gemeinde drängen konnten, Alex zu feuern.

Außerdem zog sich ein roter Faden der Rassenhetze durch die Kommentare. »*Dieses Land wird von radikalen Arabern überrollt. Wir müssen dieses Krebsgeschwür herausschneiden, und zwar JETZT!!*«

Beim Lesen dieser Kommentare hatte Alex das Gefühl, jemand habe ihn an einen fahrenden Zug gefesselt und schleife ihn über die Schienen. Er hatte nichts getan, womit er das verdient hätte. Doch jedes Wort, das über ihn oder seine Kanzlei ins Internet gestellt wurde, würde für immer dort bleiben. Khalids Geschichte würde irgendwann von anderen Storys abgelöst werden, und die amerikanische Öffentlichkeit würde sich mit anderen Dingen beschäftigen. Aber wenn jemand den Namen Alexander Madison googelte, würde die erste Seite, die aufging, ihn als Anwalt eines verurteilten muslimischen Mörders zeigen.

Normalerweise war es ihm ziemlich egal, was die Leute dachten. Eigentlich machte es ihm sogar Spaß, Leute zu verärgern, nur um ihnen eine Reaktion zu entlocken. Doch das Ausmaß und die Einseitigkeit dieser Kritik waren selbst für ihn zu viel.

Alex war ein junger Anwalt, der seine ganze Karriere noch vor sich hatte. Jetzt würde er für immer der Anwalt sein, der einen Mandanten vertreten hatte, der angeklagt wurde, eine unschuldige junge Frau enthauptet zu haben.

Er ließ Shannon nur sehr ungern allein mit dem Fall. Er hatte alles in seiner Macht Stehende versucht, um es ihr auszureden. Doch je mehr er sie drängte, desto sturer wurde sie. Seine Partnerin war entschlossen, über den Rand einer Klippe zu fahren. Alex hatte nur die Wahl, ob er auf dem Beifahrersitz mitfahren wollte oder nicht.

In gewisser Weise waren sie schon einmal auf dieser Straße gefahren. Alex hatte Shannon damals angefleht, mit ihrem Freund, der sie seelisch misshandelt hatte, Schluss zu machen, doch Shannon war noch lange bei ihrem Freund geblieben. Alex hatte gewusst, dass die Beziehung irgendwann in die Brüche gehen oder eskalieren und in körperlichen Missbrauch ausarten würde. Seine Rolle würde sein, hinterher die Scherben aufzusammeln.

Er bewunderte ihr Feuer, doch diesmal war sie der Sache nicht ansatzweise gewachsen. Diesmal konnte es sein, dass die Scherben hinterher nicht mehr zu kitten waren.

37

Am Samstagmorgen warf sich Alex in Surfershorts, T-Shirt und Sandalen und machte sich zum Frühstück auf ins Belvedere. Die ganze Welt mochte sich in den vergangenen Tagen gegen ihn gewandt haben, aber das Frühstück mit seiner Großmutter war eine Erholungspause von dem Sturm. Er brauchte jemanden, der ihm half, klar zu denken und sich auf ethisch vertretbare Weise aus dem Fall zurückzuziehen. Seine Großmutter war keine Anwältin, aber sie hatte mehr gesunden Menschenverstand im kleinen Finger als die meisten Menschen im ganzen Körper.

An diesem Morgen hatte Ramona eine der begehrten Sitznischen am Fenster in Beschlag genommen. Alex kam zehn Minuten zu spät, und sie winkte ihn zu sich herüber. Ihre grauen Locken kräuselten sich unter einem Sonnenschild hervor, und sie trug ein langes, weites Shirt mit aufgerollten Ärmeln. Es waren wieder einmal massenhaft Touristen unterwegs, und der kleine Coffeeshop war so überfüllt, dass die Klimaanlage nicht hinterherkam. Es ging doch nichts über ein bisschen Schwitzen beim Frühstück. Alex setzte sich, und die Kellnerin kam und füllte seine Kaffeetasse. Allein der Geruch von Samstagmorgenkaffee und Würstchen auf dem Grill entspannte ihn schon ein wenig.

»Ich habe in den letzten Tagen versucht, dich anzurufen«, sagte Ramona. »Du bist schwerer zu erreichen als der Papst!«

Alex versuchte nicht, sich zu verteidigen. Er hatte mit seiner Großmutter reden wollen, doch er hatte nicht die Energie gehabt, es übers Telefon zu machen. Er wusste, sie würden an diesem Morgen Zeit haben, alles durchzukauen. »Ich war ein bisschen im Stress.«

»Na, dann vergiss nicht, dir die Zähne zu putzen, schau, dass du genug Schlaf bekommst, und vergiss deine Andachten nicht.« Ramona lächelte, doch ihr matronenhafter Humor ging an Alex vorbei. »Oh … es geht dir wirklich unter die Haut«, sagte sie.

In den folgenden zwanzig Minuten stocherte Alex nur in seinem Essen herum, während er sich die detaillierte Version dessen von der Seele redete, was in den letzten Tagen durchgesickert war. Er beunruhigte seine Großmutter nur sehr ungern, aber er brauchte eine zweite Meinung. Sie hatte die Entwicklungen in dem Fall im Großen und Ganzen mitbekommen, war aber überrascht über Alex' Treffen mit Taj Deegan und all die Beweise gegen Khalid Mobassar. Als Alex ihr von dem Besuch seiner Diakone erzählte, hielt es sie kaum auf ihrem Sitz.

»Na ja«, empörte sie sich, »sie zahlen dir ja sowieso keinen Cent. Diese beiden sollten mal besser vorsichtig sein, was sie sich wünschen, oder wir lassen *sie* in Zukunft predigen, damit wir *ihre* Predigten kritisieren können!«

»Ich kann ihnen eigentlich nicht einmal einen Vorwurf machen«, sagte Alex. »Sie versuchen nur, die Gemeinde zu schützen.«

»*Ich* mache ihnen aber einen Vorwurf! Und Harry Dent hat nie an irgendwen oder irgendwas außer an sich selbst gedacht!«

Je länger Alex redete, desto weniger Appetit hatte er. Eine ganze Reihe von Leuten stand Schlange, starrte sie an und wartete, dass ihre Sitzecke leer wurde. Die anderen Gäste saßen so nahe, dass Alex vorschlug, ihr Gespräch auf der Promenade fortzuführen.

»Du hast dein Frühstück ja kaum angerührt«, sagte Ramona. »Wenn du in den Hungerstreik trittst, löst sich die ganze Sache auch nicht in Wohlgefallen auf.«

Alex zwang sich zu einem Lächeln und schob seinen Teller mit dem halb aufgegessenen Rührei von sich. »Sie haben sie nicht fettig genug gemacht«, sagte er.

Sie verließen das Belvedere und gingen den halben Häuserblock zur Strandpromenade. Ramona war siebenundsiebzig, aber sie legte ein flottes Tempo vor. Sie trug eine Pilotenbrille unter ihrem Sonnenschild und niedliche weiße Turnschuhe mit dicken Sohlen. Während er neben ihr herging, dachte Alex daran, dass er wahrscheinlich die coolste Oma von ganz Virginia Beach hatte.

»Ich habe deinen Mandanten gestern auf FOX News gesehen«, sagte Ramona und pumpte mit den Armen, während sie ging. »Ich fand, er kam ganz gut rüber in seiner kleinen Predigt, oder wie die Muslime das nennen.«

»Damit bist du eindeutig in der Minderheit.«

»Tja, er muss nicht Martin Luther King sein. Du musst nur beweisen, dass er die Ehrenmorde nicht befohlen hat.«

Alex spürte, dass seine Großmutter schon emotional in den Fall investiert hatte, und zögerte, ihr zu sagen, was er wirklich dachte. »Um genau zu sein, Grandma, glaube ich, es ist vielleicht eher meine Aufgabe, Mr Mobassar einen erfahreneren Strafverteidiger zu suchen.«

Ramona warf ihm einen überraschten Seitenblick zu, verlangsamte ihren Schritt aber nicht. »Warum das?«

Während sie andere, gemütlicher schlendernde Spaziergänger überholten, erklärte Alex die Lage in mehr Einzelheiten. Seine Kanzlei würde die negative Publicity nicht überleben. Sein Herz schlug nicht für die Strafverteidigung. Als er zu der Stelle kam, dass Shannon vielleicht aussteigen und ihre eigene Kanzlei gründen wollte, grunzte seine Großmutter hörbar missbilligend.

»Mir gefällt es auch nicht, Grandma. Aber es war Shannons Idee und ich weiß nicht, was ich sonst tun soll, wenn ich ihr nicht ausreden kann, diesen Kerl zu vertreten.«

»Alex Madison, du weißt genau, was du tun kannst. Du kannst den Fall behalten und diesem muslimischen Burschen die beste Verteidigung bieten, die er je bekommen könnte.«

Alex war ein bisschen sprachlos über diese Bemerkung. Seit dem Tag, an dem er die High School abgeschlossen hatte, hatte seine Großmutter die Philosophie vertreten, dass Alex sein eigenes Leben leben sollte und sie ihn unterstützen würde, egal, was er vorhatte. Doch dieses Gespräch, genau wie das neulich über seine Gemeinde, ging in eine vollkommen andere Richtung.

»Es ist ja nicht so, dass ich nicht glaube, dass ich mit dem Fall einen guten Job machen könnte«, erklärte Alex. »Ich muss mir nur auch über andere Dinge Gedanken machen. Ich muss daran denken, wie das die Gemeinde beeinträchtigen könnte. Ich habe eine ganze Kanzlei und eine Pflicht meinen Mandanten gegenüber. Ich will nicht, dass sie darunter leiden, dass ihre Kanzlei einen unpopulären Angeklagten verteidigt. Ich glaube einfach nicht, dass es in meinem oder Khalids Interesse ist, wenn ich den Fall behalte. In Shannons auch nicht, wenn wir schon dabei sind.«

Sie legten das nächste Stück schweigend zurück, während seine Großmutter offensichtlich auf diesen Gedanken herumkaute. »Willst du meine Meinung oder meinen Segen?«, fragte sie schließlich.

Eigentlich wollte er ihren Segen, aber das konnte er natürlich nicht sagen. »Deine Meinung natürlich.«

»Ich glaube, du machst das zu kompliziert. Es ist nicht deine Aufgabe, dir Sorgen darüber zu machen, wie die Leute reagieren könnten, oder ob das Ganze für andere Fälle einen Dominoeffekt hat. Deine Aufgabe ist es, das Richtige zu tun. Wenn die Leute nicht damit umgehen können, ist das ihr Problem, nicht deins.«

»Und was ist dann das Richtige?«

»Du bist ein Madison; du wirst es herausfinden.«

»Was soll das heißen?«

Ramona blieb stehen und seufzte. Jetzt wurde es ernst. Diese Frau ließ sich nie in ihrem Lauf aufhalten. »Lass uns … ähm … lass uns mal eine Minute Pause machen.«

Sie ging zum Geländer am Rand der Promenade und verschnaufte eine Weile. Alex gesellte sich zu ihr und schaute über den Sand auf das schimmernde Meer. Er wappnete sich für das, was kommen würde.

»Dein Großvater war einer der meistgehassten Männer der ganzen Gegend, als er diese Fälle für die gerichtlich angeordnete Integration an den öffentlichen Schulen auf den Weg brachte«, sagte Ramona. »Sie haben uns aus den Vereinen geworfen, uns Morddrohungen geschickt und uns alles genannt, was du dir vorstellen kannst. Menschen, die Freunde fürs Leben für uns waren, sprachen nicht einmal mehr mit uns.« Ramona verzog das Gesicht, und Alex merkte, dass die Erinnerungen sie immer noch schmerzten.

»Dein Großvater war nicht perfekt; das will ich damit nicht sagen. Aber je mehr Menschen sich gegen ihn wandten, desto entschlossener wurde er. Unsere Freunde fragten ihn, wie er nachts noch schlafen könne bei all der Gewalt, die er unter Schulkindern schuf, und er sagte, er schlafe wie ein Baby.

Dein Dad neigte zu ähnlicher Sturheit. John wollte immer, dass dein Dad ihm in die Kanzlei folgte, aber dein Dad hatte seine eigenen Vorstellungen.« Als Alex seine Großmutter ansah, hatte er keine Ahnung, was hinter dieser großen Sonnenbrille vor sich ging, aber ihre Mundwinkel sahen angespannt aus. »Ich glaube, dein Dad ist zum Teil deshalb Pastor geworden, weil er die Gute Nachricht verbreiten wollte, und zum Teil, weil er deinem Opa zeigen wollte, dass er sich von niemandem sagen ließ, was er zu tun hatte.«

Ramona seufzte tief und tätschelte Alex' Hand auf dem Geländer. »Weißt du noch, wie du beschlossen hast, dass du Anwalt werden willst?«, fragte sie.

Alex schüttelte den Kopf. »Eigentlich nicht.«

»Es war, nachdem du das Buch *Wer die Nachtigall stört* gelesen hattest. Ich glaube nicht, dass du die Geschichte damals ganz verstanden hast; du warst erst zwölf oder dreizehn. Aber die Geschichte ging dir noch lange nach.

Ich glaube, ein Teil davon war die Beziehung, die Scout mit ihrem Vater hatte. Aber ich glaube, du hast auch Atticus Finch ehrlich bewundert. Er war bereit, eine Kluft zu überbrücken und jemanden zu verteidigen, den der Rest der Welt lynchen wollte. Auch in deinem Alter hast du schon irgendwie die Noblesse darin erkannt.« Alex' Großmutter warf ihm einen Blick zu. »Es überrascht mich nicht, dass Shannon bereit ist, Khalid Mobassar zu verteidigen. Was *du* entscheiden musst, ist, ob du bereit bist, ihr zu helfen.«

38

Bis Samstagabend waren die positiven Ausschnitte von Khalid Mobassars Freitagspredigt durch eine Reihe von Interviews ersetzt, die er 1995 einem Fernsehsender der Hisbollah im Libanon gegeben hatte. Alex wusste nicht, welcher Sender das Filmmaterial als erster entdeckt hatte, aber bald wurde das Video auf allen Nachrichtenkanälen gezeigt.

In dem Video beschrieb ein jüngerer Khalid den Schmerz, seinen Sohn bei einem Vergeltungsschlag der israelischen Streitkräfte verloren zu haben. Das Interview war auf Arabisch, aber mit englischen Untertiteln versehen worden. Khalid sagte, sein Sohn Omar habe an einem humanitären Projekt mitgearbeitet, aber dass dieser Unterschied den Israelis offenbar nichts bedeute. Er kritisierte die Taktiken des israelischen Militärs, die mit dem Verlust von Zivilisten geendet hatten. Er rief die Vereinigten Staaten auf, ihre Heuchelei zu beenden und solche Taten zu verurteilen. Wo sei die internationale Empörung, fragte er.

Wenn die libanesische Regierung nicht bereit sei, die unschuldigen Zivilisten in seinem Land zu verteidigen, dann müssten sich die Menschen an die Hisbollah wenden. Er versprach, dass seine Moschee ab sofort zwei Opferkästen am Eingang haben werde. Einen für die Arbeit und den Dienst der Moschee; der andere werde die humanitären Bemühungen der Hisbollah unterstützen.

Alex wurde übel, als er die Ausschnitte ansah und den Kommentar danach hörte. Die Experten wiesen darauf hin, dass die Hisbollah den Konflikt begonnen und dann ihre Kommandozentralen und Waffen in zivilen Stadtvierteln und Flüchtlingslagern im Libanon positioniert habe. Das israelische Militär habe sich alle Mühe gegeben, Kollateralschäden zu vermeiden. Alex wusste, dass Khalid sich in den Jahren nach diesem Interview von seiner damaligen Unterstützung der Hisbollah distanziert hatte und zu einem entschiedenen Kritiker des radikalen Islam geworden war. Doch diese fünfzehn Jahre alten Clips, die aus dem Kontext gerissen worden waren, konnten Khalids Schicksal besiegeln, bevor die Geschworenen überhaupt ausgewählt waren. Es bestanden keine Zweifel mehr daran, dass Khalid Verbindungen zur Hisbollah hatte. Und angesichts der Entdeckung dieses Bildmaterials, das so dicht auf Khalids leidenschaftliche Rede gegen die Gewalt radikaler Islamisten folgte, wirkte Khalid wie ein Heuchler, der alles sagen würde, wenn es seinem Fall nützte.

Oder vielleicht war er auch genau das.

Was wusste Alex schon über Khalid Mobassars Motive? Was wusste Alex über seine Beziehungen zu terroristischen Vereinigungen?

* * *

In dieser Nacht wartete Alex mit Shannon und den Mobassars auf Naras Ankunft aus dem Libanon. Khalid versuchte, sich nicht in der Öffentlichkeit zu zeigen, und Ghaniyah war nicht in der Lage zu fahren, deshalb waren ein paar Freunde der Mobassars zum Flughafen gefahren, um ihre Tochter abzuholen. Als Nara ankam, bemerkte Alex die herzliche Umarmung, mit der sie ihren Vater bedachte, und die halbherzige Umarmung für ihre Mutter.

»Nara, das sind die Anwälte, von denen ich dir erzählt habe«, sagte Khalid.

Alex und Shannon schüttelten Nara die Hand. *Wie kann man nach einem Flug über den Atlantik noch so gut aussehen?*, fragte sich Alex. Er hatte nicht erwartet, dass die Tochter des Imams aussehen würde wie ein libanesisches Topmodel.

Nara war groß und athletisch, kaum kleiner als Alex. Sie hatte dicke, dunkle Haare, die sie mit einer Klammer zurückgebunden hatte, was ihre hohe Stirn, ihre Wangenknochen und ihre faszinierenden braunen Augen betonte. Sie bewegte sich selbstbewusst, die Haltung perfekt aufrecht. Alex erhaschte einen Hauch Parfüm, vermischt mit dem Geruch von jemandem, der vierzehn Stunden in einem vollgestopften Flugzeug verbracht hatte.

Khalids fröhliche Wissbegierde spiegelte sich in Naras Augen, außerdem hatte sie seine ranke Gestalt und die breiten, geraden Schultern geerbt. Doch Alex sah nichts von Ghaniyahs Gesichtszügen in ihrer Tochter. Vielleicht war das ein Grund, warum er so überrascht von ihrer Erscheinung gewesen war.

»Ich freue mich, Sie kennenzulernen«, sagte Nara in perfektem Englisch. »Ich bin dankbar für den Beistand, den Sie meinem Vater geleistet haben. Er spricht in den höchsten Tönen von Ihnen beiden.«

Nach ein paar Minuten Small Talk schlug Khalid vor, dass Alex und Shannon ihm und Nara ins Wohnzimmer folgten. Ghaniyah bot an, Kaffee und eine Kleinigkeit zu essen vorzubereiten, doch Alex lehnte höflich ab. Nachdem Ghaniyah verschwunden war, verbrachten Alex und Shannon ungefähr eine halbe Stunde damit, Nara über die juristische Situation auf den neuesten Stand zu bringen. Ihren bohrenden Fragen nach war schnell klar, dass Khalids Tochter mehr als nur ein hübsches Gesicht hatte.

Als Shannon erklärte, dass der nächste Schritt eine Voranhörung am folgenden Freitag sei, wollte Nara unbedingt Einzelheiten über die Strategie hören. Wen wollten sie als Zeugen aufrufen? Was war ihre Theorie, wie jemand Zugang zu Khalids Handy hätte haben können? Hatten Alex und Shannon noch andere Verdächtige?

Weil Shannon den größten Teil des Redens übernommen hatte, schaltete sich Alex ein. »Wir stellen normalerweise bei einer Voranhörung nicht viele Fragen. Der Richter muss nur einen Anfangsverdacht finden, dass ein Verbrechen begangen wurde. Es hat keinen Sinn, der Staatsanwaltschaft Einblick in unsere Strategie zu geben, wenn wir die Anhörung sowieso verlieren.«

Statt Alex einen verstehenden Blick zu schenken, runzelte Nara die Stirn. »Glauben Sie wirklich, das trifft in diesem Fall zu?«

Alex war dieser Denkart schon öfter begegnet. Mandanten hegten falsche Hoffnungen von frühen und wundersamen Klageabweisungen. Sein Job war, sie von diesen trügerischen Hoffnungen zu befreien und sie auf eine lange Quälerei vorzubereiten.

»Dieser Fall ist nichts anderes als jeder andere auch«, sagte Alex. »Die Staatsanwaltschaft reicht keine Klage ein, wenn sie nicht glaubt, genug zu haben, um damit durchzukommen. Sie und Ihr Vater müssen sich an den Gedanken gewöhnen, dass es ein langer und frustrierender Prozess werden wird und dass es erst einmal viel schlimmer wird, bevor es besser werden kann. Am Ende wird die Wahrheit herauskommen.«

»Ich bin keine Anwältin«, gab Nara zurück, »aber ich weiß, dass mein Vater unschuldig ist. Und selbst wenn wir in der Voranhörung nicht gewinnen, scheint es mir, dass mein Vater niemals eine unvoreingenommene Jury finden wird, wenn wir nicht anfangen, unsere Seite des Falles bekannt zu machen.«

»Ich verstehe, was Sie meinen«, sagte Shannon, obwohl ihr Tonfall sagte, dass sie es nicht schätzte, dass ein Laie ihre juristische Strategie in Frage stellte. »Aber Alex hat trotzdem recht. Es gibt bessere Arten, Ihre Sicht der Dinge zu schildern, als bei der Voranhörung zu viel von unserer Strategie zu verraten.«

»Wie machen wir es dann?«, fragte Khalid. »Denn bisher sieht es so aus, als wollten die Kabelsender nur mein Interview von vor vielen Jahren im Hisbollah-Fernsehen zeigen.«

Bevor Alex antworten konnte, schaltete sich wieder Nara ein. »Darüber habe ich während meines Fluges schon nachgedacht. Mein Vater hat zwei Söhne in dem Konflikt mit Israel verloren. Dennoch spricht er als eine Stimme der Reform und Vernunft im muslimischen Glauben und kämpft gegen die Gewalt der Dschihadisten. Ich habe zwei Brüder verloren und bin eine Sprecherin für Frauenrechte in der muslimischen Gemeinschaft geworden.« Sie sprach jetzt ernst und eindringlich, ihre Augen leuchteten. »Unsere Familiengeschichte muss erzählt werden.«

Nara sah ihren Vater an, und Alex konnte sehen, dass die beiden eine tiefe Bewunderung und Respekt füreinander hegten. »Ich verstehe, warum du diese Geschichte nicht erzählen kannst«, sagte Nara. »Deine Worte werden immer verdreht und gegen dich verwendet. Aber *ich* kann unsere Geschichte erzählen. Und jemand muss es tun, denn im Moment stellt die Presse meinen Vater als nichts weiter als ein Werkzeug der Hisbollah dar.«

Shannon machte ein langes Gesicht. »Ich bin kein großer Fan von Medieninterviews, die wir nicht kontrollieren können. Der Gerichtssaal hat seine Regeln und Prozeduren, die für Fairness sorgen. Ich verhandle meine Fälle lieber dort.«

»Bis wir vor Gericht gehen, könnte es zu spät sein«, antwortete Nara schnell. Für Alex klang sie ein bisschen gereizt von dem langen Flug.

Vielleicht sollten wir anfangen, 300 Dollar die Stunde in Rechnung zu stellen, dachte Alex, *da die Tochter unseres Mandanten so versessen darauf ist, uns Ratschläge zu erteilen.*

Shannon ließ Naras Aussage unkommentiert, und die Spannung löste sich ein wenig auf. »Wie wäre es, wenn Alex und ich über Ihre Anliegen sprechen und sehen, ob wir eine Medienstrategie auf die Beine stellen können, die nicht unnötig viele Risiken birgt? Wir können Sie morgen anrufen und Ihnen unsere Empfehlungen abgeben.«

Nara wartete nicht darauf, dass ihr Vater antwortete. »Wir freuen uns auf Ihre Empfehlungen. Und dann werden mein Vater und ich entscheiden, was in seinem Interesse ist, denn er wird derjenige sein, der ins Gefängnis muss, falls wir verlieren.«

Alex sah, wie Shannon innerlich kochte, doch seine Partnerin blieb professionell. »Okay«, sagte sie. »Haben Sie sonst noch Fragen zum Verlauf?«

Der Rest der Sitzung verlief besser, auch wenn genug Misstrauen in der Luft lag, dass Alex das Gefühl hatte, es wäre nicht gut, anzukündigen, dass er sich zurückziehen wolle. Die Beziehung zwischen Shannon und Nara hatte ziemlich holprig begonnen.

Alex hatte Angst, dass Nara ihren Vater überreden würde, sich andere Anwälte zu suchen, wenn er jetzt irgendetwas anderes als vollen Einsatz für den Fall erkennen ließ.

Nach dem Gespräch steckten die Kanzleikollegen in der Auffahrt der Mobassars die Köpfe zusammen. »Das hat uns gerade noch gefehlt, dass *sie* hier auftaucht und die Lage rettet«, sagte Shannon.

»Da hast du recht«, antwortete Alex. »Aber du musst zugeben, sie ist clever und kamerafreundlich.«

»Okay, du findest sie heiß«, sagte Shannon schneidend. »Aber das heißt nicht, dass sie nicht in den Hinterhalt gelockt werden könnte und sich am Ende im Fernsehen zum Narren machen kann. Für meinen Geschmack kommt sie ein bisschen zu arrogant rüber.«

Alex widersprach ihr nicht. Er hatte im Moment genug Probleme, auch ohne einen Machtkampf zwischen seiner Partnerin und der willensstarken Tochter des Imams.

39

Fünfzehn Jahre zuvor
Beirut, Libanon

Die fünfzehnjährige Nara Mobassar half ihrer Mutter in der Küche ihres kleinen Hauses, als es an der Tür klopfte. Wie üblich hatte Nara ihre Haushaltspflichten praktisch schweigend erledigt – ihr Schmollen als Protest eines Teenagers gegen die erdrückenden Regeln, die für muslimische Mädchen galten. Beirut stand zwischen zwei Welten: der säkularisierten Kultur des Westens und dem traditionellen Lebensstil des Islam. Nara, die an ihrer muslimischen Schule gerade ihre Flirtkünste gegenüber den Jungen entdeckt hatte, kam es vor, als schnürten ihr die Normen und Ansprüche des Mobassar-Haushaltes beinahe die Luft ab.

Ihr älterer Bruder Omar, den sie abgöttisch liebte, half bereits der Hisbollah bei ihren humanitären Einsätzen in den palästinensischen Flüchtlingslagern. Ihr jüngerer Bruder und Naras Erzfeind war der vierzehnjährige Ahmed. Ahmed war fest entschlossen, ein Krieger zu werden, und sprach mit einer Schärfe, die seiner Mutter gefiel, aber Naras versöhnlicheren Vater beunruhigte.

Nara war die Rebellin. Ahmed konnte für den Islam kämpfen, aber Nara wollte für ihre eigene Unabhängigkeit kämpfen und dafür, frei denken zu dürfen. Ein Symbol dieses Strebens war ihr allabendlicher stiller Protest, wenn sie in absolutem Schweigen neben ihrer Mutter arbeitete, während sie das Essen für die hochwichtigen Männer des Hauses vorbereiteten.

Als es klopfte, drehte sich ihre Mutter vom Herd weg und befahl Nara, auf die kochenden Kichererbsen aufzupassen und gleichzeitig ein Auge auf das frittierte Pitabrot und das Lamm zu haben.

Während sie über den Kichererbsen stand und den duftenden Dampf einatmete, hörte Nara geflüsterte Gespräche an der Vordertür. Neugierig durchquerte sie leise die Küche und stellte sich neben den Türrahmen. Die Stimme ihrer Mutter wurde belegt, als könne sie nicht akzeptieren, was sie eben gehört hatte. Die Besucherin sprach noch ein paar Sekunden leise und sanft, bis sie von dem durchdringenden Schrei von Naras Mutter unterbrochen wurde.

»*Nein! Nicht Omar!*« Naras Mutter wich vor der Besucherin zurück, hatte die Hand erhoben, als wolle sie die schlimme Nachricht von sich schieben, und schüttelte den Kopf. »Nicht mein Omar! Nicht mein Sohn!«

Nara bewegte sich wie ferngesteuert in den Flur hinaus, das Herz klopfte ihr bis zum Hals, als sie sah, wie ihre Mutter zurückwich. Ohne Vorwarnung knickten die Knie ihrer Mutter ein, und sie sank zu Boden. Nara eilte ihr zu Hilfe, und zusammen mit der Besucherin aus der Moschee half sie ihrer Mutter, sich hinzusetzen.

Die drei Frauen saßen auf dem Boden, Ghaniyah sah Nara in betäubtem Schweigen an. Ihre folgenden Worte waren nur ein Flüstern: »Die Juden haben ihn umgebracht, Nara. Raketenangriffe auf die Palästinenserlager. Omar war ein Kollateralschaden.«

Die Szene war so surreal, die Nachricht so schockierend, dass Nara die Worte nicht verarbeiten konnte. Sie starrte ihre Mutter an und fühlte, wie Wellen des Kummers über sie hinwegspülten, als habe ihr jemand das Herz aus der Brust gerissen.

Doch innerhalb von Sekunden schien ihre Mutter eine verborgene Kraft zu finden. Sie sammelte sich, setzte sich aufrecht und blickte an ihrer Tochter vorbei. »Allahs Wille geschehe«, sagte Ghaniyah. Sie schüttelte die helfende Hand ihrer Freundin ab und stand auf. Dann begann sie zu singen. Laut. Nachdrücklich. Sie pries Allah, dass er ihren Sohn ins Paradies geholt hatte. Immer wieder und wieder. Der schrille Lobgesang, den Nara so oft als Ruf zum Gebet gehört hatte.

Bald stimmte die Freundin ihrer Mutter ein, pries Allah, vergaß Nara, die unendlich erschüttert und ungläubig auf dem Boden saß. *Wie können sie Allah loben, wenn er so einen Schmerz zugelassen hat?*

Während der Gesang anhielt, verwandelte sich Naras Betroffenheit in Wut und sie rannte aus dem Flur. Sie rannte nach draußen und den Gehweg entlang, rannte, so schnell sie konnte, ohne zurückzublicken, bis sie glaubte, zusammenzubrechen. Jetzt wurde sie langsamer, schluchzend und außer Atem, benommen vor Leid.

Sie dachte an Omars liebevolle Art, die Art, wie er immer ihr Beschützer gewesen war. Sie weinte unkontrolliert, rang nach Luft, ihr Schmerz wurde keine Sekunde von dem Gedanken an Omar im Paradies gelindert. Sie wollte ihn hier haben! Er war zu jung zum Sterben! Was für ein Gott würde so etwas zulassen?

Später in dieser Nacht, nach der Reinigung und Verschleierung von Omars Leichnam, lehrte ihr Vater aus dem heiligen Koran über das Paradies. Es waren nur die vier engsten Familienmitglieder in der Küche versammelt.

Nara wählte diesen Moment, um ihrem Schmerz Ausdruck zu verleihen: »Warum lässt Allah so etwas zu?« Ihre Lippen zitterten, sowohl vor Traurigkeit als auch vor Wut. »Wenn Allah so groß ist, wie kann er dann zulassen, dass die Israelis jemanden töten, der so ein reines Herz hat wie Omar?«

Die Worte waren kaum ihren Lippen entschlüpft, als der Schlag kam – Ghaniyahs offene Hand in Naras Gesicht. »Wie kannst du es wagen, Allah zu beleidigen!«, herrschte sie ihre Tochter an. »Keines meiner Kinder spricht so!«

Der Schlag versetzte Nara in wütendes Schweigen. Ihre Mutter hatte sie vorher *nie* geschlagen. Am liebsten hätte sie Allah Flüche entgegengebrüllt. Sie hatte gute Lust, ihre Mutter anzuspucken und ihr zu sagen, wie dumm sie sei. Doch die beruhigende Stimme ihres Vaters ging dazwischen, bevor Nara Zeit hatte, irgendetwas davon zu tun.

»Wir fühlen alle Schmerz und Wut«, sagte er. Er legte Ghaniyah eine Hand auf den Arm, um sie zu beruhigen. Dann sah er Nara mitfühlend an, die wütend die Zähne zusammenbiss. »Aber Allah sollte nicht das Ziel unserer Wut sein. Allah hat das Paradies für deinen Bruder vorbereitet. Nicht Allah hat die Bomben geschickt, die Omar getötet haben - das war das Werk der Juden und der Christen. Allah, gepriesen sei sein Name, wird zu seiner Zeit Gerechtigkeit walten lassen. Und in diesem Moment muss unsere Familie zusammenkommen.«

Naras Vater hatte sie immer verstanden, und sie wusste, er konnte jetzt in ihren Augen lesen. Sie kaufte ihm nichts von alledem ab. Später würden sie und ihr Vater reden - von Herz zu Herz, ohne die missbilligende Gegenwart ihrer Mutter. Naras Vater begrüßte ihre harten Fragen über den Glauben. Naras Mutter hatte Angst vor solchen Fragen.

Ahmed, der schweigend in einer Ecke stand, war sein eigener Zorn in dieser Nacht deutlich anzusehen. In seinen schmalen Augen stand die Wut gegen die Juden geschrieben, die seinen einzigen Bruder getötet hatten. Sein Blick spiegelte Naras eigenen rohen Schmerz wider. Und zum ersten Mal in ihrem Leben war sie stolz, einen Bruder zu haben, der daran glaubte, dass man das Böse mit Gewalt besiegen musste.

40

Gegenwart
Virginia Beach, Virginia

Am Sonntagmorgen war Alex immer noch hin- und hergerissen, ob er den Fall abgeben sollte oder nicht. Etwas an dem Treffen mit Khalids Tochter brachte ihn dazu, noch einmal über seine vorläufige Entscheidung, sich zurückzuziehen, nachzudenken. Er versuchte, sich einzureden, dass es nichts mit ihrem Aussehen zu tun hatte. Es hatte sich schon in dem kurzen Gespräch am Vorabend herausgestellt, dass Shannon und Nara wie Öl und Wasser sein würden. Wenn Alex nicht blieb, würden sich die beiden irgendwann an die Kehle gehen.

Noch ein Grund, dabeizubleiben, kam auf, nachdem Alex eine lustlose Predigt gehalten hatte. Bill Fitzsimmons kam im Foyer der Kirche auf Alex zu und fragte ihn, ob er sich kurz mit den Diakonen besprechen könne. Während dieser Besprechung fragte Harry Dent Alex, ob er sich von dem Fall zurückziehen werde.

»Um ehrlich zu sein«, sagte Harry mit einer Miene moralischer Überlegenheit, »habe ich von einigen Leuten in unserer Gemeinde gehört, die glauben, es wäre ziemlich selbstsüchtig, wenn Sie weitermachen würden.«

Diese Aussage und die Selbstgefälligkeit, mit der sie gemacht wurde, erwiesen sich als ausschlaggebend.

Alex' Großmutter hatte ihn zum Nachdenken gebracht, was es bedeutete, ein Madison zu sein. Konnte er sein eigenes Spiegelbild noch ertragen, wenn er Shannon und Khalid im Stich ließ? Und wenn er den Fall behielt, hatte es den positiven Nebeneffekt, dass er vielleicht die Tochter des Imams ein bisschen besser kennenlernen würde. Doch was Alex Madison richtig auf die Palme brachte, war der scheinheilige Harry Dent, der in einer Sitzung der Diakone saß - der kahle Kopf glänzend im Sonnenlicht, das durch ein nahes Fenster fiel - und versuchte, Alex zu sagen, welche Fälle er übernehmen sollte und welche nicht.

»Ich habe viel darüber gebetet«, sagte Alex, der wusste, dass das eine kleine Lüge war. »Und ich habe mir selbst zwei Fragen gestellt: Was ist das Beste für die Gemeinde? Und worum würde Jesus mich bitten?«

Alex hielt einen Moment inne, er genoss dieses kleine Drama wirklich. In Wahrheit würde seine Entscheidung minimale Auswirkungen auf die Gemeinde haben. Am nächsten Sonntag würden sechzig Leute hier sein, ob Alex den Fall behielt oder nicht.

»Ich behalte den Fall«, verkündete er und genoss ihre schockierten Blicke. »Ich glaube, Mr Mobassar ist unschuldig.«

* * *

An diesem Nachmittag rief Alex Khalid an und erklärte, in ihrem eigenen Interesse sollte sich seine Tochter dem Medienmarathon nicht aussetzen. Dennoch sah Alex am Sonntagabend die Tochter des Imams auf allen

Kabelsendern Interviews geben. Sie wurden über Satellit von Norfolk ausgestrahlt, was die Übertragung ein bisschen schwerfällig machte, Naras Ehrlichkeit und ihrem Charme jedoch keinen Abbruch tat.

Sie erzählte, wie sie als junges Mädchen ihren Vater über viele Aspekte des Islam ausgefragt habe, vor allem über die Unterwerfung der Frauen. Ihr Vater habe ihr erklärt, dass Mohammed, Friede sei mit ihm, die Interessen der Frauen in seiner Gesellschaft sogar vorangetrieben und ihnen größere Rechtssicherheit verschafft habe. Mohammeds erste Konvertitin war eine Frau, und er behandelte seine Ehefrauen mit Freundlichkeit und Respekt - was unüblich war in seiner Kultur. Naras Vater hatte sie ermuntert, sich gegen den Missbrauch von Frauen durch fundamentalistische Muslime auszusprechen und darauf hinzuweisen, dass diese Praktiken ganz und gar unvereinbar mit den Lehren des Propheten waren.

Es sei unbegreiflich, argumentierte Nara, dass dieser Mann einen Ehrenmord befohlen haben sollte.

Nara sprach auch vom Verlust ihrer Brüder - einer starb durch eine israelische Rakete, während er humanitäre Hilfe leistete, der andere auf der Suche nach Vergeltung. Das Interview, das ihr Vater nach Omars Tod beim Fernsehsender der Hisbollah gegeben hatte, sei nicht das Ende der Geschichte gewesen. Als sein zweiter Sohn Ahmed gestorben war, hatte Khalid eine so tiefe Trauer überkommen, dass er begann, seine innersten Überzeugungen zu überdenken. Mit dem festen Glauben, dass der Dschihad nicht der richtige Weg war, tauchte er wieder aus diesem tiefen Tal auf. Er wurde zum Reformer, erhob die Stimme gegen die Radikalen. Das war der Grund, warum ihn die Old Dominion University gebeten hatte, zu kommen und zu lehren. Nach ein paar Lehrjahren habe ihr Vater beschlossen, sich in Vollzeit der wachsenden Moschee zu widmen, wo er als der leitende Imam diente.

Die Interviews fielen viel besser aus, als Alex erwartet hatte. Zum ersten Mal spürte er eine leichte Kräfteverschiebung. Er nahm seinen BlackBerry auf, um Shannon anzurufen, und nahm sich vor, Nara im Prozess in den Vordergrund zu stellen.

Selbst Shannon gab zu, dass Nara mit großer Sicherheit aufgetreten war. Doch Shannon hatte auch eine dunkle Vorahnung. Sie hatte gerade mit Khalid telefoniert. »Nara fliegt morgen früh zu ein paar Studio-Interviews nach New York«, sagte Shannon. »Ich habe ihr eindringlich davon abgeraten, aber um Khalid zu zitieren: Seine Tochter ist ›ein wenig eigensinnig‹.«

»Du machst dir zu viele Sorgen«, sagte Alex. »Sie wird das gut machen.«

* * *

Als Hassan Ibn Talib aus dem Albtraum aufwachte, war seine Haut klamm vor Schweiß. Der Traum hatte noch nie so geendet. Es gab die üblichen Kampfszenen – Hassan, der sich kopfüber in das Getümmel feindlicher Soldaten stürzte. Aber diesmal hatte er nur ein paar von ihnen töten können, bevor ihn der Pfeil traf und ein Speer ihn von seinem Pferd warf. Der Boden war noch nicht rot vom Blut. Er fühlte keinen Schmerz, aber genauso wenig das Hochgefühl eines wütenden Gefechts. Wieder einmal erschien er demütig vor dem Thron Allahs.

Seine bösen Taten zogen wie üblich die linke Seite der Waage herab. Doch diesmal rührte sich die Waage nicht, als Allah ein paar Tropfen Blut auf die rechte Seite fallen ließ. Allah blickte Hassan wütend an und schüttelte den Kopf.

»Ist das alles?«, brüllte er. »*Dafür* habe ich all die Jahre dein Leben verschont?«

Allahs Wut versetzte Hassan in verblüfftes Schweigen. Er zitterte vor dem Thron, schämte sich bis ins Innerste seiner Seele, dass er nicht mehr getan hatte.

Bevor Allah das Urteil sprechen konnte, wachte Hassan auf. Der Albtraum verflog, doch das Gefühl in seiner Magengrube blieb.

»Ist das alles?«, hatte Allah gefragt.

Ich muss härter arbeiten, entschied Hassan.

Ich muss mehr tun.

41

Alex sah Nara in sämtlichen Sendungen des Frühstücksfernsehens Spießruten laufen, während er sich für die Arbeit fertigmachte. Er fühlte sich ein wenig schuldig, weil er nicht mit ihr dort war, aber er bezweifelte, dass er viel zu den Gesprächen hätte beitragen können. Naras Geschichte war eine Familiengeschichte, erzählt aus dem Blickwinkel einer liebenden Tochter. Wäre ein Anwalt mit im Studio gewesen, hätte das nur die Tatsache unterstrichen, dass Naras Vater nicht nur ein wunderbarer Islamreformer war, sondern auch angeklagt wurde, die Enthauptung einer jungen Frau angeordnet zu haben. Und die Staatsanwaltschaft konnte das mit Handynachrichten beweisen.

Nara schien sich mit jedem Interview wohler zu fühlen, auch wenn Alex die Müdigkeit in ihren Augen sehen konnte. Er musste ins Büro, aber CBS kündigte das Interview »direkt nach der Werbeunterbrechung« an, also machte sich Alex eine Schüssel gezuckerte Cornflakes und wartete. Er gab sich zehn Minuten, bevor er wirklich los musste. Es wartete eine Menge Arbeit auf ihn, unter anderem auch die Vorbereitung für die Voranhörung.

Das CBS-Interview begann und folgte zunächst demselben Drehbuch wie alle anderen – ein paar harte Fragen zu Khalids Verbindungen zur Hisbollah, gefolgt von einer Chance für Nara, ihre Geschichte zu erzählen. Doch kurz vor Ende des Interviews steuerte der Moderator in eine andere Richtung.

»Erzählen Sie mir von der Taqiyya-Doktrin. Spreche ich das überhaupt richtig aus?«

»Ja, das ist richtig«, sagte Nara gelassen. »Taqiyya ist der Glaube mancher Muslime, dass es in Ordnung ist, Täuschungen zu nutzen, um die Sache Allahs voranzutreiben. Die Lügen werden vergeben, wenn Allahs Sache befördert und sein Wille getan wird.«

»Glaubt Ihr Vater an die Taqiyya-Doktrin?«, fragte der Moderator freundlich, doch was er damit andeutete, war verheerend. Konnte es sein, dass all diese Reformrhetorik Khalids nur ein Mittel zum Zweck für ihn war, um in dieses Land zu kommen? War Khalid in Wahrheit ein radikaler Unterstützer der Hisbollah, der sich nur als moderat ausgab?

Naras Zögern überraschte Alex. Sie begann, indem sie die Frage wiederholte. »Ob mein Vater an Taqiyya glaubt?« Sie wandte etwas den Kopf zur Seite. »Mein Vater hat diese Doktrin nie unterstützt, soweit ich weiß. Aber die meisten Religionen verdammen zwar die Lüge, erkennen aber an, dass es manchmal um mehr geht. In der jüdischen und christlichen Überlieferung gibt es zum Beispiel die Geschichte von Rahab und wie sie log, um die jüdischen Spione zu schützen. Sie wurde dafür gelobt, nicht bestraft. Eine Art Opfer für das höhere Gut.«

»Manche würden sagen, der Zweck heiligt die Mittel«, konterte der Moderator.

»Wenn Sie damit sagen wollen, dass mein Vater dreizehn Jahre lang seine gesamte Umgebung getäuscht hat, um das Vertrauen der Leute zu gewinnen, um dann diese abscheulichen Taten zu verüben, dann irren Sie sich. Er wurde im Libanon zum Reformer, lange bevor er daran dachte, in die Vereinigten Staaten zu kommen.«

Doch Naras Empörung zerstreute Alex' Besorgnis nicht ganz. Er hoffte, Taj Deegan hatte das nicht gesehen. Sie hätte sonst hier möglicherweise einen wunderbaren Ansatzpunkt fürs Kreuzverhör gefunden.

Taqiyya. Lügen für die Sache Allahs. Deegan konnte es benutzen, um Zweifel an allem aufzuwerfen, was Khalid und Nara sagten.

Selbst Alex ertappte sich dabei, wie er Khalids Aussagen in einem ganz neuen Licht betrachtete.

42

So lange alle denken konnten, war Jonesy Maxwell Hausmeister der Grace Coastal Church in Los Angeles. Er hatte die guten und die schlechten Zeiten erlebt. In letzter Zeit – seit sie einen freundlichen jungen Pastor hatten, der außerdem eine ordentliche Prise Demut besaß – hatte der Herr beschlossen, sie zu segnen.

Die Gemeinde der Grace Coastal Church war vorwiegend weiß und vorstädtisch und Jonesy war aus der Innenstadt, doch die Gemeindemitglieder akzeptierten ihn als Bruder. Er hatte das Gefühl, die Gemeinde war fast stolz darauf – *Seht her, wir haben auch schwarze Mitglieder!* Also spielte Jonesy seine Rolle, saß in der ersten oder zweiten Reihe, hob die Hände und sang laut während der Anbetungszeit und warf dem Pastor an den stärkeren Stellen seiner Predigt ein oder zwei Amens zu.

Die Amens waren gestern schnell aufeinandergefolgt, denn die Gemeinde hatte in drei Gottesdiensten insgesamt dreizehn neue Bekehrte getauft. Jonesy war vor allem angefeuert worden, als eine junge Frau aus einer bekannten muslimischen Familie mutig durch die Wasser der Taufe gegangen war.

»Sie riskiert Verfolgung und die Entfremdung von ihrer Familie für ihren Entschluss, Christus nachzufolgen«, hatte der Pastor gesagt. »Und was hält *euch* ab?«

Ja, Sir, gestern hatte man die Grace Coastal Church mal wieder vom Allerfeinsten erlebt.

Am Montagmorgen musste sich Jonesy wieder mit dem irdischeren Teil des Lebens eines Kirchenhausmeisters herumschlagen. In den Gängen würden wie immer Mitteilungsblätter und sonstiges Papier herumliegen, es gab Toiletten zu putzen, und wenn die Zeit reichte, sollte er mal wieder den Rasen mähen. Jonesy hatte vorgehabt, um acht anzufangen, doch seine Knie machten ihm Probleme, und er schaffte es nicht vor neun, seine müden Knochen in die Kirche zu schleppen.

Als Erstes hatte er vor, das Taufbecken zu leeren. Er würde den Stöpsel ziehen und ein paar andere Dinge erledigen, während das Wasser ablief, dann zurückkommen, um das Becken auszuwischen. Er stieg die Stufen hinter der Empore hinauf, fühlte einen stechenden Schmerz im rechten Knie und fragte sich, ob er aufgeben und sich nun doch noch das Kniegelenk ersetzen lassen sollte. Er verschnaufte und hinkte aufs Taufbecken zu. Kurz davor blieb er abrupt stehen, den Mund geöffnet zu einem lautlosen Schrei. Bevor er den Blick abwenden konnte, spürte er, wie sein Frühstück hochkam, drehte sich zur Seite und übergab sich. Er kniete sich aufs linke Knie, benommen von dem, was er eben gesehen hatte.

Da lag eine Leiche im Taufbecken!

Er versuchte, wieder zu Atem zu kommen und noch einmal nachzusehen – er musste das Bild bestätigen, das sich in sein Hirn eingebrannt hatte. Ein zweiter kurzer Blick brachte ihm noch eine Runde Erbrechen ein, diesmal in einen Mülleimer in der Nähe.

Nachdem er sich den Mund mit dem Handrücken abgewischt hatte, versuchte er, aus alledem schlau zu werden.

Der Kopf der jungen Frau, die gestern getauft worden war, trieb im blutigen Wasser – abgetrennt von ihrem Körper.

Irgendwie schaffte Jonesy es, sich zu sammeln, und verspürte den Drang zu beten. »Herr, hab Erbarmen«, sagte er immer und immer wieder. »Im Namen Jesu, führe ihren Mörder seiner gerechten Strafe zu.«

43

Montagnachmittag war die Nachricht von dem Ehrenmord in der Grace Coastal Church im ganzen landesweiten Fernsehen. Es gab keine harten Fakten, die Khalid mit den Morden in Verbindung brachten, doch das hielt die Kommentatoren nicht davon ab, Vergleiche zwischen dem Vorgehen bei den Exekutionen zu ziehen und die Tatsache zu bemerken, dass Khalid Mobassar auf Kaution frei war. Es dauerte nicht lange, bis juristische ›Experten‹ erneut in aggressiven Tönen kritisierten, dass Richter McElroy Khalid freigelassen hatte.

»Das wäre vielleicht nie passiert, wenn Richter McElroy auch nur einen Funken gesunden Menschenverstand besäße«, behauptete einer von ihnen.

Alex beschloss, sich bedeckt zu halten, zog sich in sein Büro zurück und gab Sylvia strikte Anweisungen, er dürfe nicht gestört werden. Er wusste, er musste sich auf die Voranhörung am Freitag vorbereiten. Stattdessen verbrachte er seine Zeit damit, darüber nachzugrübeln, ob er den Fall nicht doch abgeben sollte. Nara Mobassar hatte recht. Wenn es so weiterging, war ihr Vater schon verurteilt, bevor die Eröffnungsplädoyers begannen.

Es half auch nicht, dass Shannon am selben Morgen die Klage in Ghaniyahs Körperverletzungsfall eingereicht hatte. Juristisch gesehen hätten sie warten können. Doch die Kanzlei brauchte den Zahlungsfluss unbedingt, und sowohl Alex als auch Shannon dachten, es könne nicht schaden, ein wenig Mitgefühl für die Mobassars zu wecken. Das war vor dem Ehrenmord in Kalifornien gewesen. Jetzt wurden Alex und Shannon als geldgierige Rettungswagenjäger dargestellt, die Khalids Strafrechtsprozess nur übernahmen, weil sie Ghaniyahs Zivilrechtsfall nicht verlieren wollten.

Alex wusste, dass es richtig schlimm war, als seine Großmutter ihn anrief, um seine Strategie zu hinterfragen. »Wessen Idee war es, diese Zivilklage heute einzureichen?«

»Shannons«, sagte Alex. »Und meine«, fügte er hinzu.

Schweigen in der Leitung. »Na ja, wenn Shannon an Bord ist, dann kann ich wohl nicht zu kritisch sein.«

Alex blickte auf und bemerkte einen Reporter und einen Kameramenschen, die in seiner Bürotür standen. *Wie sind die an Sylvia vorbeigekommen?*

»Ich muss auflegen, Grandma«, sagte Alex. »Sieht aus, als hätte ich Gesellschaft.«

Alex verbrachte die nächsten Minuten damit, das Nachrichtenteam aus seinen Büroräumen zu begleiten. Weil er sich weigerte, ihnen ein Interview zu gewähren, würde es abends Ausschnitte von Alex im Fernsehen geben, wie er sie in den Flur schob und die Tür hinter ihnen schloss. Was sie nicht aufzeichneten, war der Austausch des jungen Anwalts mit seiner Rezeptionistin hinterher.

»Warum haben Sie sie nach hinten in mein Büro gelassen?«, fragte Alex in scharfem und anklagendem Ton.

»Ich habe versucht, es ihnen zu sagen«, protestierte Sylvia, »aber sie haben sich nicht abwimmeln lassen! Ich dachte mir, ein paar Fragen könnten nicht schaden.«

»Ein paar Fragen könnten nicht schaden?«, wiederholte Alex. Er konnte nicht fassen, dass jemand so inkompetent sein konnte. Doch bevor er ihr eine ernsthafte Strafpredigt halten konnte, begann Sylvia zu weinen.

»Hören Sie, warum nehmen Sie sich nicht den Rest des Tages frei?«, sagte Alex.

Als sie weg war, schloss Alex die Außentür ab und zog sich wieder in sein Büro zurück.

Shannon war schlauer gewesen. Nachdem sie die Zivilklage eingereicht hatte, arbeitete sie den restlichen Tag von zu Hause aus.

44

Gute Anwälte waren nicht billig, vor allem nicht in einem Fall mit so vielen negativen Schlagzeilen wie Khalids. Obwohl Ghaniyahs Fall ziemlich sicher profitabel werden würde, wusste Alex, dass er und Shannon mit großer Wahrscheinlichkeit das ganze Geld und noch viel mehr durchgebracht haben würden, bis sie mit Khalids Verteidigung fertig waren. Aus diesem Grund beriefen sie am Dienstagmorgen ein Treffen ein, um einen Vorschuss von 50 000 Dollar von Khalid zu fordern und ihm eine wichtige Bedingung zu stellen – er durfte keine Hisbollah-Gelder verwenden, um seine Anwälte zu bezahlen.

Für Alex war das ein allerletzter Versuch, seine Kanzlei von dem Fall abzuziehen. Wenn Khalid sich weigerte, den Vorschuss zu zahlen, würde selbst Shannon nicht vorschlagen, dass sie den Fall kostenlos übernahmen.

Alex hatte an diesem Morgen beschlossen, den Fernseher nicht einzuschalten. Angesichts der Entwicklungen in Kalifornien fühlte er sich, als befänden sich seine Kanzlei und Khalid im Belagerungszustand. Gerichtsmedizinische Sachverständige hatten bereits festgestellt, dass dasselbe Schwert, mit dem Ja'dahs Kopf abgetrennt worden war, auch in Kalifornien benutzt worden war. Junge Anwälte träumen von Fällen mit großer Medienwirkung, doch Alex hatte sich dabei immer auf der Seite der Guten gesehen, nicht auf der der Bösen. In diesem Fall fühlte sich Alex, als wandere er ziellos im Nebel herum, während ihm Kugeln um den Kopf schwirrten, ohne auch nur eine Ahnung zu haben, aus welcher Richtung sie überhaupt kamen.

Seine Strategie für die kommenden Wochen der negativen Presse bestand aus einem Wort: *überleben*.

Auf dem Weg zur Arbeit rief er seinen Anrufbeantworter ab und war überrascht, als er entdeckte, dass die Kritiker irgendwie seine Handynummer herausgefunden hatten. Er hatte bereits Dutzende von hasserfüllten E-Mails gelöscht, inklusive mehr als nur ein paar Todesdrohungen. Aber es war etwas anderes, tatsächlich die Stimmen seiner härtesten Kritiker zu hören; die schiere Wut, die darin mitschwang, verunsicherte ihn. Er dachte an Shannon – die einzige Anwältin der Kanzlei, die wirklich den Mut gehabt hatte, bei Khalids Kautionsanhörung den Mund aufzumachen. Sie hatte kein Wort von Morddrohungen gesagt, doch Alex war sicher, dass sie doppelt so viele erhalten haben musste wie er.

Er begann sich zu fragen, ob 50 000 Dollar genug waren.

Als er im Büro ankam, war Sylvia an ihrem Schreibtisch, sah aber aus, als werde sie den Tag nicht überstehen. Sie schenkte ihm einen gequälten Blick – ihr Migränegesicht – und ächzte ein »Guten Morgen«.

Um Himmels willen, reißen Sie sich zusammen!, hätte Alex sie am liebsten angeschnauzt. Stattdessen murmelte er ebenfalls »Guten Morgen« und steuerte direkt auf sein Büro zu.

Fünf Minuten später stand Sylvia in seinem Türrahmen, sprach mit leiser Stimme und stöhnte über ihre Kopfschmerzen und die Drohungen, die sie als Empfangsdame der Kanzlei erhalten hatte. Sie hatte die Polizei angerufen, doch die taten nichts weiter als einen Bericht aufzunehmen. Während sie sprachen, hielt Sylvia gelegentlich inne und drückte ihre Schläfen, nur um sicherzugehen, dass Alex klar war, wie groß ihre Schmerzen waren.

»Müssen Sie nach Hause?«, fragte Alex schließlich.

»Ich will Sie nicht Ihrem Schicksal überlassen. Aber ich kann kaum die Augen aufhalten, ohne dass die Schmerzen einfach unerträglich werden.«

Alex seufzte. »Warten Sie mal kurz.«

Er ging den Flur entlang in Shannons Büro, schloss die Tür und gestand seine Niederlage ein. Es war Zeit, dass Sylvia ging. Es war ein miserabler Zeitpunkt, bei allem, was in den Mobassar-Fällen los war, doch Alex konnte einfach nicht mehr. Shannon war froh, dass er es endlich eingesehen hatte; sie erbot sich sogar, sich selbst die Ehre zu geben, riet aber auch zur Vorsicht. »Wer auch immer von uns sie feuert, sollte nicht die Kopfschmerzen erwähnen«, riet sie. »Das könnte juristische Konsequenzen haben.«

Alex stand auf. »Ich muss es tun«, sagte er. »Du darfst dafür überlegen, wie wir sie ersetzen.«

Alex kehrte in sein Büro zurück und versuchte, es Sylvia schonend beizubringen, doch sie machte nicht mit. Sie bekam einen Heulkrampf, was ihre Kopfschmerzen nur schlimmer machte. Alex versuchte, sie zu trösten, schaute aber gleichzeitig ständig auf die Uhr. Es brauchte eine halbe Stunde gutes Zureden und sechzig Tage Abfindung, damit Sylvia zumindest ansatzweise mit einer positiven Einstellung packen ging.

Alex schlurfte zurück in Shannons Büro und ließ sich auf einen ihrer Mandantenstühle fallen. Er hatte das Gefühl, einen langen Tag hinter sich zu haben, doch er wusste, die eigentlichen Herausforderungen kamen erst noch. Er lieferte Shannon gerade einen vollständigen Bericht über Sylvias Lage, als das Telefon klingelte. Es war Alex' Leitung, doch Shannon hob ab. »Mr Madisons Büro«, sagte sie.

Sie sagte dem Anrufer, Alex sei beschäftigt, notierte eine Nachricht und legte den Hörer zurück auf die Gabel. Weniger als eine Minute später klingelte das Telefon wieder. Diesmal war es Shannons Leitung, eine Nummer von außerhalb, die Alex nicht kannte. Wenn Shannon abhob, musste sie mit der Person reden, auch wenn sie nicht wollte.

Sie warf Alex einen Seitenblick zu – *Worauf wartest du noch?* –, und er hob ab. »Ms Reeses Büro«, sagte er. »Wie kann ich Ihnen helfen?«

Willkommen bei den ganz Großen, dachte er.

45

Das Treffen mit Khalid und Nara ging ab dem Moment abwärts, als Nara den Mund aufmachte.

Sie war verärgert über die Berichterstattung über Khalids Fall, die sie am Morgen im Fernsehen gesehen hatte. Die Verbindungen mit der Hisbollah seien übertrieben worden. Außerdem brachten die Medien ihren Vater ständig mit dem Fall in Kalifornien in Verbindung, obwohl es doch absolut keine Beweise gab, dass er darin verwickelt war. »Wie kommen die nur damit durch?«, fragte sie.

Alex fand ihr Engagement für den Fall großartig, aber sie hatte überhaupt keine Ahnung vom amerikanischen Rechtssystem. Shannon warf Alex einen dieser *Wer-hat-die-eigentlich-eingeladen-Blicke* zu.

»Wir haben eine Chance, unsere Argumente vor Gericht darzulegen«, erinnerte Alex sie. »Es hat im Moment keinen Sinn, die Medienberichte überhaupt anzuschauen.«

An dem vulkanischen Blick in Naras Augen konnte er erkennen, dass er sich seine Worte sparen konnte. Sie hatte ihre Haare heute hochgesteckt, was ihren langen Hals und die ausgeprägten Wangenknochen betonte. Sie sah genauso umwerfend aus wie an dem Tag, als Alex sie zum ersten Mal gesehen hatte, aber heute war ihre exotische nahöstliche Erscheinung entschieden weniger bezaubernd. Um ehrlich zu sein, hätte Alex sie sofort gegen eine gewöhnlich aussehende Tochter eingetauscht, die zehnmal weniger gefühlstief war.

Doch Gefühlstiefe lag ihr in den Genen und war Teil ihrer Kultur. Sie betonte beim Sprechen die Konsonanten fast kehlig, sodass sich alles, was sie sagte, hart und kompromisslos anhörte. Sie konnte einen missbilligenden Blick nicht verbergen, sobald jemand etwas sagte, was ihr nicht gefiel. Sie schien zu sagen, was sie dachte, ohne ihre Gedanken zu filtern, und sie erwartete offenbar von anderen, genauso offen mit ihr zu sein.

Um Nara zu beschwichtigen, schlug Alex vor, dass die Kanzlei eine Stellungnahme abgab, in der sie die Vorverurteilungen der Presse verurteilte und zurückwies, dass Khalid etwas mit Ehrenmorden, egal wo, zu tun hatte. Aber Nara wollte mehr. »Das sind Rassenvorurteile«, beharrte sie. »Sensationsgier. Sie tun so, als wären alle Muslime gleich. Wir müssen ihnen zeigen, dass mein Vater ein *Reformer* ist. Er ist ein Todfeind der Radikalen. Er wird von Fundamentalisten hereingelegt.«

Shannon hatte genug gehört. »Wir sind keine PR-Firma«, sagte sie. »Wir sind Anwälte. Und wir sind gut in dem, was wir tun.«

Es überraschte nicht, dass Nara ein finsteres Gesicht machte. Shannon wandte sich an Khalid. Wenn jemand sich bei Khalid Glaubwürdigkeit erworben hatte, dann war das Shannon. »Sie müssen uns vertrauen, Khalid. Wenn Sie das nicht tun, dann suchen Sie sich jemanden, dem Sie vertrauen können.«

Khalid senkte den Blick kurz auf den Tisch, dann sah er seine Tochter an. Als er sich wieder den Anwälten zuwandte, wusste Alex, dass ihnen schlechte Nachrichten bevorstanden.

»Ich vertraue Ihnen«, sagte Khalid mit bedächtiger und doch fester Stimme. »Aber ich denke schon eine Weile darüber nach, ob es weise ist, wenn dieselbe Kanzlei mich und Ghaniyah vertritt.

Ich *bin* unschuldig. Ich hasse die Vorstellung von Gewalt im Namen der Religion, und ich verabscheue besonders das Konzept Ehrenmord. Nara hat recht - ich wurde von einigen sehr mächtigen Feinden hereingelegt. Aber mir ist auch bewusst, dass ich diesen Fall leicht verlieren und den Rest meines Lebens im Gefängnis verbringen könnte.« Khalid sah abgespannt aus, und Alex wusste, dass diese internen Machtkämpfe nicht zuträglich waren. Er schämte sich ein bisschen, dass er seine Leitungsfunktion nicht besser ausfüllte.

»Wenn das passiert, brauche ich Geld, um jemanden einzustellen, der sich um Ghaniyah kümmert. Ich will nicht, dass Nara ihre Arbeit im Libanon opfert, um herzukommen und den Rest ihres Lebens als unbezahlte Krankenschwester für ihre Mutter zu verbringen.«

»In diesem Punkt bin ich mir nicht einig mit meinem Vater«, sagte Nara. »Ich sehe das als meine Pflicht an und würde sie gern erfüllen.«

»Nichtsdestotrotz«, fuhr Khalid fort, dessen Augen ein wenig feucht wurden, »mache ich mir große Sorgen um die Auswirkungen auf Ghaniyahs Fall, wenn dieselbe Kanzlei, die mich vertritt, auch sie vertritt. Diese Kanzlei könnte verteufelt werden, bevor mein Fall zu Ende verhandelt ist. Und das könnte sicherlich Ghaniyahs Fall schaden.«

Khalid holte tief Luft, bevor er fortfuhr. »Es scheint, als habe dieser Fall mich zu einer Art Berühmtheit in der muslimischen Welt gemacht. Es gibt zwei muslimische Kanzleien in Detroit, die bereit sind, mich zu vertreten, und zwar - wie sagt man? - *pro bono*. Nara hat mit den Kanzleien gesprochen ... Eigentlich haben sie sie kontaktiert, direkt nach ihrem Auftritt im landesweiten Fernsehen. Sie haben uns eindringlich geraten, beide Fälle ihnen zu übergeben.«

»Ich habe nichts gegen Ihre Kanzlei«, warf Nara eilig ein. Jetzt sah sie in Alex' Augen ganz entschieden weniger attraktiv aus. Vielleicht war ihre Nase doch ein bisschen zu schmal, wenn man genauer hinsah. »Ich kann nur annehmen, dass Sie beide begabte Anwälte sind. Aber diese anderen Kanzleien haben mehr Erfahrung mit Strafrechtsfällen mit großem Medieninteresse. Und sie sind bereit, eine Verteidigung aufzuziehen, die sich hauptsächlich auf die reformistische Neigung meines Vaters konzentrieren wird.«

»Es wäre ein Fehler, Anwälte von außerhalb zu nehmen«, sagte Alex eindringlich. *Vor allem muslimische.* »Wir müssen uns auf die Beweise in dem Fall konzentrieren - und es nicht zu einem Referendum über muslimische Theologie machen.«

»Da bin ich anderer Meinung«, sagte Nara, als wäre sie eine erfahrene Strafrechtsanwältin. »Es geht hier nicht um einen Bandenmord; es ist ein angeblicher *Ehrenmord.* Wir können die religiösen Aspekte nicht meiden.«

»Ich sage nicht, dass wir sie meiden«, protestierte Alex.

»Bitte«, unterbrach Khalid. »Darf ich fortfahren?«

Alex biss sich auf die Zunge und analysierte rasch seine eigenen Gefühle. Erst jetzt, wo er gefeuert werden sollte, war ihm klar, wie dringend er den Fall behalten wollte. Ja, er hasste die öffentliche Aufmerksamkeit. Und ja, die hochnäsige Tochter seines Mandanten würde noch richtig unausstehlich werden. Aber Alex' Großvater hatte recht gehabt. Irgendwie fühlte es sich nobel an, einen Angeklagten zu verteidigen, wenn die ganze Welt ihn aufknüpfen wollte. »Ich verstehe Naras Bedenken, was Ihre Erfahrung angeht«, fuhr Khalid fort. »Aber ich persönlich habe großes Vertrauen in Ihre anwaltlichen Fähigkeiten und glaube, mir wäre gut gedient, wenn ich von Ihnen beiden vertreten würde. Und verzeihen Sie mir, Ms Reese, dass ich so offen bin. Aber keine von diesen muslimischen Kanzleien hat einen starken weiblichen Anwalt, der bei der Verhandlung helfen könnte. Und meiner Einschätzung nach ist das ein wichtiger Aspekt.

Aber ich muss Ihnen beiden eine Frage stellen, die Sie nicht sofort beantworten müssen. Um genau zu sein hätte ich gern, dass Sie eine Nacht darüber nachdenken.«

Alex und Shannon waren gespannt. Alex hatte nie einen Mandanten wie Khalid gehabt. »Wenn ich in meiner Funktion als Vormund meiner Frau beschließe, dass eine andere Kanzlei ihren Fall übernehmen sollte und nicht dieselbe, die mich vertritt, welchen der Fälle würden Sie dann lieber verhandeln?«

»Wenn wir uns nur einen aussuchen könnten?«, fragte Alex.

»Wenn Sie sich nur einen aussuchen könnten.«

* * *

Nachdem Khalid und Nara gegangen waren, zählte Alex alle Gründe auf, warum er und Shannon Ghaniyahs Fall übernehmen sollten. Es gab richtig Geld zu verdienen mit einer Schadenersatzforderung wegen Körperverletzung. In Khalids Fall würden sie nach Stunden bezahlt werden, wenn sie Glück hatten, und sie würden die ständige Kritik Nara Mobassars ertragen müssen. Außerdem, betonte Alex, waren Zivilrechtsfälle ihre Spezialität. Sie wussten, wie man Versicherungsgesellschaften so unter Druck setzte, dass sie zu dicken Ausgleichszahlungen bereit waren. Außerdem waren Alex' Probleme in seiner Gemeinde gelöst, wenn sie Khalids Fall abgaben.

Shannon saß mit gerunzelter Stirn da, während Alex seine Argumente ausbreitete.

»Ich werte dein Schweigen als Zustimmung«, sagte Alex.

Sie zuckte die Achseln. »Ich glaube einfach, dass Khalid einen großen Fehler machen würde, wenn er seinen Fall einer muslimischen Kanzlei übertragen würde. Er würde damit genau den Vorurteilen der Staatsanwaltschaft in die Hände spielen. Selbst wenn wir für Ghaniyah eine Million Dollar herausholen, was würde ihr das nützen, wenn Khalid im Gefängnis sitzt?«

»Willst du damit sagen, dass wir Khalids Fall übernehmen und den von Ghaniyah fallen lassen sollen?«

»Nein. Ich sage nur, dass Khalid einen großen Fehler macht.«

Sie beschlossen, bis zum nächsten Morgen zu warten, damit es aussah, als hätten sie lange darüber nachgedacht. In Wahrheit wussten sie beide, in welche Richtung es lief.

»Bist du dir sicher?«, fragte Shannon.

Alex war überrascht, einen Stich des Bedauerns zu spüren. *Wie oft kann man schon einen Fall verhandeln, bei dem man wirklich etwas bewirken kann?* Aber dieses Bedauern war nichts im Vergleich zu der Bürde, die ihm von den Schultern genommen würde.

»Ich bin mir sicher«, sagte Alex.

»Hundertprozentig?«

Er zögerte. »Gute neunundneunzig.«

46

Am Mittwochmorgen, dem dritten Tag hintereinander, folgte Hassan Ibn Talib Taj Deegan zur Arbeit. Die Staatsanwältin machte es ihm fast schon zu leicht.

Sie fuhr ihre Kinder jeden Morgen in einem Chrysler-Minivan zur Schule, wobei sie immer dieselbe Strecke dorthin und dann zur Arbeit nahm. Sie parkte immer auf demselben öffentlichen Parkplatz an ungefähr derselben Stelle, so nahe wie möglich am Büro der Staatsanwaltschaft. Ihre Gerichtstermine wurden veröffentlicht. Sie verließ das Gebäude zum Mittagessen nie. Aber was am wichtigsten war: Wenn sie den Van parkte, warf sie die Schlüssel in die Mittelkonsole und schloss die Tür. Wenn sie zurückkam, öffnete sie die Tür mit dem Tastenschloss außen am Auto.

Sein erster Schritt würde sein, sich den Zugangscode für das Tastenfeld zu besorgen.

Mit einem Teleobjektiv hatte Hassan ihr zugesehen, wie sie den Code eingab – links, rechts, links, rechts, Mitte. Er zeichnete ein Video von ihr auf, wie sie das Tastenfeld bearbeitete. Sie schaffte es, die genauen Zahlen verborgen zu halten, doch auch dafür hatte Hassan eine Lösung.

In den frühen Morgenstunden hatte er ihrem Haus einen Besuch abgestattet und ihr Tastenfeld mit einer Lösung abgewischt, die alle Fingerabdrücke auslöschte. Jetzt, eine Stunde nachdem sie im Büro verschwunden war, nahm er den Parkplatz in Augenschein und arbeitete sich zu ihrem Wagen vor. Rasch bestäubte er das Feld mit einem Pulver für Fingerabdrücke und stellte fest, dass drei der Knöpfe gedrückt worden waren.

Bewaffnet mit dieser Information kehrte er zu seinem Auto zurück und schaute sich das Video an, das er vorher aufgezeichnet hatte. Mithilfe ihrer Handbewegungen und den Informationen, die er gerade gesammelt hatte, konnte er es auf zwei oder drei Kombinationen einschränken. Er lernte sie auswendig, zog ein Paar Plastikhandschuhe an und ging ein zweites Mal zu ihrem Auto.

Zwei Minuten später war er drin.

Jemand kam auf dem Parkplatz in seine Richtung, also setzte er sich auf den Fahrersitz und tat, als telefoniere er mit seinem Handy. Nachdem die Person vorbeigeschlendert war, schnappte er sich den Garagenöffner und kehrte zu seinem Auto zurück.

Später würde er sich Zugang zu Deegans Garage verschaffen, ihre Alarmanlage ausschalten und ins Haus gehen. Von dort aus war der Plan simpel. Falls sie einen Ersatzschlüssel hatte, würde er ganz einfach eine Kopie machen. Falls nicht, würde er eines der Fensterschlösser herausschrauben, die Schraubenköpfe absägen und das Schloss mit den Schraubenköpfen wieder einsetzen. Das Fenster war damit wieder geschlossen, aber er konnte jederzeit einbrechen, wenn er wollte.

Er würde seinen Vorgesetzten informieren und auf weitere Befehle warten.

Das amerikanische Rechtssystem hatte keine Chance gegen die eifrigen Jünger Mohammeds.

* * *

Alex arbeitete bis fast zehn Uhr von zu Hause aus. Er und Shannon waren übereingekommen, Khalid um elf anzurufen, also machte sich Alex auf den Weg zum Büro, damit sie das Telefon mit Lautsprecher benutzen konnten.

Als er um Viertel vor elf in den Wartebereich kam, war er überrascht, seine Großmutter hinter dem Empfang sitzen zu sehen. Er blinzelte und versuchte, sich zu vergewissern, dass er keine Halluzinationen hatte.

»Muss nett sein, nur zu den Banköffnungszeiten zu arbeiten«, scherzte sie. »Du kommst gerade rechtzeitig zum Mittagessen.«

»Was tust du denn hier?«

»Ich habe von Sylvias … Weggang gehört und dachte, du könntest ein bisschen Hilfe gebrauchen, bis ihr eine neue Assistentin gefunden habt.«

Inzwischen war Shannon zu ihnen gestoßen. »Wusstest du davon?«, fragte Alex.

»Ich habe auch erst davon erfahren, als ich zur Arbeit kam«, sagte Shannon. »Natürlich war das vor mehreren Stunden.«

Alex war kein emotionaler Mensch, aber aus irgendeinem Grund musste er die Tränen wegblinzeln. »Danke«, sagte er zu seiner Großmutter.

Ramona deutete auf das Schild an der Wand, auf dem der Stundensatz der Kanzlei stand. Sie hatte die 200 Dollar ausgestrichen und durch 250 Dollar ersetzt. Auf dem Schild stand jetzt, dass die Kanzlei 400 Dollar berechnete, »wenn Sie uns vorschreiben wollen, wie wir unseren Job zu machen haben«.

»Nach dem, was ich über die Tochter des Imams gehört habe, werdet ihr euch jeden Cent verdient haben«, sagte Ramona.

Alex grinste. »Ich sehe, du hast dich mit Shannon unterhalten.«

»Sie hat mir von eurer Besprechung gestern erzählt«, sagte Ramona. »Und wenn du meine Meinung hören willst, hat Mr Mobassar offensichtlich keine Ahnung, was er tut.«

»Können wir reden, bevor wir ihn anrufen?«, fragte Shannon. Ihrem Blick nach wusste Alex, was kommen würde. Sie hatte vermutlich die ganze Nacht nicht schlafen können. Sie würde den Strafrechtsfall übernehmen wollen und den Zivilrechtsfall abgeben. Wie konnten sie zusehen, wie ein unschuldiger Mann ins Gefängnis kam?

Bevor sie überhaupt etwas sagen konnte, hatte Alex schon seine Antwort angepasst. Er würde zum Schein widersprechen, denn dann konnte er hinterher, falls der Fall den Bach runterging, sagen: ›Ich habe es dir doch gesagt.‹ In Wahrheit war auch Alex bereit, den Strafrechtsfall zu übernehmen.

* * *

Zwanzig Minuten später überbrachten Alex und Shannon die Nachricht. Khalid sollte sich jemand anderen für Ghaniyahs Fall suchen. Für seinen eigenen würde die Kanzlei einen Vorschuss von 50 000 Dollar brauchen.

Der Stundensatz betrug 200 Dollar. *Es sei denn, Nara macht weiterhin mit,* hätte Alex am liebsten gesagt. Doch jetzt war nicht der Zeitpunkt für Ungezwungenheiten.

Am anderen Ende der Leitung herrschte eine Weile Schweigen. »Es überrascht mich nicht, dass Sie diese Entscheidung getroffen haben«, sagte Khalid schließlich. »Ich habe Nara gesagt, dass Sie das tun würden ... und ich bin froh, dass Sie mich nicht Lügen strafen.«

»Ich auch«, sagte Alex.

Khalid räusperte sich. »Darf ich Ihnen ein kleines Geheimnis verraten?«

Shannon warf Alex einen Blick zu. »Natürlich«, sagte Alex zögernd.

»Es gab ein paar Leute in meiner Gemeinschaft – sogar in meiner eigenen Familie –, die Zweifel hatten, ob Ihnen mein Fall wirklich wichtig ist. Sie dachten, Sie wollten vielleicht nur einen lukrativen Vergleich in Ghaniyahs Fall und würden dann meinen fallen lassen. Ich habe beschlossen, diese Frage salomonisch anzugehen.«

Alex verstand den Verweis auf König Salomo sofort. Um festzustellen, welche von zwei Frauen die echte Mutter eines Babys war, drohte Salomo, das Kind in zwei Hälften zu teilen. Er wusste, dass die echte Mutter das Baby eher abgeben würde als zuzulassen, dass ihm etwas geschah.

»Indem Sie gezeigt haben, dass Sie bereit sind, auf Ghaniyahs Fall zu verzichten, haben Sie bewiesen, dass es Ihnen nicht nur um das Geld ging«, schloss Khalid.

»Wollen Sie damit sagen, dass Sie gar nicht wirklich einen Konflikt sehen, wenn unsere Kanzlei beide Fälle bearbeitet?«, fragte Alex.

»Ich brauchte einfach eine Kanzlei, der es wichtig ist, meine Unschuld zu beweisen.«

In diesem Augenblick wusste Alex nicht so recht, was er antworten sollte. Auf der einen Seite wollte er durch das Telefon greifen und seinen Mandanten erwürgen. Auf der anderen war er erleichtert, dass sie auch Ghaniyahs Fall übernehmen konnten. Doch eines wusste er sicher: Er würde Nara Mobassar skeptisch im Auge behalten. Irgendwie war alles in dem Moment chaotisch geworden, als sie die Bühne betreten hatte.

Er dachte, er sollte Khalid vielleicht darauf ansprechen, dass er seine Anwälte belogen hatte, beschloss aber, es dabei bewenden zu lassen. Für den Moment musste nichts weiter gesagt werden. Es war Zeit, dass Madison & Associates sich an die Arbeit machten.

47

Am Donnerstagmorgen erhielt Alex einen verzweifelten Anruf von Khalid.

»Sie haben einen Durchsuchungsbefehl für die Moschee«, sagte sein Mandant. Alex konnte laute Stimmen im Hintergrund hören. »Sie haben schon meinen Arbeitscomputer mitgenommen.«

Alex stellte sich vor, wie Cops die Moschee durchwühlten, Khalids Schubladen auskippten, Aktenschränke ausräumten und dasselbe Durcheinander anrichteten wie im Haus des Imams. »Holen Sie mir den Einsatzleiter ans Telefon«, sagte Alex.

»Es ist *Detective* Brown«, sagte Khalid.

Ein paar Minuten später war Khalid zurück am Telefon. »Sie sagte, sie kann jetzt nicht mit Ihnen sprechen.«

»Halten Sie durch und fassen Sie nichts an. Ich komme rüber.«

Bevor er das Büro verließ, sagte Alex seiner Großmutter, sie solle die lokalen Fernsehsender anrufen. Vielleicht konnte Alex ein bisschen Mitleid für seinen Mandanten gewinnen.

* * *

Alex stand neben Khalid Mobassar auf den Stufen des Islamischen Lernzentrums und wandte sich den beiden Kamerateams zu, die sich die Mühe gemacht hatten, aufzutauchen. Es wehte ein starker Wind, und leichter Nieselregen hatte eingesetzt. Doch Alex ignorierte die Umstände.

»Wenn die Trennung von Kirche und Staat etwas bedeutet, dann das: Die Polizei darf nicht in Ihre Kirche oder Moschee stürmen und Ihre Computer und finanziellen Unterlagen beschlagnahmen. Doch genau das ist hier geschehen. Wenn das in einer Baptistengemeinde passiert wäre, wäre der allgemeine Aufschrei der Entrüstung ohrenbetäubend. Warum sollte es in einem muslimischen Gotteshaus anders sein?«

Alex hielt inne und ermahnte sich selbst, es kurz zu machen. Kurz und prägnant, keine Vorträge. »Ich werde beantragen, alle Beweise auszuschließen, die die Polizei aus dieser verfassungswidrigen Razzia vielleicht verwenden will. Vor dem Gesetz zur freien Religionsausübung sind alle Glaubensrichtungen gleich.«

Er wandte sich seinem Mandanten zu. »Ich werde Mr Mobassar bitten, Ihnen das Innere der Moschee zu zeigen. Dabei wird Ihnen auch die totale Respektlosigkeit der Polizei bei der Durchsuchung vor Augen geführt.«

Später würde Alex' kleine Pressekonferenz um die Welt gehen. Das höchst aufwühlende Bildmaterial enthielt auch ein Video von Khalids Büro, in dem der Koran achtlos hingeworfen auf dem Boden lag.

Die muslimische Gemeinschaft reagierte mit Empörung und rief die Regierung auf, einzuschreiten. Juristische Experten warfen Alex vor, ›die Korankarte auszuspielen‹. Sie drückten Ihre Besorgnis über die Sicherheit bei Khalids Prozess aus.

Harry Dent verschwendete keine Zeit und rief Alex auf der Stelle an. Der leitende Diakon kam direkt zum Punkt. »Ich fasse es nicht, dass du versuchst, diesen Kerl wegen Formfehlern rauszuholen. Mein Telefon klingelt schon den ganzen Tag pausenlos. Wenn du den Fall behältst, wird es Zeit, dass du als Pastor zurücktrittst.«

Alex war den ganzen Tag von vollkommen Fremden herumgeschubst worden. Dass seine eigenen Diakone jetzt auch noch in dieselbe Kerbe hieben, brauchte er nun wirklich nicht.

»Die Verfassung ist wohl kaum ein Formfehler«, sagte er in genauso schneidendem Ton wie Dent. »Was den Rücktritt angeht: Das wird nicht passieren, solange mich die Gemeinde nicht abwählt.«

48

Khalid und Nara kamen am Freitagmorgen ins Büro, damit sie alle gemeinsam zu der Voranhörung fahren konnten. Alex hatte in der Nacht zuvor nicht viel geschlafen. Selbst Nara, konservativ gekleidet in einem blauen Rock mit weißer Bluse, sah müde aus. Khalid trug einen grauen Straßenanzug, der fehl am Platz aussah an einem Mann, der einen langen, wuchernden Bart und kurze schwarze Haare hatte, wie es sich für einen muslimischen Geistlichen geziemte.

Alex erinnerte Khalid und seine Tochter daran, zum gegenwärtigen Zeitpunkt noch keine nachdrückliche Verteidigung zu erwarten. Die Voranhörung war eine Chance, die Anklagen und Beweise der Staatsanwaltschaft zu erfahren, nichts weiter. Alex konnte an Naras gespitzten Lippen und ihrer Körpersprache sehen, dass ihr der Plan nicht gefiel. Es ehrte sie allerdings, dass sie nicht widersprach. Shannon, die den Großteil der Zeugen übernehmen würde, sah besonders müde und gestresst aus.

Nur Khalid Mobassar wirkte entspannt, kontrolliert und außerordentlich ruhig.

* * *

Richter McElroy hatte heftige Kritik aushalten müssen, weil er Khalid Mobassar auf Kaution freigelassen hatte, und Alex wusste, dass der Richter deshalb alles daransetzen würde, bei der Voranhörung hart und streng zu wirken. Er war daher auch nicht überrascht, als McElroy zunächst einmal die Versammlung mit seinem Hammer zur Ordnung rief, dann dem gesamten Gerichtssaal einen Vortrag über anständiges Benehmen hielt und versprach, alle ins Gefängnis werfen zu lassen, die dagegen verstießen. Die Spannung im Raum war unermesslich.

Nach seinem Vortrag wandte sich McElroy an Taj Deegan. »Rufen Sie Ihren ersten Zeugen auf.«

Als Taj aufstand und verkündete, dass Dr. Marnya Davidson ihre erste Zeugin sei, dachte Alex, dass Taj die perfekte Vertreterin der Staatsanwaltschaft für diesen Fall war. Sie gehörte einer Minderheit an und war weniger anfällig für die Behauptung von Rassenvorurteilen. Als Frau konnte sie einiges an rechtschaffener Empörung im Interesse der Opfer an den Tag legen. Sie war vollkommen unprätentiös - selbst heute trug sie ein weites Baumwollkleid mit einer grauen Weste - genau die richtige Mischung von Professionalität und einem Draht zum Volk. Ihre Stimme war tief und melodisch. Und sie besaß den Ruf, knallhart zu sein.

Ihre erste Zeugin war ebenfalls kampferprobt. Dr. Marnya Davidson war eine mürrische alte Rechtsmedizinerin aus Virginia Beach, die in mehr als tausend Fällen ausgesagt hatte. Sie war legendär für ihre schaurigen und farbenfrohen Beschreibungen von Leichen. Wenn Verteidiger versuchten, sie ins Kreuzverhör zu nehmen, wurde sie sarkastisch und schenkte ihnen einen ungläubigen Blick über ihre Drahtgestellbrille hinweg. Es dauerte dann nie lange, bis ihr trockener Humor die Geschworenen dazu brachte, über die Anwälte zu kichern.

In der Vernehmung durch Taj Deegan breitete die Gerichtsmedizinerin alle blutigen Details über die Enthauptung von Ja'dah Mahdi und den Tod durch Ersticken von Martin Burns aus. Sie beschrieb das Durchtrennen der verschiedenen Blutgefäße in Ja'dahs Hals und die Menge Blut, die herausgesprudelt sein musste »wie Wasser aus einem Gartenschlauch«. Aufgrund des Gewichts der Lungen und der Flüssigkeitsansammlung darin beschrieb sie außerdem den langsamen und schmerzhaften Tod, den Burns erlitten haben musste, während er über einen längeren Zeitraum hinweg nach Luft rang. Als Davidson fertig war, hatte Alex keine Fragen.

Deegans nächster Zeuge war ein Mann namens Christopher Long, ein FBI-Agent, der in der Einheit für Terrorismusüberwachung war. Er war eine biedere Erscheinung, was noch betont wurde durch eine Brille mit schwarzem Plastikrahmen und einem kantigen Kiefer, der ihn resolut aussehen ließ. Er hätte als Clark Kent durchgehen können. Long gab einen Überblick über das Überwachungsprogramm des *Patriot Act*, unter anderem der Software, die benutzt wurde, um Anrufe und Kurznachrichten herauszufiltern und Anrufe zu kennzeichnen, die von Interesse sein könnten.

Wegen Personalmangels konnten das FBI und das Justizministerium nicht jeden Anruf überprüfen, sondern nur die von bestimmten Personen oder solche Anrufe, die besondere Schlüsselwörter oder Sätze enthielten. Zur Zeit des Mordes an Ja'dah Mahdi war das Wort ›Ehre‹ keines gewesen, das eine Überprüfung auslöste. Das war seither geändert worden.

Auch wenn keiner von Mr Mobassars Anrufen oder Kurznachrichten zu der Zeit markiert worden war, archivierte die Software jeden Anruf und Text, sodass man auch später Zugriff darauf hatte. *Agent* Long sagte aus, dass er persönlich jeden Anruf und jede SMS, die von Khalid Mobassars Handy bis zu einem Monat vor dem Tod von Ja'dah Mahdi und Martin Burns ausgingen oder empfangen wurden, überprüft habe.

An dieser Stelle legte Alex Einspruch gegen sämtliche Beweise ein, die unter Berufung auf den *Patriot Act* aus abgehörten Telefonaten stammten. »Wir glauben, dass der *Patriot Act*, wie er auf Mr Mobassar angewendet wurde, ein verfassungswidriger Verstoß gegen den vierten und vierzehnten Verfassungszusatz ist«, erklärte Alex. »Wenn die Vorwürfe gegen meinen Mandanten heute für richtig erklärt werden, beantragen wir, diese Beweismittel auszuschließen.«

McElroy nickte und wies den Einspruch ab. Er wusste, dass Alex nur der Form genügte. Der Antrag auf Beweisausschluss würde von einem erstinstanzlichen Richter behandelt werden.

Nach ihrer Einführung ließ Taj Deegan die Kurznachrichten als Beweise aufnehmen. Dann ließ sie sie von *Agent* Long laut vorlesen.

»›Ja'dah Fatima, Frau von Fatih Mahdi, ist zum christlichen Glauben konvertiert. Sie hat sich selbst befleckt, indem sie Umgang mit einem amerikanischen Mann hatte. Sie hat Schande über ihre Familie gebracht und Allah entehrt. Sie darf nur eine Gelegenheit bekommen, Buße zu tun und zum Glauben zurückzukehren. Wenn sie sich weigert, muss die Ehre ihrer Familie wiederhergestellt werden.‹«

Der zweiten SMS, erklärte Long, sei eine Fotografie von Ja'dah Mahdi und Martin Burns beigefügt gewesen. »Der Text selbst lautet: ›Wenn du am Samstagabend in die Beach Bible Church gehst, findest du sie dort. Möge Allah dich leiten.‹«

»Was waren Datum und Uhrzeit dieser Kurznachrichten?«, fragte Deegan.

»Die erste wurde am Mittwoch, 2. Juni, um 14.03 Uhr empfangen«, antwortete Long. »Die zweite kam ungefähr zwei Minuten später.«

»Dr. Davidson stellte fest, dass der Tod von Ja'dah Mahdi am Samstagabend, den 12. Juni, um ungefähr 22 Uhr eintrat«, sagte Deegan. »Kamen auf Mr Mobassars Handy kurz nach dieser Zeit ebenfalls Kurznachrichten an?«

»Ja. Es gab eine Nachricht von einem anderen Mobiltelefon, die aus einem Wort bestand und die ungefähr zweieinhalb Stunden nach Ja'dah Mahdis Tod verschickt wurde.«

»Und was stand in dieser Nachricht?«

»›Erledigt.‹«

49

Der nächste Zeuge der Staatsanwaltschaft war ein spindeldürrer Inder namens Dr. Kumar Santi, ein Spezialist für Mobilfunkmasten und Satellitentechnik. Nachdem er den Richter mit einer langen Liste von Qualifikationen gelangweilt hatte, erklärte Dr. Santi das Prinzip der Mobilfunk-Ortung über die Standorte von Handymasten, die jederzeit die Signale sämtlicher Telefone in der Umgebung übertrugen. Indem man aufeinanderfolgende Anrufe mit dieser Technik grafisch darstellte, konnte man die Bewegungen eines Mobiltelefons nachvollziehen.

Damit konnte Santi drei wichtige Beurteilungen abgeben. Erstens: Als die ursprünglichen Nachrichten von Khalid Mobassars Handy am 2. Juni verschickt worden waren, geschah das in der näheren Umgebung des Islamischen Lernzentrums in Norfolk. Zweitens befand sich das Handy, an das die Nachrichten geschickt wurden und das Santi als ›Unbekanntes Mobiltelefon Nummer eins‹ bezeichnete, im Bereich Seven Corners im nördlichen Virginia. Drittens: Das Handy, genannt ›Unbekanntes Mobiltelefon Nummer zwei‹, von dem am 12. Juni kurz nach den Morden die Ein-Wort-Nachricht ›Erledigt‹ an Mobassars Handy zurückgeschickt wurde, befand sich zu diesem Zeitpunkt in der Gegend von Sandbridge. Dasselbe Telefon war früher an diesem Tag in der Gegend von Petersburg, Virginia, gekauft worden und wurde dann zunächst nach Virginia Beach und danach nach Sandbridge transportiert.

Dr. Santi sagte außerdem aus, dass beide unbekannten Telefone mithilfe von falschen Identitäten gekauft worden seien, die die Polizei nicht zurückverfolgen konnte.

Ein paar Mal während Santis Aussage beugte sich Alex zu Khalid hinüber und erinnerte ihn, nicht so niedergeschlagen dreinzuschauen. »Machen Sie sich Notizen«, schlug er vor. »Wischen Sie sich diesen ›Schuldig‹-Schriftzug von der Stirn.«

Alex gab sich selbst große Mühe, optimistisch auszusehen, doch er hatte das Gefühl, als habe Deegan gerade den Deckel auf den Sarg seines Mandanten gelegt und zücke eben Hammer und Nägel.

Als Santi aus dem Zeugenstand entlassen wurde, rief Deegan *Special Agent* Christopher Long auf, der dem Richter einige von Khalids Telefongesprächen vorspielte, die dieser ein paar Tage nach dem Mord geführt hatte und auf denen Khalids Stimme eindeutig erkennbar war. Das taten sie, wie Alex wusste, weil das Handy verschwunden gewesen war, als die Polizei Khalid befragte. Es war ein Präventivschlag von Deegan – damit nahm sie der Verteidigung die Möglichkeit zu behaupten, dass jemand Khalids Telefon gestohlen und damit die Nachrichten, in denen die Morde befohlen worden waren, geschrieben hatte.

Special Agent Long folgte eine örtliche Bankangestellte, die Zugang zu den Konten des Islamischen Lernzentrums hatte. Sie sagte über die Unregelmäßigkeiten in den Einzahlungen der Moschee aus und über die 20 000 Dollar, die an eine Bank in Beirut überwiesen worden waren, und zwar online von jemandem, der Khalids Passwort benutzte. Noch eine Spur aus Brotkrumen, die zu Khalids Tür führte.

Nach der Mittagspause rief die Staatsanwaltschaft Fatih Mahdi in den Zeugenstand, und ein Gemurmel gespannter Erwartung ging durch die Reihen der Zuschauer. Mahdi trat vor; er war dunkelhäutig und blickte düster drein, die Augen auf den Richter gerichtet, während er in der Mitte des Gerichtssaals stand. Mahdi war ein kleiner Mann mit breiten Schultern und dickem Bauch. Er hatte schwarzes Haar und eine Stirnglatze und trug eine traditionelle Stoff-Kopfbedeckung und ein weißes Gewand.

»Schwören Sie, die Wahrheit zu sagen, die ganze Wahrheit und nichts als die Wahrheit?«, fragte Richter McElroy.

»Ich schwöre«, antwortete Mahdi.

Er betrat den Zeugenstand und starrte Khalid an. Alex' Mandant erwiderte den Blick, ohne mit der Wimper zu zucken.

Es wurde schnell klar, dass Mahdi nicht gern hier war. Er beantwortete Deegans Fragen in knappen Sätzen, die er ihr mit finsterem Blick entgegenspuckte.

»Haben Sie irgendwann bemerkt, dass Ihre Frau, Ja'dah Fatima Mahdi, die Beach Bible Church besuchte?«

»Ja.«

»Wie haben Sie es erfahren?«

»Ich bin ihr gefolgt.«

»Warum sind Sie ihr gefolgt?«

Mahdi seufzte. »Weil ich einen Verdacht hatte.«

»Auf welcher Grundlage?«

»Änderungen in ihrem Verhalten und die Tatsache, dass sie Ausflüchte erfand, um jeden Samstagabend allein ausgehen zu können.«

Eine halbe Stunde lang stellte Taj Deegan sorgfältig vorbereitete Fragen, und Mahdi gab seine widerwilligen Antworten. Mahdi sagte aus, er sei seiner Frau heimlich zur Beach Bible Church gefolgt und habe gesehen, wie sie sich mit Martin Burns traf. Später in dieser Nacht habe er seine Frau damit konfrontiert und erfahren, dass sie zum Christentum konvertiert sei. Weil er nicht wusste, was er tun sollte, habe sich Mahdi ratsuchend an Khalid Mobassar gewandt. Mobassar sei der *einzige* Mensch, mit dem Mahdi über die Konvertierung seiner Frau gesprochen habe.

»Was hat Mr Mobassar gesagt?«, fragte Taj Deegan.

Mahdi warf Khalid einen Blick zu und wandte sich dann wieder an Deegan. »Er machte sich Sorgen, was das für den Ruf meiner Familie und der Moschee bedeuten könnte. Er sagte, er wolle sich gern mit Ja'dah treffen. Er drängte mich, es niemandem sonst zu sagen.« Mahdi unterbrach sich, das Gesicht angespannt. Er wollte weitersprechen, musste aber kurz innehalten, um sich zu sammeln. »Khalid sagte, ich solle es ihm überlassen – dass er sich darum kümmern werde.«

Khalid beugte sich herüber und flüsterte Alex ins Ohr: »Das ist eine Lüge.«

»Wie haben Sie das verstanden?«, fragte Deegan.

Mahdi dachte darüber nach. »Damals dachte ich, es bedeute, dass er mit Ja'dah reden wolle … ihr helfen, ihren Fehler einzusehen. Ja'dah war jung und impulsiv. Ich hätte nie gedacht, dass das bedeuten könnte …« Mahdi unterbrach sich wieder und sah Khalid anklagend an. »Rückblickend scheint es, als habe ich mich geirrt.«

Taj Deegan setzte sich abrupt. »Keine weiteren Fragen.«

50

Obwohl das Ergebnis der Anhörung schon von vornherein feststand, beendete Taj Deegan ihre Beweisführung, indem sie *Detective* Terri Brown in den Zeugenstand rief. Der größte Teil von Browns Aussage war ein Wiederkäuen von Fakten, die Alex schon kannte. Sie beschrieb ausführlich die Ergebnisse ihrer Untersuchung und gab an, dass die Polizei immer noch die Finanzen des Islamischen Lernzentrums prüfte, um festzustellen, ob es irgendwelche Verbindungen zur Hisbollah gab. Doch sie hatte bereits einen interessanten Hinweis auf Khalids Arbeitscomputer gefunden.

Alex setzte sich ein wenig aufrechter und machte sich auf das Schlimmste gefasst.

»Bitte sagen Sie dem Gericht, was Sie gefunden haben«, sagte Deegan.

Brown sah Richter McElroy an. »Wir fanden eine Google-Suche vom 29. März nach Mietobjekten in Sandbridge.«

»War eines der Ergebnisse, das bei dieser Suche erzielt wurde, der Eintrag für die Adresse 112 Kingsfisher Drive?«

Alex hielt den Atem an. Das war die Adresse des Grundstücks, das in der Woche des Mordes an Ja'dah Mahdi gemietet und bar bezahlt worden war. Die Spurensicherung hatte auf dem Grundstück Spuren von Ja'dahs Blut gefunden.

»Ja«, antwortete *Detective* Brown. »Das dritte Objekt auf der Liste war 112 Kingsfisher Drive.«

* * *

Nachdem die Staatsanwaltschaft ihre Beweisführung abgeschlossen hatte, ordnete Richter McElroy eine zehnminütige Pause an.

Nara drängte sich zwischen die Versammlung am Anwaltstisch. »Holen Sie mich in den Zeugenstand«, sagte sie zu Alex.

»Das haben wir doch schon besprochen.« Seine Geduld neigte sich dem Ende zu. »Wir sparen uns die Beweisführung für den Prozess auf. Die Staatsanwaltschaft hat schon genug Beweise vorgelegt, um diese Anhörung zu gewinnen.«

»Das weiß ich«, schnauzte Nara. »Aber nach dieser letzten Zeugenaussage wird jeder potenzielle Geschworene in Virginia Beach davon ausgehen, dass mein Vater dieses furchtbare Verbrechen befohlen hat!«

Aus gutem Grund, dachte Alex. *Wie sonst wäre das zu erklären?*

»Wir verhandeln unseren Fall vor Gericht«, beharrte er.

Nara atmete frustriert und hörbar aus. Sie mäßigte ihren Ton. »Mein Vater könnte ein Leben lang ins Gefängnis kommen, Alex.«

»Das weiß ich.«

»Wir müssen ihn menschlich aussehen lassen.« Jetzt klang sie eher flehend als fordernd. »Ich kann das. Ich kann über meine Brüder sprechen, über die Bemühungen meines Vaters, den Glauben zu reformieren, und wie er mir immer erlaubt hat, Fragen zu stellen. Mahdi hat gelogen, was sein Treffen mit meinem Vater angeht. Mein Vater hätte so etwas *nie* gesagt.«

»Es geht nicht.« Alex' Tonfall war entschuldigend, aber er ließ sich nicht überreden. »Es tut mir leid.«

Khalid machte einen halben Schritt vorwärts, die Stimme zu einem Flüstern gesenkt. »Alex bestimmt hier, was gemacht wird«, sagte er zu Nara und legte ihr sanft die Hand auf den Arm. »Fatih hat wirklich gelogen. Aber wir müssen unseren Anwälten vertrauen, dass sie diese Lüge zum richtigen Zeitpunkt enthüllen.«

Nara wollte etwas sagen, überlegte es sich aber offenbar anders. Ihre dunklen Augen blickten Alex finster an, die Lippen verzogen sich missmutig. »Aber ich sitze direkt hier in der ersten Reihe, falls Sie mich brauchen.«

Erwarte nicht zu viel.

»Danke«, sagte Alex.

* * *

Als die Verhandlung fortgesetzt wurde, teilte Alex Richter McElroy mit, die Verteidigung habe nicht vor, Zeugen aufzurufen. Sobald sich Alex gesetzt hatte, verkündete McElroy sein Urteil.

»Das Gericht stellt einen hinreichenden Verdacht für beide Anklagepunkte der Verabredung zum Mord fest«, sagte er. »Mein Gerichtsdiener wird mit den Anwälten einen Prozesstermin absprechen.«

Nachdem die Verhandlung beendet war und Alex begann, seine Taschen zu packen, kam Nara ihm nahe genug, dass nur er sie hören konnte.

»Werden wir jemals zurückschlagen?«, fragte sie.

Das hatte Alex gerade noch gefehlt. Es hatten ihn schon so viele Leute im Visier, warum konnte ihm nicht wenigstens die Tochter seines eigenen Mandanten vertrauen?

»Im Prozess«, sagte er. Nara starrte ihn an, und Alex hörte auf zu packen. Er sah zu ihr auf. »Lassen Sie mich meine Arbeit machen.«

»Und lassen Sie mich helfen«, konterte Nara.

Alex kämpfte mit dem Bedürfnis, handgreiflich zu werden. Sie meinte es zweifellos gut. »Jetzt ist nicht der richtige Zeitpunkt für diese Diskussion«, sagte er.

* * *

An diesem Abend ging Alex auf der Strandpromenade von Virginia Beach spazieren, verlor sich in der Masse der Sommertouristen. Das Adrenalin aus der Anhörung war längst aus seinem Körper gespült, jetzt fühlte er sich ausgebrannt und emotional ungeschützt.

Was, wenn Khalid schuldig ist?

Strafverteidiger sollten solche Fragen zwar nicht stellen, doch wie konnte er anders? Taj Deegan hatte zwei SMS von Khalids Telefon, in denen die Morde befohlen wurden. Es gab eine Bestätigung vom Mörder. Vor den Morden hatte Khalid seinen Computer benutzt, um nach dem Mietshaus in Sandbridge zu suchen, in dem später Ja'dahs Enthauptung verübt wurde.

Nach der Anhörung hatte Khalid Alex versichert, dass er nichts von dieser Google-Suche wisse. Log er? Nur weil Khalid ein engagierter Reformer war, hieß das nicht, dass er unschuldig war. Wenn alles auf Khalid deutete, wie konnte Alex ihn dann weiter verteidigen?

Jemand hatte die Enthauptung von Ja'dah Mahdi und dieser anderen jungen Frau in Kalifornien angeordnet, genau wie den langsamen und schmerzhaften Tod von Martin Burns. Wer immer es war – er verdiente es zu sterben.

Wie bin ich nur in diesen Schlamassel geraten?, fragte sich Alex. Als er noch bei seinem Großvater gelernt hatte, war es irgendwie leichter gewesen, Schwarz und Weiß zu unterscheiden.

51

Alex besaß einen Anzug, der perfekt saß – ein schwarzer Nadelstreifenanzug, den er gern mit einer roten Powerkrawatte und einem hellblauen Hemd trug. Es war sein traditionellstes Outfit. Alte Schule. Normalerweise reservierte er diesen Anzug für die seltenen Gelegenheiten, wenn er eine Verhandlung im Bundesgericht hatte.

Am Sonntagmorgen legte er den Anzug an und schlüpfte in ein Paar schwarze Slipper. Er hatte einmal ein Paar Budapester besessen, aber sie waren so unbequem gewesen, dass er sie zwei Wochen nach dem Kauf wieder weggeworfen hatte. Er zog den Slipper-Look vor – lässig genug für den Strand, edel genug für einen Anwalt. Seine Haare waren immer noch ziemlich kurz von vor ein paar Wochen, als er sie sich abrasiert hatte, und so langsam fing er an, diesen sauberen und stromlinienförmigen Look zu mögen.

Er konnte den schmalen schwarzen Gürtel nicht finden, den er am Freitag im Gericht getragen hatte, nur einen breiten, der kaum durch die Gürtelschlaufen passte und etwas komisch aussah, weil die Schnalle zu groß war. *Ach, was soll's*. Er konnte in der Kirche das Jackett zuknöpfen, und keiner würde es merken. Als letztes Zugeständnis an den bedeutenden Anlass hatte Alex sogar ein Paar schwarze Anzugsocken übergestreift. An vielen Sonntagen ging er ohne Socken, und die alten Leutchen hänselten ihn deswegen. Aber heute stand zu viel auf dem Spiel. Seine Gemeinde musste wissen, dass er das Ganze ernst nahm.

Es konnte sein, dass sie ihn heute aus dem Amt wählten, aber er würde zumindest gut aussehen, wenn er ging. Er warf noch einen letzten prüfenden Blick in den Spiegel, stopfte seine Notizen in seine Bibel und lächelte beim Gedanken an die Bibelpassage, die er für die Predigt an diesem Morgen ausgewählt hatte.

Die kontroverseste Geschichte im Neuen Testament. Zumindest konnte ihm niemand vorwerfen, dass er kampflos aufgab.

* * *

An den Ostersonntagen konnte die Besucherzahl in der South Norfolk Community Church auch einmal die Hundert knacken. Aber in den meisten anderen Wochen predigte Alex vor siebzig Leuten in einem Raum, der für dreihundert ausgelegt war. Die meisten saßen eher im hinteren Bereich, vor allem in der dritten Reihe von hinten, wo es die Steckplätze für die Hörgeräte gab. Die schwerhörigen Gemeindemitglieder mochten die Geräte, weil sie sie – je nach Predigtgehalt – lauter oder leiser stellen konnten.

Als Alex zu seiner Predigt aufstand, überschaute er eine Menge von fast zweihundert Gesichtern. Viele waren Schaulustige, Presseleute oder Gemeindemitglieder, die seit Jahren nicht mehr gekommen waren, jetzt aber von Freunden zur Kirche geschleppt worden waren, damit mehr Stimmen für die Abstimmung zusammenkamen. Wie bei den meisten kleinen evangelikalen Gemeinden war der einzige Weg, wie man von der Mitgliederliste gestrichen werden konnte, der Tod, und auch dann standen die Chancen nur ungefähr fünfzig-fünfzig.

Auf Bitten der hungrigen Pressemeute hatte Alex den Fernsehteams erlaubt, ihre Stative an der hinteren Wand entlang aufzustellen – wenn auch erst nach einer längeren Telefonkonferenz mit den Diakonen am Samstag. Harry Dent hatte entschieden abgelehnt, hatte aber Alex' Argumenten, dass das vielleicht Gottes Art sei, den Gottesdienst in die ganze Welt auszustrahlen, nicht viel entgegenzusetzen gehabt.

»Es fühlt sich nur so an, als würde jemand mich bitten, in mein Haus kommen zu dürfen, um eine Familienfehde zu filmen«, hatte Dent argumentiert.

»Dann zeigen wir ihnen stattdessen ein familiäres Fest der Liebe«, hatte Alex gekontert.

Dent hatte die einzige Gegenstimme zum Thema Kameras abgegeben.

Bevor Alex mit seiner Predigt begann, holte er tief Luft, um seine Nerven zu beruhigen. Sein Blick landete den Bruchteil einer Sekunde auf Nara Mobassar, die in der zweitletzten Reihe am Gang saß. Sie sah umwerfender aus als je zuvor und nickte Alex fast unmerklich zu. *Was macht sie hier?*

»Unser Text heute Morgen ist ein Abschnitt aus der Schrift, von dem vielleicht viele sagen, er gehöre gar nicht in die Bibel«, begann Alex. Bei der Vorbereitung hatte er beschlossen, nicht um den heißen Brei herumzureden. »Da dies hier meine letzte Predigt sein könnte, habe ich mich natürlich direkt auf die kontroverseste Textstelle gestürzt, die ich finden konnte. Würden Sie bitte alle das Johannesevangelium, Kapitel acht aufschlagen?«

Alex hörte das Knistern von Bibelseiten unter den Gemeindemitgliedern, während die Reporter ratlose Gesichter machten. Nara hörte ihm aufmerksam zu.

»Meine Bibel enthält wie die meisten modernen Übersetzungen eine Bemerkung direkt über diesem Kapitel, die besagt: ›In den meisten frühen griechischen Handschriften ist der Abschnitt 7,53 bis 8,11 nicht enthalten.‹ Ich würde wetten, dass viele von Ihnen nicht einmal wussten, dass es dieses Stück der Heiligen Schrift gibt, mitten im Johannesevangelium, von dem viele Wissenschaftler glauben, es gehöre nicht einmal zur Bibel.«

Ein paar Gottesdienstbesucher warfen Alex fragende Blicke zu, was ihm zeigte, dass er recht hatte. Naras Ausdruck veränderte sich nicht. Alex wusste, dass Muslime glaubten, die Bibel sei im Zuge von Abschriften und Übersetzungen korrumpiert worden. Wenn überhaupt, dann dachte sie wahrscheinlich: *Wieso sollte mich das überraschen?*

»Während Jesus im Tempel lehrte«, erklärte Alex, »brachten die religiösen Führer eine Frau vor ihn, die beim Ehebruch ertappt worden war. Sie sagten zu Jesus: ›Meister, diese Frau ist auf frischer Tat beim Ehebruch ertappt worden. Nach dem mosaischen Gesetz muss sie gesteinigt werden. Was sagst du dazu?‹

Die meisten von Ihnen kennen wahrscheinlich schon Christi Antwort darauf. Er schrieb mit dem Finger in den Staub und sagte den religiösen Führern, dass derjenige, der ohne Sünde sei, den ersten Stein werfen solle. Einer nach dem anderen ließen die Führer ihre Steine fallen und gingen. Als nur noch Jesus und die Frau übrig waren, sah er sie an und fragte sie, wo all ihre Ankläger seien – ›Hat dich keiner von ihnen verurteilt?‹ ›Niemand, Herr‹, antwortete sie. ›Dann verurteile ich dich auch nicht‹, erklärte Jesus. ›Geh und sündige nicht mehr.‹«

Harry Dent rutschte auf seinem Sitz herum. Bill Fitzsimmons, der eine Reihe hinter Harry saß, schaute finster in seine Bibel. Er fand wahrscheinlich, es sei nicht fair von Alex, diese Textstelle heute zu benutzen. Es war nicht schwer zu erkennen, wer in dem Vergleich die religiösen Führer waren.

»Also will ich zwei Fragen zu dieser Passage stellen«, sagte Alex und trat hinter seinem Rednerpult hervor. Er wollte keine Barrieren zwischen sich und seiner Gemeinde. »Was hat Jesus in den Staub geschrieben? Und gehört diese Textstelle überhaupt in die Bibel?«

Alex trat von der Empore herab in den Mittelgang. Selbst bei zweihundert Besuchern waren die ersten paar Reihen leer.

»Denken Sie daran, dass diese Frau auf frischer Tat beim Ehebruch ertappt wurde. Schuld oder Unschuld standen völlig außer Frage.« Alex hielt inne und ließ den Blick über die Gemeinde schweifen. Die lautesten Nörgler hatten die ganze Woche lang zur Debatte gestellt, warum Alex jemanden vertrat, von dem er *wusste*, dass er schuldig war. »Und Jesus bot keine Verteidigungsstrategie an. Stattdessen kniete er nieder und schrieb etwas in den Staub.«

Alex kniete jetzt und tat, als schreibe er auf den Boden. Er sprach leise. »Was schrieb er? Wir wissen es nicht. Vielleicht …« Alex hob den Blick zu seiner Gemeinde. »Vielleicht schrieb er eine Liste von Sünden, die die religiösen Führer begangen hatten – vielleicht sogar die Namen von Frauen, mit denen sie geschlafen hatten. Vielleicht schickte er den Führern eine Botschaft, dass ihre Sünden ebenfalls enthüllt werden würden, wenn sie diese Frau steinigten.« Alex konnte sich einen raschen Blick auf Harry nicht verkneifen. Der Hals des Mannes wurde puterrot.

»Vielleicht ist das eine Mahnung an uns alle, dass wir nicht vorschnell urteilen sollen und dass alle Sünden - sogar unsere eigenen - ein Affront gegen einen heiligen Gott sind.«

Alex stand auf und ging ein paar Reihen tiefer in die Gemeinde hinein. Keiner kritzelte heute Bildchen auf das Mitteilungsblatt. Hätte nicht sein ganzer Dienst auf dem Spiel gestanden, hätte das Ganze vielleicht Spaß gemacht.

»Oder vielleicht war das, was er da in den Staub schrieb, auch das römische Gesetz, dass niemand außer Rom selbst die Todesstrafe verhängen durfte. Deshalb mussten sich die Pharisäer zuerst die Genehmigung von Pontius Pilatus holen, bevor sie Jesus kreuzigen konnten. Doch was auch immer er da in den Staub schrieb, war nicht das, was wir eine Verteidigung nennen würden. Auch wenn keiner von uns es gern so sehen will: Jesus verteidigte diese Frau auf der Grundlage eines Formfehlers.«

Ramona hätte nicht stolzer aussehen können. Ihre Haltung war wie immer tadellos. Auf der anderen Seite des Raumes nickte Nara langsam und zustimmend.

»Was meine zweite Frage angeht - ›Gehört diese Textstelle überhaupt in die Bibel?‹ -, müssen wir feststellen, ob diese Passage von den frühen Kirchenführern hinzugefügt wurde oder ob sie im Originalmanuskript von Johannes enthalten war und die Urkirche sie aus irgendeinem Grund herausgestrichen hat. Wie Sie alle wissen, haben wir das Originalmanuskript nicht. Und so müssen wir auf der Grundlage dessen urteilen, was wir über die frühe Kirche wissen, und auf der Grundlage der Tausenden von antiken Abschriften, die wir haben.«

Alex merkte, wie ihm seine Zuhörer ein wenig entglitten. Seine Gemeinde war nicht gerade dafür bekannt, dass sie sich in theologische Einzelheiten verstrickte. »Sie sollten wissen, dass die Geschichte in einem griechischen Manuskript aus dem fünften Jahrhundert, einer unserer ältesten Abschriften, und in der ursprünglichen Vulgata-Bibel sehr wohl enthalten ist. Auf die Geschichte wird außerdem in mehreren Schriften der frühen Kirchenväter im dritten und vierten Jahrhundert Bezug genommen.

Wir wissen, dass die frühe Kirche unnachgiebig war, was die Sünde des Ehebruchs anging. Um genau zu sein, wurde das frühchristliche literarische Werk namens *Der Hirte des Hermas*, in dem empfohlen wurde, dass denjenigen, die größere Sünden wie Ehebruch begangen hatten, nur einmal vergeben werden solle, von Kirchenführern rundheraus als *zu milde* kritisiert. Tertullian nannte es ›Der Hirte der Ehebrecher‹. Ausgehend von dieser verurteilenden Haltung der frühen Kirchenführer ist es schwer zu glauben, dass diese Führer die Geschichte hinzufügten. Eher hätten sie sie gestrichen.

Und wenn das der Fall ist, sollten wir einer Geschichte, die so ergreifend ist, dass die frühen Kirchenväter ihre radikale Botschaft von Gnade und Vergebung nicht recht annehmen konnten, genaue Beachtung schenken. Vielleicht hatten sie vergessen, dass die gesamte Botschaft Jesu Christi sich auf Gottes Bereitschaft gründete, unsere Sünden zu vergeben, und zwar nicht nur einmal, sondern für alle Zeiten. Es gibt kein besseres Bild für solch eine Vergebung als diese Geschichte.«

Alex zögerte, bevor er in den nächsten Teil des Textes eintauchte. Er wollte keine Predigt nur über sich selbst halten, aber er wusste, seine eigene Zukunft war das Thema, das allen am meisten im Kopf herumging.

»Am Ende des heutigen Gottesdienstes werden Sie alle die Möglichkeit haben, darüber abzustimmen, ob ich Ihr Pastor bleiben soll. Viele von Ihnen sind verärgert über mich, weil ich beschlossen habe, einen Mann eines anderen Glaubens zu verteidigen, von dem ich glaube, dass er unschuldig ist. Viele von Ihnen haben schon beschlossen, dass er schuldig ist.«

Alex handelte sich ein paar böse Blicke ein. Er war von der Predigt zur unerwünschten Einmischung übergegangen. »Aber selbst wenn Sie davon ausgehen wollen, dass dieser Mann schuldig ist – bedeutet das dann, dass ich ihn nicht vertreten sollte? Hat Jesus Sie Ihre Unschuld beweisen lassen, bevor er für Ihre Sünden gestorben ist? Wenn diese Geschichte von der Ehebrecherin etwas aussagt, dann das: Wir sind Jesus nie ähnlicher, als wenn wir diejenigen verteidigen, die von allen anderen zurückgewiesen wurden. Dies ist eine Geschichte über Gnade. Eine Geschichte über Vergebung. Und wenn Sie beschließen, mich als

Ihren Pastor zu entlassen, dann würde ich Sie dringend bitten, zu tun, was die frühen Kirchenführer offenbar getan haben …«

Alex sprach jetzt leise, auch wenn er wusste, dass seine Worte einschlugen wie eine Bombe. An eine Sache glaubte die South Norfolk Community Church nämlich, und das war: nicht die Autorität der Bibel antasten! Also griff Alex in das Fach einer Kirchenbank und zog die nächstbeste Bibel heraus, die die Gemeinde dort neben den Liederbüchern deponierte. »Wenn Sie beschließen, gegen mich zu stimmen, lassen Sie jemanden eine Schere nehmen, öffnen Sie jede Bibel bei Johannes, Kapitel acht, und schneiden Sie dieses Kapitel heraus. Mitsamt ein paar anderen Lehren über Gnade im Neuen Testament.«

Harry Dent schüttelte tatsächlich deutlich sichtbar den Kopf – in der Kirche das Äquivalent einer Kriegserklärung. Ramona hatte ein leichtes, aber zufriedenes Lächeln auf den Lippen.

Alex hoffte, dass seine Predigt ihr heute gute Munition für das Geschäftsessen liefern würde, das nach dem Gottesdienst stattfand. In einer Stunde würde er wissen, ob es gereicht hatte.

52

Alex wartete im Foyer, während sich die Gemeindemitglieder berieten. Jeder, der nicht auf der aktuellen Mitgliederliste stand – auch sämtliche Presseleute –, erlitt dasselbe Schicksal. Als Alex sich herabließ, Fragen der Reporter zu beantworten, und ihnen sagte, die Sitzung könne eine Stunde dauern, beschlossen sie zu gehen. Alex versprach, sie anzurufen, wenn er die Wahlergebnisse erfuhr.

Obwohl er von den aktiven Gemeindemitgliedern viel Lob für die Predigt bekommen hatte, war Alex pessimistisch, was die Wahl anging. Harry Dent und seine Gefolgsleute hatten Leute eingeladen, die seit Jahren nicht mehr über die Schwelle der Kirche getreten waren. Sie hatten zweifellos vor, Alex abzuwählen.

Alex dankte Nara, dass sie gekommen war, und war überrascht, als sie ihm sagte, sie werde draußen mit ihm warten. Nachdem die meisten Besucher weg waren, setzten sich Alex und Nara auf die Stufen am Ende des Foyers.

»Wollen Sie etwas zu trinken?«, fragte Nara. »Ich kann schnell rüber zum Laden laufen. Diese Versammlung kann noch eine Weile dauern.«

»Gelebte Demokratie«, sagte Alex.

»Nur in Amerika stellt man Gottes Willen per Mehrheitsbeschluss fest.«

»Gutes Argument«, sagte Alex. Er war zu emotional ausgelaugt, um sich zu streiten. Predigen war nicht leicht, wenn der eigene Job davon abhing.

»Das war eine gute Predigt«, sagte Nara. Sie zögerte; es war offensichtlich, dass sie noch mehr sagen wollte. »Ich war ziemlich penetrant - vor allem am Freitag im Gericht.« Sie wandte sich zu ihm um, dann fügte sie hinzu: »Ich glaube, ich habe Sie vielleicht vorschnell beurteilt.«

Das Eingeständnis überraschte Alex. In Gedanken war er immer noch bei den Beratungen im Gottesdienstraum, aber als er Nara ansah, war er betroffen von der Ehrlichkeit in ihrem Blick.

»Machen Sie sich keine Sorgen«, sagte er. »Wenn ich an Ihrer Stelle wäre und es die Voranhörung meiner Großmutter gewesen wäre, hätte ich meinen Anwalt wahrscheinlich auf der Stelle gefeuert.«

»Kann ich das?«, fragte Nara.

Alex lächelte. Das mochte er an Nara - diese neunmalkluge Art. »Zu meinem Glück können Sie das garantiert nicht.«

»Ich werde von jetzt an versuchen, mich zu benehmen.«

»Immer diese Versprechungen.«

»Nein, ehrlich.«

Alex wurde ernst. »Wenn Sie mich fragen, Nara, haben Sie Ihrem Vater und seinem Fall schon sehr geholfen.«

Nara dachte einen Augenblick nach, als wäge sie ab, wie viel sie preisgeben solle. Sie sah sich im Foyer um, um sicherzugehen, dass niemand in Hörweite war. »Ich weiß, Sie sind jetzt auf Ihre Wahl konzentriert, und das sollten Sie auch sein. Aber wenn das vorbei ist, müssen wir uns mit meinem Vater zusammensetzen und ganz offen reden. Sie müssen ihn nach der Islamischen Bruderschaft in den Vereinigten Staaten fragen und wer die Moschee finanziell unterstützt.«

Alex sah sie an und versuchte abzuschätzen, wie ernst sie das meinte.

»Es läuft alles auf die Hisbollah hinaus, Alex. Frauen enthaupten. Amerikaner terrorisieren. Diese Ehrenmorde sind voller Fingerabdrücke der Hisbollah. Ich glaube, sie benutzen die Islamische Bruderschaft als Verbindungskanal.«

* * *

Als Harry Dent kam, um Alex zu holen, verriet sein Gesichtsausdruck, dass es schlechte Nachrichten gab. Ob sie nun schlecht für Alex oder schlecht für Harry waren, das konnte Alex leider nicht erkennen.

Harry führte Alex in den vorderen Bereich des Saales und begann eine kleine Rede darüber, wie sehr alle in der South Norfolk Community Church Alex' Dienst schätzten. Alex hatte das Gefühl, er hörte der Grabrede für sein eigenes Amt zu.

»Nicht einer in dieser Gemeinde hat etwas gegen dich persönlich«, sagte Harry triefend vor Heuchelei. »Wir alle – auch die, die gegen dich gestimmt haben – finden, dass du deine Sache sehr, sehr gut gemacht hast.«

Als Harry die Gemeinde überblickte, ließ Ramona ihre Hand kreisen – *komm zum Punkt*. Harry verstand den Wink.

»Mit einem Stimmenverhältnis von achtundsiebzig zu sechsundsiebzig Stimmen hat die South Norfolk Community Church beschlossen, dich als unseren Pastor zu behalten.«

Es gab vereinzelten Applaus, und es überraschte Alex, als er merkte, dass seine Knie ein wenig nachgaben. Er hatte das Schlimmste befürchtet. Und jetzt strahlte Ramona.

Alex spürte, wie ihm übel wurde. Er hatte in der vergangenen Woche eine Entscheidung getroffen, was er als Nächstes tun wollte, auch wenn er plötzlich Zweifel daran hatte. Aber er traute sich unter diesen Umständen nicht zu, klar zu denken, deshalb beschloss er, sich an den ursprünglichen Plan zu halten.

»Das bedeutet mir mehr, als ich sagen kann«, begann er. »Ehrlich.« Er schluckte, und seine Stimme wurde ein bisschen heiser. »Ich hatte nie vor, dieser Gemeinde zu schaden oder mich von meiner Kanzlei ablenken zu lassen. Aber ich hielt es für wichtig, diese Wahl zuzulassen, damit Sie alle festlegen können, was für eine Art Gemeinde Sie sein wollen. Und ich war nie stolzer auf Sie als in diesem Moment.«

Ein paar Leute fingen an zu klatschen, doch Alex hob die Hand. Als er sich im Saal umsah, durchströmten ihn Erinnerungen. Die Mitglieder, die er im Krankenhaus besucht hatte. Die, die er jeden Sonntagmorgen umarmte. Ramona und ihre Freundinnen. Seine Diakone.

»Nichtsdestotrotz muss ich auch sagen, dass ich es für das Beste für die South Norfolk Community Church halte, wenn ich zurücktrete, zumindest bis dieser Fall vorbei ist.« Er unterbrach sich, und das allgemeine Luftschnappen war deutlich hörbar. Jemand weiter hinten rief: »Nein!«

»Falls ich den Fall gewinne und die Unschuld Khalid Mobassars beweise, hoffe ich, Sie denken darüber nach, mich zurückzunehmen. Die Gemeinde hat bereits bewiesen, dass sie Gnade und Vergebung über Gesetzlichkeit stellt, und das ist vielleicht die wichtigste Erkenntnis aus diesem ganzen Durcheinander.«

Er dankte den Mitgliedern reichlich und ging unter heftigem Applaus den Mittelgang entlang.

53

Shannon Reese kam am Montagmorgen früh zur Arbeit, um die Fragen zusammenzustellen, die sie den Zeugen später in der Woche während ihrer Befragungen stellen wollte. Sollte sich Nara ruhig Sorgen um die Medien machen, Alex um das große Ganze, aber Shannon glaubte daran, dass Fälle in den Schützengräben gewonnen oder verloren wurden. Wegen Details. Und die wichtigsten Details in jedem Fall waren die um die Dollarzeichen herum. Folge dem Geld, und du findest den Schuldigen.

Nach ein paar Stunden im Büro traf sich Shannon mit Khalid Mobassar im Islamischen Lernzentrum. Er stellte ihr die Buchhalterin der Moschee vor – eine ältere Frau namens Riham El-Ashi –, die sich ein paar Stunden für die Befragung freigenommen hatte.

Riham hatte eine leise Stimme, war klein, zierlich und sachlich – die Art Mensch, die vor Gericht einen glaubwürdigen Zeugen abgab. Shannon sprach mit Riham in deren Büro, wo die Buchhalterin über ihren Computer gebeugt saß und ihre Tabellen nach Antworten auf Shannons detaillierte Fragen durchsuchte. Wenn sie das tat, ging Riham mit dem Gesicht so nah an den Bildschirm heran, dass Shannon den Verdacht nicht loswurde, die Buchhalterin brauche eine neue Brille.

Riham schienen die finanziellen Einzelheiten peinlich zu sein, die bei den Ermittlungen ans Tageslicht gekommen waren. Sie war Khalid gegenüber loyal und hatte nie irgendetwas hinterfragt, und nun hatte sie das Gefühl, ihre eigene Unachtsamkeit habe die Beweise gegen ihn irgendwie verschlimmert.

Riham erklärte ihre eigenen Ansichten über die *Zakat*, eine der fünf Säulen des Islam, die von wahren Gläubigen verlangte, einen Prozentsatz ihres Einkommens der Gemeinschaft und den Armen zu geben. Auch wenn der Koran keine Summe vorgab, hatte Khalid immer gelehrt, dass Muslime nicht weniger als 2,5 Prozent geben sollten.

Die Spenden wurden über eine sichere Spendenbox im hinteren Bereich der Moschee getätigt. Laut Riham kamen die meisten Spenden per Scheck, ungefähr zehn Prozent in bar. Jeden Abend legte einer der Imame die Spenden aus der Box in einen kleinen Lederbeutel mit Reißverschluss, der dann im Safe eingeschlossen wurde. Nur die Imame hatten Zugang zu der Spendenbox.

Als Shannon nachfragte, wer genau Zugang zum Safe habe, nannte Riham auch die anderen drei geistlichen Führer der Moschee, unter anderem Fatih Mahdi.

Jeden Morgen holte Riham das Geld aus dem Safe, zählte die Schecks und das Bargeld, stempelte die Rückseiten mit »Nur zur Verrechnung« und trug die Beträge in ein Kassenbuch ein. Das Bargeld und die Schecks gingen dann zurück in den Safe, bis Riham die wöchentliche Einzahlung auf das Konto der Moschee machte.

Die Moschee sammelte normalerweise mehr als 20 000 Dollar pro Woche. Doch in den drei Wochen vor dem Mord an Ja'dah Mahdi war es nur ungefähr halb so viel gewesen, und der Bargeld-Eingang war von mehr als 2 000 Dollar die Woche auf weniger als tausend gefallen.

Nach Khalids Verhaftung hatte Riham entdeckt, dass jemand über drei Wochen hinweg fast 30 000 Dollar in den Baufonds der Moschee eingezahlt und dafür den Kontostempel der Moschee benutzt hatte. Kurz vor dem Mord an Ja'dah Mahdi waren von diesem Konto 20 000 Dollar an ein Konto in Beirut überwiesen worden, das inzwischen stillgelegt war.

Der Name des Kontoeigentümers in Beirut kam Riham nicht bekannt vor. Die Überweisung war online gemacht worden. Die Person, die die Überweisung gemacht hatte, hatte den Benutzernamen und das Passwort benutzt, das an Khalid Mobassar vergeben worden war.

»Wie viele Leute haben Internetzugang zu diesen Konten?«, fragte Shannon.

»Nur die drei Imame. Aber die Bank sagt, dass Khalids Benutzername eingegeben wurde.«

Shannon hatte Khalid schon dazu befragt, wie er seine Passwörter aufbewahrte. Er hatte sie alle auf seinem Computer in einem einzigen Dokument mit dem Namen ›FAQs‹ gespeichert, das nicht passwortgeschützt war.

»Wie haben Sie den Imamen ihre Benutzernamen und Passwörter übermittelt?«, fragte Shannon.

»Per E-Mail.«

Das wurde ja immer besser. Noch ein mögliches Leck.

»Hatte irgendjemand Zugang zu Mr Mobassars E-Mails oder seinem Computer?«

»Da sollten Sie wohl ihn fragen«, sagte Riham. »Aber ich weiß von einem Assistenten, der allen Imamen mit ihren Terminplänen und anderen Verwaltungsaufgaben hilft.«

»Ich habe mit ihm gesprochen«, sagte Shannon. »Khalid hat ihn nicht auf den Computer zugreifen lassen.«

Dennoch war die Beweisführung der Staatsanwaltschaft nicht wasserdicht. Jemand hätte an Khalids Computer gehen können, als er nicht hinsah, oder sich in seinen oder auch Rihams E-Mail-Account hacken können. Shannon versuchte nicht, die Beweise der Staatsanwaltschaft zu den Finanzen zu widerlegen. Sie musste nur ein paar berechtigte Zweifel säen.

Aber selbst wenn sie Löcher in die Beweise bohren konnte, war da immer noch die SMS, in der die Morde befohlen wurden. Und der Antworttext vom Mörder. Und die Suche nach den Mietobjekten in Sandbridge. Und das Gespräch zwischen Khalid und Fatih Mahdi. Und die Verbindungen zur Hisbollah.

Shannon machte Fortschritte. Aber im Großen und Ganzen hofften sie und Alex noch immer auf ein Wunder.

* * *

Als Shannon vor Fatih Mahdis Haus in einem Stadtteil von Norfolk namens Ghent parkte, wusste niemand, dass sie kam. Sie hatte aus vorherigen Fällen gelernt, dass Überraschungsbesuche in der Frühphase des Falls sich manchmal als nützlich erwiesen, vor allem, wenn man die Leute mit Fragen, die sie nicht erwarteten, unvorbereitet erwischte.

Mahdi wohnte in einer der netteren Wohngegenden in der Innenstadt von Norfolk. Die Häuser waren eine Mischung aus Stein- und Ziegelbollwerken, die sich auf schmale Grundstücke schmiegten. Die Rasen waren manikürt, und Shannon sah eine ordentliche Anzahl an teuren Autos in den Einfahrten. Sie fragte sich, was die Nachbarn davon hielten, einen islamischen Fundamentalisten in ihrer Straße zu haben.

Es war drei Uhr nachmittags und unbarmherzig heiß und feucht. Shannon trug ein schlichtes Kleid und fünf Zentimeter hohe Absätze, damit sie größer wirkte. Sie starrte das Haus ein paar Sekunden aus ihrem klimatisierten Auto heraus an und fühlte, wie sich Schweiß in ihrem Nacken bildete. Sie wusste, dass der Ehemann bei einem Ehrenmord immer einer der ersten Verdächtigen war. Sie glaubte außerdem, dass Fatih vor Gericht über sein Gespräch mit ihrem Mandanten gelogen hatte. Konnte Fatih derjenige sein, der den Tod seiner eigenen Frau inszeniert hatte? Der Gedanke, von Angesicht zu Angesicht vor so jemandem zu stehen, machte sie einerseits wütend und jagte ihr andererseits Angst ein. Sie dachte an Ja'dah und kratzte ihren Mut zusammen.

Sie ging selbstbewusst zur vorderen Veranda, klopfte und wartete. Nach ein paar Sekunden bemerkte sie eine Türklingel und klingelte. Die Eingangstür ging langsam auf, und Shannon fand sich Auge in Auge mit Fatih Mahdi wieder.

Sie hatte ihn vor Gericht gesehen, aber in seiner traditionellen muslimischen Tracht hatte er weniger einschüchternd ausgesehen. Jetzt stand er in Jeans und einem weißen T-Shirt vor ihr, kräftig gebaut und mit einem Brustkorb wie ein Fass. Wie jeder andere ragte er über ihr auf. Seine Haare waren ungekämmt. Er musterte sie kurz von oben bis unten, bevor er das Wort ergriff.

»Was wollen Sie?«

»Ich würde Ihnen gern ein paar Fragen zum Mord an Ihrer Frau stellen.«

Mahdis Augen verrieten seine Trauer - nicht die Reaktion, die Shannon erwartet hatte. Sie hatte sich gegen Wut gewappnet. Stattdessen schenkte er ihr einen müden, resignierten Blick. »Ich habe schon mit der Polizei und der Staatsanwaltschaft geredet. Ich kann nur hoffen, dass mein Freund Khalid nichts mit Ja'dahs Tod zu tun hatte.«

»Es würde Khalid Mobassar sehr helfen, wenn Sie mir ein paar Fragen beantworten würden«, erwiderte Shannon. »Wir wollen beide dasselbe - die Person oder Personen, die für Ja'dahs Tod verantwortlich sind, ihrer gerechten Strafe zuführen.«

Mahdi senkte kurz den Blick und dachte über Shannons Bitte nach. Als er sie wieder ansah, wirkte er entschlossener. »In den Nachrichten wurde gesagt, dass Sie Anträge stellen werden, die Kurznachrichten wegen Formfehlern als Beweise auszuschließen. Ist das wahr?«

»Wir werden beantragen, die abgehörten Beweise auszuschließen, weil sie die verfassungsmäßigen Rechte unseres Mandanten verletzen - das ist wohl kaum ein ›Formfehler‹.«

»Trotzdem«, sagte Mahdi, »eine seltsame Art, die Wahrheit darüber herauszufinden, wer Ja'dah getötet hat. Und eine seltsame Art, den Mörder seiner gerechten Strafe zuzuführen.«

»Mein Job ist es, meinen Mandanten zu verteidigen«, sagte Shannon und versuchte, nicht streitlustig zu klingen. »Und nur weil er zufällig ein Imam ist, dessen Moschee im Libanon früher einmal die Sozialarbeit der Hisbollah unterstützt hat, darf die Regierung nicht das Recht haben, sein Telefon anzuzapfen.«

»Es tut mir leid«, sagte Mahdi. »Aber ich weiß, wie das amerikanische System funktioniert. Um Khalids Unschuld zu beweisen, ist es am besten, einen Fall gegen mich aufzubauen.«

Shannon spürte, dass sie Mahdi nichts vormachen konnte. Sie beschloss, offen zu sein. »Das ist *eine* Möglichkeit. Aber wenn jemand anderes den Mord an Ihrer Frau angeordnet hat, hätten wir eine bessere Chance, ihn zu fassen, wenn wir zusammenarbeiten.«

»Welche Beweise haben Sie, dass der Mord an meiner Frau von jemand anderem als Khalid in Auftrag gegeben wurde?«

Die Sonne brannte auf Shannons Rücken, während aus dem klimatisierten Haus eine leichte Brise wehte. Anwälte stellten gern Fragen, beantworteten sie aber nicht gern. Sie musste mit Mahdi ins Haus gehen und wieder die Rolle der Vernehmenden einnehmen. »Dürfte ich bitte hereinkommen und Ihnen ein paar Fragen stellen? Es würde nur ungefähr eine halbe Stunde dauern.«

»Wie ich dachte«, sagte Mahdi traurig. »Ihre einzige Verteidigungsstrategie ist die Beschuldigung des Ehemannes. Und Sie erwarten von mir, dass ich Ihnen helfe, mein eigenes Grab zu schaufeln?«

»So ist es nicht«, sagte Shannon eilig. Zu eilig.

»Für mich«, erwiderte Mahdi, »ist es genau das. Wenn Sie echte Beweise finden, die auf jemand anderen als Khalid hindeuten, rede ich sehr gern mit Ihnen. Bis dahin scheint es mir, als würde es dem Mörder nur helfen, sich seine Freiheit zu erschleichen, wenn ich mit Ihnen rede.«

Mahdi begann, die Tür zu schließen, und hielt kurz inne. »Ich hoffe, Sie haben recht mit Khalid«, sagte er. »Der Gedanke, dass mein Imam und guter Freund den Tod meiner Frau in Auftrag gegeben hat, macht diese Tortur unerträglich.« Damit verabschiedete er Shannon höflich und schloss die Tür.

Die ganze Begegnung hinterließ ein beunruhigendes Gefühl bei ihr. Sie hatte eigentlich nicht erwartet, dass er ihre Fragen beantworten würde. Aber sie hatte damit gerechnet, dass der Mann wütend oder herablassend werden würde. Stattdessen verhielt er sich, als trauere er noch. Und um ehrlich zu sein, erschien er ihr nicht als der Typ Mann, der die Enthauptung seiner Frau anordnete.

War Mahdi ebenfalls ein Opfer? Gab es jemanden da draußen, der die Fäden zog, damit Mahdi Khalid verdächtigte und Khalid Mahdi? Wenn ja, was konnte sein Motiv sein?

Auch wenn Shannon nicht geglaubt hatte, dass dieser Besuch eine Menge Antworten liefern würde, hatte sie noch weniger erwartet, dass er so viele Fragen aufwerfen würde. Sie fuhr davon mit einem komischen Gefühl im Bauch. Mit dem Finger auf Fatih Mahdi zu zeigen, würde schwieriger werden, als sie ursprünglich gedacht hatte.

54

Laut dem Neuropsychologen war es Khalids Aufgabe, Ghaniyah zu helfen, in den normalen Arbeitsablauf zurückzufinden. Sie hatte immer noch ein bisschen Probleme mit dem Kurzzeitgedächtnis und mit den ›exekutiven Funktionen‹, wie es der Arzt nannte. Der Arzt hatte Ghaniyah ermuntert, alles aufzuschreiben, was ihr an Aufgaben über den Tag hinweg einfiel. Die Liste sollte ihr helfen, sich zu erinnern.

Am Dienstagabend übernahm es jedoch Khalid selbst, eine Einkaufsliste zu schreiben, und ging dann mit Ghaniyah einkaufen. Er fuhr zum örtlichen Supermarkt, ging mit seiner Frau durch die Gänge und hakte die Dinge ab, die sie in den Einkaufswagen legten.

Alles lief gut im Supermarkt, bis sich die Mobassars mit ihrem Einkaufswagen voller Lebensmittel in die Schlange an der Kasse stellten. Einen Augenblick später stellten sich ein paar junge Männer hinter ihnen an, die abgeschnittene Jeans, Arbeitsschuhe, Trägerhemden und ausgefranste Baseballkappen trugen. Khalid konnte den Alkohol in ihrem Atem riechen.

Sie redeten in der lauten und anstößigen Art von Männern, die zu viel Bier intus hatten und deshalb ihre eigene Witzigkeit überschätzten. Die Sprache war vulgär, und Khalid tat sein Bestes, sie zu ignorieren. Er wollte keinen Ärger. Er wollte einfach nur bezahlen und mit seinen Einkäufen nach Hause.

Die Situation begann zu eskalieren, als einer der Männer Khalid offenbar erkannte. »Hey, ist das nicht der Mufti, der befohlen hat, dass diese Frauen geköpft werden?«

Khalid zuckte zusammen, starrte aber geradeaus. Er konnte die Anspannung in Ghaniyahs Gesicht erkennen. Ihr Temperament war immer schon hitziger gewesen als seines.

»Der Typ da müsste eigentlich im Gefängnis sitzen«, sagte einer der Männer. »Die anderen Insassen würden ihm schon was über Unterwerfung beibringen.«

Die Männer lachten; Khalid tat, als habe er es nicht gehört.

»Ich würde meine Frau auch so ein Kopftuch tragen lassen, wenn sie so aussehen würde.«

Khalid spürte, wie sein Gesicht rot vor Wut wurde und seine Muskeln sich spannten. Es kostete ihn jedes bisschen Selbstkontrolle, das er besaß, um nicht darauf zu reagieren. Andere um ihn herum warfen nervöse Blicke auf Khalid und die Männer hinter ihm.

»Wenn der Mann Eier in der Hose hätte, würde er sich mal umdrehen und was sagen.« Khalid spürte, wie sich der Sprecher von hinten an ihn herandrängte. Der Mann war einige Zentimeter größer als Khalid.

Khalid hätte sich am liebsten umgedreht und sich den Kerl geschnappt - und hätte darauf geachtet, dass der erste Schlag saß. Aber an diesem Abend war Ghaniyah das Wichtigste. Diese Art von Stress würde ihr nicht helfen, wieder gesund zu werden.

Er nahm sie am Ellbogen. »Lass uns gehen«, flüsterte er, dann ging er mit ihr auf den Ausgang zu und ließ den vollen Einkaufswagen in der Schlange stehen.

»Komm zurück, Großer!«, rief ihm einer der Männer nach. »Willst du dich mit uns anlegen?«

Ghaniyah sagte kein Wort, während Khalid sie zum Auto führte. Er sah, dass sie wütend war. Einen Augenblick dachte er daran, die Polizei zu rufen, aber das hätte am Ende vielleicht unliebsame Auswirkungen auf seine Bewährungsauflagen.

Er startete den Wagen und fuhr rückwärts aus der Parklücke. Zu seiner Überraschung war ihm einer der Männer gefolgt und stand jetzt mit verschränkten Armen direkt hinter Khalids Auto.

»Warte hier«, sagte Khalid zu Ghaniyah.

Er schaltete in den Leerlauf und stieg aus. »Ich wüsste es zu schätzen, wenn Sie mir aus dem Weg gehen würden«, sagte er. »Ich will keinen Ärger.«

Der Mann lachte. »Du hast schon Ärger.« Er kam auf Khalid zu, als einer seiner Kumpel aus einer anderen Richtung auftauchte.

Khalid überdachte seine Möglichkeiten. Direkt vor seinem Auto stand ein anderes. Innerhalb von Sekunden kam ein Pickup mit einem dritten Mann darin mit quietschenden Reifen über den Parkplatz gefahren und hielt neben Khalids Auto, sodass es eingezwängt war.

»Ruf die Polizei«, sagte er zu Ghaniyah. »Und schließ die Türen ab.«

Er trat seine Tür mit dem Fuß zu und machte einen Schritt auf den ersten Mann zu. »Jetzt ist der Moment, in dem Sie ruhig weggehen, bevor die Polizei hier ist«, sagte er.

»Nein, jetzt ist der Moment, in dem ich dir in den Arsch trete«, sagte der Mann. Er war knapp einsneunzig groß und wog locker über neunzig Kilo. Er wartete, während der dritte Mann aus seinem Truck kletterte und sich zu den ersten beiden gesellte. »Warum gehst du nicht einfach zurück nach Afghanistan zu den anderen Muftis?«

Der Mann zu Khalids Rechten machte einen Ausfallschritt auf ihn zu, und Khalid sprang zurück. Alle drei seiner Peiniger lachten und verteilten sich im Halbkreis um ihn herum. Andere Kunden auf dem Parkplatz schauten herüber, blieben aber auf Distanz.

»Wir sollten ihn nach Abu Ghraib stecken, damit ihn Wärterinnen ausziehen und wie die anderen Hunde an einer Leine herumführen können«, sagte einer der Männer.

Es waren weit und breit keine Sirenen zu hören, und ihm war klar, dass er keine Wahl hatte. Während die Männer ihn verhöhnten, plante Khalid seinen nächsten Schritt. Er würde den Mann zu seiner Rechten – den kleinsten der drei – als ersten angreifen. Ein schneller Tritt in den Schritt und dann zu dem Großen in der Mitte herumwirbeln.

»Ja, geh auf die Knie und bell«, sagte der Kerl zu Khalids Linken.

Khalid schwenkte rasch herum und trat den Mann zu seiner Rechten, was diesen auf die Knie zwang. Er wirbelte zu dem Angreifer in der Mitte herum, doch der war schneller, als Khalid erwartet hatte. Er traf Khalid mit einer harten Rechten, die genau in dem Moment Khalids Wangenknochen traf, als der Dritte sich auf ihn warf und ihn zu Boden riss. Augenblicklich waren alle drei über ihm und schlugen ihn heftig an Gesicht und Körper. Khalid versuchte, sich zum Schutz zusammenzurollen, doch einer kniete auf ihm und boxte ihn, während die anderen ihn traten. Er schmeckte Blut und spürte, wie er das Bewusstsein verlor.

»Was zum …?« Die Worte seines Angreifers gingen in Reifenquietschen und dem Knirschen von Metall unter. Khalid blickte auf. Ghaniyah war mit ihrem Auto rückwärts gegen den Pickup der Männer gefahren.

»Bist du wahnsinnig?«, schrie einer von ihnen. Der Kerl auf Khalid sprang genau in dem Moment auf, als Ghaniyah den Vorwärtsgang einlegte, ein Stückchen vorwärts fuhr, dann wieder in den Rückwärtsgang schaltete und das Gaspedal durchdrückte. Sie krachte ein zweites Mal in den Truck, verbog noch mehr Metall und zerbrach noch mehr Glas. Der Wagen machte einen Satz rückwärts.

Jetzt hatte sie die volle Aufmerksamkeit von Khalids Angreifern. Der Fahrer des Pickups stolperte auf seinen Wagen zu. »Du verdammte Idiotin!«, brüllte er.

Bevor er seinen Wagen erreichte und ihn wegfahren konnte, krachte Ghaniyah ein drittes Mal dagegen und schob ihn aus dem Weg. Sie sprang aus ihrem Auto und begann, die Männer zu beschimpfen wie eine Besessene. Sie starrten sie mit offenem Mund an, verblüfft von ihrer Unverschämtheit.

»Schaut, was ihr gemacht habt!«, schrie sie und deutete auf Khalid. »Mögen eure Seelen für immer in der Hölle brennen!«

Keiner der Männer schien zu wissen, was er mit einer Frau anfangen sollte, die nachweislich verrückt war.

»Haut ab!«, kreischte sie und machte einen drohenden Schritt auf einen der Männer zu. Er wich nicht von der Stelle, widersprach ihr aber auch nicht. Der Blick in ihren Augen sagte ihm, dass Ghaniyah bereit war, zu töten. Sie war auch vor dem Unfall schon heftig in ihren Gefühlen und Reaktionen gewesen, aber so viel Emotion hatte Khalid seither nicht in ihr gesehen.

Er rappelte sich auf und ging zu Ghaniyah hinüber. »Komm«, sagte er. »Sie sind es nicht wert.«

Khalid hörte in der Ferne die Sirenen. »Schau dir meinen Truck an!«, brüllte der Größte. »Ich verklage dich auf jeden Cent!«

Nur in Amerika und nirgends sonst auf der Welt, dachte Khalid, *kannst du von jemandem verprügelt werden, der danach droht, dich zu verklagen.*

Einer der Angreifer hob seine Mütze auf, klopfte sie ab und setzte sie wieder auf. »Du bist ein echter Mann«, höhnte er an Khalid gewandt. »Du musstest dich von der alten Lady raushauen lassen.«

Die Sirenen kamen näher. Die Männer sahen sich um und schrien die Leute auf dem Parkplatz an, die stehen geblieben waren, um zu starren. »Die Show ist vorbei, Leute! Geht zurück in eure armseligen Leben!«

Alle drei kletterten in den Truck. Der Mann auf der Beifahrerseite beugte sich aus dem Fenster und versprach Khalid, dass sie sich wiedersehen würden. Dann drückte der Fahrer aufs Gas, und der Wagen fuhr mit quietschenden Reifen davon.

Als das Adrenalin abflaute, begann Khalid den heftigen Schmerz in Gesicht und Rippen zu spüren.

»Du gehst ins Krankenhaus«, sagte Ghaniyah.

Er wusste, dass Widerrede zwecklos war.

55

Alex wartete mehrere Tage, damit Khalid sich erholen konnte, dann bat er seinen Mandanten um ein Treffen, um Antworten auf die Fragen zu bekommen, die sie gestellt hatten. Der Imam brachte Nara mit in den Konferenzraum bei Madison & Associates.

Für Alex war Khalids Erscheinung eine bittere Mahnung, wie gefährlich dieser Fall geworden war. Das rechte Auge des Imams war fast zugeschwollen, mit einem großen Halbmond von blauschwarzen Flecken um die Außenseite und vier Stichen direkt über der Augenbraue. Seine Oberlippe war rechts doppelt so dick wie sonst. Khalid zuckte zusammen, als er sich setzte, und rutschte ein bisschen herum, bis er es sich einigermaßen bequem gemacht hatte. »Es tut nur weh, wenn ich atme«, scherzte er. Glücklicherweise hatten die Röntgenaufnahmen gezeigt, dass keine Knochen gebrochen waren.

Im Gegensatz dazu sah Nara gefasst und ausgeruht aus. Sie trug eine hellblaue Bluse mit passendem Rock und hohe Absätze, die ihre lange, schlanke Figur betonten. Sie hatte genau die richtige Menge Make-up aufgetragen, um ihre faszinierenden Augen und vollen Lippen zu betonen. Alex ertappte sich dabei, wie er sie anstarrte, während er sprach. Aus dem Augenwinkel konnte er sehen, dass Shannon ihm einen missbilligenden Blick zuwarf. *Eifersüchtig?*

Er musste zugeben, dass es seit ihrem Gespräch am Sonntag nicht mehr so eine Belastung war, Nara hier zu haben. Jetzt musste er sich zwingen, sich auf den Fall zu konzentrieren, wenn sie mit im Raum war.

Es hatte keine weiteren Entwicklungen in der halbherzigen Untersuchung von Khalids Überfall gegeben. Alex' Kanzlei hatte eine Presseerklärung abgegeben und erklärt, dass Khalid auf dem Parkplatz des örtlichen Supermarktes überfallen worden sei. Weder die Presse noch die Polizei schien das besonders zu interessieren.

Als Alex und Shannon Khalid erst einmal überzeugt hatten, dass der Konferenzraum nicht verwanzt war, erklärte er sich bereit, die Verbindungen zwischen dem Islamischen Lernzentrum, der Islamischen Bruderschaft und der Hisbollah genau zu beschreiben.

Die Moschee in Norfolk war Teil einer großen Strategie, mindestens eine Vorzeigemoschee in jeder großen amerikanischen Stadt zu bauen. Laut Khalid hatte die Islamische Bruderschaft sich über ein Spinnennetz gemeinnütziger und nichtstaatlicher Organisationen, die sie im Geheimen kontrollierte, an der Finanzierung beteiligt. Obwohl Khalid es nicht sicher wusste, gab es Gerüchte, dass die Bruderschaft viele ihrer Gelder über ein Labyrinth von internationalen Nicht-Regierungs-Organisationen erhielt, die zu verschiedenen Spendern in Saudi-Arabien und gewissen terroristischen Gruppierungen zurückverfolgt werden konnten. Man könne keine 13-Millionen-Moschee in Norfolk, Virginia, bauen, ohne Gelder von außen zu bekommen, erklärte Khalid.

Khalid war gebeten worden, die Moschee zu leiten, weil er ein renommierter Professor an der Old Dominion University war und weil er im Libanon ein prominenter geistlicher Führer gewesen war. Am Anfang hatte die Islamische Bruderschaft auch anderen Leitern der Moschee wie Fatih Mahdi ein Gehalt gezahlt.

Kurz nachdem der Bau der Moschee abgeschlossen war, gab es ein Zerwürfnis zwischen Khalid und der Islamischen Bruderschaft. Die Bruderschaft wollte die Teilnehmerzahl durch Taktiken erhöhen, die sie auch schon in anderen Städten angewandt hatte und die die Hisbollah im

Libanon nutzte: Mitglieder der Bruderschaft gingen in diesen Fällen in der Innenstadt von Tür zu Tür und suchten nach bedürftigen Familien. Sie versorgten sie mit Lebensmitteln und Unterstützung bei der Miete. Sie behaupteten, dass Allah sie schickte, um die Familie zu segnen. Sie sagten, Christen, Juden und Muslime seien sich theologisch gesehen ziemlich ähnlich, sie seien alle »Leute des Buches«, die alle denselben Gott anbeteten. Sie erzählten alleinerziehenden Müttern, dass der Islam ihre Söhne Disziplin lehren und ihnen helfen werde, in der Schule keinen Ärger zu bekommen.

»In den ganzen Vereinigten Staaten werden auf diese Art Moscheen aufgebaut«, erklärte Khalid.

»Was ist mit Ihrer?«, fragte Shannon.

»Unsere nicht«, sagte Khalid. »Unsere war anders. Von Anfang an zogen wir eher Studenten und rastlose junge Berufsanfänger an und solche, die genug vom materialistischen Christentum des Westens hatten. Ich meine das nicht respektlos, Alex.«

»Schon gut«, sagte Alex.

»Zu unseren Freitagsgebeten kamen die Berufstätigen sogar aus Richmond und Nordvirginia«, erklärte Khalid. »Als ich ernsthaft über Reformen zu predigen begann, entzog uns die Islamische Bruderschaft jegliche Unterstützung. Doch zur selben Zeit tauchten immer mehr moderate Muslime auf. Es gab natürlich auch solche in der Moschee, die von meinen Lehren enttäuscht waren. Zuerst wurde nur leise geflüstert. Doch nach dem Libanonkrieg 2006 begannen meine Kritiker, ihren Unmut laut kundzutun.«

»War Fatih Mahdi einer Ihrer Kritiker?«, fragte Shannon.

Khalid dachte kurz darüber nach, und Nara nutzte die Chance und schaltete sich ein. »Auf jeden Fall«, sagte sie. »Fatih war einer der offensten Kritiker. Er hat viele Lehren meines Vaters vehement abgelehnt. Und ich bin mir sicher – auch wenn Vater mir das nie gesagt hat –, dass Fatih auch extrem verärgert war, dass mein Vater mir erlaubte, so offen über Frauenrechte zu sprechen.«

»Das stimmt«, gab Khalid zu. Er war nachdenklich, nicht wütend, und sprach, wie Familienmitglieder über einen geliebten Menschen sprachen, der schwere Zeiten durchmachte. »Aber Fatih hat immer persönlich mit mir gesprochen, bevor er mich öffentlich kritisierte. Auch wenn wir nicht immer einer Meinung waren, waren wir Freunde. Eher wie Brüder. Ich kann nicht glauben, dass Fatih schuld daran sein sollte, was passiert ist.«

»Aber du weißt, dass er für die Hisbollah rekrutiert hat, als wir noch in Beirut gewohnt haben«, protestierte Nara. »Er ist immer noch Mitglied der Bruderschaft. Auch heute rekrutiert er noch für Moscheen in den ganzen Vereinigten Staaten.«

»Ich weiß«, gab Khalid zu. Er sagte es in einem Ton, der andeutete, dass diese Tatsachen nichts an seiner Meinung änderten.

»Das ist eine der Schwierigkeiten bei meinem Vater«, erklärte Nara, als wäre er nicht im Raum. »Er sieht immer das Beste in allen. Er kann sich nicht vorstellen, dass jemand etwas anderes als sein Bestes im Sinn haben könnte.«

»Na ja ... jemand hat es auf ihn abgesehen«, sagte Shannon. Sie blätterte eine Seite auf ihrem Notizblock um und nahm einen Schluck Wasser aus der Flasche. »Kann ich Ihnen ein paar Fragen zum Geldfluss stellen?«

In den nächsten Minuten befragte sie Khalid über die Abläufe in der Moschee und wie er seine Passwörter schützte. Alex hörte eine Weile genüsslich zu. Das war Shannon in Hochform. Sie machte Notizen. Deckte Nuancen auf. Ging Einzelheiten auf den Grund, die anderen vielleicht entgingen.

Als sie anfing, Fragen zu Khalids Arbeitscomputer zu stellen und wer Zugang dazu hatte, verlor Alex langsam das Interesse. Er war damit beschäftigt, Nara zu beobachten, die dem Gespräch aufmerksam folgte. Er hatte so viele Fragen über sie. Was brachte sie zum Lächeln? Was tat sie gern, wenn sie nicht gerade einen Kreuzzug für die Befreiung ihres Vaters führte? Gab es Männer in ihrem Leben? Gab es etwas, was sie fürchtete? Wie stark war sie für den muslimischen Glauben engagiert?

Als Shannon ihre Aufmerksamkeit dem Empfängerkonto im Libanon zuwandte, begann Alex, sich wieder zu konzentrieren. Sie mussten herausfinden, wem dieses Konto gehörte. Doch selbst wenn sie das wussten, gab es keine Möglichkeit, die Vorlage von Bankunterlagen in einem anderen Land zu verlangen.

Khalid schien etwas sagen zu wollen, hielt sich aber zurück.

»Was ist los?«, fragte Shannon. »Wissen Sie etwas über dieses Konto?«

Der Imam sah seine Tochter an und rutschte gequält auf seinem Stuhl herum. Er verzog das Gesicht; ob er das wegen der Schmerzen aufgrund seiner Verletzungen tat oder wegen des bevorstehenden Themas – Alex hätte es nicht sagen können. »Ich habe ziemlich viel darüber nachgedacht«, sagte er. »Ich habe immer noch einen sehr engen Freund innerhalb der Hisbollah, der eine Schlüsselrolle in der Finanzierung der Islamischen Bruderschaft spielt.« Er schürzte die Lippen und atmete durch die Nase ein, als wolle er im Moment noch nichts weiter sagen.

»Wie ist sein Name?«, bohrte Shannon nach.

»Sie müssen es wissen«, sagte Nara. »Sonst können sie nicht helfen.«

»Können wir seinen Namen vertraulich behandeln?«, fragte Khalid.

Shannon sah Alex an. Wenn Khalid ihnen den Namen eines Freundes nannte, der helfen konnte, wären sie verpflichtet, sich diese Zeugenaussage mit allen Mitteln zu besorgen.

»Ich kann nichts versprechen«, antwortete Alex. »Aber wir werden es versuchen.«

Khalid dachte darüber nach. »Ich würde lieber vorher alle anderen Möglichkeiten ausschöpfen«, sagte er. »Die Männer, die die Finanzierung der Islamischen Bruderschaft kontrollieren, sind skrupellos und unerbittlich. Ich bin nicht bereit, das Leben meines Freundes aufs Spiel zu setzen, es sei denn als letzten Ausweg.«

»Wir haben schon keinen anderen Ausweg mehr«, sagte Shannon. »Um genau zu sein, haben wir schon seit ungefähr zwei Wochen keinen Ausweg mehr.«

»Dann werde ich mich selbst mit ihm in Verbindung setzen«, sagte Khalid, »und sehen, ob er bereit ist, sich darauf einzulassen.«

Alex und Shannon hätten es gern anders gemacht. »Lassen Sie mich ihn kontaktieren«, sagte Alex. »Er muss wissen, dass Ihre Freiheit auf dem Spiel steht.«

Doch Khalid ließ sich nicht erweichen. Alex und Shannon versuchten beide, ihn zu überzeugen, doch sie redeten gegen eine Wand. Die Mobassar-Familie hatte die Sturheit zur Kunstform erhoben.

Nach der Besprechung zog Nara Alex im Flur beiseite. »Ich besorge Ihnen den Namen«, sagte sie.

»Wenn Sie das tun und er bereit ist auszusagen, müssen wir vielleicht in den Libanon, um seine eidliche Aussage aufzuzeichnen«, sagte Alex.

»Dann fliege ich mit«, sagte Nara.

Die Eindringlichkeit in ihren dunklen Augen machte es Alex fast unmöglich zu widerstehen. Wenn er wirklich nach Beirut flog, war es schlau, jemanden dabeizuhaben, der sich dort auskannte. Doch seine Instinkte waren in höchster Alarmbereitschaft. Die fünfte Mahnung auf der Liste seines Großvaters lautete: *Dies ist eine Anwaltskanzlei, keine Singlebörse. Lass dich nicht auf Mandanten ein.* Doch Nara zog genau die richtigen Register; in ihren Augen stand ein abenteuerliches Funkeln.

Also begann Alex damit, was Anwälte am besten konnten - argumentieren. Streng genommen war Nara gar nicht seine Mandantin; das war Khalid. Und Alex machte das alles für Khalid.

Zumindest würde das seine Ausrede sein, wenn er es Shannon erklärte. Er schob das Bild des gerahmten gelben Notizblattes mit der Handschrift seines Großvaters darauf vor seinem inneren Auge beiseite. »Warum nicht?«, sagte er.

* * *

Zwei Tage später löste Nara ihren Teil des Handels ein.

»Sein Name ist Hamza Walid«, sagte sie. »Mein Vater hat mit ihm geredet. Walids Anwalt wird Sie anrufen.«

Alex lächelte. Es war der erste wirkliche Durchbruch seit Wochen in diesem Fall. »Ich habe gehört, Beirut soll schön sein zu dieser Jahreszeit.«

56

Das Problem mit allen medienwirksamen Fällen war, dass die ganze Aufregung und Aufmerksamkeit früher oder später auf harte Arbeit hinauslief. Alex und Shannon verbrachten die zwei Monate nach der Voranhörung mit der Befragung von Zeugen, Durchsicht von Dokumenten und Arbeit an einem Antrag, wesentliche Teile der Beweise der Staatsanwaltschaft im Prozess nicht zuzulassen.

Zusätzlich erhielt Alex die Erlaubnis des Gerichts, die eidliche Zeugenaussage von Hamza Walid in Beirut auf Video aufzuzeichnen und im Prozess zu benutzen. Alex organisierte die Aussage durch einen Anwalt in Beirut namens Nijad Abadi. Obwohl Abadi Alex nicht direkt mit Walid sprechen lassen wollte, war er doch der Meinung, dass die Aussage sich für Alex lohnen werde. Außerdem bestand er darauf, dass Alex die Aussage erst kurz vor Prozessbeginn aufzeichnete, für den Fall, dass die Parteien sich außergerichtlich einigten und die Aussage deshalb möglicherweise gar nicht gebraucht wurde. Alex hoffte, Walid würde ihm die fehlenden Einzelheiten liefern können, die Fatih Mahdi sowohl mit der Islamischen Bruderschaft als auch mit der Hisbollah in Verbindung brachten.

Shannon verbrachte viel Zeit mit dem Versuch, Ghaniyahs Schadensersatzfall voranzutreiben, ungeachtet des lautstarken Widerstandes zweier Anwälte: einer vertrat die Firma Country-Fresh Inc., die Firma, der der Laster gehörte, den Shannon identifiziert hatte, und ein zweiter vertrat den Fahrer.

Der Anwalt der Firma, ein verschrobener Jurist der alten Schule namens Mack Strobel, war der schlimmste Albtraum eines Klägeranwalts. Mack war nie mit irgendetwas einverstanden. Er kämpfte gegen jeden Antrag und verteidigte jedes Aussageprotokoll mit Zähnen und Klauen. Gegenüber jungen Anwälten war er besonders herablassend und streitlustig und hob sich seine größte Geringschätzung für junge Frauen auf. Das erste Mal, als Shannon ihn traf, während eines Gerichtstermins wegen eines der vielen Einsprüche, die Mack gegen ihre Offenlegungsanträge eingelegt hatte, behandelte er sie, als käme sie gerade aus der Grundschule. Selbst als sie die Anhörungen gewann, schien das seinen Überlegenheitskomplex nicht zu beeinträchtigen.

Der andere Anwalt der Verteidigung, ein junger Geck namens Kayden Dendy, war das Gegenbild zu Strobel. Kayden war an den Fall gekommen, weil er und der Lastwagenfahrer im selben Motorradclub waren. Zur ersten Anhörung erschien Kayden ungefähr zehn Minuten zu spät auf einer aufgemotzten Harley mit Auspuffrohren, die Shannon sogar noch im Gebäude hören konnte. Als er in seiner Lederjacke in den Verhandlungssaal geschlendert kam, konnte sich Mack Strobel einen bissigen Kommentar nicht verkneifen.

»Ist das ein Gerichtstermin oder ein Bikertreffen?«, fragte er.

Dendy starrte ihn entgeistert an. Dann formte er seinen Mund zu einem kleinen Kreis. »Oh ... ich hab's verstanden! Sie haben einen Witz gemacht!« Er kicherte künstlich. »Und dann auch noch einen guten, Mack. Und dann sagen die Leute, Sie hätten keinen Sinn für Humor. Dass Sie nur ein fieser alter Kauz seien.«

»Setzen Sie sich und halten Sie den Mund«, gab Mack Strobel zurück. »Sie haben uns schon zehn Minuten warten lassen.«

Nur aus Boshaftigkeit blieb Dendy die erste halbe Stunde der Verhandlung stehen.

So ungefähr das Einzige, das Mack Strobel und Kayden Dendy teilten, war der gemeinsame Glaube, dass Shannon keine Beweise hatte. Selbst nachdem Shannon den Lastwagenfahrer befragt hatte und beweisen konnte, dass er zum Zeitpunkt von Ghaniyahs Unfall auf der North Landing Road gewesen war, stritten die beiden noch ab, dass ein Laster von Country-Fresh etwas mit diesem Unfall zu tun hatte. Sie bestritten, dass Ghaniyah ernsthaft verletzt war, und betonten das Fehlen von ›nachweisbaren Schäden‹ im MRT oder CT. Und sie verwandelten jede Aussage in einen Machtkampf.

Die umstrittenste Aussage war die von Ghaniyahs Neuropsychologen. Aufgrund seiner Einschätzung hatte er wenig Zweifel, dass Ghaniyah eine diffuse axonale Schädigung des orbitalen präfrontalen Kortex und des vorderen Temporallappens erlitten habe, die erkennbare Veränderungen ihres Sozialverhaltens, seelischen Zustandes, ihrer Fähigkeit, Entscheidungen zu treffen, und der exekutiven Funktionen zur Folge hatte. Strobel und der Experte stritten sich stundenlang hin und her und warfen mit Fachbegriffen um sich, die Shannon größtenteils nicht kannte. Als er fertig war, hatte Mack Strobel ein selbstzufriedenes Grinsen im Gesicht, als habe er den Zeugen gerade auf Perry-Mason-Art weichgekocht und ein tränenreiches Geständnis im Zeugenstand erhalten.

Dendy folgte mit einem bodenständigeren Kreuzverhör. Er betonte, dass Ghaniyahs Symptome alle subjektiv seien und dass die Bildunter-

suchungen, die die strukturellen Schäden zeigen sollten, nichts ergaben.
»Ist das nicht so ziemlich dasselbe wie ein Footballspieler, der an einer leichten Gehirnerschütterung leidet?«, fragte Dendy.

»Es ist schon ernster«, sagte der Arzt. »Ich sehe mehr Langzeitauswirkungen.«

»Auf der Grundlage dessen, was Mrs Mobassar Ihnen erzählt, richtig?«

»Teilweise. Aber auch auf der Grundlage meiner eigenen kritischen Einschätzung.«

»Die sich wiederum darauf gründet, wie gut sich Mrs Mobassar in den Fragen schlägt, die Sie ihr stellen.«

»Natürlich. So funktionieren alle neuropsychologischen Untersuchungen.«

Nach der Zeugenaussage des Experten forderte Strobel die Offenlegung sämtlicher Krankenberichte Ghaniyahs an, auch derer, die nichts mit ihrem Schädel-Hirn-Trauma zu tun hatten. Außerdem versuchte er, die Finanzunterlagen der Mobassars zu bekommen, und zwar aufgrund der Theorie, dass sie in solchen finanziellen Schwierigkeiten steckten, dass Ghaniyah den Unfall vorgetäuscht hatte. Die Anhörung zu diesem Thema, die Shannon gewann, fand sie unbeschreiblich empörend.

»Die Verletzung vortäuschen?«, hatte sie gefragt und zuerst Strobel und dann wieder den Richter angesehen. »Will er ernsthaft behaupten, dass Ghaniyah Mobassar mit ihrem Auto gegen einen Baum gefahren ist, damit sie ein Schädel-Hirn-Trauma vortäuschen konnte? Das ist, als würde man sich einen geladenen Revolver in den Mund halten und den Abzug drücken, um einen Selbstmord vorzutäuschen!«

»Da hat sie nicht unrecht«, murmelte Kayden Dendy.

Der Richter schickte Strobel mit leeren Händen fort. Zumindest einer benutzte in diesem Fall seinen gesunden Menschenverstand.

* * *

Während Shannon sich mit den beiden Anwälten in ihrem Zivilrechtsfall herumschlug, vergrub sich Alex in seinem Strafrechtsfall. Er studierte die Finanzunterlagen des Islamischen Lernzentrums, versuchte zu entschlüsseln, ob es irgendeine Verbindung zur Hisbollah gab. Er befragte Mitglieder der Moschee über Fatih Mahdi: Was waren seine Ansichten zur Rolle der Frauen? Was für einen Charakter hatte er? Was für Eheprobleme mit Ja'dah? Was war mit seiner ersten Frau?

Alex ertappte sich dabei, wie er sich Gelegenheiten herbeisehnte, mit Nara an dem Fall zu arbeiten. An einem heißen Freitagnachmittag saßen sie in einem Konferenzraum, sahen Dokumente durch und plauderten über Dinge, die nichts mit dem Fall zu tun hatten.

»Sie sind Surfer, stimmt's?«, fragte Nara.

Alex blickte von seinen Dokumenten auf. »Ja.«

»Haben Sie es schon mal mit Paddleboarding versucht?«

Alex war überrascht, dass sie Paddleboarding überhaupt kannte. »Ich habe es ein paar Mal probiert.«

»Ich habe es früher in Beirut gemacht«, sagte Nara beiläufig. »Die Wellen im Mittelmeer sind nicht so hoch – damit sind sie perfekt fürs Paddleboarding. An einem Tag bin ich morgens paddleboarden gegangen und am selben Nachmittag Ski fahren in den Bergen.«

Alex wusste nicht recht, was er davon halten sollte. Er schätzte Nara inzwischen wirklich und hatte sogar gelernt, ihre gelegentlichen – na gut, eher regelmäßigen – Meinungsverschiedenheiten zu genießen. Ein Messer wetzt das andere und so weiter. Aber er hatte sie nie ohne Make-up, immer mit perfekter Frisur und fürs Büro gekleidet gesehen. Nichts hätte ihm ferner gelegen als die Vorstellung von Nara beim Surfen.

»Ich könnte zwei Paddleboards besorgen«, schlug er vor. Er besaß ein Surfbrett, kein Paddleboard. Aber er konnte welche mieten, wenn es sein musste.

Nara lebte bei diesem Vorschlag auf. »Das könnte lustig werden. Ich fühle mich langsam ein bisschen eingesperrt bei meinen Eltern.«

Sie verabredeten sich für den nächsten Tag. Und Alex begann, einen Plan zu entwerfen. Paddleboarding am frühen Nachmittag. Danach würde er vielleicht zwei Jetskis mieten, damit sie gemeinsam fahren konnten, und danach Abendessen bei Chick's.

Khalids Fall laugte Alex langsam aus, sein Nervenkostüm wurde zunehmend dünner, wenn er daran dachte, was er noch alles erledigen musste. Aber an diesem Tag verließ er den Konferenzraum und fühlte sich fünf Kilo leichter.

Paddleboarding mit der Tochter des Imams. Man stelle sich vor.

57

Am Samstag war es wärmer als normal für einen Tag im Spätaugust, und ein Hoch versprach Temperaturen ab 35 Grad. Es wehte eine leichte Brise aus Südost, und die Luft war so feucht, dass man das Gefühl hatte, hindurchwaten zu können. Die Wellen entstanden hauptsächlich durch den Wind: ein mittelprächtiger Tag zum Surfen, aber ein perfekter Tag fürs Paddleboarding.

Früh am Nachmittag mietete Alex zwei Bretter und schnallte sie hinten auf seinen Pickup. Er konnte es kaum erwarten, bis es drei Uhr nachmittags war.

Er und Nara hatten vor, sich am Strand an der 65. Straße zu treffen, weit genug im Norden, um wenige Touristen anzutreffen. Es war eine Gegend, die bei Surfern beliebt war, zum Teil auch deshalb, weil die Rettungsschwimmer so weit nördlich nicht mehr patrouillierten. Obwohl Alex sich nicht erinnern konnte, wann er das letzte Mal irgendwo zu früh gewesen war, war es erst halb drei, als er sich eine kurze Hose und ein ärmelloses Hemd überstreifte und sich auf den Weg machte.

Er rechnete damit, dass sie mit dem Paddleboarding recht schnell fertig sein würden. Nara würde Schwierigkeiten haben, auf dem bewegten Atlantik senkrecht zu blieben. Er würde ihr ein paar Tipps geben. Sie würde irgendwann gefrustet sein. Dann würde er vorschlagen, auf die Jetskis zu springen und sich zu Chick's aufzumachen.

Alex kam früh an und suchte sich einen Platz, wo niemand sonst schwamm oder surfte. Er beschloss, kurz schwimmen zu gehen, bevor Nara kam, surfte ein paar Wellen mit dem Bodyboard und ging dann den nassen Sand entlang. Er hielt die Augen nach Fußspuren offen, die über die Sanddünen zur Straße führten, wanderte den Strand auf und ab, bis er um Viertel nach drei anfing, nervös zu werden. Er ging ein bisschen weiter in beide Richtungen, für den Fall, dass Nara die genaue Stelle ihres Rendezvous nicht fand.

Um 15.25 Uhr war er sicher, dass er versetzt worden war. Sie würde am Montagmorgen wahrscheinlich irgendeine faule Ausrede vorbringen und ihn bitten, einen neuen Termin auszumachen. Er würde ihr sagen, dass er sich nun wirklich darauf konzentrieren müsse, den Fall für den Prozess vorzubereiten. Falls sie bettelte, würde er sich *vielleicht* zu noch einem Versuch überreden lassen, sich am Strand zu treffen.

Um halb vier war er bereit zu gehen. Er sah auf die Uhr und beschloss, ihr noch fünf Minuten zu geben. Genau drei Minuten später sah er sie endlich. Sie kam mit einem Handtuch und Sandalen in der Hand über die Dünen, trug einen zweiteiligen Badeanzug, eine kurze Hose und eine Designersonnenbrille. Sie schüttelte sich das lange, dunkle Haar aus dem Gesicht und schenkte Alex ein breites Lächeln, während sie rasch über den heißen Sand eilte.

Das war jede Minute Wartezeit wert gewesen.

»Tut mir leid, dass ich so spät bin«, sagte sie. »Meine Mutter hat einen schlechten Tag, und ich konnte erst kurz vor drei gehen. Ich habe versucht, Sie auf dem Handy anzurufen.«

Alex hatte sein Handy nicht dabei, aber es kümmerte ihn nicht mehr, dass sie ein paar Minuten später dran waren. Nara sah aus, als sei sie für den Strand geboren worden. Ihre Haut war natürlich gebräunt, und sie war groß und schlank, mit muskulösen Beinen, die sie vom Skifahren hatte, nahm Alex an. Er hatte sich nicht ausgemalt, dass die Tochter eines muslimischen Imams im Sand von Virginia Beach so natürlich und selbstverständlich aussehen würde.

Nara drückte ihre Überraschung aus, wie schön und abgeschieden dieser Teil des Strandes war. Sie plauderten ein paar Minuten, und dann begann Alex seinen Paddleboarding-für-Dummies-Vortrag. Nara lächelte, während er herumschwafelte, und unterbrach ihn schließlich: »Lassen Sie es uns einfach versuchen«, sagte sie. »Ich habe das im Libanon schon ein paarmal gemacht.«

Sie nahm die Sonnenbrille ab, zog die Shorts aus, nahm sich das Board und den Paddel und machte sich auf zum Wasser. Das Paddleboard selbst war fast zweieinhalb Meter lang, und Alex war ein bisschen überrascht, wie mühelos sie mit dem Ding umging. Er war davon ausgegangen, dass sie ihm ein paarmal zusehen würde, wie er durch die Wellen steuerte, und er ihr dann helfen konnte, hinter die Brecher zu kommen. Stattdessen übernahm Nara die Führung. Was das anging, war Alex andererseits nicht überrascht.

Sie watete hinaus, bis das Wasser oberschenkeltief war, klatschte ihr Brett aufs Wasser und kletterte hinauf. Das Wasser war kalt, doch Nara zuckte nicht mit der Wimper. Sie paddelte auf den Knien, bis sie sich direkt hinter die erste Brecherlinie navigiert hatte, dann stand sie auf wie ein Profi, mit einwandfreier Balance. Sie spielte in den Brechern herum, bis sie den richtigen fand, drehte ihr Brett und tauchte an der Frontfläche ein. Alex bemerkte die leichte Definition ihres Bizeps und Deltamuskels, als sie die Welle entlangglitt und sogar drehte, um den Ritt zu verlängern. *Das Mädchen hat offensichtlich trainiert.*

Nachdem sie fast bis zum Strand auf der Welle hin- und hergesurft war, benutzte sie das Paddel als Bremse, stieg aus und schwenkte auf die nächste Reihe Wellen zu.

»Nicht ganz Beirut«, schrie sie ihm über die Schulter zu, »aber die hier sind auch nicht schlecht!«

»Sind Sie sicher, dass Sie keinen Vortrag brauchen?«, rief Alex aus.

Er stand im Wasser – zuerst, weil er ihr helfen wollte, wenn sie stürzte, und dann weil es ein guter Aussichtspunkt war, um ihr zuzusehen. Ihm wurde plötzlich bewusst, dass er eigentlich mit ihr surfen sollte, nicht nur die Rolle eines gaffenden Teenagers spielen. Also machte er sich eilig selbst auf den Weg.

Obwohl Alex auf Surfbrettern zu Hause war, stand er selten auf Paddleboards und fühlte sich anfangs ein wenig wacklig. Dieser Sport besaß einen anderen Rhythmus, man stand und paddelte und wartete auf die perfekte Welle. Sein Timing beim ersten Ritt war recht schlecht, und er stieg aus, als die Welle hinter ihm im Sande verlief.

»Sie müssen geduldiger sein!«, rief Nara. »Gehen Sie nicht vor ihr raus.«

Als bräuchte er Nachhilfeunterricht von einem Mädchen aus Beirut! Alex grunzte und schwenkte sein Brett herum. Diesmal weniger wacklig und entschlossener.

Fast eine Stunde lang spielten sie in den Wellen. Nara hatte einen leichten Vorteil, weil sie leichter war als Alex und ihr Paddleboard deshalb mehr Auftrieb hatte.

Aber Alex war stärker - wenn auch nicht so viel mehr als er gedacht hatte - und konnte schneller Geschwindigkeit aufnehmen. Außerdem war er ein bisschen waghalsiger.

Zum Angeben beschloss er, eine Welle zu nehmen, auf der schon Nara ritt. Er schwenkte direkt neben ihr ein und zwang sie, sich abrupt von ihm wegzulehnen, als ihre Kante fast sein Brett traf. Zu Alex' Pech brach sich die Welle so über den hinteren Teil seines Brettes, dass er die Balance verlor und einen spektakulären Abgang machte - Ellbogen, Knie und Paddleboard überschlugen sich in der Brandung. Er rappelte sich auf; das Brett zog an der Befestigung um seinen Knöchel, das Paddel schwamm ein Stück weiter entfernt.

Nara hatte ein breites Grinsen im Gesicht. »Alles klar?«, fragte sie.

»Nächstes Mal benutzen wir Surfbretter«, schrie ihr Alex zu.

Sie verließen den Strand ungefähr um halb fünf, die Paddleboards unter dem Arm. Alex konnte sich nicht erinnern, wann er das letzte Mal so viel Spaß gehabt hatte.

Nara hatte ihre Sonnenbrille auf, die Sonne glitzerte auf ihrer nassen Haut, ihre dunklen Haare waren wirr und wahrscheinlich voller Sand. Einfach ein Surfergirl am Strand.

»Wo hast du gelernt, wie man mit einem Paddleboard umgeht?«, fragte Alex.

»Beim ersten Mal, als ich draufstand«, sagte Nara.

»Na klar.«

Als sie bei seinem Auto ankamen, kam Alex zum zweiten Teil seines Plans. »Wenn du Hunger hast, können wir uns Jetskis leihen und runter nach Lynnhaven fahren, zu einem Laden namens Chick's«, schlug er vor. »Die besten Meeresfrüchte am ganzen Strand.« Er sagte Nara nicht, dass er schon einen Tisch reserviert hatte.

»Du meinst, wie bei einem Date?«, fragte Nara.

»Ich weiß nicht. Vielleicht.« Alex hasste das. »Eher wie eine Fahrt auf Jetskis und ein Abendessen im Chick's. Manche würden das vielleicht ein Date nennen.«

»Eigentlich sehr gerne«, sagte Nara. Sie machte ein langes Gesicht. »Aber ich glaube nicht, dass das eine gute Idee wäre.« Sie sah ehrlich enttäuscht aus. »Ich glaube, wir sollten ein bisschen vorsichtiger sein.«

Alex wollte ihr widersprechen, aber er wusste, dass Nara recht hatte. Die beiden hatten sich durch einen Fall mit schonungsloser Medienkontrolle kennengelernt. Alex' vornehmliche Aufgabe war, Naras Vater zu vertreten. Er wurde nicht dafür bezahlt, die Tochter seines Mandanten zu unterhalten. Und das war ein Jammer. Unter anderen Umständen hätte sich seiner Meinung nach definitiv etwas zwischen ihm und Nara entwickeln können.

Wie viele Frauen, die so hübsch und so klug waren, konnten schließlich surfen?

* * *

Er hatte die beiden Surfer den ganzen Nachmittag durch sein Teleobjektiv beobachtet. Er musste mehr als hundert Schnappschüsse gemacht haben, aber keiner von ihnen war genau das, was er brauchte. Erst in diesem letzten Augenblick, direkt bevor sich ihre Wege trennten, trat Nara näher und tat genau, wozu der Fotograf sie lautlos den ganzen Nachmittag gedrängt hatte.

Sie umarmte Alex rasch.

In Echtzeit sah es ziemlich harmlos aus, die lockere Umarmung von Freunden. Aber durch die unbewegte Linse seiner Kamera und nachdem er das Foto auf Hüfthöhe abgeschnitten hatte, würde es wie etwas ganz anderes aussehen. Abgesehen vom Oberteil von Naras Badeanzug war es nackte Haut an nackter Haut. Man konnte es auf hundert verschiedene Arten interpretieren. Es war nicht gerade ein leidenschaftlicher Kuss, aber es war auch kein steriler Händedruck.

Er drückte noch dreimal ab und prüfte die digitalen Bilder auf seiner Kamera.

Perfekt. Die Paparazzi hätten es nicht besser machen können.

58

Das Klingeln seines BlackBerrys riss Alex am Sonntagmorgen aus dem Tiefschlaf. Ohne die Augen aufzumachen, tastete er auf dem Nachttisch nach seinem Telefon. Erfolgreich. Er machte ein Auge einen Spalt auf und schaute auf die Anrufanzeige. Warum rief ihn Shannon um halb acht Uhr morgens an?

»Denk an den Sabbat und heilige ihn«, sagte Alex, nachdem er das Gespräch angenommen hatte. Seine Stimme war rau und unwirsch. »Sag mir, dass du nicht wegen der Arbeit anrufst.«

»Was hast du dir eigentlich dabei gedacht?«, fragte Shannon mit hellwacher Stimme. Und diese Energie … Sie klang, als hätte sie schon drei Tassen Kaffee getrunken.

»Wobei?«

»Warst du im Internet?«

Alex ließ die Beine auf einer Seite des Bettes herausfallen und fuhr sich mit der Hand übers Gesicht. »Ich habe geschlafen«, sagte er.

»Allein?«

»Was soll das denn heißen?« Er war jetzt wacher und langsam ein bisschen verwirrt.

»Im Internet ist ein Foto von dir und Nara.« Shannons Stimme war kalt. »Eine Menge nackte Haut. Sieht nicht aus wie bearbeitet. Es ist definitiv eine Art von Umarmung.«

Alex grunzte. »Wir waren gestern paddleboarden. Das Foto wurde wahrscheinlich am Ende des Tages gemacht – am späten Nachmittag. Sie hat mich aus Mitleid umarmt, nachdem sie meine Einladung zum Abendessen abgelehnt hatte.«

»*Sie* hat *dich* umarmt?«, fragte Shannon, als sei sie sich sicher, dass eher Alex über Nara hergefallen war. »Sie ist die Tochter eines muslimischen Geistlichen, und *sie* hat *dich* umarmt?«

»Komm schon, Shannon. Ich habe dir doch schon gesagt, dass es nur eine freundschaftliche Umarmung war … Es tat ihr leid, dass sie mich zum Abendessen versetzt hat.«

»So hat es die Presse aber nicht dargestellt.«

»Da bin ich mir sicher.« Alex hätte am liebsten aufgelegt. Weiterschlafen. Krise abgewehrt. »Ich habe auch vorher schon Frauen umarmt, Shannon. Vielleicht habe ich sogar dich schon ein- oder zweimal umarmt.«

Shannon seufzte gereizt. Sie begann einen Schnellfeuer-Vortrag über das Fraternisieren mit einem Mandanten oder dessen Tochter. Sie verwies sogar auf die Liste seines Großvaters. Alex stellte den BlackBerry auf Lautsprecher, legte ihn neben sich aufs Bett und kroch zurück in die Laken.

»Weißt du, warum ein Ehrenmord typischerweise eine Enthauptung ist?«, fragte Shannon.

Wo kam denn das jetzt her? »Irgendein Koranvers, nehme ich an«, antwortete Alex.

»Eigentlich nicht«, sagte Shannon. »Enthauptungen verbreiten Angst und Schrecken. Ehrenmorde sind terroristische Handlungen, Alex. Sie töten nicht nur Frauen; sie *enthaupten* sie. Sie wollen, dass jeder, der daran denkt, den Islam zu verlassen, von Gottesfurcht gepackt wird. Und, Alex, sie töten nicht nur die Frauen. Die Männer sterben auch.«

Alex starrte das Telefon eine Sekunde an. Vielleicht hatte Shannon nicht unrecht. Das Letzte, was Alex wollte, war Nara in Gefahr zu bringen. »Es tut mir leid«, sagte er, auch wenn es mürrisch herauskam. »Ich habe wohl nicht nachgedacht.«

»Das habe ich schon öfter an Männern bemerkt«, sagte Shannon. »Ihre Gehirne schrumpfen direkt proportional zur Größe des Bikinis.«

Wäre Alex nicht so müde gewesen, wäre ihm vielleicht eine gute Retourkutsche dazu eingefallen. So konnte er nur etwas davon murmeln, dass es kein Bikini gewesen sei.

Er versprach Shannon, in Zukunft vorsichtiger zu sein, legte auf, stand auf und ging ins Netz. Das Foto war überall.

»*Verbotene Liebe?*«, fragte eine der Seiten.

Der Titel einer anderen war sogar noch erniedrigender.

»*Das gehört alles mit zum Service*«, stand dort.

* * *

Wie aufs Stichwort geschah der nächste Ehrenmord vier Tage später in einem Vorort von Cleveland, Ohio. Eine junge muslimische Frau war zusammen mit ihrem mutmaßlichen amerikanischen Freund verschwunden. Die Fahndung der Polizei endete nach achtundvierzig Stunden, als die Leichen in einem flachen Grab nicht weit von einer evangelikalen Gemeinde gefunden wurden, die die beiden besucht hatten. Wie bei den anderen Morden war die Frau enthauptet worden. Der Leichnam des Mannes wies schwerste Verbrennungen auf. Die Behörden kamen zu dem Schluss, dass er bei lebendigem Leib verbrannt worden war.

Die Experten spekulierten hingebungsvoll über die religiöse Symbolik. Beim ersten Ehrenmord war Martin Burns lebendig begraben worden. War das eine Verhöhnung der Auferstehung? Der zweite Mord hatte mit der Taufe zu tun. Und der Mann beim dritten Mord war lebendig verbrannt worden - wahrscheinlich eine Anspielung auf das Höllenfeuer.

Das ganze Land war verängstigt - und wütend. Die Hassmails an Madison & Associates vervierfachten sich.

59

Die Aufregung um das Foto erwies sich als relativ kurzlebig. Dennoch veränderte es die Art, wie Alex und Nara miteinander umgingen. Jetzt blieben sie überprofessionell. Keine Berührungen. Wenig Zeit allein zusammen. Auf gar keinen Fall platonische Umarmungen. Man wusste nie, wann jemand zusah.

Alex genoss den Herbst normalerweise, eine Jahreszeit ohne Touristen, in der die Einheimischen den Strand für sich beanspruchten, doch dieses Jahr war es anders. Es kam ihm vor, als verbringe er jeden wachen Moment im Büro. Khalids Fall folgte ihm wie ein Schatten und entfachte Schuldgefühle, sobald Alex versuchte, sich zu entspannen und sich ein bisschen freie Zeit zu nehmen.

Obwohl die Aufmerksamkeit der Medien ein wenig nachließ, wandte Shannon ein, dass sie diejenige sein sollte, die mit Nara in den Libanon flog, um Hamza Walids eidliche Aussage aufzuzeichnen. Aber nicht einmal Khalid war ihrer Meinung, was das anging. Sie bekamen bereits Signale von Walids Anwalt, dass Walid sprunghaft sei. Er sei ein traditioneller Muslim. Er würde wollen, dass ein Mann die Fragen stellte. Und Alex hatte keine Lust, zu Hause zu bleiben.

Ein Zugeständnis machte er allerdings: Er und Nara würden getrennt fliegen. Sie flog zuerst, damit sie noch ein paar Tage mit ihren Freunden verbringen konnte. Drei Tage später, am zweiten Sonntag im November, checkte Alex für seinen Flug nach Beirut über New York und Paris ein. Die Aussage sollte am Dienstag beginnen.

* * *

Als er am Montag gegen zehn Uhr morgens am Flughafen von Beirut ankam, fühlte sich Alex, als hätte er zwei Jahre am Stück in Flugzeugen gesessen. Es war großartig, wieder aufrecht stehen zu können und Beine, Rücken und Hals zu strecken.

Er sah Schilder auf Französisch, Englisch und Arabisch, doch das meiste, was um ihn herum gesprochen wurde, war unverständlich. Er hatte Kaffee-Mundgeruch und einen steifen Hals, und sein Gesicht fühlte sich aufgedunsen an. Wie ein verlorenes Schaf folgte er der Herde der Fremden durch den Zoll, holte sein Gepäck und sah sich nach Nara um.

Er fühlte sich desorientiert: wegen des Jetlags und auch wegen der unbekannten Kultur, die um ihn herum schwirrte. Während er den Libanesen um sich herum zuhörte, wie sie ihr hart klingendes Arabisch sprachen, fühlte er sich plötzlich ein bisschen schutzlos. Er befand sich jetzt offiziell im Land der Hisbollah. Er kannte die Sprache nicht. Er hatte keine Waffen. Seine amerikanische Cleverness und Erfahrung würde ihm wenig nutzen. Er war ein Surfer aus Virginia Beach, der die riesige Bühne einer fernen und gefährlichen Welt betrat.

Er entdeckte Nara, schob die Schultern zurück und beschwor ein wenig von seinem berühmten Madison-Draufgängertum herauf.

»Wie war dein Flug?«

»Ein Klacks.«

Sie hätte ihn beinahe umarmt, zog sich aber rechtzeitig zurück. »Willkommen in Beirut«, sagte sie mit einem korrekten und festen Händedruck. Ihre Begeisterung verscheuchte sofort alle Befürchtungen, die Alex noch gehabt hatte. »Dem Paris des Nahen Ostens.«

Nara half ihm mit seinem Gepäck und winkte einem kleinen Auto an der Kurve, das aussah wie ein Taxi. »Es wird ›Ser-viis‹ genannt«, erklärte Nara. »S-e-r-v-i-z. Im Grunde ist es ein kleines Auto mit einem wilden Mann als Fahrer, der alle Verkehrsregeln missachtet.«

Nachdem sie Alex' Gepäck in den Kofferraum geworfen hatten, kletterten Alex und Nara auf den Rücksitz. »Taxi«, sagte Nara. Dann sprach sie arabisch mit dem Mann.

»Diese Autos arbeiten entweder als Taxi oder als *Serviz*«, erklärte sie Alex. »Ein Taxi kostet ein bisschen mehr, aber es bedeutet, dass der Fahrer unterwegs keine anderen Passagiere mehr mitnimmt. *Serviz* bedeutet, dass er während der Fahrt anhält und auch noch andere Personen aufsammelt.«

Auf dem Weg zum Hotel bestätigte sich, dass Naras ursprüngliche Beschreibung eines *Serviz* frappierend genau gewesen war. Ampeln dienten offenbar nur dem Zweck, Kreuzungen zu beleuchten. Fahrbahnmarkierungen waren lediglich Dekoration. Innerhalb von fünfundzwanzig Minuten sah Alex Überreste von fünf verschiedenen Unfällen.

Eine Masche des Fahrers war besonders nervenzerfetzend: Auf einer der Straßen in der Innenstadt von Beirut blieb der Fahrer mitten auf der Straße stehen, stieg aus, ging zum Gehweg und begann, in lebhaftem Arabisch mit einem der Ladenbesitzer zu reden. Andere Fahrer hupten und warfen Alex und Nara böse Blicke zu. Nara ließ das ungefähr dreißig Sekunden über sich ergehen, bevor sie ausstieg und den Taxifahrer anschrie. Er antwortete etwas, dann kam er zum Auto zurück, sprang hinein und fuhr weiter.

»Was sollte das denn?«, fragte Alex.

»Er hatte sich verfahren«, antwortete Nara.

Am Ende fanden sie doch noch das Hotel Ramada, in dem Alex wohnen sollte, und Nara versprach, am Nachmittag wiederzukommen, um ihm die Sehenswürdigkeiten zu zeigen. Er bezog sein Zimmer, warf seine Sporttasche auf den Boden und legte sich aufs Bett, um sich auszuruhen. Das Bett war niedriger als die meisten amerikanischen Betten und hart wie ein Brett. Die einzige andere Möblierung im Raum bestand aus zwei

Plastikstühlen. Die Wände waren in gedecktem Orange gestrichen. Das Bad sah ordentlich aus, auch wenn man Alex gesagt hatte, dass man in Beirut das Toilettenpapier nicht hinunterspülte; man warf es in den Mülleimer.

Er vermisste Amerika jetzt schon.

Er schaltete den kleinen Fernseher ein und zappte durch die Kanäle. Die meisten Sendungen waren auf Arabisch. CNN hatte ein englischsprachiges Programm, aber die Berichte schienen sich um Europa zu drehen. Er kickte die Schuhe von den Füßen und streckte sich auf dem Bett aus. Innerhalb von Minuten war er tief und fest eingeschlafen.

60

Alex wachte um drei Uhr von dem lästigen Geräusch seines BlackBerry-Weckers auf. Er fühlte sich, als hätte ihn ein Bus überfahren. Er hatte so tief geschlafen, dass er auf sein Kissen gesabbert hatte.

Er taumelte aus dem Bett und ins Bad. Die Klimaanlage war so kühl wie möglich eingestellt, aber er hatte trotzdem im Schlaf geschwitzt. Er putzte sich die Zähne, duschte und zog sich frische Shorts und ein T-Shirt über. Als er in die Lobby kam, wartete Nara schon auf ihn.

»Gut geschlafen?«, fragte sie.

»Wie ein Toter.«

Fünfzehn Minuten später spazierten sie über die Corniche – den Betonweg, der sich an der Küste über den Klippen des Mittelmeeres entlangzog. Es war nicht ganz Virginia Beach, aber Alex musste zugeben, dass dieser Ort seinen Charme hatte. Menschen standen an dem Geländer der Corniche entlang – unterhielten sich, angelten oder beobachteten einfach nur die anderen. Ein paar waren in die konservative muslimische Tracht gehüllt, andere trugen beinahe gar nichts. Ab und zu kam ein Jogger vorbei. Kleine Gruppen von Leuten saßen auf dem Gehweg und rauchten etwas durch einen langen Schlauch, der an einem dekorativen Gefäß befestigt war.

»Was ist das?«, fragte Alex.

»Das nennt man *Shisha*«, antwortete Nara. »Sie rauchen Tabak mit Fruchtgeschmack durch eine Wasserpfeife.«

»Kling ja furchtbar.«

»Ich habe es ein paarmal versucht«, gab Nara zu. »Schmeckt wie Parfüm.«

Während sie spazierten und sich die Gegend ansahen, kam es ihm vor, als ginge Nara dichter als sonst neben ihm, ihre Arme streiften sich gelegentlich. Alex hatte das Bedürfnis, nach ihrer Hand zu greifen, aber er dachte an den Aufruhr, den es ausgelöst hatte, als sie sich das letzte Mal berührt hatten.

Sie sprachen über Hamza Walids Aussage. Alex erklärte, wie die Prozedur funktionierte. Er und Taj Deegan würden beide da sein. Außerdem Walids eigener Anwalt. Ein Gerichtsschreiber würde die Zeugenaussage mitschreiben und ein Kameramann das Ganze aufzeichnen. Nara durfte zwar nicht mit in den Raum, aber sie durfte draußen warten, und Alex versprach, sich in den Pausen mit ihr zu besprechen. Er wusste außerdem, dass es wahrscheinlich helfen würde, Walid zu bestärken, wenn ihm bewusst war, dass Khalids Tochter extra angereist war.

»Von seiner Aussage hängt eine Menge ab«, sagte Alex.

»Lass uns über etwas anderes reden«, schlug Nara vor.

* * *

Ein paar Stunden später stiegen Alex und Nara am Märtyrer-Platz aus einem *Serviz*. Die Statuen waren von Kugeln durchlöchert, und wo sie von Granaten getroffen worden waren, fehlten große Stücke. Nara machte ihn auf eine Gebäuderuine in der Nähe aufmerksam, die während des Bürgerkriegs zerstört worden war.

»Das war ein Holiday Inn«, erklärte sie. »Wir stehen in der grünen Zone – dem Epizentrum der Kämpfe. Das Gebäude wurde das Hauptquartier der einen Fraktion und danach der anderen, je nachdem, wer diese Gegend gerade beherrschte.«

»Vor wie vielen Jahren war das?«, fragte Alex.

»1980.«

»Und sie haben es nicht wieder aufgebaut?«

»Ein paar Dinge sind als Ermahnung noch übrig«, sagte Nara. »Aber in den meisten Stadtvierteln wird Beirut schnell wieder aufgebaut. Mein Volk ist zäh.«

Sie setzten sich auf den Betonsockel einer Statue, und Nara begann, von ihrer Familie zu erzählen: »Ich war noch sehr jung während des ersten Bürgerkriegs, aber ich habe die Geschichten gehört. Der Bruder meiner Mutter ist nicht weit von hier umgekommen. Es machte sie bitter und wütend, teils auch deshalb, weil mein Vater nicht genauso viel Hass hegte wie sie.«

Nara lehnte sich zurück und schüttelte sich die Haare aus dem Gesicht. Die Sonne brannte auf sie herab, keine Wolke hinderte sie daran. »Ich kann mich kaum noch an Zeiten erinnern, als meine Eltern einmal nicht zu Hause stritten. In der Öffentlichkeit spielte meine Mutter die schweigende und gehorsame Ehefrau. Aber zu Hause hinterfragte sie die Hingabe meines Vaters an den muslimischen Glauben. Als ich größer wurde und gegen die erdrückenden Regeln bei uns zu Hause rebellierte, gab meine Mutter meinem Vater die Schuld daran.«

»Ich habe eigentlich nie erlebt, dass deine Eltern streiten«, sagte Alex.

»Das liegt daran, dass du meine Mutter vor dem Unfall nicht kanntest.«

Nara beugte sich vor, hob einen Kiesel auf und schleuderte ihn gedankenverloren fort. Sie schaute in die Ferne. »Jeder andere muslimische Mann hätte sich schon vor zwanzig Jahren von meiner Mutter scheiden lassen. Deshalb erscheint mir die ganze Sache so bizarr und ungerecht. Mein Vater ist der letzte Mensch, der versuchen würde, eine Frau zu verletzen.«

»Das weiß ich«, sagte Alex. »Und ich habe vor, es zu beweisen.«

Die Zeit in Beirut schien Nara entspannter zu machen, sie öffnete sich mehr als sonst. Sie sprachen über den Verlust ihrer beiden Brüder. Omar hatte in einem Flüchtlingslager gearbeitet, als er von einer israelischen Bombe getötet wurde. »Natürlich hat meine Mutter die jüdischen Ungläubigen dafür verantwortlich gemacht, auch wenn es die Hisbollah war, die die Kampfhandlungen angezettelt und ihre Soldaten zwischen unschuldigen Flüchtlingen stationiert hatte.«

Weniger als zwei Jahre später wurde Ahmed bei einem Angriff der Hisbollah nördlich der Grenze getötet. »Er war erst sechzehn«, sagte

Nara traurig. »Ich hatte das Gefühl, als hätte ich nie die Chance gehabt, mich von ihm zu verabschieden.«

Naras Mutter machte wieder die Israelis verantwortlich. »Sie haben ihm eine Gehirnwäsche verpasst, Alex. Sie ließen ihn Aufträge ausführen, für die sie selbst zu feige waren.

Meine Mutter jubelte, dass ihr Sohn für würdig befunden worden war, ein Märtyrer zu sein. Aber danach war sie nicht mehr dieselbe. Sie hatte beide Söhne verloren, ihr blieb nur eine rebellische Tochter im Teenageralter, von der sie verachtet wurde.«

Alex hörte schweigend zu. Er spürte, dass Nara sich schon lange nicht mehr so verletzlich gezeigt hatte. Vielleicht noch nie.

»Ich bin mehr oder weniger vom muslimischen Glauben abgekommen, als meine Brüder starben«, gab Nara zu. »Nicht nach außen hin, aber emotional.«

Alex hatte nie gehört, dass Nara es so unverblümt aussprach.

»Eine Weile habe ich euren Jesus studiert, aber am Schluss habe ich beschlossen, dass ich innerhalb des Glaubens meiner Familie dabei helfen sollte, Frauen eine Stimme zu geben«, fuhr sie fort. »Damals habe ich geglaubt, und das glaube ich auch heute noch, dass radikale Gruppierungen wie die Hisbollah und die Taliban einen Glauben an sich gerissen haben, der ein großer Segen für die Welt hätte sein können.«

»Viele Amerikaner sind da ganz deiner Meinung«, sagte Alex.

Nara wandte sich ihm zu. Der nachdenkliche Blick war fort. Therapiestunde beendet. Jetzt sprühten ihre Mandelaugen wieder Funken. »Ja«, sagte sie mit einem Anflug von Sarkasmus. »Die aufgeklärten Amerikaner. Wie viele weibliche Präsidenten hattet ihr?«

»Keinen. Sie sind zu emotional.«

Sie schlug nach ihm.

»Typisch.«

61

Die Libanesen verstanden etwas vom Essen. Eine Vielzahl von Gängen erstreckte sich über zwei Stunden. Exotische Mittelmeerküche. Das Essen bestand aus *Mezze* – Vorspeisen auf kleinen Tellern, die ein buntes Spektrum von Texturen, Aromen und Geschmacksrichtungen bildeten. Für Alex, der eher der Typ Fast-Food-im-Auto und Ich-habe-keine-Zeit-fürs-Kochen war, war es eine horizonterweiternde Erfahrung. Zwei Stunden mit Nara im sanften Licht eines Restaurants mit Blick auf das Mittelmeer war nicht direkt der Himmel. Aber es war kurz davor.

Es war schon fast neun, als er wieder im Hotelzimmer war, und er musste noch ein paar Dinge für die Aussage am nächsten Tag vorbereiten. Er schleuderte die Schuhe von den Füßen und legte sich aufs Bett. Er litt an Jetlag und hatte jetzt zusätzlich noch einen vollen Magen in einem warmen Zimmer. Irgendwie konnte er sich nicht recht vorstellen, sich jetzt damit zu befassen. Er schloss die Augen. Vielleicht machte er vorher ein kurzes Nickerchen. Nur eine halbe Stunde oder so …

Der BlackBerry klang immer doppelt so laut, wenn er Alex aus dem Tiefschlaf holte. Er schreckte hoch, desorientiert in einem Zimmer, das er nicht sofort erkannte.

Das nächste Gefühl, das einsetzte, war eine schlimme Vorahnung. Niemand ruft mitten in der Nacht an, wenn er gute Nachrichten hat.

»Hallo«, sagte er mit rauer Stimme. Er sah auf die Uhr. Es war 22.37 Uhr.

»Alex, hier ist Nijad Abadi«, sagte die Stimme. Sie hatte einen starken libanesischen Akzent, und Alex brauchte einen Moment, um den Namen zuzuordnen – Hamza Walids Anwalt. »Es tut mir leid, dass ich Sie so spät störe.«

»Schon gut«, sagte Alex, aber ihm rutschte das Herz in die Hose. Das konnte nur eines bedeuten.

»Es tut mir sehr leid, Ihnen sagen zu müssen, dass mein Mandant seine eidliche Aussage morgen nicht machen kann. Ich habe selbst eben erst davon erfahren und wollte Sie sofort informieren.«

»Was?«

»Mein Mandant – Mr Walid – kommt morgen nicht zu seiner eidlichen Aussage. Es tut mir sehr leid, dass ich so kurzfristig absagen muss.«

Alex war jetzt hellwach. »Sie können nicht absagen. Ich bin den ganzen weiten Weg aus Amerika hergekommen.«

»Ich weiß. Und es tut mir schrecklich leid. Aber wie wir beide wissen, ist seine Zeugenaussage voll und ganz freiwillig. Und Mr Walid hat es sich anders überlegt.«

»Was ist passiert?«, wollte Alex wissen. »Sie schulden mir zumindest eine Erklärung.«

»Ich bin nicht befugt, mehr zu sagen«, sagte Abadi. »Allerdings kann ich Ihnen im Namen von Mr Walid Ihre Ausgaben erstatten.«

»Ich will meine Ausgaben nicht erstattet haben!«, schrie Alex fast. »Ich muss Mr Walids Aussage aufnehmen! Das Leben eines Menschen steht auf dem Spiel! Eines Freundes Ihres Mandanten!«

»Es tut mir leid. Das geht nicht.«

»Lassen Sie mich mit ihm sprechen.« Alex hatte schnell von Verwirrung auf Wut umgeschaltet. Wie konnten sie das tun?

»Das ist nicht möglich, Mr Madison. Er hat darum gebeten, dass Sie nur über mich kommunizieren.«

Den Rest des Gespräches erlebte Alex wie durch einen Nebel. Er drückte deutlich seine Enttäuschung aus und tat sein Bestes, dem Beiruter Anwalt Schuldgefühle zu machen. Als er auflegte, rief er schnell Khalid an, damit dieser vielleicht Walid kontaktieren und ihn überreden konnte, doch noch aufzutauchen. Als das nicht funktionierte, rief Alex Abadi zurück und sagte, er werde trotzdem am nächsten Morgen um neun Uhr im Büro des Anwalts sein, genau wie geplant. Falls Walid es sich noch einmal überlegte, würde Alex da sein.

»Ich fürchte, das ist Zeitverschwendung«, sagte Abadi. »Als ich mit Ms Deegan gesprochen habe, sagte sie, sie werde das erste Flugzeug zurück in die Staaten nehmen.«

Natürlich, dachte Alex. Taj wusste, dass die Aussage ohne sie nicht stattfinden konnte.

Es war Zeit, den Tatsachen ins Auge zu sehen. Es würde keine eidliche Aussage geben.

Der einzige Mensch, den Alex in dieser Nacht nicht anrief, war Nara Mobassar. Er wollte nicht, dass sie es übers Telefon erfuhr. Er würde es ihr am nächsten Morgen persönlich sagen.

62

Sie standen neben einer Betonbank vor Abadis Büro, als Alex ihr die Nachricht überbrachte. Er war schon drin gewesen und hatte verlangt, zumindest mit Abadi zu sprechen, doch man hatte ihm gesagt, der Anwalt sei nicht im Haus.

Alex war wieder nach draußen gegangen und hatte dort auf Nara gewartet. Als sie ankam, ging er mit ihr zu der Bank und bat sie, sich zu setzen.

Stattdessen erstarrte sie und sah Alex misstrauisch an. »Er kommt nicht, oder?«

Alex schüttelte den Kopf. »Nein.«

In Naras Augen loderte es, während sie versuchte, die Fassung zu bewahren. »Wann hast du es erfahren?«

»Gestern Nacht.«

»Und du hast mich nicht angerufen?«

»Ich wollte es dir nicht am Telefon erzählen.«

Nara schien den Tränen nahe – sie hatten beide große Hoffnungen auf diese Aussage gesetzt. Sie presste die Lippen zusammen und setzte einen trotzigen Blick auf, doch Alex sah, wie ihr die Tränen in die Augen stiegen.

Er erzählte ihr von den Anrufen der letzten Nacht und seinen Versuchen, die Aussage doch noch stattfinden zu lassen.

Irgendwann, auch wenn er nicht recht bemerkte, wann, setzten sich Alex und Nara auf die Bank. Sie schniefte ein paarmal und benutzte einen Finger, um sich ein paar Tränen aus den Augenwinkeln zu wischen. »Es tut mir leid«, sagte sie, als wäre es nicht erlaubt zu weinen. »Ich wusste nur, dass Walids Zeugenaussage die Wahrheit ans Licht bringen würde. Es ist so unglaublich frustrierend.«

»Ich weiß.« Alex hätte sie am liebsten im Arm gehalten und getröstet, sie vielleicht an seiner Schulter weinen lassen, aber er wusste, wie das in den Boulevardblättern ausgesehen hätte. »Mir geht es genauso.«

Sie sprachen ein paar Minuten darüber, was sie nun tun sollten. Alex versuchte, positiv zu bleiben, aber er ahnte auch, dass es Nara am liebsten war, wenn er offen mit ihr war. »Was, wenn wir Walid trotzdem finden würden?«, fragte sie. »Was, wenn er mir sagt, wem das Bankkonto gehört? Kann ich eine Aussage machen?«

»Das ist ein bisschen kompliziert«, antwortete Alex. »Falls Walid mit uns redet, können wir vielleicht die *Informationen* benutzen, die er uns gibt, solange wir sie auf irgendeine andere Art nachweisen können, die vor Gericht standhält. Aber was er uns erzählt, wäre Hörensagen. Also wären die Aussagen selbst im Allgemeinen nicht zulässig.«

»Im Allgemeinen?«, fragte Nara nach. »Was sind die Ausnahmen?«

Alex grunzte. »Es gibt tonnenweise Ausnahmen. Aber in Walids Fall würde die einzig anwendbare Ausnahme dann eintreten, wenn er etwas sagen würde, das man als Eingeständnis entgegen seinen eigenen Interessen betrachten könnte. Anders ausgedrückt: Er gibt etwas zu, das strafrechtlich gegen ihn verwendet werden könnte oder das seinen eigenen finanziellen Interessen widersprechen würde. Solche Aussagen werden im Allgemeinen für glaubwürdig gehalten, weil die Leute sich nicht selbst belasten, wenn es nicht die Wahrheit ist. Aber selbst wenn er solche Aussagen machen würde, müssten wir beweisen, dass er nicht zu einer Aussage zur Verfügung steht, und wir bräuchten bestätigende Sachverhalte.«

Nara schwieg eine Weile und verarbeitete die Informationen. Alex konnte sehen, dass sie sich an diesen winzigen Hoffnungsschimmer klammerte.

»Ich werde meinen Vater anrufen«, sagte Nara. »Ich finde heraus, wer Walid kennt. Vielleicht können wir uns trotzdem mit ihm treffen.«

»Okay«, sagte Alex, auch wenn er nicht besonders begeistert war von dem Plan. Es war eine Sache, Walids Aussage in der Sicherheit eines Konferenzraumes eines Anwaltskollegen aufzunehmen. Es war etwas anderes, ein heimliches Treffen mit einem Zeugen zu vereinbaren, der offensichtlich von Hisbollah-Anführern eingeschüchtert worden war.

»Sei vorsichtig«, sagte Alex.

Nara sah ihn an und nickte. »Willst du ein bisschen spazieren gehen?«, fragte sie. In ihren feuchten Augen stand jetzt wieder Entschlossenheit. Die Resignation und Verzweiflung, die sie ein paar Minuten zuvor überkommen hatten, hatten der Hoffnung auf eine neue, wenn auch noch so geringfügige Chance auf ein heimliches Treffen mit Walid Platz gemacht.

»Klar«, sagte Alex, erstaunt, wie schnell Nara wieder auf die Füße gekommen war.

»Mein Volk ist zäh«, hatte sie gesagt. Alex dachte über den erstaunlichen Kontrast nach, den er zwischen den ausgebombten Gebäuden um den Märtyrer-Platz und der glitzernden neuen Innenstadt gesehen hatte, wo sie am Abend zuvor gegessen hatten. Beirut verstand etwas vom Wiederaufbau. Heute hatte er gelernt, dass selbst die Bereiche, die während des Libanonkrieges 2006 zerstört worden waren, besser wiederaufgebaut worden waren als vorher.

Vielleicht konnte er daraus etwas lernen.

Er ging eine Weile schweigend neben Nara her und dachte an den Fall und wie er ihn auch ohne Walids Zeugenaussage vielleicht doch noch gewinnen konnte. Sie würden den *Patriot Act* anfechten. Außerdem war da noch Khalids mustergültiger Leumund als Reformer. Sie konnten Fatih Mahdi beschuldigen, einen kontrollsüchtigen Ehemann mit frauenfeindlicher Weltsicht.

Zum ersten Mal war er voller Hoffnung; es war fast, als färbe der Mut der Libanesen auf ihn ab. Vielleicht hatte es auch mehr mit Nara zu tun. Irgendwie fühlte er sich optimistischer, nur weil er in ihrer Nähe war. Stärker. Mutiger.

»Wir schaffen das schon«, sagte er. »Mit oder ohne Walid, wir bekommen das schon hin.«

»Das hoffe ich«, antwortete Nara.

* * *

Es wunderte Alex nicht, als er später am Tag einen Anruf von Nara erhielt. »Ich habe jemanden gefunden, der glaubt, er kann ein Treffen mit Walid arrangieren. Kannst du in einer Stunde fertig sein?«

Alex war sogar jetzt schon fertig. Aber er meinte, einen kleinen Anflug von Nervosität in Naras Stimme zu entdecken. »Wo gehst du hin?«

»In den Stadtteil, in dem die Hisbollah ihre Zentrale hat«, sagte sie.

63

Hier in diesem Viertel zog Alex deutlich mehr Blicke auf sich als in der Innenstadt von Beirut. Es gab hier nicht viele blonde Amerikaner, die mit hübschen Libanesinnen durch die Straßen gingen. Die alten Männer, die vor den Läden saßen, warfen Nara anzügliche Blicke zu, während sie vorüberging. Gelegentlich rief einer: *»Yalla habibi.«*

Das erste Mal schaute Alex sie finster an, und Nara kicherte. Die Männer lächelten auch.

»Was heißt das?«, fragte Alex.

»›Komm schon, Baby‹ oder ›Gehen wir, Baby‹ – so in der Art.«

»Lässig«, sagte Alex.

Die Schilder in der Innenstadt waren auf Arabisch und auf Englisch gewesen, aber in diesem Viertel gab es wenige englische Schilder. Große Reklametafeln waren mit den riesigen Gesichtern von Männern beklebt, von denen Alex annahm, sie seien Hisbollah-Anführer. Die meisten Frauen, denen sie begegneten, waren vollständig verschleiert und wandten den Blick ab, wenn Alex sie ansah.

An den Gebäuden waren immer noch die bleibenden Schäden des Libanonkrieges zu sehen. Wie Nara ihm während der *Serviz*-Fahrt erklärt hatte, schlugen die Hisbollah-Anführer ihre Zentralen üblicherweise mitten in zivilen Stadtvierteln auf, und die Israelis hatten ganze Stadtviertel mit ihren Bomben zerstört. Mehrere Jahre später war immer noch viel Aufbauarbeit zu leisten.

»Die libanesische Regierung ist korrupt und langsam«, erklärte Nara. »Eine der größten Stärken der Hisbollah ist Katastrophenhilfe und die Sanierungsmaßnahmen, die sie finanziert.«

Sie fanden schließlich ein beengtes kleines Restaurant, das Alex an ein New Yorker Deli erinnerte. Es gab eine Theke, an der man Essen bestellte, und gerade genug Platz an der gegenüberliegenden Wand für eine Reihe kleiner Tische. Nara sprach in schnellem Arabisch mit dem Besitzer und stellte Alex den Mann vor. Alex verstand seinen Namen nicht, doch der dicke Mann streckte ihm über die Theke die Hand entgegen und schüttelte die von Alex mit einem Schraubstockgriff.

»Ich werde für uns beide bestellen«, sagte Nara auf Englisch.

»Super«, antwortete Alex. »Ich nehme einen Big Mac.«

»Eklige Amerikaner«, sagte Nara.

Das Gericht, das Nara dann wirklich bestellte, war grundverschieden von allem, was Alex je gegessen hatte. Es bestand aus Kichererbsen, Oliven und Rettich, vermischt mit einer cremigen Substanz, die die Textur von Joghurt hatte. Das alles war in eine Art Teig gewickelt. Alex aß lächelnd und grunzte gelegentlich anerkennend. In Wahrheit war es nicht mit dem Essen vom Vorabend zu vergleichen, doch Alex würde sich in einem Restaurant in diesem Viertel nicht beschweren.

Er plauderte mit Nara, während sie aßen, und der Besitzer kam mindestens zweimal herüber, um sich zu vergewissern, dass seine Gäste ihr Essen genossen. Alex log, wie toll alles schmecke, und Nara übersetzte seine Komplimente.

Kurz bevor sie gingen, kam der Mann ein letztes Mal herüber und sprach mit Nara. Als sie mit ihrem Gespräch fertig waren, stand sie auf und umarmte ihn. Alex stand ebenfalls auf und schüttelte dem Mann die Hand. Er gab Alex einen gutmütigen Klaps auf die Schulter.

Als Nara versuchte, das Essen zu bezahlen, folgte eine weitere hitzige Diskussion, und es war offensichtlich, dass der Mann sie nicht zahlen lassen wollte. Alex lächelte und nickte. »Danke«, sagte er. Der Besitzer lächelte zurück.

Nachdem sie das Restaurant verlassen hatten, sah sich Nara nach einem *Serviz* um.

»Wie sieht's aus?«, fragte Alex.

Sie entfaltete ein Stück Papier, das der Mann ihr anscheinend heimlich in die Hand geschoben hatte. Die Schrift war arabisch.

»Hamza Walid trifft sich heute Abend mit uns«, sagte Nara flüsternd.

»Wo?«

»Ich weiß nicht. Da steht nur, wo sein Fahrer uns abholen wird.«

64

Fünfzehn Jahre zuvor
Beirut, Libanon

Hassan Ibn Talib war ein Teenager in einem Ausbildungslager der Hisbollah, als er zum ersten Mal eine AK-47 hielt. Er hatte schon drei Wochen trainiert, bevor die Anführer ihm und den anderen Rekruten ihre eigenen Sturmgewehre gaben. Das Adrenalin pumpte durch Hassans Körper, als er den Stahl und das Öl roch. Die Waffe fühlte sich in seinen Händen kalt und hart an.

Die Anführer zeigten den Jungen, wie man das Gewehr lud, wie man es abfeuerte und wie man es pflegte. Nach einer Zeit, die ihnen unendlich lang vorkam, durfte jeder der jungen Rekruten auf Pappziele schießen, die wie menschliche Silhouetten geformt waren.

Als Hassan an der Reihe war, kniete er sich hin, legte den Finger an den Abzug und drückte ab. Zuerst feuerte er zögernd, langsam. Wenige Ziele fielen. Doch dann begann er, schneller zu schießen, ein Feuerstoß nach dem anderen, und die Ziele begannen zu fallen. Sein Herz schlug schneller. Er drückte wieder und wieder ab, schneller und schneller. Patronenhülsen fielen zu Boden, während Hassan ein komplettes Magazin Kugeln verschoss. Der Stahl wurde heiß in seinen Händen, und das Brüllen der Waffe dröhnte in seinem Kopf.

Als er aufhörte zu feuern, wirkte die Stille ohrenbetäubend. Irgendwie wusste Hassan, dass nichts mehr sein würde wie vorher. Er hatte den Tag als Junge begonnen. Jetzt war er ein Mann. Die Waffe hatte mystische Kraft; so etwas hatte Hassan noch nie gespürt.

Er war dafür geboren.

Er sah seinen Anführer an, einen Mann, der selten lächelte. Jetzt grinste er.

»Sehr gut, mein Sohn. Du wirst bald bereit sein.«

65

Gegenwart
Beirut, Libanon

Um elf Uhr abends parkte ein alter BMW in der Auffahrt vor dem Ramada Hotel, und der Fahrer stieg aus.

»Nara Mobassar?«, fragte er.

Nara antwortete auf Arabisch und sagte Alex, dass das ihr Abholer sei. Sie stiegen auf den Rücksitz, und Nara wechselte erneut ein paar Worte mit dem Fahrer.

»Wo fahren wir hin?«, fragte Alex.

»Er wollte es nicht sagen«, antwortete Nara. »Anscheinend ist Walid Geheimhaltung sehr wichtig.«

»Bist du dir sicher, dass wir das tun sollten?«, fragte Alex.

»Zum dritten Mal: *ja.*«

Alex hatte eine Menge Bedenken wegen des Ausflugs, doch Nara hatte eine Antwort auf alles, wie man es von ihr kannte. Alex fuhr nicht gern irgendwohin, ohne das Ziel zu kennen. Doch wie Nara betonte, hatten sie kaum eine andere Wahl. ›Was, wenn es eine Falle ist?‹ hatte Alex gefragt. Nara sagte, sie vertraue ihren Quellen. Außerdem hatte sie die Hilfe von mehreren Freunden in Anspruch genommen. Sie würde ihnen Kurznachrichten schreiben und ihnen ständig sagen, wo sie waren. Falls sie nicht mindestens alle fünf Minuten von ihr hörten, würden sie die Polizei anrufen.

Alex hatte tausend Dinge zu bemäkeln. Was, wenn die Polizei zu langsam reagierte? Was, wenn ihr jemand das Handy wegnahm? Was, wenn die Hisbollah-Schläger ihr Auto in die Luft sprengten oder sie ohne Vorwarnung erschossen?

Aber er machte sich nicht die Mühe, weitere Fragen zu stellen. Nara würde gehen, mit ihm oder ohne ihn. Falls nötig, würde sie jemand anderen mitnehmen.

Und Alex war noch nicht so weit, zuzugeben, dass diese Frau aus dem Libanon tatsächlich mehr Mut – oder mehr Engagement für den Fall – besaß als er.

Das Einzige, das ihm immer noch Sorgen machte, während sich der Wagen durch die Straßen von Beirut schlängelte, war, dass Nara darauf bestanden hatte, Khalid nichts zu sagen. »Wenn mein Vater davon erfährt, lässt er nicht locker, bis wir versprechen, nicht zu gehen«, hatte sie erklärt.

Das hätte Alex stutzig machen müssen.

Nach einer Viertelstunde Fahrt sah selbst Nara ein bisschen nervös aus.

»Wo sind wir?«, fragte Alex. Er befürchtete, es bereits zu wissen.

»Wo die Hisbollah zu Hause ist.«

»Und wessen Idee war das?«

Nara antwortete nicht. Sie war zu beschäftigt mit den SMS an ihre Freunde.

Der Fahrer bog schließlich von der Hauptstraße ab, nahm ein paar Seitenstraßen und hielt dann auf einem verlassenen Parkplatz.

»Hier?«, fragte Nara.

Der Mann nickte, ohne sich umzudrehen.

Alex sah Nara an und verzog das Gesicht. *Bist du dir sicher?*

»Das ist ein alter Bahnhof«, sagte Nara. »Die Züge in Beirut fahren schon seit Jahren nicht mehr.«

Ohne sich umzudrehen, sagte der Fahrer etwas auf Arabisch, und Nara antwortete. Alex bemerkte die Anspannung in ihrer Stimme. Nara und der Fahrer stritten ein paar Minuten, bevor sie sich zu Alex umdrehte.

»Er sagt, dass Hamza Walid sich unten an den Gleisen mit uns treffen will. Dort gibt es drei verlassene Eisenbahnwaggons. Ich erzähle dir unterwegs, was man sich über sie erzählt.«

Nara sprach noch einmal arabisch mit dem Fahrer. »Ich habe ihm gesagt, er soll die Scheinwerfer anlassen und auf uns warten«, sagte sie zu Alex. Sie tippte noch eine SMS. »Bereit?«, fragte sie.

»Eigentlich nicht.«

»Ich auch nicht.«

Nara stieg als Erste aus; Alex folgte. Sie überquerten den Parkplatz und gingen einen Weg zu den Schienen hinab. Verlassene Gebäude und verwilderte Büsche säumten den Fußweg. Nach ein paar Sekunden waren sie aus den Lichtkegeln des BMW heraus. Alex benutzte das Display seines BlackBerry-Bildschirms, um ein wenig blasses Licht auf den Weg zu werfen. Nara rückte näher heran, und aus irgendeinem Grund flüsterten sie.

»Man sagt, während des Bürgerkrieges wurden Eisenbahnwaggons wie diese hier benutzt, um Gefangene darin festzuhalten und Prozesse abzuhalten«, sagte Nara leise. »Der Legende nach hielt die Miliz Gefangene in einem Waggon fest, machte ihnen im nächsten innerhalb von fünf Minuten den Prozess und exekutierte sie im dritten. Wenn der Wagen voll war, wurde er zu einem Massengrab geschleppt.«

»Auf diese Geschichte hätte ich auch verzichten können«, sagte Alex.

Sie näherten sich jetzt den Waggons, der Lärm der Stadt verklang in der Ferne. Nara und Alex stiegen über eine alte Starkstromleitung hinweg. Trockenes Laub knirschte unter ihren Füßen. Zu ihrer Linken war ein verlassenes Gemäuer, die Ruinen von drei Bahnwaggons zu ihrer Rechten. Es roch nach Urin, und Alex vermutete, dass das hier wahrscheinlich ein Treffpunkt von Obdachlosen war.

»Hamza?«, rief Nara leise. »Hamza?«

Alex spürte, wie sich sein Herzschlag beschleunigte. Die Nacht war heiß und schwül, aber im Nacken rann ihm ein kalter Schweißtropfen hinab. Sie warteten ein paar Minuten schweigend.

»Ich schaue mal in diese Wagen«, sagte Alex.

Mithilfe seines BlackBerrys leuchtete Alex in alle drei Wagen. Sie waren verrostet, und überall lag Abfall. Weit und breit war niemand, der auf sie wartete. Nara blieb die ganze Zeit auf Armeslänge.

»Das gefällt mir nicht«, sagte Alex. »Hamza könnte uns direkt zur Schlachtbank führen.«

»Noch drei Minuten«, sagte Nara. »Wenn die Hisbollah uns umbringen wollte, wären wir jetzt schon tot.«

»Jetzt fühle ich mich schon viel besser.«

In den Büschen hinter ihnen raschelte etwas. Alex drehte sich um und schaute reglos auf den Punkt, wo das Geräusch herkam.

Nara hatte seinen Arm ergriffen und war ebenfalls erstarrt. »Wahrscheinlich nur Ratten«, flüsterte sie.

»Ratten«, sagte Alex mit Skepsis in der Stimme.

»Sei nicht so ein Waschlappen.«

Alex atmete aus, doch sein Herz versuchte immer noch, sich aus seiner Brust herauszuboxen. In Filmen sah so etwas glamourös aus. Im richtigen Leben würde man die Kugel nie hören, die einen ausschaltet.

Nara schickte noch eine SMS.

»Können wir jetzt gehen?«, fragte Alex.

Nara nickte. »Ich verstehe das nicht.« Es war das erste Mal, dass Alex echte Sorge in ihrer Stimme hörte. »Vielleicht ist ihm auf dem Weg hierher etwas passiert.«

Bevor Alex antworten konnte, blitzte etwas hinter ihnen, und Alex wirbelte herum. Er stellte sich vor Nara und wurde von einem Scheinwerfer geblendet. Er beschattete seine Augen und sah etwas aus dem Augenwinkel. Aber bevor er sich Nara schnappen und wegrennen konnte, wurde er von einem Mann von der Seite erwischt und mit voller Wucht zu Boden gerissen. Alex versuchte, sich freizustrampeln, doch ein zweiter Mann warf sich auf ihn. Schnell hatten sie Alex mit dem Gesicht auf dem Boden fixiert, die Arme auf den Rücken gedreht, während sie ihn mit Plastikbändern fesselten.

Er hörte Nara schreien und brüllte ihren Namen, bevor sie ihm eine Haube übers Gesicht zogen.

Starke Hände ergriffen ihn an den Armen und rissen ihn auf die Füße. Er rief noch einmal Naras Namen, und einer seiner Entführer boxte ihn in den Bauch, sodass er sich krümmte. Sie richteten ihn rasch wieder auf und zogen ihn mit sich, wobei sie auf Arabisch miteinander sprachen. Alex rang nach Luft, versuchte aber, sich zu konzentrieren. Es waren mindestens drei oder vier Stimmen, soweit er das beurteilen konnte.

Er musste ein paar Stufen in einen Waggon hinaufsteigen und wurde auf einen Sitz gedrückt. Er hörte ein Handgemenge neben sich und das angstvolle Atmen Naras.

Seine Entführer hörten auf zu reden, und Alex fühlte den Lauf einer Waffe an seiner Schläfe. Er versuchte, unter der Haube herauszuspähen, doch alles war schwarz. Das einzige Geräusch war sein eigener schwerer Atem.

Er war sich sicher, dass er jetzt und hier in diesem verlassenen Eisenbahnwaggon in Beirut sterben würde. Niemand in Amerika würde je

Einzelheiten erfahren. Ein Anwalt und die Tochter eines Imams – man hatte nie wieder von ihnen gehört.

»Nara, alles okay?«, fragte er. Er verzog das Gesicht in Erwartung eines weiteren Schlages.

»Mir geht es gut«, sagte sie, wenn ihre Stimme auch atemlos klang. »Pass auf, was du sagst – sie können wahrscheinlich Englisch.«

Es war keine Panik in ihrer Stimme, und ihre Beherrschtheit stärkte ihn. Für Nara musste er mutig sein. Er musste ihr zeigen, dass Muslime nicht die Einzigen waren, die wussten, wie man starb. Er wollte einen Witz oder eine sarkastische Bemerkung machen, die seine Tapferkeit bewiesen. Aber es verschlug ihm die Sprache, als die Waffe fester gegen seine Schläfe drückte. Seine Entführer spuckten noch mehr arabische Sätze aus, und Alex fühlte sich vollkommen hilflos.

»Alles wird gut«, sagte er zu Nara, doch seine Stimme verriet ihn.

Er glaubte es selbst nicht.

66

Nara sprach arabisch mit ihren Entführern – stritt mit ihnen, soweit Alex das beurteilen konnte – und ihre Entführer schienen mit wachsender Frustration zu reagieren. Die ganze Zeit über blieb Naras Stimme bedächtig, aber fest, selbst als die Männer lauter und ihre Worte scharf und brutal wurden.

Ein Geräusch erschreckte Alex, als habe jemand eine Kiste umgetreten. Er versteifte sich und wartete auf die Schläge.

»Was sagen sie?«, fragte er.

»Jetzt nicht«, schnauzte Nara.

Sie sprach sie wieder an, diesmal mit zurückhaltenderer Stimme. Doch ihre Worte riefen dieselbe wütende Reaktion hervor.

Für Alex klang es, als wären drei oder vier männliche Stimmen im Raum. An seinen Kopf wurde eine Waffe gedrückt, und seine Hände waren hinter seinem Rücken gefesselt. Er nahm an, dass Nara in derselben Lage war. Aus welchem Grund auch immer schien sie nicht nachzugeben.

Sie sprach lang, ununterbrochen, und diesmal schien die Antwort weniger wütend zu sein. So, als hätten sie ihr Argument eingesehen. Sie redete wieder, und jetzt reagierten sie gar nicht mehr.

Und dann, gerade als Alex begann, sich ein wenig zu entspannen, kreischte Nara auf. Er hörte einen Kampf und ein unterdrücktes Stöhnen.

Dann wurde es wieder still.

»Alles klar?«, fragte Alex.

Eine Hand schnappte nach Alex' Haube und riss sie weg. Alex blinzelte und sah sich um. Eine Laterne in der Ecke des Waggons spendete gedämpftes Licht und warf lange Schatten. Es waren vier Männer, alle trugen Kapuzen, die Öffnungen enthüllten kalte Augen und furchterregende Münder. Drei der Männer hielten AK-47er. Einer hielt den Lauf seiner Waffe nur Zentimeter von Alex' Schläfe entfernt.

Nara saß auf der anderen Seite des Gangs mit hinter dem Rücken gefesselten Händen. Ihre Entführer hatten ihr weißen Stoff ums Gesicht gewickelt, aber es gab eine Öffnung für die Augen. Der Mann hinter ihr hielt den weißen Stoff an ihrem Hinterkopf zusammen und zog ihren Kopf zurück, sodass ihr Hals entblößt wurde. Mit der anderen Hand hielt er ein langes Messer; die Klinge berührte Nara seitlich am Hals. Ihre Augen waren schreckgeweitet.

»Hast du schon mal eine Enthauptung gesehen?«, fragte der Mann, der im Gang ein paar Reihen vor Alex stand. Er sprach englisch, genau wie Nara vorhergesagt hatte.

Alex schüttelte den Kopf.

»Wenn du nicht tust, was wir sagen, könntest du bei deiner hübschen kleinen Freundin eine Chance dazu bekommen.«

Alex warf Nara einen Blick zu. Ihre dunklen Augen flehten ihn an, das Richtige zu tun. Er drehte sich wieder zu dem Mann im Gang. »Sag deinem Kumpel, er soll das Messer von ihrem Hals wegnehmen«, sagte er.

Der Mann knirschte mit den Zähnen und schüttelte den Kopf, seine Augen wurden schmal. Er hielt Daumen und Zeigefinger ein paar Zentimeter auseinander. Dann murmelte er etwas, das Nara die Augen schließen und sich versteifen ließ; dann schnitt der Mann hinter ihr ganz leicht in ihren Hals, sodass ein ganz schmaler Streifen Blut entstand.

»Glaub nicht, dass du hier Befehle geben kannst«, sagte der erste Mann.

Alex versuchte, nicht in Panik zu verfallen. Er sah, wie das Blut Naras Hals hinabrann. »Was wollen Sie?«, fragte er mit zitternder Stimme.

»Wir haben ein kleines Schriftstück, das du vorlesen sollst«, sagte sein Entführer. »Wenn du das fehlerlos machst, wirst du zwei Leben retten.«

Alex sah Nara an; sie nickte ihm fast unmerklich zu. Der Mann zog ihren Kopf fester nach hinten, und sie zuckte. Die Klinge lag jetzt an ihrer Halsschlagader.

»Okay«, sagte Alex eilig. »Sagen Sie mir nur, was ich tun soll.«

67

Sie schnitten Alex die Plastikfesseln von den Handgelenken, und er rieb sich die abgeschürfte Haut. Naras Blick folgte jeder seiner Bewegungen. Der Mann mit den Englischkenntnissen, der Größte der Entführer, gab Alex ein beschriftetes Blatt Papier und befahl ihm, den Text auswendig zu lernen. »Wir haben nicht viel Zeit.«

Alex schaute auf das Blatt, hielt es in Richtung der Lampe und las es kurz durch. »Wortwörtlich?«, fragte er.

»So nah wie möglich.«

Alex gab vor, sich auf den Text zu konzentrieren, murmelte vor sich hin und dachte insgeheim über die Fluchtmöglichkeiten nach. Vier Entführer. Zwei AK-47, die auf ihn gerichtet waren. Ein Messer an Naras Hals.

Er war nicht James Bond. Es gab kein Entkommen.

Nach ein paar Minuten streckte der Große die Hand aus und nahm ihm das Papier weg. »Das reicht. Geh da rüber. Wir fangen jetzt an zu filmen.«

Er schob Alex in den vorderen Teil des Waggons und stellte ihn vor eine leere Wand. Einer der anderen Entführer richtete eine Videokamera auf Alex. Ein Dritter zog den batteriebetriebenen Scheinwerfer hervor, den sie vorhin benutzt hatten. Er schaltete ihn ein und blendete Alex.

Der schloss die Augen und versuchte, sich an das Skript zu erinnern. Er öffnete die Augen, blinzelte ins Licht und begann zu sprechen. Er sprach hölzern und monoton und achtete darauf, dass seine Worte keinerlei Emotion verrieten.

»Mein Name ist Alexander Madison, ich bin Khalid Mobassars Anwalt. Heute ist der 16. November. Mobassars Prozess wegen Anstiftung zum Mord beginnt in ungefähr drei Wochen.

Heute Abend werde ich dieses Video ins Internet hochladen und die Seite mit einem Passwort schützen. Wenn mir etwas passiert …«

Alex holte tief Luft und versuchte, sich an die nächste Zeile zu erinnern, dann schüttelte er den Kopf und rieb sich die Schläfen. Da er den Großteil der wenigen Minuten, die sie ihm gegeben hatten, um den Text zu lernen, damit verbracht hatte, über eine Flucht nachzudenken, kam er nicht weiter. »Ich erinnere mich nicht. Kann ich das Blatt noch mal sehen?«

Einer der Männer knurrte etwas auf Arabisch, und ein zweiter schaltete den Scheinwerfer aus. Während Alex Mühe hatte, sich an die neuen Lichtverhältnisse zu gewöhnen, schob der englischsprechende Entführer Alex das Blatt in die Hand und drückte ihm den Lauf seiner AK-47 an die Brust. »Drei Minuten.«

Diesmal arbeitete Alex grimmig daran, sich die Zeilen einzuprägen, und warf ab und zu einen Blick auf Nara. Am Ende der viel zu kurzen drei Minuten entriss ihm der Mann das Papier wieder und Alex begann mit Einstellung Nummer zwei.

Der Scheinwerfer ging wieder an. Alex verfiel in denselben monotonen Tonfall. »Mein Name ist Alexander Madison, ich bin Khalid Mobassars Anwalt. Heute ist der 16. November. Mobassars Prozess wegen Anstiftung zum Mord beginnt in ungefähr drei Wochen.

Heute Abend werde ich dieses Video ins Internet hochladen und die Seite mit einem Passwort schützen. Das Passwort werde ich einem meiner Freunde geben und ihn anweisen, das Video den zuständigen Behörden zu geben, falls mir etwas passiert. Solange ich am Leben bleibe, hindert mich die anwaltliche Schweigepflicht daran, weiterzugeben, was ich weiß. Aber falls ich sterbe, will ich, dass die Leute die Wahrheit erfahren.«

Als Alex den Text das erste Mal überflogen hatte, war ihm sofort klar gewesen, was seine Entführer vorhatten. Falls Alex oder Khalid im Prozess versuchten, die Enthauptungen der Hisbollah anzulasten, würden sie Alex töten und dieses Video ins Internet stellen. Alles würde auf Khalid Mobassar als den Mann hindeuten, der sowohl für die Ehrenmorde als auch für Alex' Tod verantwortlich war.

»Mein Mandant hat mir gestanden, dass er den Ehrenmord an Ja'dah Mahdi und an zwei weiteren muslimischen Frauen in Auftrag gegeben hat, weil die Frauen zum Christentum konvertiert waren. Er hat außerdem den Tod der Männer angeordnet, die zwei dieser Frauen dazu überredet haben, den muslimischen Glauben abzulehnen. Er hat mich angewiesen, seinen Fall zu verhandeln, indem ich andere mögliche Verdächtige beschuldige, auch solche, die in Verbindung zur Hisbollah stehen. Mr Mobassars Hoffnung ist es, die Hisbollah und all ihre Verbündeten in Misskredit zu bringen und selbst als Reformer des Islam berühmt zu werden. Das ist der ganze Grund, warum er die Ehrenmorde überhaupt in Auftrag gegeben hat – um seinen Reformvorschlägen Aufmerksamkeit zu verschaffen, damit er die Stimme des Islam werden kann.«

Alex verlagerte sein Gewicht und starrte an die Rückwand, an dem blendenden Scheinwerfer vorbei. Er war fast fertig, und er war sich ziemlich sicher, dass er das meiste richtig hinbekommen hatte. »Wenn Sie dieses Video sehen, bedeutet das, dass mein Mandant mich als zu großes Risiko betrachtet, um mich leben zu lassen. Es ist paradox, dass Mr Mobassar sein Schicksal besiegelte, indem er versuchte, sich vor seiner Entlarvung zu schützen.«

Der Scheinwerfer ging aus, und Alex blinzelte, um seine Augen an die Dunkelheit zu gewöhnen. »Wie war ich?«

»Das müsste genügen.«

Der Entführer, der hinter Nara stand, wickelte die Stoffstreifen von ihrem Gesicht und schnitt ihr die Plastikfesseln ab. Sie sprachen arabisch mit Nara – in schroffem und wütendem Ton –, und sie antwortete wie immer beherrscht.

»Wir müssen gehen«, sagte sie zu Alex. Sie ging den Gang entlang auf die Tür zu. Keiner ihrer Entführer machte Anstalten, sie aufzuhalten. Alex folgte dich hinter ihr und warf nervöse Blicke auf die AK-47er, die auf ihn gerichtet waren. Als Nara und Alex aus dem Waggon stiegen, schnappte sie nach seiner Hand und begann zu laufen. Sie stolperten durch die Dunkelheit, rannten ihren Entführern davon, so schnell sie konnten.

»Warum haben sie uns gehen lassen?«, fragte Alex, während sie auf den Parkplatz zurannten.

Nara war fast außer Atem, rannte aber weiter. »Ich erkläre dir alles später.«

Sie hörten nicht auf zu rennen, bis sie es auf den Parkplatz geschafft hatten. Der Fahrer des BMW war fort. Nara sah sich um und griff wieder nach Alex' Hand. »Lass uns gehen.« Sie lief wieder los, diesmal auf eine der Seitenstraßen zu, und warf ab und zu einen Blick in Richtung der Bahnwaggons.

»Weißt du, wo wir hinmüssen?«, keuchte Alex.

»So weit weg von hier, wie wir können.«

68

Irgendwann hielten sie ein *Serviz* an, und Nara gab dem Fahrer Anweisungen auf Arabisch. Während der Fahrt benutzte Alex sein Hemd, um Nara das Blut vom Hals zu wischen.

Sie berieten sich darüber, was sie jetzt tun sollten, doch Nara war strikt dagegen, den Zwischenfall den Behörden zu melden. Die Polizei in Beirut legte sich nicht mit der Hisbollah an. Die Entführung zu melden, würde die Terrororganisation nur aggressiver machen.

»Noch aggressiver?«, fragte Alex. »Wie können sie noch aggressiver werden?«

Nara bedeutete ihm mit einer Handbewegung, leiser zu sprechen. Sie nickte in Richtung des Fahrers. »Er hat uns von dort mitgenommen«, flüsterte sie. »Und eine Menge von diesen Typen sprechen ziemlich gut Englisch.«

»Tut mir leid.«

Nara beugte sich zu ihm herüber. »Um deine Frage zu beantworten –

wenn die Hisbollah uns töten wollte, wären wir jetzt tot. Sie wollten uns Angst machen, Alex. Es ist ihnen ziemlich egal, ob die Hisbollah für diese Morde verantwortlich gemacht wird. Aber wir waren mit der Zeugenaussage von Walid offensichtlich etwas auf der Spur. Ich nehme an, wir sind einem der Hisbollah-Anführer zu nahe gekommen. Das muss bis ziemlich weit nach oben gehen.«

Was Nara sagte, klang logisch. »Dann lass es uns den amerikanischen Behörden melden«, schlug Alex vor. »Sobald wir zurück sind.«

Nara sah ihn an, als habe er den Verstand verloren. »Glaubst du, die Hisbollah kann uns in Amerika nicht erwischen? Und was sollen die amerikanischen Behörden tun? Eine Akte anlegen? Ihre Amtskollegen im Libanon anrufen? Ein bisschen Unruhe stiften, sodass wir beide umgebracht werden?«

Sie sprachen flüsternd, damit der Fahrer sie nicht hören konnte. »Hast du eine bessere Idee?«, fragte Alex.

»Lass uns später reden.«

Als sie vor dem Ramada Hotel ankamen, bestand Nara darauf, dass er auscheckte und sich ein anderes Hotel suchte. Der Fahrer hatte sie hier abgeholt; ihre Angreifer wussten, wo Alex wohnte.

»Ich dachte, sie wollten uns nur Angst machen«, sagte Alex.

»Warum ein Risiko eingehen?«

Nachdem er bezahlt hatte, schlichen sie durch die Hintertür nach draußen und fanden in Strandnähe ein abgelegenes Hotel namens Regis. Es war eine unscheinbare Rucksacktouristen-Absteige mit einer Preisliste für die Zimmer auf einer Weißwandtafel in der Nähe des Resopal-Empfangstresens. Auf dem Schild standen die Preise in libanesischen Pfund und amerikanischen Dollar. Für ein Einzelzimmer hatte jemand 34 Dollar durchgestrichen und stattdessen 25 Dollar hingeschrieben.

Sie gingen gemeinsam aufs Zimmer, um über ihren Plan zu sprechen.

»Hübscher Laden«, sagte Alex.

»Fass nur nichts an«, gab Nara zurück.

Das Zimmer wirkte eher wie ein Studentenwohnheim als wie ein Hotel. Der Putz an den Wänden war schmutzig-weiß mit Wasserflecken an drei oder vier Stellen. Der Teppichboden war fadenscheinig. Es gab ein schmales Einzelbett neben dem Fenster. Alex schloss eilig die Vorhänge.

Das Bad besaß einen schwarzweißen Fliesenboden in Schachbrettmuster und kleine schwarze Fliesen an der Wand. Ein Heizstrahler stand nutzlos in einer Ecke. Eine Klimaanlage war offenbar nicht im Preis inbegriffen.

Nara setzte sich ans Fußende des Bettes, und Alex nahm den einzigen Plastikstuhl im Raum.

»Was hast du zu den Typen gesagt?«, fragte er.

»Ich habe ihnen gesagt, dass meine Freunde genau wissen, wo wir sind und dass wir uns mit der Hisbollah treffen. Wenn sie innerhalb von fünf Minuten nicht von mir hörten, würden sie die Polizei und die amerikanische Botschaft anrufen.«

»Und das haben sie dir abgekauft?«, fragte Alex.

»Nicht ganz. Aber ich habe mir eine andere Story ausgedacht, die ihnen besser gefiel.« Nara rollte den Kopf herum und rieb sich eine Stelle an der linken Schulter.

»Ich habe ihnen erzählt, dass wir die Hisbollah nicht in den Prozess hineinziehen würden. Dass du ein sehr guter Anwalt seist und dass deine vorrangige Verteidigungslinie sein würde, den *Patriot Act* anzugreifen. Ich habe behauptet, das könnte ein großer Triumph für die Hisbollah und ihre Verbündeten werden.«

Alex bewunderte Naras schnelle Denkfähigkeit, aber ihre Argumentation gefiel ihm nicht. Würde ein Sieg von Alex einen Gewinn für sämtliche terroristische Feinde Amerikas darstellen? Er wusste, er sollte nur an Khalids Unschuld denken – aber um welchen Preis für sein Land? Er schob den Gedanken schnell beiseite. Der Gewissenskampf konnte warten.

»Ich habe ihnen außerdem erzählt, dass ich eine andere Verteidigungsstrategie habe, die nichts mit der Hisbollah zu tun hat, falls wir vor Gericht nicht mit dem Verweis auf den *Patriot Act* durchkommen. Da habe ich allerdings ein bisschen gelogen. Erinnerst du dich an die Doktrin von *Taqiyya*?«

»Ja«, sagte Alex. *Wie könnte ich die auch vergessen?*

»Ich habe ihnen gesagt, dass ich dich überzeugt hätte, dass ich Christin sei und dass mein Vater meine Entscheidung akzeptiert habe, mich vom Glauben abzuwenden. Ich habe ihnen gesagt, ich sei die letzte Zeugin, die im Prozess meines Vaters aufgerufen werde und dass das seine Unschuld beweisen werde, auch ohne mit dem Finger auf die Hisbollah zu zeigen.«

Nara schaute Alex kleinlaut an. »Tut mir leid«, sagte sie.

»Du hast uns das Leben gerettet«, sagte Alex. »Du musst dich nicht entschuldigen.«

»Sie hatten nie wirklich vor, uns zu töten«, sagte Nara. »Denk darüber nach. Sie hatten das Video und den Text vorbereitet. Sie wollten uns nur Angst machen ... und sich Beweise beschaffen, die meinen Vater überführen, falls sie beschließen, uns später umzubringen.«

Das klang vernünftig, aber Alex konnte kaum noch klar denken. Das Adrenalin war abgeklungen. Genau wie der Großteil der Angst. An ihre Stelle war Müdigkeit bis auf die Knochen getreten. Er rieb sich übers Gesicht und streckte den Rücken.

Nara musste sich genauso fühlen. Sie seufzte und legte sich rückwärts aufs Bett, während ihre Beine über die Kante baumelten. Sie starrte eine Minute an die Decke, dann schloss sie die Augen. »Sie sind für den Tod dieser Frauen verantwortlich, Alex. Sie wollen es meinem Vater anhängen, weil er ein Reformer ist und sie Angst vor ihm haben – Angst vor seinen Ideen.«

Nara machte die Augen wieder auf und sah Alex an. »Hol mich im Prozess in den Zeugenstand«, sagte sie. »Ich erzähle der ganzen Welt, was heute passiert ist. Wir können das wahre Gesicht der Hisbollah entlarven.«

Alex hatte eine Million Gründe, warum das keine gute Idee war. Das Beweisrecht zum Beispiel. Aber vielleicht war der wichtigste Grund Naras Sicherheit. Er hatte zwar eine Verpflichtung gegenüber Khalid, aber er würde Nara nicht dafür opfern.

Er ging hinüber und setzte sich neben sie aufs Bett. »Lass uns später darüber reden.«

Nara setzte sich auf, und Alex legte ihr den Arm um die Schulter. Als sie sich an ihn lehnte, konnte er ihr Shampoo riechen. Er zog sie dichter an sich. Sie schlang die Arme um seine Taille und vergrub den Kopf an seiner Schulter. So saßen sie einen Moment, und dann spürte er, wie sie anfing zu weinen.

Er wischte ihr mit den Fingern die Tränen von der Wange.

»Alex«, sagte Nara mit so leiser Stimme, dass er sie kaum hören konnte. »Ich sollte jetzt wirklich gehen.«

»Ich weiß.«

Es war hart, sie gehen zu lassen, aber er wusste, es war das Richtige.

Nachdem sie gegangen war, kickte er seine Slipper von den Füßen, legte sich aufs Bett und starrte an die Decke. Angesichts dessen, was er gerade durchgemacht hatte, würde er unmöglich einschlafen können.

Er brauchte zwei Minuten, um sich selbst Lügen zu strafen.

69

Am Tag nach der Entführung besprachen Alex und Nara beim Frühstück, was sie tun sollten. Sie einigten sich darauf, dass es kontraproduktiv wäre, jetzt zu den Behörden zu gehen. Außerdem beschlossen sie, die Sache für sich zu behalten. Niemand sonst durfte davon erfahren – nicht einmal Shannon oder Khalid.

Worüber sie sich allerdings gar nicht einig waren, war die Frage, ob Nara beim Prozess ihres Vaters über ihre Gefangennahme aussagen sollte.

Alex glaubte nicht, dass die Aussage zugelassen werden würde. Und falls der Richter sie doch genehmigte, hatte er Sorge, dass die Hisbollah sich an Nara rächen würde.

Und vielleicht auch an ihm, auch wenn er das nicht laut aussprach.

Nara bestand darauf, in den Zeugenstand gerufen zu werden. Um genau zu sein, wollte sie die letzte Zeugin sein, die für ihren Vater aussagte. So konnte sie die Hisbollah anschwärzen und der Staatsanwaltschaft gleichzeitig möglichst wenig Zeit lassen zu kontern. Alex sagte, dass er darüber nur unter einer Bedingung nachdenken würde: Wenn sie bereit war, sich ins Zeugenschutzprogramm aufnehmen zu lassen.

Sie fand den Vorschlag lächerlich. »Nur damit wir uns richtig verstehen: Dieselbe Regierung, die versucht, meinen Vater für etwas zu verurteilen, das er nicht getan hat, würde mich beschützen?«

»Um genau zu sein«, erwiderte Alex, »hat der Bundesstaat deinen Vater angeklagt. Das Zeugenschutzprogramm wären die Bundesbehörden.«

»Ein Unterschied, der keiner ist.«

Am Ende des Tages einigten sie sich darauf, dass sie sich nicht einig waren. Sie hatten noch drei Wochen, um das zu klären.

* * *

Als Alex in den Vereinigten Staaten ankam, holte Shannon ihn am Flughafen ab. Er saß noch keine zwei Minuten im Auto, als sie anfing, ihn mit Fragen zu bombardieren.

Alex wählte seine Worte sorgfältig. Er fühlte sich schäbig, weil er Shannon irreführte, aber er wusste, es musste sein. Shannon machte alles streng nach Vorschrift. Falls sie von dem Vorfall im Bahnhof erfuhr, würde sie darauf bestehen, die Sache den Behörden zu melden. Sie würde argumentieren, dass sie als Khalids Anwälte die Pflicht hätten, Nara in den Zeugenstand zu rufen und sie beschreiben zu lassen, was passiert war.

Die Fahrt vom Flughafen zum Büro dauerte normalerweise ungefähr fünfundzwanzig Minuten. Aber dadurch, dass Shannon eine Frage nach der anderen stellte, kam es ihm wie eine Stunde vor. Außerdem gab sie sich nicht mit allgemeinen Äußerungen zufrieden und ließ Alex seine Beirut-Erfahrung bis ins Kleinste beschreiben. Er merkte sich, was er ihr vorflunkerte, damit seine und Naras Geschichte übereinstimmten. Außerdem versuchte er ständig, das Thema zu wechseln.

Irgendwann, beim dritten Versuch, schaffte er es, das Gespräch auf die bevorstehende nächste Anhörung zu lenken.

»Bist du mit der Recherche fertig?«, fragte er.

»Ja. Es sieht nicht gut aus.«

»Unmöglich oder höchst unwahrscheinlich?«

»Eher unmöglich.«

Alex zwang sich zu einem müden Lächeln. »Schwierigkeiten bearbeiten wir sofort; für Unmögliches brauchen wir ein bisschen länger.«

Shannon ächzte. »Madison & Associates – die Spezialisten für billige Floskeln.«

* * *

Richter Gerald Rosenthal war der neueste der neun Richter am Bezirksgericht in Virginia Beach. Er hatte sich allein dadurch qualifiziert, dass er riesige Summen an die Wahlkampfkassen der Republikaner sowie der Demokraten gespendet hatte, als der Gesetzgeber nach einem Kompromisskandidaten gesucht hatte.

Richter Rosenthal war ein dünnes Männchen mit neurotischer Persönlichkeit und krummem Rücken, der eine Schachtel am Tag rauchte. Er hatte schon mindestens sieben Mal mit dem Rauchen aufgehört, aber jetzt, mit zweiundsechzig, war er der Meinung, er habe die Statistik schon überlebt.

Rosenthal hatte seine berufliche Laufbahn als Anwalt mit Massenklagen begonnen und die meisten der großen Firmen in Hampton Roads verklagt. Er hatte ein Riesengeschäft mit Asbestprozessen gemacht und irgendwie auch noch den Löwenanteil der Fen-Phen-Prozesse von Virginia an Land gezogen.

Seine Werbung war überall, und sie war stilvoller als die meiste Werbung von Klägeranwälten, zumindest Rosenthals Meinung nach. Er hatte eine ziemlich eingeschränkte Sicht, wenn es um Politik ging. Eine Reform des Schadensersatzrechtes war böse. Folglich waren die Demokraten gut.

Nachdem er seine Millionen gemacht hatte, wurde Rosenthal weniger demokratisch und begann, seine republikanischen Neigungen zu entdecken, vor allem die, die etwas gegen hohe Steuern für Reiche hatten. Um die verlorene Zeit wiedergutzumachen, unterstützte er vehement Kandidaten der Republikaner und wurde so, als der Gesetzgeber sich auf keinen der qualifizierteren Kandidaten einigen konnte, als Bezirksrichter berufen.

Als Alex erfuhr, dass der ehrenwerte Gerald P. Rosenthal bestellt war, ihren Antrag auf Abweisung von Beweisen zu verhandeln, war das keine gute Nachricht. Um seine Attraktivität aufseiten der Republikaner auszuweiten, hatte Rosenthal sich auf die Recht-und-Ordnung-Gruppen ausgerichtet und sich die Unterstützung des *Fraternal Order of Police,* einer Polizistenvereinigung, erworben. Außerdem hasste er junge Schadensersatzanwälte wie Alex, die Rosenthals alter Kanzlei die Fälle wegnahmen.

Es überraschte Alex nicht, dass der Richter-Neuling den Kürzeren gezogen hatte und diese komplizierte Anhörung behandeln musste. Was Alex aber Sorgen machte, war, dass Rosenthal auch der Richter im Prozess werden konnte. Das wäre ein bisschen, als käme man zu einem Basketballspiel und erführe, dass der Großvater des Gegners der Schiedsrichter war.

»Zumindest bekommen wir einen Haufen Raucherpausen während der Verhandlung«, sagte Shannon. »Seine Hände fangen nach einer Stunde an zu zittern.«

70

Nachdem er aus Beirut zurück war, studierte Alex eine volle Woche lang den *Patriot Act* und alle damit zusammenhängenden Urteile. Shannon kannte das Thema besser und hätte wohl die Anhörung übernehmen sollen, aber Alex stand unter Zugzwang. Nara hatte ihren Entführern in Beirut versprochen, dass Alex sich im großen Stil auf den *Patriot Act* stürzen würde. Es genügte nicht, wenn er sich schweigend zurücklehnte und seine Kanzleipartnerin die Führung übernehmen ließ.

Natürlich hatte er einen anderen Grund vorgeschützt, um Shannon zu überzeugen. »Du bist die erste Anwältin in Ghaniyahs Fall«, erklärt er ihr. »Und dieser Antrag wird nicht gut in der Öffentlichkeit ankommen. Ich will nicht, dass Ghaniyahs Geschworene voreingenommen gegen dich sind.«

Shannon sah ihn an, als hätte er den Verstand verloren. »Und was ist der wirkliche Grund?«, fragte sie.

Alex schnitt eine Grimasse und griff auf seine zweitbeste Lüge zurück. »Weil wir verlieren werden, und ich bin ein Mann. Khalid wird es eher hinnehmen, wenn ich derjenige bin, der verhandelt.«

Diese Ausrede war sogar noch lahmer. Sie wussten beide, dass Khalid Shannon respektierte.

»Ganz zu schweigen von der Tatsache, dass die Anhörung landesweite Medienberichterstattung auf sich ziehen wird«, sagte Shannon.

Alex lächelte verlegen. Wenn sie das glauben wollte ... umso besser.

»Erwischt«, sagte Alex.

* * *

Ein feuchter Nordostwind konnte die Menge nicht von der Anhörung im Fall *Virginia gegen Mobassar* abhalten. Der kleine Gerichtssaal war vollgestopft mit Reportern, Anwälten und Schaulustigen, die nach ihrem Spurt durch den Regen überall Tropfspuren hinterließen. Die vielen Körper in dem beengten Raum erzeugten einen modrigen Geruch, der Alex eher an eine Umkleidekabine erinnerte als an einen Gerichtssaal. Die Kamera für die Liveübertragung war in der Geschworenenbox aufgebaut – ein guter Blickwinkel, um sowohl die Anwälte als auch den Richter filmen zu können.

Alex zog seinen Trenchcoat aus und legte ihn zusammengefaltet neben das vordere Geländer. Er setzte sich neben Khalid an den Anwaltstisch.

»Geht es Ihnen so weit gut?«, fragte er und versuchte, die Linse der Fernsehkamera zu ignorieren.

»Ja, alles gut. Und bei Ihnen?«

»Ein bisschen nervös«, gab Alex zu.

Ein paar Minuten nachdem Rosenthal die Versammlung zur Ordnung gerufen hatte, verflog Alex' Nervosität. Er glaubte sowohl an seinen Mandanten als auch an seine Argumente. Was kümmerte es ihn also, wenn alle im Raum wollten, dass er verlor?

»Dies ist nicht das erste Mal, dass der *Patriot Act* benutzt wird, um einen führenden gemäßigten Muslim ins Visier zu nehmen«, führte er an. »Ich habe hier ganze Listen vorliegen von bekannten gemäßigten Muslimen, denen aufgrund von Paragraf 411 des *Patriot Acts* die Einreise in die Vereinigten Staaten verwehrt wurde.«

»Versucht die Regierung, Mr Mobassar sein Visum zu entziehen?«, fragte Richter Rosenthal.

»Nein. Aber warum ich das erwähne ...«

»Das hätte mich doch gewundert«, unterbrach ihn Rosenthal. »Also bleiben wir doch bitte beim Thema *dieses* Falls.«

»Die Regierung versucht allerdings, Beweise aus abgehörten Telefongesprächen und elektronischer Überwachung gegen Mr Mobassar zu verwenden«, konterte Alex. »Und die Art, wie die Beweise gesammelt wurden, verletzt den Vierten Verfassungszusatz der amerikanischen Verfassung.«

Alex setzte zu einer detaillierten Erklärung des *Foreign Intelligence Surveillance Act* an, den er mit ›FISA-Gesetz‹ abkürzte; ein Gesetz, das später durch den *Patriot Act* geändert worden war. Dieses Gesetz schuf die Grundlage für ein Sondergericht, bestehend aus elf Bezirksrichtern, mit der Befugnis, Anträge der CIA und anderer Bundesbehörden auf elektronische Überwachung abzulehnen oder zu bewilligen, wenn es einen ›signifikanten‹ Grund dafür gab, ausländische Geheimdienstinformationen zu erhalten. Alex zufolge verstieß das gegen den Vierten Verfassungszusatz der amerikanischen Verfassung, der von der Regierung den Nachweis eines »hinreichenden Verdachts« verlangte, dass ein Verbrechen verübt wurde, bevor eine Abhöraktion oder Hausdurchsuchung durchgeführt werden durfte.

Er zitierte aus einem Fall des Obersten Gerichtshofs, in dem es um andere Umstände ging, in dem aber ein Grundsatz artikuliert wurde, der auch hier galt: »Wir dürfen die Bedingungen des Vierten Verfassungszusatzes nicht im Namen der Strafverfolgung außer Acht lassen. ... Es ist nicht zu viel verlangt, dass Polizisten die Grundanforderung des Vierten Verfassungszusatzes befolgen, bevor sie in die innersten Geheimnisse einer Person, ob zu Hause oder im Büro, eindringen. Es gibt nur wenige größere Bedrohungen der Freiheit als die durch Abhörgeräte.«

Unter normalen Umständen, erklärte Alex, müsse die Regierung einem Richter die Fakten darlegen, die einen hinreichenden Verdacht stützten. Doch unter dem FISA-Gesetz und dem *Patriot Act* sei es nicht mehr notwendig zu beweisen, dass ein Verbrechen verübt wurde, solange es bei der Überwachung um Auslandsspionage ging.

Mehr als fünfzigtausend Überwachungsvollmachten wurden gemäß dem *Patriot Act* jedes Jahr erteilt. Die Regierung hörte Hunderttausende von Gesprächen ab und filterte Millionen von E-Mails heraus, nur um

Kommunikationsmuster zu erstellen, mit dem Ziel, internationale Aktivitäten auszuräuchern. Das Gesetz erlaubte sogar geheime Durchsuchungen, bei denen Agenten in die Häuser von überwachten Personen einbrechen und heimlich ihre Sachen durchsuchen konnten, ohne es ihnen mitzuteilen.

»Als die Bundesregierung mit der Überwachung von Mr Mobassars Telefongesprächen und Kurznachrichten begann, hatte noch kein Ehrenmord stattgefunden. Ihre einzige Rechtfertigung war der *Verdacht,* dass das Islamische Lernzentrum Gelder an Organisationen schickte, die mit der Hisbollah in Verbindung standen. Die Regierung behauptet nicht einmal, dass sie einen begründeten Verdacht hatte zu glauben, ein Verbrechen sei verübt worden.«

Alex hielt einen Augenblick inne und legte seinen Notizblock auf den Tisch. Er schaute Richter Rosenthal direkt in die Augen. »Mir ist bewusst, Richter, dass Sie mit einem Urteil zu meinen Gunsten keinen Beliebtheitswettbewerb gewinnen würden, aber der Vierte Verfassungszusatz tut diesem Land seit 220 Jahren gute Dienste als letzte Verteidigungslinie gegen die Mafiamentalität, mit der wir es in diesem Fall zu tun haben. Ich bitte Euer Ehren, den *Patriot Act* für verfassungswidrig zu erklären und die Beweise abzuweisen, die aus den Kurznachrichten gesammelt wurden, die mein Mandant angeblich verschickt hat.«

»Danke, Mr Madison«, sagte Richter Rosenthal. Er machte sich ein paar Notizen, denn das sollten Richter tun, wenn sie gerecht aussehen wollten. Alex wusste, er hatte sein Bestes gegeben, doch das komische Gefühl in seiner Magengegend war wieder da. Er war sich ziemlich sicher, dass sein Bestes nicht gut genug gewesen war.

Rosenthal sagte Taj Deegan, er wolle sich jetzt ihre Seite anhören.

»Das Bundesberufungsgericht ist wahrscheinlich das liberalste Gericht im ganzen Land«, begann Taj, »und selbst dieses Gericht war nicht willens zu tun, was Mr Madison gerade gefordert hat. Der *Patriot Act* resultiert aus über vierhundert Verurteilungen, die sich aus Terrorismusermittlungen seit dem 11. September 2001 ergeben haben.

Die Regierung hatte immer die Befugnis, Auslandsgeheimdienstinformationen zu sammeln, ohne sich nach den Bestimmungen des Vierten Verfassungszusatzes zu richten. Unsere Verfassung ist etwas Wunderbares. Aber sie sollte nicht benutzt werden, um der Regierung ihre Fähigkeit zu entziehen, die Vereinigten Staaten vor ausländischen Feinden zu schützen, inklusive Terroristen.

Mr Madison hat recht mit seiner Behauptung, dass der ursprüngliche Ausgangspunkt für das Abhören der Telefone seines Mandanten der Verdacht war, dass die Moschee die Hisbollah unterstützte. Ich werde mich nicht für eine Regierung entschuldigen, die Menschen überwacht, die im Verdacht stehen, terroristische Organisationen zu unterstützen. Auf seine einfachste Form reduziert ist Mr Madisons Argument folgendes: Sie haben mein Telefon abgehört, weil Sie dachten, ich sei mit terroristischen Organisationen im Bunde. Als Folge davon haben Sie herausgefunden, dass ich Ehrenmorde an muslimischen Frauen in Auftrag gegeben habe. Folglich sollten diese Beweise ausgeschlossen werden.«

Wenn man es so ausdrückte, klang es sogar für Alex haarsträubend.

»Anders ausgedrückt: Mutmaßliche Terroristen kommen mit Morden davon, solange ihre Verbrechen technisch gesehen kein Terrorismus sind«, fuhr Taj Deegan fort. »Ich bin mir ziemlich sicher, dass unsere Gründungsväter das nicht im Sinn hatten, als sie die *Bill of Rights* erließen.«

Die Staatsanwältin wies Rosenthal auf den Krieg gegen den Terror und die zahlreichen Gerichtsbeschlüsse hin, die verschiedene Bestimmungen des *Patriot Acts* stützten. Sie benutzte das Wort ›Terrorismus‹ bestimmt fünfzehnmal, ›Gerechtigkeit‹ zehnmal und den Begriff ›Recht und Ordnung‹ mindestens fünfmal. Nachdem sie ihre Ausführungen abgeschlossen hatte, indem sie Richter Rosenthal bat, jede einzelne Bestimmung des *Patriot Acts* zu bestätigen, erwartete Alex beinahe, dass gleich der ›Yankee Doodle‹* gespielt wurde.

Stattdessen ordnete der Richter eine zehnminütige Unterbrechung an.

* * *

---

* Der ›Yankee Doodle‹ ist sozusagen die inoffizielle amerikanische Nationalhymne, ein Synonym für Amerika.

Zehn Minuten wurden zu zwanzig, und Alex dachte bei sich, dass der Richter inzwischen Zeit für mindestens drei Zigaretten gehabt hatte. Während der Wartezeit sagte Khalid zu Alex, dass seine Argumentation ›schlüssig‹ gewesen sei.

Nara zog Alex beiseite. »Wir werden verlieren, oder?«

»Wahrscheinlich.«

Alex hatte recht. Richter Rosenthal kehrte auf die Richterbank zurück, posierte für die Kameras und wies Alex' Antrag prompt ab. Er erinnerte alle daran, dass das Land sich immer noch im Krieg gegen den Terror befände. Er sei der Auffassung, dass der *Patriot Act* angemessene Sicherheitsklauseln enthalte, um dafür zu sorgen, dass die CIA und das Justizministerium mit ihren Überwachungen und Durchsuchungen nicht zu weit gingen.

Er fügte sogar ein zusätzliches Argument hinzu, das Taj Deegan gar nicht erwähnt hatte - indem er sagte, die Ehrenmorde in diesem Fall könnten selbst Terrorakte sein. Er wies Alex' Antrag nicht nur ab; er zerriss ihn förmlich in der Luft.

Der Tag hätte ein Totalverlust sein können. Doch Alex hatte noch ein Ass im Ärmel.

»Gibt es noch einen Tagesordnungspunkt?«, fragte Rosenthal. Es war als rhetorische Frage gemeint; sein Hammer war schon erhoben, bereit, niederzusausen und das Ende der Verhandlung anzuzeigen.

Alex sprang auf. »Ja, da wäre tatsächlich noch eine Sache.«

Richter Rosenthal seufzte und legte den Hammer weg.

»Da das Gericht eben festgestellt hat, dass das Abhören der Telefone meines Mandanten nach dem *Patriot Act* gegen ihn verwendet werden kann, beantrage ich die Vorlage sämtlicher Telefongespräche, Kurznachrichten und E-Mails, die sich das Justizministerium unter Berufung auf dieses Gesetz von Fatih Mahdis Telefon und Computer beschafft hat.«

Dem Blick des Richters konnte Alex entnehmen, dass sein Manöver ihn vollkommen unerwartet getroffen hatte. *Dir hab ich's gezeigt!*

»Wenn die Überwachung auf der Grundlage des *Patriot Acts* benutzt werden kann, um einen Angeklagten zu *überführen*«, fuhr Alex fort, »dann hat derselbe Angeklagte sicherlich das Recht auf Überwachung, wenn sie seine *Unschuld* beweisen kann.«

Taj Deegan sprang auf. »Wir wissen nicht einmal, ob es solch eine Überwachung gibt.«

»Das soll uns das Justizministerium sagen«, erwiderte Alex. »Alles, worum ich im Moment bitte, ist Zugang zu den Abhörprotokollen, falls sie existieren.«

»Das könnte die nationale Sicherheit gefährden«, konterte Deegan. »Darum geht es in diesem Gesetz.«

»Dann stimme ich einer Vertraulichkeitsanordnung zu, damit nur mein Mandant und ich die Informationen einsehen können«, schlug Alex vor. »Ich kläre es mit dem Gericht, bevor ich irgendeine dieser Informationen im Prozess benutze.«

Die Anwälte schwiegen beide, und alle Blicke wandten sich Rosenthal zu. Matt gesetzt tat er, was Richter tun, wenn sie keine Ahnung haben, wie sie entscheiden sollen. »Das ist ein interessanter Aspekt, Herr Anwalt. Ich bitte beide Seiten, alle Behörden, die ich in Betracht ziehen soll, innerhalb von sieben Tagen zu nennen. Ich weiß, der Prozessbeginn ist auf den dritten Dezember festgelegt. Ich habe nicht vor, den Fall wegen dieses Antrags in letzter Minute zu verschieben. Aber ich brauche ein bisschen Zeit, um den Sachverhalt zu prüfen.«

Diesmal fragte Rosenthal nicht, ob die Anwälte noch andere Anliegen hatten. Er benutzte seinen Hammer und machte Feierabend.

71

Weil es bis zu Khalids Prozess nur noch acht Tage waren, war *Thanksgiving* ein ganz normaler Arbeitstag bei Madison & Associates. Die einzige Mitarbeiterin, die an *Thanksgiving* nicht ins Büro kam, war Ramona Madison. Sie servierte den Obdachlosen das *Thanksgiving*-Essen schon seit fünfundzwanzig Jahren und war nicht bereit, ein Jahr auszulassen. Alex gab ihr den gesamten Tag frei, ließ sie aber versprechen, für alle anderen Abendessen zu kochen.

Um sechs saß die ganze Kanzlei an Ramonas Esstisch, bereit, sich auf das Festmahl zu stürzen. Shannon verbrachte *Thanksgiving* normalerweise bei ihrer Familie in Alabama, aber dieses Jahr konnte sie nicht weg. Das vierte Mitglied der Gruppe, Nara Mobassar, hatte noch nie mit jemandem *Thanksgiving* gefeiert. Alex hatte auch Khalid eingeladen, aber Ghaniyah hatte sich gesträubt, also hatte Khalid beschlossen, bei seiner Frau zu Hause zu bleiben.

Ramona hatte den Tisch mit ihrem besten Porzellan gedeckt und ließ Alex den Ton des Footballspiels abdrehen, während sie beim Essen saßen.

»Macht es Ihnen etwas aus, wenn wir uns an den Händen halten und ein kurzes Gebet sprechen?«, fragte Ramona Nara. »Wir wären alle nicht beleidigt, wenn Sie sich uns nicht anschließen wollen.«

»Das ist in Ordnung«, sagte Nara. »Eigentlich würde ich mich Ihnen sogar gern anschließen.« Sie streckte ihre Hände aus, und die anderen verstanden den Wink.

»Alex?«, bat Ramona, als sich alle an den Händen hielten. »Du bist hier der Geistliche.«

»*Ehemaliger* Geistlicher«, erinnerte sie Alex.

Er machte das Gebet kurz, konzentrierte sich auf die Dinge, für die sie dankbar waren. Am Schluss konnte er einer kurzen Bitte um Erfolg in Khalids Fall nicht widerstehen. Nach seinem Amen wiederholten die anderen das Wort, und das Festmahl begann.

»Wie hatten Sie Zeit, all das hier zu kochen und gleichzeitig in der Suppenküche zu arbeiten?«, fragte Shannon, als sie die Hauptspeisen herumreichte.

Ramona lächelte ihr schelmisch zu. »Ich spende fünfhundert im Jahr für ihre *Thanksgiving*-Speisung. Damit habe ich wohl das Recht auf ein paar Reste.«

Alex hob abrupt den Blick von dem Kartoffelpüree, das er sich gerade auf den Teller klatschte. »Du hast den Obdachlosen ihr Essen weggenommen?«

»Sie hatten jede Menge«, sagte seine Großmutter leicht defensiv. »Und wenn ich das so sagen darf: Ich glaube, sie haben mehr von dem Deal.«

Unbeirrt von der Herkunft des Essens, machte sich das Juristenteam von Khalid Mobassar mit großer Begeisterung darüber her, während Alex seine Großmutter immer wieder neckte, wie gut sie doch gekocht habe. Ramona hatte für das *Thanksgiving*-Essen eine strikte Regel aufgestellt: Es wird nicht über den Fall gesprochen. Alex konnte sehen, dass das Shannon fast umbrachte.

Kurz vor dem Nachtisch, während Ramona die Teller abräumte, lieferte Nara Shannon eine Gesprächseröffnung.

»Wann geht der Fall meiner Mutter vor Gericht?«, fragte sie.

»Am zehnten Januar«, sagte Shannon. »Aber Ihre Mutter wird Samstag in einer Woche ihre eidliche Aussage machen. Ich habe auf die Aussagen der Verteidigung gedrängt, und der Richter hat letzte Woche entschieden, dass die Anklagepartei zuerst Ghaniyahs Aussage aufzeichnet.«

»Ich kann immer noch nicht fassen, dass Richter Lewis das gemacht hat«, sagte Alex. »Ich glaube, er hat sich von Strobel einschüchtern lassen.«

Sie hatten dieselbe Diskussion schon mehrmals im Büro geführt. Mack Strobel und Kayden Dendy wollten Ghaniyah unbedingt befragen. Shannon hatte sich widersetzt; sie wusste, ihre Mandantin war noch nicht bereit. Vor Kurzem hatte Strobel sich bei Gericht beschwert, und Richter Lewis hatte Shannon angewiesen, Ghaniyah für die Befragung zur Verfügung zu stellen. Shannon weigerte sich, auch nur einen Tag von Khalids Prozess zu verpassen, deshalb hatte man sich auf einen Kompromiss geeinigt. Ghaniyahs eidliche Aussage würde an einem Samstag stattfinden.

»Sie wird eine fürchterliche Zeugin abgeben«, sagte Nara.

Die Bemerkung fiel ein bisschen aus dem Rahmen, und ein paar Sekunden lang antwortete niemand. »Unser eigentliches Problem ist, dass Ihre Mutter eine zu *gute* Zeugin abgeben könnte«, erwiderte Shannon. »Sie erholt sich prima, was gut ist. Aber wenn sie sich bei ihrer Aussage zu gut schlägt, könnte es sein, dass ihr die Jury nicht glaubt, dass sie an einer ernsten Kopfverletzung leidet.«

72

Gegen sieben waren sie mit dem Essen fertig, und Alex war sich ziemlich sicher, dass Shannon ins Büro zurückfahren würde. Weil Nara auf dem Hinweg mit Shannon gefahren war, bot Alex ihr an, sie nach Hause zu fahren. Shannon hob die Augenbrauen, wollte aber offenbar keine Szene machen.

Ramona hatte keine derartigen Vorbehalte. »Reißt euch aber in der Öffentlichkeit zusammen«, sagte sie.

»Du bist gefeuert«, antwortete Alex.

Auf dem Weg zu den Mobassars hatte Alex eine geniale Idee. »Hast du ein paar Minuten, um mit mir zur Strandpromenade zu fahren?«, fragte er Nara.

Nara sah ihn fragend an. »Warum?«

»Zu dieser Jahreszeit ist die Promenade mit spezieller Weihnachtsbeleuchtung gesäumt. Man fährt mit dem Auto in der Mitte durch und sieht alle möglichen coolen Motive.« In Wahrheit war die Weihnachtsbeleuchtung gar nicht so spektakulär, aber Alex freute sich auf Zeit mit Nara allein.

»Klingt toll«, sagte sie. Und mir nichts, dir nichts fühlte sich Alex wie ein Teenager beim ersten Date.

Die Nacht war klar und kalt, eine steife Brise blies vom Meer her. Alex zahlte die zehn Dollar am Ende der Promenade und schaltete die Scheinwerfer aus. An der Auffahrt zur Promenade gab es einen kleinen Stand mit heißer Schokolade, und Alex kaufte einen Becher, um ihn mit Nara zu teilen.

Weil es der Abend von *Thanksgiving* war, herrschte ein stetiger Verkehrsstrom. Die Autos bewegten sich im Schneckentempo, aber Alex hatte es nicht eilig. Knapp zehn Kilometer pro Stunde waren genau das Richtige für ihn.

Er legte die CD ein, die einfach dazugehörte – eine Weihnachts-CD. Zu ihrer Linken erhoben sich Hotels in den Himmel, und rechts erstreckte sich der Sandstrand. Die Sponsoren des Events hatten ihre Sache clever gemacht und innovative Leuchtinstallationen auf beiden Seiten angebracht. Santa Claus surfte. Bewegliche Lichter täuschten springende

Haie im Sandmeer vor. Ein Monstertruck aus Lichtern blinkte ihnen entgegen. Fische sprangen in einem beleuchteten Bogen über die Promenade.

Alex sah hin und wieder zu seiner Beifahrerin hinüber. Das Mondlicht spiegelte sich im Meer und schimmerte in ihren Haaren. Ihre Gesichtszüge hoben sich als Silhouette vor dem Strand ab, und sie sah schöner aus denn je.

Ihm war romantisch zumute, doch Nara hatte anscheinend anderes im Kopf.

»Hast du mal recherchiert, ob unser Zusammenstoß mit der Hisbollah vor Gericht zugelassen werden kann?«, fragte sie.

Die Frage kam aus dem Nichts, mitten in einer langen Darstellung der zwölf Weihnachtstage.

Alex zwang seine Gedanken zurück zu den profaneren Themen der Juristerei. »Streng genommen ist das, was unsere Entführer gesagt haben, Hörensagen«, antwortete er. Dabei hätte er es belassen können, aber er wollte sie nicht anlügen.

»Allerdings gibt es drei Ausnahmen, die hier vielleicht anwendbar wären. Wie ich schon im Libanon erwähnt habe, sind Aussagen, die den eigenen Interessen schaden, zulässig, wenn sie unterstützendes Beweismaterial sind. Wir könnten argumentieren, dass die Aussagen unserer Entführer dir gegenüber Aussagen gegen ihr eigenes Interesse waren. Ich meine, sie haben ja quasi die Beteiligung der Hisbollah zugegeben.«

Alex hatte das Gefühl, als habe er gerade eine romantische Fahrt über die Uferpromenade in eine Juravorlesung verwandelt. So viel zum Thema Stimmungstöter.

»Was für eine Art von unterstützendem Beweismaterial brauchen wir?«, fragte Nara.

»Eigentlich alles. Wir haben ein paar Fotos von dem Schnitt an deinem Hals gemacht – das könnte funktionieren. Es wäre sogar noch besser, wenn wir einen Computerfreak finden würden, der sich auf die versteckte Internetseite hacken könnte, auf der sie das Video gepostet haben.

Das unterstützende Beweismaterial ist nicht das Problem, Nara. Aber ich hole dich nicht in den Zeugenstand, solange du nicht damit einverstanden bist, im Zeugenschutzprogramm mitzumachen.«

Das war nicht das erste Mal, dass Nara das hörte. Aber heute Abend weigerte sie sich nicht sofort. Stattdessen starrte sie ein paar Minuten aus dem Seitenfenster. Alex fuhr schweigend weiter – die Lichter hatten ihre Anziehungskraft verloren.

»Das Problem ist, dass ich nicht glaube, dass deine Regierung mich beschützen wird«, sagte sie leise. Alex drehte die Musik ein bisschen leiser. »Es ist dieselbe Regierung, die meinen Vater unter Mordanklage stellt. Dieselbe Regierung, die alle seine Telefongespräche aufgezeichnet und jede einzelne seiner E-Mails abgefangen hat. Deine Regierung hat denen, die meinen Glauben teilen, den Krieg erklärt, und jetzt verlangst du von mir, ihr zu vertrauen.«

»Es ist ein anderer Teil der Regierung«, widersprach Alex. »Wir sprechen hier von den *U. S. Marshals*, nicht von der CIA. Und sie wissen, wie sie ihre Zeugen abschirmen können.«

»Woher willst du das wissen? Glaubst du, sie verraten es dir, wenn einer ihrer Zeugen umgebracht wird?«

»Was nur für mein Argument spricht«, konterte Alex. Er hielt seinen Tonfall so verständnisvoll wie möglich, aber er wollte Nara klarmachen, dass er sich nicht abbringen lassen würde. »Ich kann dich nicht in den Zeugenstand holen, wenn du nicht mitmachst. Egal, was nach dem Prozess passiert – du wärst in zu großer Gefahr.«

»Mein Vater ist dein Mandant«, erinnerte sie ihn. »Deine einzige Verpflichtung ist, zu entscheiden, ob ich für seinen Fall hilfreich sein könnte oder ihm schaden würde. Habe ich nicht recht?«

Alex schaute stur geradeaus. Diese Frau wusste einfach, wie sie einen auf die Palme brachte. Und zufällig hatte sie recht – Khalid zu verteidigen sollte *eigentlich* sein einziges Problem sein. War es aber nicht.

»Ich will dich nicht verlieren«, sagte er.

Sein Geständnis überraschte ihn genauso wie es Nara zu überraschen schien. Sie wandte sich vom Fenster ab und sah ihn an. »Das ist sehr süß«, sagte sie.

Sie beugte sich herüber, und bevor er wusste, wie ihm geschah, gab sie ihm einen Kuss auf die Wange.

Seine Gedanken rasten sofort zu den Fotos von sich und Nara, wie sie sich nach ihrem Paddleboarding-Abenteuer umarmten. Er schaute prüfend in den Rückspiegel und sah sich auf beiden Seiten der Promenade um. Es war dunkel, und es war keiner in der Nähe.

Nara lächelte. »Wir sind sicher«, sagte sie. »Ich habe es kontrolliert.«

Sie hatte recht. Das Einzige im Sand zu ihrer Rechten waren fünf goldene Ringe. Das Auto hinter ihnen hatte die Scheinwerfer ausgeschaltet. Es war keine Menschenseele zwischen ihnen und den Hotels auf der linken Seite.

Mit der linken Hand am Lenkrad streckte Alex die rechte Hand aus und umfasste sanft ihren Hinterkopf. Er beugte sich zu ihr hinüber, und diesmal war er derjenige, der sie küsste, etwas, was er schon seit langer Zeit tun wollte. Die Alarmglocken schrillten – sie war die Tochter eines Mandanten; sie betete zu einem anderen Gott; er sollte sich mitten in einem Fall nicht gefühlsmäßig auf jemanden einlassen.

Aber er schaltete die Alarmglocken ab und genoss den Augenblick, schmeckte die heiße Schokolade in ihrem Atem und verlor sich in ihrem Kuss. Als sie sich schließlich zurückzog, holte sie tief Luft, lächelte und sah ihn mit einer Mischung aus Überraschung und Zuneigung an.

Alex wurde bewusst, dass er gerade jede vertretbare gesellschaftliche und professionelle Grenze überschritten hatte – ganz zu schweigen von der biblischen.

Er wollte etwas sagen – sich vielleicht entschuldigen –, doch Nara legte ihm einen Finger an die Lippen. »Lass uns einfach den Moment genießen«, sagte sie. »Wir können ihn später analysieren.«

Sie hatte schon wieder recht. Er legte seine rechte Hand auf ihre, und sie verflochten ihre Finger. Ein paar Minuten lang fuhren sie schweigend, und zum ersten Mal seit Wochen vergaß Alex den Fall. Stattdessen konzentrierte er sich auf die Elektrizität, die aus ihrer Hand in seine zu fließen schien. Er lächelte über die Absurdität der ganzen Situation vor sich hin.

Bing Crosby sang von der CD und träumte mitten im schimmernden Sand von Virginia Beach von einer weißen Weihnacht. Sie kamen an zwei Turteltauben zu ihrer Linken vorbei, näherten sich einem Rebhuhn in einem Birnbaum zur Rechten, und Alex war dabei, sich in eine Frau vom anderen Ende der Welt zu verlieben, deren Kultur praktisch im Krieg mit seiner eigenen lag.

Und in einer Woche würde er ihren Vater im größten Mordfall vertreten, den Virginia Beach je gesehen hatte.

* * *

Hassan Ibn Talib hätte nicht empörter sein können. Er fuhr langsam durch die Weihnachtsbeleuchtung auf der Uferpromenade, zwei Wagen hinter Alexander Madisons Truck.

Es überraschte ihn nicht, dass Nara Mobassar Zeit allein mit dem amerikanischen Anwalt ihres Vaters verbrachte. Ihre liberalen Ansichten hatten nie den wahren muslimischen Glauben verkörpert. Hassan hatte das Gefühl, dass sie kurz davor stand, den letzten Schritt zu tun und den Glauben vollends abzulehnen.

Sie sollte es eigentlich besser wissen. Es gab einen speziellen Platz in der Hölle für solche wie Nara, die so viele Menschen von Allah wegführten. Hassan hatte schon Frauen enthauptet, die weit weniger Schaden angerichtet hatten.

Wenn man Hassan fragte, war Nara Mobassar nur dem Namen nach Muslimin. Natürlich behauptete sie, eine Jüngerin Mohammeds zu sein. Sie betete fünfmal am Tag, und sie sagte die richtigen Dinge. Aber es war nur Fassade - alles dazu gedacht, das Herz einer Ungläubigen zu verbergen.

Sie hatte im Lauf der Zeit viele Menschen getäuscht. Hassan gehörte nicht dazu. Er wusste es besser. Oft war die gefährlichste Täuschung die, die am ehesten nach der Wahrheit aussah.

73

Die Tage zwischen *Thanksgiving* und dem Beginn von Khalids Prozess waren ein einziger Nebel von Papierkram und Prozessvorbereitung. Alex kam jeden Tag um acht Uhr morgens ins Büro und war meistens der Letzte, der ging - regelmäßig nach Mitternacht. Er musste Informationen über die Zeugen vorbereiten, Zeugenladungen beantragen, Beweise durchgehen und ein Eröffnungsplädoyer schreiben. In der Zwischenzeit übernahm Shannon die Führung bei den Anträgen, die gestellt werden mussten, der Rechtsbelehrung der Geschworenen und beim Zusammentragen von Informationen über die zukünftigen Geschworenen.

Alex verbrachte drei ganze Nachmittage damit, Khalid auf seine Aussage im Zeugenstand vorzubereiten. Während einem dieser Nachmittage führte Shannon ein gespieltes Kreuzverhör mit ihm durch, und sie nahmen Khalids Antworten auf Video auf.

Kompliziert wurde das Ganze dadurch, dass Alex nicht so konzentriert war, wie er hätte sein sollen. Obwohl er und Nara beide versuchten, so zu tun, als wäre der Kuss am *Thanksgiving*-Abend nie geschehen, bekam er sie einfach nicht aus dem Kopf. Die anderen im Team spürten offensichtlich, dass sich zwischen Alex und Nara etwas dramatisch verändert hatte.

Zum Beispiel gingen sie einander nicht mehr ständig gegenseitig wegen Prozessstrategien an die Gurgel. Um genau zu sein, unterstützte Nara Alex so sehr, dass es für alle anderen schon ein bisschen peinlich wurde. All das machte Shannon nur noch nüchterner und geschäftsmäßiger; Alex meinte, einen kleinen Anflug von Eifersucht in der Luft wahrzunehmen.

An einem Spätnachmittag machte Alex' Großmutter eine Bemerkung dazu. »Es geht mich wirklich nichts an, was zwischen dir und Nara vor sich geht«, sagte Ramona, »ich weiß nur, dass dein Großvater ein paar ziemlich strikte Regeln zum Thema Verbrüderung mit Mandanten hatte.«

»Ich verbrüdere mich nicht mit ihr«, sagte Alex. *Und es geht dich auch wirklich nichts an,* hätte er am liebsten hinzugefügt.

Ramona schaute sich rasch um. Alex spürte, dass sie sich gut überlegt hatte, ob sie überhaupt etwas sagen sollte. »Ich will nur nicht, dass du die Sache mit Shannon vermasselst«, sagte sie. »Ich fand schon immer, ihr beide würdet ein tolles Paar abgeben.«

Die Bemerkung traf Alex ein bisschen überraschend. Er und Shannon hatten eine großartige Freundschaft entwickelt. Doch auch schon bevor Nara auf der Bildfläche erschienen war, hatte er beschlossen, keine besondere Freundschaft dadurch zu ruinieren, dass er noch einen Versuch machte, mit ihr auszugehen. »Shannon und ich sind wirklich gute Freunde, Grandma. Und wir arbeiten super zusammen. Aber wir haben eine Art unausgesprochenen Pakt, dass wir das nicht aufs Spiel setzen, indem wir versuchen, mehr daraus zu machen.«

»Verstehe«, sagte Ramona. »Und wie ich schon sagte, es geht mich wirklich nichts an. Ich bin mir nur nicht so sicher, dass Shannon noch weiß, dass sie diesen Pakt unterschrieben hat.«

* * *

Drei Tage vor dem Prozess überraschte Richter Rosenthal Alex, indem er die Regierung aufforderte, unverzüglich Fatih Mahdis Telefongespräche, Kurznachrichten und E-Mails vorzulegen. Am nächsten Tag kamen Kisten voller CDs und Dokumente an. Ramona und Nara begannen sofort mit der langweiligen Aufgabe, sich sämtliche Telefongespräche anzuhören und jede einzelne E-Mail und SMS zu lesen, die Fatih geschickt oder bekommen hatte.

Als der Prozesstermin näherrückte, schwankte Alex immer noch, ob er Nara in den Zeugenstand holen sollte oder nicht. Die Qual dieser Entscheidung wurde noch durch die Tatsache verschlimmert, dass er mit niemandem außer ihr selbst darüber sprechen konnte.

Am Vorabend des Prozesses einigten sie sich darauf, die Entscheidung vom Verlauf der Verhandlung abhängig zu machen. Nara würde nur in den Zeugenstand gehen, wenn es aussah, als würden sie andernfalls den Fall verlieren.

74

Wie die Gegenpartei hatte auch Taj Deegan jeden Abend bis spät in die Nacht gearbeitet. Sie fand es schrecklich, die Kinder nicht zu sehen, aber es gehörte zu dem Preis, den sie zahlte. Und so war es eine willkommene Unterbrechung, als am Abend vor dem Prozess die Nummer der Babysitterin auf Tajs Telefon auftauchte. So konnte sie den Kindern sagen, wie sehr sie sie liebte, bevor sie schlafen gingen.

Aber als sie abhob und die Angst in der Stimme der Babysitterin hörte, gefror Taj das Blut in den Adern. Einen Augenblick lang fühlte es sich an, als sei ihr buchstäblich das Herz stehen geblieben.

»Sie müssen sofort nach Hause kommen.« Die Frau war atemlos. Sie weigerte sich, Taj zu sagen, was los war. »Sie müssen das einfach sehen. Den Kindern geht es beiden gut.«

Die Viertelstunde, die Taj brauchte, um nach Hause zu kommen, kam ihr vor wie fünf Stunden. Als sie ankam, weinte ihre Tochter. Ihr Sohn, erst in der vierten Klasse, versuchte, die Fassung zu bewahren. Die Babysitterin zog Taj beiseite und zeigte ihr eine Nachricht.

Wenn Khalid Mobassar verurteilt wird, gibt es mindestens noch eine Enthauptung.

»Ich habe das auf dem Kopfkissen Ihrer Tochter gefunden«, sagte die Babysitterin.

Taj spürte, wie die Wut in ihr hochkochte, während sie versuchte, Haltung zu bewahren. Die Babysitterin hatte den Zettel in der Hand gehabt und vermutlich alle Fingerabdrücke zerstört. »Packen Sie eine Tasche für die Kinder für die Nacht«, befahl sie ihr. »Bringen Sie sie zu meiner Mutter. Ich lasse heute Nacht mehrere Streifenwagen vor ihrem Haus postieren. Ich selbst werde ungefähr um Mitternacht da sein.«

Dann rief sie auf der Stelle *Chief* Stargell an und erzählte ihm von der Drohung. Sie machte deutlich, dass sie persönlich mit dem Spurensicherungsteam zusammenarbeiten wolle.

Als das Gespräch beendet war, schlüpfte Taj in ihre Mutterrolle. Sie versammelte die Kinder auf der Wohnzimmercouch und versuchte, sie zu beruhigen. Sie legte die Arme um beide und drückte sie fest an sich.

»Ich habe Angst«, sagte ihre Tochter. Tränen rannen ihr über die Wangen.

»Du musst keine Angst haben«, sagte Taj. Und sie meinte es auch so. »Mama sorgt dafür, dass der Kerl den Rest seines Lebens im Gefängnis verbringt.«

75

Alex wachte am Freitag, dem 3. Dezember, mit dem Gefühl auf, gar nicht richtig geschlafen zu haben. Als er um Mitternacht das Büro verlassen hatte, waren seine Großmutter und Nara immer noch in Fatih Mahdis Akten vertieft gewesen. Die Ausdauer seiner Großmutter war erstaunlich. Alex hoffte, er würde auch nur halb so viel Energie haben, wenn er so alt war wie sie. Aber er wusste, er brauchte ein wenig Schlaf, sonst war er am ersten Prozesstag reizbar und schwer von Begriff.

Alex rasierte sich, zog seinen einzigen Anzug an und schüttete zwischendurch zwei Tassen Kaffee in sich hinein. Er hatte jetzt schon eine Heidenangst. Ihm war eiskalt, sein Magen war in Aufruhr, und er konnte nicht stillsitzen und alles durchdenken. Es war gut, dass es Shannons Aufgabe sein würde, in den nächsten Tagen die Geschworenen auszuwählen. So lange würde Alex brauchen, um sich zu beruhigen.

* * *

Als Anwalt lernte man früh, am ersten Prozesstag das Unerwartete zu erwarten, also versuchte Alex, sich nicht aus dem Gleichgewicht bringen zu lassen, als ein *Deputy* verlangte, dass er, Shannon und Khalid Mobassar sich mit Richter Rosenthal in seinem Amtszimmer trafen.

»Worum geht es?«, wollte Khalid wissen.

»Ich habe nicht die leiseste Ahnung«, musste Alex zugeben.

Sie folgten dem *Deputy* durch die Tür hinter der Richterbank. Ein weiterer *Deputy* schloss sich ihnen an, als sie den Gang entlanggingen und zu Rosenthals Amtszimmer abbogen. Der Richter saß hinter seinem Schreibtisch und rauchte, die Luft war abgestanden und rauchgeschwängert. Er begrüßte sie und bat sie dann in ernstem Ton, sich zu setzen. Taj Deegan und *Detective* Derrick Sanderson waren schon da, und Alex wusste, dass etwas Großes im Gange war.

»Wo ist die Gerichtsschreiberin?«, fragte Richter Rosenthal. Er zog an seiner Zigarette und klopfte etwas Asche ab.

»Sie ist unterwegs«, antwortete der *Deputy*. Der Mann hatte sich direkt neben Khalid positioniert.

Richter Rosenthal richtete seine Aufmerksamkeit auf ein paar Papiere auf seinem Tisch.

»Worum geht es?«, fragte Alex.

Rosenthal blickte auf. »Das sage ich Ihnen, sobald die Gerichtsschreiberin hier ist.«

Sie warteten ein paar Minuten in absolutem Schweigen. Alex warf Shannon einen Blick zu, und sie zuckte die Achseln. Alex wusste, ihr Magen überschlug sich wahrscheinlich im Moment genauso wie seiner.

Ein paar Minuten später kam die Gerichtsschreiberin und stellte ihre Stenomaschine auf. Rosenthal nannte fürs Protokoll die Nummer des Falls, zählte die Anwesenden auf und übergab dann das Wort an Taj Deegan.

»Gestern Abend rief mich meine Babysitterin an, nachdem sie eine Nachricht auf dem Kopfkissen meiner Tochter gefunden hatte.« Taj starrte Khalid einen Augenblick an. »*Detective* Sanderson ist hier, um über die darauf folgende Untersuchung auszusagen. Ich habe die Nachricht in einer Plastikhülle hier und möchte sie für diese Anhörung als Beweisstück A aufnehmen lassen.«

»Was für eine Anhörung?«, fragte Alex. »Ich wurde nicht über eine Anhörung informiert.«

»Lassen Sie sie ausreden«, schnauzte Rosenthal. Sein giftiger Tonfall überraschte Alex.

»Ich möchte die Nachricht außerdem als Beweis vorlesen«, fuhr Taj fort. Sie wirkte unnatürlich beherrscht, die Stimme kalt und hart. »Hier steht: ›Wenn Khalid Mobassar verurteilt wird, gibt es mindestens noch eine Enthauptung.‹«

Alex stockte der Atem. Shannon wurde blass. Khalid blieb stoisch, als habe er nicht einmal gehört, was die Staatsanwältin sagte.

»*Detective* Sanderson kann Sie über die Einzelheiten seiner Untersuchung informieren«, fuhr Deegan fort. »Im Moment hat die Polizei noch keine Hinweise, abgesehen von dem offensichtlichen Bezug zum Angeklagten. Meine Kinder stehen rund um die Uhr unter Bewachung, und sie haben verständlicherweise Todesangst.«

Deegan unterbrach sich kurz, um ihren Zorn unter Kontrolle zu halten. »Es ist offensichtlich, dass der Angeklagte oder jemand, der mit ihm zu tun hat, versucht, diesen Prozess zu stören, indem er mich und meine Familie einschüchtert. Wer weiß? Er könnte bereits ähnliche Drohungen gegen potenzielle Geschworene oder Zeugen ausgesprochen haben. Folglich bitte ich das Gericht, die Kaution aufzuheben und die Geschworenen zu isolieren.«

»*Was?*« Das Wort war draußen, bevor Alex überhaupt wusste, dass er es gesagt hatte. Er wandte sich an Taj Deegan. »Welche Beweise haben Sie, dass *mein Mandant* hinter dieser Sache steckt?«

»Was glauben Sie, wer das sonst war?«, schoss sie zurück. »Machen Sie die Augen auf, Alex! Glauben Sie, das hat jemand als Schabernack gemacht? Dass mich vielleicht nur jemand aus meinem Büro veräppeln will?«

Rosenthal legte seine Zigarette in einen Aschenbecher und hob die Hand. »Das reicht. Ich kann es nicht gebrauchen, dass Sie zwei sich an die Kehle gehen, bevor wir überhaupt die Geschworenen ausgewählt haben.« Der Richter seufzte und drückte seine Zigarette aus. »Bleiben wir mal beim Thema. Mr Madison, was haben Sie zum Antrag der Staatsanwaltschaft zu sagen, die Kaution aufzuheben und die Geschworenen zu isolieren?«

»Das ist lächerlich«, sagte Alex. »Mr Mobassar saß gestern Abend mit seiner kranken Frau zu Hause, und zwar mit einer gerichtlich angeordneten elektronischen Fußfessel. Warum sollte er so etwas tun? Und *wie* überhaupt? Als Nächstes wird Ms Deegan mit einem Geständnis aus zusammengeklebten Zeitungsbuchstaben ins Gericht marschieren und behaupten, das müsse als Beweis anerkannt werden.«

»Ihren Sarkasmus können Sie sich sparen«, sagte Taj. Ihre Stimme war schneidend, wie Alex es noch nie zuvor gehört hatte. Sie drehte sich zu ihm um, mit flammendem Blick und gespannten Nackenmuskeln. »Niemand bedroht meine Kinder! Wenn Sie recht haben und es nur eine Falle ist, dann sollten Sie mit mir zusammenarbeiten und unterstützen, dass Mr Mobassar in Untersuchungshaft zurückgeholt wird, damit ihm nichts weiter vorgeworfen werden kann.«

Der Richter hob zum zweiten Mal die Hand. »Okay«, sagte er und zog das Wort lang, während er nachdachte. »Ich habe genug gehört. Folgendes werden wir tun: Soweit ich weiß, gibt es keine Beweise, die diese

Botschaft mit Mr Mobassar in Verbindung bringen.« Rosenthal sah *Detective* Sanderson an. »Stimmt das so?«

»Abgesehen von der Bezugnahme auf den Fall«, sagte *Detective* Sanderson.

»Ja, das habe ich verstanden«, sagte Rosenthal. »Und selbst ohne die Existenz einer direkten Verbindung hat das Gericht großen Spielraum, wenn es um Kautionen geht. Ich neige dazu, Ms Deegan zuzustimmen, dass es besser ist, auf Nummer sicher zu gehen. Ich kann nicht zulassen, dass dieser Fall wegen Einschüchterungen und Drohungen scheitert.«

Der Richter wandte sich direkt an Khalid. »Falls Sie irgendwie hinter dieser Sache stecken, Sir, sollten Sie wissen, dass sich weder die Staatsanwältin noch der Richter einschüchtern lassen.« Der Richter hielt einen Moment inne, bevor er fortfuhr: »Und wenn Sie nicht hinter der Sache stecken, dann schützt die Entziehung Ihrer Kautionsgenehmigung Sie davor, für Dinge verantwortlich gemacht zu werden, die Sie nicht getan haben.

Folglich bewillige ich den Antrag der Staatsanwaltschaft, Mr Mobassars Kaution während des Prozesses zurückzuziehen, und beschränke seine Kommunikation auf seine Anwälte und seine Familie ...«

»Aber das hat sie nicht einmal beantragt!«, unterbrach ihn Alex.

Der Richter warf ihm einen bösen Blick zu. »Sie muss es nicht beantragen. Ich habe die absolute Macht, meine eigenen Bedingungen aufzuerlegen, und das habe ich eben getan.«

»Wir verstehen, Euer Ehren«, sagte Shannon. Ihr war offensichtlich klar, dass Alex gerade zu emotional war, um zu reagieren, und sich nur noch eine tiefere Grube gegraben hätte, wenn sie ihn gelassen hätte. »Vermerken Sie bitte unseren Einspruch.«

»Ist vermerkt«, sagte Rosenthal. Sein Tonfall war jetzt wieder ruhiger. »Angesichts dieses Ereignisses bin ich außerdem der Meinung, dass das Gericht die Geschworenen isolieren muss.«

»Dagegen erheben wir ebenfalls Einspruch, aber wir verstehen die Besorgnis des Gerichts«, sagte Shannon rasch.

Rosenthal nickte ihr zu. »Ich hielt es für das Beste, diese Anhörung in meinem Amtszimmer durchzuführen, damit die Medien keinen Wind davon bekommen, was passiert ist, und während des Geschworenenauswahlprozesses eine Story veröffentlichen. Wir werden auch so schon genug Probleme damit haben, eine unvoreingenommene Jury zusammenzustellen. Falls eine der beiden Seiten Einwände hat, gehe ich gerne in die offene Verhandlung und lege die Gründe für meine Entscheidungen offiziell dar.« Rosenthal schaute von Taj zu Alex und wieder zurück.

»Wir wollen das Ganze nicht komplizierter machen, als es schon ist«, sagte Taj.

»Wir sind einverstanden«, sagte Alex, auch wenn sein Tonfall eher sagte: *Was soll das bringen?*

Rosenthal dachte kurz darüber nach. »Irgendetwas werde ich in der offenen Verhandlung sagen müssen. Die Geschworenen zu isolieren, ist ein einfaches Thema. In Fällen wie diesem wird es oft so gemacht, um die Geschworenen von der Presse abzuschirmen. Aber ich werde ihnen erst heute Abend sagen, dass sie isoliert werden, damit wir nicht mehr als die übliche Anzahl von Leuten haben, die versuchen, sich zu drücken.

Aber im Hinblick auf den Widerruf der Kautionsvereinbarung habe ich vor, einfach zu sagen, dass dem Gericht einige Dinge zu Ohren gekommen sind, die es rechtfertigen, dass dem Angeklagten die Erlaubnis, sich auf Kaution frei zu bewegen, wieder entzogen wird. Die Presse wird sich wahrscheinlich auf die Informationsfreiheit berufen und Einsicht ins Protokoll dieser Anhörung beantragen, aber damit beschäftige ich mich, wenn es so weit ist.«

* * *

Als Rosenthal die Verhandlung an diesem Morgen eröffnete, verkündete er nüchtern, dass er auf einige Dinge aufmerksam gemacht worden sei, aufgrund derer er es für klug halte, Mr Mobassars Kautionsvereinbarung zurückzuziehen. Dann ließ er den *Deputy* die angehenden Geschworenen hereinbringen und setzte zu einer Erklärung über den Geschworenenauswahlprozess an. Den Rest des Vormittags versuchten Richter Rosenthal und die Anwälte, unvoreingenommene Geschworene für den Fall zu finden.

Die Medienanwälte verschwendeten keine Zeit. Bis zur Mittagspause hatten sie ihre Anträge auf Vorlage des Protokolls der Anhörung in Richter Rosenthals Amtszimmer eingereicht. Der Richter sagte, sie könnten den Antrag am Montagmorgen begründen, er werde dann danach entscheiden.

Der Rest des Freitags wurde von der langwierigen Prozedur eingenommen, einzelne Geschworene nach ihren Sichtweisen und Neigungen zu befragen. Jeder Einzelne von ihnen hatte von den Enthauptungen gehört. Die meisten versprachen, unvoreingenommen sein zu können, unabhängig davon, was sie gesehen oder gelesen hatten.

Doch einige der Geschworenen – vor allem die, die freiberuflich arbeiteten, wie Alex bemerkte – waren offener, was ihre Fähigkeit zur Unvoreingenommenheit anging. »Es wäre hart«, gab ein Geschworener zu. »Soweit ich weiß, haben sie eine SMS, die von seinem Handy verschickt wurde.« Ein anderer holte gegen Alex und seinen Antrag auf Beweisabweisung aus: »Ehrlich gesagt, Herr Richter, hätte ich Probleme damit, jemandem zuzuhören, der schon den *Patriot Act* angefochten hat, um ein Schlupfloch für seinen Mandanten zu finden.«

Damit sich die Geschworenen nicht gegenseitig beeinflussten, wurde ein Großteil der Befragungen mit den Geschworenen einzeln durchgeführt, während die anderen im Beratungsraum warteten. Shannon hatte eine schlaue Art, mit den Geschworenen zu reden, damit sie ihre Deckung fallen ließen und ihnen ein paar ihrer Vorurteile herausrutschten. Sie und Deegan debattierten dann ausführlich, ob dieser Geschworene bleiben oder gehen sollte. Am Ende des Tages waren die beiden Parteien erst achtzehn mögliche Geschworene durchgegangen und hatten fünfzehn aus wichtigem Grund abgelehnt. Keiner der übrigen drei Geschworenen war ein Angehöriger des muslimischen Glaubens.

»Bei diesem Tempo gebe ich mein Eröffnungsplädoyer nicht vor Dienstag«, flüsterte Alex Shannon zu.

»Willst du eine unbefangene Jury oder einen Lynchmob?«, flüsterte Shannon zurück.

»Bisher ist der Unterschied schwer zu erkennen.«

76

Von Freitag bis zur Fortführung der Verhandlung am Montagmorgen wohnte Alex praktisch im Büro. Aber egal, wie früh er kam oder wie spät er ging: Shannon war vor ihm da und blieb länger.

Der Rest der Welt war in Weihnachtsstimmung, aber für Madison & Associates gab es keine einzige Weihnachtskarte oder Dekoration im Büro. Vor allem auch keinen Baum. Diese Dinge brauchten alle Zeit – das Einzige, was Khalid Mobassars Anwaltsteam nicht hatte.

Bis Montagmorgen lagen auf jedem Quadratzentimeter des Büros Dokumente verteilt. Sie hätten immer noch ungefähr zehn Tage mehr für die Prozessvorbereitung gebraucht – und zehn Anwälte mehr. Und als Alex sich am Montagmorgen erschöpft aus dem Bett quälte, konnte er sich nicht mehr erinnern, wann er das letzte Mal länger als fünf Stunden geschlafen hatte.

Richter Rosenthal benutzte die Vormittagssitzung, um das Problem zu lösen, ob er das Protokoll der Anhörung in seinem Amtszimmer herausgeben musste. Medienanwälte reichten dicke Schriftsätze ein und argumentierten lang und breit. Alex und Taj Deegan sagten beide, es gäbe keinen Grund, das Protokoll zu veröffentlichen, während sie die Geschworenen auswählten. Richter Rosenthal entschied am Ende, das Thema bis zum nächsten Tag zu überdenken.

Alex lächelte vor sich hin. Der Richter würde das Protokoll herausgeben, aber er würde warten, bis die Jury sicher ausgewählt und isoliert war.

Bis Dienstagnachmittag war eine Jury aus zwölf Geschworenen und zwei Ersatzmännern zusammengestellt, und Richter Rosenthal gab prompt das Protokoll frei. Alex ließ sein Team, vor allem Nara, versprechen, keine Zeitungs- oder Fernsehberichte zu lesen oder zu sehen. Das Ganze wurde gerade nur noch hässlicher, und sie konnten keine Ablenkung gebrauchen.

Die Geschworenen waren überwiegend weiß, und acht von den zwölf Hauptgeschworenen waren Frauen. Es gab weit und breit keinen Muslim oder jemanden aus dem Nahen Osten.

»Und das nennst du eine Jury aus Seinesgleichen?«, flüsterte Alex Shannon zu.

»Nächstes Mal wählst du die Geschworenen aus«, gab Shannon zurück.

* * *

Am Dienstag um zehn Uhr abends versammelte Alex sein Team im Konferenzraum und machte den Tisch frei. Er stand an einem Ende, während Shannon, Nara und Ramona es sich auf den Stühlen bequem machten, die überall im Raum verteilt standen.

»Meine Damen und Herren Geschworenen, ich habe die Ehre, Khalid Mobassar zu vertreten …«

Alex brauchte fünfundzwanzig Minuten für den ersten Probelauf seines Eröffnungsplädoyers. Als er fertig war, sagten ihm die anderen einer nach dem anderen, was sie davon hielten. Nara fand es toll, und Alex wusste, dass Shannon am liebsten die Augen verdreht hätte. Ramona fand, Alex sollte es noch ein bisschen aufmotzen und ihm die Dramatik verleihen, die seinen Predigten eigen war. Shannon sagte, Alex klänge zu argumentativ. »Ich will nicht, dass der Richter direkt zu Prozessbeginn einem Einspruch gegen uns stattgibt. Ich sehe dich eher als Geschichtenerzähler und weniger so, als würdest du ein Argument vorbringen.«

Alex hielt das Eröffnungsplädoyer ein zweites Mal, und weitere Kritik folgte, manchmal im Widerspruch zu den ersten Kritikpunkten. Sogar Nara schaltete sich mit ein paar Verbesserungsvorschlägen ein. Alex versuchte, alle Rückmeldungen in Runde drei zu beachten.

Als es während seines dritten Versuchs Mitternacht schlug, spürte Alex, wie er langsam müde wurde. Seine Kritiker dagegen schienen gerade erst warm zu werden. Ramona unterbrach das Ganze schließlich mit dem Argument, ihr Enkel brauche ein bisschen Schlaf, sonst werde er während seines eigenen Eröffnungsplädoyers einschlafen. Die anderen stimmten ihr zu, und das Gericht vertagte sich um 1.10 Uhr nachts.

Auf dem Weg aus dem Büro warf Alex einen Blick auf die Liste an der Wand und gestand sich einen Augenblick zu, um seinen Großvater zu vermissen. Dies war die Art von Fall, die John Patrick Madison geliebt hätte. Der Außenseiter sein. Die ganze Welt hoffte, dass man verlor. Die Zukunft des Klienten in seiner Hand. Alex fragte sich, wie sein Großvater wohl das Eröffnungsplädoyer angegangen wäre.

Alex las die Liste durch, obwohl er sie auswendig konnte.

Verklage nie einen Mandanten wegen eines Honorars.
Auch betrunkene Fahrer verdienen einen Anwalt;
sie haben nur uns nicht verdient.

Satz Nummer sechs bezog sich, wie Alex wusste, auf den tragischen Unfall, der von einem betrunkenen Fahrer verursacht worden war und bei dem Alex' Eltern ums Leben gekommen waren. John Patrick Madison hatte fest daran geglaubt, dass jeder das Recht auf einen Anwalt hatte, aber wie er oft sagte: »Das heißt nicht, dass sie ein Recht auf *uns* haben.« Sein Großvater übernahm Fälle, an die er glauben konnte. Fälle wie diesen.

Und dann gab es da noch Satz Nummer acht, der an diesem Abend besonders zutreffend schien:

Bete für jeden Fall wie ein Heiliger, und dann geh kämpfen wie der Teufel.

Alex hatte seine Gebete auf jeden Fall gesprochen. Morgen begann der Kampf.

77

Alex trug für sein Eröffnungsplädoyer seinen Anzug mit einem weißen Hemd und einer gelben Krawatte. Das Lehrbuch riet: Verstimme die Geschworenen nicht durch die Art, wie du dich kleidest.

Taj Deegan las offenbar nicht dieselben Lehrbücher. Die Staatsanwältin stellte eine elegante, nonkonformistische Ader zur Schau – graue Anzugshose mit Bügelfalte und weitem Bein, ein jägergrünes Jackett, goldene Kandelaber-Ohrringe und eine mehrreihige Goldkette. Alex bewunderte ihre Einstellung. Wenn es den Geschworenen nicht gefiel - Pech. Taj gefiel es, und das war alles, was zählte.

Als sie zu ihrem Eröffnungsplädoyer aufstand, nahm sie einen Schluck Wasser und ging ohne Notizen zur Geschworenenbox. Alle Blicke waren auf sie gerichtet, und die Staatsanwältin schien es zu genießen.

»Jedes Jahr werden Dutzende von Feuern von freiwilligen Feuerwehrleuten gelegt. John Orr zum Beispiel führte ein großes kalifornisches Brandermittlerteam an und hatte den Ruf, einen unheimlichen Instinkt dafür zu haben, wie Feuer begannen. Es stellte sich heraus, dass es überhaupt kein Instinkt war. Es war Insiderwissen. Orr legte die Feuer selbst.«

Alex war so überrascht von Taj Deegans Einleitung, dass er keinen Einspruch erhob, bis Shannon sich über Khalid beugte und Alex dazu aufforderte.

»Ich erhebe Einspruch, Euer Ehren. Wenn ich mich nicht irre, steht John Orr nicht einmal hier vor Gericht.«

Richter Rosenthal sah genauso verwirrt aus wie Alex. »Stattgegeben«, sagte er. »Halten wir uns doch an die Fakten *dieses* Falls.«

Taj Deegan sah ihn an und lächelte. »Tut mir leid, Euer Ehren. Ich dachte nur, es könnte helfen, den Geschworenen die Umstände näher zu erklären.«

Sie wandte sich wieder an die Geschworenen, die jetzt sogar noch aufmerksamer zuhörten als vorher. »Warum sollte ein Feuerwehrmann ein Feuer legen?«, fragte sie. Und dann fügte sie rasch hinzu. »Und was hat das mit unserem Fall hier zu tun?«

Alex stand halb auf, um Einspruch zu erheben, doch Taj drehte in eine andere Richtung ab, bevor er die Worte herausgebracht hatte.

»Der Angeklagte, Khalid Mobassar, befahl die Enthauptung von Ja'dah Fatima Mahdi und die Exekution ihres Freundes Martin Burns«, sagte Taj. Sie sprach jetzt mit ihrer autoritären Staatsanwältinnenstimme, tief für eine Frau, eine Stimme, die sagte: *Vertraut mir.* »Die Staatsanwaltschaft wird eine überwältigende Beweislast vorlegen, die den Angeklagten mit diesen grausamen Morden in Verbindung bringt. Wir werden Ihnen Kurznachrichten des Angeklagten zeigen, in denen er die Morde in Auftrag gibt, Kurznachrichten vom Handy des Mörders an den

Angeklagten, in denen die Ausführung der Morde bestätigt wird, Geld, das in der Moschee des Angeklagten abgezweigt wurde, um die Morde zu bezahlen, und eine Internetsuche vom Computer des Angeklagten aus, um einen passenden Ort für die Morde zu finden. Es ist, als habe er uns einen digitalen Entwurf gegeben … digitale DNS, wenn Sie so wollen. All diese Beweise deuten nur auf eine Person hin.«

Taj Deegan hielt einen Augenblick inne, damit die Jury alles Gehörte verarbeiten konnte. Sie drehte sich halb um und sah Khalid an. Alex hatte mit seinem Mandanten geübt, den Blick zu erwidern und nicht zu blinzeln.

»Diese Beweise allein würden genügen, um Mr Mobassar über jeden berechtigten Zweifel hinaus zu verurteilen«, sagte sie, an die Geschworenen gewandt. »Ich werde diese Beweise in ein paar Minuten in allen Einzelheiten darlegen. Aber diese Beweise geben keine Antwort auf die Frage, *warum* er das getan hat. Und auch wenn die Staatsanwaltschaft die Frage nach dem *Warum* nicht beantworten muss, damit Sie den Angeklagten wegen Verabredung zum Mord für schuldig befinden, hilft es sicherlich, wenn Sie versuchen, alle Komponenten zusammenzusetzen.

Ich benutze gern das Bild eines Puzzles.« Taj ging jetzt vor den Geschworenen hin und her - ein kleiner Plausch mit ihren Freunden, die versprochen hatten, in diesem Fall Recht zu sprechen. »Die verschiedenen Beweisstücke sind wie die Stücke eines Puzzles. Und wenn Sie sie zusammensetzen, ergeben sie ein Bild des Angeklagten. Aber wenn wir vom Motiv sprechen, ist das, als würden wir auf das Bild auf der Puzzleschachtel schauen. Es hilft uns zu verstehen, wo die Stücke hingehören und wie sie zusammenhängen. Also lassen Sie mich zuerst über diese Puzzleschachtel sprechen. *Warum* sollte jemand so grauenhafte Verbrechen in Auftrag geben?«

Taj hatte jetzt die allgemeine Aufmerksamkeit, selbst die von Alex, auch wenn der sich große Mühe gab, desinteressiert auszusehen. Er kritzelte ein paar Notizen, ein Bild der Ruhe. Doch in seinem Inneren rumorte es.

»Der Angeklagte ist Imam im Islamischen Lernzentrum in Norfolk, Virginia. Er ist ein vehementer Kritiker fundamentalistischer Muslime. Um genau zu sein, hat er ein sehr wichtiges Buch geschrieben, das er gerade veröffentlichen wollte, als diese Ehrenmorde geschahen. Das Buch stellt den Höhepunkt seines Lebenswerks dar. Es ist sein Versuch, den muslimischen Glauben zu reformieren, eine Religion, die 1,5 Milliarden Anhänger für sich beansprucht.

Wenn ich mich wieder setze, nehme ich an, dass Mr Madison aufstehen und Ihnen erzählen wird, dass sein Mandant diese Morde gar nicht in Auftrag gegeben haben kann. Dass Sie die Beweise gegen ihn ignorieren sollen, weil der Angeklagte nicht die Art religiöser Führer ist, der je so eine grausame Tat befehlen würde, jemanden zu enthaupten, nur weil er sich zum Christentum bekehrt hat.«

Taj verzog das Gesicht, als müsse sie scharf nachdenken. »Und oberflächlich betrachtet ergibt das auf gewisse Weise auch Sinn. Mr Mobassar *ist* ein Reformer. Er verabscheut Gewalt im Namen des Islam. Aber denken Sie einen Moment tiefer darüber nach. Oder sagen wir, lassen Sie mich Ihnen etwas zeigen.«

Taj ging zurück zu ihrem Anwaltstisch und nahm ein paar Bücher, die Alex wiedererkannte.

»Als wir in Mr Mobassars Haus eine Hausdurchsuchung machten, fanden wir ein paar faszinierende Bücher in seiner Bibliothek. Es gab Bücher über das Leben von Reformern wie Dr. Martin Luther King Jr., Gandhi und Nelson Mandela. Der Angeklagte hatte diese Bücher angestrichen und Eselsohren in die Seiten gemacht. Offensichtlich sah er sich als jemanden, der in ihrer Tradition stand – einen Reformer höchster Ordnung.«

Taj nahm eines der Bücher mit zur Geschworenenbox und zeigte der Jury ein paar markierte Stellen. »Wir führen das als Beweisstück ein, und Sie können selbst nachsehen. Wenn Sie bitte besonders beachten würden, was Mr Mobassar angestrichen hat: Er war offensichtlich fasziniert von der Tatsache, dass diese Männer für ihre Bemühungen verfolgt und ins Gefängnis gesteckt wurden. Und wenn das passierte, brachte das Schwung in ihre Bewegungen, verlieh ihnen ein lauteres Megafon, damit sich ihre Ideen schneller verbreiten konnten. Anders ausgedrückt: Eine kleine Kontroverse kann einen Reformer auf die Titelseiten der Zeitungen und in die Nachrichten bringen. Genau wie es ein Feuer braucht, damit ein Feuerwehrmann zum Helden wird.«

Wieder hätte Alex gern Einspruch erhoben. Doch das hätte nur ihr Argument unterstrichen.

»Zu Mr Mobassars Pech gab es ein paar Dinge, die er nicht wusste. Er wusste nicht, dass sein Telefon auf der Grundlage des *Patriot Acts* abgehört wurde. Er wusste nicht, dass die Internetrecherchen, die er von seinem Computer aus machte, ebenfalls überwacht wurden. Er wusste nicht, dass seine ehemalige Verbindung mit Terroristen es der Regierung erlaubte, jede seiner Bewegungen genau zu überprüfen.«

Während Deegan weitersprach, schweiften Alex' Gedanken ab. Er versuchte fieberhaft, die Folgen ihres meisterhaften Eröffnungsplädoyers vorherzusehen.

In fünf kurzen Minuten hatte sie das gesamte Grundthema seiner Argumentation auseinandergenommen. In seiner Eröffnung hatte Alex betonen wollen, dass Khalid ein wahrer Reformer war. Aber irgendwie hatte Taj Deegan jetzt die Logik umgedreht, sodass Khalids Hang zu Reformen sein schlimmster Feind geworden war. Je mehr Alex Khalids Wunsch nach Reformen des muslimischen Glaubens unterstrich, desto mehr würde er Deegan in die Hände spielen.

»Der Angeklagte wusste, dass Ja'dah Fatima Mahdis Ehemann starke fundamentalistische Ansichten über die Rolle der Frauen im Islam hatte«, fuhr Deegan fort. »Es waren Ansichten, die der Angeklagte verabscheute. Und er wusste, dass Fatih Mahdi ein leichtes Ziel sein würde, dem man die Schuld zuschieben konnte.«

Taj hielt inne, senkte den Blick und sammelte ihre Gedanken. Sie lieferte ihr Fazit mit aller Eindringlichkeit ab, sah den Geschworenen direkt in die Augen, beschwor einen stillen Pakt, dass sie ihren Teil zur Gerechtigkeit beitragen würde, wenn sie ihren beitrugen.

»Feuerwehrmänner legen keine Feuer; sie löschen sie. Und Reformer verüben keine Ehrenmorde; sie wettern gegen sie.

Warum sollte also der Angeklagte den Ehrenmord an jemandem aus seiner eigenen Moschee befehlen, vor allem, wenn dieser Jemand die Frau eines Freundes war? Weil jede Reformbewegung einen Helden braucht. Und jeder Held braucht eine Kontroverse. Und manchmal ist es notwendig, das Leben einiger weniger zu opfern, um den Lauf der Geschichte zu ändern.«

Sie ließ diese Aussage einen Augenblick in der Luft hängen und kehrte dann zu ihrem Platz zurück; ihre Absätze klapperten auf dem harten Boden.

Richter Rosenthal wandte sich an Alex: »Möchte die Verteidigung ein Eröffnungsplädoyer halten?«

78

Alex fühlte sich leicht desorientiert. Es war ja sicherlich nicht sein erster Prozess, aber es war das erste Mal, dass er sich so über die Theorie der Gegenseite getäuscht hatte. Taj Deegan hatte den Prozess auf den Kopf gestellt. Das Eröffnungsplädoyer, das Alex sorgfältig ausgearbeitet, fast auswendig gelernt hatte, ergab keinen Sinn mehr.

Er hatte erwartet, dass Deegan auf Khalids angeblichen Verbindungen mit der Hisbollah herumreiten würde. Er hatte gedacht, sie würde versuchen, Khalid als heimlichen Radikalen darzustellen. Alex hätte in seinem Eröffnungsplädoyer betont, dass Khalid ein wahrer Reformer sei. Doch jetzt war Taj ihm zuvorgekommen. Er hatte das Gefühl, als habe er tagelang sein Schwert geschärft, nur um es dann Taj Deegan zu übergeben, damit sie es gegen ihn richtete – um ihn zu zerstückeln.

»Möchte die Verteidigung ein Eröffnungsplädoyer halten?«, fragte Rosenthal zum zweiten Mal.

»Könnten wir eine kurze Unterbrechung haben, Euer Ehren?«

Deegans Eröffnung war überraschend kurz gewesen für einen Mordfall, und jeder andere Richter hätte über Alex' Bitte gespottet. Doch dies war Richter Rosenthal, und Alex konnte an seinem Blick erkennen, dass er sich nach seiner sechsten Zigarette des Tages sehnte.

»Zehn Minuten«, sagte Rosenthal und benutzte seinen Hammer.

Sobald er weg war, wandte sich Alex an Shannon. »Was machen wir jetzt?«

»Wir halten uns an den Plan«, antwortete sie. »Wir können nicht unser gesamtes Eröffnungsplädoyer aus dem Fenster werfen, nur weil die Staatsanwältin ihre Theorie geändert hat.«

»Dann hilf mir, es zu überarbeiten.«

In den folgenden zehn Minuten arbeiteten sie fieberhaft an den Korrekturen. Alex strich Textteile durch und machte handschriftliche Notizen an den Rändern. Er riss ein Blatt aus seinem Block und fügte einen komplett neuen Abschnitt ein. Aber als die Unterbrechung endete, war er verwirrter als je zuvor.

Jetzt sprachen sie mit gespaltener Zunge – Khalid war ein überzeugter Reformer, aber nicht so hitzig, dass er so etwas arrangieren würde. Ja, er hatte Jahre mit dem Schreiben seines Buches verbracht, aber nein, er würde sicherlich keine Ehrenmorde in Auftrag geben, nur um landesweite Aufmerksamkeit dafür zu gewinnen.

Als die Geschworenen hereinkamen und Rosenthal den Saal zur Ordnung rief, fühlte sich Alex immer noch unwohl. Er dachte an seine Tage als Pastor zurück. Alle seine Predigten, die solch einen Grad an Ambivalenz besaßen, waren ein Reinfall gewesen. Wie konnte eine Jury glauben, was Alex sagte, wenn er sich nicht einmal selbst im Klaren war?

»Mr Madison …«, forderte ihn Richter Rosenthal auf.

Alex stand auf. »Wir würden unser Eröffnungsplädoyer gern bis zur Beweisführung der Verteidigung zurückstellen.«

»*Was?*«, flüsterte Shannon.

Obwohl die Verteidigung eigentlich das Recht hatte, ihr Eröffnungsplädoyer zurückzustellen, bis sie ihre eigenen Beweise vorlegte, war es höchst ungewöhnlich, dass ein Anwalt das auch wirklich tat. Kein vernünftiger Strafverteidiger wollte, dass die Geschworenen sich mehrere Tage die Argumente der Staatsanwaltschaft anhörten, bevor die Verteidigung auch nur ihren Grundgedanken darlegte. Doch Alex hatte es im Gefühl, dass es so das Richtige war.

»Wenn die Verteidigung das wünscht.« Richter Rosenthal wandte sich an die verblüffte Taj Deegan. »Sie können Ihren ersten Zeugen aufrufen, Ms Deegan.«

Alex setzte sich, und Shannon beugte sich über Khalid hinweg, der zwischen ihnen saß. »Ich hoffe, du hast eine gute Erklärung für Nara parat, wenn wir sie in der Mittagspause sehen«, flüsterte sie.

Nara war wie alle potenziellen Zeugen bis zu ihrer Aussage nicht im Gerichtssaal zugelassen. Alex hatte nicht darüber nachgedacht, wie sie wohl reagieren könnte, aber dafür war es jetzt zu spät. Sie würde es verstehen. Sie hatte keine Wahl.

»Die Staatsanwaltschaft ruft Dr. Marnya Davidson in den Zeugenstand.«

Dr. Davidson kam in den Saal, legte den Eid ab und setzte sich mit der Autorität einer Frau in den Zeugenstand, die so etwas schon Hunderte Male vorher getan hatte. Sie warf einen raschen Blick zu Alex hinüber und nickte ihm zu, als freue sie sich auf sein Kreuzverhör. Alex zog seinen Block dichter heran und begann, sich Notizen zu machen.

Davidsons Aussage spiegelte wider, was sie während der Voranhörung gesagt hatte, nur diesmal mit etwas mehr Details. Als Taj Deegan die Autopsiefotos auf den Tisch brachte, bot Alex an, die Todesursache anzuerkennen. Deegan wirbelte herum; sie durchschaute seine Tricks. »Solange Sie nicht auch bereit sind, anzuerkennen, dass der Angeklagte die Morde in Auftrag gegeben hat, denke ich, ich habe das Recht, den Geschworenen die Fotos zu zeigen«, sagte sie.

Sie wandte sich an Richter Rosenthal. »Euer Ehren, hier geht es nicht um theoretische Morde; dies sind echte Opfer, die auf die feigste und kaltblütigste Art ermordet wurden, die man sich vorstellen kann. Es macht mir keinen Spaß, diese Fotos vorzulegen, aber die Jury muss alle Fakten in diesem Fall kennen, auch die grausame Natur der Verbrechen. Außerdem habe ich vor zu zeigen, dass diese Morde mit weiteren Ehrenmorden in Verbindung stehen und so ein Verhaltensmuster aufzeigen, das deutlich macht, dass die Morde religiös motiviert waren.«

Alex hatte sich gerade gesetzt, als Taj Deegan weitere Ehrenmorde erwähnte. Er sprang wieder auf, als wäre sein Sitz elektrisch aufgeladen. »Ich erhebe Einspruch, Euer Ehren! Das hat in diesem Prozess nichts verloren!«

Zu Alex' großem Entsetzen beugten sich die Geschworenen vor. Dr. Davidson besaß eine exzentrische Persönlichkeit, die sie jetzt schon faszinierte. Und jetzt gaben die Anwälte dem Ganzen noch eine weitere Wendung. »*Weitere Ehrenmorde.*« Dieser Fall wurde von Minute zu Minute pikanter.

»Treten Sie vor!«, befahl Rosenthal.

Auf dem Weg zur Richterbank bedachte Alex Deegan mit einem wütenden Blick. Sie wusste *genau*, was sie tat. Selbst wenn der Richter Alex' Einspruch stattgab, hatte sie das Gespenst der anderen Ehrenmorde in die Köpfe der Geschworenen gepflanzt.

»Ich fasse es nicht, dass Sie so tief sinken konnten!«, flüsterte Alex ihr zu, gerade leise genug, dass der Richter es nicht hören konnte.

»Verschonen Sie mich«, schoss Deegan zurück. »Wir wissen doch beide, dass er es war.«

Die Anwälte versammelten sich vor Rosenthals Bank und begannen eine heftige Diskussion. Deegan wollte Dr. Davidson über die beiden zusätzlichen Ehrenmorde befragen, die mit demselben Schwert verübt worden waren. »Exakt dasselbe Schwert, Euer Ehren. Nach den Beweisregeln sind andere Verbrechen zulässig, wenn sie ein Verhaltensmuster zeigen.«

»Das ist lächerlich«, konterte Alex. »Unser Mandant wurde dieser Morde nicht einmal angeklagt. Abgesehen davon: Selbst wenn die Staatsanwaltschaft beweisen könnte, dass die Morde alle von derselben Person verübt wurden, wie würde das ein Verhaltensmuster bei *unserem* Mandanten beweisen? Niemand behauptet, dass unser Mandant die Enthauptungen selbst ausgeführt hat.«

Während die Anwälte hin und her diskutierten und ihre Stimmen mit jeder Erwiderung lauter wurden, beschloss Rosenthal, dass es Zeit war für eine weitere Pause. Er kündigte eine fünfzehnminütige Unterbrechung an, um das Thema genauer analysieren zu können. Alex beobachtete, wie die Geschworenen in ihren Raum zurückgingen, und wusste, dass das Hauptthema in ihren Köpfen war, wie viele Ehrenmorde genau der Angeklagte in Auftrag gegeben hatte. Und ob sie mehr darüber erfahren würden.

»Jetzt wäre ein guter Zeitpunkt, in den Flur hinauszugehen und Nara zu sagen, dass du auf dein Eröffnungsplädoyer verzichtet hast«, sagte Shannon zu Alex.

»Später«, antwortete er.

* * *

Nach einer Zwei-Zigaretten-Pause kehrte Rosenthal frisch gestärkt auf die Richterbank zurück. Bevor er die Geschworenen wieder in den Raum rief, verkündete er seine Entscheidung. »Mr Madison hat recht. Das Gesetz erfordert mehr als ein Verhaltensmuster. Es erfordert ein Verhaltensmuster, das nur den Verdächtigen betrifft, und die Staatsanwaltschaft hat das hier nicht gezeigt. Es könnte zum Beispiel sein, dass der Angeklagte und andere Parteien nur denselben ›Todesschützen‹ haben. Die Tatsache, dass das Schwert dasselbe ist, lässt Rückschlüsse auf das Verhaltensmuster des Auftragsmörders zu, nicht auf das des Angeklagten.«

Alex beantragte eine Streichung, und Rosenthal versprach, dass er die Geschworenen instruieren werde, die Frage außer Acht zu lassen, die sie vor der Pause gehört hatten. Als würde das irgendetwas besser machen.

Als die Geschworenen zurückkamen, murmelte Rosenthal irgendetwas über das Nichtbeachten der letzten Frage, die die Staatsanwältin gestellt hatte. »Was den Einspruch der Verteidigung zur Zulässigkeit der Fotografien angeht, so lehne ich ihn ab«, sagte er.

Zu Alex' Überraschung schafften es alle, ihr Frühstück bei sich zu behalten, während Taj Deegan Vergrößerungen der Tatortfotos und der Autopsie zeigte. Die Geschworene 5 sah ziemlich blass aus, und Alex fürchtete, sie könnte in Ohnmacht fallen. Die Geschworene 10 musste sich mindestens zweimal die Hand vor den Mund halten. Aber niemand erbrach sich sofort; ein kleinerer Sieg für die Verteidigung.

Direkt vor der Mittagspause beendete Taj Deegan ihre Befragung von Dr. Davidson, und Richter Rosenthal wandte sich wieder an Alex.

»Hat die Verteidigung irgendwelche Fragen?«

»Im Moment nicht, Euer Ehren.«

Als der Richter und die Geschworenen den Saal verließen, ließ Shannon ihrer Frustration freien Lauf: »Ein großartiger Morgen für die Verteidigung«, sagte sie sarkastisch.

Die *Deputies* kamen herüber, um Khalid in die Zelle zu führen, und Alex hatte das Bedürfnis, seinen Mandanten zu beruhigen. Er legte Khalid eine Hand auf die Schulter. »Machen Sie sich keine Sorgen. Wir sparen uns unsere Munition für den richtigen Moment auf.«

»Ich vertraue Ihnen«, sagte Khalid.

Dann tut das ja zumindest einer, dachte Alex.

79

Nara wartete im Flur, als das Gericht sich zur Mittagspause vertagte. Sie schloss sich Alex und Shannon auf dem Weg nach draußen an. Als sie auf ihre Autos zugingen, fragte Nara, wie der Morgen gelaufen sei.

»Ich bin mal kurz weg«, sagte Shannon und ging auf ihr Auto zu. »Ich hole mir nur einen schnellen Salat, und wir treffen uns dann wieder im Gerichtssaal.«

»Hältst du es wirklich für eine gute Idee, wenn Nara und ich zusammen zu Mittag essen?«, fragte Alex. »Die Presse könnte uns verfolgen.«

»Wenn ihr Körperkontakt vermeidet, müsste das in Ordnung sein«, warf Shannon über ihre Schulter zurück.

Alex fuhr die Princess Anne Road entlang, bis er ein Schnellrestaurant fand. Er brauchte etwas Schnelles, damit er zurück ins Gericht konnte, um sich auf die Zeugen des Nachmittags vorzubereiten. Er sah sich um und vergewisserte sich, dass keine Reporter dieselbe Idee gehabt hatten.

Er und Nara bestellten beide ein Sandwich und fanden eine Sitznische im hinteren Teil des Raums.

Nara nahm ein paar Bissen und beugte sich vor. Sie nahm einen Schluck von ihrem Getränk und hielt die Stimme gesenkt: »Wie ist es heute Morgen gelaufen?«

»Das darf ich eigentlich nicht sagen«, sagte Alex.

»Der Richter sagte, du darfst nicht mit mir über die *Zeugen* reden. Wie ist dein *Eröffnungsplädoyer* gelaufen?«

Manchmal war diese Frau cleverer, als gut für sie war.

Alex kaute auf einem Bissen herum und schluckte irgendwann. Er sah Nara an und beschloss, dass er nicht lügen konnte. Sie vertraute ihm. Wenn sie je irgendeine Art von Beziehung haben sollten, musste er ehrlich zu ihr sein.

»Ich habe es nicht gehalten.«

Nara hielt mitten im Bissen inne und starrte ihn an. »Was?«

»Ich habe es nicht gehalten. Taj Deegan hat den Fall um 180 Grad von dem weggedreht, was ich in ihrem Eröffnungsplädoyer erwartet hätte. Ich habe beschlossen, es wäre das Beste, wenn ich mit meinem warte, bis wir unsere Beweisführung anfangen.«

Nara sah ihn an, als sei ihm ein drittes Auge gewachsen. »Ist das dein Ernst? Du hast *gar nichts* gesagt?«

Alex zuckte die Achseln. »Es ist ja nicht so, als könnte ich jetzt kein Eröffnungsplädoyer mehr halten. Ich habe es nur aus strategischen Gründen *verschoben*, bis die Staatsanwaltschaft ihre Beweisführung abgeschlossen hat.«

Naras Gesichtsausdruck wurde grimmig. »Warum bremst du uns ständig? Was kann Taj Deegan schon gesagt haben, dass du dein komplettes Eröffnungsplädoyer weggeworfen hast?«

»Pssst!«, sagte Alex. Die Leute schauten schon zu ihnen her.

»Ich habe genug davon, herumzuschleichen und ruhig zu sein, als würden wir uns unseres Falles schämen! Das Mindeste, was du tun konntest, wäre doch wohl gewesen, das Eröffnungsplädoyer zu halten, an dem wir gestern Nacht alle so hart gearbeitet haben!«

Alex fühlte sich wie auf dem Präsentierteller, als die anderen Gespräche im Raum plötzlich verstummten. Er hielt seine eigene Stimme gesenkt und hoffte, dass Nara den Wink verstehen würde. »Ich kann dir nicht alles erzählen, was Taj Deegan gesagt hat. Aber, Nara, ich bremse nicht ... und ich finde, inzwischen könntest du mir ein bisschen Spielraum lassen.«

Alex drehte sich um und warf ein paar Leuten, die ihn und Nara anstarrten, finstere Blicke zu. Die Zuschauer wandten sich rasch ab. Er richtete seine Aufmerksamkeit wieder auf Nara und beugte sich vor. »Ehrlich gesagt hätte ich gedacht, dass ich mir ein bisschen mehr Vertrauen verdient hätte, nachdem ich mein Leben riskiert habe. Warum ist für dich niemals etwas gut genug?«

Nara schnaubte. »Schieb das nicht auf mich! Jedes Mal, wenn wir uns über eine Sache nicht einig sind, kommst du mir mit deinem ›Vertrau mir‹.« Sie packte ihr halb aufgegessenes Sandwich ein und knüllte ihre Chipstüte zusammen, während sie sprach. »›Ich bin der Anwalt, Nara. Ich weiß, was das Beste ist.‹ Weißt du eigentlich, wie herablassend das klingt?« Sie gab ihm keine Gelegenheit zu antworten. »Ich glaube, ich warte einfach draußen.«

Alex versuchte, sie aufzuhalten, aber Nara warf ihren Müll weg und ging zur Tür hinaus. Sie stellte sich vor den Laden und starrte mit verschränkten Armen auf den Parkplatz. Es war Anfang Dezember und draußen hatte es ungefähr fünf Grad, aber Alex interessierte es nicht mehr. Er ließ sich Zeit und aß den Rest seines Sandwiches auf. Dann stellte er sich in die Schlange, um sich einen Keks zum Nachtisch zu kaufen.

Es war eine lange, schweigsame Fahrt zurück zum Gericht.

80

Die erste Zeugin, die Taj Deegan an diesem Nachmittag aufrief, war die winzige Buchhalterin der Moschee, Riham El-Ashi. Sie ging den Mittelgang entlang, erklärte feierlich, dass sie die Wahrheit sagen werde, und schenkte Khalid einen mitfühlenden Blick. Tiefe Sorgenfalten zeichneten sich auf ihrer Stirn ab.

Alex tat die Frau leid. Außerdem entspannte er sich ein wenig; Shannon würde diese Zeugin ins Kreuzverhör nehmen.

Riham stellte das Mikrofon tiefer und gab fürs Protokoll ihren Namen an. Während ihrer direkten Befragung musste Richter Rosenthal sie mehrmals ermahnen, lauter zu sprechen. Um den fehlenden Enthusiasmus der Zeugin zu kompensieren, schien Taj Deegan ihre Fragen lauter zu stellen und mehr im Gerichtssaal herumzugehen. Alex bemerkte, dass einige der Geschworenen langsam mit schweren Augenlidern zu kämpfen hatten.

Riham sprach über die Bedeutung des *Zakat* für Muslime. Sie erklärte, wie die Spenden weggeschlossen wurden und wie das Geld gezählt und eingezahlt wurde. Sie zählte die Personen auf, die bei den einzelnen Schritten Zugang zu den Geldern hatten, inklusive Khalid Mobassar. Riham sagte außerdem aus, dass nur sie und die drei Imame die Befugnis hatten, Gelder von den Konten der Moschee zu überweisen.

Als Nächstes stellte Taj Deegan Fragen über die Spenden in den Wochen vor Ja'dah Mahdis Ermordung. Sie hatte ein paar Schaubilder mit Tabellen und Diagrammen vorbereitet, die Riham widerstrebend für richtig erklärte. Sie zeigten, dass die Spenden an das allgemeine Geschäftskonto in den Wochen vor den Morden nur ungefähr halb so hoch waren. Der Baufonds dagegen stieg im selben Zeitraum dramatisch an.

»Hat jemand zwei Tage vor den Morden einen Transfer von 20 000 Dollar vom Baufonds der Moschee auf ein Konto in Beirut getätigt?«, fragte Taj Deegan.

»Ja.«

Deegan wandte sich an den Richter. »Das könnte ein guter Zeitpunkt sein, um die Geschworenen über eine Vereinbarung zwischen der Staatsanwaltschaft und der Verteidigung zu informieren.«

Shannon stand auf. »Kein Einspruch.«

Taj Deegan nahm ein Blatt Papier von ihrem Anwaltstisch und wandte sich an die Jury. »Um sich die Unannehmlichkeiten zu ersparen, dass die Staatsanwaltschaft einen leitenden Angestellten der Bank of Virginia vorladen muss, sind beide Seiten übereingekommen, dass die 20 000 Dollar, die vom Baufonds der Moschee überwiesen wurden, in einer Onlinetransaktion von einem unbekannten Computer aus angewiesen wurden. Der Benutzer, der die Transaktion veranlasste, meldete sich mit dem Benutzernamen und Passwort von Khalid Mobassar an.«

Bevor sie sich setzte, kehrte die Staatsanwältin noch einmal zu der Zeugin zurück. Deegan wollte die Geschworenen offensichtlich daran erinnern, dass Riham dem Angeklagten sicherlich helfen würde, wenn sie konnte. »Danke, dass Sie heute hier waren«, sagte Deegan, als hätte die Zeugin eine Wahl gehabt. »Ich weiß, Sie stehen dem Angeklagten sehr nahe, und das hier war bestimmt sehr schwierig für Sie.«

»Gern geschehen«, sagte Riham und fiel damit auf den Trick der Staatsanwältin herein. Alex wurde ganz übel.

Shannon dagegen schien nicht im Mindesten davon tangiert, als sie aufsprang und zu der Zeugin hinüberging. »Guten Tag, Ms El-Ashi.«

»Guten Tag.«

»Wenn ich es richtig verstehe, sagten Sie im Prinzip, dass ungefähr die Hälfte der Spenden, die normalerweise für das Betriebskonto der Moschee beziehungsweise für die Gemeinschaft bestimmt waren, in den drei Wochen vor Ja'dah Mahdis Tod stattdessen auf das Baukonto eingezahlt wurden. Ist das so richtig?«

Die Zeugin nickte. »Ja, das ist richtig.«

»Und das könnte von jedem gemacht worden sein, der Zugang zum Safe hatte, denn er hätte nachts die Schecks nehmen und sie am nächsten Tag auf das Bankkonto einzahlen können. Ist das korrekt?«

»Ja, das ist auch richtig.«

»Dann lassen Sie uns auf diese Tafel alle Leute schreiben, die Zugang zum Safe der Moschee hatten.«

In nahezu makelloser Handschrift machte Shannon eine Liste der drei Imame und der drei anderen Personen, die Riham genannt hatte. Sowohl Khalid Mobassar als auch Fatih Mahdi standen auf der Liste. »Nun wissen wir nicht mit Bestimmtheit, welcher dieser Männer das Geld der Moschee umgeleitet haben könnte. Ist das korrekt?«

Die Zeugin runzelte die Stirn. »Ja …« Sie zögerte, es war der Wunsch, hundertprozentig ehrlich zu sein. »Aber wir wissen, dass der Transfer mit Mr Mobassars Benutzernamen und Passwort ausgeführt wurde.«

»Genau worauf ich hinauswill«, sagte Shannon. Sie wirkte souverän. Selbstbewusst. Als bereite sie sich auf eine Kür vor, von der sie wusste, dass sie sie fehlerfrei schaffen würde. »Wissen Sie, wie Mr Mobassar sein Passwort schützte?«

»Nein.«

»Würde es Sie überraschen, wenn Sie hören, dass er all seine Benutzernamen und Passwörter auf seinem Computer hatte, in einem Word-Dokument mit dem Titel ›FAQs‹ und dass die Datei nicht passwortgeschützt war?«

Die Zeugin dachte einen Augenblick nach. »Nein, das würde mich nicht überraschen. Mr Mobassar ist ein sehr vertrauensvoller Mensch.«

»Wussten Sie, dass jeder diese Datei finden konnte, indem er ganz einfach Mr Mobassars Computer mit einem Suchbegriff wie ›Passwort‹ durchsuchte?«

»Einspruch!« Taj Deegan war aufgesprungen. »Diese Zeugin sagte bereits, dass sie nicht wusste, wie Mr Mobassar seine Passwörter aufbewahrte. Wie sollte sie das dann wissen?«

»Stattgegeben«, sagte Richter Rosenthal.

»Hat Mr Mobassar immer seine Tür zugemacht und das Büro abgeschlossen, wenn er nicht da war?«

»Nicht mitten am Tag. Nur, wenn er abends ging.«

»Also konnte einfach jeder mitten am Tag in sein Büro gehen und seinen Computer benutzen?«

Die Zeugin dachte darüber nach. »Ich denke schon.«

»Und wenn wir eine Liste aller Personen machen würden, die das getan haben könnten, könnte auf dieser Liste buchstäblich jedes Mitglied der Moschee stehen. Ist das richtig?«

»Viele Mitglieder kommen nach hinten in unseren Bürokomplex – ja.«

Shannon sah in ihre Notizen und begann dann, Fragen darüber zu stellen, wie Khalid Mobassar seinen Benutzernamen und sein Passwort bekommen hatte. Die Zeugin sagte aus, dass sie die Passwörter persönlich vor einigen Jahren eingerichtet und den drei Imamen per E-Mail mitgeteilt habe.

»Haben Sie für die E-Mail eine bestimmte Verschlüsselung benutzt?«, fragte Shannon.

»Nein.«

»Sind Sie sich der vielen Arten bewusst, wie heutzutage E-Mails gehackt werden können?«

»Nein, leider nicht.«

Shannon hakte etwas auf ihrem Notizblock ab, und Khalid beugte sich zu Alex hinüber. »Sie ist sehr gut«, flüsterte er.

Alex nickte. »Sie haben ihre Pointe noch nicht gehört.«

Shannon stellte sich mitten in den Gerichtssaal und strich sich eine widerspenstige Haarsträhne hinters Ohr. Sie blickte einen Moment auf den Boden, tief in Gedanken versunken. »Könnten Sie sich, wenn Sie jemanden für einen Ehrenmord bezahlen wollten, einen Grund vorstellen, warum Sie Gelder vom Konto der Moschee überweisen und dabei Ihren *eigenen* Benutzernamen und Passwort benutzen würden?«

Taj Deegan verschwendete diesmal keine Zeit. »Einspruch! Spekulation! Vielleicht wusste Mr Mobassar nicht, dass sein Benutzername und Passwort zurückverfolgt werden können. Vielleicht glaubte er nicht, dass die Regierung Zugriff auf die Konten der Moschee haben könnte. Es könnte tausend Gründe geben, aber diese Zeugin ist dafür die falsche Ansprechpartnerin.«

Shannon wandte sich an die Staatsanwältin. »Wenn Sie eine Aussage machen wollen, schlage ich vor, dass Sie sich vereidigen lassen.«

Rosenthal benutzte seinen Hammer. »Es ist nicht nötig, dass die Anwälte miteinander reden«, blaffte er. »Der Einspruch ist legitim und ich gebe ihm statt.«

Die Zeugin schaute den Richter kleinlaut an. »Heißt das, ich soll nicht antworten?«

»Ja.«

Doch Alex war die Antwort egal, und er wusste, Shannon ging es genauso. Die Frage war in den Köpfen der Geschworenen verankert. Es war die Taktik, die Strafverteidiger immer benutzten, wenn die Indizienbeweise überwältigend aussahen. Sie würden argumentieren, dass der Fall *zu* wasserdicht war. Warum sollte jemand so viele dumme Fehler machen? Sah das nicht viel eher nach einer Falle aus? Es war wie bei einem Judo-Experten, der das Körpergewicht und den Schwung seines Gegners nutzte, um ihn auf die Matte zu werfen.

»Keine weiteren Fragen«, sagte Shannon.

81

Alex und Shannon wussten beide, dass *Special Agent* Christopher Long ein härterer Zeuge werden würde als die schüchterne Buchhalterin der Moschee. Long strahlte forsche Kompetenz aus, als er den Zeugenstand betrat. Er war gepflegt, wortgewandt und gutaussehend genug, dass den Singlefrauen in der Jury das Wasser im Mund zusammenlief. Alex hatte keine Zweifel, dass Taj Deegan diese Zeugenaussage, so gut sie konnte, in die Länge ziehen würde.

Longs Rolle in diesem Fall bestand darin, die Kurznachrichten zu beglaubigen, die von Khalid Mobassars Handy verschickt worden waren. Als Einleitung würde er die Besonderheiten des *Foreign Intelligence Surveillance Acts* und des *Patriot Acts* erklären müssen, genauso wie die Gründe, warum das Justizministerium Khalid Mobassars Telefon überwacht hatte. Da *Agent* Long Jura studiert hatte, machte Taj Deegan seine Aussage zu einer Lehrstunde über die juristischen Grundlagen von Telefonüberwachungen durch die Sicherheitsbehörden.

»Solange der vorrangige Grund für das Abhören die Beschaffung von ausländischen Geheimdienstinformationen ist, erlaubt der Sondergerichtshof Telefonüberwachungen«, erklärte Long. Er erörterte die Sorge der Regierung, dass Moscheen wie das Islamische Lernzentrum Gelder an die Hisbollah schickten, angeblich, um beim Wiederaufbau Beiruts nach dem Libanonkrieg zu helfen, aber vermutlich auch für politisch-religiöse Zwecke. »Die Hisbollah ist eine bekannte terroristische Vereinigung, die immer wieder unschuldige Zivilisten und amerikanische Soldaten angreift. Sie ist eine der zwei oder drei gefährlichsten Terrororganisationen der Welt«, sagte er aus.

Er sprach über die besonderen Vollmachten, die aufgrund des FISA-Gesetzes und des *Patriot Acts* verliehen wurden, Telefongespräche aufzuzeichnen sowie Kurznachrichten und E-Mails abzufangen, die von den Leitern des Islamischen Lernzentrums gesendet oder empfangen wurden.

»Gehörten zu diesen Leitern auch Mr Khalid Mobassar und Mr Fatih Mahdi?«, fragte Deegan.

»Ja, Ma'am, diese Männer gehörten auch dazu.«

Shannon stand auf und wandte sich an das Gericht. »An diesem Punkt würden wir gern unseren Einspruch gegen die Zulässigkeit jeglicher Information erneuern, die aufgrund des *Patriot Acts* erlangt wurde, mit der Begründung, dass dieses Gesetz, so, wie es auf unseren Mandanten angewendet wurde, verfassungswidrig ist. Der *Patriot Act* erfordert keinen hinreichenden Verdachtsgrund ...«

»Ich kenne die Argumentation«, unterbrach sie Richter Rosenthal und bedeutete ihr, sich wieder zu setzen. »Und ich weise den Einspruch aus denselben Gründen ab, die ich bereits in meiner Urteilsbegründung genannt habe.«

»Haben die örtlichen Behörden nach den Morden an Ja'dah Mahdi und Martin Burns Zugang zu den Gesprächsaufzeichnungen und E-Mails der Imame des Islamischen Lernzentrums und von Mr Mahdi beantragt?«, fragte Taj Deegan.

»Ja, das haben sie.«

»Und waren Sie Teil des Teams, das diese Aufzeichnungen untersuchte?«

»Ja, Ma'am. Ich habe dieses Team geleitet.«

»Haben Sie Kurznachrichten, E-Mails oder Telefongespräche gefunden, die mit den Morden an Ja'dah Mahdi und Martin Burns in Zusammenhang standen?«

Long sprach über die laufende Durchsuchung der aufgezeichneten Gespräche und Nachrichten mithilfe von Computerprogrammen. Er erklärte die verschiedenen Suchbegriffe und Parameter, die die Behörden benutzten, um die Nachrichten aufzustöbern, die mit der Mordermittlung zu tun hatten.

Nachdem die technischen Einzelheiten geklärt waren, ließ Taj Deegan in einer filmreifen Vorstellung die Kurznachrichten als Beweisstücke aufnehmen, dann wurden sie der Jury vorgelesen. Sie hatte sie auf Plakatgröße vergrößern lassen und stellte sie auf Staffeleien, damit die Geschworenen mitlesen konnten. Nachdem sie einfach alles aus der Zeugenaussage herausgeholt hatte, fragte sie den Zeugen, ob er persönlich Durchsuchungen nach Kurznachrichten, E-Mails und Telefongesprächen von Fatih Mahdi durchgeführt hatte.

»Ja, Ma'am, das habe ich.«

»Und haben diese Durchsuchungen irgendwelche Kurznachrichten, E-Mails oder Telefongespräche ergeben, die Mr Mahdi auf irgendeine Art und Weise mit dem Mord an seiner Frau oder Martin Burns in Verbindung bringen?«

Diesmal zögerte *Special Agent* Long ein oder zwei Sekunden, damit er die ungeteilte Aufmerksamkeit der Jury hatte.

»Nein, Ma'am, haben sie nicht.«

»Ihr Zeuge«, sagte Deegan.

82

Shannon Reese sprang schon auf, bevor Deegan sich wieder gesetzt hatte. »Nur um das festzuhalten: Was Sie uns gezeigt haben, sind Kurznachrichten und keine Telefongespräche; ist das korrekt?«, fragte sie.

»Ja, Ma'am.«

»Also wissen Sie genau genommen gar nicht, wer sie geschickt hat; Sie wissen nur, dass sie von Khalid Mobassars Telefon kamen?«

»Das ist ebenfalls korrekt, Ma'am.«

»Haben Sie das Handy auf Fingerabdrücke untersucht?«

»Nein, Ma'am. Es stellte sich heraus, dass das Handy verschwunden war.«

Shannon hob die Augenbrauen, und *Special Agent* Long meinte offenbar, das näher ausführen zu müssen. »Wir haben Fotoaufnahmen, die das Handy im Besitz von Mr Mobassar zeigen, und zwar an Tagen vor *und nach* den fraglichen Kurznachrichten. Wir haben außerdem Telefongespräche von Mr Mobassar aufgezeichnet, sowohl *vor* als auch *nach* den Kurznachrichten, einige am selben Tag, an dem die Nachrichten verschickt wurden. Das Telefon wurde erst mehrere Wochen später vermisst gemeldet.«

Shannon schenkte dem Beamten einen belustigten Blick. »Entschuldigen Sie. Habe ich Sie gefragt, wann das Telefon vermisst gemeldet wurde?«

Special Agent Long lächelte sie strahlend an, inklusive Grübchen, und Alex fand, der Kerl hätte auch in Hollywood Karriere machen können. »Nein, Ma'am. Aber ich dachte, es könnte eine hilfreiche Information für die Jury sein.«

Ein paar der Geschworenen lächelten mit dem Zeugen, doch Shannon sah nicht belustigt aus. »Vielleicht könnten Sie das die Anwälte entscheiden lassen und einfach die Fragen beantworten.«

»Einspruch!«

»Stattgegeben.«

Shannon ging zurück zu ihrem Anwaltstisch und nahm ein Schriftstück hoch. Sie fragte, ob sie sich dem Zeugen nähern dürfe. Als sie die Erlaubnis hatte, gab sie Taj Deegan eine Kopie des Dokuments und *Special Agent* Long das Original. Sie drehte sich, sodass sie eher der Jury als dem Zeugen zugewandt stand.

»Können Sie mir sagen, was dies für ein Dokument ist?«

Long sah verwirrt aus. »Es scheint mir eine Kopie des Wikipedia-Artikels über den *Patriot Act* zu sein.«

Deegan stand auf, in ihrer Stimme lag Verwirrung: »Einspruch, Euer Ehren. Ein Wikipedia-Artikel über den *Patriot Act* ist hier nicht von Bedeutung. Selbst wenn es so wäre, ist seine Exaktheit nicht gesichert.«

Richter Rosenthal lehnte sich auf seinen Ellbogen nach vorn und sah auf Shannon hinab. »Ist das Ihr Ernst? Sie wollen einen Wikipedia-Artikel als Beweisstück einführen?«

»Heißt das, dem Einspruch ist stattgegeben?«, fragte Shannon unschuldig.

»Absolut.«

Shannon biss sich auf die Lippe und gab vor, einen Augenblick nachzudenken. »Dann lassen Sie mich so fragen – sind die Bestimmungen des *Patriot Acts* ein Geheimnis?«

Long sah noch verwirrter drein. »Natürlich nicht. Sie sind Teil der amerikanischen Bundesgesetze.«

»Und jeder, der die amerikanische Verfassung lesen kann – oder Wikipedia im Internet findet –, wüsste, dass die Regierung Telefone anzapfen und E-Mails und SMS von Leuten abfangen kann, die auch nur lose Verbindungen mit mutmaßlichen Terrororganisationen haben. Ist das richtig?«

»Einspruch! Spekulation.«

»Stattgegeben.«

Wen kümmert's?, dachte Alex. *Standpunkt klargemacht.*

»Sprechen wir über das Mobiltelefon, das die Kurznachrichten *empfangen* hat«, fuhr Shannon fort. »Dieses Mobiltelefon wurde unter einem falschen Namen registriert. Stimmt das?«

Jetzt sah Long nicht mehr aus wie der Inbegriff des Selbstvertrauens. »Das habe ich ausgesagt.«

»Ist es schwer, ein Mobiltelefon unter einem falschen Namen registrieren zu lassen?«

Wieder erhob Taj Deegan Einspruch und bekam von Rosenthal recht.

»Na ja, man kann auf jeden Fall sagen, dass zumindest jemand, der mit den Morden an Ja'dah Mahdi und Martin Burns zu tun hatte, wusste, wie man ein Handy unter einem falschen Namen registriert; ist das richtig?«, fragte Shannon.

Taj Deegan war wieder aufgesprungen, aber offensichtlich fiel ihr kein vernünftiger Grund für einen Einspruch ein. Sie setzte sich wieder.

»Ja. Ich denke, das ist klar.«

»Können Sie sich einen Grund vorstellen, warum mein Mandant, der wusste, dass seine Moschee humanitären Organisationen Gelder zur Verfügung stellte, um beim Wiederaufbau Beiruts zu helfen, und in dem Wissen, dass sein Telefon mit Bezug auf den *Patriot Act* wahrscheinlich abgehört wurde ...«

»Einspruch!«, schrie Taj Deegan und unterbrach Shannon mitten im Satz.

»Stattgegeben«, sagte Rosenthal rasch.

Shannon stand einen Augenblick da, als wisse sie nicht recht, was sie als Nächstes tun sollte. »Kann ich eine Minute haben?«, fragte sie den Richter.

»Eine Minute.«

Sie ging zu ihrem Tisch und steckte mit Alex die Köpfe zusammen. »Glaubst du, die Jury hat verstanden, worauf ich hinauswollte?«, flüsterte sie.

»Man kann sich nie zu sicher sein«, sagte Alex.

Shannon bedachte ihn mit einem unterkühlten Blick. »Du hast leicht reden.«

Sie kehrte in die Mitte des Saales zurück und verschränkte kurz gedankenverloren die Arme. »Ihrer Erfahrung nach, *Special Agent* Long: Werden Kriminelle normalerweise gerne verhaftet?«

Long schüttelte den Kopf, als wäre Shannon eine Idiotin. »Natürlich nicht.«

Shannon holte tief Luft und spie die nächste Frage so schnell wie möglich aus. »Warum sollte mein Mandant dann sein eigenes Telefon benutzen, wenn er wusste, dass er womöglich abgehört wurde?«

»Einspruch!«

Rosenthal benutzte seinen Hammer und starrte Shannon Reese eindeutig beunruhigt an. »Ich habe Ihnen gesagt, dass diese Frage unzulässig ist!« Er wandte sich an die Geschworenen: »Bitte ignorieren Sie diese Frage. Die Verteidigung wird im Schlussplädoyer noch genug Zeit haben, ihren Standpunkt darzulegen.«

Shannon drehte sich zu Alex um. Er nickte ihr fast unmerklich zu. *Diesmal bin ich mir ziemlich sicher, dass sie es kapiert haben.*

»Keine weiteren Fragen«, sagte sie fröhlich.

Als Shannon sich setzte, stand Taj Deegan auf und verkündete, sie habe nur noch eine Frage.

»Haben Sie einen Grund zu glauben, dass Mr Mobassar, ein muslimischer Geistlicher, der auf Islamstudien spezialisiert ist, bestens vertraut war mit den Einzelheiten des *Patriot Acts*?«

»Absolut nicht.«

Shannon beugte sich vor und flüsterte Alex zu: »Es sei denn, er konnte Wikipedia lesen.«

83

Fünfzehn Jahre zuvor
Beirut, Libanon

Vor dem Tod seines Bruders hatte der fünfzehnjährige Ahmed Ibn Mobassar ein Doppelleben geführt. Am Tag ging er zur Schule und lernte, wie man ein produktiver libanesischer Staatsbürger wurde. Aber jeden Abend nahm er am *Salat* in der örtlichen Moschee teil und bekam die Grundlagen des Dschihad gelehrt.

Sein Vater leitete eine andere Moschee, die versöhnlichere Ansichten vertrat. Aber sein Vater war ein toleranter Mann und wollte, dass Ahmed seinen eigenen Weg zu Allah fand. Er fragte Ahmed oft danach aus, was er lernte, und warnte ihn vor gewissen Lehren, aber er hielt Ahmed nie davon ab, die radikalere Moschee zu besuchen.

Ahmed hatte gelernt, seinem Vater nicht alles zu erzählen. Er lernte außerdem, was es hieß, ein wahrer Muslim zu sein – einer, der bereit war, die Unterwerfung zu Ende zu führen, die Mohammed begonnen hatte, und ein weltweites Kalifat aufzubauen. Allah würde verherrlicht werden. Der Große Prophet würde zufrieden sein. Der Dschihad war der Weg!

Ahmed lernte, dass wahre Muslime die Feinde Allahs von ganzem

Herzen hassen sollen. Er lernte, dass die Gesetze der Scharia in jeder Nation eingeführt werden mussten, in der wahre Muslime lebten. Und seine Lehrer besangen unermüdlich den Ruhm des Märtyrertums. Mit dem ersten Tropfen des eigenen Blutes kaufte man seine Seele frei. Indem man sein Leben gab, erlöste man seine Familie. Märtyrertum. Paradies. Erlösung. Es gab für einen wahren Gläubigen keine andere Art zu sterben.

Während die Imame seinen Kopf mit den Bestandteilen des Dschihad füllten, trainierten Hisbollah-Kämpfer seinen Körper. Ahmed lernte, wie man Sprengstoffe herstellte, wie man mit einem Sturmgewehr umging, wie man eine Landmine legte und ein Auto in eine Bombe verwandelte. Und er lernte, wie man andere im Nahkampf tötete.

Aber in der Woche nach Omars Tod in einem palästinensischen Flüchtlingslager endete Ahmeds Doppelleben. Die Ansichten seines Vaters änderten sich über Nacht. Mit dem vollen Wissen seiner Eltern und der Hilfe eines Freundes seines Vaters, Fatih Mahdi, zog Ahmed in ein Hisbollah-Trainingslager am Stadtrand von Beirut. Sein erster Einsatz in Israel sollte in weniger als einem Monat stattfinden.

Bevor Ahmed und die anderen in diesen Einsatz zogen, versammelte ein allgemein verehrter Imam die Teenager und sah jedem der jungen Männer direkt in die Augen, als suche er nach Schwachstellen in ihrem Mut. »Heute werdet ihr zu Männern«, sagte der Imam. »Heute werdet ihr für den Ruhm des Islam kämpfen. Heute werdet ihr für den Ruhm Libanons kämpfen. Geht mit Mut und für den Ruhm Allahs!«

»Allahu akbar!«

Die Rufe hallten wider, während Adrenalin durch Ahmeds Körper spülte. Er und die anderen waren mächtige Krieger für Allah, auch wenn viele von ihnen sich noch nicht rasieren mussten. Dennoch zweifelte er nicht daran, dass jeder von ihnen sich Sprengstoff an den Körper binden und den Zünder auslösen würde, wenn er zwölf Israelis ausschalten konnte. Dies waren die besten Krieger im Nahen Osten. Sie waren tote Männer, und sie hatten nichts zu verlieren und alles zu gewinnen. Allah würde verherrlicht werden! Familienmitglieder würden gerettet! Auf ihren Beerdigungen würde es Jubel geben.

Es war nur eine Frage der Zeit.

84

Gegenwart
Virginia Beach, Virginia

Alex und sein Team waren am Mittwochabend vorsichtig optimistisch. Es schien, als störe die Jury dasselbe, das ihm an diesem Fall ebenfalls nicht logisch erschien - warum sollte Khalid Kurznachrichten von seinem eigenen Handy verschicken?

Es gab natürlich eine ganze Menge möglicher Erklärungen. Vielleicht wusste Khalid wirklich nichts von den Einzelheiten des *Patriot Acts*. Vielleicht glaubte Khalid nicht, er werde verdächtigt, weil die Polizei sich auf Fatih Mahdi einschießen würde. Vielleicht tat er es genau deshalb, weil es zu offensichtlich aussehen würde und er später argumentieren konnte, dass es berechtigte Zweifel aufwarf, wie ein Mörder, der einen Tatort mit Blut signierte. Wer konnte so dumm sein? Vielleicht war Khalid klüger als alle anderen, seine eigenen Anwälte eingeschlossen.

Alex dachte lieber nicht über diese letzte Möglichkeit nach.

Nara wirkte fröhlich, als sie nach einem Besuch bei ihrem Vater im Büro auftauchte. »Mein Dad sagt, ihr beide wisst wirklich, was ihr tut«, sagte sie.

Sie saßen um den Konferenztisch und bereiteten sich auf die Zeugen des folgenden Tages vor. Als Nara die Bemerkung machte, hob Shannon nur den Kopf, dann machte sie sich wieder an die Arbeit. Alex nahm es als Naras Art, sich dafür zu entschuldigen, wie sie sich beim Mittagessen verhalten hatte. Die Worte ›Es tut mir leid‹ waren kein Hauptbestandteil von Naras Wortschatz.

»Shannon hat sich im Kreuzverhör großartig geschlagen«, sagte Alex. »Und wie du weißt, habe ich in meinem Eröffnungsplädoyer keine Fehler gemacht.«

»Das habe ich gehört«, gab Nara zurück. Sie ließ ein hübsches, strahlendes Lächeln aufblitzen.

Entschuldigung angenommen, dachte Alex.

Später hatte Alex ein paar Minuten, um mit Nara ungestört in seinem Büro reden zu können. »Ich bin bereit, auszusagen«, sagte sie.

»Das werden wir am Wochenende sehen«, antwortete Alex. »Die Staatsanwaltschaft müsste mit ihrer Beweisaufnahme am Freitag fertig sein. Nach dem Kreuzverhör von Fatih Mahdi werde ich besser wissen, ob wir dich brauchen.«

»Alex«, sagte Nara und wartete, bis ihr Alex in die Augen sah, bevor sie fortfuhr. »Wenn auch nur die geringste Möglichkeit besteht, dass wir diesen Fall verlieren, muss ich in den Zeugenstand. Versprich es mir.«

Alex antwortete nicht. Er glaubte immer noch, dass wenn er Nara in den Zeugenstand holte, es nur eine Frage der Zeit war, bis die Hisbollah sie umbrachte. Selbst das Zeugenschutzprogramm war keine Garantie gegen eine Organisation mit so vielen Tentakeln wie die Hisbollah.

»Versprich es mir«, drängte sie.

Er senkte den Blick. »Falls ich der Meinung bin, dass wir deine Zeugenaussage brauchen, hole ich dich in den Zeugenstand.«

»Danke, Alex.« Nara stand auf, kam zu Alex herüber und küsste ihn auf die Wange. Sie hielt ein paar Zentimeter von seinem Gesicht entfernt inne. »Falls ich aussagen muss, schaffe ich das schon. Ich habe einen Ort, wo ich hingehen kann. Nach ein paar Jahren komme ich zurück.«

Er sah ihr direkt in die Augen und wollte ihr gern glauben. Er wollte glauben, dass sie es schaffen würde. Er wollte glauben, dass sie zu ihm zurückkommen würde. Aber während ihrer Reise nach Beirut hatte die Hisbollah schon demonstriert, dass sie Dinge wusste, die sie nicht wissen sollte.

Er hatte das ungute Gefühl, dass sie ihm nur sagte, was er hören wollte. *Taqiyya.* Der Zweck heiligt die Mittel.

Aber er konnte den Spieß auch umdrehen. Solange der Fall nicht komplett in die Binsen ging, hatte Alex nicht vor, sie in den Zeugenstand zu rufen.

Und dann, den Bruchteil einer Sekunde später, war all das nicht mehr wichtig. Wer konnte an solche Dinge denken, wenn eine Frau wie Nara sich für einen ernsthaften Kuss vorbeugte?

* * *

Selbst die pikantesten Prozesse fuhren sich in Einzelheiten fest, und dieser Tag kam im Mobassar-Prozess am Donnerstag. Dr. Kumar Santi betrat den Zeugenstand und hielt der Jury einen Vortrag über Handy-Triangulation. Um die Geschworenen halbwegs wach zu halten, zeigte Deegan PowerPoints mit massenhaft bunten Grafiken und Karten. Als Santi fertig war, bestand wenig Zweifel, dass die Kurznachrichten von Khalids Handy aus der Umgebung des Islamischen Lernzentrums in Norfolk abgeschickt worden waren. Die Botschaft vom Handy des Mörders war aus Sandbridge verschickt worden.

Nach Santi kam jemand aus dem Spurensicherungslabor, der eine Aussage über die Spuren von Ja'dah Mahdis DNS in dem gemieteten Haus in Sandbridge machte.

Als Nächstes kam eine Immobilienmaklerin aus Sandbridge, die erklärte, wie sie den Schlüssel zu dem Haus unter der Fußmatte deponiert hatte, weil der Mieter geplant hatte, erst spät in der Nacht anzukommen. Ein unterschriebener Mietvertrag unter einem falschen Namen war vorher mit der Post geschickt worden. Anders ausgedrückt: Die Maklerin hatte den Mörder nie gesehen.

Der *Deputy Sheriff*, der die Leichen gefunden hatte, sagte als Nächster aus. Er erzählte den Geschworenen von der aufwendigen Suche und den sorgfältig ausgebildeten Hunden, die dann die Leichen gefunden hatten. Direkt vor der Mittagspause ekelte Taj Deegan die Jury noch einmal mit den Fotos der Leichen.

Das war alles sehr interessant, fand Alex, aber nicht besonders schädlich. Viel Lärm um nichts.

Nach der Mittagspause kam noch mehr davon. Taj Deegan hätte genauso gut Kissen und Feldbetten verteilen können, während die Geschworenen einem Computerfachmann zuhörten, der darüber aussagte, wie er die Festplatte von Khalid Mobassars Arbeitscomputer durchsucht hatte. Der Zeuge hatte eine monotone Stimme, ein ausdrucksloses Gesicht und eine unnachahmliche Art, einen Mordprozess so spannend zu machen wie Infinitesimalrechnung.

Nach ungefähr zwanzig Minuten brauchte Richter Rosenthal eindeutig eine Zigarettenpause, und einige der Geschworenen sahen aus, als bräuchten sie Wecker. Endlich hangelte sich der Fachmann zum Kern seiner Aussage vor – jemand hatte Khalid Mobassars Arbeitscomputer benutzt, um am 29. März, nur ein paar Monate vor den Morden, nach Mietobjekten zu suchen. Andere Suchverläufe und E-Mails machten ziemlich deutlich, dass Khalid der Einzige war, der seinen Computer an diesem Tag benutzt hatte, vor allem zur Uhrzeit um die Recherchen herum.

Shannon hatte im Kreuzverhör keine Fragen an den Zeugen, und Rosenthal beschloss dankenswerterweise, dass es Zeit für eine Pause war.

Der Rest des Nachmittags wurde von der Aussage von *Detective* Terri Brown eingenommen. Sie erklärte, wie sie sich zunächst auf Fatih Mahdi als Hauptverdächtigen konzentriert hatten. Das Verbrechen passte zu dem Profil eines religiös motivierten Ehrenmordes, und der Ehemann war daher der Hauptverdächtige. Doch alle harten Fakten deuteten laut Brown auf den Angeklagten.

Sie hatten den Angeklagten auch bei ein paar Lügen ertappt. Der Imam hatte zum Beispiel während seiner Befragung behauptet, nichts von einer Suche nach Mietobjekten in Sandbridge zu wissen. Außerdem war er nicht sehr entgegenkommend gewesen, was seine Gespräche mit Fatih Mahdi anging, und hatte früher die Hisbollah unterstützt.

Während Browns Aussage legte Taj Deegan Ausgaben der Bücher vor, mit denen sie während ihres Eröffnungsplädoyers herumgewedelt hatte, und eine Kopie des Manuskripts für Khalids neues Buch. Der Jury wurden außerdem Videos gezeigt, in denen Khalid Stellungnahmen abgab. Eines stammte vom Fernsehsender der Hisbollah kurz nach Omars Tod, und eines war fürs amerikanische Fernsehen nach Israels Schlägen gegen den Libanon im Jahr 2006 aufgenommen worden.

Brown war eine erfahrene Zeugin, also führte Shannon ein eingeschränktes und vorsichtiges Kreuzverhör mit ihr durch. Sie erzielte ein paar Punkte bei der Frage, warum Fatih Mahdi verdächtigt worden war, und stellte Brown zahlreiche Fragen über Mahdis radikale Philosophie und seinen Glauben an die Scharia. Dann kehrte sie vorsichtig zum selben Thema zurück, das sie bereits vorher angeschnitten hatte: Warum sollte jemand, der so intelligent war wie Khalid Mobassar, sein eigenes Handy benutzen, um Kurznachrichten zu schicken, in denen Ehrenmorde befohlen wurden?

»Ich habe keinen Grund zu glauben, dass der Angeklagte wusste, dass seine Kurznachrichten aufgrund des *Patriot Acts* gespeichert wurden«, antwortete Brown. »Ich glaube, dass der Angeklagte der Meinung war, wir würden uns auf den Ehemann konzentrieren und daher niemals ernsthaft gegen den Angeklagten ermitteln. Außerdem bin ich schon so lange *Detective*, dass ich oft genug gesehen habe, wie Mordverdächtige die dümmsten Sachen anstellen.«

Alex konnte an Shannons Gesicht ablesen, dass sie die Frage bereute. Aber sie war Profi und ging rasch zum nächsten Thema über.

Als das Gericht sich um fünf Uhr nachmittags vertagte, war allen im Gerichtssaal eine Sache klar: Der Fall stand und fiel mit der Zeugenaussage von zwei Männern – Fatih Mahdi und, falls er in den Zeugenstand trat, Khalid Mobassar. Dieses Wissen hielt Alex am Donnerstag bis lange nach Mitternacht im Büro fest. Er wäre wohl die ganze Nacht geblieben, wenn seine Großmutter ihn nicht hinausgescheucht hätte.

»Du kannst nicht klar denken, wenn du nicht ein bisschen schläfst«, sagte Ramona, als sie ein paar Papiere auf seinen Schreibtisch legte.

»Nur noch zehn Minuten«, erwiderte Alex. In Wahrheit brauchte er noch zwei Stunden, aber er hatte nicht die Kraft, mit jemandem zu streiten, vor allem nicht mit seiner Großmutter. Er würde die Akten mit nach Hause nehmen und seine Arbeit dort fertig machen.

»Das hast du schon vor einer Stunde gesagt«, erinnerte ihn Ramona.

Alex seufzte und verdrehte die Augen. »Habe ich dich nicht schon mal gefeuert? Jetzt geh nach Hause und lass mich meine Vorbereitungen fertig machen.«

Ramona sagte ihm, sie müsse noch ein paar Dokumente kopieren und ein paar Dinge organisieren. Nicht ein einziges Mal war Ramona in der letzten Woche vor Alex nach Hause gegangen. Sie verließ sein Büro, blieb aber an der Tür stehen und drehte sich noch einmal zu ihm um.

»Ich bin stolz auf dich, Alex Madison. Deine Eltern und dein Großvater sind auch stolz auf dich.«

85

Am Freitagmorgen, nach ein paar Stunden unruhigem Schlaf, warf Alex die Beine über die Bettkante, blieb dort sitzen und dachte darüber nach, was vor ihm lag. Ein paar Tage noch, und es war alles vorbei. Er war in den letzten Monaten so im ›Prozesstunnel‹ abgetaucht gewesen, dass jeder Anschein eines normalen Lebens verschwunden war. Er wachte auf und dachte an den Fall. Er ging ins Bett und dachte an den Fall. Es kam ihm vor, als arbeite er jede wache Minute daran.

Er gönnte sich ein paar Minuten, in denen er daran dachte, wie großartig es sein würde, wenn der Prozess vorbei war und er die Weihnachtszeit genießen konnte. Er konnte ausschlafen. Er konnte seine Wohnung dekorieren und Geschenke kaufen. An Weihnachten war Khalid entweder ein freier Mann oder hatte ein Leben hinter Gittern vor sich. Nara würde entweder in Sicherheit leben, oder sie würde untergetaucht sein und sich ständig über die Schulter nach den tödlichen Agenten der Hisbollah umsehen.

Der Zeuge von heute würde wahrscheinlich beider Schicksal entscheiden.

Der Druck der Herausforderung legte sich auf Alex und schnürte ihm die Luft ab. Er atmete tief aus und versuchte, sich zu entspannen.

Es war Zeit für einen starken Kaffee.

* * *

Fatih Mahdi sah aus, als wäre er seit der Voranhörung zehn Jahre gealtert. Er stand im unteren Teil des Gerichtssaals, gekleidet in sein traditionelles muslimisches Gewand, und versicherte, er werde die Wahrheit sagen. Er hatte dunkle Ringe unter den Augen und sah gleichzeitig traurig und entschlossen aus. Sein schwarzer Bart, die dunkle Hautfarbe und die Stirnglatze entsprachen dem Klischee eines Muslims. Doch als Mahdi aussagte, gab er nur ein leises Murmeln von sich, und die Zuschauer im Raum beugten sich vor und mühten sich ab, ihn zu verstehen. Mehrmals bat ihn Taj Deegan, lauter zu sprechen.

Die Staatsanwältin gab sich alle Mühe, auf Mahdi einzugehen, aber er spielte nicht mit. Er sah die Geschworenen niemals an und gönnte sich keine Entspannung. Seine breiten Schultern hingen nach vorn, und er krümmte sich über das Mikrofon.

Der Inhalt seiner Aussage war ungefähr das, was Alex erwartet hatte. Er erzählte den Geschworenen, wie er Ja'dah kennengelernt hatte und wie ergeben sie dem muslimischen Glauben gewesen war. Er beschrieb ihr gemeinsames Leben.

»Haben Sie sie geliebt?«, fragte Taj Deegan.

»Sehr.«

Mahdis Leben drehte sich um seine Arbeit und die Moschee. Deegan machte ihre Sache gut, ihn als tief religiös, aber nicht fanatisch darzustellen. Mahdi bezeugte seine Freundschaft mit Khalid und Ghaniyah Mobassar. Sie hatten im Libanon viel gemeinsam durchgemacht. Er hatte mit Khalid den Tod seiner zwei Söhne betrauert, und er beschrieb, wie sehr diese Verluste Khalid getroffen hatten.

Er sagte auch darüber aus, dass Khalids Ansichten als Imam der Moschee von Norfolk immer unorthodoxer wurden. Obwohl Khalid ein guter Freund war, hatte Fatih Mahdi den Widerspruch gegen einige Lehren angeführt, die er für ketzerisch hielt. Laut Mahdi war Khalid Mobassar immer streitbarer und unnachgiebiger geworden, je mehr Widerstand ihm begegnete. Diejenigen in der Moschee, die sich Khalid entgegenstellten, wurden meistens ausgeschlossen.

»Ungefähr sechs Monate vor dem Tod Ihrer Frau scheinen Sie aufgehört zu haben, sich Mr Mobassar kritisch entgegenzustellen. Können Sie der Jury sagen, was passiert war?«

Mahdi zögerte bei der Frage und senkte den Blick, um seine Gedanken zu sammeln. »Ich habe gespürt, dass diese ganzen Streitigkeiten und der Aufruhr meine Frau vom Glauben forttrieben«, sagte er. Er hielt den Blick auf Taj Deegan gerichtet, die sich neben die Geschworenenbank gestellt hatte.

»Ich glaubte immer noch, dass Khalid unrecht hatte, aber mir wurde klar, dass ich, wenn ich weiterkämpfte, sowohl meinen Freund als auch meine Frau verlieren könnte. Ich diskutierte weiterhin privat mit Khalid, aber ich beschloss, jede öffentliche Kritik einzustellen. Stattdessen betete ich, dass Allah ihm den Weg zeigen möge.«

Während Mahdi aussagte, musterte Alex die Geschworenen, und es gefiel ihm nicht, was er sah. Der gesamte Tenor im Gerichtssaal schien Mitgefühl und Respekt zu sein. Der Mann wirkte eindeutig nicht wie ein Dschihadist, der einen Ehrenmord an seiner eigenen Frau hätte befehlen können.

»Ich würde Ihre Aufmerksamkeit jetzt gern auf die Ereignisse um den Tod Ihrer Frau lenken«, sagte Taj Deegan. Sie sprach leise, um die allgemeine Stimmung im Saal zu stützen. »Bitte erzählen Sie den Damen und Herren Geschworenen, wie Sie erfahren haben, dass Ja'dah zum christlichen Glauben konvertiert war.«

In den folgenden Minuten sprach Fatih Mahdi über die Veränderungen, die er an seiner Frau bemerkt hatte, und wie er ihr eines Samstagabends zur Beach Bible Church gefolgt war. Er schien sich ehrlich dafür zu schämen, was er getan hatte.

Als er darüber sprach, wie er Ja'dah mit Martin Burns gesehen hatte, spiegelte sich in seinem Gesicht die bleibende Erinnerung an die seelische Qual, die er erlitten hatte. Seine Frau habe sowohl ihren Ehemann als auch ihren Glauben zurückgewiesen, sagte Fatih, aber er liebe sie immer noch.

Er hatte Khalids Rat gesucht, weil er sich unter anderem davon erhofft hatte, Khalids progressivere Sicht des Glaubens könne die starken Vorbehalte seiner Frau durchbrechen. Fatihs Vorstellung nach hatte er seine Frau nach Amerika gebracht, um den Amerikanern zu helfen, den muslimischen Glauben zu finden. Stattdessen hatte er das Gefühl, die amerikanische Kultur und die westliche Art des Christentums hätten *sie* verdorben.

Taj Deegan ließ den Zeugen in allen Einzelheiten sein Gespräch mit Khalid beschreiben sowie seine Reaktion, als er erfahren hatte, dass seine Frau enthauptet worden war. Fatih sprach leise und bedächtig darüber, wie er vom Tod seiner Frau erfahren hatte, und über die Hinweise darauf, dass sein guter Freund derjenige gewesen war, der ihre Ermordung befohlen hatte. Er vergoss keine Tränen, aber er wirkte wie ein Mann, der immer noch unter Schock stand. Wäre er während seiner

Aussage weinend zusammengebrochen, hätte es unecht gewirkt. Doch zu Alex' großem Verdruss wirkten Mahdis niedergeschlagene Antworten und seine fassungslose Haltung sehr ehrlich.

Shannon beugte sich zu Alex hinüber. »Er gibt einen besseren Zeugen ab, als ich gedacht hätte.«

»Ich weiß«, flüsterte Alex zurück.

Taj Deegan kontrollierte ihre Notizen, um sich zu vergewissern, dass sie nichts vergessen hatte. »Eine letzte Frage: Es gibt einige, die sagen, Ihre Art des muslimischen Glaubens sei erniedrigend gegenüber Frauen und fördere Ehrenmorde. Was sagen Sie dazu?«

Fatih Mahdi biss die Zähne zusammen und sah Taj Deegan direkt an. »Der große Prophet Mohammed, Friede sei mit ihm, war höchst respektvoll gegenüber Frauen. Wahre Nachfolger Mohammeds würden niemals Frauen unterdrücken und auch sicherlich niemals etwas so Abscheuliches wie Ehrenmorde billigen. Nur diejenigen, die fälschlicherweise den Namen Allahs anrufen und den Koran verdrehen, würden solche Dinge tun.«

»Danke«, sagte Taj Deegan. »Ich habe keine weiteren Fragen.«

»Möchte die Verteidigung den Zeugen ins Kreuzverhör nehmen?«, fragte Richter Rosenthal.

»Ich habe vielleicht noch ein paar Fragen«, sagte Alex.

Der Richter schenkte ihm ein gequältes Lächeln. »Vielleicht sollten wir, bevor wir anfangen, eine zehnminütige Pause einlegen.«

86

Als Rosenthal den Saal mithilfe seines Hammers wieder zur Ordnung rief, wurden die Zuschauer ungewöhnlich still. Das übliche Flüstern und Rascheln fehlte. Die Geschworenen beugten sich vor; sie wussten, der Fall konnte durchaus in den nächsten Stunden entschieden werden.

Alex spürte, wie seine Handflächen feucht wurden; das Herz hämmerte ihm in der Brust. *Tief durchatmen. Ganz ruhig.*

»Guten Morgen, Mr Mahdi.«

»Guten Morgen.«

Das Lampenfieber würde vergehen, wenn er den ersten Treffer landete. Hoffentlich würde das nicht lange dauern.

»Ihrer Meinung nach sollte Amerika von den Gesetzen der Scharia regiert werden, ist das richtig?«

Mahdi runzelte die Stirn. »Amerika blickt auf eine lange Tradition auf der Grundlage des englischen *Common Law* zurück«, sagte er. »Es wäre nicht praktisch, vorzuschlagen, die Gesetze dieses Landes zu überholen, damit sie die religiösen Überzeugungen einer kleinen Minderheit von Muslimen widerspiegeln.«

»Netter Versuch«, sagte Alex, »versuchen wir es noch mal.«

»Einspruch!«

»Stattgegeben.«

Alex überlegte, wie er die Frage am besten formulieren konnte. Für ihn war ein stattgegebener Einspruch nie das letzte Wort; es war nur ein Vorschlag, die Frage umzuformulieren. »Ist es nicht das Ziel von strenggläubigen Muslimen, dass jedes Land, in dem Muslime leben, unter die Rechtsprechung der Scharia fällt?«

Mahdi schien sich zu entspannen, als habe er eben den Grund für ein unglückliches Missverständnis entdeckt. »Vielleicht wollen das einige Organisationen, aber im Allgemeinen möchte die islamische Gemeinschaft nur, dass die Muslime eines Landes unter die Scharia fallen. Und diese Vision gilt für irgendwann in der Zukunft, vielleicht zu einem Zeitpunkt, wenn viele in diesem Land sich dem Islam zugewandt haben und sich wünschen, dass gewisse Bereiche ihres Lebens – wie Ehe- oder Finanzstreitigkeiten mit anderen Muslimen – vor Scharia-Gerichten geklärt werden.«

Als Mahdi innehielt, um Luft zu holen, begann Alex seine nächste Frage, aber Deegan sprang auf, um zu protestieren. »Der Zeuge war nicht fertig«, sagte sie.

»Lassen Sie den Zeugen zu Ende antworten«, rügte Rosenthal.

Alex wartete, frustriert, dass der Richter seine Befragung störte.

»Es ist derselbe Gedanke, den die ersten Siedler in Amerika hatten«, fuhr Mahdi fort. »Die Sonn- und Feiertagsgesetze. Gebete vor gesetzgebenden Versammlungen. Selbst der Eid, den die meisten Zeugen vor ihrer Aussage ablegen. Das spiegelt alles den christlichen Glauben wider. Die Bruderschaft sagt nur, dass es Muslimen gestattet sein sollte, in gewissen juristischen Angelegenheiten ihrem eigenen Glauben zu folgen. Es interessiert Sie vielleicht, dass der Erzbischof von Canterbury vorgeschlagen hat, dass Großbritannien solch ein System in Erwägung ziehen sollte.«

»Sind Sie fertig?«, fragte Alex.

»Ja.«

»Gut. Dann lassen Sie mich Ihnen eine Ja-oder-Nein-Frage stellen. Glauben *Sie* persönlich – nicht die Islamische Bruderschaft und nicht der Erzbischof von Canterbury, sondern *Sie*, Fatih Mahdi –, dass in Amerika das Gesetz der Scharia regieren sollte?«

Fatih schüttelte den Kopf. »Im Moment nicht. Vielleicht eines Tages – aber nur für die Bürger, die das wünschen.«

Nicht direkt ja oder nein. Aber es war eine Antwort, mit der Alex leben konnte.

Er ging zurück zu seinem Anwaltstisch und holte einen Ausdruck einer E-Mail, die Mahdi 2008 einem Imam in der Region Chicago geschickt hatte. Ramona hatte sie gefunden, als sie den Berg von Dokumenten durchgesehen hatte, die die Regierung auf der Grundlage des *Patriot Acts* zusammengestellt hatte.

Alex reichte Taj Deegan eine Kopie und ließ den Gerichtsdiener dem Zeugen eine weitere Kopie übergeben. Mahdi studierte das Schriftstück, als habe er es nie zuvor gesehen.

»Was ist das für ein Dokument?«, fragte Alex.

»Eine E-Mail, die ich an einen Leiter einer Moschee in Chicago geschickt habe.«

»Damals unterstützte der Empfänger dieser E-Mail Khalids Reformgedanken; ist das richtig?«

Mahdi schaute auf das Blatt Papier. »Ja.«

»Könnten Sie bitte die ersten zwei Sätze im zweiten Abschnitt vorlesen?«

Mahdi leierte es leise herunter, ein starker Kontrast zu seiner klaren Ausdrucksweise ein paar Minuten zuvor. »Es ist die Pflicht jedes Mitgliedes der Islamischen Bruderschaft, ein Verfechter der Scharia zu sein.

Ihre Unterstützung für Mr Mobassar steht in direktem Widerspruch zu dieser Pflicht.«

Mahdi schaute auf, als er fertig war, und Alex ließ das Schweigen einen Augenblick im Raum hängen. »Und das sind Ihre Worte, richtig?«

»Ja. Aber mit diesem Satz ist nicht gemeint, dass wir die Scharia sofort einführen wollen. Wie Ihre Kirche, Mr Madison, strebt unsere Bruderschaft danach, andere für unseren Glauben zu gewinnen. Nur unter diesen wahren Bekehrten wäre es möglich, einige Grundsätze der Scharia umzusetzen.«

»Wo steht das in der E-Mail?«

Mahdi nahm einen Schluck Wasser. »Es steht nicht explizit darin. Wie sagt man? Sie müssen zwischen den Zeilen lesen.«

Alex nahm noch ein Blatt Papier von seinem Tisch, und Mahdi beäugte ihn misstrauisch. Das war einer von Alex' Lieblingstricks: Man brachte den Zeugen im Lauf der Befragung schon früh mit einem Dokument in Schwierigkeiten, denn dann hatte er den Rest des Prozesses jedes Mal Angst, wenn Alex weitere Dokumente in die Hand nahm. Dadurch blieb der Zeuge ehrlich. Er wusste nie, ob Alex noch etwas anderes schriftlich hatte, mit dem er seine Glaubwürdigkeit in Frage stellen konnte, wenn er nicht ganz ehrlich war.

»Lassen Sie uns über die Scharia reden, und speziell über die Rechte der Frauen«, sagte Alex mit Blick auf das neue Papier. »Kann ein Mann allein aufgrund der Zeugenaussage des Opfers wegen Vergewaltigung verurteilt werden?«

Taj Deegan sprang auf. »Niemand redet hier von Vergewaltigung, Euer Ehren.«

»Aber wir versuchen herauszufinden, wer einen Ehrenmord verübt hat – mit anderen Worten, wer dem Leben einer Frau solch einen geringen Wert beimisst, dass er ihre Ermordung in Auftrag geben würde, nur um die Ehre ihrer Familie wiederherzustellen.«

Rosenthal dachte einen Moment darüber nach. »Ich lasse es zu.«

Alex machte ein oder zwei Schritte auf den Zeugen zu. »Kann ein Mann wegen Vergewaltigung verurteilt werden, allein auf Grund der Zeugenaussage des Opfers?«

»Nein.«

»Wie viele Zeugen sind nötig?«

»Vier.«

»Müssen sie Augenzeugen sein?«

»Ja.«

»Müssen sie Männer sein?«

»Ja.«

»Und wie viele Zeugen, zusätzlich zu dem angeblichen Vergewaltiger, braucht man, um einen Mann vom Verdacht der Vergewaltigung freizusprechen?«

»Einen.«

»Wenn also der Vergewaltiger und ein Freund aussagen, dass es einvernehmlicher Sex war, dann bleibt der Mann ungestraft?«

»Ja.«

»Und die Frau könnte wegen Unzucht ausgepeitscht werden - richtig?«

»Unter der Scharia kann außerehelicher Geschlechtsverkehr durch Auspeitschen bestraft werden.«

»Wie oft haben Sie erlebt, dass ein *Mann* wegen Unzucht ausgepeitscht wurde?«

Mahdi senkte die Stimme. »Nie.«

»Unter der Scharia kann ein Mann sich von seiner Frau scheiden lassen, indem er einfach dreimal die Worte spricht: ›Ich verstoße dich.‹ Stimmt das?«

»Wie in Amerika ist kein Verschulden für eine Scheidung nötig.«

»Muss eine Schuld bewiesen werden, wenn die *Frau* die Scheidung will?«

»Ja.«

»Aber ein Mann kann sich sogar von seiner Frau scheiden lassen, indem er ihr eine SMS schickt, wenn er möchte, solange der Text eindeutig ist. Habe ich recht?«

»In manchen Ländern ist Scheidung durch jede Art der Kommunikation möglich.«

»Und die Kinder - unter der Scharia werden sie als die Saat des Mannes betrachtet, und er hat Anspruch auf das Sorgerecht, wenn er möchte. Ist das richtig?«

»Ja.«

»Euer Ehren«, schaltete sich Taj Deegan ein, »ist das ein Quiz über die Gesetze der Scharia, oder kommen wir noch zu einer Zeugenaussage, die für diesen Fall von Bedeutung ist?«

»Sie haben nicht unrecht«, gab Richter Rosenthal zu. »Mr Madison, lassen Sie uns weitermachen.«

»Ja, Sir.« Alex konsultierte eine Akte und warf einen Blick zur Jury hinüber. Das Mitgefühl, das er vorhin in ihren Gesichtern gesehen hatte, schwand zunehmend. Vor allem die Frauen schienen dem Zeugen gegenüber kühler zu werden.

Außerdem verschwand die Nervosität, die Alex vor Beginn des Kreuzverhörs gespürt hatte.

»Sie haben sich von Ihrer ersten Frau nach nur vier Jahren Ehe scheiden lassen; stimmt das?«

»Ja. Es tut mir leid, das sagen zu müssen, aber es hat nicht funktioniert.«

»Und die Kinder blieben bei Ihnen?«

»Ja. Sie sind jetzt erwachsen, aber ich habe sie aufgezogen. Sie wollten bei mir bleiben. Meine Frau wollte nur raus aus der Ehe und raus aus dem Haus.«

»Haben Sie Ihrer ersten Frau Untreue vorgeworfen?«

Mahdi wollte etwas sagen, unterbrach sich aber. Er warf einen Blick zu Taj Deegan hinüber, offensichtlich auf der Suche nach Rettung, und wandte sich dann an den Richter. »Muss ich das Verhalten meiner ersten Frau in einer öffentlichen Sitzung diskutieren?«

»Beantworten Sie die Frage«, sagte Rosenthal. Es lag kein Mitleid in seiner Stimme.

Mahdi seufzte. »Sie *war* untreu. Mit mehreren Männern. Ich habe versucht, die Scheidung mit Würde und Mitgefühl zu behandeln – ich habe sie nie öffentlich angeklagt.«

»Haben Sie sie je geschlagen oder missbraucht?«

Mahdi richtete sich entrüstet auf. »Absolut nicht!«

»Wie viele Zeugen hatten Sie für ihre Untreue?«

»Ich brauchte keine Zeugen«, sagte Mahdi leise, aber mit Überzeugung. »Sie hat die Affären zugegeben.«

»Haben Sie Ihr Vermögen geteilt?«

»Nein, Mr Madison. Meine Frau wollte raus aus der Ehe. Sie wollte die Verantwortung nicht. Sie wollte mich nicht. Ich habe ihr diesen Wunsch erfüllt, indem ich die Scheidung angestrebt habe, und ich habe ihre Untreue geheim gehalten.«

Alex wechselte das Tempo und fragte Mahdi eine Weile über seinen Zugang zum Safe der Moschee aus. Er stellte fest, dass Mahdi fast jeden Tag in der Moschee war und in nahezu allen Büros nach Belieben ein- und ausgehen konnte.

»Haben Sie sich je unter dem Vorwand, dass Sie einen Anruf machen müssten, aber Ihr Akku leer sei, Khalids Handy geliehen?«

»Nie.«

Rosenthal bekam einen kurzen – aber lauten – Hustenanfall, und Alex sah auf die Uhr. »Wäre dies ein guter Zeitpunkt für eine Pause, Euer Ehren?«

Die Geschworenen schienen dankbar, und Rosenthal sah aus, als könne er es kaum erwarten, dass sie verschwanden, damit er zu seiner nächsten Zigarette kam.

Nachdem Geschworene und Richter den Saal verlassen hatten, setzte sich Alex neben Shannon.

»Du hast ihn am Haken«, sagte Shannon.

Aber Fatih Mahdi sah nicht aus wie ein Mann am Haken. Er starrte Alex an. Sein Blick versprach, dass es noch nicht vorbei war.

* * *

Nach der Pause wandte sich Alex den theologischen Streitigkeiten zwischen Fatih Mahdi und Khalid Mobassar zu. Schritt für Schritt ging er mit dem Zeugen die Geschichte des Streits durch und unterstrich Mahdis lautstarken Widerstand gegen die Lehren des Imams.

»Und dann, vor ungefähr sechs Monaten, haben Sie abrupt aufgehört, Mr Mobassar öffentlich zu kritisieren. Ist das richtig?«

»Ich erinnere mich nicht an den genauen Tag. Aber ja, es kam eine Zeit, als ich aufhörte, den Lehren Ihres Mandanten öffentlich zu widersprechen.«

»Das war, als Sie beschlossen, ihn auf andere Weise zu stoppen – da haben Sie beschlossen, ihm mit dem Ehrenmord an Ihrer Frau eine Falle zu stellen. War es nicht so?«

»Absolut falsch«, sagte Mahdi. »Damals wusste ich nicht einmal von Ja'dahs Konvertierung zum Christentum. Ich dachte, sie sei immer noch dem muslimischen Glauben treu.«

Alex ging an Taj Deegans Tisch vorbei und stellte sich an dieselbe Stelle am Geländer der Geschworenenbank, an der auch sie vorher gestanden hatte.

»Wissen Sie, dass Ihre Frau hier in Virginia, wenn Sie sich scheiden lassen wollen, das Recht auf eine gerechte Verteilung hat – die Hälfte des ehelichen Besitzes?«

»Das wusste ich nicht. Ich wollte mich nicht von Ja'dah scheiden lassen. Ich ging in der Hoffnung zu meinem Freund Khalid Mobassar, dass er mit meiner Frau sprechen und sowohl ihren Glauben als auch unsere Ehe retten würde.«

»Was besitzen Sie, Mr Mahdi?«

Der Zeuge wurde puterrot. »Was hat das mit der ganzen Sache zu tun?«

»Beantworten Sie einfach die Frage«, sagte Alex.

Mahdi zögerte und sah Taj Deegan an. Doch Alex wusste, sie würde keinen Einspruch erheben. Diese Fragerichtung war absolut relevant. Mahdi sammelte sich. »Mein Reinvermögen, inklusive Rentenkonten, liegt bei ungefähr 460 000 Dollar.«

»Und Sie haben Ihr ganzes Leben gearbeitet, um diesen Betrag zu sparen; stimmt das?«

»Ich habe sehr hart gearbeitet, ja.«

»Also schmiedeten Sie einen Plan, um die Hälfte der Summe zu retten, die Ehre Ihrer Familie wiederherzustellen und Khalid Mobassars Reformen ein Ende zu machen – alles mit einem Schwertstreich.«

Taj Deegan war aufgesprungen. »Das ist keine Frage; das ist ein Schlussplädoyer. Wir sind hier nicht bei *Perry Mason*!«

»Stattgegeben«, sagte Rosenthal. »Sie sollten es besser wissen, Herr Anwalt.«

»Das ist eine Lüge«, sagte der Zeuge.

»Mr Mahdi«, bellte Richter Rosenthal, »ich habe dem Einspruch stattgegeben. Sie werden die Frage nicht beantworten.«

»Lassen Sie es mich anders ausdrücken«, sagte Alex. Seine Strategie ging perfekt auf. Jeder Einspruch zog nur mehr Aufmerksamkeit auf die Frage. »Besitzen Sie jetzt allein jeden Penny der 460 000 Dollar, die Sie vorher mit Ihrer Frau teilten?«

»Ja.«

»Wurde Khalid Mobassar als Folge der Anklagen gegen ihn in Verruf gebracht?«

»Das kann ich nicht sagen. Das müssen das Gericht und die Geschworenen entscheiden.«

»Und unter der Scharia, wurde da die Ehre Ihrer Familie durch den Tod von Ja'dah Mahdi wieder hergestellt?«

Der Zeuge beugte sich vor und starrte Alex wütend an. »Ich würde alles tun, um meine Frau zurückzubekommen. Ihre Frage ist eine Beleidigung gegen das Andenken einer Frau, die ich sehr geliebt habe.«

»Stimmt das?«, fragte Alex. Er ging zurück zu seinem Anwaltstisch, und Shannon reichte ihm einen dicken Stapel Papier. Alex hatte während des ganzen Kreuzverhörs darauf gewartet, dass Mahdi seine Liebe zu seiner Frau wiederholte.

»Darf ich mich dem Zeugen nähern, Euer Ehren?«

Rosenthal nickte. Alex ging zum Zeugenstand hinüber und reichte Mahdi die Papiere. »Das sind Abschriften von Handygesprächen, die Sie mit Ihrer Frau in den sechs Monaten vor ihrem Tod geführt haben. Zeigen Sie mir doch bitte, wie oft Sie Ihrer Frau in diesen Anrufen gesagt haben, dass Sie sie lieben.«

Mahdi sah die Papiere nicht einmal an. »So etwas habe ich ihr nicht persönlich gesagt. Ich habe es ihr durch mein Verhalten gezeigt.«

»Ich denke, das lassen wir die Geschworenen entscheiden«, sagte Alex.

87

Alex' Team aß gemeinsam in einem nahe gelegenen mexikanischen Restaurant zu Mittag, und Alex musste alle Selbstbeherrschung aufbringen, die er hatte, damit es keine vorgezogene Siegesfeier wurde. Shannon und Ramona waren im Gericht gewesen und hatten Alex' meisterhaftes Kreuzverhör von Fatih Mahdi miterlebt. Als potenzielle Zeugin war Nara ausgeschlossen gewesen, bekam aber jetzt einen detaillierten Bericht.

Genau genommen war Nara immer noch eine potenzielle Zeugin und hätte nichts von Mahdis Aussage hören dürfen. Aber Alex machte sich keine Sorgen. Er hatte bereits beschlossen, dass es nicht mehr nötig war, Nara in den Zeugenstand zu holen.

Warum unnötige Risiken eingehen? Sie hatten bereits berechtigte Zweifel aufgeworfen.

Also lächelte Alex leicht, als Shannon und Ramona die interessanteren Teile von Mahdis Zeugenaussage erzählten und seinen Gesichtsausdruck beschrieben, als Alex ihm die Abschriften seiner Telefongespräche hingeknallt hatte.

»Hören wir auf, sonst bildet er sich noch etwas darauf ein«, sagte Ramona und meinte ihren Enkel damit. »Wir haben noch einen weiten Weg vor uns.«

»Ja, der Fall ist noch lange nicht vorbei«, sagte Alex. In Wahrheit genoss er das Lob. Vor allem freute ihn, dass Nara alles hörte.

Nach dem Essen lud Alex Nara ein, mit ihm zum Gericht zurückzufahren, während Shannon bei Ramona mitfuhr. Er wollte ein paar Minuten mit Nara allein sein, um mit ihr darüber zu sprechen, dass sie nicht aussagen würde.

»Es geht nicht darum, dich vor der Hisbollah zu schützen«, sagte er. »Selbst wenn deine Sicherheit kein Faktor wäre, würde ich dich nicht als Zeugin aufrufen. Nicht nach Mahdis Zeugenaussage. Man geht keine Risiken ein, wenn man gewinnt.«

Nara hatte eine Menge Fragen, aber am Ende schien sie zufrieden mit Alex' Rat. »Heißt das, ich kann jetzt beim Prozess zusehen?«, fragte sie.

Alex hatte schon darüber nachgedacht. Er erwartete, dass Taj Deegan am Nachmittag noch mit ihrer Beweisaufnahme fertig wurde. Dann würde er sein Eröffnungsplädoyer halten, und es würde zu diesem Zeitpunkt besser werden als es zu Beginn des Prozesses gewesen wäre. Er wollte auf jeden Fall, dass Nara es hörte.

»Ich wüsste nicht, was dagegenspräche«, sagte er.

Nara legte ihm die Hand auf den Unterarm. »Ich bin froh, dass du der Anwalt meines Vaters bist.«

* * *

Rosenthal war für lange Mittagspausen bekannt, aber am Freitag stellte er einen Rekord auf. Die Mittagspause hatte um halb eins begonnen, und der Richter erschien nicht vor 14.15 Uhr wieder auf der Richterbank. Er entschuldigte sich nicht für seine Verspätung. Schließlich war er der Richter. Jeder wusste, dass Richter *niemals* zu spät kamen.

»Ms Deegan, Ihr nächster Zeuge«, sagte Rosenthal.

»Die Staatsanwaltschaft würde gerne Fatih Mahdi noch einmal in den Zeugenstand rufen.«

Alex spürte einen beklommenen Stich. Er hatte es gut gefunden, wie Mahdis Zeugenaussage vor der Mittagspause geendet hatte. Taj Deegan führte etwas im Schilde.

Mahdi ging mit gesenktem Blick durch den Saal. »Denken Sie daran, Sie stehen immer noch unter Eid«, erinnerte ihn Richter Rosenthal.

»Ja, Euer Ehren.« Mahdi setzte sich wieder in den Zeugenstand und beugte sich vor. Er sah aus, als hätte seine Pause aus Waterboarding bestanden.

Taj Deegan stellte sich in die Mitte des Gerichtssaals und verschränkte die Finger. Sie schaute nachdenklich an die Wand direkt über dem Richter und dann zum Zeugen hinüber. »Mr Mahdi, Sie haben vorhin ausgesagt, warum Sie ungefähr sechs Monate vor dem Tod Ihrer Frau aufgehört haben, Mr Mobassars Reformen zu kritisieren. Erinnern Sie sich an diese Aussage?«

»Ja, ich erinnere mich.«

»Sie sagten, Sie hätten entschieden, dass Ihre Freundschaft wichtiger sei als der Widerstand gegen Mr Mobassars Reformen. Wissen Sie das noch?«

Alex stand auf. »Einspruch, Euer Ehren. Sie wiederholt nur die Zeugenaussage.«

»Ich lasse es zu«, sagte Rosenthal.

Die Art, wie er es sagte, weckte in Alex den Verdacht, dass er mehr wusste als er selbst.

»Ich glaube, ich habe gesagt, ich wollte unsere Freundschaft *und meine Frau* nicht verlieren«, sagte Mahdi.

»Sie haben recht; ich muss mich korrigieren«, sagte Taj ruhig. »Aber, Mr Mahdi, sind das die einzigen Gründe, warum Sie aufgehört haben, Mr Mobassar zu widersprechen?«

Der Zeuge rutschte auf seinem Sitz herum und warf Taj Deegan einen Blick zu. Dann senkte er den Blick wieder und betrachtete eingehend seine Hände. »Nein. Das waren nicht die einzigen Gründe.«

»Bitte erklären Sie der Jury, was sechs Monate vor dem Tod Ihrer Frau passiert ist, das Sie dazu brachte, Mr Mobassar nicht länger zu kritisieren.«

Mahdi sah die Geschworenen an. Er holte Luft und atmete hörbar aus. »Ich hatte ein Treffen mit Mr Mobassar. Es war zu dem Zeitpunkt, als das Zerwürfnis in der Moschee ernst wurde und unsere Meinungsverschiedenheit sehr gravierend. Mr Mobassar drängte mich, ihn als meinen Religionsführer in der Moschee zu unterstützen. Er sagte, wir wären wie Brüder und dass Brüder einander nicht so behandeln sollten.«

»Ist das alles, was er sagte?«, soufflierte Deegan.

»Nein. Er sagte mir, wir hätten viel gemeinsam durchgemacht und dass er mich in der Vergangenheit auf eine Weise protegiert hatte, von der ich nichts wusste. Er sagte mir …« Mahdi hielt inne und verzog das Gesicht. Nach ein paar Sekunden fand er den Mut, fortzufahren. »Als ich ein junger Mann war, ungefähr zwanzig Jahre alt, befand sich der Libanon mitten im Bürgerkrieg. Ich hatte nichts als Hass und Verachtung für die Christen übrig. Ich war ein Gotteskrieger.

Während dieses Krieges verlor Khalid Mobassars Frau einen Bruder. Die christliche Phalange-Partei hat ihm den Bauch aufgeschlitzt. Ich war unglaublich wütend und wollte Rache. Ghaniyah trauerte und war genauso wütend. Aber Khalid reagierte anders. Er wollte an einer diplomatischen Lösung arbeiten und der Gewalt durch Vermittlung ein Ende setzen. Er nannte es ›sinnloses Blutvergießen‹. Es hat seine Ehe sehr belastet.«

Mahdi sah Khalid Mobassar an, und Alex schlug das Herz bis zum Hals. Derselbe Zeuge, den die Jury an diesem Morgen noch verachtet hatte, war jetzt in einer Art Beichtmodus. Und die Geschworenen hingen an seinen Lippen.

»Khalids Frau kam in ihrem Schmerz und Zorn zu mir. Ich war jung, noch nicht verheiratet. Ich habe mit ihr geschlafen.«

Das Geständnis rief hörbares Luftschnappen und aufgeregtes Gemurmel im Gerichtssaal hervor. Richter Rosenthal klopfte mit seinem Hammer. »Ruhe!«

Aus dem Augenwinkel versuchte Alex, die Wirkung auf seinen Mandanten einzuschätzen. Khalid sah fassungslos aus und starrte den Zeugen mit leerem Blick an. Dann senkte er den Blick auf den Tisch.

»Glauben Sie, Khalid Mobassar wusste davon?«, fragte Taj Deegan.

»Nein, das glaubte ich nicht. Nicht bis zu diesem Treffen sechs Monate vor Ja'dahs Tod. Bei diesem Treffen sagte er mir, er habe mich in der Vergangenheit auf eine Weise geschützt, die ich nicht einmal erahnte. Er sagte ...«

»Fürs Protokoll«, unterbrach ihn Taj: »Sagen Sie uns, wen Sie meinen, wenn Sie ›er‹ sagen.«

»Khalid Mobassar, den Angeklagten.«

»Danke. Bitte fahren Sie fort.«

Fatih zögerte eine Sekunde, während er seine Gedanken sammelte. »Mr Mobassar sagte mir, dass er von meiner Affäre mit Ghaniyah wisse. Er sagte, er habe es all die Jahre aus Respekt vor unserer Freundschaft und aus seinem Wunsch heraus, mit seiner Frau verheiratet zu bleiben, für sich behalten.«

»Das ist eine Lüge«, flüsterte Khalid Alex zu. Er hatte die Hand auf Alex' Ellbogen gelegt. »Das Ganze ist eine Lüge. Ghaniyah würde so etwas nie tun.«

Alex bedeutete ihm zu schweigen. Er musste die Zeugenaussage hören.

»Was haben Sie getan?«, fragte Taj.

»Ich war verblüfft. Ich habe die Affäre weder geleugnet noch zugegeben. Ich dankte ihm für seine Freundschaft. Wir umarmten uns. Ich sagte ihm, er stünde mir näher als ein Bruder. Ich sagte ihm, er sei ein besserer Mensch als ich. Ich ging mit einem tiefen Verständnis für den Schmerz, den er über so einen Betrug erlitten haben musste, und großer Dankbarkeit für seine Noblesse, das für sich zu behalten.«

»Das ist nicht wahr!«, flüsterte Khalid. »Nichts davon.«

»Haben Sie deshalb aufgehört, Khalids Lehren in der Moschee zu kritisieren?«, fragte Taj.

Fatih nickte. »Ja. Mir wurde bewusst, dass unsere Freundschaft wichtiger war. Mir war klar, dass er meinen Ruf hätte zerstören können, es aber nicht getan hatte. Ich beschloss, dass ich sofort aufhören musste, seinen Ruf anzugreifen. Das war das Mindeste, was ich tun konnte.«

Taj Deegan schien ein paar Sekunden darüber nachzudenken, aber Alex wusste, dass sie nur die Information bei den Geschworenen sacken ließ. In fünf Minuten Zeugenaussage hatte sich der komplette Fall geändert. Alex kam die Feierlaune beim Mittagessen plötzlich wie eine entfernte Erinnerung vor.

»Warum sind Sie wirklich auf der Suche nach Rat zu Khalid Mobassar gegangen, als Sie entdeckt hatten, dass Ihre Frau den muslimischen Glauben verlassen hatte?«

»Weil er Erfahrung mit der Untreue seiner eigenen Frau hatte. Meine Situation war nicht ganz dieselbe, aber sie war auch nicht vollkommen verschieden. Ich fühlte mich zurückgewiesen und erniedrigt. Ich dachte, Khalid könnte mir helfen, diese Probleme zu bewältigen. Stattdessen sah er es, glaube ich, als eine Gelegenheit, sich zu rächen und seine Absichten voranzutreiben.«

Alex sprang auf. »Einspruch! Das sind nur krude Spekulationen!«

»Die Geschworenen werden den letzten Teil der Antwort des Zeugen außer Acht lassen«, entschied Richter Rosenthal.

»Mr Madison und Ms Reese haben mehrere Zeugen darüber befragt, ob sie eine Ahnung haben, warum Khalid Mobassar von seinem eigenen Telefon Kurznachrichten verschicken sollte, in denen er einen Ehrenmord anordnete. Wissen Sie etwas darüber?«

Alex war wieder auf den Beinen. »Einspruch. Das ist ebenfalls eine Aufforderung zu Spekulationen.«

»Könnte sein«, gab Richter Rosenthal zu, »aber Ms Deegan hat recht. Sie haben dieselbe Frage den ganzen Prozess über gestellt. Einspruch abgelehnt.«

Mahdi warf Khalid Mobassar einen Blick zu und wandte sich dann wieder an Taj Deegan. »Mr Mobassar wusste, dass ich mich dafür schämte, was ich 1980 getan hatte, und es nicht publik machen wollte. Er glaubte wahrscheinlich, dass ich der Polizei nie von unserem Gespräch über meine Sorgen über Ja'dah erzählen würde.«

Alex stand erneut auf, die Hände ausgebreitet. *Das ist lächerlich*. »Richter, das ist reine Spekulation. Wie kann er wissen, was mein Mandant dachte?«

»Meine Damen und Herren Geschworenen, bitte ignorieren Sie die Antwort des Zeugen. Er kann nur über Fakten aus seinem eigenen Kenntnisstand heraus aussagen.«

Alex setzte sich, aber er wusste, es war ein schaler Sieg. Die Geschworenen dachten dasselbe, was Fatih Mahdi gerade ausgesprochen hatte.

»Warum haben Sie der Jury nicht während Ihrer Aussage heute Vormittag davon erzählt?«, fragte Deegan. Sie wusste offensichtlich, dass Alex in seinem Kreuzverhör darauf herumhacken würde, also wollte sie es als Erste auf den Tisch bringen.

»Ich hoffte, es würde nicht nötig sein. Ich schäme mich zutiefst dafür, was ich getan habe. Aber nach meiner Aussage heute Morgen wurde mir klar, dass der Mann, der den Tod meiner Frau befohlen hat, womöglich ungestraft bleiben wird, wenn ich nicht vortrete und die Wahrheit sage.«

»Keine weiteren Fragen«, sagte Taj Deegan.

88

»Haben Sie die ganze Mittagspause gebraucht, um sich das auszudenken, oder ist es Ihnen spontan eingefallen?«, fragte Alex, als er aufstand.

»Es ist die Wahrheit«, sagte Mahdi. Sein Blick war ruhig, seine Stimme fest.

»Sehr vorteilhaft für Sie, dass es eine Wahrheit ist, die schwer zu beweisen ist. Ich meine, zufällig waren die einzigen zwei Menschen, die bei diesen Gesprächen anwesend waren, Sie und mein Mandant – Ihr Wort gegen seines.«

»Die Frau Ihres Mandanten kann es bestätigen oder abstreiten«, sagte Mahdi.

»Wann haben Sie sich von Ihrer ersten Frau scheiden lassen?«, fragte Alex.

»1989.«

»Also haben Sie Ihre Frau neun Jahre, nachdem Sie mit der Frau eines anderen geschlafen haben, wegen Untreue verstoßen?«

»Ich habe sie verstoßen, weil sie gehen wollte. Ich habe nur ihren Wunsch erfüllt.«

»Mal sehen – Sie haben in Ihrer ersten Aussage nicht die Wahrheit gesagt, Sie haben Ehebruch mit der Frau eines anderen Mannes begangen, Sie haben gelogen, als Sie sagten, Sie liebten Ihre zweite Frau, und jetzt erwarten Sie, dass die Geschworenen Ihnen aufs Wort glauben, dass diese angeblichen Gespräche mit meinem Mandanten stattgefunden haben?«

»Ich habe Ja'dah wirklich geliebt. Was ich mit Ghaniyah getan habe, war falsch. Warum sollte ich etwas erfinden, das mich in der Öffentlichkeit so erniedrigt?«

»Vielleicht weil Ihr Hass gegen Khalid Mobassar Sie zerfrisst und alles andere übertrumpft?«, schoss Alex zurück.

»Einspruch!«

»Stattgegeben.« Rosenthal funkelte den Zeugen an. »Sie sollen Mr Madisons Fragen beantworten, nicht selbst welche stellen.«

»Ja, Euer Ehren.«

»Ich habe keine weiteren Fragen für diesen Zeugen«, sagte Alex.

Taj Deegan stand hinter ihrem Anwaltstisch auf. »Die Staatsanwaltschaft hat erst in der Mittagspause von Mr Mahdis Affäre erfahren. Daraufhin ließen wir Mrs Mobassar eine Zwangsvorladung zustellen, in der sie aufgefordert wird, umgehend vor Gericht zu erscheinen. Wir bitten um eine kurze Pause, bis sie hier ist.«

Alex fühlte sich, als habe ihn eben ein Bus überfahren. Ghaniyah kam, um auszusagen? Falls sie die Affäre bestätigte, war die Chance groß, dass die Geschworenen auch alles andere glaubten, was Mahdi ihnen gerade erzählt hatte.

»Das Gericht vertagt sich, bis Mrs Mobassar hier ist«, sagte Richter Rosenthal. »Und keine der beiden Seiten wird Kontakt mit ihr aufnehmen, bis sie in den Zeugenstand tritt.«

»Ja, Euer Ehren«, sagten Taj Deegan und Alex unisono.

89

Als Ghaniyah Mobassar in den Zeugenstand trat, sah sie nervös und erschöpft aus. Sie trug den langen, fließenden traditionellen *Hidschab*, den Alex in ihrem Haus an ihr gesehen hatte, samt Kopftuch. Ihre Augen waren groß vor Verwirrung und Misstrauen.

Sie schaute verstohlen zu Khalid hinüber, und er schenkte ihr einen beruhigenden Blick, während Taj Deegan mit ihren Fragen begann.

»Bitte nennen Sie Ihren Namen fürs Protokoll.«

»Ghaniyah Mobassar.«

»Bitte rücken Sie etwas näher ans Mikro«, sagte Richter Rosenthal.

Ghaniyah schob sich ein klein wenig nach vorn. »Ghaniyah Mobassar«, wiederholte sie. Diesmal konnte sie jeder im Gerichtssaal hören.

»Sind Sie die Ehefrau des Angeklagten, Khalid Mobassar?«

»Ja.«

»Mrs Mobassar, es tut mir leid, dass ich Ihnen die folgende Frage stellen muss, aber sie ist wichtig für den Prozess. Hatten Sie eine Affäre mit Fatih Mahdi, kurz nachdem Ihr Bruder 1980 im libanesischen Bürgerkrieg gestorben war?«

Ghaniyah starrte Taj Deegan an, als könne sie nicht glauben, dass die Staatsanwältin die Unverfrorenheit besaß, so etwas zu fragen. Man hatte das Gefühl, als halte der gesamte Gerichtssaal kollektiv den Atem an. Ghaniyah sagte kein Wort.

»Mrs Mobassar, Sie müssen die Frage beantworten«, drängte Deegan.

Alex hätte sie am liebsten gerettet, aber er konnte nicht. Nach einer halbstündigen Diskussion im Richterzimmer, bei der Alex vorgebracht hatte, Ghaniyah sollte wegen ihrer Hirnverletzung nicht in den Zeugenstand treten müssen, hatte Rosenthal persönlich Ghaniyahs Neuropsychologen angerufen. Nach einem kurzen Telefongespräch wies er Alex' Antrag ab.

Ghaniyah schüttelte den Kopf. »Ich werde die Frage *nicht* beantworten«, sagte sie entrüstet.

Das hast du gerade, dachte Alex.

Richter Rosenthal beugte sich zu der Zeugin vor. »Mrs Mobassar, ich weiß, dass das unangenehm ist, aber Sie haben keine Wahl. Sie sind angewiesen, die Frage zu beantworten.«

Ghaniyah sah Khalid flehentlich an, dann wandte sie sich Taj Deegan zu. Sie starrte die Staatsanwältin an, als hätte sie ihr am liebsten die Augen ausgekratzt. »Ich war meinem Ehemann immer treu.«

Alex atmete aus. Zu seiner Überraschung war die Strategie der Staatsanwältin nach hinten losgegangen. Die Jury mochte Ghaniyah vielleicht nicht glauben, weil sie gezögert hatte zu antworten. Aber ihre Aussage hätte nicht eindeutiger sein können.

Doch Taj Deegan ließ sich nicht beirren. Sie machte ein paar Schritte auf die Zeugin zu. »Mr Mahdi behauptet, dass Ahmed sein Kind war. Streiten Sie das ab?«

»Einspruch!«, rief Alex aus. »Mr Mahdi hat nichts dergleichen ausgesagt.«

»Der Anwalt hat recht«, sagte Richter Rosenthal zu Deegan, »ich erinnere mich nicht an eine derartige Aussage.«

»Er hat es mir gesagt«, antwortete Taj Deegan. »Ich wollte diesen Umstand nicht publik machen, wenn ich es hätte verhindern können.«

»Er hat es nicht vor Gericht ausgesagt«, sagte Rosenthal. »Also formulieren Sie die Frage anders.«

Alex wandte sich an Khalid, der aussah wie ein Geist; in seinem Gesicht standen der Vertrauensbruch und vollkommene Niedergeschlagenheit. Alex musste ihn irgendwie beruhigen. Doch was hätte er sagen können? Wie viel würde Khalid noch erdulden müssen?

»Mrs Mobassar, ich verstehe, dass das schwer für Sie ist, aber es ist wichtig, dass Sie die Wahrheit sagen«, sagte Deegan. »Ihr Sohn Ahmed wurde 1996 bei einem Bombenangriff in Israel getötet. Ist das richtig?«

»Ja.«

»Und die Behörden mussten ihn mithilfe von DNS identifizieren. Ist das auch richtig?«

Ghaniyah wirkte gequält, ihre Stimme brach und war kaum mehr als ein Flüstern. »Ja, das ist richtig.«

»Ich will Ihnen sagen, dass ich, wenn es sein muss, Richter Rosenthal bitten werde, den Prozess zu unterbrechen, damit wir diese DNS-Resultate beschaffen können. Aber zuerst will ich Ihnen die Frage noch einmal stellen – ist Fatih Mahdi der Vater von Ahmed Mobassar?«

Ghaniyahs Gesichtsausdruck wechselte von Verachtung zu Scham. Unendlich lange antwortete sie nicht. Dann blinzelte sie die Tränen zurück und rieb sich die Augen.

Sie bewegte kaum die Lippen und war fast nicht zu verstehen, als sie sagte: »Ja, Fatih Mahdi ist Ahmeds Vater.«

Die Enthüllung löste Unruhe im Gerichtssaal aus, und der Richter benutzte seinen Hammer.

Ghaniyah sah Khalid niedergeschlagen an. »Es tut mir so leid«, flüsterte sie tonlos.

Alex erinnerte sich plötzlich, dass Nara ebenfalls im Gerichtssaal war, und er drehte sich zu ihr um. Sie schlängelte sich an den anderen Zuschauern in ihrer Reihe vorbei und versuchte zum Mittelgang zu kommen, während ihr Tränen in die Augen stiegen. Er sah zu, wie sie den Gang entlang aus dem Saal ging, ohne ein einziges Mal zurückzublicken.

»Danke, Mrs Mobassar«, sagte Taj Deegan. »Es tut mir leid, dass es so schwierig war. Ich habe keine weiteren Fragen.

Alex legte seinem Mandanten den Arm um die Schulter. Der Imam sah aus, als stünde er unter Schock. »Wussten Sie das?«, flüsterte Alex.

Khalid schüttelte nur den Kopf. Seine Augen waren feucht, und er weigerte sich, seine Frau anzusehen. Der Schmerz in seinem Gesicht konnte unmöglich gespielt sein.

Alex machte sich nicht die Mühe aufzustehen. Er wollte, dass die Geschworenen ihn und seinen Mandanten neben ihm in seiner offensichtlichen Bestürzung ansahen. Er sprach leise und verständnisvoll, als er mit seinen Fragen begann. »Haben Sie das Ihrem Mann gegenüber je erwähnt?«

Ghaniyah schaute auf ihre verschränkten Hände hinab. »Nein.«

»Haben Sie Grund zu der Annahme, dass Ihr Ehemann von dieser Affäre wusste?«

»Nein. Es war etwas, das weit in der Vergangenheit geschehen ist. Ich war wütend, weil Khalid der Tod meines Bruders egal zu sein schien. Ich habe Entscheidungen getroffen, die ich heute noch bereue.«

Alex sah Ghaniyah an und fühlte nichts als Mitleid. Egal, wie dieser Prozess endete: Ihre Beziehung mit Khalid würde nie wieder sein wie vorher.

»Keine weiteren Fragen.«

90

Taj Deegan beendete ihre Beweisführung, und zum zweiten Mal war Alex damit konfrontiert, ein Eröffnungsplädoyer zu halten, das plötzlich irrelevant schien. Diesmal hatte er keine Wahl.

Er stand auf und wandte sich an die Jury, seinen Notizblock mit beiden Händen umklammernd. Er folgte seinen Notizen und fasste die Beweise zusammen, die für Khalid Mobassar sprachen. Doch die Frage in den Köpfen aller Anwesenden hatte sich jetzt verlagert. *Wie passt die Affäre in das Puzzle?* Alex hatte das Gefühl, alle dachten dasselbe wie er – der Schlüssel zu dem Geheimnis lag direkt vor ihnen, aber irgendwie außer Reichweite.

Er beendete seine geplante Eröffnung, ging zurück zu seinem Tisch und legte seinen Block ab. Dann wandte er sich an die Geschworenen – nachdenklich, als sei ihm eben noch etwas eingefallen.

»Ich versuche immer noch, die Zeugenaussage zu verarbeiten, die wir eben gehört haben, und Ihnen geht es vermutlich ähnlich. Was hat das alles zu bedeuten? Ich habe das noch nicht herausgefunden, aber eines weiß ich sicher: Als Ghaniyah Mobassar direkt hier im Zeugenstand saß und ihrem Mann sagte, es täte ihr leid, war das nicht gespielt. Es war genau genommen kein Teil ihrer Zeugenaussage, aber ich weiß, einige von Ihnen haben es gesehen.«

Alex stand jetzt neben seinem Mandanten und legte ihm eine Hand in den Nacken. Der Imam betrachtete eingehend den Tisch vor sich, zu peinlich berührt, um die Jury anzusehen.

»Und als ich den Blick meines Mandanten während der Aussage dieses Nachmittags sah, wusste ich, er hörte zum ersten Mal von der Affäre. Viele von Ihnen haben zu ihm herübergesehen. Urteilen Sie selbst. War es das erste Mal, dass Khalid Mobassar davon hörte? Und wenn ja, wie kann dann Fatih Mahdi die Wahrheit gesagt haben?«

Alex setzte sich wieder und ließ sie über diese Frage nachdenken. Unter diesen Umständen war das das Beste, was er tun konnte.

* * *

Nach einer kurzen Raucherpause forderte der Richter Alex auf, seinen ersten Zeugen aufzurufen. Es war nur noch eine Stunde bis Feierabend, und Alex und Shannon konnten sich immer noch nicht entscheiden, ob sie Khalid in den Zeugenstand rufen sollten oder nicht. Über die Pause hatten sie eine Hinhaltestrategie entwickelt, die ihnen übers Wochenende Zeit verschaffen sollte, diese Entscheidung zu treffen.

Alex würde Nara als seine erste Zeugin aufrufen. Fatihs Enthüllung und Ghaniyahs Aussage machten es jetzt unmöglich, sie herauszuhalten. Er konnte einfach die Stunde, bis die Prozesswoche endete, mit Hintergrundinformationen über ihren Vater und seine Ansichten über den Islam füllen. Dann hatte Alex das Wochenende, um zu entscheiden, ob er Nara bitten wollte, über ihre Erlebnisse im Libanon auszusagen. Abgesehen davon musste er diese Aussage noch mit Shannon besprechen, bevor er Nara aufrief.

Doch als Alex Nara Mobassar als erste Zeugin aufrief, erhob Taj Deegan Einspruch und machte geltend, dass Nara im Saal gewesen war, als Fatih Mahdi und Ghaniyah ausgesagt hatten. Alex konterte damit, dass er bis zu der überraschenden Enthüllung der angeblichen Affäre nicht vorgehabt hatte, Nara als Zeugin aufzurufen. Die Anwälte stritten ungefähr zehn Minuten mit unterdrückter Stimme vor der Richterbank, sodass die Geschworenen es nicht hören konnten.

Rosenthal entschied, dass Alex die Möglichkeit haben sollte, Nara in den Zeugenstand zu rufen, aber als der *Deputy* in den Flur ging, um sie hereinzurufen, war sie nirgends zu finden. Versuche, sie auf dem Handy zu erreichen, blieben vergeblich, also gab Richter Rosenthal schließlich auf und vertagte die Verhandlung auf Montag.

»Montagmorgen haben Sie besser Ihre Zeugen parat«, warnte er Alex.

»Das werde ich«, versprach dieser.

Nach der Verhandlung kämpften sich Alex und Shannon durch die Reporter, ohne irgendwelche Kommentare abzugeben. Shannon machte sich auf den Weg zu Ghaniyah nach Hause, um ihrer Mandantin ein bisschen Trost zu spenden. Alex machte sich auf den Heimweg. Er hatte hämmernde Kopfschmerzen, und das Letzte, was er wollte, war Zeit mit Khalids untreuer Frau zu verbringen.

Er zog sich um und schaltete den Sportkanal ein. Er versuchte auf jede mögliche Art, sich von den Ereignissen des Tages abzulenken, aber es endete schließlich damit, dass er in seiner Wohnung auf und ab ging und versuchte, aus alledem schlau zu werden. Er hatte das Gefühl, als wäre der ganze Fall jetzt ernsthaft gefährdet, und er musste jetzt alle Register ziehen. Ghaniyah hatte Fatihs Aussage über die Affäre bestätigt. Und Fatihs Frage ging Alex immer wieder durch den Kopf – *»Warum sollte ich etwas erfinden, das mich in der Öffentlichkeit so erniedrigt?«*

Hatte Khalid wirklich gedroht, Fatih bloßzustellen? Das hätte vieles erklärt, einschließlich Fatihs abrupter Entscheidung ein halbes Jahr vor Ja'dahs Tod, den Imam nicht länger zu kritisieren. Aber wenn das stimmte, war Khalid ein unglaublich guter Schauspieler. Sein Gesichtsausdruck heute hatte ehrliche Erschütterung und Verzweiflung widergespiegelt.

So oder so – Alex fand sich damit ab, dass sowohl Nara als auch ihr Vater am Montag würden aussagen müssen. Wenn er etwas zurückhielt und Khalid verurteilt wurde, würde Nara ihm das niemals verzeihen.

Er bekam Nara einfach nicht aus dem Kopf; er konnte sich vorstellen, wie sehr sie jetzt litt. Er versuchte sie anzurufen und hinterließ Nachrichten. Es war fast acht, als sie ihn endlich zurückrief. Sie hatte ihren Vater im Gefängnis besucht. Er hatte mit ihr über Vergebung gesprochen und versucht, sie zu beruhigen. Sie müsse reden. Ob sie das in seiner Wohnung tun könnten?

Alex hätte gern Ja gesagt, aber er hatte seine Lektion gelernt. Das Einzige, was schlimmer war, als mit Nara in der Öffentlichkeit gesehen zu werden, war, wenn sie gesehen wurde, wie sie seine Wohnung betrat. »Wie wär's, wenn wir uns im Catch 31 treffen? Weißt du noch, wo das war?«

Das Catch 31 war ein protziges Restaurant mit Bar im Erdgeschoss des Hilton an der Uferpromenade. Es hatte eine gepflasterte Terrasse draußen, mit Stühlen um Feuerstellen aus Ziegelsteinen. Der Abend war für eine erste Dezemberwoche relativ mild. Alex dachte, draußen würden sie weniger auffällig wirken.

»Ich kann in zwanzig Minuten da sein«, sagte Nara.

»Zieh dich warm genug an.«

* * *

Nara trug einen schweren Mantel mit hochgestelltem Kragen und eine Wollmütze, die sie bis zu den Augenbrauen heruntergezogen hatte. Alex trug eine Daunenjacke und eine Baseballmütze. Es waren nicht viele Leute draußen an den Feuerstellen, denn die Temperatur schwankte um die vier bis fünf Grad bei einer steifen Brise vom Meer her. Die beiden saßen eng zusammen und hatten die Beine auf den Rand der Feuerstelle gelegt. Alex bestellte eine Diätlimo; Nara entschied sich für Wodka Tonic.

Alex hätte gern den Arm um sie gelegt, um sie zu wärmen, aber er wusste nicht, ob von einem der Balkone der Zimmer über ihnen oder von einer von hundert anderen Stellen mit direktem Blick ein Teleobjektiv auf sie gerichtet war.

»Ich hasse diese Frau«, sagte Nara, als Alex fragte, wie es ihr gehe. »Sie hat immer so getan, als wäre sie so fromm und so eine Frau des Glaubens. Jetzt könnte ihre Affäre meinen Vater die Freiheit kosten.«

Alex konnte dem nicht widersprechen und wollte es eigentlich auch gar nicht. Stattdessen ließ er Nara Dampf ablassen, bis sie all ihr Gift versprüht hatte. Als sie anfing, leise zu weinen, konnte Alex sich nicht mehr zurückhalten. Er legte ihr den Arm um die Schulter, und sie lehnte ihren Kopf an seine.

»Dein Vater ist ein guter Mann«, sagte Alex. »Die Jury wird ihm glauben, wenn er sagt, dass er nichts von der Affäre wusste. Und selbst wenn nicht, sieh es so: Warum sollte Khalid einen Ehrenmord befehlen, wenn seine eigene Frau untreu war und er die folgenden dreißig Jahre nichts weiter tat, als sie zu lieben?«

Nara rückte etwas näher und wischte sich mit dem Handrücken ein paar Tränen weg. »Ich weiß«, sagte sie leise. »Ich habe nur solche Angst!«

»Dafür gibt es keinen Grund.« Aber das war gelogen. Er machte sich genauso viele Sorgen wie Nara.

»Es könnte doch noch sein, dass ich dich im Zeugenstand brauche«, sagte er leise. »Wenn die Geschworenen erst erfahren, was uns in Beirut passiert ist, müsste der Fall vorbei sein.«

Nara drehte den Kopf und sah ihn mit bittendem Blick in den feuchten Augen an. »Wenn es vorbei ist, gehst du dann mit mir weg?«

Alex hätte gerne Ja gesagt. Sie saßen an einem Feuer mit Blick auf die Weihnachtsbeleuchtung auf der Promenade und den Mond über dem Meer. Eine der schönsten Frauen, die Alex je kennengelernt hatte, lehnte sich mit Augen voller Tränen an seine Schulter und bat ihn, sein Leben mit ihr zu verbringen. Welcher Mann hätte unter diesen Umständen Nein sagen können?

»Lass uns einen Schritt nach dem anderen machen«, sagte Alex und überraschte sich selbst mit seiner Antwort. War er wirklich bereit, den Strand, Ramona und Shannon zurückzulassen?

»Okay.« Sie kuschelte sich enger an ihn, und Alex spürte ihre Wärme. Mehrere Minuten sagten weder er noch Nara ein Wort. Montagmorgen war noch weit entfernt. Im Moment wollte sich Alex entspannen, das Feuer genießen und davon träumen, wie das Leben mit Nara wohl sein mochte.

91

Am Samstag tauchte Nara kurz vor Mittag im Büro auf, um an ihrer Aussage im Prozess zu arbeiten. Bevor sie am Abend zuvor das Catch

31 verlassen hatten, hatten sich Alex und Nara geeinigt, um zehn anzufangen, aber das war gewesen, bevor sie drei Wodka Tonic getrunken hatte. Sie sah aus, musste Alex zugeben, als hätte sie überhaupt nicht geschlafen.

»Ich kann heute Abend nicht ins Haus meiner Eltern zurückgehen«, erklärte sie Alex während einer Pause in ihrer Vorbereitung. »Ich weiß nicht, ob ich meiner Mutter je verzeihen kann, aber im Moment ertrage ich es einfach nicht, in ihrer Nähe zu sein.«

Sie sprachen ein paar Minuten über Naras Gefühle, bis diese schließlich ihren Mut zusammennahm und die Frage stellte, die sie anscheinend schon die ganze Zeit hatte stellen wollen: »Könnte ich heute Nacht bei dir schlafen, Alex?«

Diese Frage hatte er wirklich nicht erwartet. Sein Herz sagte Ja. Nara war ihm sehr wichtig. Sie litt. Er konnte helfen.

Doch sein Kopf sagte ihm, dass das einer der dümmsten Schritte sein konnte, die er je gemacht hatte, vor allem mitten in einem riesigen Prozess. »Wie wäre es, wenn du dir im Hilton ein Zimmer nimmst und schaust, ob Shannon heute Nacht bei deiner Mutter bleiben kann?«, fragte er stattdessen.

Naras Gesicht spiegelte ihre Enttäuschung wider. Die dunklen Augen waren niedergeschlagen, aber sie versuchte sich sofort wieder zu fangen und zwang sich zu einem schmalen Lächeln. »Du hast recht. Tut mir leid, dass ich gefragt habe. Ich brauche einfach ein bisschen Abstand.«

* * *

Alex verbrachte den Großteil des Sonntags im Stadtgefängnis von Virginia Beach in einer kleinen Besucherkabine und sprach mit Khalid Mobassar durch die Schallschlitze am unteren Rand des kugelsicheren Glases. Khalid schwor, er habe nichts von der Affäre zwischen Ghaniyah und Fatih Mahdi gewusst. Er fragte Alex, wie Nara damit zurechtkäme, und Alex sagte ihm die Wahrheit. Die dunklen Ringe unter Khalids Augen und die tiefen Falten in seinem Gesicht verrieten seine ernsten Sorgen.

Die Enthüllungen der letzten vierundzwanzig Stunden schienen Khalid in einen zombieartigen Zustand der Trauer versetzt zu haben. In seiner Stimme lag keinerlei Energie. Alex konnte sich kaum vorstellen, ihn so in den Zeugenstand zu holen. Das einzige Mal, dass Khalid überhaupt Emotionen zeigte, war, als er nach Nara fragte. Nichtsdestotrotz übten sie seine Zeugenaussage und das Kreuzverhör fast sechs Stunden lang, bis Khalid so erschöpft war, dass seine Antworten nicht mehr viel Sinn ergaben.

»Sie werden das morgen gut machen«, versicherte ihm Alex.

Khalid sah ihn mit leblosem Blick an. »Selbst wenn wir den Fall gewinnen, wird meine Familie nicht mehr sein wie vorher.«

Damit hatte er recht, und Alex hatte keine Antwort darauf außer: »Das tut mir leid.«

* * *

Um neun Uhr abends waren Alex, Shannon und Ramona immer noch im Büro und bereiteten die letzte Prozessphase vor. Alex hatte keine große Lust, nach Hause zu gehen. Geteiltes Leid war halbes Leid, und im Moment war er lieber mit Shannon und Ramona zusammen.

Nara hatte sich im Hilton an der Uferpromenade einquartiert, eine verführerisch kurze Fahrt von Alex' Wohnung entfernt, aber er hatte dieser Fahrt am Samstagabend widerstanden und war fest entschlossen, auch an diesem Abend zu widerstehen. Shannon hatte dafür gesorgt, dass ein paar Freundinnen bei Ghaniyah waren.

Die Temperatur lag bei fünf oder sechs Grad, und es war Regen vorhergesagt, aber Kayden Dendy schienen Wettervorhersagen nicht zu interessieren. Es war fast halb zehn, als das Team hörte, wie seine Harley vorfuhr und auf dem Parkplatz vor dem Gebäude abgestellt wurde. »Das muss Dendy sein«, sagte Shannon. »Ich würde dieses Auspuffgeräusch überall erkennen.«

Sie ging zum Fenster und bestätigte ihren Verdacht. »Ich frage mich, was er am Sonntagabend hier will.«

Weniger als eine Minute später hatten sie die Antwort. Shannon sah Alex an, als sie das laute Klopfen an der Tür im Vorraum hörten. »Das hat mir gerade noch gefehlt«, sagte sie.

»Ich kümmere mich darum«, entgegnete Alex.

Als Alex die Tür öffnete, stand Kayden in all seiner lederbekleideten Pracht vor ihm und hielt seine Handschuhe in der rechten Hand. »Haben Sie mal 'ne Minute?«, fragte er.

»Eigentlich bin ich ziemlich beschäftigt«, antwortete Alex.

Aber Kayden machte trotzdem ein paar Schritte in den Empfangsbereich hinein. »Es dauert wirklich nur eine Minute. Ist Shannon da?«

Er fand den Weg zum Konferenzraum, begrüßte Shannon und fragte, ob er sich mit den Anwälten allein unterhalten könne. Als Ramona ging, hatte Kayden auch noch die Stirn, sie zu fragen, ob sie ihm eine heiße Schokolade besorgen könne.

Ramona blieb stehen und starrte ihn einen Augenblick wütend an. »Nein«, sagte sie, dann drehte sie sich um und ging.

»Ich würde sie feuern«, sagte Kayden zu Alex.

Der ignorierte diese Bemerkung.

»Sie fragen sich wahrscheinlich, warum ich hier bin«, sagte Kayden. Er ging die Tür schließen. »Es dauert nicht lange. Ich weiß, Sie haben morgen einen großen Tag. Was genau genommen der Grund ist, warum ich hier bin.«

Er sah Alex an. »Ihre Partnerin hat ihre Arbeit im Zivilfall Mobassar übrigens gut gemacht. Aber ich würde sagen, Mack Strobel weiß auch, wie er sie in Rage bringen kann.«

»Hören Sie«, sagte Alex, »wir haben wirklich nicht viel Zeit.«

»Das ist gut, ich nämlich auch nicht.« Kayden zog seine Lederjacke aus und warf sie über einen Stuhl. Er begann, neben dem Tisch auf und ab zu gehen. »Wissen Sie, was ein *Pen Register* ist?«

»Nein.« Alex versuchte erst gar nicht, die Gereiztheit in seiner Stimme zu verbergen. Es musste nicht sein, dass dieser Kerl ihm einen Vortrag hielt und ihm wertvolle Zeit in der Nacht vor einem wichtigen Prozesstag stahl.

»Dachte ich mir«, gab Kayden zurück. »Ein *Pen Register* ist ein elektronisches Gerät, das alle Nummern aufzeichnet, die von einem bestimmten Anschluss aus gewählt werden. Die Strafverfolgungsbehörden haben die Geräte jahrzehntelang benutzt, um herauszufinden, welche Nummern jemand anrief. Für ein *Pen Register* haben sie leichter Gerichtsbeschlüsse bekommen als für das Abhören von Telefonleitungen, denn mit einem *Pen*

Register bekamen sie nur die angerufenen Nummern und nicht den tatsächlichen Inhalt der Gespräche.«

»Und weshalb ist das relevant?«, wollte Shannon wissen.

»Ich komme noch darauf«, ermahnte Kayden sie. »Paragraf 216 des *Patriot Acts* weitete die Definition eines *Pen Registers* auch auf Geräte oder Programme aus, die dieselbe Funktion im Bereich Internetkommunikation besitzen. Anders ausgedrückt: Mit Legitimation des *Patriot Acts* kann die Regierung alle Internetseiten herausfinden, die von einem bestimmten Computer besucht wurden oder von einem Router bei jemandem zu Hause, wenn sie dieselben Kriterien erfüllen, die sie für ein *Pen Register* oder eine Telefonleitung bräuchten. Und jetzt wird es interessant.«

Aber hoffentlich schnell, dachte Alex.

Kayden blieb stehen und stützte sich mit den Händen auf dem Tisch ab. »Als Sie die Informationen angefordert haben, die die Bundesregierung auf der Grundlage des *Patriot Acts* über Mr Mobassar hat, haben Sie nach Kopien aller Telefongespräche, Kurznachrichten und E-Mails gefragt, die die Regierung aufgezeichnet hatte. Aber Ihr Antrag galt nicht für die *Pen-Register*-Informationen. Habe ich recht?«

Alex hatte nicht die leiseste Ahnung.

»Ich habe den Antrag entworfen«, sagte Shannon. »Ich wusste nicht einmal von der Existenz von *Pen Registern,* also bin ich mir sicher, dass ich sie nicht mit angefragt habe.«

»Tja, in unserem Zivilfall hat Mack Strobel das getan«, sagte Kayden. »Und er hat die Informationen daraus dieses Wochenende Taj Deegan übergeben. Und, nun ja, ich habe das ganze Wochenende mit mir gerungen, ob ich Ihnen erzählen soll, was dabei herauskam.«

Das klang für Alex nach noch mehr schlechten Nachrichten. Er war sich nicht sicher, ob er jetzt noch mehr ertragen konnte.

»Am Ende habe ich beschlossen, vorbeizukommen und es Ihnen unter einer Bedingung zu verraten.« Kayden sah Shannon direkt in die Augen. »Sie dürfen nicht sagen, woher Sie diese Informationen haben.«

Shannon sah Alex an, und sie zuckten beide die Achseln. Nachdem er so viel Spannung aufgebaut hatte, mussten sie einfach wissen, was er hatte. »Einverstanden«, sagte Shannon.

»Wenn ich Ihnen von diesen Beweisen erzähle, werden Sie Ihre Zivilklage gegen meinen Mandanten und Country-Fresh Inc. wahrscheinlich gern fallen lassen wollen. Aber ich fand es nicht fair, wenn Mr Mobassar den Rest seines Lebens im Gefängnis verbringen muss, nur weil Sie damit überfallen werden.«

Kayden wandte sich wieder an Alex. »Sie rufen Ihren Mandanten morgen in den Zeugenstand, was?«

»Ich habe mich noch nicht endgültig entschieden«, antwortete Alex. Er vertraute diesem Kerl immer noch nicht.

»Sie werden es vielleicht auch nicht mehr wollen, nachdem Sie das gehört haben.« Kayden griff in seine hintere Hosentasche und zog ein Stück Papier heraus. Er faltete es auseinander und breitete es vor sich auf dem Tisch aus. »Die Staatsanwaltschaft hat die Computer im Haus Ihres Mandanten beschlagnahmt, die Festplatten untersucht und Ihnen eine Kopie dessen gegeben, was sie gefunden hat. Habe ich recht?«

»Das stimmt«, sagte Alex.

»Aber damit haben Sie nur die Verlaufsprotokolle und Downloads der Computer, die tatsächlich im Haus Ihres Mandanten gefunden wurden. Die *Pen-Register*-Information verschafft Ihnen die Internetrecherchen für jeden Computer, der den WLAN-Router dort benutzt. Wenn Ihr Mandant also einen anderen Computer kauft, allein um Recherchen durchzuführen, von denen er nicht will, dass die Behörden später davon erfahren, dann werden diese Recherchen trotzdem in den *Pen-Register*-Informationen angezeigt, selbst wenn Ihr Mandant diesen Computer wegwirft. Können Sie mir folgen?«

Alex nickte und bereitete sich darauf vor, dass die Bombe platzte. Er hatte ein ganz ungutes Gefühl in der Magengegend.

Kayden tippte auf das Blatt Papier vor sich. »Das hier ist eine Liste von Recherchen und Internetseiten, die in den zwei Monaten vor Ghaniyah Mobassars Unfall besucht wurden. Ich habe sie nicht alle kopiert, aber ich habe alle Recherchen und Seiten, die zu tun haben mit« – er sah zu Alex und Shannon auf und sprach die folgenden Worte langsam – »Schädel … Hirn … Traumata.«

Alex war so verblüfft, dass ihm die Worte fehlten. Die Farbe wich aus Shannons Gesicht. »Sie meinen …?«, brachte sie heraus.

»Ganz genau.« Kayden schob das Papier über den Tisch zu Shannon hinüber. »Mr und Mrs Mobassar haben Recherchen über Schädel-Hirn-Traumata gemacht, *bevor* sie ihren Unfall hatte. Sie müssen einen neuen Computer speziell zu diesem Zweck gekauft haben und ihn hinterher entsorgt haben, denn diese Recherchen tauchen nicht auf den Festplatten der Computer auf, die die Staatsanwaltschaft beschlagnahmt hat. Leider wussten die Mobassars zu ihrem Pech nicht, dass jede Internetseite, die sie besuchten, und jede Recherche, die sie durchführten, in Übereinstimmung mit dem *Patriot Act* in einem *Pen Register* aufgezeichnet wurden.«

Alex dachte über die Beweise in dem Zivilfall nach. Die Kernspin- und Computertomografien hatten keine Hirnschädigung angezeigt. Ghaniyah hatte das Auto zwar definitiv frontal gegen einen Baum gefahren, aber der Hauptschaden war auf der Beifahrerseite entstanden. Sie hatte eine böse Beule am Kopf und Schwellungen um die Augen. Aber war es möglich, dass sie sich das selbst zugefügt hatte? Konnte es sein, dass sie die Hirnverletzungen nur spielte? Hatten Khalid und Ghaniyah *alle* betrogen?

»Taj Deegan hat diese Informationen bereits«, sagte Kayden zu Alex. »Sie musste sie Ihnen nicht geben, weil sie nicht entlastend sind. Aber wenn Sie Ihren Mandanten morgen in den Zeugenstand rufen, wird sie ihn damit in der Luft zerreißen.«

Shannon hatte inzwischen die Liste studiert. Sie tippte ein paar der Internetadressen in ihren Computer und rief die Seiten auf. Ihrem Gesichtsausdruck nach zu urteilen musste es schlimm sein.

»Warum haben Sie uns das gebracht?«, fragte Alex.

»Weil die Beweise nicht einfach verschwinden, nur weil Sie sie jetzt haben. Ich kann sie im Zivilprozess immer noch gegen Sie verwenden, wenn Sie beschließen, die Klage weiterzuverfolgen. Aber ich habe Mr Mobassars Fall in den letzten Tagen verfolgt, und auch wenn Ihr Mandant vielleicht ein Lügner ist und möglicherweise versucht hat, die Versicherungsfirma übers Ohr zu hauen, glaube ich nicht, dass ihn das zu einem Mörder macht.«

»Danke für Ihr Vertrauensvotum«, sagte Alex.

Sein eigenes Bild von Khalid hatte eben einen ernsthaften Sprung bekommen.

Alex dachte daran, wie viel er für seinen Mandanten riskiert hatte. Er war in seiner Gemeinde zurückgetreten. Er hatte seinen Ruf aufs Spiel gesetzt. In seiner Vorstellung war er der Atticus Finch gewesen, der einen unschuldigen Mann verteidigte, den der Rest der Welt lynchen wollte. Und er hatte dabei die Bewunderung der schönen Tochter seines Mandanten gewonnen.

Aber in ein paar wenigen Minuten hatte Kayden Dendy diese Bilderbuchfantasie in winzige Stücke gerissen. Stattdessen sah es jetzt so aus, als sei Khalid Mobassar ein Hochstapler, der eine ernsthafte Verletzung seiner Frau in Kauf genommen hatte, um Hunderttausende von Dollar zu stehlen. Kayden hatte recht; das machte ihn noch nicht zu einem Mörder. Aber es führte auf jeden Fall dazu, dass Alex sich schmutzig fühlte, weil er ihn verteidigte.

Alex sah Shannon an, die nur den Kopf schüttelte.

»Wessen Idee war es, diesen Fall zu übernehmen?«, fragte er.

92

Hassan hatte Mittel und Wege, Nara Mobassar aus ihrem Hotelzimmer zu entführen, aber das hätte ein bisschen Glück erfordert und außerdem unschön werden können. Seine Befehle waren in diesem Fall sehr konkret. Es würde der härteste Auftrag in Hassan Ibn Talibs von Gewalt geprägtem Leben werden.

Er bat Allah im Gebet um Mut, seine Gunst und Treue. Diese Gebete wurden am Sonntagabend belohnt, als Nara ihren Vater im Gefängnis besuchte. Hassan benutzte einen Autoknacker-Bügel, um ihr Auto zu öffnen, und wartete dann auf dem Rücksitz, zitternd vor Kälte. Er verdrängte Gedanken an seine Kindheit, als er zu Allah betete und die Teile des Korans rezitierte, die auswendig zu lernen er sich verpflichtet hatte. Er murmelte die *Hadithe*.

Er wartete zwei Stunden darauf, dass Nara wiederkam. Als sie es tat, stieg sie auf den Fahrersitz und schloss die Tür. Sie startete den Wagen, zögerte aber, bevor sie sich anschnallte. Sie schaute starr geradeaus, begann leise zu schluchzen und wischte sich Tränen von den Wangen. Hassan wappnete sich, zu handeln, bevor er die Nerven verlor.

Er beugte sich über den Sitz und zog ein Stück Stoff fest über ihr Gesicht, das ihre Schreie dämpfte und sie zwang, das Chloroform einzuatmen. Sie wehrte sich und drückte mit der freien Hand die Hupe, doch Hassan reagierte sofort und hielt ihr die Arme mit dem linken Arm an den Seiten fest, während er ihr mit der Rechten das Tuch fest aufs Gesicht drückte. Sie war stärker, als er erwartet hatte. Zum Glück war niemand außer ihnen auf dem Parkplatz. Nach ein paar Sekunden verlor sie den Kampfeswillen. Innerhalb von einer Minute wurde sie schlaff.

Hassan stieg vom Rücksitz und öffnete die Beifahrertür. Er zerrte Nara auf den Beifahrersitz, schnallte sie an und stieg auf der Fahrerseite ein. Er fuhr das Auto zu einem verlassenen Parkplatz, wo er anhielt und sie an Knöcheln und Handgelenken fesselte, ihr den Mund mit Klebeband zuklebte und ihr eine Portion Rohypnol verabreichte. Die ›Vergewaltigungsdroge‹ würde dafür sorgen, dass sie für mindestens vier Stunden bewusstlos blieb und sich nur noch bruchstückhaft an den Abend würde erinnern können.

Morgen war das alles nicht mehr wichtig. Nara Mobassar würde tot sein.

Auf der Fahrt zu den Outer Banks hielt er den Blick auf die Straße gerichtet. Einmal warf er einen Blick zu ihr hinüber, und Schuldgefühle fluteten ihn wie ein Tsunami. Er begann mit neuer Inbrunst, die Gesänge zu rezitieren. Den Willen Allahs zu tun, war niemals leicht. Doch Hassan hatte seine eigene Geborgenheit und seine eigenen Wünsche schon lange aufgegeben.

Der einzige Weg war nun der der totalen Unterwerfung.

* * *

Vierzehn Jahre zuvor
Beirut, Libanon

Die Beerdigung von Ahmed Ibn Mobassar war ganz anders als die seines Bruders Omar.

Anderthalb Jahre vorher war Omars Leichnam von dem palästinensischen Flüchtlingslager überführt und am selben Tag in Übereinstimmung mit den islamischen Ritualen für eine zeremonielle Waschung vorbereitet worden. Er war mit einem strahlend weißen Leichentuch verhüllt und im Hof vor der Moschee aufgebahrt worden. Der Vater des jungen Mannes, Khalid Mobassar, hatte Freunde und Verwandte im *Salat al-Dschanaza* angeleitet - einem Beerdigungsgebet, das zum Teil Bittgebet für Omar und zum Teil Allahs Lob war. Den Trauernden war es erlaubt gewesen zu weinen, aber kein Wehklagen oder unkontrolliertes Schluchzen. Allah war gut. Sein Wille war vollkommen. Der fünfzehnjährige Ahmed war ermahnt worden, dass ein guter Muslim die Wege Allahs annehmen musste, auch wenn er sie nicht verstand.

Omars Beerdigung hatte auf einem öffentlichen Friedhof stattgefunden, sein Leichnam war ohne Sarg in ein offenes Grab gelegt worden. Sie hatten ihn auf die rechte Seite gelegt, den Kopf Richtung Mekka ausgerichtet. Drei kleine, handgerollte Kugeln aus Erde waren unter ihn gelegt worden - eine unter den Kopf, eine unters Kinn und eine unter die Schulter.

Ahmed und sein Vater hatten drei Handvoll Erde auf den Leichnam gestreut und die traditionellen Worte rezitiert: »Aus ihr (der Erde) haben wir euch erschaffen, in sie bringen wir euch zurück und aus ihr noch einmal hervor« (Koran, Sure 20,55). Die Männer hatten gebetet und ihren Glauben bekannt. Die Frauen hatten nicht an der Beerdigung teilnehmen dürfen.

Ahmed wäre gerne länger geblieben. Er konnte den Gedanken nicht ertragen, sich von seinem großen Bruder verabschieden zu müssen. Aber er hatte die Zähne zusammengebissen, die Tränen hinuntergeschluckt und war mit den anderen Männern gegangen.

Omar war von einer israelischen Rakete getötet worden, während er humanitäre Hilfe leistete. Doch anderthalb Jahre später, als dieselbe Moschee benachrichtigt wurde, dass Khalid Mobassars jüngerer Sohn gestorben war, waren die Umstände ganz anders.

Omar war ein Opfer gewesen; Ahmed war als Märtyrer gestorben.

Die Moschee schwirrte von einer Mischung aus Trauer und Stolz, als sich die Nachricht verbreitete. Ahmed hatte mit anderen Hisbollah-Kriegern einen Überfall durchgeführt. Er hatte einen Bombengürtel gezündet, den er um den Körper geschnallt hatte, und mehr als ein Dutzend israelische Soldaten mit sich gerissen. Seine Überreste waren nur durch DNS-Vergleiche identifizierbar gewesen.

Der Hof war brechend voll vor dem siegreichen *Salat al-Dschanaza* für Ahmed Ibn Mobassar. Kurioserweise hatte der eigene Vater des Jungen sich entschieden, die Gebetszeremonie nicht anzuführen. Während viele der Teilnehmer ein bisschen aufrechter zu gehen und ein bisschen inbrünstiger zu beten schienen, in dem Wissen, dass Ahmed den glorreichen Tod eines Märtyrers gestorben war, war Khalid Mobassar nicht unter ihnen. Gerüchte verbreiteten sich, dass er im Verlust seines zweiten Sohnes nichts als eine Tragödie und eine sinnlose Verschwendung von Leben sah.

Ghaniyah Mobassar dagegen hielt den Kopf hoch erhoben während der Zeremonie und rezitierte die *Schahada,* das muslimische Glaubensbekenntnis, mit mehr Inbrunst als je zuvor: »Ich bezeuge, dass es keine Gottheit außer Allah gibt und dass Mohammed der Gesandte Allahs ist.« Ihr Gesichtsausdruck sagte alles. Ihr Sohn genoss genau in diesem Moment die Früchte des Paradieses. Und er hatte seine Familienmitglieder ebenfalls erlöst.

Ahmeds Schwester schien diese Überzeugung nicht zu teilen. Sie blieb noch lange, nachdem die restlichen Trauernden ihre Gebete beendet hatten und gegangen waren, im Hof. Sie weigerte sich, mit ihrer Mutter zu gehen. Sie kniete auf der festgetretenen Erde; Tränen liefen ihr übers Gesicht, während sie den Namen ihres Bruders murmelte.

Nach einiger Zeit stand sie auf und wischte sich die Tränen aus den Augen. »Ich liebe dich, Ahmed Mobassar«, sagte sie. »Es tut mir leid, dass ich es dir nie gesagt habe.«

Die Videokamera, die jede Sekunde der Zeremonie aufgezeichnet hatte, in der der ruhmreiche Märtyrertod Ahmed Ibn Mobassars gefeiert worden war, war nicht nahe genug, um die Worte seiner Schwester aufzuzeichnen, aber ihre Lippen zu lesen, war nicht schwierig.

Am nächsten Tag, als sich Ahmed in der Abgeschiedenheit eines Hisbollah-Verstecks seine eigene Beerdigung ansah, löste das Video eine Flut von Gefühlen aus. Er hielt sie größtenteils im Zaum, bis er den traurigen und bedauernden Blick seiner Schwester sah. Sie hatten sich immer gestritten. Er hatte nie gewusst, wie viel er ihr bedeutete. Sie hatte immer so getan, als wäre er ihr vollkommen egal.

In Wahrheit war das wahrscheinlich alles nur Show. Nara Mobassar musste immer im Mittelpunkt stehen. Die beiden Geschwister waren grundverschieden gewesen. Er hatte sein Leben in den Dienst Allahs gestellt, um ein Krieger wie Mohammed zu werden. Seine Schwester dagegen zog es vor, im Luxus ihres Hauses in Beirut zu sitzen und die zu kritisieren, die sich für Allahs Ruhm selbst verrieten.

Als das Video vorbei war, schwor sich Ahmed, dass er es nie wieder ansehen würde. Er war jetzt ein neuer Mensch und ein Mann. Der Junge namens Ahmed Ibn Mobassar war tot.

Er hatte sich in seiner Ausbildung als Hisbollah-Krieger hervorgetan. Er hatte seine vollkommene Unterwerfung unter den Willen Allahs erklärt und den Tod aller fleischlichen Begierden. Sein tatsächliches Märtyrertum stand ihm noch bevor; es war nur eine Frage der Zeit. Indem sie jetzt seinen Tod inszenierten, konnten die Hisbollah-Anführer Ahmed helfen, eine neue Identität aufzubauen, die es ihm erlaubte, an Orte zu gehen, an die er als Sohn eines berühmten Vorstehers einer bekannten Beiruter Moschee nie hätte gehen können. Ahmed tat es in der Seele weh, seine Familie täuschen zu müssen, aber die Anführer, die diese Täuschung geplant hatten, erinnerten Ahmed daran, dass alles zu Ehren Allahs geschah.

Taqiyya.

Das Video anzusehen hatte Ahmeds Gefühl gestärkt, dass seine Bestimmung die eines *Schahids* war – eines Märtyrers für den Glauben. Er hatte das Lob und den Jubel einer *Schahid*-Beerdigung schon erlebt. Wie hätte er jetzt aussteigen können?

Seine neue Identität war von tiefer Bedeutung. Hassan Nasrallah war der Anführer der Hisbollah seit 1992. Ali Ibn Abu Talib war ein Cousin des Propheten Mohammed und ein angesehener Imam gewesen, der zum Nachfolger des Großen Propheten geworden war. Ahmeds neuer Name war eine Kombination dieser zwei legendären Anführer: *Hassan Ibn Talib*.

Dieser Name erfüllte ihn mit Stolz, Hingabe und einem Gefühl der Vorbestimmtheit. Die Imame erwarteten Großes von ihm. Er würde selbst nicht weniger von sich verlangen.

93

Gegenwart
Die Outer Banks von North Carolina

Hassan fuhr kurz nach Mitternacht in die Einfahrt des Strandhauses. Er hatte seine üblichen Vorkehrungen getroffen und den Boden und die Wände im Erdgeschoss mit Plastik verkleidet. Er hatte Plastikhandschuhe benutzt und ging in Schuhen herum, die ihm anderthalb Größen zu groß waren.

Die Outer Banks waren in der zweiten Dezemberwoche nahezu ausgestorben, vor allem so spät am Sonntagabend. Nachdem er den Raum vorbereitet hatte, trug er Nara aus dem Auto und zog ihr eine Haube über den Kopf. Es mochte Allahs Wille sein, dass seine Schwester starb, aber niemand sagte, dass er ihr in die Augen sehen musste, wenn er sie tötete.

Der Plan war in allen entsetzlichen Details ausgearbeitet. Morgen nach Verhandlungsbeginn würde Hassan von Naras iPhone aus eine E-Mail an Taj Deegans Arbeitsadresse schicken. Danach würde er das Telefon in den North Landing River werfen.

Wenn er aus der Gegend von Chesapeake die Nachricht schickte, würde Nara in den Outer Banks schon tot sein. Doch er würde dafür sorgen, dass sie ihren Leichnam nicht fanden, bis er bereit war. Dann würde es unmöglich sein, ihren Todeszeitpunkt festzustellen.

Hassans Meinung nach besaß die E-Mail genau die richtige Balance zwischen Zurückhaltung und Hoffnungslosigkeit. Es würde der letzte Nagel zu Khalid Mobassars Sarg werden:

Ms Deegan,
gestern Abend habe ich meinem Vater gesagt, dass ich nicht bereit bin, in den Zeugenstand zu treten und für ihn zu lügen. Jetzt habe ich Angst, nach Hause zu gehen oder sonst irgendwohin, wo die Männer, die für meinen Vater arbeiten, mich finden könnten. Ich habe einen von ihnen sagen hören, dass die Geschworenen niemals glauben würden, dass mein Vater hinter den Enthauptungen steht, wenn ich wie die anderen getötet werde.

Ich habe Angst und weiß nicht, an wen ich mich wenden soll. Können wir uns treffen? Wenn Sie mich und meine Mutter ins Zeugenschutzprogramm aufnehmen würden, wäre ich bereit, über ein paar Dinge auszusagen, die Sie wissen sollten. Sie können mich über diese E-Mail-Adresse erreichen.

Nara Mobassar

Hassan kehrte zu Naras Auto zurück und öffnete den Kofferraum. Er zog mit seinem Schwert zusammen eine zweite Spritze mit der dazugehörigen Nadel und einen Wetzstein heraus. Die Gegenstände ließ er bei Nara im Zimmer und ging ins Schlafzimmer, um ein Kissen und eine Decke zu holen. Das Kissen legte er unter Naras Kopf, mit der Decke deckte er sie zu, dann setzte er die Nadel auf die Spritze und gab Nara die zweite Injektion, damit sie bis vier oder fünf Uhr morgens bewusstlos blieb.

Danach ging er in ein anderes Schlafzimmer und holte ein zweites Kissen und eine Decke und speicherte im Kopf ab, dass er die Sachen mitnehmen musste, wenn er ging. Heute Nacht würde er neben Nara auf dem harten Fliesenboden liegen.

Am Morgen, eine Stunde vor Tagesanbruch, würde er aufwachen, die zeremonielle Waschung durchführen, seine Morgengebete sprechen und Naras Leben beenden.

Es würde ein dramatischer Schlag zur Ehre Allahs werden. Khalid Mobassars Reformen würden komplett in Verruf geraten. Seine Tochter würde nicht mehr da sein, um in das Mantra einzustimmen. Stattdessen würde zwei Tage später ihr kopfloser Leichnam auf dem Altar in Alex Madisons ehemaliger Kirchengemeinde gefunden werden.

* * *

Die Albträume suchten Hassan die ganze Nacht heim, lebhafter und realer als je zuvor. Sie begannen nicht damit, dass Hassan triumphierend gegen die Ungläubigen kämpfte, sondern mit einem Blick in die Hölle. Flammen leckten und verschlangen schreiende Männer und Frauen, deren Gesichter sich qualvoll verzerrten, als das Feuer ihre Haut verzehrte. Hassan versuchte, den Blick abzuwenden, konnte aber nicht.

Das Furchtbarste waren die Gesichter, die er wiedererkannte. Nicht nur Freunde, die schwach im Glauben gewesen waren, sondern Mitglieder seiner eigenen Familie. Der Mann, der ihn aufgezogen hatte, war da und sah grimmig und entschlossen aus, ohne zu schreien wie die anderen. Khalid Mobassar weigerte sich, selbst in den Tiefen der Hölle noch zuzugeben, dass er unrecht hatte. Nara war auch da und streckte die Arme nach ihm aus, doch ein breiter Strom trennte sie. Ihre Augen waren dunkel und flehend.

Und dann veränderte sich ihr Gesicht. Die schmelzende Haut, die von ihrem Schädel hing, wurde zu der klassischen Schönheit, die die Herzen so vieler Männer angerührt hatte. Die Flammen verschwanden, und sie war weiß gekleidet und saß auf einem schwarzen Hengst. Wie Hassan hielt sie ein *Saif* in ihrer rechten Hand; ihr Pferd scharrte mit den Hufen und schnaubte. »*Allahu akbar!*«, rief sie.

Sie wandte sich zu Hassan um, und er nickte, während sie ihren Pferden die Sporen gaben und gemeinsam angriffen. Kurz bevor sie in die Horde der Ungläubigen vor ihnen eintauchten, warf Hassan einen letzten verstohlenen Blick auf seine Schwester.

Sie hatte dieselbe grimmige Entschlossenheit im Blick, an die er sich aus ihren Kindertagen erinnerte. Doch diesmal war es nicht das rebellische Feuer, das er so oft in ihren Augen gesehen hatte. Es war das Feuer vollkommener Hingabe.

Sie ritten Seite an Seite, schwangen die Schwerter in alle Richtungen, die Ungläubigen um sie herum fielen im vergeblichen Versuch, die Krieger von ihren Pferden zu drängen. Hassan schwang sein Schwert mit aller Kraft, seine Muskeln glänzten vor Schweiß und wurden müde, als er Schlag um Schlag ausführte. Wie immer endete der Strom der Ungläubigen nicht - hauptsächlich Amerikaner und Juden mit besessenem Blick und schrecklichem Lachen. Es gab auch sunnitische Muslime, die sich ihm entgegenstellten, unter anderem ein paar Gesichter, die er aus seiner Kindheit wiedererkannte. Ein Pfeil warf ihn vom Pferd, und Hunderte von Ungläubigen schwärmten um ihn herum. Doch Nara wendete ihr Pferd und schlug eine Schneise zwischen die Feinde, als sie versuchte, ihren Bruder zu retten. Gerade als er den Arm nach ihr ausstreckte, zischte das Schwert eines Ungläubigen durch die Luft und zielte auf seinen Hals ...

Dann kam die Ruhe. Er stand auf dem goldenen Teppich vor dem prachtvollen Thron Allahs. Diesmal war er nicht allein.

Er stand neben Nara, die den Kopf hoch erhoben hielt, und Allah lächelte sie beide an. Er setzte ihnen beiden eine Krone der Tugend auf. Die Menge begann zu singen - »*Allahu akbar!*« - doch der Lärm konnte Allahs Worte nicht übertönen.

»Hier ist eure Belohnung!«

94

Hassan erwachte lange vor Tagesanbruch mit einem Ruck. Seine Haut war klamm vom Schweiß, und er brauchte einen Augenblick, um sich zurechtzufinden. Der Traum ... Er konzentrierte sich sofort auf die lebhaften Einzelheiten des Traums, bevor sie die Tiefen seiner Erinnerung verließen. Träume waren ein Geschenk Allahs, Klarheit über seine Bestimmung in einer Welt voller Wirren. Er bemühte sich, jede Facette zurückzurufen.

Er versuchte, den Traum mit den theologischen Fakten in Einklang zu bringen, die er kannte. Khalid Mobassar würde in der Hölle schmoren, wenn er nicht von einem Familienmitglied gerettet wurde. Nara, die ewige Rebellin, würde ihm sicherlich folgen, doch in Hassans Traum war sie zu einer Kriegerin geworden, genau wie er. Konnte es sein, dass das ihr Schicksal im Leben war?

Die Sunniten in seinem Traum erinnerten Hassan an seine Feigheit als Kind. Doch an diesem Morgen weckten sie auch Erinnerungen daran, warum die Schläger mit ihren schonungslosen Angriffen aufgehört hatten.

Nach dem Tag, an dem Mukhtar geschlagen worden und Hassan voller Angst davongerannt war, hatten die beiden Jungen angefangen, einen anderen Heimweg zu nehmen. Doch in der folgenden Woche mussten sie feststellen, dass sie auch auf dem anderen Weg direkt auf dieselbe Bande von Jungen zugingen, die einen Häuserblock entfernt auf der anderen Straßenseite herumlungerten.

Hassan griff rasch in seine Tasche und fand das Geld, mit dem er hoffte, die Schläger besänftigen zu können. Diesmal würden er und Mukhtar gemeinsam davonlaufen. Falls sie Mukhtar erwischten, würde Hassan stehen bleiben und ihnen sein Geld anbieten. Wenn es nicht genug war, würde sich Hassan mit seinem Freund zusammen verprügeln lassen. Er hatte gelernt, dass die emotionalen Wunden der Feigheit mehr schmerzten als die körperlichen Verletzungen, die Sunniten ihm zufügen konnten.

Doch aus irgendeinem Grund starrten die Sunniten Hassan und Mukhtar nur böse an und kamen nicht über die Straße. Sie sprachen untereinander und verengten die Augen, was Hassan in Angst und Schrecken versetzte, doch sie erlaubten den schiitischen Jungen, unbehelligt vorbeizugehen.

Zwei Monate später, als Hassan mit einem anderen Kind in der Schule in Streit geriet, fand er heraus, warum die Sunniten aufgehört hatten. Das Kind verhöhnte Hassan und fragte: »Was willst du machen – wieder deine Schwester holen, damit sie für dich kämpft?«

Als Hassan Nara damit konfrontierte, erfuhr er, dass Nara tatsächlich zu der Sunnitenbande gegangen war und den Anführer vor all seinen Freunden herausgefordert hatte. Sie hatte ihn zum Kampf gefordert, und als er versucht hatte, sie nur auszulachen, griff sie an. Vielleicht durch Naras Wut, vielleicht auch, weil der Junge sich unbehaglich fühlte, gegen ein Mädchen zu kämpfen: Sie behauptete sich gegen ihn. Der Junge hörte irgendwann auf und behauptete, er wolle Nara nicht wehtun. Nara schrie ihm Verwünschungen hinterher, als er ging.

Als Hassan von den Taten seiner Schwester erfuhr, fühlte er sich gedemütigt und war furchtbar wütend. Doch jetzt, als er Nara ansah, wie sie reglos auf dem Boden lag, spürte er nur Dankbarkeit und Mitgefühl.

Allah hatte Hassan seinen Willen noch nie zuvor in einem Traum gezeigt – zumindest nicht so wie letzte Nacht. Hassan hatte von anderen großen Kriegern gehört, die ein direktes Wort von Allah erhalten hatten. In gewisser Weise machte das Hassan eifersüchtig. Brannte er nicht genauso für Allah wie die anderen?

Doch in der vergangenen Nacht, auf dem Fliesenboden dieses verlassenen Ferienhauses in den Outer Banks, hatte Hassan seine eigene Begegnung mit dem Herrscher des Universums gehabt. Die Befehle seiner Vorgesetzten zählten nicht mehr. Allah hatte gesprochen.

Der Traum erforderte einen neuen Plan. Einen, den Hassan selbst entwarf. Einen, der die Prophezeiungen in seinem Traum erfüllte.

Nara war dazu bestimmt, eine große Kriegerin und leidenschaftliche Nachfolgerin Allahs zu sein. Sein erster Tagesordnungspunkt würde sein, sie zu überzeugen, dass die Wege ihres Vaters falsch waren. Eines Tages würde sie ihm, so sagte es ihm sein Traum, ins Paradies folgen. Wie ihr Bruder würde Nara auf einem Strom von Blut dort ankommen.

Doch was Hassan noch mehr begeisterte, war das sichere Wissen, dass heute sein Tag war, um Allah zu verherrlichen. Dies war der Tag, von dem er sein ganzes Leben lang geträumt hatte. Es hatten sich Dinge ereignet, die nun von ihm verlangten, dass er den höchsten Preis zahlte. Um die Irrlehren seines verräterischen Stiefvaters zu stoppen. Um das Vermächtnis seines richtigen Vaters zu erhalten.

Doch vor allem um Allahs willen.

Heute würde er kämpfen. Heute Abend würde er die Früchte des Paradieses genießen.

95

Alex traf sich am Montagmorgen um sechs Uhr mit seinem Mandanten im Stadtgefängnis von Virginia Beach. Khalid trug immer noch seinen orangefarbenen Overall und Flip-Flops. Jegliches Selbstbewusstsein und Feuer war aus seiner Haltung verschwunden. Er wirkte nur noch wie die leere Hülle des Mannes, der zu Prozessbeginn neben Alex gesessen hatte. Er sprach kaum lauter als flüsternd, und seine blutunterlaufenen Augen spiegelten die traurige Erkenntnis wider, dass eines der Dinge, die ihm am wertvollsten waren - seine dreiunddreißigjährige Beziehung mit seiner Frau - irreparablen Schaden genommen hatte. Er hielt nur noch mithilfe seines aufrichtigen Glaubens durch, der aber auch nur noch an ein paar zerfledderten Fäden hing.

»Bis Freitag glaubte ich tief in meinem Inneren, dass wir diesen Fall gewinnen und der Gerechtigkeit Genüge getan wird«, sagte er zu Alex. »Aber jetzt hat es keine große Bedeutung mehr für mich, ob wir gewinnen oder verlieren. Die wichtigsten Dinge habe ich schon verloren.«

Alex versuchte, seinen Mandanten für den vor ihnen liegenden Tag zu stärken. Er hätte gerne etwas Aufmunterndes gesagt. Doch die traurige Wahrheit war, dass alles für Khalid nur noch schlimmer werden würde, nicht besser.

»Wir müssen über ein paar Dinge reden, die ich gestern Nacht erfahren habe«, sagte Alex. »Sie sind nicht der Einzige, der nicht geschlafen hat.«

* * *

Hassan kniete neben seiner Schwester und nahm ihr die Haube ab. Ihre Augen waren noch geschlossen und ihre Atmung ging gleichmäßig. Sobald die Drogen aufhörten zu wirken und sie ihn erkannte, war er auf seinen neuen Plan festgelegt.

Er ging ins Badezimmer und vollendete die zeremonielle Waschung. Er kam in den gefliesten Raum zurück und absolvierte das Morgengebet. Das rhythmische Ritual des Gebetes brachte Geist und Seele zur Ruhe. Als er fertig war, setzte er sich in eine Ecke und wartete. Um acht Uhr musste er gehen, ob seine Schwester das Bewusstsein wiedererlangt hatte oder nicht. Er hätte ihr eine Nachricht hinterlassen können, aber er wollte ihren Gesichtsausdruck sehen.

Allah hatte ihm eine neue Mission gegeben. Hassan war immer der vollendete Soldat gewesen, hatte sorgfältig und ohne zu wanken jeden Befehl der Islamischen Bruderschaft und der Hisbollah ausgeführt. Doch heute war es anders. Dieser Plan war direkt von Allahs Lippen in Hassans Herz gepflanzt worden. Er betete, dass Nara bald aufwachte. Sie musste hören, was Allah durch ihn zu sagen hatte.

Eine halbe Stunde später regte sie sich. Er wäre am liebsten zu ihr hinübergegangen und hätte sie geschüttelt, doch er blieb in seiner Ecke und betete. Es würde jetzt nicht mehr lange dauern.

Ein paar Minuten später stöhnte sie und bewegte sich wieder. Noch eine Minute, und sie öffnete die Augen. Sie blinzelte und schloss sie schnell wieder. Dann öffnete sie sie zum zweiten Mal, und es schien, als versuche sie, ihre Hände hinter ihrem Rücken hervorzuziehen, bis ihr bewusst wurde, dass sie aneinandergefesselt waren. Als sie Hassan in der Ecke bemerkte, blinzelte sie und wand sich in eine sitzende Position.

Hassan stand schweigend auf.

Sie starrte ihn mit verwirrtem Blick an, vielleicht meinte sie zu träumen. Ihr Blick war glasig und irgendwie abwesend – die Nachwirkungen des Rohypnols. Hassan machte ein paar Schritte auf sie zu. Ihr Blick wurde klarer.

Dann, in einem Augenblick plötzlichen Erkennens, riss Nara die Augen auf. Sie versuchte, etwas zu sagen, doch das Klebeband machte es zu einem unverständlichen Gemurmel. Sie wand sich und drehte den Kopf nach rechts und links, Panik überwältigte sie, ihr Blick schoss im Raum herum. Als Hassan sich vor sie hinkniete, versuchte sie, rückwärts aus seiner Reichweite zu rutschen. Ihr Blick war wild vor Angst.

»Ich bin's«, sagte Hassan sanft. »Und ich werde dir nichts tun.«

Sie stand unter Schock, war benebelt von den Medikamenten, aber sie erkannte ihn eindeutig wieder.

»Ich habe für deinen Vater gearbeitet«, sagte Hassan. Er kauerte auf ein Knie gestützt vor ihr. »Er weiß, dass ich noch lebe. Er hat die Enthauptungen derer angeordnet, die zum Christentum konvertieren, um seine eigene Vision des Islam voranzutreiben. Es ist genauso, wie die Staatsanwältin es in ihrem Eröffnungsplädoyer gesagt hat.«

Nara schüttelte den Kopf. Sie sprach lauter in das Klebeband, doch Hassan konnte die dumpfen Laute nicht verstehen.

»Hör mir zu!«, befahl er. Nara zuckte zusammen und rutschte ein wenig rückwärts. »Dein Vater ist nicht der, der du glaubst. Er hat mich hergeschickt, um dich *umzubringen*. Er sagte, wenn ich das tue, würde die Jury niemals glauben, dass er schuldig sei. Er wird in den Zeugenstand treten und aussagen, wie sehr er dich bewundert, doch in Wahrheit glaubt er, du hättest seine wahren Pläne aufgedeckt. Er hat mich geschickt, um dich zu eliminieren und die Ehre der Familie wiederherzustellen.«

Hassan war bewusst, dass Nara ihm kein Wort glaubte. Doch er wusste ohne jeden Zweifel, dass sie eines Tages zum Glauben zurückfinden würde. Und wenn sie das tat, würde das mit aller Macht geschehen.

»Dein Vater wusste von Anfang an, dass ich nicht tot war«, erklärte Hassan. »Er half mir, eine neue Identität zu bekommen, weil mein fingierter Tod seiner Sache nützte. Es ist schwer, einen Mann zu ignorieren, der beide Söhne an die Israelis verloren hat.«

Hassan stand auf, und Nara blickte zu ihm auf. In ihren Augen standen Tränen, und er spürte ihre Angst. Er würde Allah vertrauen müssen, dass er ihr Herz veränderte.

»Weißt du noch, als wir Kinder waren und die Sunniten mich auf dem Heimweg von der Schule immer verprügelt haben?«

Nara nickte. Sie versuchte vergeblich, etwas zu sagen.

»Du hast damals *meine* Kämpfe gekämpft. Heute werde ich *deinen* kämpfen. Wenn ich fertig bin, werden diejenigen, die dir wehtun wollen, und diejenigen, die den Namen Allahs und seines Propheten verschmähen, keine Gefahr mehr sein.«

Er reckte das Kinn vor und sprach die Worte mit so viel Überzeugung wie möglich: »Wenn ich tot bin, musst du die Sache weiterführen. Allah wird dir genug Weisheit geben, die Wahrheit zu sehen, und genug Mut, um eines Tages dein Leben hinzugeben.«

Nara schüttelte den Kopf und hob das Kinn, als sei sie bereit, sofort dafür zu sterben, was sie glaubte. Ihre Augen flehten ihn an, das Klebeband abzunehmen, aber er wusste es besser. Sie würde argumentieren und protestieren. Sie würde ihn verärgern und ihr eigenes Leben in Gefahr bringen. Er tat das für sie! Warum sah sie das nicht ein?

Er würde ihr noch eine Portion Rohypnol geben und sie dann am Bett festbinden, damit sie, wenn sie aufwachte, nicht davonkriechen konnte. Während seiner Mission würde er den Mietvertrag für dieses Haus in der Tasche bei sich haben. Nach seinem Tod würden sie kommen und sie befreien.

Er legte eine Hand auf Naras Schulter. Sie starrte ihn an und versuchte, die Hand abzuschütteln. Doch das störte ihn nicht. Allah hatte zu ihm gesprochen. Wer konnte sich dem Willen Gottes widersetzen?

Er lächelte seine Schwester an und dachte daran, wie sie auf seiner Beerdigung geweint hatte, wie sie in seinem Traum neben ihm geritten war. »Eines Tages wirst du mir ins Paradies folgen.«

96

»Haben wir irgendwelche organisatorischen Dinge zu klären, bevor ich die Geschworenen hereinrufe?«, fragte Richter Rosenthal. Es war dieselbe Frage, die er jeden Morgen stellte, eine routinemäßige Nachfrage, die immer ein »Nein, Sir« von den Anwälten zur Folge hatte. Doch an diesem Morgen hatte Alex ein paar Überraschungen parat.

»Eine Sache wäre da, Euer Ehren.« Alex reichte Rosenthal ein zweiseitiges Dokument und gab auch Taj Deegan eine Kopie.

»Es hat mit einem Fall zu tun, der mit diesem hier zusammenhängt«, erklärte er. »Es ist ein Antrag auf Klageabweisung im Zivilrechtsfall *Ghaniyah Mobassar gegen Country-Fresh, Inc., et al.*«

Rosenthal sah Alex an, als habe der Anwalt den Verstand verloren. »Sie wollen, dass ich eine Klageabweisung in Ihrem Zivilrechtsfall unterschreibe?«

»Ja, Sir«, sagte Alex, als wäre das etwas Alltägliches.

»Würde es Ihnen etwas ausmachen, dem Gericht zu erklären, warum?«

»Eigentlich ja.«

Rosenthal warf den Kopf zurück, als habe Alex ihn geschlagen. Doch Alex wusste, dass das sein gutes Recht war. Es gab ein besonderes Gesetz in Virginia, nach dem jeder Zivilkläger die Möglichkeit hatte, die Klage selbst abweisen zu lassen, solange der Antrag gestellt wurde, bevor der Richter die Klage für nichtig erklärt oder die Geschworenen sich zur Beratung zurückgezogen hatten. Der Kläger hatte dann das Recht, die Klage innerhalb von sechs Monaten neu einzureichen - normalerweise, um der Klagepartei die Möglichkeit zu geben, ihren Antrag zu ändern. Das war eines der vielen Dinge, die Alex an Virginia liebte. Richter hatten in diesem Fall keine Wahl; sie mussten die Klageabweisung unterschreiben, wenn die Klagepartei selbst es beantragte.

»Das kommt mir ein bisschen merkwürdig vor, aber mir sind wohl die Hände gebunden«, sagte Rosenthal, während er an seiner Nase entlang zu Alex hinabspähte. Er nahm einen Stift und kritzelte seine Unterschrift auf den Antrag. Dann reichte er ihn dem Gerichtsdiener, der ihn wiederum Alex zurückgab.

»Gibt es sonst noch etwas?«, fragte Rosenthal. »Und es wäre schön, wenn es dieses Mal mit *diesem* Fall zu tun hätte.«

»Nur fürs Protokoll, Euer Ehren: Meine Kanzlei vertritt Mrs Mobassar nicht mehr. Aufgrund eines Interessenkonflikts haben wir ihr ein Kündigungsschreiben zugestellt, das gültig wurde, sobald das Gericht unseren Klagerückzug bewilligt hatte.«

»Das ist schön«, sagte Rosenthal. »Aber es hat für das Gericht keine Auswirkungen auf diesen Fall. Gerichtsdiener, rufen Sie die Geschworenen herein.«

Als sie saßen, wandte sich Rosenthal an Alex. »Rufen Sie Ihren nächsten Zeugen auf, Herr Anwalt.«

»Die Verteidigung ruft Ghaniyah Mobassar.«

* * *

Hassan kam um 9.25 Uhr am Gericht von Virginia Beach an. Er trug einen grauen Anzug unter einem langen Mantel und hatte eine schwarze Lederaktentasche dabei. Als er auf den Sicherheitsbeamten zuging, zückte er kurz eine Karte der Anwaltskammer von Virginia, die er zusammen mit einem Führerschein ein paar Monate vorher hergestellt hatte. Der *Deputy* winkte ihn in die Schlange für die Anwälte, und er stellte seine Aktentasche zum Durchleuchten aufs Band. Hassan ging ohne Zwischenfall durch den Metalldetektor, nahm seine Aktentasche und wünschte dem *Deputy* einen schönen Tag.

»Übrigens, was ist denn das hier für eine Aufregung?«, fragte er.

»Sie sind nicht von hier, oder?«

Hassan schüttelte den Kopf.

»Großer Mordprozess im dritten Stock. Ein muslimischer Imam ist angeklagt, Ehrenmorde in Auftrag gegeben zu haben.«

»Klingt interessant«, sagte Hassan.

Er fuhr mit dem Aufzug in den dritten Stock und suchte Gerichtssaal 8, wo der Prozess von Khalid Mobassar stattfand. Der Gerichtssaal war voll bis auf den letzten Platz, aber Hassan erklärte den Wachleuten, dass er hier sei, um Fatih Mahdi zu vertreten, der als Zeuge vorgeladen sei. Er zeigte seine Karte der Anwaltskammer vor und bekam die Erlaubnis, durch den Metalldetektor zu gehen, der vor der Tür zum Gerichtssaal aufgebaut war.

Als er den Saal betrat, hielt er den Kopf gesenkt. Er nahm nicht an, dass jemand ihn erkennen könnte, aber er wollte keine unnötigen Risiken eingehen. Er fand einen Stehplatz an der Wand neben einem Kameramann und stellte seine Aktentasche auf den Boden. Dann lehnte er sich mit verschränkten Armen an die Wand, um die Lage zu beurteilen.

Seine Mutter, Ghaniyah Mobassar, befand sich im Zeugenstand. Sie trug ihren traditionellen *Hidschab* und das Kopftuch, wenn auch ohne Schleier. Sie sah müde und verhärmt aus und antwortete so leise, dass der Richter ihr sagte, sie solle lauter sprechen.

Alexander Madison stolzierte in der Mitte des Gerichtssaals herum und stellte Fragen.

Im vorderen Teil des Raums, nicht weit von Khalid Mobassars Anwaltstisch entfernt, waren zwei *Deputies* postiert. Der Größere beobachtete mit Adlerblick alles im Saal. Neben der Tür, durch die Hassan eben gekommen war, stand ein Dritter, aber er war abgelenkt und flüsterte mit einem Mann, der aussah wie ein Anwalt. Alle *Deputies* hatten Elektroschocker, Handschellen und Pistolen am Gürtel.

Die Waffe der *Deputies* im Gericht war eine Glock 17, eine leichtgewichtige Pistole, die mit 9-Millimeter-Kugeln geladen wurde. Hassan hätte großkalibrigere Kugeln bevorzugt, aber ein Pluspunkt war, dass sieben Kugeln ins Magazin passten. Die einzige Sicherheit der Waffe war eine interne Abzugssicherung, um versehentliche Entladungen zu verhindern.

Die Zuschauer schienen alle von der Aussage im Zeugenstand gebannt zu sein. Ghaniyah war auf Alexander Madison konzentriert, und Hassan stand nicht in ihrer direkten Blickrichtung. Fatih Mahdi saß in der zweiten Reihe direkt hinter der Staatsanwaltschaft. Man hatte Hassan gesagt, dass die Anwälte die Zeugen bis zu ihrer Aussage absonderten. Falls Fatih jetzt den Rest des Prozesses sehen durfte, musste seine Zeit im Zeugenstand vorbei sein.

Hassan war zufrieden mit seinem eigenen ruhigen Auftreten, während er über den besten Angriffsplan nachdachte. Für diesen Moment war er ausgebildet worden; er war bereit. Sein Herz raste nicht, und er fühlte sich vollkommen klar im Kopf. Aber es war mehr als nur seine Ausbildung; seine Gelassenheit rührte aus seinem Gefühl der Vorsehung her. Er war schon seit Jahren ein lebender Toter, jederzeit bereit, sein Leben sofort für Allah zu opfern. Endlich war der Tag gekommen.

Die Strategie der Islamischen Bruderschaft für Amerika war die des Trojanischen Pferdes, mit dem Gedanken, dass der beste Angriff immer von innen kam. Sie hatten das Land infiltriert und benutzten die Arroganz und das Gefühl der Unverwundbarkeit der Vereinigten Staaten gegen sie. Hassan hatte auf dieselbe Weise diesen Gerichtssaal infiltriert.

Amerikaner hielten ein offenes Gerichtssystem für einen großen Meilenstein ihrer Demokratie. Hassan würde diese Offenheit ausnutzen. Er war bereits im selben Raum mit allen, die die Wahrheit über die Ehrenmorde kannten, und konnte somit für die Sache Mohammeds einen lähmenden Schlag verüben. Ruhig legte er die minimale Zahl der Kugeln fest, die er brauchen würde.

Drei für die *Deputies*. Eine für Taj Deegan. Eine für Alexander Madison. Eine für Shannon Reese.

Und eine für den Mann, der dachte, er sei sein Vater – Khalid Mobassar.

Hassan hörte der Zeugenaussage seiner Mutter zu. Er war besorgt, dass Madison die Wahrheit herausgefunden haben könnte. Hassan griff nach seiner Aktentasche und holte einen Block und einen Stift heraus. Er begann, seine letzte Nachricht zu schreiben.

Mein Name ist Ahmed Ibn Mobassar, ich bin der Sohn von Ghaniyah Mobassar und der Stiefsohn von Khalid Mobassar. Vor einigen Jahren inszenierte mein Stiefvater meinen angeblichen Tod, damit ich ein anonymer Agent für die Sache Allahs werden konnte. Ich war immer der Gesandte – der Bote, der die Ehre jener Familien wiederherstellte, deren Frauen den Islam zurückwiesen. Ich habe es auf Befehl meines Stiefvaters getan, eines Propheten, der versprochen hat, uns in eine neue Richtung zu führen. Aber zuerst, sagte er, müssten wir unsere Ränge säubern.

Während dieses Prozesses habe ich jedoch leider erfahren, dass meinem Stiefvater der Ruhm Allahs vollkommen gleichgültig ist. Vielmehr will er seinen Namen über den des Propheten Mohammed erheben.

Heute bin ich als Bote Allahs gekommen, um die Ehre meiner eigenen Familie wiederherzustellen.

97

Kayden Dendy war früh genug im Gericht angekommen, um sich den Platz zu suchen, den er wollte – Außengang, letzte Reihe. Der Wind an diesem Morgen war kaum wärmer gewesen als null Grad, deshalb hatte er die Harley zu Hause in der Garage gelassen. Weil er ins Gericht ging, trug er Krawatte und Lederjackett. Eine seiner persönlichen Regeln besagte, dass er nur ein echtes Sakko trug, wenn er selbst einen Fall verhandelte.

Alex und Shannon hatten getan, was sie versprochen hatten. Im Austausch gegen Kaydens Hilfe in der vergangenen Nacht hatten sie sich bereit erklärt, Ghaniyahs Klage fallen zu lassen. Kaydens Mandant würde glücklich sein; seine Arbeit hier war getan. Doch Kayden war ein Prozessanwalt. Und er konnte einem guten Feuerwerk nie widerstehen. Er hatte gewusst, dass Alex vorhatte, Ghaniyah Mobassar in den Zeugenstand zu rufen. Das allein war schon interessant genug. Aber er hatte auch eine ziemlich gute Vorstellung davon, wer der zweite Zeuge sein könnte.

Der würde das Warten wert sein.

Kayden schickte ein paar SMS von seinem BlackBerry und hörte zu, während Alex Fragen auf seine ehemalige Mandantin abfeuerte.

* * *

Alex hatte das Gefühl, als wäre er an diesem Morgen durch den Spiegel getreten und im Gerichtssaal der Kuriositäten gelandet. *Alex im Wunderland* - der eine Frau durch die Mangel drehte, die nur Stunden zuvor noch seine eigene Mandantin gewesen war. Ghaniyahs Blick folgte jeder seiner Bewegungen, ihre blutunterlaufenen Augen strahlten eine Mischung aus Verwirrung und Misstrauen aus.

»Wissen Sie, was ein *Pen Register* ist?«, fragte Alex.

Ghaniyah schüttelte den Kopf. Richter Rosenthal erinnerte sie daran, dass sie die Antwort verbal geben musste.

»Nein.«

»Sie wissen aber, dass *Detective* Brown und die anderen *Officers* bei ihrer Hausdurchsuchung alle Computer in Ihrem Haus beschlagnahmt haben, oder?«

»Ja, ich war dabei.«

»Und Sie wissen, dass sie die Festplatten dieser Computer durchsucht haben, um all die Internetseiten anzusehen, die Sie besucht haben?«

»Das haben Sie mir gesagt, ja.«

»Aber wussten Sie auch, dass die Regierung unter Berufung auf den *Patriot Act* auch die Adressen der Internetdienstanbieter für Ihr Netzwerk überwachen kann und dabei sieht, welche Internetseiten Sie besucht haben, selbst wenn Sie einen Computer benutzt haben, der bei der Hausdurchsuchung nicht beschlagnahmt wurde?«

Alex meinte, den Bruchteil einer Sekunde lang Panik in Ghaniyahs

Gesicht aufblitzen zu sehen. Doch wenn es so war, kehrten ihre Ruhe und ihr ausdrucksloses Auftreten schnell zurück.

»Ich habe keine Ahnung, was Sie meinen.«

»Ein *Pen Register* ist eine Liste aller Internetseiten, die von einem Computer, egal welchem, besucht wurden, der Ihren WLAN-Router zu Hause benutzt hat. Verstehen Sie das?«

»Einspruch«, sagte Taj Deegan mit Verärgerung in der Stimme.

»Auf welcher Grundlage?«, wollte Rosenthal wissen.

»Zunächst einmal macht Mr Madison hier die Aussage, statt die Fragen zu stellen. Außerdem gibt es absolut keinen Grund für diese Fragerichtung.«

»Ich habe *Detective* Brown vorgeladen, Euer Ehren. Ich habe vor, sie heute Vormittag noch in den Zeugenstand zu rufen und sie das *Pen Register* für den Mobassar-Haushalt beglaubigen zu lassen. Ich würde die Zeugin gern dazu befragen, um den Zusammenhang für später herzustellen.«

Rosenthal sah wieder Deegan an. »Irgendwelche Einsprüche dagegen?«

Jetzt befand sich Deegan in der Zwickmühle. Wenn sie Einspruch erhob, konnte es sein, dass sie denselben Beweis später nicht mehr einbringen konnte. Schließlich hatte er ihre Beweisführung stützen sollen. »Unter diesen Umständen ziehe ich meinen Einspruch zurück.«

Alex ging zurück zu seinem Tisch und versuchte, den Blickkontakt mit Khalid zu meiden. Alex hatte ihn am frühen Morgen versprechen lassen, ihm zu vertrauen. Er wusste, dass sein Mandant *das hier* sicherlich nicht erwartet hatte.

Er nahm ein Papier vom Tisch und reichte Taj Deegan eine Kopie. Das Original gab er der Zeugin und behielt eine Kopie für sich.

»Das hier ist ein *Pen Register* für alle Internetseiten, die in den zwei Monaten vor Ihrem Autounfall über Ihren WLAN-Router aufgerufen wurden. Ich möchte Ihnen ein paar Fragen zu den markierten Einträgen stellen.«

Ghaniyah studierte das Dokument und runzelte die Stirn. Sie schaute zu Alex auf, als habe er sich in eine Schlange verwandelt. »Okay«, sagte sie vorsichtig.

»Alex«, flüsterte Khalid. Alex ignorierte seinen Mandanten und machte einen Schritt auf die Zeugin zu.

»Am dritten Juni dieses Jahres hatten Sie einen Autounfall, bei dem Sie mit Ihrem Auto gegen einen Baum prallten. Ist das richtig?«

»Ja.«

»Ein paar Wochen später haben Sie eine Zivilklage gegen Country-Fresh, Inc. eingereicht, in der Sie behaupten, einer ihrer Lastwagen habe Sie von der Straße abgedrängt und dass Sie deshalb eine Hirnverletzung erlitten hätten. Stimmt das?«

Zorn blitzte in Ghaniyahs Gesicht auf. »Natürlich. Sie haben mich in dieser Klage vertreten und mich ermuntert, sie einzureichen.«

Alex wandte sich an den Richter. Seine nächste Aussage würde an ihn gerichtet sein, war aber eigentlich für die Geschworenen gedacht. »Euer Ehren, das ist die Zivilklage, die wir vorhin zurückgezogen haben.«

»Ich bin mir dessen bewusst«, sagte Rosenthal scharf.

Alex wandte sich wieder an die Zeugin. »Ich bin erst gestern Nacht in den Besitz dieses *Pen Registers* gelangt. Haben Sie es schon einmal gesehen?«

»Einspruch! Bitte sagen Sie Mr Madison, er soll aufhören, selbst auszusagen, und nur Fragen stellen.«

Rosenthal beugte sich vor und sah Alex finster an. »Sie hat recht, Herr Anwalt. Stellen Sie der Zeugin einfach nur Ihre Fragen.«

»Okay«, sagte Alex freundlich. »Sehen Sie, dass dieses *Pen Register* eine Liste von Internetseiten enthält, zusammen mit dem Datum und der Uhrzeit, zu der jede dieser Seiten aufgerufen wurde?«

Ghaniyah gab vor, das Dokument zu studieren. Alex wusste, dass sie wahrscheinlich versuchte, Zeit zu schinden, bis sie wusste, was sie sagen sollte. »Es scheint so zu sein.«

»Alle, die ich markiert habe, wurden in den zwei Monaten vor Ihrem Unfall aufgerufen. Ist das richtig?«

Ghaniyah ließ sich Zeit und überflog beide Seiten. »Das ist korrekt.«

Alex verzog nachdenklich das Gesicht. Die Geschworenen beäugten ihn mit verwirrten Blicken. Er wusste, sie hatten Mühe, die Puzzleteile zusammenzufügen. »War Ihre Hirnverletzung auf dem CT oder bei der Kernspintomografie erkennbar?«, fragte Alex.

»Nein. Aber ein Neuropsychologe hat sie bestätigt.«

»Konnten wir irgendwelche anderen Zeugen finden, die bestätigten, dass sich der Unfall so abgespielt hat, wie Sie es beschrieben haben?«

»Nein.«

»Es gibt da etwas, was ich nicht verstehe«, sagte Alex. »Warum sollte jemand in Ihrem Haus in den zwei Monaten *vor* Ihrem Unfall im Internet über Hirnverletzungen recherchieren?«

Ghaniyah starrte ihn eine ganze Weile an. »Ich habe keine Ahnung, warum jemand das tun sollte. Mein Mann verbringt mehr Zeit am Computer als ich, aber ich kann Ihnen versichern, dass es weder er noch ich waren.«

»Lebt sonst noch jemand bei Ihnen?«

»Nein.«

»Hatte jemand aus Ihrer Moschee in den zwei Monaten vor Ihrem Unfall selbst einen Unfall und eine Hirnverletzung erlitten?«

»Nein.«

»Kennen Sie *irgendjemanden*, der in diesem Zeitraum eine Hirnverletzung erlitten hat?«

»Nein.«

Alex legte den Kopf schief und sah die Jury an, als habe er eben ein großes Geheimnis entdeckt. Vielleicht konnte der nächste Zeuge ihnen helfen, es zu entwirren.

»Keine weiteren Fragen«, sagte Alex.

Taj Deegan stand auf. »Ich habe keine Fragen, Euer Ehren. Mr Madison hat alle meine Fragen schon gestellt.«

Alex warf einen Blick zu Fatih Mahdi hinüber. Er hatte absichtlich beschlossen, keinen Einspruch dagegen zu erheben, dass Mahdi im Gerichtssaal blieb, obwohl er vorhatte, ihn als nächsten Zeugen aufzurufen. Er wollte, dass Mahdi jedes Wort von Ghaniyah Mobassars Vernehmung hörte.

»Nächster Zeuge?«

»Die Verteidigung würde gern Fatih Mahdi noch einmal in den Zeugenstand rufen«, kündigte Alex an. Er drehte sich zu Mahdi um. »Wie ich sehe, ist er schon hier im Gerichtssaal, und wir würden darum bitten, den Zeugen vor der Pause noch befragen zu dürfen.«

Rosenthal bedachte Alex mit einem verächtlichen Blick. Alex konnte sich vorstellen, was der Richter dachte. Es war eine Sache, wenn ein Teufelskerl von jungem Anwalt wie Alex die Beweisregeln ein bisschen strapazierte, wenn er Zeugen befragte. Es war etwas ganz anderes, den Richter von seinen heiligen Raucherpausen abzuhalten.

»Wie lange werden Sie brauchen?«, fragte Rosenthal.

»Maximal zehn Minuten«, versprach Alex. »Wenn ich in zehn Minuten nicht fertig bin, dürfen Sie mich mitten im Satz unterbrechen.«

»Ich werde darauf zurückkommen«, gab Rosenthal zurück. »Mr Mahdi, bitte treten Sie in den Zeugenstand.«

98

Hassan sah auf halbem Weg die rechte Seite des Gerichtssaals entlang ein paar leere Stehplätze an der Wand. Er schnappte seine Aktentasche und stellte sich dorthin, als Fatih Mahdi den Zeugenstand betrat. Hassan genoss ein ungewöhnliches Gefühl der Klarheit und des Friedens in diesen letzten Minuten seines Lebens. Es schien, als habe sich die Welt verlangsamt und er könne jetzt in die Seelen anderer Menschen spähen.

Mahdi setzte sich, das Kinn herausfordernd vorgeschoben. Hassan dachte sich, dass Mahdi sicherlich wusste, was jetzt kam. Allah würde geehrt werden. Der Richter dagegen war egozentrisch und hatte keine Ahnung von der Gefahr, die direkt vor seiner Nase lauerte. Alex Madison glitt wie eine Schlange zu seiner letzten Zeugenbefragung in die Mitte des Gerichtssaals.

Bald würden all seine Worte bedeutungslos sein.

* * *

»Hat Ghaniyah Mobassar je die reformistischen Ansichten ihres Mannes geteilt?«, fragte Alex den Zeugen.

Mahdi war diesmal in Angriffsstimmung, in sein Gesicht hatte sich ein finsterer Blick eingeätzt, der deutlich machte, dass der Ungläubige seine

Zeit nicht wert war. »Soweit ich weiß, hing sie einer orthodoxeren Glaubenssicht an.«

»Würden Sie sie eine wahre Gläubige nennen?«

»Es macht keinen Unterschied, wie ich sie nennen würde. Allah wird der einzige Richter sein.«

»Also waren Sie mit einer Frau verheiratet, die den christlichen Glauben angenommen hatte, und Ghaniyah Mobassar war mit einem Mann verheiratet, der den orthodoxen Islam zurückwies. Ist das richtig?«

Mahdi sah Taj Deegan an, aber es kam kein Einspruch. »Das ist korrekt, aber ich sehe darin keine Relevanz für diesen Fall.«

»Vielleicht hilft Ihnen meine nächste Frage«, sagte Alex. Er machte ein paar Schritte, den Blick auf den Boden gerichtet, während er die Frage formulierte. »Lieben Sie sie?«

Mahdi heuchelte Entrüstung. »Ghaniyah Mobassar?«

»Ja, Ghaniyah Mobassar. Die Frau, mit der Sie vor Jahren eine Affäre hatten. Lieben Sie sie noch?«

Taj Deegan wollte aufstehen und Einspruch erheben, doch Richter Rosenthal sah sie an und schüttelte leicht den Kopf. Deegan setzte sich wieder, und der Zeuge starrte Alex trotzig an. Alex war entschlossen zu warten.

»Nein. Ich habe ihren Einsatz für den muslimischen Glauben immer geschätzt, aber ich liebe sie nicht. Es ist beleidigend, dass Sie solche Fragen überhaupt stellen.«

Jetzt kam Alex voran. Mahdis Gesicht war zornig gerötet. Wut brodelte direkt unter der Oberfläche.

»Haben Sie sich mit Ghaniyah Mobassar verschworen, um Ihre Frau zu töten und ihrem Mann das Verbrechen anzuhängen?«

»Einspruch!«

»Das ist eine Lüge!«, blaffte Mahdi. Er sah den Richter an. »Warum erlauben Sie ihm, mich ohne den geringsten Beweis zu beleidigen?«

Die Venen an Rosenthals Hals pulsierten nach dieser Rüge. Er mochte es gar nicht, wenn Zeugen ihn zur Rede stellten. »Einspruch abgelehnt. Beantworten Sie die Frage.«

»Es ist eine Lüge.«

»Stimmt es nicht, dass Sie den Ehrenmord an Ihrer eigenen Frau,

Ja'dah Mahdi, in Auftrag gegeben haben?«, fragte Alex mit Abscheu in der Stimme.

»Noch eine Lüge«, zischte Mahdi.

»Und nachdem Sie Recherchen über den *Patriot Act* angestellt hatten, haben Sie da nicht Ghaniyah Mobassar gesagt, sie solle vom Mobiltelefon ihres Mannes aus Kurznachrichten an das des Mörders schicken, damit man Khalid Mobassar die Schuld gab?«

»Absolut nicht«, sagte Mahdi. Die Antwort überraschte Alex nicht, aber er war verblüfft, als sein eigener Mandant ihn unterbrach.

»So etwas würde sie nie tun«, platzte es aus Khalid Mobassar heraus, laut genug, dass Alex es hören konnte. Alex warf einen Blick über die Schulter und sah, wie Shannon eine Hand auf den Arm ihres Mandanten legte.

Zu dem Zeugen sagte er: »Und haben Sie Ghaniyah nicht gesagt, sie soll sich das Passwort ihres Mannes für die Bankkonten der Moschee besorgen und auf seinem Bürocomputer nach Mietobjekten in Sandbridge suchen?«

»Sie haben eine lebhafte Fantasie«, sagte Mahdi. »Aber nichts davon ist wahr.« Der Zeuge hatte seine Fassung wiedergewonnen. Er versuchte, die Fragen zurückzuweisen, als seien sie nichts weiter als die wirren Reden eines Geistesgestörten.

»Und dann haben Sie und Ghaniyah beschlossen, dass sie eine Verletzung vortäuschen sollte, damit sie nicht verdächtigt wurde?«

Mahdi lächelte und kicherte leicht. »Sie sind wirklich verrückt«, sagte er. »Ghaniyah Mobassar soll ihr Auto gegen einen Baum gefahren haben, damit sie nicht verdächtigt wird?«

»Sie trauen Ghaniyah nicht zu, die gründlichen Befragungen der Polizei ohne eine Art Krücke durchzustehen, also hecken Sie einen Plan aus, der die Fragen an sie auf ein Minimum beschränken wird. Und falls sie etwas vergisst oder durcheinanderbringt, können Sie es auf ihre Hirnverletzung schieben.«

»Einspruch! Das ist eine Rede, keine Frage.«

»War es so?«, fragte Alex, ohne auf Rosenthals Entscheidung zu warten.

»Das ist *lachhaft*«, schnaubte Mahdi. »Woher nehmen Sie das alles?«

»Ich zeige es Ihnen.« Alex ging zu seinem Tisch hinüber, und Shannon reichte ihm einen Stapel Dokumente. Bevor er sich wieder zu dem Zeugen umdrehen konnte, hielt ihn Khalid am Arm fest und zog ihn zu sich her.

»Sie müssen aufhören«, flüsterte er verzweifelt. »Ich will nicht, dass noch ein Wort über Ghaniyah gesagt wird. Es ist mir egal, wenn ich dafür ins Gefängnis komme.«

Alex nickte. Er schaute in die verzweifelten Augen seines Mandanten und ermahnte sich, dass es die höchste Pflicht eines Anwalts war, einen Unschuldigen zu verteidigen ... selbst wenn dieser Unschuldige keine Verteidigung wollte. »Keine Fragen mehr über Ghaniyah«, versprach er Khalid. »Aber ich muss meine Arbeit fertig machen.«

99

Hassan hatte genug gehört. Während Alex etwas von seinem Anwaltstisch holte, sah er Fatih Mahdi in die Augen. Er wusste, dass Allah ihn genau für diesen Augenblick hierher gebracht hatte.

Mahdi starrte zurück, mit ruhigem und überzeugtem Blick. Alex war wieder in der Mitte des Saales, hielt Papiere in der Hand und stellte noch eine Frage, doch Mahdi ignorierte ihn und sah Hassan direkt an. Langsam, fast unmerklich, nickte er.

Hassan ging in den hinteren Teil des Gerichtssaals und näherte sich dem einzelnen *Deputy,* der dort postiert war. Er zeigte ihm seinen Anwaltsausweis und beugte sich zu ihm vor, damit andere ihn nicht hören konnten. »Entschuldigen Sie. Ich vertrete Mr Mahdi. Eben stand ich noch an der Wand auf der rechten Saalseite.« Hassan deutete zu der Stelle, wo er noch ein paar Sekunden vorher gestanden hatte. »Ein Mann, der vorher dort stand, hat eine Aktentasche hier gelassen und den Gerichtssaal verlassen, nachdem mein Mandant in den Zeugenstand getreten ist. Können Sie kommen und das mal überprüfen?«

Der *Deputy* sah sich um und nickte. Er folgte Hassan zu der Aktentasche, während die Befragung weiterging.

* * *

»Waren Sie hier, als ich Ghaniyah Mobassar über ihr *Pen Register* befragt habe?«, fragte Alex.

»Das wissen Sie doch«, sagte Mahdi. »Ich saß in der zweiten Reihe.«

Alex hatte in der Nacht nach Kayden Dendys Besuch und dem Verhandlungsbeginn am Morgen keine Zeit gehabt, das *Pen Register* anzufordern, das zu Mahdis WLAN-Router gehörte. Aber dieses kleine Detail würde ihn nicht aufhalten. Er warf also einen Blick auf die Papiere, die er von seinem Tisch geholt hatte und hoffte, Mahdi erinnerte sich noch daran, wie Alex andere Dokumente benutzt hatte, um ihn unglaubwürdig zu machen. Manchmal musste man einfach bluffen.

»Die Behörden haben Ihre Computer beschlagnahmt, als sie bei Ihnen eine Hausdurchsuchung gemacht haben. Stimmt das?«

»Das ist richtig.«

»Und sie haben nichts Verdächtiges auf den Festplatten gefunden. Richtig?«

»Natürlich nicht. Ich habe nichts zu verbergen.«

»Aber jetzt wissen Sie, dass auf der Grundlage des *Patriot Acts* auch aufgezeichnet wird, welche Internetseiten von jedem Computer aufgerufen werden, der sich in Ihr Netzwerk einwählt. Verstehen Sie das?«

»Das haben Sie heute Vormittag in der Verhandlung gesagt. Ich selbst weiß nicht, ob das stimmt.«

Mahdi war gerissen, aber Alex konnte den berechnenden Blick in seinen Augen sehen. Er machte noch einen Schritt auf den Zeugen zu, aber nicht dicht genug, dass Mahdi die Schrift auf den Dokumenten lesen konnte. »Würde es Ihnen etwas ausmachen, den Geschworenen zu erklären, warum Sie in den zwei Monaten *vor* Ghaniyah Mobassars Unfall Internetrecherchen zum Thema Hirnverletzungen angestellt haben?«

Der Zeuge starrte Alex lange an, ohne etwas zu sagen.

»Mr Mahdi?«, hakte Rosenthal nach.

»Ich weiß nicht. Vielleicht kam Ihr Mandant in mein Haus und benutzte dort seinen Laptop.«

»Mehr haben Sie nicht zu bieten?«

Das rief Deegan auf den Plan: »Euer Ehren, er bedrängt den Zeugen.«

* * *

Hassan zeigte auf die Aktentasche, und der *Deputy* sah sie sich an. Als er sich niederbeugte, um genauer hinzusehen, schlug Hassan zu. Er rammte dem *Deputy* sein Knie ins Gesicht und brach ihm die Nase. Fast im selben Moment stieß er ihm von oben hart den Ellbogen ins Genick. Das Knirschen von Knochen sagte Hassan, dass der Schlag perfekt gewesen war. In weniger als einer Sekunde hatte er den Revolver des *Deputies* in der Hand und wirbelte zu den Ungläubigen herum, die Beine in Kampfstellung weit gespreizt.

Ein paar Zuschauer schrien. Jemand brüllte: »Waffe!«, als Hassan in rascher Folge seine zwei ersten Schüsse abgab. Obwohl im Gerichtssaal Chaos herrschte, bewegte sich die Welt für Hassan in Zeitlupe und leuchtenden Farben – die leuchtenden Farben seiner Kindheitsträume.

Er traf einen der *Deputies* im vorderen Teil des Saals mit seiner ersten Kugel und schoss dem anderen die zweite in den Hals. Der Mann brach zusammen und blieb als lebloses Häufchen liegen. Mit derselben Bewegung schwang Hassan die Waffe zu Khalid Mobassar und seinen Anwälten herum, die in der ersten Reihe wie auf dem Präsentierteller saßen.

Der Lärm im Saal wurde zum Getöse der Schlachten seiner Kindheit, das Paradies rief. Er saß auf seinem Pferd, ganz ruhig, während er auf die Ungläubigen zielte: Taj Deegan, Alex Madison, Khalid Mobassar und Shannon Reese. Für jeden von ihnen hatte er eine Kugel. Seine eigene würde von den *Deputies* kommen, die irgendwann zur Verstärkung in den Gerichtssaal stürmen würden.

100

Alex war so auf den Zeugen konzentriert gewesen, dass er erst merkte, dass hinter ihm etwas passiert war, als er die Schüsse hörte. Sofort herrschte Chaos; Menschen schrien und versuchten, in Deckung zu gehen. Aus dem Augenwinkel sah er, wie Taj Deegan getroffen wurde. Er wirbelte zur Rückwand herum, gerade als Shannon sich von ihrem Platz auf Khalid Mobassar warf und ihn mit zu Boden riss. Alex erstarrte. *Wo kommen die Schüsse her?*

Er warf sich auf den Boden, doch dieser Bruchteil einer Sekunde kam ihn teuer zu stehen. Er sah eine Waffe aufblitzen und hatte gerade noch Zeit zu erkennen, dass sie von einem nahöstlich aussehenden Mann mit gespenstisch ruhigem Blick an der Seitenwand gehalten wurde. Bevor Alex das Geräusch hörte, spürte er, wie die Kugel in seiner linken Seite explodierte und ihn nach hinten riss. Der heftigste Schmerz, den er je gespürt hatte, nahm ihm die Luft. Es wurde weiter geschrien, aber jetzt wirkte alles weit entfernt, als Alex nach Luft schnappte und ihm schwarz vor Augen wurde.

* * *

Hassan hatte sein ganzes Leben lang hierfür trainiert. Er verspürte eine beinahe übernatürliche Fähigkeit, all die Eindrücke auf einmal zu verarbeiten und die Welt wie in Einzelbildern ablaufen zu lassen. Er hatte Taj Deegan und Alex Madison getroffen, aber die kleine Turnerin hatte zu schnell reagiert, ihren Mandanten zu Boden gerissen und ihn hinter die Sicherheit des massiven Holzgeländers gezogen, das die Zuschauer vom Anwaltsbereich trennte.

Alle anderen im Saal reagierten, wie Hassan es von den feigen Amerikanern nicht anders erwartet hatte. Hysterie. Menschen, die schrien und sich zu Boden warfen. Es gab keine Helden in diesem Haufen.

Er schwang die Pistole in einem weiten Bogen und bewegte sich rasch in Richtung des vorderen Bereichs, damit er über Khalid Mobassar stehen und die Angst in seinen Augen sehen konnte, bevor Khalid vor seinen Schöpfer trat. Er war fast bei ihm, als krachend die Hintertür aufflog und zwei *Deputies* mit gezogenen Waffen hereinstürmten. Zu Hassans Glück brauchten sie den Bruchteil einer Sekunde, um ihr Ziel zu lokalisieren. Bis sie gemerkt hatten, dass Hassan ihr Mann war, hatte er schon gefeuert und sie beide ausgeschaltet, während weiter Schreie den Gerichtssaal erfüllten.

Er war jetzt am Geländer und stützte die linke Hand darauf, um seitlich darüberzusteigen, als er direkt hinter seiner Schulter eine Bewegung bemerkte. Er wirbelte schnell genug herum, um einen Mann in Lederjacke zu sehen, der sich auf ihn warf, sodass sie gemeinsam über das Holzgeländer stürzten. Hassan hielt seine Glock fest und zog sie dem Angreifer übers Gesicht, sodass sein Jochbein brach und Blut spritzte. Die Augen des Mannes verdrehten sich nach hinten. Hassan rappelte sich auf und nahm wieder seine Schussposition ein.

Jetzt hatte er freies Schussfeld, sowohl auf Shannon Reese als auch auf Khalid Mobassar. »*Allahu akbar!*«

Doch bevor er den Abzug drückte, fühlte er etwas in seine Brust einschlagen, das ihn in einer Schmerzexplosion rückwärts zu Boden riss. Er mühte sich ab, wieder aufzustehen, aber seine Bewegungen waren schwerfällig. Seine Gedanken waren vernebelt; die Welt schien sich zu drehen, während Blut aus seiner Brustwunde strömte. Als er taumelnd auf die Beine kam, sah er Taj Deegan mit einer Waffe auf sich zielen. Aus den Augenwinkeln sah er noch mehr *Deputies* durch die hintere Tür stürmen. Er sah Mündungsfeuer aufblitzen und spürte, wie weitere Kugeln in seine Brust und Seite einschlugen.

Blut spritzte über Wände und Teppich. Eine Kugel zerfetzte einen Teil seines Gesichts.

Doch Hassan war nicht mehr da. In diesem letzten Augenblick seines Lebens ritt er wieder durch die Reihen der Ungläubigen, schwang sein Schwert in einem großen Bogen, während ihn die Pfeile des Feindes aus allen Richtungen durchbohrten.

Sein letzter Gedanke war die furchtbare Gewissheit, dass er Khalid Mobassar am Leben gelassen hatte. Sein letztes Gefühl war die Furcht vor einem wütenden Allah, der ihn verurteilte, ihm sagte, dass er mehr hätte tun müssen.

Zuerst war da Ruhe. Dann Feuer. Und Gesichter, die schmolzen wie Wachs.

Das Jammern und Heulen war ohrenbetäubend.

101

Alex fühlte sich, als wäre ein Elefant auf seine Brust getrampelt; der Gerichtssaal befand sich jetzt am Ende eines langen Tunnels, der in die Wirklichkeit zurückführte. Die Schüsse hatten aufgehört, aber die Leute schrien immer noch und brüllten Befehle. Er sah in einem halb bewussten Zustand zu, als schwebte er irgendwo darüber, der Geist vom Körper getrennt.

Shannon krabbelte an seine Seite und tätschelte seine Wange. »Wage es ja nicht, mich zu verlassen, Alex Madison!«, rief sie beinahe hyperventilierend. »Hör mir zu … Nein! Nicht die Augen zumachen!«

Alex versuchte zu gehorchen, aber der lähmende Schmerz in seiner Seite legte jedes bisschen Bewusstsein lahm. Taj Deegan zog ihren Blazer aus, stopfte ihn in seine Wunde und übte Druck aus, den Alex kaum spürte. Kurz bevor die Schwärze ihn vollends übermannte, spürte er, wie Shannon ihn in die Nase zwickte und seinen Kopf nach hinten neigte.

»Ruft einen Krankenwagen!«, schrie sie, dann blies sie den ersten Atemzug in Alex' Lungen.

* * *

Shannon war wie betäubt auf der Fahrt ins Krankenhaus. *Detective* Sanderson hatte Blaulicht und Sirene angeschaltet und versuchte, sie aufzumuntern. »Sie haben Ihre Sache bei der Herz-Lungen-Wiederbelebung ganz toll gemacht«, sagte er. »Wahrscheinlich haben Sie heute zwei Leben gerettet.«

Seine Worte kamen kaum an. Shannon hatte noch nie so viel Blut gesehen. Alex, Kayden Dendy und zwei *Deputies* waren von den Rettungssanitätern ins Krankenhaus gebracht worden. Drei weitere *Deputies* und Ahmed Ibn Mobassar waren noch vor Ort für tot erklärt worden.

Taj Deegan hatte einen Schuss in den Rücken bekommen, aber eine schusssichere Weste hatte ihr das Leben gerettet. Khalid Mobassar stand unter Schock, war aber unverletzt. Man hatte ihn zurück in die Arrestzelle gebracht.

Als Shannon im Krankenhaus ankam, folgte sie Sanderson benommen auf die Intensivstation. Eine Krankenschwester informierte sie, dass Alex schon operiert werde.

Ein Assistenzarzt checkte Shannon durch, säuberte sie, gab ihr ein paar Medikamente und entließ sie, damit sie sich den anderen anschließen konnte, die im Warteraum der Intensivstation Wache hielten. Zwei Stunden lang starrten Alex' Freunde und Familie auf den Boden und sprachen flüsternd miteinander. Ramona leitete sie alle im Gebet. *Officers* kamen und nahmen Aussagen über das Chaos im Gerichtssaal auf. Der Fernseher in einer Ecke des Wartezimmers spielte nonstop Nachrichten über das Blutbad des Tages, bis jemand auf eine Gameshow umschaltete.

Detective Sanderson verließ in regelmäßigen Abständen den Raum, um bei den Intensivschwestern nachzufragen. Es war ein Uhr nachmittags, als er zurückkam und in der Tür stehen blieb.

Shannon blickte auf. »Gibt's was Neues?«

Sanderson brachte ein Lächeln zustande. »Euer Junge ist härter, als er aussieht. Die Kugel ist in die linke Seite von Alex' Brust eingedrungen und hat sein Herz, größere Arterien und den Magen um ein paar Zentimeter verfehlt. Sie hat die linke Lunge erwischt und kleineren Schaden an der Leber angerichtet. Der Arzt sagt, dass Alex wahrscheinlich einen Lungenschaden davontragen wird, aber zu seinem Glück ist die Lunge nicht kollabiert. Er sagt, die Leber schafft es auf erstaunliche Weise, sich selbst zu regenerieren. Man kann sagen, er kommt wieder auf die Beine.«

Erleichterung flutete den Raum, und Ramona fasste die Gefühle von allen zusammen: »Man kann also sagen, es ist ein Wunder.«

102

Alex hörte die Stimmen, bevor er die Augen öffnete. Die Geräusche klangen vertraut und tröstlich, aber er verstand das meiste davon nicht. Es waren Stimmen aus einer anderen Welt, sanft und mit gelegentlichem Lachen oder Kichern durchsetzt.

Er fühlte die Benommenheit der Reste der Anästhesie und hochdosierter Schmerzmittel. Er schaffte es einfach nicht, seine Gedanken zu fokussieren; sein Geist fühlte sich matschig an und schien nicht recht reagieren zu wollen. Er versuchte, die Augen aufzumachen, schloss sie aber schnell wieder. In seiner Nase spürte er einen unbequemen Schlauch, und weitere Schläuche waren mit seinen Armen verbunden. Außerdem drückte etwas gegen seine linke Seite.

Die Stimmen schwiegen einen Augenblick, und es wurde aufgeregt gemurmelt. »Er hat sich bewegt. Ich glaube, er wacht auf.«

Er versuchte aufzuwachen - wirklich -, aber die Stimmen waren immer noch so weit entfernt. Er konnte nur Bruchstücke dessen ausmachen, was sie sagten, als wäre er unter Wasser und die Leute riefen ihm von der Oberfläche aus zu.

Sein Mund war trocken. So trocken. Er versuchte, sich die Lippen zu lecken; sie fühlten sich an wie Sandpapier.

Doch nichts von alledem störte Alex. Nicht einmal ein bisschen. Er schwebte in einem Wunderland aus Medikamenten und Halbwachsein, genoss die Wärme seines Krankenhausbettes. Dann war da das nagende Gefühl in seinem Hinterkopf, dass etwas nicht ganz stimmte, etwas, worüber er sich Sorgen machen sollte. Einen Moment lang kämpfte er damit, es zuzuordnen. Aber die Sorgen der Welt gewannen keinen Boden in seinem Zustand betäubter Glückseligkeit. Er schloss die Augen und entspannte sich.

»Es ist gut, Alex. Schlaf noch ein bisschen.«

Die Stimme hatte recht. Er war müde. Alles andere konnte warten.

* * *

Irgendwann später - er hatte keine Ahnung, wie viel später - schaffte es Alex, die Augen aufzumachen und einen etwas klareren Kopf zu bekommen. Der Raum war dunkel bis auf das Leuchten eines Fernsehers. Die Dinge um ihn herum waren seltsam und unvertraut. Er fühlte sich immer noch von seinem Körper getrennt und kämpfte mit dem Nebel in seinem Kopf. Langsam drehte er den Kopf nach links und sah seine Großmutter in einem Sessel schlafen. Auf derselben Seite, in Richtung Fußende, lag

Shannon auf einer Art Feldbett, zusammengerollt, mit dem Rücken zum Bett und mit einer dünnen Krankenhausdecke über sich.

Er versuchte, etwas zu sagen, aber seine Zunge war zu dick, und er konnte keine Worte bilden. Sein Mund war staubtrocken; seine Kehle fühlte sich an wie zugeschwollen. Er stöhnte, und Ramona bewegte sich. Er versuchte, die Lautstärke zu erhöhen, und diesmal setzte sie sich mit einem Ruck auf und drehte sich zu ihm. Eine Sekunde lang starrte sie ihn nur an, dann nahm sie seine Hände. Er sprach wieder, tat sein Bestes, um »Durst« zu sagen, und seine Großmutter setzte ihm einen Strohhalm an die Lippen, damit er ein bisschen Wasser trinken konnte.

»Shannon! Shannon! Er ist wach!«

Shannon stieg schnell von ihrer Liege, rieb sich das Gesicht und kam herüber, um sich ebenfalls über Alex zu beugen. Jetzt erinnerte er sich wieder an ein paar Dinge. Der Gerichtssaal. Der Schütze. Ein plötzlicher Stoß und ein Aufblitzen von Schmerz.

Seine Seite. Er musste in die Seite geschossen worden sein.

»Ich bin froh, euch hier zu sehen«, sagte Alex mit rauer und trockener Stimme. »Aber ich habe immer gedacht, der Himmel wäre ein bisschen plüschiger.«

* * *

Über die folgenden vierundzwanzig Stunden hinweg erzählten Ramona und Shannon Alex in allen Einzelheiten, was er verpasst hatte. Sie mussten ihm oft dasselbe zwei- oder dreimal sagen, weil er immer noch damit rang, seine Klarsicht wiederzuerlangen.

Ramona informierte ihn, dass der Schütze Ahmed Ibn Mobassar gewesen war, der Sohn von Ghaniyah und Fatih Mahdi. »Er hat seinen eigenen Tod vor Jahren vorgetäuscht, damit er undercover operieren konnte«, erklärte Ramona. Sie erzählte ihm, die Behörden hätten Nara gefesselt in einem Ferienhaus in den Outer Banks gefunden, traumatisiert, aber unverletzt. Ahmed hatte versucht, Nara zu überzeugen, dass Khalid Mobassar die Ehrenmorde befohlen habe, außerdem wollte er Khalid mit einem Abschiedsbrief verleumden, aber es hatte beides nicht funktioniert.

Taj Deegan hatte sich sofort das *Pen Register* für Fatih Mahdis Haus besorgt und die zwei Monate vor Ghaniyahs Autounfall untersucht. Genau wie Alex es vermutet hatte, hatten sie Internetseiten gefunden, auf denen verschiedene Aspekte von Schädel-Hirn-Traumata erklärt wurden. Zudem fanden sie Recherchen für Mietobjekte in Sandbridge und zahlreiche Besuche der Internetseite der Beach Bible Church. Am wichtigsten war, dass Mahdis *Pen Register* zeigte, dass er genau zu dem Zeitpunkt auf der Internetseite der Bank gewesen war, als jemand Khalid Mobassars Passwort benutzt hatte, um Gelder nach Beirut zu überweisen.

Laut Shannon genügten die Beweise, um Mahdi und Ghaniyah zu verhaften. Im Vertrauen hatte Taj Shannon erzählt, dass Ghaniyahs neuer Anwalt schon von einem Deal spreche. Sie würde im Austausch gegen eine verminderte Strafe gegen Fatih aussagen.

Alex erinnerte sich an die Schüsse, die dem vorausgegangen waren, der ihn getroffen hatte, und fragte nach Todesopfern. Drei *Deputies* waren gestorben und zwei schwer verletzt, erzählte ihm Shannon. Kayden Dendy war an der linken Gesichtshälfte rekonstruktiv operiert worden. Wegen der Drohung, die sie vor Prozessbeginn erhalten hatte, hatte Taj Deegan eine kugelsichere Weste getragen, sonst wäre sie jetzt auch tot. Ahmed war an zahlreichen Schussverletzungen gestorben, inklusive einer Kugel aus einer Pistole, die Taj Deegan in ihrer Aktentasche hatte.

»Es gab eine Menge Helden«, erklärte Shannon.

»Unter anderem Shannon Reese«, fügte Ramona hinzu.

Die Medikamente hielten Alex ruhig, während er die Nachrichten verarbeitete. Sein Kopf sagte ihm, dass die *Deputies* jemandes Vater und jemandes Ehemann gewesen waren. Doch seine Gefühle waren wie in Watte gepackt, unterdrückt von der Magie der Betäubungsmittel und der ruhigen Art der Krankenschwestern und Ärzte, die sich um ihn kümmerten.

Erst am Abend des zweiten Tages drang die ganze Macht der Tragödie zu ihm durch. Shannon spähte in den Raum und fragte Alex, ob er bereit sei für ein paar Besucher.

Wenn er ehrlich war, wollte er nur ein bisschen Ruhe und Frieden. Besucher machten Small Talk, bis Alex die Augen nicht mehr offen halten konnte. Wenn er antwortete, ertappte er sich manchmal dabei, wie er manchmal mehr, aber auch oft weniger Zusammenhängendes faselte, je nach Müdigkeitsgrad.

Doch Shannon fragte offensichtlich nicht um Erlaubnis. Sie verschwand und kam ein paar Sekunden später gefolgt von Khalid und Nara Mobassar wieder.

103

Khalid und Nara näherten sich Alex behutsam, und es dämmerte ihm, wie furchtbar er aussehen musste. Er hatte zwei Tage nicht geduscht. Er hatte einen schmuddeligen Zweitagebart und einen schalen Geschmack im Mund, der von zu viel Schlaf kam. Er fühlte sich, als sei er mit seinen Schmerzmedikamenten im Rückstand, trotz seiner Bemühungen, jedes Mal, wenn er aufwachte, sofort auf den Knopf am Morphiumtropf zu drücken. Seine Seite pulsierte. Es fühlte sich an, als hätte jemand seine Innereien herausgeholt, mit einem Hammer darauf herumgeklopft und ihn dann wieder zusammengenäht.

Er streckte den Arm aus und nahm einen kleinen Schluck aus seiner Wasserflasche. »Danke fürs Vorbeikommen«, brachte er heraus. Er lächelte, aber er wusste, dass es halbherzig aussah.

Shannon stand auf der linken Bettseite und Khalid und Nara auf der rechten Seite neben dem Nachttisch mit dem Tablett. Khalid setzte an, etwas zu sagen, musste sich aber unterbrechen und hart schlucken, um die Fassung wiederzugewinnen. Alex hatte immer noch einen etwas zu schweren Kopf für so viele Emotionen.

»Ich habe das Gefühl, ich verdanke Ihnen mein Leben«, sagte Khalid.

»Sie ist diejenige, die Sie zu Boden gerissen hat«, sagte Alex und deutete mit den Augen auf Shannon.

»Ich meine nicht nur das«, sagte Khalid. Die Traurigkeit, die sich in seine Augen eingebrannt hatte, erinnerte Alex daran, wie viel dieser Mann in den letzten Tagen verloren hatte. »Ich meine die Art, wie Sie vor Gericht zu mir gestanden und an mich geglaubt haben. Das kann ich Ihnen nie zurückzahlen.«

Als Alex zu seinem Mandanten aufblickte, wurde ihm bewusst, dass er Khalid nie hatte weinen sehen, selbst nach allem, was der Imam durchgemacht hatte. Aber jetzt standen Tränen in seinen Augen, und er legte eine Hand auf Alex' Unterarm.

»Sie sind einer der mutigsten Männer, die mir je begegnet sind«, sagte Alex. »Hätte ich nur halb so viel Mut wie Sie, wäre ich nicht aufzuhalten.«

Khalid schüttelte langsam den Kopf. »Ich habe sagen hören, dass Erfolg bedeutet, dass diejenigen, die Sie am besten kennen, Sie am meisten lieben. Daran gemessen war mein Leben mit Ausnahme von Nara ein ziemlicher Fehlschlag.«

Nara nahm die Hand ihres Vaters.

»Das ist nicht Ihre Schuld«, sagte Alex. »Menschen treffen Entscheidungen. Selbst wenn man sie liebt, treffen sie Entscheidungen, die man nicht versteht. Nara ist Ihr Vermächtnis.«

Alex sah ihr in die Augen. Sie sah müde aus, aber in ihrem Gesicht stand ein tiefes Gefühl der Dankbarkeit … vielleicht nicht nur dafür, was Alex getan hatte, sondern auch dafür, was er jetzt sagte. Er versuchte, sich zu konzentrieren, aber seine Gedanken begannen wieder zu verschwimmen.

»Es tut mir leid … Ich habe vergessen, was ich sagen wollte. Aber was ich meinte, war, dass Sie sich keinen Vorwurf machen können. Was Sie getan haben und wie Sie sich in diesem Fall verhalten haben, ist unglaublich. Und Sie haben außerdem eine ziemlich tolle Tochter.«

Das brachte Khalid tatsächlich zum Lächeln. Ein schmales Lächeln, mit einer Spur Ironie, aber es half Alex zu begreifen, dass die einzigen Dinge, die Khalid noch hatte, sein Glaube und seine Tochter waren.

Eine Krankenschwester kam herein und machte ein paar Notizen über Alex' Vitalfunktionen. Währenddessen plauderten Shannon und die Mobassars, als habe Alex den Raum verlassen. Bis die Krankenschwester fertig war, hatte sich die Stimmung im Raum aufgehellt. Khalid und Nara stellten die erwartungsgemäßen Fragen über Alex' Verletzungen und wie es ihm ging. Alex wurde schnell schwächer, und nach einem unangenehmen Schweigen sagte Khalid, er und Nara sollten wohl gehen.

»Ich würde gern in Kontakt bleiben«, sagte Alex.

»Sehr gerne«, erwiderte Khalid.

Nara sah beklommen drein und wandte sich an Shannon. »Wäre es okay, wenn ich einen Moment mit Alex allein sein könnte?«, fragte sie. Shannon sah ein wenig überrascht aus, erhob aber keinen Einspruch. Khalid berührte Alex an der Schulter und dankte ihm noch einmal. Er versprach, am nächsten Tag wieder vorbeizukommen.

104

Als Alex und Nara allein waren, fing er an, ihr zu sagen, wie dankbar er sei, dass es ihr gut ging, aber sie unterbrach ihn. »Ich muss dir etwas sagen, Alex. Und du musst zuhören. Ist das okay?«

Alex ging zunehmend die Kraft aus, aber er spürte, wie wichtig dieser Moment für Nara war. Also nickte er und konzentrierte sich auf ihre Augen, diese faszinierenden Augen, die ihn als Erstes zu ihr hingezogen hatten.

»Ich gehe zurück nach Beirut, Alex. Meine Mutter wird für lange Zeit im Gefängnis sein, und mein Vater hat genug damit zu tun, sein Buch fertig zu schreiben und seine Moschee wieder aufzubauen. Ich muss mein Studium fertig machen, und ich glaube, dass ich eine besondere Chance bekommen habe, über die Lage der Frauen im muslimischen Glauben zu sprechen. Im Moment hört die ganze Welt zu. Ich kann vor dieser Verantwortung nicht davonlaufen.«

Alex hätte Nara am liebsten gesagt, dass sie das doch auch hier in Virginia Beach tun konnte. Was war mit der Hisbollah?

Was war mit den Männern, die sie beide mit dem Tod bedroht hatten, wenn sie versuchten, die Hisbollah mit den Ehrenmorden in Verbindung zu bringen?

»Es ist dort nicht sicher«, sagte er.

»Beirut ist meine Heimat.«

»Bau dir hier eine Heimat mit deinem Vater auf. Deine Stimme kann auch von Amerika aus gehört werden.« Alex drehte die Handfläche nach oben und streckte die Hand nach ihr aus. »Ich hatte gehofft, wir könnten ein bisschen Zeit zusammen verbringen.«

Sie nahm seine Hand mit beiden Händen und kam einen halben Schritt näher ans Bett heran. »Du bist einer der bemerkenswertesten Männer, die ich je kennengelernt habe, Alex Madison, und das, was zwischen uns geschehen ist, war echt.« Sie unterbrach sich und dachte einen Augenblick nach. Alex konnte sehen, dass sie noch mehr zu sagen hatte, und er drückte bestärkend ihre Hände.

»Aber unsere Beziehung war auf dem gemeinsamen Ziel aufgebaut, meinen Vater zu verteidigen. Wir sind verschiedene Menschen aus sehr verschiedenen Welten.«

Sie schaute auf ihre Hände hinab und trat von einem Bein aufs andere. »Ich weiß nicht, wie ich es sagen soll, Alex, also mache ich es ganz direkt. Die Hisbollah-Agenten in dem Bahnwaggon in Beirut waren ein abgekartetes Spiel.« Sie hielt inne, um zu sehen, wie er es aufnahm.

»Nachdem Hamza Walid seine eidesstattliche Aussage abgesagt hatte, war ich mir sicher, dass mein Vater für etwas verurteilt würde, was er nicht getan hatte. Ich wusste, wir hatten nicht die Beweise, die wir brauchten. Also habe ich das Ganze mit ein paar guten Freunden inszeniert, damit es aussah, als wären wir von der Hisbollah entführt und bedroht worden. Ich habe dir vertraut, Alex, dass du dein Bestes tust. Aber ich wusste, wenn alle Stricke reißen, konnte ich über unsere Entführung aussagen und bei den Geschworenen berechtigte Zweifel wecken.«

Selbst in seiner milden Welt der Opiate war Alex von diesem Geständnis geschockt. Er hatte sich eine gemeinsame Zukunft ausgemalt, und sie hatte ihn die ganze Zeit getäuscht. Nicht nur das – sie hatte ihm auch Todesangst eingejagt, um das Urteil zugunsten ihres Vaters zu manipulieren.

Ganz zu schweigen von der Tatsache, dass einer ihrer Freunde ihn ernsthaft geschlagen hatte.

Der Zwischenfall im Zug hatte ihm Wochen der Furcht und Paranoia beschert. Wenn er Nara in den Zeugenstand geholt hätte, hätte sie einen Meineid geleistet. Sie hatte Alex die ganze Zeit angelogen. Sie war bereit gewesen, das Gericht anzulügen.

Und dann traf es ihn wie ein Schlag. *Taqiyya.* In seinem Kopf schwirrten die Schlussfolgerungen durcheinander.

»Warum hast du es mir jetzt erzählt?«

Nara zuckte die Achseln. »Ich konnte nicht nach Beirut zurückfliegen, ohne es dir zu erzählen. Ich habe genug von all den Lügen und den Täuschungen und allem, was das meiner Familie angetan hat.«

Sie biss sich auf die Lippe und strich sanft über seinen Unterarm. »Ich wünschte, uns würde nicht die halbe Welt trennen und diese religiöse Kluft und alles andere ...«

Alex wusste, dass er wütend sein sollte. Sie hatte ihn angelogen! Ihn für ihre eigenen Zwecke benutzt und in die Irre geführt. Aber irgendwie war das alles nicht so wichtig.

»Es muss nicht so sein.«

»Aber es *ist* so. Ich habe dich predigen sehen, und du glaubst, was du sagst. Du lebst es, Alex. Und ich kann meinen Glauben und meinen Vater nicht aufgeben, nach allem, was wir durchgemacht haben.«

Alex spürte, wie sich Tränen in seinen Augenwinkeln sammelten und über seine Wangen rollten. Das Letzte, was er wollte, war, dass Nara ihn weinen sah.

Sie streckte die Hand aus und wischte die Tränen weg. »Es tut mir leid, Alex.« Dann beugte sie sich vor und küsste ihn auf die Stirn. Sie stand auf und wartete, während sie ein letztes Mal seine Hand hielt.

Sie drückte sie, legte sie sanft aufs Bett und wandte sich zum Gehen.

»Hier sind die Wellen besser«, sagte Alex. »Wir haben lange Strände und weißen Sand.«

Nara drehte sich um und schenkte ihm dieses schiefe Lächeln, das er so sehr lieben gelernt hatte. »Aber wir können morgens surfen und nachmittags Ski fahren gehen«, konterte sie. »Komm irgendwann mal rüber und probier's aus.«

»Vielleicht mache ich das«, sagte Alex. Aber sie wussten beide, dass er log.

Er sah ihr nach, als sie ging, dann legte er sich aufs Kissen zurück und schloss die Augen. Er fühlte sich leer. Vielleicht waren es die Medikamente. Vielleicht war es das Gefühl des Verrats. Vielleicht war es auch nur die unerbittliche Erinnerung an seine eigene Sterblichkeit durch die Kugel des verhinderten Todesschützen. Was auch immer der Grund war: Alex spürte, wie sich ein tiefes Gefühl der Traurigkeit in seiner Psyche breitmachte. An die Stelle des sorglosen und flatterhaften Surfers, der noch Anfang des Jahres in seinem Körper gewohnt hatte, war unwiderruflich ein ernsterer und melancholischerer Mann getreten.

Vielleicht würde er in ein paar Wochen wieder auf die Beine kommen. Vielleicht würde er auch in ein paar Monaten wieder surfen. Vielleicht würde eines Tages Alex Madisons Glauben an sich selbst wiederkehren.

Aber im Moment weinte er still und glitt langsam in den Schlaf hinüber.

Epilog

Ein Jahr später
Norfolk, Virginia

Alex Madison parkte seinen Pickup auf dem für den Pfarrer ausgewiesenen Parkplatz, schnappte sich seine Bibel und ging flott auf die Tür der Notaufnahme zu. Im Jahr zuvor hatte der Fall Mobassar seinen Dezember aufgefressen, und Weihnachten war vollkommen überraschend für ihn gekommen. Dieses Jahr war er entschlossen, jede Sekunde der Weihnachtszeit zu genießen.

Er ging durch die Schiebetüren und fühlte sich dabei ein bisschen wie Scrooge am Ende von *A Christmas Carol* – wild entschlossen, verlorene Zeit aufzuholen. »Alles klar, Bones?«

Der alte Mann mit den drahtigen grauen Haaren blickte von seiner Zeitschrift auf. »Bah, Unsinn«, sagte er.

Alex zog zwei Tickets für das Basketballspiel am Samstagabend aus der Jackentasche. »Ihnen auch frohe Weihnachten«, sagte er und gab sie ihm.

»Gute Predigt am Sonntag«, sagte Bones. »Sie war nur ungefähr zwanzig Minuten zu lang. Ich glaube, ich habe irgendwo gelesen, dass Jesus' Bergpredigt nur zehn Minuten lang war.«

Bones kam schon seit drei Monaten in die Kirche. Als er zum ersten Mal gekommen war, hatte er Alex erzählt, dass er schon seit fast zweiundvierzig Jahren keine Kirche mehr betreten hatte. Jetzt war er ein treuer Gottesdienstbesucher, und er verpasste keine Gelegenheit, sich über die Länge von Alex' Predigten zu beschweren.

»Wenn ich Jesus wäre, hätte ich es auch in zehn Minuten geschafft«, sagte Alex. »Aber andererseits würde er vielleicht fünfundvierzig brauchen, wenn er an meiner Stelle wäre und vor den Leuten in meiner Gemeinde predigen müsste.«

Das Geplänkel ging noch eine Weile so weiter, und Bones gab Alex die Zimmernummer von Billy Canham, einem Gemeindemitglied, das gerade eine komplett neue Hüfte bekommen hatte. Billy kam nur an Ostern und Weihnachten in die Kirche und um seinen Enkeln im Ferien-Bibelschulprogramm zuzusehen, aber seine Frau war schon lange Gemeindemitglied. Alex war schon einmal hier gewesen, vor der Operation.

Als Alex in Billys Zimmer ankam, umarmte ihn Judy Canham und sagte ihm, wie dankbar sie sei, dass er gekommen war. »Sie hatten Schwierigkeiten, seinen Blutdruck wieder zu stabilisieren, deshalb können sie ihm nicht genug Schmerzmittel geben«, erklärte Judy. »Er hat große Schmerzen.«

Billy wand sich mit verzerrtem Gesicht auf dem Bett. »Holt mich hier raus«, verlangte er. »Pastor, mein Rücken und meine Hüfte bringen mich um!«

»Er muss sich entspannen«, sagte Judy.

Billy knirschte mit den Zähnen. »Du hast leicht reden. Hol mir den Doktor wieder her! Ich halte das nicht aus!«

Es brauchte auch das letzte bisschen von Alex' Geduld, um Billy zu beruhigen, während eine Krankenschwester nach der anderen kam, um seine Vitalfunktionen zu prüfen, und jedes Mal entschied, dass sein System noch nicht für Medikamente bereit sei.

Endlich stabilisierte sich sein Blutdruck weit genug, dass ein Anästhesist ihn mit Morphinen vollpumpen konnte. Sobald sich das Medikament in seinem Blutkreislauf verteilt hatte, entspannte sich Billys Gesicht. Bald schlief er wie ein Baby.

»Ich bin so froh, dass Sie gekommen sind«, sagte Judy.

»Ich hätte ihm einfach die Predigt vom Sonntag halten sollen«, sagte Alex. »Darüber wäre er gleich eingeschlafen.«

Alex verließ das Krankenzimmer und plauderte mit ein paar der Intensivschwestern, mit denen er sich während seines eigenen Krankenhausaufenthaltes vor einem Jahr angefreundet hatte.

Bevor er ging, machte er seine traditionelle Runde in den beiden Räumen, die sein Leben verändert hatten.

Zimmer 4 103 war das, in dem alles angefangen hatte. Ghaniyah Mobassar hatte sich hier vor anderthalb Jahren angeblich von ihrem Autounfall erholt. Jetzt saß sie fünfzehn Jahre im Staatsgefängnis ab. Alex dachte an ihren Mut und ihre Entschlossenheit, wenn sie auch irregeleitet gewesen waren. Diese Frau war mit über sechzig Stundenkilometern mit der Beifahrerseite ihres Autos gegen einen Baum gefahren, damit sie eine Hirnverletzung vortäuschen konnte. Alex schüttelte beim Gedanken daran immer noch ungläubig den Kopf.

Heute erholte sich in diesem Zimmer ein älterer Mann von einer Darmperforation, die bei einer Darmspiegelung passiert war. Alex sprach ein paar Minuten mit dem Mann und betete mit ihm für eine vollständige Genesung. Er ließ eine seiner Visitenkarten da. Einseitig bedruckt. *Reverend Alexander Madison, South Norfolk Community Church.* Er lud den Mann ein, vorbeizukommen, wenn er wieder auf den Beinen war.

Am anderen Ende des Flurs, in Zimmer 4 154, lag eine alleinerziehende Mutter, die sich bei einem Autounfall das Brustbein gebrochen hatte. »Ein betrunkener Fahrer ist auf ihre Spur geraten«, erfuhr Alex von einer der Krankenschwestern.

Dies war das Zimmer, in dem Alex erst letztes Jahr gelegen hatte. Das Zimmer, wo Nara Mobassar aus seinem Leben fortgegangen war und ihn verwirrt und trübsinnig zurückgelassen hatte. Alex lächelte vor sich hin, als er an diesen Tag dachte. Es waren vielleicht die Medikamente gewesen oder die intensiven Emotionen des Falles oder die Tatsache, dass er dem Tod so nahe gewesen war. Was auch immer der Grund gewesen war: Seine Reaktion auf Naras Geständnis und Weggehen bestätigte Alex, dass er niemals versuchen sollte, größere Entscheidungen im Leben zu treffen, während er nur halb bei Bewusstsein in einem Krankenhausbett lag.

Damals hatte Alex verzweifelt gehofft, Nara würde nicht zurück nach Beirut gehen. Er hatte sie gebeten zu bleiben. Irgendwie, hatte er gedacht, konnten sie beide es zusammen schaffen. Rückblickend erkannte er, wie wenig sie zusammengepasst hätten. Und je mehr er über ihre Täuschung nachdachte, desto mehr wurde ihm klar, dass er ihr wahrscheinlich nie so wichtig gewesen war wie sie ihm.

Alex und Khalid waren in Kontakt geblieben. Der Imam hatte sein Buch veröffentlicht und war jetzt die führende Stimme in dem Bemühen gegen diejenigen, die den muslimischen Glauben mit ihrer gewalttätigen Interpretation des Dschihad für sich beansprucht hatten. Nara war nur einmal nach Amerika zurückgekehrt, um in Fatih Mahdis Prozess gegen ihn auszusagen. Die Geschworenen hatten Mahdi zu mehrmals Lebenslänglich ohne Bewährung verurteilt; sein Fall schlängelte sich jetzt durch ein Labyrinth von Berufungsverhandlungen.

Während Naras Besuch hatten Alex und Shannon mit ihr und Khalid zu Mittag gegessen, und Nara hatte von ihrer Arbeit als Fürsprecherin der Frauen im Libanon erzählt. Alex freute sich für sie, und sie hatten sich mit einer höflichen Umarmung verabschiedet. Aber der Funke war weg. Alex hatte sich weiterentwickelt. Er hatte das Gefühl, Nara ging es ebenso.

Sie versprachen sich, in Kontakt zu bleiben. Aber die einzigen Momente, in denen er an sie dachte, waren Tage wie dieser, wenn er sich auf den Weg zu Zimmer 4 154 machte. Und selbst jetzt bereute er die Richtung, die sein Leben genommen hatte, nicht.

Alex Madison war nie glücklicher gewesen. Er hatte aufgehört, als Anwalt zu arbeiten, und sich ganz in die Arbeit in der Gemeinde gestürzt. Im vergangenen Jahr war die kleine Gemeinde zu einer mittelgroßen Nachfolgerschaft angewachsen, mit all den guten Problemen, die mit Wachstum einhergingen.

Am Anfang hatte sich Alex schuldig gefühlt, weil er die Kanzlei seines Großvaters verlassen hatte. Er dachte oft an Slogan Nummer zehn auf der Liste seines Großvaters: *Wenn du zum Anwalt berufen bist, lass dich nicht dazu herab, König zu sein*. Doch am Ende war ihm klar geworden, dass es in dem Satz eigentlich überhaupt nicht um die Juristerei ging. Es ging darum, seine Berufung zu finden – das, wofür man von Gott gemacht war.

Und Alex hatte seine gefunden.

Rosa Gonzalez, die Patientin in Raum 4 154, war eine drahtige Frau mit geschwollenem Gesicht und der üblichen Mischung von Schläuchen, die aus ihrem Körper hingen. Wenn man bedachte, wie viele Schmerzmittel in ihrem Kreislauf unterwegs waren, war sie überraschend klar und gesprächig. Sie erzählte Alex von der Herausforderung, ihre zwei Söhne großzuziehen, und brach fast in Tränen aus, als sie zugab, dass sie nicht wusste, was sie jetzt tun sollte.

Alex blieb zehn Minuten länger als geplant und versicherte Rosa, dass alles aus einem guten Grund passierte. Er sagte es mit der Überzeugung desjenigen, der selbst in eben diesem Bett gelegen und sich von einem ernsthaften Trauma erholt hatte. Er erzählte Rosa davon, dann betete er mit ihr, bevor er zum dritten Mal versuchte zu gehen.

»Warten Sie«, sagte Rosa. »Ich dachte noch, Sie kommen mir bekannt vor. Sie sind dieser Anwalt, der den muslimischen Kerl verteidigt hat. Ich wusste doch, ich habe Sie schon mal gesehen.«

»Schuldig«, sagte Alex. Er wurde immer ein bisschen rot, wenn Leute ihn erkannten, als wäre er eine Art Berühmtheit. In letzter Zeit kam das immer seltener vor.

»Dieser Fall war unglaublich«, sagte Rosa.

Alex hoffte, Rosa würde nicht noch fünf Minuten damit verbringen wollen, die Einzelheiten zu besprechen. Jeder hatte eine Meinung. Es gab Leute, die immer noch glaubten, Khalid sei schuldig.

»Glauben Sie, Sie könnten meinen Fall übernehmen?«, fragte Rosa. »Ich habe darüber nachgedacht, den Typ zu beauftragen, der mich heute angerufen hat, aber ich hätte lieber jemanden wie Sie.«

Alex dankte ihr für das Kompliment und griff zum zweiten Mal in seine Manteltasche, um eine Visitenkarte von Madison & Associates herauszuholen. Nur weil Alex die Kanzlei verlassen hatte, hieß das nicht, dass er nicht mehr von ihr profitieren konnte. Er gab Rosa die Karte und sagte ihr, sie sollte niemals jemanden einstellen, der die Unverfrorenheit besaß, sie im Krankenhaus anzurufen.

»Er sollte zumindest persönlich auftauchen«, scherzte Alex. Aber sein Humor ging an seiner neuen Freundin vorbei. Rosa nahm die Karte und setzte ihre Lesebrille auf.

»Sie ist die beste Anwältin in ganz Amerika«, sagte Alex stolz. »Vielleicht der ganzen Welt. Sie hat mir in dem Fall geholfen, über den wir gerade gesprochen haben.«

»Oh ja, ich erinnere mich an sie.« Rosa hielt die Karte zwischen Daumen und Zeigefinger und starrte durch ihre Brille. »Sie war eine Art Turnerin oder so. Aber der Name sagt mir nichts.«

Alex konnte sich ein kleines Grinsen nicht verkneifen, als Rosa angestrengt die Stirn runzelte und den Namen dann laut las. Ihm gefiel der Klang.

»Shannon Madison, Rechtsanwältin.«

Danksagungen

Neues Buch, neue Liste von Menschen, in deren Schuld ich stehe. Es wird langsam so viel wie die Staatsverschuldung.

Einen großen Teil davon schulde ich Kamal Saleem, einem ehemaligen islamistischen Terroristen, der in *The Blood of Lambs* über seine Bekehrung zum Christentum schrieb. Ich habe ihn ausführlich interviewt und mit seiner Erlaubnis Variationen seiner Erlebnisse und Denkart als Basis für den Antagonisten meines Buches benutzt. Kamal ist einer der gefühlstiefsten und engagiertesten Menschen, denen ich je begegnet bin. Sie sollten seine Geschichte lesen und sein Zeugnis hören, wenn Sie die Möglichkeit dazu haben.

Joel C. Rosenbergs Buch *Inside the Revolution* hat mir ebenfalls geholfen, einen meiner Hauptcharaktere zu entwickeln - ein reformfreudiger muslimischer Geistlicher, der des Mordes angeklagt wird. Der Imam ist den gemäßigten Muslimen nachempfunden, die in Joels Buch porträtiert werden - eine Studie der politischen und geistlichen Dynamiken im Nahen Osten, die einem die Augen öffnet.

Die Recherche ist nur der Anfang. Es gibt noch viele andere ›Schuldner‹, denen ich niemals alles werde zurückzahlen können:

- Das Hall-of-fame-Team von Tyndale House Publishers, das an meine Geschichten glaubt und dafür sorgt, dass es Spaß macht, Autor zu sein. Karen Watson, Jeremy Taylor, Stephanie Broene, Ron Beers und viele andere haben mir mehr Geduld, Gunst und Zuspruch geschenkt, als irgendein Autor verdient.
- Mein Agent, Lee Hough, dessen Vision und Fachkenntnis mich in der Spur halten. Lee ist nicht nur ein exzellenter Agent, sondern auch ein großartiger Geschichtenerzähler und Freund.
- Mary Hartman und Michael Garnier, zwei weitere Freunde, die meine Manuskripte korrigieren und viel zu viel Spaß dabei haben, die Widersprüche und Ungenauigkeiten aufzuspüren, die ich irgendwie immer wieder in meine Entwürfe einstreue. Ich kann mir nicht vorstellen, ohne ihre Hilfe ein Buch zu schreiben.

- Die Leute der Trinity Church, in der ich als Pastor diene. Sie sind eine ständige Quelle der Ermutigung, was meine Bücher angeht, und verblüffen mich immer wieder mit ihrer Leidenschaft für Christus.
- Rhonda, Rosalyn und Joshua, die beste Familie auf dem Planeten. Ich bin vielleicht Anwalt, aber in diesem Punkt können Sie mir glauben.

Bevor ich zur letzten Stütze komme, vielleicht noch ein Wort über das Trennen von Fakten und Fiktion. Wenn ein Anwalt/Pastor eine Geschichte über einen Anwalt/Pastor schreibt, nehmen die Leser möglicherweise an, dass viele Aspekte der Geschichte dem Leben des Autors nachempfunden sind. Diese Annahme wäre nicht richtig. Abgesehen von den Berufen haben Alex und ich wenig gemeinsam. Die Kirchengemeinden in Virginia Beach, in denen ich die Ehre hatte zu predigen – die Trinity Church und die First Baptist Church –, sind großartige Gemeinden ganz ohne die Kleinlichkeit, mit der es Alex in diesem Buch zu tun bekommt. Ferner sind meine Kanzleiassistentinnen (unter anderem auch Tracy Garcia, die mir bei diesem Buch geholfen hat) anders als die Charaktere im Buch erstklassig, und die Richter in Virginia Beach gehören zu den besten überhaupt. Das Fazit: Ich arbeite sowohl als Pastor als auch als Anwalt anders als Alex, und ich werbe Mandanten ganz sicher nicht so wie er. Ich ziehe es vor, meine Anwaltslizenz zu behalten.

Und zum Schluss sei noch gesagt: Auch wenn es abgedroschen wirkt, den Retter der Welt in die Danksagungen aufzunehmen – wie könnte ich ihn auslassen? Dieses Buch ist die Geschichte eines Anwalts, der für einen Mandanten eintritt, der – nach den äußeren Umständen zu urteilen – eigentlich verurteilt werden müsste. Wenn ich darüber nachdenke, ist das genauso auch die Geschichte meines Lebens.

> *Und wenn jemand doch eine Sünde begeht, haben wir einen Anwalt, der beim Vater für uns eintritt: Jesus Christus, den Gerechten. Er, der nie etwas Unrechtes getan hat, ist durch seinen Tod zum Sühneopfer für unsere Sünden geworden, und nicht nur für unsere Sünden, sondern für die der ganzen Welt.*
>
> *1. Johannes 2,1-2 (NGÜ)*

Meine Kinder, ich schreibe euch das, damit ihr nicht sündigt. Aber wenn es doch geschieht, dann gibt es jemanden, der vor dem Vater für euch eintritt: Jesus Christus, der vor Gott in allem gerecht ist. Er ist das Opfer für unsere Sünden. Er tilgt nicht nur unsere Schuld, sondern die der ganzen Welt.

1. Johannes 2,1-2 (NLB)

Randy Singer

Das Spiel

Thriller
Paperback, 13,5 x 20,5 cm, 416 S.
Nr. 395.198, ISBN 978-3-7751-5198-6

Nach einem Amoklauf verklagen die Angehörigen der Opfer die Firma, die die Tatwaffe hergestellt hat. Kelly Starling und Jason Noble vertreten die beiden Seiten. Nach und nach entdecken sie: Sie sind nur Figuren in einem Spiel, das von unsichtbarer Hand gesteuert wird.

Randy Singer

Die Witwe

Thriller
Paperback, 13,5 x 20,5 cm, 496 S.
Nr. 395.010, ISBN 978-3-7751-5010-1

Die saudische Religionspolizei ermordet den Missionar Charles Reed. Seine Lebensversicherung verweigert die Zahlung, denn Charles Reed hatte Kokain im Blut, als er starb. Der Anwalt der Witwe muss gegen finstere Mächte kämpfen. Preisgekrönt mit dem »Christy Award«.

Bitte fragen Sie in Ihrer Buchhandlung nach diesen Büchern!
Oder schreiben Sie an: SCM Hänssler, D-71087 Holzgerlingen;
E-Mail: info@scm-haenssler.de; Internet: www.scm-haenssler.de

Randy Singer

Die Vision

Thriller
Paperback, 13,5 x 20,5 cm, 432 S.
Nr. 394.957, ISBN 978-3-7751-4957-0

Warum weiß Reporterin O'Rourke so viel über die jüngsten Kindsentführungen? Woher kennt sie den Bibelvers, den der »Der Rächer« am Tatort hinterlässt? Hat sie übernatürliche Visionen? Ein rasanter Thriller über Recht und Gerechtigkeit.

Randy Singer

Der Jurist

Thriller
Paperback, 13,5 x 20,5 cm, 448 S.
Nr. 394.894, ISBN 978-3-7751-4894-8

Dieser fesselnde Justiz-Thriller entführt Sie in eine Welt voller Verstrickungen von Mafia und Hauskirchen, FBI und falschen Zeugen. Ein Algorithmus könnte die Sicherheit des Internets für immer verändern ... Spannung auf hohem Niveau!

Bitte fragen Sie in Ihrer Buchhandlung nach diesen Büchern!
Oder schreiben Sie an: SCM Hänssler, D-71087 Holzgerlingen;
E-Mail: info@scm-haenssler.de; Internet: www.scm-haenssler.de